HEYNE BÜCHER

Tip des Monats

In derselben Reihe
erschienen außerdem als Heyne-Taschenbücher:

Johanna Lindsey · Band 23/34
Robert Ludlum · Band 23/41
Johanna Lindsey · Band 23/43
John Saul · Band 23/50
Mary Westmacott · Band 23/56
Marie Louise Fischer ·
Evelyn Sanders · Band 23/66
Mary Westmacott · Band 23/73
Dean Koontz · Band 23/76
Johanna Lindsey · Band 23/78
Marion Zimmer-Bradley ·
Band 23/79
Evelyn Sanders · Band 23/84
Dean Koontz · Band 23/85
Marie Louise Fischer ·
Band 23/88
Ellis Peters · Band 23/92
Utta Danella · Band 23/95
Heinz G. Konsalik · Band 23/96
Marion Zimmer-Bradley ·
Band 23/98
Dean Koontz · Band 23/101
Charlotte Link · Band 23/102
Johanna Lindsey · Band 23/103
Ellis Peters · Band 23/104
Philippa Carr · Band 23/105
Robert Ludlum · Band 23/106
Marie Louise Fischer ·
Band 23/107
Heinz G. Konsalik · Band 23/108
Jean Plaidy · Band 23/109
Ellis Peters · Band 23/110
Utta Danella · Band 23/111
Dean Koontz · Band 23/112
Marie Louise Fischer ·
Band 23/113
Ellis Peters · Band 23/114
Johanna Lindsey · Band 23/115
Sarah Harrison · Band 23/116
Terry Pratchett · Band 23/117
Catherine Coulter ·
Band 23/118
Dean Koontz · Band 23/119
Catherine Cookson ·
Band 23/120
Ellis Peters · Band 23/121
Janet Dailey · Band 23/122
Dean Koontz · Band 23/123
Heather Graham ·
Band 23/124
Philippa Carr · Band 23/125
Catherine Cookson ·
Band 23/126
John Saul · Band 23/127
Barbara Cartland ·
Band 23/128
Terry Pratchett · Band 23/129
Johanna Lindsey ·
Band 23/130
Ellis Peters · Band 23/131
Mary Higgins Clark ·
Band 23/132
Mary Stewart · Band 23/134
James Bond · Band 23/135
Catherine Coulter · Band 23/136
Claudia Keller · Band 23/137
Jane Austen · Band 23/138
Anne Perry · Band 23/139
Philipp Vandenberg ·
Band 23/140
Terry Pratchett · Band 23/141
Ephraim Kishon · Band 23/142

Dean Koontz

ZWEI SPANNENDE PSYCHOTHRILLER

Schutzengel
Nachtstimmen

WILHELM HEYNE VERLAG
MÜNCHEN

HEYNE TIP DES MONATS
Nr. 23/143

Aus dem Amerikanischen von Wulf Bergner
(Der Titel erschien bereits in der Allgemeinen Reihe
mit der Band-Nr. 01/8340.)

Aus dem Amerikanischen von Heinz Zwack
(Dieses Buch erschien bereits unter dem Titel
»Ein Freund fürs Sterben« bei der Droemerschen Verlagsanstalt
Th. Knaur Nachf., München, und in der Allgemeinen Reihe des
Wilhelm Heyne Verlags mit dem Titel »Nachtstimmen«
Band-Nr. 01/9354.)

Umwelthinweis:
Das Buch wurde auf
chlor- und säurefreiem Papier gedruckt

4. Auflage

Printed in Germany 1999
Umschlagillustration: Jeff K. Potter/Agentur Schlück, Garbsen
Umschlaggestaltung: Nele Schütz Design, München
Satz: Buch-Werkstatt GmbH, Bad Aibling
Druck und Bindung: Elsnerdruck, Berlin

ISBN 3-453-12329-8

SCHUTZENGEL

Für Greg und Joan Benford

In das Geschrei des neugeborenen Kindes
mischt sich die Klage um die Toten

LUCRETIUS

Ich habe keine Angst vor dem Sterben,
ich möchte nur nicht dabei sein,
wenn's passiert.

WOODY ALLEN

ERSTER TEIL

Laura

Geliebt zu werden macht stark;
selbst zu lieben macht mutig.

Lao-Tse

EINS
Eine Kerze im Wind

1

In der Nacht, in der Laura Shane geboren wurde, wütete ein Schneesturm, und das Wetter war überhaupt so eigenartig, daß die Menschen sich noch jahrelang daran erinnerten.

Der 12. Januar 1955, ein Mittwoch, war grau, düster und eisig. In der Abenddämmerung wirbelten aus der tiefhängenden Wolkendecke große, weiche Flocken herab, und die Einwohner von Denver machten sich auf einen Blizzard aus den Rocky Mountains gefaßt. Etwa ab 22 Uhr blies ein eiskalter Sturm von Westen her, heulte von den Gebirgspässen herunter und tobte über die zerklüfteten, bewaldeten Bergflanken. Die Schneeflocken wurden kleiner, bis sie fein waren wie Sandkörner – und es klang wie das Reiben von Schmirgelkörnern, als der Wind sie gegen die Fenster von Dr. Paul Markwells mit Bücherregalen verstellten Arbeitszimmer trieb.

Markwell hockte zusammengesunken in seinem Schreibtischsessel und trank Scotch, um sich warm zu halten. Das beständige Frösteln, das ihm zusetzte, war jedoch nicht auf das Winterwetter, sondern auf eine innerliche Erkältung von Herz und Verstand zurückzuführen.

Seitdem Lenny, sein einziges Kind, vor vier Jahren an Kinderlähmung gestorben war, war Markwell immer mehr dem Alkohol verfallen. Und obwohl er Bereitschaftsdienst für Notfälle im County Medical Center hatte, griff er jetzt nach der Flasche und schenkte sich noch einen Chivas Regal ein.

In diesem aufgeklärten Jahr 1955 wurden die Kinder mit Dr. Jonas Salks Impfstoff gegen Kinderlähmung geimpft, und der Tag war nahe, an dem kein Kind mehr durch Poliomyelitis Lähmungen oder gar den Tod erleiden würde. Aber Lenny war 1951 – ein Jahr vor der Erprobung von Salks Impfstoff – an Kinderlähmung erkrankt. Auch die Atemmuskeln des Jungen waren von der Lähmung erfaßt worden, und eine Entzündung der Bronchien hatte den Fall zusätzlich kompliziert. Lenny hatte keine Überlebenschance gehabt.

Von den Bergen im Westen hallte ein dumpfes Grollen durch die Winternacht, aber Markwell achtete zunächst nicht darauf. Er war so sehr in seiner eigenen unablässigen, abgrundtiefen Trauer befangen, daß er Ereignisse, die sich um ihn herum abspielten, mitunter nur im Unterbewußtsein wahrnahm.

Auf Markwells Schreibtisch stand ein gerahmtes Foto Lennys. Selbst nach vier Jahren quälte ihn das lächelnde Gesicht seines Sohnes noch immer. Er hätte das Foto wegräumen sollen, ließ es jedoch sichtbar stehen, weil unaufhörliche Selbstzerfleischung die Methode war, mit der er für seine Schuld zu büßen versuchte.

Keiner von Paul Markwells Kollegen ahnte etwas von seinem Alkoholproblem. Er wirkte niemals betrunken. Seine Fehler bei der Behandlung einiger Patienten hatten zu Komplikationen geführt, die auch auf natürliche Weise hätten entstehen können und nicht als ärztliche Kunstfehler erkannt worden waren. Er wußte, daß er gepfuscht hatte, und die Selbstverachtung trieb ihn nur noch mehr dazu, sich dem Alkohol zu ergeben.

Das Grollen wiederholte sich. Diesmal erkannte er es als Donner, aber er wunderte sich noch immer nicht darüber.

Das Telefon klingelte. Der Scotch hatte ihn stumpf und träge gemacht, so daß er erst nach dem dritten Klingeln den Hörer abnahm. »Hallo?«

»Dr. Markwell? Henry Yamatta.« Die Stimme Yamattas, eines Assistenzarztes im County Medical Center, klang nervös. »Eine unserer Patientinnen, Janet Shane, ist eben von ihrem Mann eingeliefert worden. Ihre Wehen haben eingesetzt. Tatsächlich sind die Shanes durch den Schneesturm so lange aufgehalten worden, daß es schon ziemlich weit ist bei ihr.«

Markwell trank Scotch, während er zuhörte. Er konstatierte zufrieden, daß seine Stimme nicht undeutlich klang, als er fragte: »Ist sie noch in der ersten Phase?«

»Ja, aber ihre Wehen sind für dieses Stadium sehr stark und halten ungewöhnlich lange an. Aus der Scheide tritt mit Blut vermischter Schleim aus, der ...«

»Das ist normal.«

»Nein, nein!« widersprach Yamatta ungeduldig. »Das hat nichts mit dem Zervixpfropfen zu tun.«

Das Ausgestoßenwerden dieses Schleimpfropfens, der den Gebärmutterhals verschloß, war ein sicheres Anzeichen für das Einsetzen der Wehen. Yamatta jedoch berichtete, Mrs. Shane habe bereits starke Wehen. Markwells Hinweis, die Sache sei durchaus normal, war also ein falscher Schluß gewesen.

»Eine innere Blutung scheint nicht vorzuliegen«, fuhr Yamatta fort, »aber irgend etwas ist nicht in Ordnung. Gebärmutterträgheit, Steißlage des Kindes, anlagebedingte Komplikationen ...«

»Physiologische Unregelmäßigkeiten, die eine Schwangerschaft hätten gefährden können, wären mir aufgefallen«, unterbrach Markwell ihn scharf. Aber er wußte, daß er sie möglicherweise *nicht* bemerkt hatte, weil er betrunken gewesen war. »Dr. Carlson hat heute Nachtdienst. Falls Mrs. Shanes Zustand sich verschlechtert, bevor ich da bin, soll er ...«

»Bei uns sind eben vier Unfallopfer eingeliefert worden, zwei davon in sehr schlechter Verfassung. Carlson hat alle Hände voll zu tun. Wir brauchen Sie, Dr. Markwell.«

»Ich komme sofort. Zwanzig Minuten.«

Markwell legte auf, trank seinen Scotch aus und holte eine Pfefferminzpastille aus seiner Jackentasche. Seitdem er zum Alkoholiker geworden war, trug er stets solche Bonbons bei sich. Während er die Pastille auswickelte und sie sich in den Mund steckte, verließ er sein Arbeitszimmer und ging den Flur entlang zum Garderobenschrank in der Diele.

Er war betrunken und würde als Geburtshelfer fungieren, und er würde die Entbindung vielleicht verpfuschen, was das Ende seiner beruflichen Laufbahn und seines guten Rufes bedeuten konnte, aber das alles kümmerte ihn nicht. Tatsächlich wünschte er sich diese Katastrophe mit geradezu perverser Sehnsucht herbei.

Als er seinen Wintermantel anzog, erschütterte ein Donnerschlag die Nacht. Das ganze Haus erbebte davon.

Markwell runzelte die Stirn und starrte das Fenster neben der Haustür an. Feiner, trockener Schnee wirbelte gegen das Glas, blieb für kurze Zeit ruhig schweben, wenn der Wind Atem schöpfte, und wirbelte dann weiter. Im Laufe der Jahre hatte er einige Male bei Schneestürmen Donnergrollen erlebt – allerdings stets nur zu Beginn, und immer gedämpft und weit entfernt, nie so bedrohlich wie diesmal.

Ein Blitz zuckte herab, dann noch einer. Im unsteten Licht flackerten die Schneekristalle seltsam auf, das Fenster verwandelte sich vorübergehend in einen Spiegel, in dem Markwell sein gequältes Gesicht sah. Der nun folgende Donnerschlag war lauter als alle bisherigen.

Er öffnete die Haustür und blickte neugierig in die sturmgepeitschte Nacht hinaus. Der heulende Wind trieb den Schnee unters Vordach und gegen die Fassade des Hauses. Auf dem Rasen lag eine sechs bis acht Zentimeter hohe Neuschneedecke, die dem Wind zugekehrten Zweige der großen Tannen waren ebenfalls weiß bestäubt.

Wieder ein Blitz – diesmal gleißend hell, so daß Markwell geblendet wurde. Der Donner war gewaltig, schien nicht nur vom Himmel, sondern auch aus der Erde zu kommen, als spalteten sich Himmel und Erde, um das Nahen des Jüngsten Gerichts anzukündigen. Zwei lange, grelle, sich überlagernde Blitzstrahlen zerrissen das Dunkel. In allen Himmelsrichtungen sprangen, zuckten und pulsierten unheimliche Silhouetten. Die Schatten von Verandageländern, Brüstungen, Bäumen, kahlen Sträuchern und Straßenlaternen wurden durch jeden Blitz so schaurig entstellt, daß Markwells vertraute Umgebung die Züge eines surrealistischen Gemäldes annahm: Das unirdische Licht erhellte gewöhnliche Gegenstände so eigentümlich, daß sie wie beunruhigende Mutationen ihrer selbst wirkten.

Der von Blitzen zerrissene Himmel, die krachenden Donnerschläge, der heulende Sturm und das wirbelnde Schneetreiben nahmen Markwell die Orientierung, abrupt *fühlte* er sich erstmals in dieser Nacht betrunken. Er fragte sich, wie viele dieser bizarren Phänomene real waren – und wie viele auf alkoholbedingte Halluzinationen zurückgingen. Er tastete sich über die rutschigen Steinplatten unter dem Vordach zu den auf den schneebedeckten Gehsteig hinabführenden Stufen vor, lehnte sich an eine der das Dach tragenden Säulen und verrenkte sich fast den Hals, um zu dem von Blitzen erhellten Nachthimmel aufsehen zu können.

Eine ganze Kette von Blitzen tauchte den Vorgartenrasen und die Straße immer wieder in flackerndes Licht, so daß die Szene an einen in einem defekten Projektor ruckweise weiterlaufenden Kinofilm erinnerte. Alle Farben waren aus der Nacht herausgebrannt; zurück blieben lediglich die gleißende Helligkeit der Blitze, das Dunkel des sternenlosen Himmels, das blendende Weiß des Schnees und das tiefe Schwarz der bebenden Schatten.

Während er diese kuriosen Himmelserscheinungen staunend und ängstlich beobachtete, spaltete ein weiterer Blitzstrahl das Himmelsgewölbe. Seine die Erde suchende Spitze fuhr in eine nur zwanzig Meter entfernte gußeiserne Straßenlaterne, und Markwell schrie unwillkürlich erschrocken auf. Im Augenblick des Kontakts wurde die Nacht weißglühend, die Glasscheiben der Laterne explodierten förmlich. Der gleichzeitige Donner vibrierte in Markwells Zähnen und ließ den Boden unter seinen Füßen erbeben. Die kalte Nachduft stank im selben Augenblick nach Ozon und heißem Eisen.

Stille und Dunkelheit kehrten zurück.

Markwell hatte seine Pfefferminzpastille verschuckt.

Entlang der Straße tauchten verdutzte Nachbarn vor ihren Haustüren auf. Oder vielleicht hatten sie schon während des gesamten Aufruhrs dort gestanden, und er nahm sie erst jetzt wahr, da die verhältnismäßige Ruhe eines gewöhnlichen Schneesturms wieder eingekehrt war. Einige wenige stapften durch den Schnee, um die beschädigte Straßenlaterne, deren Leuchtkörper halb geschmolzen zu sein schien, aus der Nähe zu begutachten. Sie sprachen laut miteinander, riefen auch etwas zu Markwell herüber, der jedoch keine Antwort gab.

Die schrecklichen Himmelserscheinungen hatten ihn keineswegs nüchtern gemacht. Da er fürchtete, die Nachbarn könnten merken, daß er betrunken war, wandte er sich ab und trat ins Haus zurück.

Außerdem hatte er keine Zeit, übers Wetter zu schwatzen. Er mußte eine Schwangere behandeln, bei einer Entbindung als Geburtshelfer fungieren.

Markwell bemühte sich, seine Bewegungen unter Kontrolle zu bekommen, während er einen Wollschal aus dem Garderobenschrank holte, ihn sich um den Hals schlang und die Enden vor der Brust übereinanderschlug. Seine Hände zitterten, seine Finger waren etwas steif, aber es gelang ihm, seinen Mantel zuzuknöpfen. Als er sich bückte, um seine Galoschen überzuziehen, hatte er gegen einen Schwindelanfall anzukämpfen.

Er war davon überzeugt, die ungewöhnlichen Blitze seien von irgendeiner speziellen Bedeutung für ihn. Ein Zeichen, ein Omen.

Unsinn! Daran war nur der Whisky schuld, der ihn benebelte. Trotzdem wurde er dieses Gefühl nicht los, während er in die Garage ging, das Tor öffnete und seinen Wagen rückwärts in die Einfahrt hinausrollen ließ, wobei die Ketten an den Winterreifen leise im Schnee knirschten.

Als Markwell den Hebel des Automatikgetriebes in Stellung P brachte, um aussteigen und das Garagentor schließen zu können, klopfte jemand kräftig an die Scheibe. Er drehte verblüfft den Kopf zur Seite und sah einen Mann, der sich bückte und ihn durchs Glas hindurch anstarrte.

Der Unbekannte war schätzungsweise Mitte Dreißig, hatte ein energisches, gutgeschnittenes Gesicht und wirkte selbst durch die teilweise beschlagene Scheibe hindurch imposant. Er trug eine halblange Seemannsjacke mit hochgeschlagenem Kragen. In der eisigen Winterluft dampften seine Nasenlöcher, und als er sprach, waren seine Worte von fahlen Atemwolken begleitet. »Doktor Markwell?«

Markwell kurbelte sein Fenster herunter. »Ja?«

»Doktor Paul Markwell?«

»Ja, ja, sag' ich doch! Aber ich habe nachts keine Sprechstunde und muß ins Krankenhaus zu einer Patientin.«

Der Fremde hatte außergewöhnlich blaue Augen, die Markwell an einen klaren Winterhimmel erinnerten, der sich im millimeterdicken Eis eines eben zugefrorenen Tümpels spiegelte. Sie hatten etwas Anziehendes an sich, waren eigentlich sogar schön zu nennen, aber er wußte sofort, daß dies auch die Augen eines gefährlichen Mannes waren.

Bevor Markwell auf die Straße zurückstoßen konnte, wo Hilfe zu finden gewesen wäre, steckte der Mann in der Seemannsjacke eine Pistole durchs offene Autofenster. »Machen Sie keine Dummheiten.«

Als die Mündung sich ins weiche Fleisch unter seinem Kinn drückte, konstatierte der Arzt einigermaßen überrascht, daß er nicht sterben wollte. Er hatte lange die Vorstellung gehegt, er sei bereit, den Tod mit offenen Armen zu empfangen. Anstatt nun jedoch die Erkenntnis zu begrüßen, daß er durchaus noch Lebenswillen besaß, hatte er jetzt ein schlechtes Gewissen. Weiterleben zu wollen erschien ihm wie Verrat an seinem Sohn, mit dem er nur im Tode vereint sein konnte.

»Scheinwerfer aus, Doktor. Gut. Jetzt stellen Sie den Motor ab.«

Markwell zog den Zündschlüssel ab. »Wer sind Sie?«

»Das ist unwichtig.«

»Für mich nicht. Was wollen Sie? Was haben Sie mit mir vor?«

»Tun Sie, was ich Ihnen sage, dann haben Sie nichts zu befürchten. Sollten Sie aber abhauen wollen, blase ich Ihnen das Hirn aus dem Schädel und verwende den Rest des Magazins nur so zum Spaß dazu, ihre Leiche zu durchlöchern.« Seine Stimme war leise, klang paradoxerweise angenehm, aber nur zu überzeugend. »Geben Sie mir die Schlüssel.«

Markwell reichte sie ihm durchs offene Fenster.

»Kommen Sie jetzt raus.«

Markwell, der allmählich nüchtern wurde, stieg langsam aus. Der eisige Wind stach sein Gesicht wie mit Nadeln. Er mußte die Augen zusammenkneifen, um sie vor dem eisigen Schnee zu schützen.

»Drehen Sie das Fenster rauf, bevor Sie die Tür schließen.« Der Unbekannte stand dicht neben ihm und verhinderte so jeglichen Fluchtversuch. »Okay, sehr gut. Jetzt gehen wir miteinander in die Garage, Doktor.«

»Das ist doch verrückt! Was …«

»Los!«

Der Unbekannte blieb an Markwells Seite und hielt ihn am linken Arm fest. Selbst wenn sie aus einem Nachbarhaus oder von der Straße aus beobachtet worden wären, hätte man im schwachen Licht und wegen des Schneefalls die Pistole nicht sehen können.

In der Garage schloß Markwell auf Anweisung des Unbekannten das große Tor. Die kalten, ungeölten Angeln quietschten.

»Wenn Sie Geld wollen …«

»Maul halten und ins Haus gehen.«

»Hören Sie, eine meiner Patientinnen liegt mit Wehen im Krankenhaus und …«

»Wenn Sie jetzt nicht die Klappe halten, schlage ich Ihnen mit dem Pistolengriff sämtliche Zähne ein – dann *können* Sie nicht mehr reden.«

Markwell glaubte ihm. Obwohl der andere mit gut einsachtzig Größe und etwa 80 Kilogramm Gewicht nicht größer und wohl sogar leichter war als Markwell, hatte er Angst vor ihm. Sein blondes Haar war mit abtauendem Schnee bedeckt, und als die Wassertropfen ihm jetzt über Stirn und Wangen liefen, strahlte er so wenig menschliche Wärme aus wie eine Eisstatue beim Winterkarneval. Markwell zweifelte nicht daran, daß der Unbekannte in der Seemannsjacke bei einer tätlichen Auseinandersetzung die meisten Gegner mühelos besiegen würde – und erst recht einen untrainierten, angetrunkenen Arzt mittleren Alters.

In dem für werdende Väter reservierten, viel zu kleinen Wartezimmer der Gynäkologischen Abteilung litt Bob Shane fast an Platzangst. Der Raum hatte eine niedrige Decke aus Schalldämmplatten, mattgrüne Wände und ein einziges Fenster, dessen Rahmen außen Eis angesetzt hatte. Die Luft war zu warm. Die sechs Stühle und zwei niedrigen Tische waren zuviel Mobiliar für den winzigen Raum. Bob kämpfte gegen den Drang an, die beiden Flügel der Schwingtür aufzustoßen, hinaus auf den Korridor zu stürmen, quer durchs Krankenhaus zu rennen und am anderen Ende in die Winternacht hinauszustürzen, wo es weder nach Desinfektionsmitteln noch nach Krankheiten stank.

Trotzdem blieb er im Wartezimmer der Gynäkologischen Abteilung, um in Janets Nähe zu sein, falls sie ihn brauchte. Irgendwas stimmte nicht mit ihr. Gewiß, Wehen waren schmerzhaft – aber nicht so gräßlich wie die brutalen, endlosen Krämpfe, unter denen Janet nun schon so lange litt. Die Ärzte wollten nicht zugeben, daß ernste Komplikationen aufgetreten waren, aber ihre Besorgnis war unverkennbar.

Bob verstand die Ursache seiner Platzangst. Er fürchtete nicht wirklich, die Wände würden immer näher zusammenrücken. Was er fürchtete, war das Nahen des Todes, vielleicht der seiner Frau oder seines noch ungeborenen Kindes – oder beider.

Die Schwingtür ging nach innen auf und Dr. Yamatta kam herein.

Als Bob aufsprang, stieß er einen der niedrigen Tische an und verstreute ein halbes Dutzend Illustrierte über den Fußboden. »Wie geht's ihr, Doc?«

»Nicht schlechter.« Yamatta war ein kleiner, schlanker Mann mit freundlichem Gesicht und großen, traurigen Augen. »Doktor Markwell ist hierher unterwegs.«

»Sie warten doch nicht etwa mit ihrer Behandlung, bis er da ist?«

»Nein, nein, natürlich nicht. Sie wird gut versorgt. Ich habe nur gedacht, es würde Sie erleichtern, wenn sie hören, daß Ihr eigener Arzt kommt.«

»Oh. Nun, ja ... danke. Hören Sie, darf ich zu ihr, Doc?«

»Noch nicht«, sagte Yamatta.

»Wann?«

»Wenn sie ... weniger Schmerzen hat.«

»Was für 'ne Antwort soll das sein? Wann *hat* sie weniger Schmerzen? Wann wird ihr endlich geholfen, verdammt noch mal?« Er bedauerte seinen Ausbruch sofort. »Ich ... Entschuldigen Sie, Doc. Ich hab' nur ... schreckliche Angst.«

»Ich weiß, ich weiß.«

Eine Verbindungstür führte von der Garage ins Haus. Sie gingen durch die Küche, folgten dem Erdgeschoßflur und machten unterwegs überall Licht. Von ihren Stiefeln fielen tausende Schneeklumpen.

Der Mann mit der Pistole begutachtete Eßzimmer, Wohnzimmer, Arbeitszimmer, Sprechzimmer und Wartezimmer. »Nach oben«, entschied er dann.

Im Elternschlafzimmer schaltete der Unbekannte eine Nachttischlampe ein. Er holte den Stuhl mit dem Sitzpolster in Petitpoint-Stickerei vom Toilettentisch und stellte ihn mitten ins Zimmer.

»Doktor, legen Sie bitte Handschuhe, Mantel und Schal ab.«

Markwell gehorchte, ließ die Kleidungsstücke zu Boden fallen und setzte sich auf Anweisung des Bewaffneten auf den Stuhl.

Der Unbekannte legte seine Pistole auf die Kommode und zog aus einer Jackentasche ein zusammengerolltes Seil. Dann griff er hinten unter die Jacke und brachte ein kurzes Messer mit breiter Klinge zum Vorschein, das er offenbar in einer Messerscheide am Gürtel trug. Er zerschnitt das Seil in mehrere Stücke, mit denen er zweifellos vorhatte, Markwell an den Stuhl zu fesseln.

Der Arzt starrte die Pistole auf der Kommode an und überlegte, wie seine Chancen standen, an die Waffe heranzukommen, bevor der Unbekannte sie erreichen konnte. Dann begegnete er dem Blick der eisblauen Augen des anderen und merkte, daß sein Gegner seine Absicht so klar durchschaute, wie ein Erwachsener eine einfache Kinderlist erkannte.

Der Blonde lächelte, als wollte er sagen: *Los, versuch's doch!*

Paul Markwell wollte weiterleben. Er blieb stumm und gefügig, während der Eindringling ihm Hände und Füße an den Stuhl fesselte.

Der Unbekannte, der die Knoten straff, aber nicht schmerzhaft anzog, schien um sein Opfer eigenartig besorgt zu sein. »Ich will Sie nicht knebeln müssen. Sie sind betrunken, und wenn ich Ihnen ein Tuch in den Mund stopfe, könnten Sie sich übergeben müssen und daran ersticken. Deshalb werde ich Ihnen bis zu einem gewissen Punkt vertrauen. Sollten Sie aber um Hilfe rufen, erschieße ich Sie auf der Stelle. Haben Sie verstanden?«

»Ja.«

Sobald der Bewaffnete mehr als nur ein paar Worte sprach, machte sich ein vager, sehr schwacher Akzent bemerkbar, den Markwell nicht einordnen konnte. Er neigte dazu, die Endungen mancher Wörter zu verschlucken, und hatte eine nur leicht merkbare kehlige Aussprache.

Der Unbekannte setzte sich auf die Bettkante und legte eine Hand auf den Telefonhörer. »Welche Nummer hat das County Medical Center?«

Markwell blinzelte mehrmals, »Weshalb?«

»Ich habe Sie nach der Nummer gefragt, verdammt noch mal! Wenn Sie sie mir nicht geben wollen, prügele ich sie lieber aus Ihnen heraus, als sie im Telefonbuch nachzuschlagen.«

Markwell gab ihm eingeschüchtert die Nummer an. »Wer hat dort heute Nachtdienst?«

»Doktor Carlson, Herb Carlson.«

»Ein brauchbarer Arzt?«

»Wie meinen Sie das?«

»Ist er ein besserer Arzt als Sie – oder auch ein Trinker?«

»Ich bin kein Trinker. Ich habe ...«

»Sie sind ein verantwortungsloser, von Selbstmitleid triefender Säufer, das wissen Sie recht gut! Beantworten Sie meine Frage, Doktor. Ist Carlson zuverlässig?«

Markwells plötzliche Übelkeit war nur zum Teil auf den vielen Scotch zurückzuführen, den er getrunken hatte; die zweite Ursache war sein Ekel vor der Wahrheit, die der Eindringling ausgesprochen hatte. »Ja, Herb Carlson taugt was. Er ist ein sehr guter Arzt.«

»Welche Oberschwester hat heute nacht Dienst?«

Markwell mußte kurz überlegen. »Ella Hanlow, glaube ich. Aber ich bin nicht sicher. Sonst ist's Virginia Keene.« Der Unbekannte rief das Krankenhaus an, gab vor, in Dr. Paul Markwells Auftrag zu sprechen und verlangte Ella Hanlow.

Ein heftiger Windstoß traf das Haus, pfiff um den Giebel, ließ ein nicht ganz dicht schließendes Fenster klappern und brachte Markwell wieder den Sturm in Erinnerung. Während er durchs Fenster die rasch fallenden Schneeflocken beobachtete, fühlte er sich für kurze Zeit erneut desorientiert. Diese Nacht war so ereignisreich – wegen der Blitze, wegen des geheimnisvollen Eindringlings –, daß sie ihm plötzlich unwirklich vorkam. Er zerrte an den Stricken, die ihn an den Stuhl fesselten, erwartete, daß sie, als Produkt eines Whiskytraums, sogleich wie Spinnweben zerreißen würden. Aber sie hielten, und die Anstrengung machte ihn wieder schwindlig.

»Oberschwester Hanlow?« fragte der Unbekannte am Telefon. »Doktor Markwell kann heute nacht nicht ins Krankenhaus kommen. Eine seiner Patientinnen – Janet Shane – steht dort vor einer schwierigen Entbindung. Hmmmm? Ja, natürlich. Er möchte, daß Doktor Carlson ihn vertritt. Nein, nein, ich fürchte, daß er unmöglich kommen kann. Nein, nicht wegen des Wetters. Er ist betrunken. Ganz recht. Er wäre eine Gefahr für die Patientin. Nein ... er ist so betrunken, daß es zwecklos wäre, ihn an den Apparat zu holen. Tut mir leid. Er hat in letzter Zeit ziemlich viel getrunken und es zu vertuschen versucht, aber heute abend geht's ihm schlechter als sonst. Hmmm? Ich bin ein Nachbar. Okay. Besten Dank, Oberschwester. Gute Nacht ...

Markwell war wütend, aber seltsamerweise auch erleichtert darüber, daß sein Geheimnis preisgegeben worden war. »Sie haben mich ruiniert, Sie Schweinehund!«

»Nein, Doktor, Sie haben sich selbst ruiniert. Selbsthaß zerstört Ihre Karriere. Und er hat Ihre Frau dazu gebracht, Sie zu verlassen. Natürlich hatte es in Ihrer Ehe schon zuvor gekriselt, aber sie hätte sich vielleicht retten lassen, wenn Lenny überlebt hätte. Vielleicht sogar auch noch nach seinem Tod, wenn Sie sich nicht völlig in sich selbst zurückgezogen hätten.«

Markwell starrte ihn verblüfft an. »Verdammt noch mal, woher wissen Sie, wie's mit Anna und mir gewesen ist? Und woher wissen Sie über Lenny Bescheid? Ich sehe Sie heute zum ersten Mal. Wie können Sie irgend etwas über mich wissen?«

Der Unbekannte ignorierte alle Fragen, stellte zwei Kissen ans gepolsterte Kopfende des Betts, legte seine nassen, schmutzigen Stiefel auf die Tagesdecke und streckte sich behaglich aus. »Auch wenn Sie sich wegen Lennys Tod Vorwürfe machen, sind Sie nicht daran schuld. Sie sind bloß Arzt – kein Wunderheiler. Aber daß Sie Anna verloren haben, ist Ihre Schuld. Und was Sie seither geworden sind – eine akute Gefahr für Ihre Patienten –, ist ebenfalls Ihre Schuld.«

Markwell schien widersprechen zu wollen; dann seufzte er jedoch und ließ den Kopf nach vorn sinken, bis sein Kinn die Brust berührte.

»Wissen Sie, wo's bei Ihnen fehlt, Doktor?«

»Das erzählen Sie mir bestimmt gleich.«

»Ihr Manko ist, daß Sie niemals um etwas haben kämpfen, sich niemals haben durchbeißen müssen. Sie haben einen wohlhabenden Vater gehabt und deshalb alles bekommen, was Sie wollten: Privatschule, erstklassige Universität, einen guten Beruf. Und obwohl Sie beruflich erfolgreich waren, brauchten Sie das verdiente Geld nie – Sie hatten schließlich Ihre Erbschaft. Als Lenny dann an Kinderlähmung erkrankte, konnten Sie diesen Schicksalsschlag nicht verwinden, weil Sie keine Übung darin hatten. *Ihnen* hat die Schutzimpfung gefehlt; Sie hatten keine Widerstandskraft und sind deshalb einem akuten Anfall von Verzweiflung erlegen.«

Markwell hob den Kopf und blinzelte, bis er wieder klar sehen konnte. »Das verstehe ich nicht«, sagte er.

»Durch Ihr Leiden haben Sie etwas dazugelernt, Markwell, und wenn Sie lange genug nüchtern bleiben, um darüber nachzudenken, kommen Sie vielleicht wieder ins Gleis. Sie haben noch immer eine minimale Chance, Ihrem Leben eine Wende zu geben.«

»Vielleicht will ich ihm keine Wende geben.«

»Das könnte stimmen, fürchte ich. Ich glaube, daß Sie Angst vor dem Sterben haben, aber ich weiß nicht, ob Sie den Mut zum Weiterleben haben.«

Der Arzt merkte, daß sein Atem nach Pfefferminz und abgestandenem Whisky roch. Seine Kehle war wie ausgedörrt, seine Zunge schien geschwollen zu sein. Er sehnte sich nach einem Drink.

Markwell ruckte halbherzig an den Stricken, die seine Hände an den Stuhl fesselten. Er ärgerte sich darüber, wie jämmerlich winselnd seine Stimme klang, war jedoch außerstande, seine Würde zurückzugewinnen, als er jetzt fragte: »Was wollen Sie eigentlich von mir?«

»Ich will verhindern, daß Sie heute nacht ins Krankenhaus fahren. Ich will dafür sorgen, daß nicht Sie Janet Shane von ihrem Baby entbinden. Sie sind zu einem Pfuscher, einem potentiellen Killer geworden, dem diesmal das Handwerk gelegt werden muß.«

Markwell fuhr sich mit der Zungenspitze über seine trockene Lippen. »Ich weiß noch immer nicht, wer Sie sind.«

»Und Sie werden's auch nie erfahren, Doktor!«

Bob Shane hatte noch nie solche Angst gehabt. Aber er hielt seine Tränen aus dem abergläubischen Gefühl zurück, dieses offenkundige Eingeständnis seiner Angst könnte das Schicksal herausfordern und Janet und dem Baby den sicheren Tod bringen.

Er beugte sich auf dem Wartezimmerstuhl vor, senkte den Kopf und betete stumm: »Lieber Gott, Janet hätte einen Besseren als mich verdient. Sie ist so hübsch, und ich bin ganz und gar durchschnittlich. Ich bin nur ein kleiner Geschäftsmann, und mein Lebensmittelladen an der Ecke wird niemals größere Gewinne abwerfen, aber sie liebt mich. Lieber Gott, sie ist gut, ehrlich, bescheiden ... sie hat's nicht verdient, schon zu sterben. Vielleicht willst du sie zu dir holen, weil sie schon gut genug fürs Paradies ist. Aber *ich* bin noch längst nicht gut genug, und ich brauche ihre Hilfe, um ein besserer Mann werden zu können.«

Die Tür des Wartezimmers wurde geöffnet.

Bob hob den Kopf. Dr. Carlson und Dr. Yamatta kamen in ihren grünen Arztkitteln herein.

Ihr Anblick erschreckte Bob, der jetzt langsam aufstand. Yamattas Blick war trauriger als je zuvor.

Carlson war ein großer, stattlicher Mann, dem es gelang, sogar in schlechtsitzender Krankenhauskleidung würdevoll zu wirken. »Mr. Shane ... ich bedauere, ich bedauere es sehr, aber Ihre Frau ist bei der Entbindung gestorben ...«

Bob stand wie versteinert da, als habe die Schreckensnachricht ihn zur Salzsäule erstarren lassen. Er bekam nur Teile der Ausführung Carlsons mit.

»… starke Gebärmutterverengung … ein seltener Fall von anlagebedingter Gebärunfähigkeit. Sie hätte eigentlich nie schwanger werden dürfen. Tut mir leid … alles getan, was wir konnten … starke Blutungen … aber das Baby …«

Das Wort ›Baby‹ ließ Bob aus seiner Erstarrung erwachen. Er trat zögernd einen Schritt auf Carlson zu. »Was haben Sie über das Baby gesagt?«

»Es ist ein Mädchen«, antwortete Carlson. »Ein gesundes Mädchen.«

Bob hatte befürchtet, alles sei verloren. Jetzt starrte er Carlson an und wagte vorsichtig zu hoffen, daß ein Teil Janets nicht gestorben und er somit doch nicht ganz allein auf der Welt zurückgeblieben war. »Wirklich? Ein Mädchen?«

»Richtig«, bestätigte Carlson. »Ein außergewöhnlich hübsches Baby mit auffallend vollem dunkelbraunem Haar.«

Bob starrte Yamatta an und flüsterte: »Mein Baby lebt!«

»Ja«, sagte Yamatta. Ein wehmütiges Lächeln huschte über sein Gesicht. »Und dafür können Sie sich bei Doktor Carlson bedanken. Ihre Frau hat nie eine Chance gehabt, fürchte ich. Unter weniger erfahrenen Händen wäre vielleicht auch das Baby nicht durchgekommen.«

Bob wagte noch immer nicht recht, die gute Nachricht zu glauben, als er sich jetzt an Carlson wandte. »Meine … meine Tochter lebt, und dafür muß man schon dankbar sein, nicht wahr?«

Die beiden Ärzte standen verlegen schweigend vor ihm. Dann legte Yamatta, der zu spüren schien, daß dieser Kontakt ihn trösten würde, Bob Shane eine Hand auf die Schulter.

Obwohl Bob zehn Zentimeter größer und 15 Kilogramm schwerer war als der zierliche Arzt, lehnte er sich gegen Yamatta. Er begann zu schluchzen, und Yamatta hielt ihn an sich gedrückt.

Der Unbekannte blieb noch eine Stunde bei Markwell, schwieg aber hartnäckig und beantwortete keine von Markwells Fragen. Er lag auf dem Bett, starrte die Zimmerdecke an, war offenbar so sehr in Gedanken vertieft, daß er sich kaum bewegte.

Als der Arzt wieder nüchtern wurde, begannen ihn bohrende Kopfschmerzen zu quälen. Wie gewöhnlich verstärkte sein Kater das Selbstmitleid, das ihn zum Trinker gemacht hatte.

Schließlich schaute der Eindringling auf seine Uhr. »Viertel vor zwölf. Ich muß weiter.« Er stand vom Bett auf, kam an den Stuhl und zog erneut sein Messer unter der Jacke hervor.

Markwell beobachtete ihn nervös.

»Ich schneide Ihre Fesseln jetzt halb durch, Doktor. Zwanzig, dreißig Minuten Anstrengung müßten Ihnen genügen, um sich zu befreien. Das läßt mir Zeit genug, um zu verschwinden.«

Als der Mann hinter den Stuhl trat und sich an die Arbeit machte, rechnete Markwell damit, im nächsten Augenblick das Messer zwischen die Rippen zu bekommen.

Aber der Unbekannte steckte sein Messer nach weniger als einer Sekunde weg und ging zur Schlafzimmertür. »Sie haben wirklich eine Chance, Ihrem Leben eine Wende zu geben. Doktor. Ich halte Sie für zu schwach dafür, aber ich hoffe, daß ich mich täusche.«

Er verließ den Raum.

Während Markwell sich zu befreien versuchte, hörte er etwa zehn Minuten lang rätselhafte Geräusche aus dem Erdgeschoß. Offenbar suchte der Eindringling nach Wertgegenständen. Obwohl er den Geheimnisvollen gespielt hatte, war er vielleicht doch nur ein Einbrecher mit äußerst merkwürdiger Arbeitsweise.

Als Markwell endlich seine Fesseln abstreifte, war es bereits 0.25 Uhr. Seine Handgelenke waren aufgeschürft und bluteten. Obwohl seit einer halben Stunde keine Geräusche mehr aus dem Erdgeschoß zu hören waren, nahm er seine Pistole aus der Nachttischschublade und stieg vorsichtig die Treppe hinunter. Als erstes ging er ins Sprechzimmer, weil er damit rechnete, daß der Drogenschrank aufgebrochen sein würde. Aber die beiden weißen Hängeschränke mit Medikamenten waren unangetastet.

Markwell hastete in sein Arbeitszimmer, wo bestimmt der nicht sonderlich massive Wandsafe geknackt worden war. Auch dieser war unversehrt.

Als er sich verwirrt abwandte, fiel sein Blick auf leere Gin –, Whisky –, Wodka- und Tequilaflaschen, die sich im Ausguß der Hausbar türmten. Der Eindringling hatte sich lediglich noch die Zeit genommen, seine Alkoholvorräte zu suchen und wegzuschütten.

Am Spiegel hinter der Bar hing ein Zettel. Der Unbekannte hatte eine Nachricht in sauberer Druckschrift hinterlassen:

Wenn Sie nicht zu trinken aufhören, wenn Sie nicht lernen, Lennys Tod zu akzeptieren, nehmen Sie binnen Jahresfrist eine Pistole in den Mund und setzen so Ihrem Leben ein Ende. Das ist keine Voraussage, sondern eine Tatsache.

Markwell, der Zettel und Pistole umklammert hielt, sah sich in dem leeren Raum um, als wäre der Unbekannte noch immer da, unsichtbar, ein Gespenst, das nach Belieben zwischen Sichtbarkeit und Unsichtbarkeit wählen könne. »Wer bist du?« fragte er heiser. »*Verdammt noch mal*, wer bist du?«

Die einzige Antwort gab der ums Haus heulende Sturm, dessen klagenden Lauten Markwell jedoch keine Bedeutung zu entnehmen vermochte.

Nach einer sehr früh am Morgen erledigten Vorsprache bei einem Bestattungsunternehmen wegen Janets Beisetzung kam Bob Shane am nächsten Vormittag um 11 Uhr ins Krankenhaus, um seine neugeborene Tochter zu sehen. Nachdem er einen Baumwollkittel angezogen, eine Kappe aufgesetzt, eine Gesichtsmaske angelegt und sich unter Aufsicht einer Krankenschwester die Hände geschrubbt hatte, durfte er die Säuglingsstation betreten, wo er Laura behutsam aus ihrem Bettchen hob.

Sie lag in dem Raum mit neun anderen Neugeborenen. Alle Babys waren irgendwie hübsch, und Bob glaubte, von väterlicher Voreingenommenheit frei zu sein, wenn er Laura Shane dennoch für die hübscheste von allen hielt. Obwohl man sich Engel normalerweise blond und blauäugig vorstellte, wirkte Laura trotz ihrer braunen Augen und ihres braunen Haares engelhaft. In den zehn Minuten, die er sie auf dem Arm hielt, weinte sie keine Sekunde lang; sie blinzelte, bewegte die Augen, gähnte, sah auch nachdenklich drein – ganz, als wäre sie sich bewußt, eine Halbwaise zu sein, wisse, daß ihr Vater und sie in einer erbarmungslosen, gefährlichen Welt nun aufeinander angewiesen sein würden.

In eine Wand war ein großes Fenster eingelassen, durch das Verwandte die Neugeborenen betrachten konnten. Dahinter standen fünf Personen. Vier von ihnen lächelten, zeigten auf die Babys und schnitten Grimassen, um sie zu unterhalten.

Der fünfte Besucher war ein blonder Mann, der eine lange Seemannsjacke trug, in deren Taschen er seine Hände vergraben hatte.

Er lächelte nicht, zeigte auf kein Neugeborenes und schnitt keine Grimassen. Er starrte Laura an.

Als der Unbekannte die Kleine auch nach einigen Minuten nicht aus den Augen ließ, begann Bob sich Sorgen zu machen. Der Kerl sah gut und vertrauenerweckend aus, aber da waren auch harte Linien in seinem Gesicht, und irgend etwas an ihm erweckte in Bob den Verdacht, dies sei ein Mann, der schon schreckliche Dinge erlebt und getan habe.

Bob erinnerte sich an sensationell aufgemachte Zeitungsmeldungen über Kindesentführer, die Babys stahlen, um sie auf dem Schwarzen Markt zu verkaufen. Dann warf er sich vor, unter Verfolgungswahn zu leiden und Gefahren zu sehen, wo keine waren, weil er nach Janets Tod nun fürchtete, auch seine Tochter zu verlieren. Aber je länger der blonde Mann Laura betrachtete, desto unbehaglicher wurde es Bob zumute.

Der Mann blickte auf, als spüre er dieses Unbehagen. Die beiden starrten sich an. Die blauen Augen des Fremden waren ungewöhnlich leuchtend und durchdringend. Bobs Angst verstärkte sich. Er hielt seine Tochter an sich gepreßt, als könnte der Unbekannte die Scheibe einschlagen und sie ihm entreißen. Er überlegte, ob er eine der Säuglingsschwestern rufen solle, damit sie mit dem Mann rede und ihn frage, was er hier zu suchen habe.

Dann lächelte der Unbekannte. Es war ein breites, warmes, ehrliches Lächeln, das sein Gesicht verwandelte. In dieser Sekunde wirkte er nicht mehr bedrohlich, sondern aufrichtig freundlich. Er blinzelte Bob zu und sagte hinter der dicken Fensterscheibe mit übertrieben deutlichen Lippenbewegungen nur ein Wort: »Wunderhübsch.«

Bob lächelte erleichtert, dann fiel ihm ein, daß man sein Lächeln wegen der Gesichtsmaske nicht sehen konnte, und er nickte dankend.

Der Unbekannte betrachtete Laura erneut, blinzelte Bob nochmals zu und verließ seinen Platz am Fenster.

Später, als Bob Shane heimgefahren war, trat ein großer Mann in dunkler Kleidung ans Besucherfenster der Säuglingsstation. Er hieß Kokoschka. Er betrachtete die Babys dann verschob sich sein Blickfeld, und er nahm sein farbloses Spiegelbild in der blankgeputzten Scheibe wahr.

Er hatte ein breites, flaches Gesicht mit scharfen Zügen und so schmalen, harten Lippen, daß sie aus Horn hätten sein können. Auf seiner linken Backe saß ein fünf Zentimeter langer Schmiß. Seine dunklen Augen besaßen keine Tiefe, als wären die Pupillen auf Porzellankugeln aufgemalt; sie glichen den kalten Augen eines die düsteren Meerestiefen durchstreifenden Hais. Die Erkenntnis, wie sehr sein Gesicht sich von den unschuldigen Gesichtern der Säuglinge in den Bettchen hinter dem Fenster unterschied, belustigte ihn. Er lächelte, was er nur selten tat, aber da war keine Wärme, nur noch mehr Bedrohlichkeit in seinem Gesicht.

Er betrachtete sein Spiegelbild erneut. Es war ihm nicht schwergefallen, Laura Shane inmitten der übrigen Wickelkinder zu identifizieren, denn der Nachname jedes Kindes stand auf einem Namensschild über seinem Bettchen.

Weshalb gilt dir soviel Interesse, Laura? fragte er sich. Weshalb ist dein Leben so wichtig? Weshalb dieser ganze Aufwand, damit du sicher auf diese Welt gelangst? Soll ich dich jetzt umbringen und so die Pläne des Verräters durchkreuzen?

Ihre Ermordung hätte ihm keine Gewissensbisse bereitet. Er hatte schon früher Kinder umgebracht, allerdings noch nie so kleine. Kein Verbrechen war zu schrecklich, wenn es der Sache diente, der er sein Leben geweiht hatte.

Die Kleine schlief. Ab und zu bewegte sie die Lippen und verzog ihr winziges Gesicht, als träume sie sehnsüchtig und wehmütig von ihrer Zeit im Mutterleib.

Zuletzt beschloß er, sie nicht umzubringen. Noch nicht. »Liquidieren kann ich dich auch später, Kleine«, murmelte er. »Ich will erst wissen, welche Rolle du in den Plänen des Verräters spielst – *dann* kann ich dich beseitigen.«

Kokoschka verließ seinen Platz am Fenster. Er wußte, daß er das Mädchen über acht Jahre lang nicht wiedersehen würde.

2

In Südkalifornien regnet es im Frühjahr, Sommer und Herbst nur selten. Die eigentliche Regenzeit beginnt im Dezember und endet im März. Aber am 2. April 1963, einem Dienstag, war der Himmel bedeckt und die Luftfeuchtigkeit hoch. Bob Shane, der an der Eingangstür seines kleinen Lebensmittelgeschäfts in Santa Ana stand, rechnete ziemlich sicher damit, daß der letzte große Regenguß dieser Saison bevorstand.

Der Feigenbaum im Vorgarten des Hauses gegenüber und die Dattelpalme an der Straßenecke standen bei windstiller Luft unbewegt und schienen ihre Zweige unter dem Gewicht des aufziehenden Sturms hängen zu lassen.

Das Radio neben der Registrierkasse war nur halblaut angestellt. Die Beach Boys sangen ihren neuesten Hit ›Surfin' U.S.A.‹ Zu diesem Wetter paßte es so gut wie ›White Christmas‹ im Juli.

Bob schaute auf seine Armbanduhr: 5.10 Uhr.

Spätestens um halb vier regnet's, dachte er, und das kräftig!

Am Vormittag war das Geschäft gut gegangen, um jedoch am Nachmittag ziemlich abzuflauen. Im Augenblick waren keine Kunden im Laden.

Als kleiner Einzelhändler hatte er jetzt mit der neuen, gefährlichen Konkurrenz großer Ladenketten wie ›7-Eleven‹ zu kämpfen. Bob hatte vor, in Zukunft Spezialitäten und mehr frische Waren anzubieten, aber er schob die Umstellung so lange wie möglich hinaus, weil ein Laden dieser Art wesentlich arbeitsaufwendiger war.

Falls das heraufziehende Gewitter wirklich schlimm wurde, würden heute nur noch wenige Kunden kommen. Da konnte er ebensogut zumachen und mit Laura ins Kino gehen.

»Hol lieber das Boot, Schatz«, sagte Bob, als er sich von der Tür abwandte.

Laura kniete, in ihre Arbeit vertieft, am Ende des ersten Ganges gegenüber der Registrierkasse. Bob hatte vier Kartons mit Dosensuppen aus dem Lagerraum geholt und Laura den Rest der Arbeit überlassen. Sie war erst acht, aber sehr zuverlässig und half gern im Geschäft mit. Nachdem sie den richtigen Preis aufgestempelt hatte, ordnete sie die Dosen ein, wobei sie darauf achtete, die alte Ware nach vorn zu rücken und die neue dahinter aufzustellen.

Jetzt sah sie widerstrebend auf. »Boot? Welches Boot?«

»Oben in der Wohnung. Das Boot im Schrank. Wie der Himmel aussieht, werden wir's später brauchen, um uns draußen fortzubewegen.«

»Unsinn«, sagte Laura. »Wir haben kein Boot im Schrank.«

Bob trat hinter die Kasse. »Ein hübsches, kleines, blaues Boot.«

»Ach ja? In einem Schrank? In welchem denn?«

Er begann, in Plastik eingeschweißte Slim Jims neben die Snack Pack Crackers ins Metallregal zu hängen. »Natürlich im Schrank in der Bibliothek.«

»Wir haben keine Bibliothek.«

»Wir haben keine? Oh ... Hmmm, da fällt mir ein, daß das Boot nicht in der Bibliothek ist. Es ist im Schrank im Zimmer des Kröterichs.«

Sie kicherte. »Welches Kröterichs?«

»He, willst du etwa behaupten, du wüßtest nichts von dem Kröterich?«

Laura schüttelte grinsend den Kopf.

»Seit heute vermieten wir ein Zimmer an einen ehrbaren Kröterich aus England. An einen Gentleman-Kröterich, der im Auftrag der Königin geschäftlich hier ist.«

Blitze zuckten, Donnergrollen erschütterte den Aprilhimmel. Im Radio mischten sich atmosphärische Störungen in den Schlager ›Rhythm of the Rain‹, den The Cascades sangen.

Laura achtete nicht auf das heraufziehende Gewitter. Sie fürchtete sich nicht vor den Dingen, die vielen anderen Kindern Angst machten. Mit ihren acht Jahren war Laura so selbständig und selbstsicher, daß sie manchmal wie eine als Kind verkleidete alte Dame wirkte. »Weshalb hat die Königin einem Kröterich einen geschäftlichen Auftrag erteilt?«

»Kröteriche sind ausgezeichnete Geschäftsleute«, behauptete Bob, riß einen der Slim Jims auf und biß davon ab. Seit Janets Tod, seitdem er nach Kalifornien gegangen war, um einen neuen Anfang zu wagen, hatte er zwanzig Kilo zugenommen. Er war nie besonders ansehnlich gewesen. Als 38jähriger war er jetzt angenehm rundlich und hatte kaum Aussichten, einer Frau den Kopf zu verdrehen. Er war auch nicht gerade erfolgreich; mit einem kleinen Lebensmittelgeschäft waren keine Reichtümer zu ernten. Aber das machte ihm nichts aus. Er hatte Laura: er war ihr ein guter Vater, und sie liebte ihn von ganzem Herzen. Alles andere war doch wohl egal. »Ja, Kröteriche sind wirklich ausgezeichnete Geschäftsleute. Und die Familie dieses Kröterichs steht seit Jahrhunderten im Dienst des englischen Königshauses. Er ist sogar geadelt worden – Sir Keith Kröterich.«

Blitze zuckten heller als zuvor. Auch der Donner war lauter geworden.

Laura, die mit den Dosen fertig war, stand auf und wischte sich die Hände an der weißen Schürze ab, die sie über T-Shirt und Jeans trug. Sie war ein sehr hübsches Mädchen, mit ihren braunen Locken und den großen braunen Augen sah sie ihrer Mutter sehr ähnlich. »Und wieviel Miete zahlt Sir Keith Kröterich?«

»Sechs Pence die Woche.«

»Hat er das Zimmer neben meinem?«

»Ja, das mit dem Boot im Schrank.«

Sie kicherte erneut. »Na, dann schnarcht er hoffentlich nicht!«

»Das hat er auch von dir gesagt.«

Ein rostiger, verbeulter Buick hielt vor dem Laden, und als die Fahrertür geöffnet wurde, spaltete ein weiterer Blitz den sich verdunkelnden Himmel. Der Tag füllte sich mit geschmolzenem Licht, das über die Straße zu fließen und sich lavaartig über den geparkten Buick und die vorbeifahrenden Autos zu ergießen schien. Der gleichzeitige Donner erschütterte das Haus in seinen Grundfesten, als ob der Blitz ein Erdbeben ausgelöst habe.

»Wow!« sagte Laura und bewegte sich furchtlos in Richtung Schaufenster.

Obwohl es noch keinen Tropfen geregnet hatte, kam plötzlich stürmischer Westwind auf, der Laub und Abfälle vor sich hertrieb.

Der Mann, der aus dem klapprigen blauen Buick stieg, sah erstaunt zum Himmel auf.

Blitz nach Blitz spaltete die Wolken, zuckte weißglühend herab und spiegelte sich in Autochrom und Fensterscheiben, während der ihn begleitende Donner die Erde wie unter den Faustschlägen einer Gottheit erzittern ließ.

Die Blitze jagten Bob Angst ein. Als er »Geh vom Fenster weg, Schatz!« rief, kam sie gleich zu ihm gelaufen und schlang ihre Arme um ihn – allerdings wahrscheinlich mehr, um ihren Vater zu beruhigen als sich selbst.

Der Mann aus dem Buick kam in den Laden gehastet. Er schaute nach draußen, wo der Himmel sich noch mehr verfinstert hatte, und fragte: »Haben Sie das gesehen, Mann? Puh!«

Das Donnergrollen verhallte; nun herrschte wieder Stille.

Es begann zu regnen. Zuerst klatschten nur einzelne dicke Tropfen an die Fenster; dann goß es in Strömen, und der Regen wurde zu einem Wasservorhang, hinter dem die Außenwelt verschwand.

Der Kunde drehte sich um und grinste. »Tolle Show, was?«

Bob wollte antworten, schwieg aber, als er sich den Mann genauer ansah und spürte, daß es Unannehmlichkeiten geben würde – wie ein Stück Wild die Nähe eines Wolfs spürt. Der Kerl trug ausgelatschte Springerstiefel, schmutzige Jeans und eine fleckige Windjacke, unter der ein schmuddeliges weißes T-Shirt zu sehen war. Sein vom Wind zerzaustes Haar war fettig, und er hatte einen Dreitagebart. Seine blutunterlaufenen Augen glänzten fiebrig. Ein Junkie, ein Süchtiger! Bob war nicht überrascht, als der Mann einen Revolver aus seiner Windjacke zog, während er auf die Registrierkasse zutrat.

»Her mit dem Geld aus der Kasse, Arschloch!«

»Klar.«

»Aber schnell!«

»Immer mit der Ruhe, ja?«

Der Junkie fuhr sich mit der Zungenspitze über die blutleeren, aufgesprungenen Lippen.

»Okay, okay, klar. Sie kriegen alles«, sagte Bob und versuchte, Laura mit einer Hand hinter sich zu schieben.

»Laß die Kleine da, wo ich sie sehen kann: Ich will sie *sehen*. Los, los, hervor mit ihr, du Scheißkerl!«

»Okay, nur keine Aufregung.«

Das Gesicht des Kerls war zu einer Grimasse erstarrt, sein ganzer Körper zitterte deutlich sichtbar. »Nach vorn, wo ich sie sehen kann. Und du machst bloß die Kasse auf, verstanden? Laß dir ja nicht einfallen, nach 'm Revolver zu greifen, sonst kriegst du 'n Loch in dein' Scheißkopf!«

»Ich habe keinen Revolver«, versicherte Bob ihm. Er schaute zu den Fenstern hinüber und hoffte, daß keine Kunden hereinkommen würden, solange dieser Raubüberfall andauerte. Der Junkie wirkte so labil, daß er möglicherweise jeden, der jetzt hereinkam, niederschoß.

Laura versuchte unauffällig hinter ihrem Vater Schutz zu suchen, aber der Junkie sagte sofort: »He, stehenbleiben!«

»Sie ist erst acht …«, wandte Bob ein.

»Sie ist 'ne Schlampe, alle sind sie verdammte Schlampen, egal wie alt sie sind.« Seine Stimme überschlug sich beinahe vor Angst, was Bob am meisten erschreckte.

Obwohl er sich auf den Junkie und dessen Revolver konzentrierte, nahm er im Unterbewußtsein die verrückte Tatsache wahr, daß Skeeter Davis im Radio ›The End of the World‹ sang – es hörte sich geradezu unbehaglich prophetisch an. Mit dem entschuldbaren Aberglauben des Mannes, der mit einer Waffe bedroht wird, wünschte er sich sehnlichst, der Song möge enden, bevor er auf magische Weise das Ende seiner und Lauras Welt herbeibeschwor.

»Hier ist das Geld, alles Geld, bedienen Sie sich.«

Der Mann raffte die Scheine von der Ablagefläche neben der Kasse und stopfte sie in eine Tasche seiner schmuddeligen Windjacke. »Gibt's hinten noch 'nen Lagerraum?« erkundigte er sich dann.

»Warum?«

Der Junkie fegte mit der freien Hand wütend Slim Jims, Life Savers, Crackers und Kaugummi von dem Ständer neben der Kasse. Er versetzte Bob mit dem Lauf des Revolvers einen Stoß. »Du hast 'nen Lagerraum, Arschloch. Ich weiß, daß du einen hast. Wir gehen jetzt zusammen ins Lager.«

Bobs Kehle war plötzlich wie ausgedörrt. »Hören Sie, nehmen Sie das Geld und gehen Sie. Sie haben, was sie wollen. Gehen Sie bloß. Bitte!«

Seitdem der Junkie das Geld hatte, wirkte er selbstbewußter und Bobs Angst machte ihn kühner, obwohl er noch immer sichtbar zitterte. »Keine Sorge«, sagte er grinsend, »Ich bring' keinen um. Ich bin ein Feinspitz, kein Killer. Ich werd' bloß die Kleine vernaschen, dann verschwind' ich.«

Bob verfluchte sich dafür, daß er keine Schußwaffe hatte. Laura klammerte sich an ihn, sie vertraute auf ihn, aber er konnte nichts tun, um sie zu retten. Auf dem Weg in den Lagerraum würde er sich auf den Junkie stürzen und versuchen, ihm den Revolver zu entreißen. Aber er war übergewichtig, nicht in Form. Da er sich nicht rasch genug bewegen konnte, würde er mit einem Bauchschuß sterbend auf dem Fußboden liegend zurückbleiben, während der Dreckskerl Laura ins Lager zerrte und dort vergewaltigte.

»Bewegt euch!« verlangte der Junkie ungeduldig. »Dalli!«

Dann fiel ein Schuß. Laura kreischte, Bob zog sie an sich, um sie mit seinem Körper zu decken, aber der Schuß hatte den Junkie getroffen. Die Kugel durchschlug seine linke Schläfe und riß einen Teil des Schädels weg, so daß der Mann auf den Slim Jims, Crakkers und Kaugummipackungen zusammenbrach, die er zuvor von dem Ständer gefegt hatte. Er war so augenblicklich tot, daß er nicht einmal mehr reflexartig den Abzug seines Revolvers betätigen konnte.

Bob blickte benommen nach rechts und sah einen großen blonden Mann mit einer Pistole in der Hand. Er mußte das Gebäude durch den Hintereingang betreten und sich durch den Lagerraum in den Laden geschlichen haben. Dort hatte er den Junkie ohne Warnung erschossen. Er starrte den Toten kühl und leidenschaftslos an, als gehöre das Vollstrecken von Todesurteilen zu seinem Geschäft.

»Gott sei Dank!« sagte Bob. »Polizei.«

»Ich bin kein Polizist.« Der Mann trug eine graue Hose, ein weißes Hemd und eine graue Jacke, unter der ein Schulterhalfter sichtbar war.

Bob fragte sich verwirrt, ob ihr Retter etwa noch ein Gangster war, der dort weitermachen wollte, wo der Junkie so gewaltsam unterbrochen worden war.

Der Unbekannte blickte von dem Toten auf. Der Blick seiner leuchtendblauen Augen war forschend und durchdringend.

Bob wußte bestimmt, daß er diesen Mann schon einmal gesehen hatte, aber er konnte sich nicht erinnern, wo und wann das gewesen war.

Der Unbekannte starrte Laura prüfend an. »Alles in Ordnung, Sweetheart?«

»Ja«, sagte sie. Aber sie klammerte sich weiter an ihren Vater.

Von dem Toten stieg beißender Uringestank auf, weil er im Moment, als er starb, die Kontrolle über seine Blase verloren hatte.

Der Unbekannte durchquerte den Raum, wobei er einen Bogen um die Leiche machte, ließ das Sicherheitsschloß der Ladentür einschnappen und zog das Türrollo herab. Dann schaute er besorgt zu den großen Ladenfenstern, über die wahre Sturzbäche flossen, die einen die Straße draußen nur verzerrt sehen ließen. »Die lassen sich nicht abdecken, schätze ich. Wir müssen einfach hoffen, daß niemand vorbeikommt und einen Blick hereinwirft.«

»Was haben Sie mit uns vor?« fragte Bob.

»Ich? Nichts. Ich bin nicht wie dieser Schweinehund. Ich will nichts von Ihnen. Die Tür hab' ich bloß versperrt, damit wir uns die Story zurechtlegen können, die Sie der Polizei erzählen müssen. Die muß sitzen, bevor jemand reinkommt und die Leiche entdeckt.«

»Wozu brauche ich eine Story?«

Der Unbekannte beugte sich über den Toten, holte die Autoschlüssel und das geraubte Geld aus den Taschen der blutbefleckten Windjacke und richtete sich wieder auf. »Okay, Sie müssen aussagen, Sie wären von zwei Gangstern überfallen worden. Der hier hatte es auf Laura abgesehen, aber der andere fand die Idee, ein kleines Mädchen zu vergewaltigen, widerwärtig und wollte bloß abhauen. Deshalb hat's Streit zwischen den beiden gegeben, und der zweite Mann hat den Kerl hier erschossen und ist mit der Beute geflüchtet. Trauen Sie sich zu, das glaubwürdig vorzubringen?«

Bob konnte noch immer nicht recht glauben, daß Laura und er noch einmal davongekommen sein sollten. »Ich ... das verstehe ich nicht. Sie sind nicht wirklich sein Komplice gewesen. Niemand kann Ihnen was anhaben, weil Sie ihn erschossen haben – schließlich hat er uns bedroht. Weshalb sagen wir dann nicht einfach die Wahrheit?«

Der Mann trat an die Kasse und gab Bob das Geld zurück. »Und was ist die Wahrheit?«

»Nun, Sie sind zufällig vorbeigekommen und Zeuge des Raubüberfalls geworden ...«

»Ich bin aber nicht *zufällig* vorbeigekommen, Bob. Ich habe über Laura und Sie gewacht.« Während der Mann seine Pistole ins Schulterhalfter zurücksteckte, blickte er auf Laura hinab. Sie starrte ihn mit großen Augen an. Er lächelte ihr zu und flüsterte: »Schutzengel.«

»Über uns gewacht?« fragte Bob, der nicht an Schutzengel glaubte. »Von wo aus, wie lange schon, weshalb?«

»Darf ich Ihnen nicht sagen«, antwortete der Blonde ungeduldig und mit einem vagen Akzent, den Bob jetzt erstmals wahrnahm. Er schaute zu den Ladenfenstern hinüber, gegen die der Regen prasselte. »Und ich kann's mir nicht leisten, von der Polizei vernommen zu werden. Deshalb muß die Story sitzen.«

»Woher kenne ich Sie?« fragte Bob.

»Sie kennen mich nicht.«

»Aber ich weiß bestimmt, daß ich Sie schon mal gesehen habe.«

»Sie haben mich nicht gesehen. Mehr brauchen Sie nicht zu wissen. Verstecken Sie jetzt um Gottes willen das Geld und lassen Sie die Kasse leer; es würde komisch aussehen, wenn der zweite Mann die Beute im Stich gelassen hätte. Ich nehme seinen Buick und lasse ihn ein paar Straßen weiter stehen, damit Sie ihn den Cops beschreiben können. Beschreiben Sie auch mich – das spielt keine Rolle.«

Draußen grollte der Donner, aber leiser und entfernter, anders als die Donnerschläge, mit denen das Gewitter begonnen hatte.

Die feuchte Luft schien sich zu verdicken, als der langsam aufsteigende Kupfergeruch des Blutes sich mit dem Uringestank mischte.

Bob wurde leicht übel; er lehnte am Ladentisch, ohne jedoch Laura loszulassen. »Weshalb kann ich nicht einfach erzählen, wie sie während des Überfalls reingekommen sind, den Kerl erschossen haben und dann verschwunden sind, weil sie keine Publicity wollten?«

Der Fremde erhob ungeduldig die Stimme. »Ein bewaffneter Mann kommt zufällig vorbei, während hier ein Raubüberfall stattfindet, und beschließt, den Helden zu spielen? Eine so schiefe Story nehmen die Cops Ihnen niemals ab!«

»So ist's aber gewesen ...«

»Aber es nimmt Ihnen keiner ab! Die Cops glauben dann eher, *Sie* hätten den Junkie erschossen. Da Sie keine Waffe besitzen – zumindest keine amtlich registrierte –, werden sie sich fragen, ob Sie den Kerl mit einer illegalen Waffe erschossen und die Waffe dann weggeworfen haben, bevor Sie sich diese verrückte Story von dem geheimnisvollen Rächer ausdachten, der reingekommen sein und Sie gerettet haben soll.«

»Ich habe einen guten Ruf als Geschäftsmann.«

In den Blick des Unbekannten trat ein seltsam trauriger, fast gequälter Ausdruck. »Bob, Sie sind ein netter Kerl – aber manchmal ein bißchen naiv.«

»Was wollen Sie damit ...«

Der Blonde hob die Hand, um ihn zum Schweigen zu bringen. »Wenn's zum Schwur kommt, ist ein guter Ruf immer weniger wert, als man denkt. Die meisten Menschen sind gutherzig und bereit, im Zweifelsfall für den Angeklagten zu entscheiden, aber einige Böse legen es darauf an, andere zu ruinieren.« Seine Stimme war zu einem Flüstern geworden, und obwohl er Bob weiter ansah, schienen vor seinem inneren Auge andere Orte, andere Menschen zu stehen. »Aus Neid, Bob. Der Neid frißt sie auf. Wären Sie reich, würden sie Ihnen Ihr Geld neiden. Aber da Sie keines haben, neiden sie Ihnen Ihre hübsche, intelligente, liebenswerte Tochter. Sie sind auf Sie neidisch, nur weil Sie glücklich sind. Sie sind neidisch auf Sie, weil *Sie* auf niemanden neidisch sind. Zu den größten Tragödien der menschlichen Existenz gehört die Tatsache, daß manche Menschen ihr Glück nur im Elend anderer finden.«

Den Vorwurf der Naivität konnte Bob nicht zurückweisen, und er wußte, daß der Unbekannte die Wahrheit sagte. Ihm lief ein kalter Schauer über den Rücken.

Nach kurzem Schweigen wurde der gequälte Blick des Mannes wieder drängend. »Und wenn die Cops denken, daß Ihre Story von dem Einzelgänger, der Sie gerettet haben soll, ein Lügenmärchen ist, werden sie sich fragen, ob der Junkie vielleicht gar keinen Raubüberfall verüben wollte, sondern Sie ihn vielleicht gekannt und Streit mit ihm gehabt haben und daraufhin vielleicht einen Mord planten und als Raubüberfall zu tarnen versuchten. So denken die Cops, Bob! Selbst wenn sie Ihnen nichts nachweisen können, werden sie's so hartnäckig versuchen, daß sie Ihr ganzes Leben damit ruinieren. Wollen Sie Laura das antun?«

»Nein.«

»Dann halten Sie sich an meine Story.«

Bob nickte zögernd. »Gut, ich halte mich daran. Aber wer sind Sie, verdammt noch mal?«

»Das spielt keine Rolle. Für Erklärungen ist ohnehin keine Zeit.« Er trat hinter die Ladentheke und beugte sich zu Laura hinunter. »Hast du verstanden, was ich deinem Vater erzählt habe? Wenn die Polizei dich fragt ...«

»Sie sind mit diesem Mann zusammen gewesen«, sagte Laura und nickte zu dem Toten hinüber.

»Richtig!«

»Sie sind sein Freund gewesen«, fuhr sie fort, »aber dann haben Sie sich meinetwegen mit ihm gestritten. Ich weiß aber nicht, warum, weil ich nichts getan hatte ...«

»Der Grund spielt keine Rolle, Schatz«, versicherte der Unbekannte ihr.

Laura nickte. »Und dann haben Sie ihn erschossen und sind mit unserem ganzen Geld rausgelaufen und mit dem Auto weggefahren, und ich hab' große Angst gehabt.«

Der Mann sah zu Bob auf. »Acht Jahre alt, was?«

»Sie ist ein kluges Mädchen.«

»Trotzdem wär's am besten, wenn die Cops sie nicht allzu eingehend vernehmen würden.«

»Das lasse ich nicht zu.«

»Falls sie's doch tun«, warf Laura ein, »weine und weine ich, bis sie aufhören.«

Der Unbekannte lächelte Laura so liebevoll an, daß Bob unbehaglich dabei wurde. Aber er benahm sich ganz anders als der Kerl, der sie in den Lagerraum hatte schleppen wollen. Aus seinem Gesichtsausdruck sprach zärtliche Zuneigung. Und als er jetzt ihre Wange berührte, schimmerten überraschenderweise Tränen in seinen Augen. Er richtete sich blinzelnd auf. »Stecken Sie das Geld weg, Bob. Denken Sie daran, daß *ich* damit geflüchtet bin.«

Bob merkte erst jetzt, daß er das Bündel Geldscheine noch immer in der Hand hielt. Er stopfte es in die Hosentasche, und seine lose Schürze verdeckte die Ausbuchtung.

Der Unbekannte schloß die Ladentür auf und ließ das Rollo nach oben gleiten. »Passen Sie gut auf sie auf, Bob. Sie ist was Besonderes.« Dann lief er in den Regen hinaus, ohne die Tür hinter sich zu schließen, und stieg in den Buick. Die Reifen quietschten, als er anfuhr.

Das Radio war noch immer eingeschaltet, und Bob nahm es zum ersten Mal wieder wahr, seit ›The End of the World‹ erklungen und der Junkie erschossen worden war. Jetzt sang Shelley Fabares ›Johnny Angel‹.

Plötzlich hörte er auch den Regen wieder – nicht nur als dumpf brausendes Hintergrundgeräusch, sondern wie er gegen die Schaufenster und auf das Dach der Wohnung über dem Laden trommelte. Trotz des durch die offene Tür kommenden Schwalls frischer Luft war der Blut- und Uringestank plötzlich viel schlimmer als noch im Augenblick zuvor, und Bob wurde ebenso plötzlich klar – als sei er aus einer Trance des Schreckens wieder zu vollem Bewußtsein erwacht –, in welcher schrecklichen Gefahr seine kostbare Laura geschwebt hatte. Er schloß sie in die Arme, hob sie hoch, wiederholte ihren Namen und strich ihr übers Haar. Er vergrub sein Gesicht an ihrer Schulter, roch den süßen Duft ihrer

Haut, spürte den Puls an ihrem Hals und dankte Gott dafür, daß sie noch lebte.

»Ich liebe dich, Laura.«

»Ich liebe dich auch, Daddy. Ich liebe dich wegen Sir Keith Kröterich und wegen einer Million anderer Gründe. Aber wir müssen jetzt die Polizei anrufen.«

»Ja, natürlich«, sagte er und setzte sie widerstrebend ab. Seine Augen standen voller Tränen. Er war so entnervt, daß er nicht mehr wußte, wo das Telefon stand.

Laura hatte bereits den Hörer abgenommen. Sie hielt ihn ihrem Vater hin. »Ich kann sie auch anrufen, Daddy. Die Nummer steht hier auf der Wählscheibe. Soll ich sie anrufen?«

»Nein, das mach' ich selbst, Baby.« Er wischte sich die Tränen aus den Augen und setzte sich auf den alten Holzhocker hinter der Registrierkasse.

Laura legte ihm eine Hand auf den Arm, als wisse sie, daß er ihre Nähe brauchte.

Janet war innerlich sehr stark gewesen. Aber Lauras Kraft und Selbstbeherrschung waren für ihr Alter ungewöhnlich, und Bob Shane wußte nicht recht, woher sie diese Kräfte hatte. Vielleicht war sie als Halbwaise selbständiger als andere in ihrem Alter ...

»Daddy?« Laura tippte mit einem Finger aufs Telefon. »Vergiß die Polizei nicht!«

»Ja, richtig«, sagte Bob. Er bemühte sich, den Todesgestank zu ignorieren, der den Laden erfüllte, und wählte die Notrufnummer der Polizei.

Kokoschka saß gegenüber von Bob Shanes kleinem Laden in einem Auto und betastete nachdenklich den Schmiß auf seiner Backe.

Es regnete nicht mehr. Die Polizei war wieder weggefahren. Mit Einbruch der Dunkelheit waren Neonreklamen und Straßenlampen aufgeflammt, aber der Asphalt glänzte trotz dieser Beleuchtung schwarz, als sauge er das Licht auf, anstatt es zu reflektieren.

Kokoschka war zugleich mit Stefan, dem blonden, blauäugigen Verräter, in dieser Straße angekommen. Er hatte den Schuß gehört, Stefan mit dem Auto des Toten flüchten gesehen, sich beim Eintreffen der Polizei unter die Neugierigen gemischt und so ziemlich alles erfahren, was im Laden passiert war.

Er ließ sich natürlich nicht von Bob Shanes lächerlicher Story täuschen, die Stefan als zweiten Räuber hinstellte. Stefan war kein Gangster, sondern ein selbsternannter Beschützer, der natürlich Interesse daran hatte, daß seine wahre Identität geheim blieb.

Laura war erneut gerettet worden. Aber weshalb?

Kokoschka versuchte sich vorzustellen, welche Rolle das Mädchen in den Plänen des Verräters spielen könnte, aber er kam zu keinem Ergebnis. Er wußte, es wäre zwecklos, die Kleine zu verhören, denn sie war zu jung, als daß es Sinn gehabt hätte, sie einzuweihen. Der Grund für ihre Rettung war ihr wohl ebenso rätselhaft wie Kokoschka.

Auch ihr Vater wußte bestimmt nicht mehr. Stefan interessierte sich offenbar nur für das Mädchen, nicht für den Vater, so daß er wohl auch Bob Shane nicht über seine Herkunft oder Absichten informiert hatte.

Kokoschka fuhr schließlich einige Straßen weiter zu einem Restaurant, aß zu Abend und kehrte später zu dem Laden zurück. Er parkte in einer Seitenstraße unter den weit ausladenden Wedeln einer Dattelpalme. Im Laden war es dunkel, aber in der Wohnung im ersten Stock brannte Licht.

Aus der tiefen Tasche seines Regenmantels zog er einen Revolver: einen kurzläufigen Colt Agent Kaliber 38 – klein und handlich, aber wirkungsvoll. Kokoschka bewunderte präzise konstruierte und gefertigte Waffen; vor allem diese gab ihm das Gefühl, den Tod in Stahl gefangen in der Hand zu halten.

Kokoschka konnte die Telefonleitung der Shanes kappen, sich heimlich Zutritt zu der Wohnung verschaffen, Vater und Tochter erschießen und verschwinden, bevor die von Nachbarn alarmierte Polizei eintraf. Nach seinen Talenten und Neigungen war er für einen Job dieser Art qualifiziert.

Ermordete er sie jedoch, ohne zu wissen, *warum* er sie erschoß, und ohne zu verstehen, welche Rolle sie in Stefans Plänen spielten, könnte sich später vielleicht herausstellen, daß es ein Fehler gewesen war, sie zu liquidieren. Bevor er handelte, mußte er Stefans Absichten kennen.

Kokoschka steckte den Revolver widerstrebend ein.

3

In der windstillen Nacht fielen die Regentropfen senkrecht auf die Großstadt herab, als wäre jeder einzelne unnatürlich schwer. Sie prasselten lärmend auf Dach und Windschutzscheibe des kleinen Autos.

Um ein Uhr morgens in dieser Dienstagnacht Ende März waren auf den nassen, an einigen Kreuzungen vom Regenwasser überfluteten Straßen, nur vereinzelte Militärfahrzeuge unterwegs.

Auf der Fahrt zum Institut machte Stefan Umwege, um bekannten Kontrollstellen auszuweichen, fürchtete aber, auf einen zusätzlich errichteten Kontrollpunkt zu treffen. Seine Papiere waren in Ordnung, sein Dienstausweis befreite ihn von der neuen Ausgangssperre. Trotzdem legte er keinen Wert darauf, kontrolliert zu werden. Er durfte nicht riskieren, daß sein Wagen durchsucht wurde, denn der Koffer auf dem Rücksitz enthielt Kupferdraht, Zündkapseln und Plastiksprengstoff, den er nicht legal in seinem Besitz haben durfte.

Weil die Windschutzscheibe von seinem Atem beschlagen war, der Regen die unheimlich dunkle Stadt noch dunkler machte, die Scheibenwischer abgenützt waren und die Tarnscheinwerfer sein Blickfeld einengten, hätte er die enge Gasse zum Hintereingang des Instituts beinahe verfehlt. Er bremste und riß das Lenkrad herum. Auf den nassen Pflastersteinen brach das Heck des PKWs leicht aus, als er mit quietschenden Reifen polternd die Kurve nahm.

Er parkte im Dunkel in der Nähe des Hintereingangs, stieg aus und nahm den Koffer vom Rücksitz. Das Institut war ein schmuckloser dreistöckiger Klinkerbau mit massiv vergitterten Fenstern.

Das Gebäude wirkte bedrohlich, aber nicht wie eines, das Geheimnisse enthielt, die den Lauf der Weltgeschichte verändern sollten. Die schwarze Stahltür hatte verdeckte Angeln und ließ sich nur von innen öffnen. Er drückte auf den Knopf, hörte den Summer ertönen und wartete nervös darauf, daß ihm geöffnet würde.

Er trug Gummiüberschuhe und einen Trenchcoat mit hochgeklapptem Kragen, aber er hatte weder Hut noch Schirm. Der kalte Regen ließ seine Haare am Schädel kleben und lief ihm hinten ins Genick.

Vor Kälte zitternd betrachtete er den Fensterschlitz neben der

Tür: 15 Zentimeter breit, einen halben Meter hoch und mit einer nur von innen durchsichtigen Scheibe aus außenverspiegeltem Panzerglas.

Über der Tür flammte eine Lampe auf. Der konische Schirm bündelte ihr gelbliches Licht und richtete es genau auf den im Regen Wartenden.

Stefan lächelte dem verspiegelten Sehschlitz zu, hinter dem der Wachmann stand, den er nicht sehen konnte.

Das Licht erlosch, die Stahlriegel wurden klappernd zurückgezogen, und die Tür ging nach innen auf. Er kannte den Wachmann: Viktor Soundso, ein stämmiger Mittfünfziger mit Nickelbrille und kurzgeschorenem grauen Haar, der keineswegs so grimmig war, wie er aussah, sondern sich im Gegenteil gluckenhaft Sorgen um die Gesundheit von Freunden und Bekannten machte.

»Mensch, was tun Sie um diese Zeit hier – bei diesem Scheißwetter?«

»Ich hab' nicht schlafen können.«

»Verdammter Regen. Kommen Sie rein! Sie werden sich noch erkälten.«

»Mir ist Arbeit liegengeblieben. Das hat mir keine Ruhe gelassen, deshalb habe ich beschlossen, herzukommen und sie zu erledigen.«

»Das ist der Weg zu einem frühen Grab, wetten?«

Während Stefan den Vorraum betrat und zusah, wie der Wachmann die Stahltür schloß, versuchte er sich an irgendeine Kleinigkeit aus Viktors Privatleben zu erinnern.

»Wie Sie aussehen, Viktor, macht Ihre Frau noch immer die fabelhaften Nudelaufläufe, von denen Sie mir erzählt haben?«

Viktor wandte sich von der Tür ab, lachte leise und tätschelte seinen Schmerbauch. »Ich könnte schwören, daß der Teufel sich mit ihr verbündet hat, um mich zur Sünde der Völlerei zu verführen. Was haben Sie da für einen Koffer? Ziehen Sie bei uns ein?«

Stefan wischte sich mit der freien Hand über sein regennasses Gesicht.

»Unterlagen«, antwortete er knapp. »Ich habe sie zu Hause durchgearbeitet.«

»Haben Sie denn gar kein Privatleben?«

»O ja. Jeden zweiten Dienstag zwanzig Minuten.«

Viktor schüttelte mißbilligend den Kopf. Er trat an den Schreibtisch, der ein Drittel des kleinen Vorraums einnahm, griff nach dem Telefonhörer und rief den zweiten Wachmann an, der seinen Posten am Haupteingang des Institutsgebäudes in einem ähnlichen Raum hatte. Wurde jemand nach Dienst eingelassen, verständigte der jeweilige Wachmann seinen Kollegen am anderen Ende, damit kein falscher Alarm gegeben und nicht etwa ein harmloser Besucher versehentlich erschossen wurde.

Stefan, von dessen Trenchcoat Wasser auf den abgetretenen Teppich tropfte, trat an die innere Tür und holte seinen Schlüssel aus der Manteltasche. Auch diese Tür bestand aus Stahl und hatte verdeckte Angeln. Sie ließ sich jedoch nur öffnen, wenn zwei Schlüssel gleichzeitig gedreht wurden – der eines Institutsmitarbeiters und der des jeweiligen Wachmanns. Die Forschungsprojekte, an denen hier gearbeitet wurde, waren so geheim, daß selbst das Wachpersonal keinen Zugang zu den Labors und Archiven hatte.

Viktor legte den Hörer auf. »Wie lange bleiben Sie?«

»Ein paar Stunden. Arbeitet heute nacht sonst noch jemand?«

»Nein. Sie sind der einzige Märtyrer. Und Märtyrer mag keiner. Eines Tages arbeiten Sie sich zu Tode – und wofür? Das Vaterland wird's Ihnen auch nicht danken.«

»Heilige und Märtyrer herrschen aus dem Grab, hat ein Dichter geschrieben.«

»Heilige und Märtyrer herrschen aus dem Grab? Klingt nicht nach einem Dichter. Eher nach staatsfeindlicher Parole.« Viktor lachte. Offenbar amüsierte ihn die Vorstellung, sein fleißiger Kollege könnte ein Verräter sein.

Sie sperrten gemeinsam die innere Tür auf.

Stefan wuchtete den Sprengstoffkoffer in den Erdgeschoßkorridor des Instituts und machte dort Licht.

»Wenn Sie sich die Nachtarbeit zur Gewohnheit machen wollen«, sagte Viktor, »bringe ich Ihnen das nächste Mal einen Kuchen meiner Frau mit, damit Sie bei Kräften bleiben.«

»Danke, Viktor, aber ich hoffe, daß es nicht zur Gewohnheit wird.«

Der Wachmann schloß die Stahltür, deren Riegel automatisch einschnappten.

Als Stefan im Korridor allein war, überlegte er nicht zum ersten

Mal, daß er mit seinem Aussehen Glück hatte: blond, blauäugig, energische Gesichtszüge. Seine Erscheinung trug mit dazu bei, daß er ganz frech Sprengstoff ins Institut schaffen konnte, ohne mit einer Durchsuchung seines Gepäcks rechnen zu müssen. Es war nichts Finsteres, Verschlagenes oder Verdächtiges an ihm, er entsprach dem gängigen Ideal. Seine Loyalität stand für Männer wie Viktor außer Zweifel – Männer, deren blinde Staatstreue und bierseliger, sentimentaler Patriotismus sie daran hinderte, über alle möglichen Dinge nachzudenken. Und es gab genug Dinge, über die man hätte nachdenken können.

Er fuhr mit dem Aufzug in den zweiten Stock und ging sofort in sein Büro, wo er eine Messinglampe mit Scherengelenkarm anknipste. Nachdem er Trenchcoat und Überschuhe abgelegt hatte, holte er mehrere Schnellhefter aus dem Aktenschrank und legte sie aufgeschlagen auf seinen Schreibtisch, um die Illusion zu erzeugen, hier werde gearbeitet. Für den unwahrscheinlichen Fall, daß einer seiner Kollegen mitten in der Nacht ins Institut kam, mußte alles getan werden, um keinen Verdacht aufkommen zu lassen.

Danach stieg Stefan mit seinem Koffer und einer mitgebrachten Taschenlampe in den dritten Stock und weiter zum Dachboden hinauf. Das Licht der Taschenlampe zeigte ihm mächtige Balken, aus denen da und dort schlecht eingeschlagene Nägel ragten. Obwohl der Raum unter dem Dach einen Fußboden aus gehobelten Dielen hatte, wurde er nicht als Speicher benützt und war leer bis auf etliche Spinnweben und eine alles bedeckende graue Staubschicht. Der Dachstuhl war in der Mitte so hoch, daß Stefan aufrecht stehen konnte; an den Seiten wurde die Konstruktion jedoch so niedrig, daß man sich nur mehr auf allen vieren fortbewegen konnte.

So dicht unter dem Ziegeldach erinnerte das stete Trommeln des Regens an das gleichmäßige Gebrumm endloser Bomberformationen, die die Stadt überflogen. Dieser Vergleich drängte sich Stefan vielleicht deswegen auf, weil er der festen Überzeugung war, es sei das unvermeidliche Schicksal dieser Stadt, dem Erdboden gleichgemacht zu werden.

Er klappte den Koffer auf. Mit den flinken, geschickten Fingern des Sprengmeisters brachte er die ziegelförmigen Ladungen Plastiksprengstoff so an, daß sie bei der Zündung nach innen und unten wirken würden. Die Detonation durfte nicht nur das Dach absprengen, sondern mußte auch das oberste Geschoß zum Einsturz bringen, damit die Masse aus Balken, Dachziegeln und Mauertrümmern weitere Schäden anrichtete. Stefan brachte die Ladungen in den hintersten Winkeln des Dachstuhls an und stemmte sogar einige Bodenbretter hoch, um darunter Sprengstoff zu verstecken.

Draußen ließ das Gewitter kurz nach. Aber wenig später grollte der Donner noch böser durch die Nacht, und es regnete heftiger als zuvor. Auch der bisher nicht aufgetretene Wind setzte nun ein und wurde bald zum Sturm, der um die Giebel heulte und die Stadt mit seltsam hohler Stimme gleichzeitig zu bedrohen und zu betrauern schien.

Die Kälte auf dem ungeheizten Dachboden setzte Stefan so zu, daß seine Hände bei der heiklen Arbeit immer mehr zitterten. Obwohl er fror, stand ihm der Schweiß auf der Stirn.

Er versah jede Sprengladung mit einer Zündkapsel, deren Zuleitungen in die Nordwestecke des Dachbodens führten. Dort flocht er die Litzen zu einem Kabel zusammen, das er in einen Lüftungsschacht hinabließ, der bis in den Keller hinunterreichte.

Die Sprengladungen und ihre Zündleitungen waren so unauffällig wie möglich angebracht und würden nicht bemerkt werden, wenn jemand die Dachbodentür bloß öffnete, um sich hier oben rasch umzusehen. Bei genauerer Untersuchung oder wenn man den Dachboden als Speicher benützte, würden die Drähte und der Plastiksprengstoff jedoch sicher entdeckt werden.

In den folgenden 24 Stunden durfte niemand hier heraufkommen. Angesichts der Tatsache, daß Stefan in den letzten Monaten der einzige gewesen war, der den Dachboden betreten hatte, war das nicht zuviel verlangt.

Morgen würde er mit einem weiteren Koffer kommen und die Sprengladungen im Keller anbringen. Gleichzeitige Detonationen oben und unten waren das einzig sichere Mittel, das Institutsgebäude – und alles, was es enthielt – in einen Trümmerhaufen zu verwandeln. Die Sprengung und der dadurch entstehende Brand durften keine Unterlagen übriglassen, die eine Fortsetzung des hier betriebenen gefährlichen Forschungsprojekts erlaubten.

Obwohl die Sprengladungen genau berechnet und sorgfältig plaziert worden waren, würden auch die umliegenden Gebäude in Mitleidenschaft gezogen werden, und es war zu befürchten, daß auch schuldlose Unbeteiligte ums Leben kamen. Aber das ließ sich nicht vermeiden. Er wagte nicht, weniger Sprengstoff zu verwenden, denn falls nicht sämtliche Unterlagen des Instituts vernichtet wurden, konnte die Arbeit am Projekt rasch wiederaufgenommen werden. Und dieses Projekt mußte schnellstens gestoppt werden, weil davon das Heil der Menschheit abhing. Sollten dabei auch Unbeteiligte umkommen, würde er mit dieser Schuld leben müssen.

Nach zwei Stunden, wenige Minuten nach drei Uhr, war er mit seiner Arbeit auf dem Dachboden fertig.

Er kehrte in sein Büro im zweiten Stock zurück und blieb eine Weile hinter dem Schreibtisch sitzen. Er wollte nicht gehen, bevor sein schweißnasses Haar wieder trocken war und er nicht mehr zitterte. Viktor durfte nichts merken.

Stefan schloß die Augen und rief sich Lauras Gesicht ins Gedächtnis zurück. Der Gedanke an sie beruhigte ihn stets. Allein die Tatsache ihrer Existenz verlieh ihm Mut und inneren Frieden.

4

Bob Shanes Freunde wollten ursprünglich nicht, daß Laura an der Beerdigung ihres Vaters teilnähme. Sie fanden, einer Zwölfjährigen solle dieses traumatische Erlebnis erspart bleiben. Laura bestand jedoch darauf, und wenn sie etwas so unbedingt wollte, konnte niemand sie davon abbringen.

Dieser Montag, der 24. Juli 1967, war der schlimmste Tag ihres Lebens – noch schmerzlicher als der vorangegangene Montag, an dem ihr Vater gestorben war. Der erste Schock mit seiner betäubenden Wirkung war zum Teil abgeklungen, Laura fühlte sich nicht mehr so stumpf und benommen. Ihre Gefühle lagen näher an der Oberfläche und waren weniger leicht zu beherrschen. Sie begann allmählich zu begreifen, was sie verloren hatte.

Da sie kein schwarzes Kleid hatte, entschied sie sich für ihr dunkelblaues. Dazu trug sie schwarze Schuhe und blaue Socken. Die Socken machten ihr Kopfzerbrechen, weil sie ihr kindlich, fast frivol vorkamen. Da sie jedoch noch nie Nylonstrümpfe getragen hatte, hielt sie es für unpassend, damit anläßlich einer Beerdigung anzufangen. Sie rechnete damit, daß ihr Vater während des Gottesdienstes aus dem Himmel herabschauen würde, und wollte so aussehen, wie er sie in Erinnerung hatte. Hätte er sie in Nylonstrümpfen gesehen – als kleines Mädchen, das krampfhaft erwachsen wirken wollte –, hätte er sich ihrer vielleicht geschämt.

In der Einsegnungshalle saß Laura in der ersten Reihe zwischen Cora Lance, der Besitzerin eines Frisiersalons in der Nähe von Shanes Laden, und Anita Passadopolis, die in der St. Andrew's Presbyterian Church als Sozialarbeiterin mit Bob zusammengearbeitet hatte. Beide Frauen waren Mitte Fünfzig: großmütterliche Erscheinungen, die Laura beruhigend tätschelten und sie besorgt im Auge behielten.

Um Laura hätten sie sich keine Sorgen zu machen brauchen. Sie dachte nicht daran, hemmungslos zu weinen, hysterisch zu werden oder sich die Haare zu raufen. Sie begriff, daß der Tod unvermeidlich war. Jeder mußte irgendwann sterben. Menschen starben, Hunde starben, Katzen starben, Vögel starben, Blumen starben. Sogar die uralten Sequoien starben früher oder später, obwohl sie zwanzig- oder dreißigmal länger lebten als ein Mensch, was eigentlich unfair war. Andererseits war es bestimmt viel langweiliger, ein Jahrtausend lang als Baum zu leben, als nur 42 Jahre als glücklicher Mensch zu existieren. Mit 42 Jahren war ihr Vater noch viel zu jung gewesen, als sein Herz plötzlich versagt hatte. Aber das war eben der Lauf der Welt, der sich auch durch Tränen nicht ändern ließ. Laura war stolz darauf, wie vernünftig sie alles sah.

Außerdem bedeutete der Tod nicht das Ende eines Menschen. In Wirklichkeit war der Tod ein Anfang, denn mit ihm begann ein neues, besseres Leben. Sie wußte, daß das so war, denn ihr Vater hatte es ihr erzählt, und ihr Vater hatte nie gelogen. Ihr Vater war grundehrlich und freundlich und liebevoll gewesen.

Als der Geistliche ans Rednerpult links neben dem Sarg trat, beugte Cora Lance sich zu Laura hinüber und flüsterte. »Alles in Ordnung, Schätzchen?«

»Ja, natürlich«, antwortete sie, ohne Cora jedoch anzusehen. Da sie nicht wagte, die Blicke anderer zu erwidern, studierte sie ihre unbelebte Umgebung mit großem Interesse.

Dies war die erste Einsegnungshalle, in der Laura je gewesen war, und sie gefiel ihr nicht. Der burgunderrote Teppich war lächerlich hochflorig. Auch die Vorhänge und Polstersessel waren burgunderrot mit schmalen Goldrändern, und die Lampen hatten burgunderrote Schirme, als wäre der Raum von einem Innenarchitekten mit einem krankhaften Hang für Burgunderrot ausgestattet worden.

›Hang‹ war ein neues Wort für Laura. Sie gebrauchte es viel zu oft, was ihr bei neuen Wörtern unweigerlich passierte, aber in diesem Fall paßte es wirklich. Sie erinnerte sich, wie ihr Vater sie manchmal mit ihrer Leidenschaft für neue Wörter aufgezogen hatte. Er hatte Spaß daran gehabt, sie zum Lachen zu bringen – zum Beispiel mit seinen Geschichten über Sir Keith Kröterich, das britische Amphibium, das er erfunden hatte, als Laura acht gewesen war, und dessen komische Biographie er fast tagtäglich weiter ausgeschmückt hatte. In mancher Beziehung war ihr Vater kindlicher gewesen als sie, und sie hatte ihn dafür geliebt.

Lauras Unterlippe zitterte. Sie biß fest darauf. Tränen hätten bedeutet, daß sie bezweifelte, was ihr Vater ihr immer wieder über das nächste, das bessere Leben erzählt hatte. Durch ihr Weinen hätte sie ihn endgültig für tot erklärt – für immer und ewig tot, *finito.*

Sie sehnte sich danach, sich in ihrem Zimmer über dem Laden im Bett verkriechen und die Decke über den Kopf ziehen zu können. Der Gedanke erschien ihr so reizvoll, daß sie fürchtete, er könnte sich für sie zu einem Hang entwickeln.

Von der Einsegnungshalle begaben sie sich zum Friedhof.

Dort gab es keine Grabsteine. Die Gräber waren durch Bronzeplaketten auf eben in den Boden eingelassenen Marmorplatten gekennzeichnet. Die sanft gewellten grünen Rasenflächen im Schatten riesiger Lorbeerbäume und kleinerer Magnolien hätten ein Park sein können, in dem man rennen und toben und spielen und lachen konnte – wenn das offene Grab nicht gewesen wäre, über dem Bob Shanes Sarg hing.

Letzte Nacht war sie zweimal durch fernen Donner aufgewacht und im Halbschlaf hatte sie Blitze zu sehen geglaubt. Aber falls es nachts ein für diese Jahreszeit unübliches Gewitter gegeben haben sollte, war davon nichts mehr zu sehen. Der Himmel war wolkenlos blau.

Laura stand zwischen Cora und Anita, die sie an den Händen hielten und ihr Trost zuflüsterten, aber nichts, was sie sagten oder taten, konnte sie wirklich trösten. Ihre innere Kälte nahm mit jedem Wort des Abschiedsgebets des Geistlichen zu, bis sie das Gefühl hatte, nackt einem Polarwinter ausgesetzt zu sein, statt an einem heißen, windstillen Julimorgen im Schatten eines Baums zu stehen.

Der Totengräber schaltete die Elektrowinde ein, an deren Drahtseil der Sarg hing. Bob Shanes Leichnam wurde in die Erde gesenkt.

Laura, die das langsame Versinken des Sarges nicht mit ansehen konnte und der plötzlich das Atmen schwerfiel, wandte sich ab, entzog sich den liebevollen Händen ihrer beiden Wahlgroßmütter und entfernte sich einige Schritte weit. Sie war kalt wie Marmor; sie konnte den Schatten nicht länger ertragen. Sie blieb stehen, sobald sie in die Sonne trat, die sich auf ihrer Haut warm anfühlte, ohne jedoch gegen ihre innerlichen Schauder zu helfen.

Sie starrte etwa eine Minute lang den sanft abfallenden Hügel hinunter, bevor ihr der Mann auffiel, der am anderen Ende des Friedhofs vor einem Wäldchen aus großen Lorbeerbäumen stand. Er trug ein weißes Hemd und eine hellbeige Sommerhose, die vor dem schattigen Hintergrund schwach zu leuchten schienen, als wäre er ein Gespenst, das seine gewohnt nächtliche Umgebung mit dem Tageslicht vertauscht hatte. Er beobachtete sie und die übrige Trauergemeinde um Bob Shanes Grab, das fast auf dem Rücken des Hügels lag. Aus dieser Entfernung konnte Laura sein Gesicht nicht erkennen, aber sie sah, daß er groß und stark und blond war – und beunruhigend vertraut.

Der Beobachter faszinierte sie, ohne daß sie einen Grund dafür hätte nennen können. Sie ging wie unter einem Zauberbann zwischen den Grabstätten und über Gräber hinweg hügelabwärts. Je näher sie dem Blonden kam, desto vertrauter erschien er ihr. Anfangs reagierte er nicht auf ihre Annäherung, aber sie wußte, daß er sie aufmerksam beobachtete, und glaubte seinen Blick auf sich zu spüren.

Cora und Anita riefen ihren Namen, aber Laura ignorierte die beiden. Von unerklärlicher Erregung erfaßt, ging sie rascher, bis sie nur noch etwa dreißig Meter von dem Unbekannten entfernt war.

Der Mann zog sich ins Zwielicht unter den Bäumen zurück.

Aus Angst, er werde fort sein, bevor sie ihn richtig gesehen hatte – und ohne eigentlich zu wissen, weshalb das so wichtig sein sollte –, begann Laura zu rennen. Aber die Sohlen ihrer neuen schwarzen Schuhe waren noch glatt, so daß sie mehrmals beinahe hingefallen wäre. Wo der Mann gestanden hatte, war das Gras niedergetreten: Er war also kein Geist gewesen.

Laura nahm eine schemenhafte Bewegung zwischen den Bäumen wahr – das geisterhafte Weiß seines Hemdes. Sie hastete hinter ihm her. Im Schatten unter den Lorbeerbäumen wuchs nur blasses, spärliches Gras, aber dafür gab es überall aus dem Boden ragende Wurzeln und trügerische Schatten. Sie stolperte, hielt sich an einem Baum fest, um nicht zu fallen, gewann ihr Gleichgewicht zurück, sah auf – und mußte feststellen, daß der Mann verschwunden war.

Das Wäldchen bestand aus etwa hundert Bäumen, deren Zweige ein dichtes Blätterdach bildeten, durch das nur einzelne goldene Sonnenstrahlen drangen. Laura hastete durchs Halbdunkel weiter. Sie glaubte mehrmals, den Mann zu sehen, aber die vermeintliche Gestalt erwies sich stets als Phantombewegung, als ein Spiel aus Licht und Schatten oder ein Produkt ihrer Fantasie. Als leichter Wind aufkam, glaubte sie seine verstohlenen Schritte im alles überdeckenden Rauschen der Blätter zu hören, aber als sie diesem deutlichen Geräusch nachging, war es plötzlich nicht mehr zu hören.

Nach einigen Minuten hatte Laura das Wäldchen durchquert und erreichte eine Straße, die einen anderen Teil des weitläufigen Friedhofs erschloß. Am Straßenrand parkten Autos, deren Chrom im Sonnenschein glitzerte, und gut hundert Meter entfernt umstanden Trauernde ein weiteres Grab.

Laura blieb schweratmend am Straßenrand stehen und fragte sich, wohin der Mann in dem weißen Hemd verschwunden sein mochte – und weshalb sie ihn unbedingt ganz aus der Nähe hatte sehen wollen.

Der pralle Sonnenschein, das Ausbleiben der kurzlebigen Brise und die wieder über dem Friedhof liegende völlige Stille bewirkten, daß Laura unbehaglich zumute wurde. Das Sonnenlicht schien durch sie hindurchzugehen, als wäre sie körperlos, sie fühlte sich seltsam leicht und zugleich etwas schwindlig – als schwebe sie im Traum eine Handbreit über dem Erdboden.

Gleich werde ich ohnmächtig, dachte sie.

Laura stützte sich mit einer Hand auf den vorderen Kotflügel eines geparkten Wagens und biß die Zähne zusammen, während sie sich bemühte, bei Bewußtsein zu bleiben.

Obwohl sie erst zwölf war, dachte und handelte sie nicht oft kindlich und *fühlte* sich auch nie als Kind – doch jetzt, in diesem Augenblick auf dem Friedhof, kam sie sich plötzlich sehr klein, schwach und hilflos vor.

Ein beiger Ford rollte im Schrittempo die Straße entlang und wurde noch langsamer, als er sich Laura näherte. Sein Fahrer war der Blonde mit dem weißen Hemd.

Sobald Laura ihn sah, wußte sie, weshalb er ihr vertraut vorgekommen war. Der Raubüberfall vor vier Jahren! Ihr Schutzengel ... Obwohl sie damals erst acht gewesen war, würde sie sein Gesicht nie vergessen.

Er brachte den Ford fast zum Stehen, rollte sehr langsam an ihr vorbei und betrachtete sie dabei prüfend. Sie waren keine drei Meter voneinander entfernt.

Durchs offene Autofenster konnte Laura jede Einzelheit seines einnehmenden Gesichts so deutlich erkennen wie an jenem schrecklichen Tag, an dem sie ihn zum erstenmal gesehen hatte. Seine Augen waren so leuchtend blau und durchdringend, wie Laura sie in Erinnerung hatte. Als ihre Blicke sich trafen, durchfuhr sie ein Schauder.

Der Mann betrachtete sie schweigend und ohne zu lächeln, als versuche er, sich Lauras Aussehen in allen Einzelheiten einzuprägen. Er starrte sie an, wie ein erschöpfter Wüstenwanderer ein großes Glas quellfrisches Wasser angestarrt haben würde. Sein Schweigen und sein beharrlicher Blick ängstigten Laura, aber sie vermittelten ihr zugleich ein unerklärliches Gefühl der Geborgenheit.

Das Auto rollte an ihr vorbei. »Halt, warten Sie!« rief Laura.

Sie stieß sich mit den beiden Händen von dem Wagen ab, an dem sie gelehnt hatte, und rannte hinter dem beigen Ford her. Aber der Blonde gab Gas, fuhr rasch davon und ließ sie allein in der Sonne stehen, bis sie einen Augenblick später eine Männerstimme hinter sich hörte: »Laura?«

Als sie sich umdrehte, sah sie den Mann nicht gleich. Erst als er nochmals halblaut ihren Namen rief, erblickte sie ihn nur zehn Meter von ihr entfernt unter den ersten Bäumen des Wäldchens, aus dem sie gekommen war. Er trug ein schwarzes Hemd und eine schwarze Hose und schien irgendwie nicht in diesen Sommertag zu passen.

Laura, die sich fragte, ob dieser Mann irgend etwas mit ihrem Schutzengel zu tun habe, trat neugierig und verwirrt auf ihn zu. Sie war bis auf wenige Schritte an den neuen Unbekannten herangekommen, als sie merkte, daß die Disharmonie zwischen ihm und dem hellen, warmen Sommertag nicht nur auf seine schwarze Kleidung zurückzuführen war. Winterliche Düsterkeit schien zu seinen Eigenschaften zu gehören: Er strahlte Kälte aus, als wäre er dafür geboren, in Polarregionen zu hausen.

Sie blieb eineinhalb Meter vor ihm stehen.

Er sagte weiter nichts, sondern starrte sie nur forschend an. Sein durchdringender Blick drückte vor allem Frage und Verwirrung aus.

Sie sah die Narbe auf seiner linken Backe.

»Weshalb du?« fragte der winterliche Mann, trat einen Schritt vor und wollte nach ihr greifen.

Laura stolperte rückwärts und konnte vor Angst nicht einmal schreien.

Aus der Mitte des Wäldchens rief Cora Lance: »Laura? Wo bist du, Laura?«

Der Unbekannte reagierte auf die Nähe von Coras Stimme, indem er sich abwandte und zwischen den Lorbeerbäumen verschwand. Seine schwarze Gestalt verschmolz so rasch mit den Schatten, als wäre er kein Mensch, sondern nur ein zu kurzem Leben erwachtes Stück Dunkelheit gewesen.

Fünf Tage nach der Beerdigung – am Samstag, den 29. Juli – war Laura zum erstenmal seit einer Woche wieder in ihrem Zimmer über dem Lebensmittelgeschäft. Sie packte und nahm Abschied von der Umgebung, die ihr Heim gewesen war, solange sie zurückdenken konnte.

Sie unterbrach ihre Arbeit, setzte sich auf die Kante ihres ungemachten Betts und versuchte sich ins Gedächtnis zurückzurufen, wie glücklich und geborgen sie noch vor wenigen Tagen in diesem Raum gewesen war. Über hundert Taschenbücher, vor allem Hunde- und Pferdegeschichten, standen in einem Eckregal. Vier Dutzend Hunde- und Katzenminiaturen – aus Glas, Messing, Zinn und Porzellan – drängten sich auf zwei Regalbrettern über dem oberen Bettende.

Laura hatte kein Haustier, denn in Wohnungen über Lebensmittelgeschäften durften keine Tiere gehalten werden. Aber sie hoffte, eines Tages einen Hund zu bekommen, vielleicht sogar ein Pferd. Noch wichtiger war, daß sie vielleicht Tierärztin werden würde, wenn sie groß war – eine Heilerin kranker und verletzter Tiere.

Ihr Vater hatte gesagt, sie könne alles werden: Tierärztin, Rechtsanwältin, Filmstar, einfach alles. »Wenn du Lust hast, kannst du Rentierhirtin oder eine Ballerina auf Stelzen werden. Du läßt dich von nichts abhalten.«

Laura mußte lächeln, als sie daran dachte, wie ihr Vater die Ballerina nachgemacht hatte. Aber dabei fiel ihr auch ein, daß er sie verlassen hatte, und sie spürte, wie sich eine schreckliche Leere in ihr öffnete.

Sie räumte den Kleiderschrank aus, legte ihre Sachen sorgsam zusammen und packte sie in zwei große Koffer. Sie hatte auch einen Überseekoffer, in den sie ihre Lieblingsbücher, ein paar Spiele und einen Teddybären legte.

Cora und Tom Lance machten eine Inventarliste der übrigen Räume der kleinen Wohnung und des Lebensmittelgeschäfts im Erdgeschoß. Laura sollte zu ihnen ziehen, wobei ihr noch nicht recht klar war, ob dies eine Dauerlösung oder lediglich eine Übergangslösung sein würde.

Durch Gedanken an ihre ungewisse Zukunft nervös und unruhig gemacht, wandte Laura sich wieder dem Packen zu. Sie zog die Schublade des zweiten Nachttischs auf und erstarrte beim Anblick der winzigen Stiefel, des kleinen Regenschirms und des zehn Zentimeter langen Schals, die ihr Vater als Beweis dafür besorgt hatte, daß Sir Keith Kröterich tatsächlich in Untermiete bei ihnen wohnte.

Er hatte einen seiner Freunde, einen geschickten Schuhmacher, dazu überredet, diese winzigen Stiefel anzufertigen, die vorn besonders breit waren, damit Zehen mit Schwimmhäuten darin Platz hätten. Der Schirm stammte aus einem Laden, und den grünkarierten Wollschal hatte er selbst genäht und mühsam mit Fransen versehen. Als Laura an ihrem neunten Geburtstag von der Schule heimgekommen war, hatten Schirm und Stiefel in der Diele gestanden und der kleine Schal am Kleiderhaken darüber gehangen. »Pssst!« hatte ihr Vater theatralisch geflüstert. »Sir Keith ist eben von einer anstrengenden Reise zurückgekommen, die er im Auftrag der Königin von Ekuador gemacht hat – sie besitzt dort eine Diamantenfarm, weißt du –, und ist ganz erschöpft. Er schläft bestimmt *tagelang*. Aber er hat mich gebeten, dir alles Gute zum Geburtstag zu wünschen, und hat ein Geschenk mitgebracht, das im Hof steht.« Das Geschenk war ein neues Fahrrad gewesen.

Als Laura jetzt diese winzigen Gegenstände in der Nachttischschublade anstarrte, wurde ihr klar, daß nicht nur ihr Vater gestorben war. Mit ihm waren Sir Keith Kröterich und die vielen anderen von ihm erfundenen Gestalten und die kindischen, aber wundervollen Geschichten fort, mit denen er sie unterhalten hatte. Die breiten Stiefel, der winzige Regenschirm und der kleine Schal sahen so süß und mitleiderregend aus, daß man beinahe glauben konnte, Sir Keith habe tatsächlich existiert und sei jetzt in eine bessere Krötenwelt heimgekehrt. Ein leises, schmerzliches Stöhnen entrang sich Laura. Sie ließ sich aufs Bett fallen, vergrub ihr Gesicht im Kopfkissen, damit niemand sie schluchzen hörte, und ließ sich erstmals seit dem Tod ihres Vaters von ihrem Schmerz überwältigen.

Sie wollte nicht ohne ihn leben – und mußte nicht nur leben, sondern auch gedeihen, weil jeder Tag ihres Lebens Zeugnis für ihn ablegen sollte. Obwohl Laura erst zwölf war, begriff sie bereits, daß ihr Vater in gewisser Weise durch sie weiterexistieren würde, wenn sie anständig lebte und ein guter Mensch zu werden versuchte.

Aber es würde nicht leicht sein, der Zukunft optimistisch entgegenzutreten und glücklich zu werden. Sie wußte jetzt, daß das Leben erschreckend tragischen Wechselfällen unterworfen war: daß es heiter und warm und im nächsten Augenblick kalt und stürmisch sein konnte, so daß man nie wußte, wann ein Blitzstrahl einen geliebten Menschen treffen würde. Nichts hatte ewig Bestand. Das Leben war eine Kerze im Wind. Es war eine harte Lektion für ein Mädchen in ihrem Alter, und Laura kam sich alt, sehr alt, uralt vor.

Als der heiße Tränenstrom versiegte, beeilte sie sich, ihre Fassung zurückzugewinnen, damit das Ehepaar Lance nicht bemerkte, daß sie geweint hatte. Wenn die Welt hart, grausam und unbarmherzig war, dann konnte es nicht klug sein, sich auch nur die geringste Schwäche anmerken zu lassen.

Laura wickelte die kleinen Stiefel, den Regenschirm und den Wollschal sorgfältig in Kosmetiktücher und verstaute sie in dem Überseekoffer.

Als beide Nachttische ausgeräumt waren, machte sie sich an ihren Schreibtisch und entdeckte auf der Schreibunterlage aus grünem Filz einen zusammengefalteten Briefbogen, auf dem in klarer, eleganter, wie gestochen wirkender Handschrift eine Mitteilung für sie stand.

Liebe Laura,
manche Ereignisse sind vorausbestimmt, und niemand kann sie verhindern. Nicht einmal Dein spezieller Beschützer. Tröste Dich mit der Gewißheit, daß Du von Deinem Vater von ganzem Herzen und auf eine Weise geliebt worden bist, wie nur wenige Glückliche jemals geliebt werden. Wenn Du jetzt auch glaubst, niemals wieder glücklich sein zu können, täuschst Du Dich. Im Lauf der Zeit wirst Du wieder glücklich werden. Das ist kein leeres Versprechen. Das ist eine Tatsache.

Der Brief war nicht unterschrieben, aber sie wußte, von wem er stammen mußte: von dem Mann, der auf dem Friedhof gewesen war, sie aus dem vorbeifahrenden Auto beobachtet hatte und ihrem Vater und ihr vor Jahren das Leben gerettet hatte. Kein anderer konnte sich als ihr ›spezieller Beschützer‹ bezeichnen. Ein Zittern durchlief ihren Körper – nicht vor Angst, sondern weil das Unerklärliche und Geheimnisvolle an ihrem Beschützer sie mit Neugier und Verwunderung erfüllten.

Laura trat rasch ans Fenster ihres Zimmers und schob die dünnen Netzstores zwischen den Vorhängen beiseite, weil sie fest annahm, er werde unten auf der Straße stehen und den Laden beobachten. Aber er war nicht da.

Auch der Mann in Schwarz war nicht da. Ihn hatte sie nicht zu sehen erwartet. Sie hatte sich inzwischen eingeredet, der zweite Unbekannte habe nichts mit ihrem Beschützer zu tun und sei aus irgendeinem anderen Grund auf dem Friedhof gewesen. Er hatte ihren Namen gewußt. Aber vielleicht hatte er ihn zuvor gehört, als Cora sie vom Hügel aus rief. Es gelang ihr, ihn aus ihren Gedanken zu verdrängen, weil sie nicht *wollte,* daß er ein Bestandteil ihres Lebens war, während sie sich andererseits nichts sehnlicher wünschte als einen speziellen Beschützer. Sie las den Brief nochmals.

Obwohl Laura nicht begriff, wer der blonde Mann war oder weshalb er sich für sie interessierte, fand sie seine Mitteilung tröstlich. Man brauchte nicht alles zu verstehen, solange man es nur *glaubte.*

5

Nachdem Stefan auf dem Dachboden des Instituts die Sprengladungen angebracht hatte, kam er in der nächsten Nacht mit seinem Koffer zurück und behauptete neuerlich, keinen Schlaf gefunden zu haben. Viktor, der diesen Besuch vorausgesehen hatte, hatte ihm die Hälfte des von seiner Frau gebackenen Kuchens mitgebracht.

Stefan biß zwischendurch immer wieder von dem Kuchen ab, während er die Sprengladungen anbrachte. Der riesige Keller war in zwei Räume unterteilt, in denen sich im Gegensatz zum Dachboden jeden Tag Mitarbeiter des Instituts aufhielten. Deshalb mußten hier unten die Ladungen und ihre Zündleitungen unsichtbar bleiben.

Der erste Raum enthielt das Forschungsarchiv und zwei lange Arbeitstische aus massiver Eiche. Die zwei Meter hohen Aktenschränke standen in Gruppen zusammengefaßt an den Wänden. Er brauchte die Sprengladungen nur oben auf die Schränke zu legen und ganz nach hinten an die Wand zu schieben, so daß selbst der größte Institutsangestellte sie nicht mehr sehen konnte.

Die Zündleitungen konnte er hinter den Schränken verlegen, aber er mußte ein kleines Loch in die Trennwand zwischen den Kellerräumen bohren, um die Leitungen weiterführen zu können. Es gelang ihm, das Loch an einer unauffälligen Stelle zu bohren, wo die Drähte auf beiden Seiten der Trennwand nur wenige Zentimeter weit sichtbar waren.

Der zweite Raum diente als Lagerraum für Büro- und Labormaterial und zur Unterbringung der etwa zwanzig Tiere – mehrere Hamster, einige weiße Ratten, zwei Hunde und ein lebhafter Affe in einem großen Käfig mit drei Schaukelstangen –, die zu frühen Versuchsreihen des Instituts gedient – und sie überlebt – hatten. Obwohl die Tiere nicht mehr gebraucht wurden, blieben sie für den Fall, daß ihr einzigartiges Abenteuer unvorhergesehene medizinische Spätfolgen haben sollte, weiter in Beobachtung.

Stefan brachte starke Sprengladungen in den Hohlräumen hinter den Materialstapeln an und führte alle Zündleitungen zu dem vergitterten Luftschacht weiter, durch den er in der Nacht zuvor das Kabel vom Dachboden herabgelassen hatte. Während er arbeitete, spürte er, daß die Tiere ihn ungewöhnlich aufmerksam zu beobachten schienen, als wüßten sie, daß sie keine 24 Stunden mehr zu leben hatten. Was sie betraf, plagte ihn ein schlechtes Gewissen, obwohl er seltsamerweise keine Gewissensbisse hatte, wenn er an den Tod der Mitarbeiter des Instituts dachte – vielleicht weil die Tiere schuldlos waren, was man von den Männern nicht behaupten konnte.

Kurz vor vier Uhr war Stefan mit der Arbeit im Keller und in seinem Büro im zweiten Stock fertig. Bevor er das Institut verließ, ging er ins Hauptlabor im Erdgeschoß und starrte eine Minute lang das Tor an.

Das Tor.

Die vielen Dutzend Skalen, Instrumente und Anzeigegeräte der Apparaturen des Tors leuchteten gedämpft orange, gelb oder grün, denn seine Stromversorgung wurde nie unterbrochen. Das Ding war zylindrisch, vier Meter lang, zweieinhalb Meter im Durchmesser und bei trüber Beleuchtung kaum richtig zu erkennen; auf seiner Edelstahlverkleidung spiegelten sich schwache Lichtreflexe der Aggregate, die drei Seiten des saalartigen Raums einnahmen.

Obwohl er das Tor schon Dutzende von Malen passiert hatte, fand er es noch immer furchteinflößend – nicht so sehr, weil es einen staunenswerten wissenschaftlichen Durchbruch verkörperte, sondern weil sein Potential für Böses unbegrenzt war. Es war kein Tor zur Hölle, aber in den Händen der falschen Männer konnte es genau das sein. Und es befand sich in den Händen der falschen Männer.

Nachdem Stefan sich bei Viktor für den halben Kuchen bedankt und behauptet hatte, er habe ihn aufgegessen – in Wirklichkeit hatte er den größten Teil an die Tiere verfüttert –, fuhr er in seine Wohnung zurück.

Auch diese Nacht war stürmisch. Der Nordwestwind trieb Regenschauer vor sich her. Wasser schäumte aus den Fallrohren der Dachrinnen, gurgelte in Rinnsteinen, rieselte von Dächern, bildete Pfützen auf den Straßen und ließ verstopfte Abflusse überquellen, und da die Stadt fast völlig dunkel war, schienen die Tümpel und Wasserläufe eher aus Öl zu bestehen. Auf den Straßen waren nur einige wenige Uniformierte unterwegs, die alle dunkle Gummimäntel trugen, in denen sie wie Gestalten aus einem Gruselroman aussahen.

Stefan fuhr auf dem kürzesten Weg nach Hause, ohne zu versuchen, den bekannten Kontrollstellen auszuweichen. Seine Papiere waren in Ordnung, sein Sonderausweis, der ihn von der Ausgangssperre ausnahm, galt bis Jahresende, und er transportierte keinen illegal beschafften Sprengstoff mehr.

Daheim stellte er seinen großen Wecker und schlief fast augenblicklich ein. Er brauchte diesen Schlaf dringend, denn am Nachmittag standen ihm zwei anstrengende Reisen und mehrere Liquidationen bevor. Wenn er dabei nicht hellwach war, konnte er leicht vom Jäger zum Gejagten werden.

Er träumte von Laura, was er für ein gutes Omen hielt.

ZWEI
Die stete Flamme

1

Von ihrem zwölften bis zu ihrem 17. Lebensjahr trieb Laura Shane haltlos durch ihr Leben, als wäre sie vom Wind über die kalifornischen Wüsten geblasenes Steppengras: in windstillen Augenblicken da und dort für kurze Zeit zur Ruhe kommend, um dann vom nächsten Windstoß wieder weitergetrieben zu werden.

Sie hatte keine Verwandten und konnte auch nicht bei den besten Freunden ihres Vaters – dem Ehepaar Lance – bleiben. Tom war 62, Cora 57, und obwohl die beiden seit 35 Jahren verheiratet waren, hatten sie keine Kinder. Die Vorstellung, eine Zwölfjährige auf- und erziehen zu müssen, war für sie beängstigend.

Laura hatte Verständnis dafür und nahm ihnen nichts übel. An jenem Augusttag, an dem sie ihr Haus in Begleitung einer Mitarbeiterin der Orange County Child Welfare Agency verließ, küßte sie Cora und Tom zum Abschied und versicherte ihnen, sie werde schon zurechtkommen. Noch vom Auto der Sozialarbeiterin aus winkte sie den beiden fröhlich zu und hoffte, sie würden sich als Absolvierte fühlen.

Absolviert. Dieses Wort kannte sie erst seit kurzer Zeit. Absolvieren: die Absolution erteilen; von einer Aufgabe, Verpflichtung oder Verantwortung entbinden oder befreien. Sie wünschte sich, sie könnte sich selbst Absolution von der Verpflichtung erteilen, sich ohne Anleitung durch einen liebevollen Vater in der Welt zurechtzufinden, weiterzuleben und die Erinnerung an ihn wachzuhalten.

Vom Haus des Ehepaars Lance wurde Laura ins Kinderheim McIllroy Home gebracht: ein altes, weitläufiges viktorianisches Herrenhaus mit 27 Zimmern, das sich ein Magnat in der Zeit der landwirtschaftlichen Hochblüte des Orange County hatte erbauen lassen. Später war es in ein Heim umgewandelt worden, das zur vorläufigen Unterbringung von der staatlichen Fürsorge anvertrauten Kindern diente, für die neue Pflegeeltern gefunden werden mußten.

Diese Einrichtung war mit nichts zu vergleichen, was Laura aus Büchern kannte. Vor allem fehlten hier freundliche Nonnen in wallenden schwarzen Gewändern.

Dafür gab es hier Willy Sheener.

Laura wurde gleich nach ihrer Ankunft auf ihn aufmerksam, als Mrs. Bowmaine, eine Sozialarbeiterin, sie in das Zimmer führte, das sie sich mit den Ackerson-Zwillingen und einem Mädchen namens Tammy teilen würde. Sheener war damit beschäftigt, einen der gefliesten Korridore zu kehren.

Er war kräftig, drahtig, blaß, sommersprossig und Anfang 30; er hatte grüne Augen und Haare, die kupferrot waren wie ein neuer Penny. Bei der Arbeit grinste er und pfiff halblaut vor sich hin. »Wie geht's Ihnen heute morgen, Mrs. Bowmaine?«

»Wie immer bestens, Willy.« Sie hatte offenbar viel für Sheener übrig. »Das hier ist Laura Shane, eine Neue. Laura, das ist Mr. Sheener.«

Sheener starrte Laura an, und die Intensität seines Blickes war Laura unheimlich. Als er seine Stimme wiederfand, klang sie gepreßt.

»Ähhh ... willkommen im McIllroy.«

Während Laura der Sozialarbeiterin folgte, sah sie sich nach Sheener um. Mit einer Bewegung, die nur sie sehen sollte, ließ er die rechte Hand sinken und massierte sich träg zwischen den Beinen.

Laura wandte sich erschrocken ab.

Als sie später ihre wenigen Habseligkeiten auspackte und ihr Viertel des Schlafzimmers im zweiten Stock etwas wohnlicher zu machen versuchte, drehte sie sich um und sah Sheener an der Tür stehen. Laura war allein, die übrigen Kinder spielten auf dem Hof oder im Spielzimmer. Sein Lächeln war jetzt ganz anders als das, mit dem er sich bei Mrs. Bowmaine eingeschmeichelt hatte; kalt und raubgierig. In dem durch eines der kleinen Fenster einfallenden schrägen Licht wirkten seine Augen nicht grün, sondern silbern wie die durch Grauen Star getrübten Augen eines Blinden.

Laura versuchte zu sprechen, aber sie brachte kein Wort heraus. Sie wich vor ihm zurück, bis sie mit dem Rücken an der Wand neben ihrem Bett stand.

Er stand mit herabhängenden Armen und zu Fäusten geballten Händen bewegungslos da.

Das McIllroy Home besaß keine Klimaanlage. Obwohl alle Schlafzimmerfenster offenstanden, war es in dem Raum tropisch heiß. Trotzdem hatte Laura nicht geschwitzt. Doch jetzt, nachdem sie sich umgedreht und Sheener gesehen hatte, war ihr T-Shirt feucht.

Draußen lachten und lärmten spielende Kinder. Sie waren ganz in der Nähe, aber ihre Stimmen klangen wie aus weiter Ferne.

Das kratzende, rhythmische Geräusch von Sheeners Atemzügen schien immer lauter zu werden und die Kinderstimmen allmählich zu übertönen.

Lange standen sie beide wortlos und ohne Bewegung da. Dann wandte Sheener sich plötzlich ab und ging.

Laura wankte mit weichen Knien und in Schweiß gebadet zu ihrem Bett und setzte sich auf die Kante. Die durchgelegene Matratze gab nach, die Sprungfedern quietschten.

Während ihr jagender Puls sich verlangsamte, betrachtete sie den graugestrichenen Raum und wollte verzweifeln. In den vier Ecken standen schmale Eisenbetten mit zerschlissenen Chenille-Tagesdecken und unförmigen Federkissen. Zu jedem Bett gehörte ein reichlich abgenützter Nachttisch mit Kunstharzplatte, auf dem eine Metallampe stand. Die zerkratzte Kommode hatte acht Schubladen, von denen zwei ihr gehörten. Außerdem gab es zwei Einbaukleiderschränke, und sie hatte einen halben zugewiesen bekommen. Die uralten Vorhänge hingen labberig und fettig an vom Rost befallenen Vorhangstangen. Das ganze Haus war moderig und gespenstisch, es roch irgendwie unangenehm, und Willy Sheener streifte durch Zimmer und Korridore, als wäre er ein böser Geist und warte auf den Vollmond mit seinen blutigen Spielen.

An diesem Abend nach dem Essen schlossen die Ackerson-Zwillinge die Zimmertür und forderten Laura auf, sich zu ihnen auf den abgetretenen braunen Teppich zu setzen und mit ihnen Geheimnisse auszutauschen.

Die andere Mitbewohnerin, eine seltsam stille, schmächtige Blondine namens Tammy, hatte kein Interesse, sich daran zu beteiligen. Sie saß mit zwei Kissen im Rücken in ihrem Bett, las ein Buch und kaute dabei unaufhörlich mauseartig an ihren Fingernägeln.

Laura hatte Thelma und Ruth Ackerson sofort gern. Die beiden waren eben zwölf geworden, also nur wenige Monate jünger als Laura, und für ihr Alter schon sehr erfahren. Sie waren mit neun Jahren Waisen geworden und lebten seit fast drei Jahren im McIllroy Home. Es war schwierig, für Kinder in ihrem Alter Adoptiveltern zu finden – vor allem für Zwillingsschwestern, die unbedingt zusammenbleiben wollten.

Beide waren nicht hübsch und in ihrer Unscheinbarkeit erstaunlich identisch: glanzloses braunes Haar, kurzsichtige braune Augen, breites Gesicht, breiter Mund, starkes Kinn. Aber was ihnen an gutem Aussehen fehlte, machten sie durch Intelligenz, Lebhaftigkeit und Freundlichkeit mehr als wett.

Ruth trug blaue Pantoffeln und einen blauen Schlafanzug mit dunkelgrünen Biesen an Kragen und Manschetten und hatte ihr Haar zu einem Pferdeschwanz zusammengebunden. Thelma trug flauschige gelbe Pantoffeln mit je zwei aufgenähten Knöpfen, die Augen darstellen sollten, und einen himbeerroten Schlafanzug; ihr Haar hing lose herab.

Bei Einbruch der Dunkelheit war die unerträgliche Hitze abgeflaut. Sie waren keine 15 Kilometer vom Pazifik entfernt, so daß die Nachtbrise behaglichen Schlaf ermöglichte. Da die Fenster offenstanden, strömte milde Luft herein, brachte die schmuddeligen alten Vorhänge in leichte Bewegung und verteilte sich im ganzen Zimmer.

»Der Sommer ist hier langweilig«, erklärte Ruth der zwischen ihnen auf dem Boden sitzenden Laura. »Wir dürfen das Grundstück nicht verlassen, und es ist einfach nicht groß genug. Außerdem sind im Sommer alle kinderfreundlichen Leute so mit ihren Badeausflügen und ihren Urlaubsreisen beschäftigt, daß sie uns vergessen.«

»Aber Weihnachten ist großartig«, sagte Thelma.

»Der ganze November und Dezember sind großartig«, stellte Ruth fest.

»Richtig«, bestätigte Thelma. »Feiertage sind großartig, weil dann die Leute ein schlechtes Gewissen kriegen, wo sie doch alles haben, während wir armen, verlassenen, heimatlosen Waisenkinder Papierkleider und Schuhe aus Pappe tragen und die Grütze vom vorigen Jahr essen müssen. Deshalb schicken sie uns Freßkörbe, gehen groß mit uns einkaufen und laden uns ins Kino ein – allerdings nie in *gute* Filme.«

»Oh, mir gefallen manche ganz gut«, sagte Ruth.

»Lauter Filme, in denen nie, nie jemand in die Luft gesprengt wird. Und *nie* welche mit Sauereien. Wir kriegen nie einen Film zu sehen, in dem ein Kerl einem Mädchen an die Titten greift. Ja, Familienstories. Öde, nichts als öde.«

»Du mußt meiner Schwester verzeihen«, sagte Ruth zu Laura. »Sie bildet sich ein, schon in der Pubertät zu sein, und ...«

»Ich *stehe* am Rand der Pubertät! Ich spüre, wie meine Säfte steigen!« rief Thelma aus und reckte einen ihrer dünnen Arme hoch in die Luft.

»Der Mangel an elterlicher Führung hat ihr doch geschadet, fürchte ich«, behauptete Ruth. »Sie hat sich dem Waisendasein nicht gut angepaßt.«

»Du mußt *meine* Schwester entschuldigen«, warf Thelma ein. »Sie hat beschlossen, die Pubertät zu überspringen und von der Kindheit direkt zur Senilität überzugehen.«

»Was ist mit Willy Sheener?« fragte Laura.

Die Ackerson-Zwillinge tauschten einen wissenden Blick und redeten dann abwechselnd so rasch, daß keine Sekunde zwischen ihren Aussagen ungenützt blieb. »Ach, ein Gestörter«, sagte Ruth, und Thelma sagte: »Ein Dreckskerl«, und Ruth sagte: »Er braucht eine Therapie«, und Thelma sagte: »Nein, dem müßte man einen Baseballschläger ein, vielleicht zwei Dutzend Mal über den Kopf schlagen und ihn dann für den Rest seines Lebens einsperren.«

Laura berichtete, wie Sheener plötzlich auf der Schwelle ihres Zimmers gestanden hatte.

»Er hat also nichts gesagt?« fragte Ruth. »Das ist merkwürdig. Normalerweise sagt er ›Du bist ein sehr hübsches kleines Mädchen‹ oder ...«

»...er bietet einem Süßigkeiten an.« Thelma verzog das Gesicht. »Kannst du dir das *vorstellen?* Süßigkeiten! Wie einfallslos! Man könnte meinen, er habe sich seine Dreckskerlmanieren aus den Heftchen angeeignet, die die Polizei verteilt, um Kinder vor Sexualverbrechern zu warnen.«

»Keine Süßigkeiten«, sagte Laura und erschauderte, als sie an Sheeners in der Sonne silbrig glänzende Augen und an sein schweres, rhythmisches Atmen dachte.

Thelma beugte sich vor und senkte ihre Stimme zu einem lauten Flüstern wie auf der Bühne. »Anscheinend hat's dem Weißen Aal die Sprache verschlagen, und er war so geil, daß ihm seine üblichen Sprüche gar nicht eingefallen sind. Vielleicht ist er besonders scharf auf dich, Laura.«

»Weißer Aal?«

»Das ist Sheener«, erklärte Ruth ihr. »Oder einfach nur der Aal.«

»Bleich und glitschig, wie er ist«, sagte Thelma, »ist das der passende Spitzname. Ich möchte wetten, daß der Aal besonders scharf auf dich ist. Ich meine, Kleine, du *bist* ein Hammer.«

»Ich doch nicht!« wehrte Laura ab.

»Machst du Witze?« sagte Ruth. »Mit deinem dunklen Haar und den großen Augen ...«

Laura wurde rot und wollte widersprechen, aber Thelma kam ihr zuvor. »Hör zu, Shane, das Ackerson-Duo – Ruth *et moi* – kann falsche Bescheidenheit ebenso wenig vertragen wie Angeberei. Wir halten nichts von Süßholzgeraspel. Wir kennen *unsere* Stärken und sind stolz auf sie. Gott weiß, daß wir's nie zur Miß America bringen werden, aber wir sind intelligent, sehr intelligent, und genieren uns nicht, das zu sagen. Und du bist bildhübsch, deshalb hör auf, die spröde Schüchterne zu spielen!«

»Meine Schwester drückt sich manchmal zu direkt und drastisch aus«, entschuldigte sich Ruth.

»Und *meine* Schwester«, erklärte Thelma der Neuen, »probt für die Rolle der Melanie in *Vom Winde verweht.*« Sie imitierte einen breiten Südstaatenakzent und sprach mit übertriebenem Pathos: »Oh, Scarlett hat's nicht so gemeint. Scarlett ist ein liebes Mädchen, das ist sie wirklich. Auch Rhett ist in seinem Innersten so lieb, und selbst die Yankees sind lieb, sogar diejenigen, die Tara ausgeplündert, unsere Äcker verbrannt und die Haut unserer Babys zu Stiefeln verarbeitet haben.«

Laura begann zu kichern, lange bevor Thelmas Vorführung zu Ende war.

»Also spiel nicht länger die Schüchterne, Shane! Du bist bildhübsch.«

»Okay, okay. Ich weiß, daß ich ... hübsch bin.«

»Also, Kleine, als der Weiße Aal dich gesehen hat, ist bei ihm 'ne Sicherung durchgebrannt.«

»Richtig«, bestätigte Ruth, »du hast ihn verwirrt. Deshalb hat er nicht mal daran gedacht, die Süßigkeiten rauszuholen, die er immer in der Tasche hat.«

»Süßigkeiten!« sagte Thelma. »Kleine Säckchen M&Ms, Tootsie Rolls!«

»Laura, sei bloß vorsichtig«, warnte Ruth leise. »Er ist krank …«

»Er ist ein Widerling!« sagte Thelma. »Eine Kanalratte!«

Aus der entferntesten Ecke des Raums kam Tammys sanfte Stimme: »Er ist nicht so schlecht, wie ihr behauptet.«

Das blonde Mädchen war so still, so schmächtig und farblos, so geschickt darin, sich im Hintergrund zu verlieren, daß Laura nicht mehr an sie gedacht hatte. Jetzt sah sie, daß Tammy ihr Buch weggelegt und sich im Bett aufgesetzt hatte; sie hatte ihre knochigen Knie bis zur Brust hochgezogen und umschlang sie mit beiden Armen. Sie war zehn, um zwei Jahre jünger als ihre Zimmergenossinnen, und klein für ihr Alter. In ihrem weißen Nachthemd und mit den weißen Socken sah Tammy eher wie ein Gespenst aus als wie ein richtiger Mensch.

»Er würde niemandem was antun«, sagte Tammy zögernd, mit leicht bebender Stimme, als komme eine Meinungsäußerung über Sheener – über irgend etwas, irgend jemand – einem Drahtseilakt ohne Netz gleich.

»Er *würde* jemandem was antun, wenn er nicht Angst hätte, erwischt zu werden«, widersprach Ruth.

»Er ist bloß …« Tammy biß sich auf die Unterlippe. »Er ist … einsam.«

»Nein, Schätzchen«, sagte Thelma, »er ist nicht einsam. Er liebt sich selbst so sehr, daß er nie einsam sein wird.«

Tammy wich ihrem Blick aus. Sie stand auf, schlüpfte in abgetretene Hausschuhe und murmelte: »Allmählich Zeit zum Schlafengehen.« Sie nahm ihren Toilettenbeutel vom Nachttisch, schlurfte hinaus, schloß die Tür hinter sich und machte sich auf den Weg zu einem der Bäder am Ende des Flurs.

»Sie nimmt seine Süßigkeiten«, erläuterte Ruth Laura.

Abscheu durchflutete Laura wie eine eisige Wolke. »Nein!«

»Doch«, sagte Thelma, »aber nicht, weil sie Süßigkeiten mag. Sie ist … verkorkst. Sie braucht die Anerkennung des Aals.«

»Aber warum nur?« fragte Laura.

Ruth und Thelma wechselten einen weiteren ihrer Blicke, durch die sie strittige Punkte wortlos zu diskutieren und binnen weniger Sekunden eine Entscheidung zu fällen schienen. »Nun, weißt du«, antwortete Ruth seufzend, »Tammy mag diese Art Anerkennung, weil ... weil ihr Vater ihr beigebracht hat, sie zu mögen.«

Laura war entsetzt. »Ihr eigener *Vater?*«

»Nicht alle Kinder im McIllroy Home sind Waisen«, erklärte Thelma. »Manche sind hier, weil ihre Eltern Straftaten verübt haben und im Gefängnis sitzen. Und andere sind von Angehörigen mißhandelt oder ... sexuell mißbraucht worden.«

Die durch die offenen Fenster hereinströmende Nachtluft war vielleicht ein, zwei Grad kühler als vorhin, als die drei Mädchen sich auf den Teppich gesetzt hatten, aber sie erschien Laura wie ein kalter Herbstwind, der auf rätselhafte Weise Raum und Zeit überwunden hatte und in diese Augustnacht vorgestoßen war.

»Aber Tammy *mag* das doch nicht wirklich?« fragte Laura.

»Nein, das glaube ich nicht«, sagte Ruth. »Aber für sie ist das ...«

»... zwanghaft«, warf Thelma ein. »Sie kann nicht anders. Mit einem Wort: verkorkst.«

Die drei schwiegen und dachten das Undenkbare, bis Laura schließlich sagte: »Seltsam und ... so traurig. Können wir nichts dagegen unternehmen? Könnten wir nicht Mrs. Bowmaine oder eine der anderen Sozialarbeiterinnen über Sheener aufklären?«

»Das wäre zwecklos«, wehrte Thelma ab. »Der Aal würde alles leugnen, und *Tammy* würde es ebenfalls abstreiten. Und wir haben keinerlei Beweise.«

»Aber wenn sie nicht das einzige Mädchen ist, das er mißbraucht hat, könnte doch eine der anderen ...«

Ruth schüttelte den Kopf. »Die meisten leben inzwischen bei Pflege- oder Adoptiveltern oder sind wieder zu Hause. Die zwei oder drei, die noch da sind ... nun, die sind entweder wie Tammy, oder sie haben schreckliche Angst vor dem Aal – zuviel Angst, um ihn zu verpetzen.«

»Außerdem«, sagte Thelma, »wollen die Erwachsenen nichts davon wissen, wollen sich nicht damit befassen müssen. Das Heim könnte in die Schlagzeilen geraten. Sie müßten sich fragen lassen, wie das alles vor ihrer Nase passieren konnte. Und seit wann kann man außerdem Kindern glauben?« Thelma imitierte Mrs. Bowmaine und traf ihren heuchlerischen Tonfall so genau, daß Laura sofort wußte, wer gemeint war. »Oh, meine Liebe, diese abscheulichen, lügenhaften kleinen Bestien! Aufsässige, boshafte, lästige kleine Teufel, die imstande wären, Mr. Sheeners ausgezeichneten

Ruf nur so aus Spaß zu ruinieren. Wenn man sie nur ruhigstellen, an Wandhaken hängen und intravenös ernähren könnte, dann wäre unser System weit effektiver, meine Liebe – und für sie selbst wär's viel besser.«

»Dann würde der Aal von allen Vorwürfen reingewaschen«, stellte Ruth fest. »Er käme hierher zurück und würde Mittel und Wege finden, sich an uns zu rächen, weil wir ihn verpetzt haben. So ähnlich ist's bei dem anderen Schwein gewesen, das früher hier gearbeitet hat – ein Kerl, den wir Frettchen Fogel genannt haben. Der arme Denny Jenkins ...«

»Denny Jenkins hat Frettchen Fogel verpetzt: Er beschwerte sich bei Bowmaine, Fogel habe ihn und zwei andere Jungen belästigt. Das Frettchen ist suspendiert worden. Aber die beiden anderen bestätigten Dennys Aussage nicht. Sie hatten Angst vor Fogel ... waren auch von seiner perversen Anerkennung abhängig. Als Bowmaine und ihr Mitarbeiter Denny verhörten ...«

»Sie haben ihn in die Mangel genommen!« unterbrach Ruth sie aufgebracht. »Sie haben ihm Fangfragen gestellt, um ihn reinzulegen. Er ist so durcheinander gewesen, daß er sich in Widersprüche verwickelt hat – daraufhin haben sie behauptet, er habe sich alles nur ausgedacht.«

»Und Fogel ist ins Heim zurückgekommen«, sagte Thelma.

»Der hat auf seine Chance gewartet«, fuhr Ruth fort, »und Denny dann das Leben zur Hölle gemacht. Er hat den Jungen erbarmungslos gequält, bis ... Denny eines Tages zu kreischen begonnen hat und nicht wieder aufhören konnte. Der Arzt hat ihm eine Spritze geben müssen, und Denny ist abtransportiert worden. Emotional gestört, haben sie gesagt.« Ruth war nahe daran, in Tränen auszubrechen. »Wir haben ihn nie wiedergesehen.«

Thelma legte ihrer Schwester eine Hand auf die Schulter. »Ruth hat Denny gern gehabt«, erklärte sie Laura. »Er ist ein netter Junge gewesen. Klein, schüchtern, lieb ... und völlig chancenlos. Deshalb darfst du dem Weißen Aal nichts durchgehen lassen. Er darf nicht merken, daß du dich vor ihm fürchtest. Sobald er aufdringlich wird, kreischt du. Und trittst ihm in die Eier.«

Tammy kam aus dem Bad zurück. Sie sah die anderen Mädchen nicht an, sondern streifte ihre Hausschuhe ab und schlüpfte wortlos unter die Bettdecke.

Obwohl die Vorstellung, Tammy gebe sich Sheener hin, Lauras

Abscheu erregte, betrachtete sie die schmächtige Blondine eher mit Mitleid als mit Verachtung. Nichts verdiente mehr Erbarmen als dieses kleine, einsame, niedergeschlagene Mädchen in seinem schmalen Bett mit der durchgelegenen Matratze.

In dieser Nacht träumte Laura von Sheener. Er hatte einen Menschenkopf, aber den Körper eines Aals, und wohin Laura auch rannte, Sheener glitt hinter ihr her, wobei er sich unter geschlossenen Türen hindurchschlängelte und auch jedes andere Hindernis überwand.

2

Entsetzt von dem eben Gesehenen, war Stefan aus dem Hauptlabor des Instituts in sein Büro im zweiten Stock zurückgekehrt. Er saß an seinem Schreibtisch, stützte den Kopf in beide Hände und zitterte vor Angst, Wut und Abscheu.

Willy Sheener, dieser rothaarige Schweinehund, würde Laura wiederholt vergewaltigen, halb totschlagen und seelisch in einem Zustand zurücklassen, von dem sie sich nie mehr erholen würde. Das war nicht nur eine mögliche Entwicklung; sie würde ganz sicher eintreten, wenn Stefan nichts dagegen unternahm. Er hatte die Folgen *gesehen:* Lauras verschwollenes Gesicht, ihre aufgeplatzten Lippen und ausgeschlagenen Zähne. Das schlimmste waren ihre Augen gewesen, so trübe und ausdruckslos – die Augen eines Kindes, für das es weder Freude noch Hoffnung mehr gab.

Kalter Regen trommelte gegen die Bürofenster, und dieser Laut schien in ihm widerzuhallen, als hätten die entsetzlichen Dinge, die er gesehen hatte, ihn ausgehöhlt, als leere Hülle zurückgelassen.

Er hatte Laura im Lebensmittelgeschäft ihres Vaters vor dem Junkie gerettet, und nun trat schon der nächste Kinderschreck auf! Zu den Erfahrungen, die Stefan bei den Experimenten des Instituts gemacht hatte, gehörte auch, daß das Schicksal sich nicht so leicht ummodeln ließ. Es bemühte sich, den ursprünglich vorgesehenen Ablauf zu nehmen. Vielleicht war es Laura unabänderbar vorausbestimmt, vergewaltigt und psychisch kaputtgemacht zu werden. Möglicherweise konnte er gar nicht verhindern, daß das früher oder später eintrat. Vielleicht konnte er sie nicht vor Willy Sheener retten – oder, wenn er es tat, vielleicht erschien dann ein *weiterer* Vergewaltiger auf der Bildfläche. Aber er mußte es versuchen.

Diese toten, freudlosen Kinderaugen –

3

Im McIllroy Home waren 76 Kinder untergebracht, alle zwölf Jahre oder jünger, denn die 13jährigen wurden ins Jugendheim Caswell Hall in Anaheim überwiesen. Da der eichengetäfelte Speisesaal nur Platz für 40 Kinder bot, wurden die Mahlzeiten in zwei Schichten serviert. Laura gehörte ebenso wie die Ackerson-Zwillinge zur zweiten Schicht.

Als Laura an ihrem ersten Morgen im Heim zwischen Thelma und Ruth in der Cafeteria anstand, sah sie, daß Willy Sheener einer der vier war, die bei der Essensausgabe hinter der Theke standen. Er sorgte dafür, daß genügend Milch da war und gab mit einer Kuchenzange Cremeschnitten aus.

Während Laura in der Schlange vorrückte, konzentrierte der Aal sich mehr auf sie als auf die Kinder, die er zu bedienen hatte.

»Laß dich nicht von ihm einschüchtern!« flüsterte Thelma ihr zu.

Laura versuchte, Sheeners Blick – und seiner Herausforderung – kühn zu begegnen. Aber diese Blickduelle wurden jedesmal von ihr abgebrochen.

»Guten Morgen, Laura«, sagte er, als sie vor ihm stand, und legte ihr eine eigens für sie aufgehobene Cremeschnitte auf den Teller. Sie war fast doppelt so groß wie die anderen – mit mehr Maraschinokirschen und Zuckerguß darauf.

Am Donnerstag, ihrem dritten Tag im Heim, mußte Laura in Mrs. Bowmaines Büro im Erdgeschoß ein Wie-haben-wir-uns-denn-eingewöhnt-Gespräch mit der Sozialarbeiterin über sich ergehen lassen. Etta Bowmaine war korpulent und trug unvorteilhafte Kleider mit Blütendessins. Mit der schwatzhaften Unaufrichtigkeit, die Thelma so perfekt imitiert hatte, schwelgte sie in Gemeinplätzen und Platitüden und stellte eine Menge Fragen, die sie in Wirklichkeit gar nicht ehrlich beantwortet haben wollte. Laura schwindelte ihr vor, wie glücklich sie im McIllroy sei, und Mrs. Bowmaine freute sich sehr über ihre Lügen.

Auf dem Rückweg in ihr Zimmer im zweiten Stock begegnete Laura auf der Nordtreppe dem Aal. Als sie um den zweiten Treppenabsatz bog, stand er auf den Stufen über ihr und polierte den Eichenholzhandlauf mit einem Lappen. Neben sich hatte er eine ungeöffnete Flasche Möbelpolitur stehen.

Laura erstarrte, ihr Herz begann zu jagen, weil sie wußte, daß er ihr hier aufgelauert hatte. Er mußte gewußt haben, daß Mrs. Bowmaine sie in ihr Büro bestellt hatte, und damit gerechnet haben, daß sie die nächste Treppe benützen würde, um in ihr Zimmer zurückzugehen.

Sie waren allein. Andere Kinder oder im Haus Beschäftigte konnten jederzeit vorbeikommen, aber im Augenblick waren sie allein.

Lauras erster Gedanke war, den Rückzug anzutreten und die Südtreppe zu benützen, aber sie erinnerte sich daran, daß Thelma ihr geraten hatte, sich von dem Aal nicht einschüchtern zu lassen, weil Kerle dieses Typs es nur auf Schwächere abgesehen hätten. Sie sagte sich, es sei bestimmt am besten, wortlos an ihm vorbeizugehen, aber ihre Füße waren wie festgenagelt; sie konnte sich nicht bewegen.

Der Aal, der eine halbe Treppe über ihr stand, lächelte jetzt. Es war ein gräßliches Lächeln. Seine Haut war weiß, seine Lippen waren farblos, aber seine schiefen Zähne waren gelb und hatten braune Flecken wie die Schale einer überreifen Banane. Das Gesicht unter dem kupferroten Haarschopf erinnerte an einen Clown – nicht an einen Zirkusclown, sondern an einen Maskierten, der zu Halloween mit einer Kettensäge statt mit einer Spritzwasserflasche herumlief.

»Du bist ein sehr hübsches Mädchen, Laura.«

Sie wollte ihn auffordern, sich zum Teufel zu scheren. Sie brachte kein Wort heraus.

»Ich wäre gern dein Freund«, sagte er.

Irgendwie brachte sie die Kraft auf, weiter die Treppe hinaufzusteigen.

Er grinste noch breiter, weil er vielleicht glaubte, sie reagiere auf sein Freundschaftsangebot. Er griff in eine Tasche seiner Khakihose und zog ein paar Tootsie Rolls heraus.

Als Laura sich an Thelmas komische Kommentare zu den dümmlichen Annäherungsversuchen des Aals erinnerte, wirkte er plötzlich nicht mehr so angsteinflößend. Lüstern grinsend und mit Tootsie Rolls in der ausgestreckten Hand war Sheener eine lächerliche Figur, eine Karikatur des Bösen, und sie hätte ihn ausgelacht, wenn sie nicht gewußt hätte, was er Tammy und anderen Mädchen angetan hatte. Obwohl sie nicht lachen konnte, gaben die lachhafte Erscheinung des Aals und sein Verhalten ihr den Mut, an ihm vorbeizuschlüpfen.

Als er merkte, daß Laura weder die Süßigkeiten noch sein Freundschaftsangebot annehmen wollte, legte er ihr eine Hand auf die Schulter, um sie festzuhalten.

Sie griff aufgebracht danach und stieß die Hand weg. »Rühren Sie mich ja nicht an, Sie Widerling!«

Sie stieg die Treppe schneller hinauf und kämpfte gegen den Drang an zu rennen. Wenn sie rannte, würde er wissen, daß ihre Angst vor ihm nicht völlig gebannt war. Er durfte sie bei keiner Schwäche ertappen, Schwäche würde ihn ermutigen, sie weiter zu belästigen.

Als sie nur mehr zwei Schritte bis zum nächsten Treppenabsatz hatte, wagte sie zu hoffen, sie habe gesiegt und ihre Kompromißlosigkeit habe ihn beeindruckt. Dann hörte sie das unverkennbare Geräusch eines Reißverschlusses. »He, Laura, sieh dir das an!« flüsterte er laut hinter ihr. »Sieh dir an, was ich für dich hab'.« Seine Stimme klang irr, haßerfüllt. »Sieh nur, sieh nur, was ich jetzt in der Hand hab', Laura.«

Sie sah sich nicht um.

Sie erreichte den Absatz, nahm die nächste Treppe in Angriff und dachte dabei: Du brauchst nicht zu rennen; *wage* ja nicht zu rennen; nicht rennen, nur nicht rennen.

»Sieh dir die große Tootsie Roll an, die ich jetzt in der Hand hab', Laura«, sagte der Aal auf der Treppe unter ihr. »Sie ist viel größer als die anderen.«

Im zweiten Stock lief Laura sofort ins Bad, wo sie sich gründlich die Hände schrubbte. Sie kam sich beschmutzt vor, weil sie Sheeners Hand angefaßt hatte, um sie von ihrer Schulter zu entfernen.

Als sie dann später mit den Ackerson-Zwillingen beim allabendlichen Palaver auf dem Fußboden ihres Zimmers hockte, grölte Thelma vor Lachen über die Aufforderung des Aals, Laura sollte sich seine »große Tootsie Roll« ansehen. »Der Junge ist unbezahlbar, was? Wo hat er bloß diese Sprüche her? Ob sie bei Doubleday ›Klassische Aufreißer für Perverse‹ oder dergleichen rausgebracht haben?«

»Entscheidend ist aber«, meinte Ruth besorgt, »daß Lauras bestimmtes Auftreten ihn nicht entmutigt hat. Ich bezweifle, daß er in ihrem Fall so rasch aufgeben wird wie bei den anderen Mädchen, die ihn abgewiesen haben.«

In dieser Nacht schlief Laura schlecht. Sie dachte an ihren speziellen Beschützer und fragte sich, ob er auch diesmal wie durch ein Wunder auftauchen und sie vor Willy Sheener retten würde. Irgendwie hatte sie das Gefühl, dieses Mal nicht auf ihn zählen zu können.

In den nächsten zwei Wochen bis über Mitte August hinaus beschattete der Aal Laura so zuverlässig, wie der Mond der Erde folgt. Ging sie mit den Ackerson-Zwillingen ins Spielzimmer, um Karten oder Monopoly zu spielen, war Sheener zehn Minuten später ebenfalls da und putzte Fenster, polierte Möbel oder reparierte eine Vorhangstange, obwohl er in Wirklichkeit nur Augen für Laura hatte. Flüchteten die Mädchen sich in eine Ecke des Spielplatzes hinter dem Haus, um zu plaudern oder selbsterfundene Spiele zu spielen, tauchte er wenig später auf, weil er plötzlich entdeckt hatte, daß dort Stauden gedüngt oder gestutzt werden mußten. Und obwohl der zweite Stock den Mädchen vorbehalten war, durften Mitarbeiter ihn werktags von 10 bis 16 Uhr zu Wartungsarbeiten betreten, so daß Laura sich in dieser Zeit nie ungefährdet auf ihr Zimmer flüchten konnte.

Noch schlimmer als diese Verfolgungen durch den Aal war das erschreckende Tempo, mit der seine dunkle Leidenschaft für Laura wuchs: eine krankhafte Begierde, die sich in seinem immer starreren Blick und dem sauren Schweiß zeigte, in den er ausbrach, sobald er länger als ein paar Minuten in einem Raum mit ihr zusammen war.

Laura, Ruth und Thelma versuchten sich einzureden, die von Sheener ausgehende Gefahr verringere sich mit jedem Tag, an dem er nichts unternehme, sein Zögern beweise, daß er Laura für unerreichbar halte. Im Innersten wußten sie, daß das so war, als wollte man den Drachen mit einem Wunsch erschlagen. Aber sie waren außerstande, das ganze Ausmaß der Gefahr zu begreifen, bis sie an einem Samstagnachmittag Ende August in ihr Zimmer zurückkamen und dort Tammy vorfanden, die in einem Anfall perverser Eifersucht Lauras Bücher zerfetzte.

Laura bewahrte rund 50 Taschenbücher – ihre Lieblingsbücher, die sie aus der Wohnung über dem Lebensmittelgeschäft mitgebracht hatte – in einer Schachtel unter ihrem Bett auf. Tammy hatte sie hervorgeholt und vor Haß rasend bereits zwei Drittel der Bücher zerrissen.

Laura war zu entsetzt, um reagieren zu können, aber Ruth und Thelma rissen die Tobende von den Büchern zurück und hielten sie fest.

Weil dies ihre Lieblingsbücher waren, weil ihr Vater sie ihr gekauft hatte, so daß sie nun Verbindungsglieder zu ihm darstellten, und vor allem weil sie so wenig besaß, schmerzte Laura diese Zerstörung. Ihre wenigen Habseligkeiten waren praktisch wertlos, aber sie erkannte plötzlich, daß sie ein Bollwerk gegen die schlimmsten Grausamkeiten des Lebens darstellten.

Sobald das wahre Objekt ihres Zorns vor ihr stand, interessierte Tammy sich nicht mehr für die Bücher. »Ich hasse dich, ich hasse dich!« Erstmals, seit Laura sie kannte, war ihr blasses, verhärmtes Gesicht belebt: vom Zorn gerötet, von Emotionen entstellt. Die Ringe unter ihren Augen ließen sie nicht mehr schwach oder innerlich gebrochen, sondern unzähmbar wild aussehen. »Ich hasse dich, Laura, ich hasse dich!«

»Tammy, Schatz«, sagte Thelma, während sie sich bemühte, das Mädchen festzuhalten. »Laura hat dir nie was getan.«

Die Kleine holte keuchend Luft, versuchte aber nicht mehr, sich von Ruth und Thelma loszureißen, und kreischte Laura an: »Du bist die einzige, von der er redet, für mich interessiert er sich nicht mehr, bloß für dich, er redet dauernd bloß von dir, ich hasse dich, warum hast du herkommen müssen, ich hasse dich!«

Niemand brauchte zu fragen, von wem sie redete.

»Er will mich nicht mehr, niemand will mich mehr, er will mich nur, damit ich ihm helfe, dich zu kriegen. Laura, Laura, Laura. Er will, daß ich dich irgendwohin locke, wo er mit dir allein ist und wo es gefahrlos ist. Aber ich tu's nicht, ich tu's nicht! Was hätte ich davon, wenn er dich erst mal hat? Nichts.« Ihr Gesicht war rot wie eine Tomate. Schlimmer als ihre Wut war die dahinter stehende schreckliche Verzweiflung.

Laura stürzte aus dem Zimmer und hetzte über den langen Flur zu den Toiletten. Vor Angst und Ekel war ihr schlecht; sie sank auf den gesprungenen gelben Fliesen vor einer der WC-Schüsseln auf die Knie und übergab sich. Sobald ihr Magen leer war, trat sie ans Waschbecken, spülte sich mehrmals den Mund aus und wusch sich das Gesicht mit kaltem Wasser. Als sie dann den Kopf hob und in den Spiegel blickte, kamen endlich die Tränen.

Der Grund für Lauras Tränen war weder ihre Angst noch ihre Einsamkeit. Sie weinte um Tammy. Diese Welt war eine wahre Hölle, wenn in ihr geschehen konnte, daß eine Zehnjährige so sehr entwürdigt wurde, daß die einzige Anerkennung, die ihr je von einem Erwachsenen zuteil geworden war, aus dem Munde des Irren kam, der sie mißbraucht hatte, und wenn der einzige Besitz, auf den sie stolz sein konnte, ihr schmächtiger, noch nicht gereifter Körper als Sexualobjekt war.

Laura erkannte, daß Tammy sich in weit schlimmerer Lage befand als sie selbst. Sogar ohne ihre Bücher hatte Laura noch schöne Erinnerungen an einen sanften, freundlichen, liebevollen Vater, wie Tammy nie einen gekannt hatte. Hätte man Laura ihre wenigen Habseligkeiten genommen, sie wäre noch immer psychisch gesund gewesen, während Tammy psychisch krank war – vielleicht sogar unheilbar krank.

4

Sheener wohnte in Santa Ana in einer ruhigen Nebenstraße in einem Bungalow. Dieses Viertel gehörte zu den nach dem Zweiten Weltkrieg entstandenen: hübsche kleine Häuser mit interessanten baulichen Details. In diesem Sommer 1967 waren die verschiedenen Arten Feigenbäume bereits ausgewachsen und breiteten ihre Zweige schützend über die Häuser; darüber hinaus war Sheeners Haus von hohen Stauden umgeben – Azaleen, Eugenien und rotblühenden Hibisken.

Kurz vor Mitternacht sperrte Stefan den Hintereingang mit einem Plastikdietrich auf und betrat Sheeners Haus. Während er den Bungalow inspizierte, schaltete er überall frech das Licht ein und machte sich nicht einmal die Mühe, die Vorhänge zuzuziehen.

Die Küche war mustergültig sauber. Die blauen Kunststoffplatten der Arbeitsflächen glänzten fleckenlos. Die Chromgriffe der Küchengeräte, der Wasserhahn am Ausguß und die Metallgestelle der Küchenstühle glitzerten, ohne durch einen einzigen Fingerabdruck entstellt zu sein.

Er öffnete den Kühlschrank, ohne recht zu wissen, was er darin zu finden erwartete. Vielleicht einen Hinweis auf Willy Sheeners gestörte Psyche – ein früheres Opfer, das er ermordet und eingefroren hatte, um es als perverses Andenken aufzubewahren? Aber der Kühlschrank enthielt nichts Dramatisches in dieser Art. Andererseits war unverkennbar, daß der Mann pedantisch ordnungsliebend war: Für alle Lebensmittel hatte er in Farbe und Form einheitliche Tupperware-Behälter.

Ansonsten war das einzig Auffällige am Inhalt des Kühlschranks und der Hängeschränke, daß Süßigkeiten überwogen: Biskuits, Schokolade, Eiscreme, Kekse, Bonbons, Kuchen, Pralinen, Krapfen, Pudding und andere Süßspeisen. Auch neu eingeführte Produkte wie Buchstaben-Spaghetti und Dosen mit Gemüsesuppe, deren Nudeln wie bekannte Comicfiguren aussahen, waren reichlich vertreten. Man hätte glauben können, Sheeners Vorräte seien von einem Kind ohne Beaufsichtigung durch einen Erwachsenen eingekauft worden.

Stefan bewegte sich ins Innere des Hauses weiter.

5

Die Auseinandersetzung wegen der zerfetzten Bücher genügte, um Tammy den letzten Rest Lebensmut zu nehmen. Sie sprach nicht mehr von Sheener und schien Laura nicht länger feindselig gegenüberzustehen. Tag für Tag zog sie sich mehr in sich zurück, senkte vor jedermann den Blick und ließ den Kopf immer tiefer hängen; ihre Stimme wurde noch leiser.

Laura hätte nicht sagen können, was unerträglicher war: daß der Weiße Aal sie ständig bedrohte oder daß sie miterleben mußte, wie Tammys ohnehin nur schwach ausgeprägte Persönlichkeit weiter schwand und sie sich einem Zustand völliger Gefühl- und Reglosigkeit näherte. Aber am 30. August, einem Mittwoch, wurden Laura überraschend beide Lasten von den Schultern genommen: Sie erfuhr, daß sie bereits am Donnerstag zu Pflegeeltern nach Costa Mesa kommen sollte.

Sie bedauerte jedoch die Trennung von den Ackerson-Zwillingen. Obwohl sie die Schwestem erst seit wenigen Wochen kannte, hatte die unter extremen Verhältnissen geschlossene Freundschaft sich rascher und haltbarer gefestigt, als das unter normalen Umständen der Fall gewesen wäre.

Als die drei an diesem Abend in ihrem Zimmer auf dem Boden hockten, sagte Thelma: »Shane, solltest du zu einer guten Familie, in ein glückliches Heim kommen, *genießt* du's hoffentlich. Solltest du's gut treffen, vergißt du uns am besten, suchst dir neue Freunde und lebst dein Leben weiter. Aber das legendäre Ackerson-Duo – Ruth *et moi* – hat schon dreimal schlechte Erfahrungen mit Pflegeeltern gemacht, und ich kann dir versichern, daß du nicht bleiben mußt, falls du zu *schrecklichen* Leuten kommen solltest.«

»Du weinst einfach viel und läßt alle merken, wie unglücklich du bist«, sagte Ruth. »Solltest du nicht weinen können, tust du wenigstens so.«

»Sei mürrisch«, ergänzte Thelma. »Und ungeschickt. Sorg dafür, daß bei jedem Abspülen irgendein Geschirrstück in die Brüche geht. Sei einfach unausstehlich.«

Laura war überrascht. »Das alles habt ihr getan, um ins McIllroy zurückzukommen?«

»Das alles und mehr«, bestätigte Ruth.

»Aber ist's nicht schrecklich gewesen, absichtlich Sachen kaputtzumachen?«

»Für Ruth ist's schlimmer gewesen als für mich«, antwortete Thelma. »Ich habe den Teufel im Leib, während Ruth die Reinkarnation einer unscheinbaren, demütigen kleinen Nonne aus dem vierzehnten Jahrhundert ist, deren Name wir noch nicht haben ermitteln können.«

Innerhalb eines Tages wußte Laura, daß sie nicht bei der Familie Teagel bleiben wollte, aber sie versuchte sich einzugewöhnen, weil sie anfangs noch glaubte, dort besser aufgehoben zu sein als im McIllroy Home.

Für Flora Teagel, die sich nur für Kreuzworträtsel interessierte, war das reale Leben lediglich ein verschwommener Hintergrund ihrer Existenz. Sie verbrachte die Tage und Abende in eine Strickjacke gewickelt, die sie bei jedem Wetter trug, in ihrer gelben Küche am Tisch und arbeitete mit einem Eifer, der zugleich verblüffend und idiotisch war, ein Kreuzworträtselheft nach dem anderen durch.

Mit Laura sprach sie im allgemeinen nur, um ihr Anweisungen für die Hausarbeit zu geben oder sie nach schwierigen Lösungswörtern zu fragen. Während Laura am Ausguß stand und Geschirr spülte, fragte Flora beispielsweise: »Eine Raubkatze mit sechs Buchstaben und 'nem O am Anfang?«

Lauras Antwort war stets die gleiche: »Weiß ich nicht.«

»Weiß ich nicht, weiß ich nicht, weiß ich nicht«, äffte Mrs. Teagel sie nach. »Du weißt anscheinend gar nichts, Mädchen. Paßt du denn in der Schule nicht auf? Hast du keinen Sinn für Sprache, für Wörter?«

Laura war natürlich von Wörtern *fasziniert*. Für sie besaßen Wörter magische Eigenschaften und ließen sich mit anderen zu hochwirksamen Zaubersprüchen kombinieren. Für Flora Teagel waren Wörter lediglich Mosaiksteine, die sie zum Ausfüllen von leeren Kästchen brauchte: sinnentleerte Buchstabenanhäufungen, die sie frustrierten.

Floras Ehemann war ein stämmiger Lastwagenfahrer mit Babygesicht. Er verbrachte die Abende in seinem Sessel, studierte den ›National Enquirer‹ und ähnliche Blätter und nahm aus dubiosen Artikeln über Kontakte mit außerirdischen Lebewesen und über Schwarze Messen in Filmstarkreisen wertlose Tatsachen in sich auf. Seine Vorliebe für ›exotische Nachrichten‹, wie er sie nannte, wäre harmlos gewesen, wenn er so mit sich selbst beschäftigt gewesen wäre wie seine Frau. Aber Mike kam oft zu Laura, wenn sie im Haushalt arbeitete oder ausnahmsweise einmal Zeit hatte, ihre Hausaufgaben zu machen, und bestand darauf, ihr besonders kuriose Artikel vorzulesen.

Sie hielt diese Stories für dumm, unlogisch und sinnlos – aber das durfte sie Mike nicht sagen. Sie hatte die Erfahrung gemacht, daß er nicht beleidigt war, wenn sie seine Zeitungen als Schund bezeichnete. Statt dessen betrachtete er sie mitleidig und begann dann, ihr aufreizend geduldig und mit der auf den Nerv gehenden Besserwisserei, die nur sehr Gebildete und völlig Ungebildete an den Tag legen, den Lauf der Welt zu erklären. Ausführlichst. »Laura, du mußt noch viel lernen«, sagte er jedesmal. »Die wichtigen Leute, die in Washington an der Regierung sind – *die* wissen über außerirdische Lebewesen und die Geheimnisse von Atlantis Bescheid …«

Trotz aller ihrer sonstigen Unterschiede hatten Flora und Mike eine Überzeugung gemeinsam: Ein Pflegekind nahm man nur auf, um sich ein kostenloses Dienstmädchen zu sichern. Laura sollte kochen, spülen, putzen, waschen und bügeln.

Ihre eigene Tochter – Hazel, ein Einzelkind – war zwei Jahre älter als Laura und gründlich verzogen. Hazel brauchte nie zu kochen, zu spülen, zu putzen, zu waschen oder zu bügeln. Obwohl sie erst 14 war, hatte sie perfekt gepflegte und lackierte Finger- und Zehennägel. Hätte man von ihrem Alter die Stunden abgezogen, die sie sich vor dem Spiegel bewunderte, wäre sie erst fünf Jahre alt gewesen.

»Am Waschtag mußt du *meine* Sachen zuerst bügeln«, erklärte sie Laura an deren erstem Tag bei den Teagels. »Und vergiß nicht, sie nach Farben geordnet in meinen Kleiderschrank zu hängen.«

Dieses Buch habe ich gelesen, diesen Film habe ich gesehen, dachte Laura. Großer Gott, ich spiele die Hauptrolle in *Cinderella!*

»Später werd' ich mal ein großer Filmstar oder ein bekanntes Fotomodell«, sagte Hazel. »Deshalb sind mein Gesicht, meine Hände und mein Körper meine Zukunft. Ich muß gut auf sie achten.«

Als Mrs. Ince – die für Laura zuständige spindeldürre Sozialarbeiterin mit dem Spitzmausgesicht – der Familie Teagel am Vormittag des 16. September, einem Samstag, den angekündigten Besuch abstattete, wollte Laura sie auffordern, für ihre Rückkehr ins McIllroy zu sorgen. Die dort von Willy Sheener ausgehende Gefahr erschien ihr als geringeres Problem als der Alltag bei den Teagels.

Mrs. Ince traf pünktlich ein und sah Flora Geschirr spülen, was diese seit zwei Wochen zum erstenmal tat. Laura saß am Küchentisch und war scheinbar damit beschäftigt, ein Kreuzworträtsel zu lösen, das ihr jedoch erst in die Hand gedrückt worden war, als es klingelte.

Während des in Lauras Zimmer stattfindenden Gesprächs unter vier Augen, das zu Mrs. Inces Besuchsprogramm gehörte, weigerte die Sozialarbeiterin sich, ihr die Überlastung durch Hausarbeit zu glauben. »Aber Mr. und Mrs. Teagel sind vorbildliche Pflegeeltern, meine Liebe. Und du siehst nicht so aus, als würdest du ausgenützt. Du hast sogar ein paar Pfund zugenommen.«

»Ich behaupte nicht, daß sie mich verhungern lassen«, sagte Laura. »Aber ich habe nie Zeit für meine Hausaufgaben. Ich falle jeden Abend erschöpft ins Bett und ...«

»Außerdem«, unterbrach Mrs. Ince sie, »sollen Pflegeeltern die ihnen anvertrauten Kinder nicht nur aufziehen, sondern auch *erzie-*

hen, was bedeutet, daß sie ihnen Manieren beibringen, ihren Sinn für gute Werte wecken und sie zu Fleiß und Ordnung anhalten.«

Mrs. Ince war ein hoffnungsloser Fall.

Laura griff auf den Plan der Ackerson-Zwillinge – »Wie werde ich eine unerwünschte Pflegefamilie los?« – zurück. Sie begann, schlampig zu putzen. Hatte sie abgewaschen, war das Geschirr noch fleckig und schlierig. Sie bügelte Falten in Hazels Kleidungsstücke.

Da die Vernichtung des größten Teils ihrer Bücher ihre Achtung vor jeglicher Art von Eigentum erhöht hatte, brachte Laura es nicht über sich, Geschirrstücke oder sonstigen Besitz der Teagels zu zertrümmern, also ersetzte sie diesen Teil des Ackerson-Plans durch Frechheit und Verachtung. Für ein Kreuzworträtsel brauchte Flora eine Rinderrasse mit sechs Buchstaben, und Laura sagte: »Teagel«. Als Mike von fliegenden Untertassen erzählte, von denen er im ›Enquirer‹ gelesen hatte, unterbrach sie ihn mit einer Fabel über Maulwurfsmenschen, die im hiesigen Supermarkt lebten. Und Hazel suggerierte sie, der große Durchbruch im Showgeschäft sei ihr sicher, wenn sie sich als Double für Ernest Borgnine bewerbe. »Du siehst ihm täuschend ähnlich, Hazel. Sie müssen dich einfach nehmen!«

Diese Unverschämtheiten brachten ihr sofort eine Tracht Prügel ein. Mike legte sie übers Knie und versohlte sie mit seiner breiten, schwieligen Hand, aber Laura biß sich auf die Unterlippe und weigerte sich, ihm die Befriedigung zu verschaffen, sie zum Weinen gebracht zu haben. »Das reicht, Mike«, sagte Flora, die von der Küchentür aus zugesehen hatte. »Man darf keine Spuren sehen.« Er hörte erst widerstrebend auf, als seine Frau ins Wohnzimmer kam und ihm in den Arm fiel.

In dieser Nacht fand Laura kaum Schlaf. Sie hatte erstmals ihre Sprachfertigkeit – die Macht des Wortes – genutzt, um eine erwünschte Wirkung zu erzielen, und die Reaktion der Teagels hatte bewiesen, daß sie sich darauf verstand. Viel erregender war jedoch der erst halb gefaßte, noch nicht ganz ausgeformte Gedanke, sie könnte die Fähigkeit besitzen, sich nicht nur mit Worten zu verteidigen, sondern eines Tages sogar ihren Lebensunterhalt damit verdienen – vielleicht sogar als Schriftstellerin. Mit ihrem Vater hatte sie darüber gesprochen, ob sie Ärztin, Ballerina oder Tierärztin werden sollte, aber das war nur Gerede gewesen. Keiner dieser Träume war so erregend gewesen wie die Vorstellung, Schriftstellerin werden zu können.

Als Laura am nächsten Morgen in die Küche kam, wo die drei Teagels beim Frühstück saßen, sagte sie: »He, Mike, ich hab' vorhin entdeckt, daß im Klospülkasten ein intelligenter Tintenfisch vom Mars lebt.«

»Was soll *das* sein?« fragte Mike brummig.

»Eine exotische Nachricht«, antwortete sie lächelnd.

Zwei Tage später wurde Laura ins McIllroy Home zurückgebracht.

6

Willy Sheeners Wohnzimmer und sein Hobbyraum waren eingerichtet, als lebe hier ein ganz normaler Mensch. Stefan wußte nicht recht, was er eigentlich erwartet hatte. Vielleicht Anzeichen für eine Geisteskrankheit, aber gewiß nicht dieses saubere, ordentliche Heim.

Eines der beiden Schlafzimmer stand leer, das andere war entschieden merkwürdig. Die einzige Schlafgelegenheit war eine schmale Matratze am Fußboden. Die Bettwäsche, die aus einem Kinderzimmer zu stammen schien, war mit bunten Cartoonhäschen bedruckt. Nachttisch und Kommode waren mit Tierfiguren – Giraffen, Kaninchen und Eichhörnchen – bemalte blaßblaue Kindermöbel. Sheener besaß auch eine umfangreiche Sammlung von Bilderbüchern, Plüschfiguren und Spielsachen für Sechs- bis Siebenjährige.

Stefan glaubte anfangs, dieser Raum sei für die Verführung von Kindern aus der näheren Umgebung bestimmt, weil Sheener offenbar labil genug war, selbst auf heimatlichem Boden, wo das Risiko am größten war, nach Opfern Ausschau zu halten. Im ganzen Haus gab es jedoch kein weiteres Bett, und Kommode und Einbaukleiderschrank enthielten Männersachen. An den Wänden hing ein Dutzend gerahmter Fotos eines rothaarigen Jungen, die ihn als Säugling und bis zum Alter von sieben oder acht Jahren zeigten – unverkennbar Willy Sheener. Allmählich wurde Stefan klar, daß diese Raumausstattung lediglich eine Macke des Hausbesitzers war. Der Spinner schlief hier allein. Beim Schlafengehen zog Sheener sich offenbar in eine Kindheitsfantasie zurück und fand in dieser gespenstischen allnächtlichen Rückverwandlung zweifellos den ersehnten Seelenfrieden.

In der Mitte dieses merkwürdigen Raums stehend, empfand Stefan Mitleid und Abscheu zugleich. Sheener belästigte Kinder offenbar nicht ausschließlich oder auch nur hauptsächlich aus sexuellen Motiven, sondern um ihre Jugend in sich aufzunehmen, wieder jung zu werden wie sie – seine verlorene Unschuld zurückzugewinnen. Er war gleichermaßen mitleiderregend und abscheulich: den Anforderungen eines Erwachsenenlebens nicht gewachsen, zugleich aber wegen seiner Unzulänglichkeit höchst gefährlich.

Stefan lief ein kalter Schauer über den Rücken.

7

Lauras Bett im Zimmer der Ackerson-Zwillinge war inzwischen mit einem anderen Mädchen belegt. Sie kam in ein kleines Zweibettzimmer am Nordende des zweiten Stocks in der Nähe der Treppe. Ihre Zimmergenossin war die neunjährige Eloise Fisher, die Zöpfe, Sommersprossen und eine für ein Kind in ihrem Alter viel zu ernsthafte Art hatte. »Wenn ich groß bin, werde ich Buchhalterin«, vertraute sie Laura an. »Ich mag Zahlen. Man kann eine Zahlenreihe zusammenzählen und kriegt immer das gleiche Ergebnis heraus. Bei Zahlen gibt's keine Überraschungen wie bei Menschen.« Eloises Eltern waren als Drogenhändler zu Haftstrafen verurteilt worden, und sie mußte im McIllroy bleiben, bis das Gericht entschied, welcher Verwandte das Sorgerecht erhalten sollte.

Sobald Laura ausgepackt hatte, rannte sie zum Zimmer der Ackersons. »Ich bin frei, ich bin frei!« rief sie, während sie hineinstürmte.

Tammy und die Neue starrten sie verständnislos an, aber Ruth und Thelma umarmten sie, und es war, als wäre sie zu einer wirklichen Familie heimgekehrt.

»Haben deine Pflegeeltern dich nicht gemocht?« erkundigte Ruth sich.

»Aha!« sagte Thelma. »Du hast den Ackerson-Plan angewendet!«

»Nein, ich habe sie alle im Schlaf ermordet.«

»Das würde auch funktionieren«, bestätigte Thelma.

Rebecca Bogner, die Neue, war ungefähr elf. Sie kam offenbar nicht gut mit den Ackersons aus. Während sie Laura und den Zwillingen zuhörte, sagte Rebecca immer wieder mit überlegener, verächtlicher Miene: »Ihr spinnt!« oder »Völlig bescheuert!« oder »Gott, was für Spinner!« womit sie die Atmosphäre etwa so wirkungsvoll vergiftete wie eine Atombombendetonation.

Laura und die Zwillinge gingen nach draußen in eine Ecke des Spielplatzes, wo sie ohne Rebeccas hämische Kommentare über die vergangenen fünf Wochen schwatzen konnten. Ende Oktober waren die Tage noch warm, obwohl die Luft um Viertel vor fünf schon kühl wurde. Sie trugen Jacken und saßen auf den unteren Ästen des Spieldschungels, der jetzt verlassen war, weil die kleineren Kinder sich wuschen, um dann als erste zu Abend zu essen. Sie waren noch keine fünf Minuten auf dem Spielplatz, als Willy Sheener mit einer elektrischen Heckenschere erschien. Er machte sich daran, etwa zehn Meter von ihnen entfernt eine Taxushecke zu schneiden, hatte aber nur Augen für Laura.

Beim Abendessen war der Aal auf seinem Posten hinter der langen Theke, wo er Milchtüten und Kirschkuchen ausgab. Das größte Stück hatte er für Laura aufgehoben.

Am Montag kam Laura in eine neue Schule, in der die anderen Kinder bereits vier Wochen Zeit gehabt hatten, Freundschaften zu schließen. Ruth und Thelma saßen in einigen ihrer Kurse, was die Anpassung erleichterte, aber sie wurden trotzdem wieder daran erinnert, daß Ungewißheit ein Hauptbestandteil des Lebens von Waisen war.

Als Laura am Dienstagnachmittag aus der Schule kam, hielt Mrs. Bowmaine sie in der Eingangshalle auf. »Laura, kommst du mit in mein Büro?«

Mrs. Bowmaine trug ein Kleid mit purpurrotem Blütenmuster, das in scheußlichem Gegensatz zu den rosaroten und pfirsichfarbenen Blütenmustern der Vorhänge und Tapeten stand. Laura durfte in einem Sessel mit Rosenmuster Platz nehmen. Mrs. Bowmaine blieb stehen, weil sie die Sache mit Laura kurz abhandeln wollte, um neue Aufgaben in Angriff nehmen zu können. Mrs. Bowmaine war ständig aktiv, ständig in Bewegung, ständig überbeschäftigt.

»Eloise Fisher ist seit heute nicht mehr bei uns«, sagte Mrs. Bowmaine.

»Wer hat das Sorgerecht zugesprochen bekommen?« erkundigte Laura sich. »Sie wäre am liebsten zu ihrer Großmutter gegangen.«

»Dort ist sie jetzt auch«, bestätigte Mrs. Bowmaine.

Gut für Eloise! Laura hoffte, daß die bezopfte zukünftige Buchhalterin außer ihren Zahlen auch einen Menschen finden würde, dem sie trauen konnte.

»Du hast keine Zimmergenossin mehr«, fuhr Mrs. Bowmaine energisch fort, »und wir haben anderswo kein freies Bett, so daß du nicht einfach einziehen und ...«

»Darf ich einen Vorschlag machen?« fragte Laura.

Mrs. Bowmaine runzelte die Stirn und sah auf ihre Armbanduhr.

»Ruth und Thelma sind meine besten Freundinnen«, sagte Laura hastig, »und sie sind mit Tammy Hinsen und Rebecca Bogner zusammen. Aber ich glaube nicht, daß Tammy und Rebecca gut mit Ruth und Thelma auskommen. Deshalb ...«

»Wir möchten, daß ihr Kinder lernt, mit Menschen zurechtzukommen, die anders sind. Das Zusammenleben mit Mädchen, die ihr bereits mögt, ist nicht charakterbildend. Außerdem kann ich erst morgen Umbelegungen veranlassen; heute bin ich zu beschäftigt. Deshalb will ich von dir wissen, ob ich dir trauen kann, wenn du diese Nacht allein in deinem jetzigen Zimmer verbringst.«

»Trauen?« wiederholte Laura verwirrt.

»Sag mir die Wahrheit, junge Dame. Kann ich dir trauen, wenn du heute nacht allein bist?«

Laura verstand nicht, welche Probleme die Sozialarbeiterin erwartete, wenn sie ein Kind eine Nacht allein ließ. Oder rechnete sie damit, daß Laura sich so wirkungsvoll verbarrikadieren würde, daß die Polizei dann die Tür aufbrechen, sie mit Tränengas überwältigen und in Handschellen abführen mußte?

Laura war ebenso gekränkt wie beleidigt. »Klar, ich komme schon zurecht. Ich bin kein Baby mehr. Ich hab' keine Angst.«

»Nun ... okay. Heute nacht schläfst du allein, aber morgen sehen wir zu, daß wir dich anderswo unterbringen.«

Nachdem Laura aus Mrs. Bowmaines farbenprächtigem Büro in den grauen Korridor getreten war und die Treppe zum zweiten Stock hinaufstieg, dachte sie plötzlich: *Der Weiße Aal!* Sheener würde wissen, daß sie in dieser Nacht allein war. Er wußte alles, was im McIllroy vor sich ging, und hatte sämtliche Schlüssel, so daß er nachts zurückkommen konnte. Ihr Zimmer lag gleich neben der Nordtreppe: Er konnte sich vom Treppenhaus in ihr Zimmer schleichen und sie sekundenschnell überwältigen. Er würde sie niederschlagen oder sonstwie betäuben, in einen Sack stecken, sie verschleppen und in einen Keller sperren. Und niemand würde wissen, was aus ihr geworden war.

Sie machte auf dem dritten Absatz kehrt, nahm je zwei Stufen auf einmal und wollte zu Mrs. Bowmaines Büro zurücklaufen. Aber als sie um die Ecke zur Eingangshalle bog, wäre sie beinahe mit Sheener zusammengeprallt. Der Aal trug einen Mop und einen mit einem Reinigungsmittel mit aufdringlichem Tannenduft gefüllten Rollkübel mit aufgesetztem Auswringer.

Er grinste Laura an. Vielleicht bildete sie sich das nur ein, aber sie war überzeugt, daß er bereits wußte, daß sie in dieser Nacht allein sein würde.

Laura hätte an ihm vorbeilaufen, zu Mrs. Bowmaine gehen und darum bitten sollen, heute nacht woanders schlafen zu dürfen. Sie durfte kein Wort gegen Sheener sagen, sonst erging es ihr wie dem armen Denny Jenkins – vom Personal als Lügnerin hingestellt, von ihrem Peiniger erbarmungslos verfolgt und gequält –, aber sie hätte irgendeine plausible Begründung für ihren Sinneswandel finden können.

Sie überlegte auch, ob sie sich auf ihn stürzen, ihn in seinen Putzkübel schubsen und ihm warnend erklären sollte, sie sei ihm jederzeit gewachsen und er solle ja die Finger von ihr lassen. Aber Sheener war anders als die Teagels. Mike, Flora und Hazel waren träge, engstirnig und ungebildet, aber geistig einigermaßen normal. Der Aal war geistesgestört, und es war nicht abzuschätzen, wie er auf einen tätlichen Angriff reagieren würde.

Während sie zögerte, wurde sein schiefes, gelbliches Lächeln breiter.

Sein blasses Gesicht rötete sich leicht, und Laura, die darin aufkeimende Lust zu erkennen glaubte, mußte gegen Übelkeit ankämpfen.

Sie wandte sich ab, ging davon und wagte erst zu rennen, als sie auf der Treppe außer Sicht war. Dann hastete sie ins Zimmer der Ackerson-Zwillinge.

»Du schläfst heute nacht hier«, entschied Ruth.

»Naturlich«, wandte Thelma ein, »mußt du oben in deinem Zimmer bleiben, bis die Bettenkontrolle vorbei ist, und dann runterschleichen.«

»Wir haben bloß vier Betten«, warf Rebecca ein, die auf ihrem Bett in der Ecke sitzend Mathematikaufgaben machte.

»Ich schlafe auf dem Fußboden«, sagte Laura.

»Das wäre ein Verstoß gegen die Heimordnung«, stellte Rebecca fest. Thelma drohte ihr mit der Faust und funkelte sie an.

»Okay, schon gut«, wehrte Rebecca ab. »Ich hab' nie gesagt, daß *ich* sie nicht hier haben will. Ich hab' nur darauf hingewiesen, daß das gegen die Heimordnung ist.«

Laura befürchtete, daß Tammy Einwände erheben würde, aber die kleine Blondine lag auf ihrem gemachten Bett, starrte gedankenverloren die Zimmerdecke an und schien sich nicht für die Pläne der anderen zu interessieren.

In dem eichengetäfelten Speisesaal, bei einem fast ungenießbaren Abendessen aus zähen Schweinekoteletts, klebrigem Kartoffelbrei und lederartigen grünen Bohnen – und unter dem wachsamen Blick des Aals –, sagte Thelma: »Was übrigens Bowmaines Frage betrifft, ob sie dir trauen könne, wenn du allein seist ... Sie hat Angst, du könntest einen Selbstmordversuch unternehmen.«

Laura starrte sie ungläubig an.

»Andere Heimkinder haben bereits welche unternommen«, erklärte Ruth ihr betrübt. »Deshalb stecken sie mindestens zwei in ein Zimmer – auch wenn es eine kleine Kammer ist. Zuviel Einsamkeit scheint zu den auslösenden Faktoren zu gehören.«

»Ruth und mir geben sie keines der kleinen Zimmer«, fuhr Thelma fort, »weil sie uns als eineiige Zwillinge für praktisch *einen* Menschen halten. Sie fürchten, wir könnten uns erhängen, sobald die Tür hinter uns ins Schloß gefallen ist.«

»Das ist doch lächerlich!« protestierte Laura.

»Klar ist's lächerlich«, bestätigte Thelma. »Erhängen wäre nicht dramatisch genug. Die erstaunlichen Ackerson-Schwestern – Ruth *et moi* – haben eine Vorliebe fürs Dramatische. Wir würden Harakiri mit gestohlenen Küchenmessern begehen oder, wenn wir uns eine Kettensäge verschaffen könnten ...«

Alle Gespräche wurden in gedämpftem Ton geführt, denn bei

den Mahlzeiten gingen Aufsichtspersonen im Speisesaal auf und ab. Miß Keist, die für den zweiten Stock zuständige Heimerzieherin, kam hinter dem Tisch vorbei, auf dem Laura mit den Ackersons saß, und Thelma flüsterte: »Gestapo!«

»Mrs. Bowmaine ist gutwillig«, sagte Ruth, als Miß Keist vorbei war, »aber sie macht ihre Sache einfach nicht gut. Hätte sie sich Zeit genommen, dich als Persönlichkeit kennenzulernen, Laura, hätte sie niemals Angst zu haben brauchen, du könntest Selbstmord verüben. Du bist ein Überlebenstyp.«

Thelma säbelte ein Stück vom zähen Fleisch ab. »Tammy Hinsen ist einmal mit einem Päckchen Rasierklingen im Bad erwischt worden, noch bevor sie den Mut aufgebracht hat, sich die Pulsadern aufzuschneiden.«

Laura staunte plötzlich über die Mischung aus Humor und Tragödie, Absurdem und schwarzer Realität, die ihr eigentümliches Leben im McIllroy prägte. Eben noch hatten sie miteinander gescherzt und jetzt sprachen sie über die selbstmörderische Veranlagung eines Mädchens, das sie alle kannten. Sie erkannte, daß diese Einsicht, über das hinausging, was man von einer Zwölfjährigen erwarten konnte, und beschloß, den Gedanken nach ihrer Rückkehr in ihr Zimmer in das Notizbuch einzutragen, das sie vor kurzem zu führen begonnen hatte.

Ruth war nun doch mit ihrer Portion fertig. »Vier Wochen nach dem Vorfall mit den Rasierklingen haben sie unsere Zimmer unangekündigt nach gefährlichen Gegenständen durchsucht«, berichtete sie. »Bei Tammy sind Zündhölzer und ein kleiner Kanister Feuerzeugbenzin gefunden worden. Sie wollte sich in einer der Duschkabinen mit Benzin übergießen und selbst verbrennen.«

»Großer Gott!« Laura dachte an das schmächtige Kind mit dem blassen Teint und den dunklen Ringen unter den Augen und hatte das Gefühl, Tammys geplante Selbstverbrennung habe nur dazu dienen sollen, die kleine lodernde Flamme, die sie seit langem von innen verzehrte, zum Feuer anzufachen.

»Sie haben sie für zwei Monate zu einer Intensivtherapie weggeschickt«, fügte Ruth hinzu.

»Als sie zurückkam«, sagte Thelma, »redeten alle Erwachsenen davon, wie sehr ihr Zustand sich gebessert habe, aber Ruth und mir kam sie unverändert vor.«

Zehn Minuten nach Miß Keists abendlicher Bettenkontrolle schlich Laura sich aus ihrem Zimmer. Der leere Korridor im zweiten Stock wurde lediglich durch drei Sicherheitsleuchten erhellt. Laura hastete im Schlafanzug und mit Decke und Kopfkissen unter dem Arm barfuß ins Zimmer der Ackersons.

Dort brannte nur die Lampe auf Ruths Nachttisch. »Laura, du schläfst in meinem Bett«, flüsterte Ruth. »Ich habe mir einen Schlafplatz auf dem Boden hergerichtet.«

»Kommt nicht in Frage!« wehrte Laura ab. »*Ich* schlafe auf dem Boden.«

Sie faltete ihre Decke zusammen, um eine Unterlage zu haben und streckte sich quer zum Fußende von Ruths Bett mit ihrem Kissen unter dem Kopf darauf aus.

»Ihr werdet schon sehen, was für Schwierigkeiten wir deswegen kriegen«, sagte Rebecca Bogner von ihrem Bett aus.

»Wovor hast du eigentlich Angst?« fragte Thelma. »Daß sie uns auf dem Hof an Pfähle binden, mit Honig beschmieren und den Ameisen überlassen?«

Tammy stellte sich schlafend.

Ruth knipste ihre Nachttischlampe aus, und sie versuchten einzuschlafen.

Eine Minute später flog die Tür auf, die Deckenlampe wurde eingeschaltet. Miß Keist, die einen roten Morgenrock trug, kam mit finsterer Miene hereingestürmt. »Aha! Laura, was hast du hier zu suchen?«

Rebecca Bogner ächzte. »Ich hab' euch doch *gesagt,* daß es Stunk gibt!«

»Komm sofort mit zurück auf dein Zimmer, junge Dame!«

Die Promptheit, mit der Miß Keist erschienen war, war zu verdächtig, und Laura schaute zu Tammy Hinsen hinüber. Die Blondine stellte sich nicht mehr schlafend, sondern stützte sich schwach lächelnd auf einen Ellbogen. Sie hatte offenbar beschlossen, dem Aal bei seiner Jagd auf Laura behilflich zu sein – vielleicht in der Hoffnung, ihre Position als Favoritin zurückzugewinnen.

Miß Keist eskortierte Laura in ihr Zimmer. Laura schlüpfte ins Bett, und die Erzieherin starrte sie einen Augenblick an. »Es ist warm. Ich mache das Fenster auf.« Sie trat wieder ans Bett und studierte Laura nachdenklich. »Möchtest du mir irgendwas erzählen? Ist irgendwas nicht in Ordnung?«

Laura überlegte, ob sie ihr von Sheener erzählen sollte. Aber was, wenn Miß Keist den Aal dabei ertappen wollte, daß er sich in ihr Zimmer schlich, und er in dieser Nacht nicht aufkreuzte? Dann würde Laura ihn später nie wieder beschuldigen können, weil sie ihn schon einmal *fälschlich* beschuldigt hatte. Niemand würde ihr mehr glauben; selbst wenn Sheener sie vergewaltigte, würde er ungestraft davonkommen.

»Nein, alles ist in Ordnung«, sagte sie.

»Deine Freundin Thelma ist viel zu altklug, viel zu sehr von sich selbst überzeugt«, behauptete Miß Keist. »Wenn du dumm genug bist, nochmals gegen die Heimordnung zu verstoßen, nur um eine Nacht lang schwatzen zu können, dann such dir lieber Freundinnen, für die sich's lohnt, das zu riskieren.«

»Ja, Ma'am«, sagte Laura, nur um sie loszuwerden. Sie bedauerte, auch nur daran gedacht zu haben, auf die vorübergehende Besorgnis der Erzieherin einzugehen.

Nachdem Miß Keist gegangen war, verließ Laura nicht sofort ihr Bett und flüchtete. Sie blieb in der Dunkelheit liegen, weil sie sicher war, daß in einer halben Stunde eine weitere Bettenkontrolle stattfinden würde. Der Aal würde sich garantiert nicht vor Mitternacht heranschlängeln, und da es erst 22 Uhr war, hatte Laura zwischen Miß Keists nächster Kontrolle und Sheeners Eintreffen reichlich Zeit, sich in Sicherheit zu bringen.

In weiter, weiter Ferne erklang Donnergrollen. Sie setzte sich im Bett auf. Ihr Beschützer! Laura schlug die Bettdecke zurück und lief ans Fenster. Sie sah keine Blitze. Der ferne Donner verhallte. Vielleicht war's gar kein Donner gewesen. Sie wartete noch zehn Minuten, ohne daß irgend etwas geschah. Dann kehrte sie enttäuscht in ihr Bett zurück.

Kurz nach 22.30 Uhr knarrte die Türklinke. Laura schloß die Augen, ließ ihren Mund offen und spielte die Schlafende.

Jemand kam leise herein, durchquerte den Raum und blieb neben dem Bett stehen.

Laura atmete langsam, tief und regelmäßig, aber das Herz schlug ihr bis zum Hals.

Es war Sheener. Sie *wußte*, daß er's war. O Gott, sie hatte vergessen, daß er verrückt, daß er unberechenbar war, und jetzt war er früher als erwartet hier und bereitete die Betäubungsspritze vor. Er würde sie in einen Rupfensack stopfen und davonschleppen, als wäre er ein geistesgestörter Weihnachtsmann, der kam, um Kinder zu stehlen, anstatt ihnen Geschenke zu bringen.

Die Wanduhr tickte. Eine kühle Brise ließ die Vorhänge rascheln.

Endlich zog die neben dem Bett stehende Gestalt sich wieder zurück. Die Tür wurde leise geschlossen.

Es war also doch Miß Keist gewesen!

Laura stand heftig zitternd auf und schlüpfte in ihren Bademantel. Sie nahm die Bettdecke zusammengefaltet über den Arm und verließ das Zimmer ohne Pantoffeln, weil sie wußte, daß ihre Schritte barfuß leiser waren.

Ins Zimmer der Ackersons konnte sie nicht zurück. Statt dessen ging sie zur Nordtreppe, öffnete vorsichtig die Tür und trat auf den schwach beleuchteten Treppenabsatz hinaus.

Sie horchte ängstlich nach unten, wo sie Sheeners Schritte zu hören fürchtete. Dann stieg sie wachsam die Treppe hinab, darauf gefaßt, dem Aal zu begegnen. Aber sie erreichte ungehindert das Erdgeschoß.

Vor Kälte zitternd, weil ihre nackten Füße auf den Bodenfliesen auskühlten, suchte sie im Spielsaal Zuflucht. Sie machte kein Licht, sondern begnügte sich mit dem geisterhaften Schein der Straßenlampen, der durch die Fenster fiel und die Kanten der Möbelstücke in silbriges Licht tauchte. Sie schlich an Stühlen und Tischen vorbei und streckte sich hinter dem Sofa auf ihrer zusammengelegten Decke aus.

Sie schlief nur leicht und schreckte wiederholt aus Alpträumen hoch. Im alten Herrenhaus erwachte des Nachts heimliches Leben: die Bodendielen der Decke über Laura knarrten, in den alten Wasserleitungen gurgelte es.

8

Stefan schaltete alle Lampen aus und wartete in dem für ein Kind eingerichteten Schlafzimmer. Kurz vor 3.30 Uhr hörte er Sheener zurückkommen. Stefan trat lautlos hinter die Schlafzimmertür. Einige Minuten später kam Willy Sheener herein, machte Licht und bewegte sich auf die Matratze zu. Während er den Raum durchquerte, gab er einen merkwürdigen Laut von sich: halb ein Seufzen, halb das Winseln eines Tieres, das sich aus einer feindseligen Welt in seinen sicheren Bau zurückzieht.

Stefan schloß die Tür. Sheener warf sich bei diesem Geräusch herum und war offenbar entsetzt, daß jemand in seinen Zufluchtsort eingedrungen war. »Wer ... wer sind Sie? Was haben Sie hier zu suchen, verdammt noch mal?«

Aus einem im Schatten auf der anderen Seite geparkten Chevy beobachtete Kokoschka, wie Stefan Willy Sheeners Haus verließ. Er wartete noch zehn Minuten, stieg dann aus, ging um den Bungalow herum, fand die Hintertür offen und trat vorsichtig ein.

Er entdeckte Sheener in seinem Kinderzimmer: übel zugerichtet, blutend und still. Das Zimmer stank nach Urin, denn der Mann hatte in seiner Angst Wasser gelassen.

Irgendwann, dachte Kokoschka grimmig entschlossen und mit einem Anflug von Sadismus, richte ich Stefan noch schlimmer zu. Ihn und dieses verdammte Mädchen. Sobald ich weiß, welche Rolle sie in seinen Plänen spielt und weshalb er Jahrzehnte überspringt, um in ihr Leben einzugreifen. Beide werden Höllenqualen erleiden, dafür sorge ich!

Er verließ Sheeners Haus. Im Garten blickte er sekundenlang zum sternklaren Nachthimmel auf, bevor er ins Institut zurückkehrte.

9

Kurz vor Tagesanbruch – bevor die ersten Heimbewohner aufstanden, aber nicht eher, als sie das Gefühl hatte, für diesmal vor Sheener sicher zu sein – verließ Laura ihre Lagerstatt im Spielzimmer und kehrte in den zweiten Stock zurück. In ihrem Zimmer war alles so, wie sie es verlassen hatte. Nichts wies auf einen nächtlichen Eindringling hin.

Erschöpft und mit geröteten Augen fragte sie sich, ob sie dem Aal etwas zuviel Kühnheit und Wagemut zugetraut hatte. Sie kam sich sogar ein bißchen dumm vor.

Als sie ihr Bett machte – eine Arbeit, für die jedes Heimkind selbst verantwortlich war –, erstarrte sie förmlich, als sie sah, was unter dem Kopfkissen lag. Eine einzelne Tootsie Roll.

An diesem Tag kam der Weiße Aal nicht zur Arbeit. Er war offenbar die ganze Nacht wach gewesen, um Lauras Entführung vorzubereiten, und brauchte zweifellos Schlaf.

»Wie findet ein Kerl wie er überhaupt Schlaf?« fragte Ruth, als sie sich nach der Schule im McIllroy in einer Ecke des Spielplatzes trafen. »Ich meine, hält sein schlechtes Gewissen ihn denn nicht wach?«

»Ruthie«, sagte Thelma, »er hat kein Gewissen.«

»Jeder hat eines, sogar der Schlechteste unter uns. So hat Gott uns geschaffen.«

»Shane«, verlangte Thelma, »halt dich bereit, mir bei einer Teufelsaustreibung zu helfen. Unsere Ruth ist schon wieder vom Geist einer mittelalterlichen Schwachsinnigen besessen.«

In einer atypisch humanitären Geste verlegte Mrs. Bowmaine Tammy und Rebecca in ein anderes Zimmer und ließ Laura wieder bei Ruth und Thelma einziehen. Das vierte Bett in ihrem Zimmer blieb vorerst leer.

»Das ist für Paul McCartney«, sagte Thelma, als die Zwillinge Laura halfen, sich bei ihnen einzurichten. »Wenn die Beatles mal in Kalifornien sind, kann er's benützen. Und *ich* benütze dann Paul!«

»Du kannst einen richtig verlegen machen«, stellte Ruth fest.

»Ich drücke nur gesundes sexuelles Begehren aus.«

»Thelma, du bist erst zwölf!« sagte Ruth aufgebracht.

»Aber demnächst dreizehn. Bald hab' ich meine ersten Tage. Eines Morgens wachen wir auf und sehen so viel Blut, als hätt's hier ein Massaker gegeben.«

»Thelma!«

Auch am Donnerstag kam Sheener nicht zur Arbeit. Da Freitag und Samstag seine freien Tage waren, tauschten Laura und die Zwillinge am Samstagabend aufgeregt Vermutungen aus, der Aal werde nie mehr kommen, weil er unter einen Lastwagen geraten sei oder sich Beriberi zugezogen habe.

Am Sonntagmorgen beim Frühstück stand Sheener jedoch wieder am Buffet hinter der Theke. Er hatte zwei blaue Augen, ein verbundenes rechtes Ohr, eine geschwollene Oberlippe und eine lange blutverkrustete Schramme am linken Unterkiefer; außerdem fehlten ihm zwei Vorderzähne.

»Vielleicht ist er tatsächlich unter einen Lastwagen gekommen«, flüsterte Ruth, während sie in der Schlange vorrückten.

Auch andere Kinder tuschelten über Sheeners Verletzungen, und einige von ihnen kicherten. Da ihn jedoch alle haßten, fürchteten oder verachteten, hatte niemand Lust, ihn direkt auf seinen Zustand anzusprechen.

Laura, Ruth und Thelma schwiegen, als sie das Buffet erreichten. Je näher sie Sheener kamen, desto mitgenommener sah er aus. Obwohl seine Veilchen schon ein paar Tage alt waren, war das Fleisch noch immer schrecklich verfärbt und geschwollen; beide Augen mußten ursprünglich fast völlig zugeschwollen gewesen sein. Seine aufgeplatzten Lippen schienen zu eitern. Wo sein Gesicht nicht verfärbt oder aufgeschürft war, wirkte die sonst weißliche blasse Haut grau. Mit seinem borstigen kupferroten Haarschopf sah er komisch aus: ein Zirkusclown, der eine Treppe hinuntergeplumst war, ohne zu wissen, wie man richtig aufkam und sich nicht weh tat.

Er sah nicht die Kinder an, deren Teller er füllte, sondern hielt seinen Blick stur auf die Milch und die Kuchenschnitten gesenkt. Als Laura vor ihm stand, schien er sich zu verkrampfen, ohne jedoch aufzublicken.

An ihrem Tisch rückten Laura und die Zwillinge ihre Stühle so zurecht, daß sie den Aal beobachten konnten. Das hier war eine Entwicklung, die sie sich eine Stunde zuvor nicht hätten träumen lassen. Er erregte jetzt mehr Neugier denn Angst. Anstatt ihm aus dem Weg zu gehen, verbrachten sie den ganzen Tag damit, ihn unauffällig bei der Arbeit zu beobachten, indem sie so taten, als wären sie nur zufällig in seiner Nähe. Dabei zeigte sich allmählich, daß er sich Lauras Gegenwart bewußt war, aber ängstlich jeden Blickkontakt mit ihr mied. Er sah andere Kinder an und blieb einmal im Spielzimmer stehen, um ein paar halblaute Worte mit Tammy Hinsen zu wechseln, aber er schien Lauras Blick ebenso ungern zu erwidern, wie er seine Finger in eine Steckdose gesteckt hätte.

»Laura, er hat Angst vor dir«, stellte Ruth am späten Vormittag fest.

»Verdammt noch mal, das stimmt!« bestätigte Thelma. »Hast *du* ihn vermöbelt, Shane? Hast du uns bisher verschwiegen, daß du Karatemeisterin bist?«

»Wirklich merkwürdig, nicht wahr? Warum hat er Angst vor mir?«

Aber Laura wußte Bescheid. Ihr spezieller Beschützer! Obwohl sie geglaubt hatte, selbst mit Sheener fertig werden zu müssen, hatte ihr Beschützer wieder eingegriffen und Sheener nachdrücklich aufgefordert, die Finger von ihr zu lassen.

Sie wußte nicht recht, weshalb sie zögerte, den Ackersons von ihrem geheimnisvollen Beschützer zu erzählen. Die beiden waren ihre besten Freundinnen. Sie hatte Vertrauen zu ihnen. Trotzdem fühlte Laura intuitiv, daß ihr Beschützer ein heiliges Geheimnis bleiben mußte – daß sie das Wenige, was sie über ihn wußte, selbst Freundinnen gegenüber nicht gedankenlos ausplaudern durfte.

In den folgenden beiden Wochen verblaßten die blauen Flecke des Aals, er konnte den Ohrverband abnehmen, unter dem eine feuerrote Stichnaht sichtbar wurde, mit der sein fast abgerissenes Ohr wieder angenäht worden war. Er achtete weiter auf Distanz zu Laura. Wenn er sie in der Cafeteria an der Theke bediente, hob er nicht mehr die besten Stücke für sie auf, und er weigerte sich standhaft, ihr in die Augen zu sehen.

Gelegentlich ertappte Laura ihn jedoch dabei, daß er sie quer durch einen Raum anstarrte. Er wandte sich jedesmal rasch ab, aber in seinen blitzenden grünen Augen sah sie jetzt etwas, das noch schlimmer war als seine frühere perverse Gier: Wut. Offenbar machte er sie für die Tracht Prügel verantwortlich, die er bezogen hatte.

Am 27. Oktober, einem Freitag, erfuhr Laura von Mrs. Bowmaine, daß sie am nächsten Tag zu neuen Pflegeeltern kommen sollte. Mr. und Mrs. Dockweiler, die in Newport Beach wohnten, hatten sich erst vor kurzem für das Pflegeelternprogramm gemeldet und wollten Laura gern bei sich aufnehmen.

»Ich bin sicher, daß es diesmal besser klappt«, sagte Mrs. Bowmaine, die in einem Kleid mit aufgedruckten leuchtendgelben Blüten, in dem sie wie eine Sonnenliege aussah, neben ihrem Schreibtisch stand. »Die Schwierigkeiten, die du bei den Teagels verursacht hast, wiederholen sich bei den Dockweilers hoffentlich nicht.«

Abends in ihrem Zimmer versuchten Laura und die Zwillinge, tapfere Gesichter aufzusetzen und so gleichmütig über die bevorstehende Trennung zu diskutieren, wie sie über ihre Abreise zu den Teagels gesprochen hatten. Aber sie standen einander jetzt näher als vor einem Monat – so nahe, daß Ruth und Thelma begonnen hatten, von Laura wie von einer Schwester zu sprechen. Thelma hatte einmal sogar gesagt: »Die erstaunlichen Ackerson-Schwestern, Ruth, Laura *et moi«,* und Laura hatte sich verstandener, geliebter und *lebendiger* gefühlt denn je zuvor in dem Vierteljahr seit dem Tode ihres Vaters.

»Ich liebe euch, Mädels«, erklärte Laura.

»Oh, Laura«, sagte Ruth und brach in Tränen aus.

Thelma machte ein finsteres Gesicht. »Du bist garantiert bald wieder da. Diese Dockweilers sind bestimmt gräßliche Leute. Sie lassen dich in der Garage schlafen.«

»Hoffentlich!« sagte Laura.

»Sie verprügeln dich mit Gummischläuchen ...«

»Das wäre schön.«

Diesmal war der Blitz, der in ihr Leben gefahren war, ein *guter* Blitz – so sah es wenigstens anfänglich aus.

Die Dockweilers bewohnten eine riesige Villa in einem der besten Viertel von Newport Beach. Laura hatte ein eigenes Schlafzimmer mit Meerblick. Es war in Erdtönen gehalten, vor allem in Beige.

»Wir haben nicht gewußt, was deine Lieblingsfarben sind«, sagte Carl Dockweiler, als sie ihr das Zimmer zeigten, »deshalb haben wir's so gelassen. Aber wir können alles in den Farben, die du dir wünscht, neu streichen lassen.« Er war ein freundlicher Riese Anfang Vierzig und hatte ein breites, etwas schwammiges Gesicht, das Laura an John Wayne erinnert hätte, wenn John Wayne ein bißchen lustiger ausgesehen hätte. »Vielleicht möchte ein Mädchen in deinem Alter sein Zimmer in Rosa.«

»Nein, nein, es gefällt mir so sehr gut!« wehrte Laura ab. Ohne ihren gelinden Schock über den Reichtum, der sie plötzlich umgab, schon überwunden zu haben, trat sie ans Fenster und genoß die prachtvolle Aussicht auf Newport Harbor mit den vielen Jachten auf dem in der Sonne glitzernden Wasser.

Nina Dockweiler trat neben Laura und legte ihr eine Hand auf die Schulter. Mit ihrer puppenhaft zarten Figur, ihrem dunklen Teint, dem schwarzen Haar und den veilchenblauen Augen war sie äußerst attraktiv. »Laura, in deiner Akte hat gestanden, daß du gern liest, aber wir haben nicht gewußt, welche Bücher dir am liebsten sind, deshalb fahren wir jetzt gleich los und kaufen alle, die dir gefallen.«

Bei Waldenbooks suchte sich Laura fünf Taschenbücher aus. Die Dockweilers drängten sie, mehr zu nehmen, aber sie hatte ein schlechtes Gewissen, wenn sie das Geld der Dockweilers ausgab. Carl und Nina suchten die Regale ab, nahmen Bücher heraus, lasen Laura die Klappentexte vor und legten sie auf den Stapel, wenn sie auch nur das geringste Interesse dafür erkennen ließ. Als sie endlich den Laden verließen, hatten sie über 100 Bücher, einen ganzen *Berg* Bücher eingekauft!

Ihr erstes gemeinsames Abendessen fand in einer Pizzeria statt, in der Nina Dockweiler ein verblüffendes Talent für Zauberkunststücke bewies, indem sie einen Peperoniring hinter Lauras Ohr hervorholte und verschwinden ließ.

»Toll!« sagte Laura. »Wo hast du das gelernt?«

»Ich bin früher Innenarchitektin gewesen, aber ich habe meinen Beruf vor acht Jahren aus Gesundheitsgründen aufgeben müssen. Er war mir zu streßreich. Weil ich es aber nicht gewohnt war, wie ein Kloß zu Hause rumzusitzen, habe ich alles getan, wovon ich vorher als Geschäftsfrau mit sehr knapper Freizeit nur hatte träumen können. Zum Beispiel Zauberkunststücke einzuüben.«

»Aus Gesundheitsgründen?« fragte Laura.

Sie hatte gelernt, daß Sicherheit eine nur scheinbar feste Eisfläche war, die jederzeit einbrechen konnte – und jetzt war es offenbar wieder einmal soweit.

Ihre Angst mußte sichtbar gewesen sein, denn Carl Dockweiler sagte: »Mach dir keine Sorgen. Nina hat einen angeborenen Herzfehler, aber wenn sie Streß meidet, kann sie damit so lange leben wie du oder ich.«

»Kann er nicht operiert werden?« fragte Laura und legte die Pizzaschnitte weg, in die sie eben hatte beißen wollen. Sie hatte plötzlich keinen Appetit mehr.

»Die Herzchirurgie macht große Fortschritte«, erklärte Nina ihr. »Vielleicht in ein paar Jahren. Aber das braucht dir keine Sorgen zu machen, mein Schatz. Ich passe gut auf mich auf – vor allem jetzt, wo ich eine Tochter habe, die ich verhätscheln kann!«

»Wir haben uns eigene Kinder gewünscht«, sagte Carl, »nur hat's leider nie geklappt. Als wir uns dann zur Adoption entschlossen, trat Ninas Herzfehler auf, so daß wir nicht als Adoptiveltern in Frage kamen.«

»Aber wir erfüllen die Voraussetzungen für Pflegeeltern«, ergänzte Nina, »und wenn's dir bei uns gefällt, kannst du bei uns leben, als ob wir dich adoptiert hätten.«

In ihrem großen Schlafzimmer mit Blick auf das jetzt unheimlich dunkle Meer sagte Laura sich an diesem Abend, sie dürfe die Dockweilers nicht zu sehr liebgewinnen, weil Ninas Herzfehler eine sichere, fundierte Zukunft ausschließe.

Am nächsten Tag, einem Sonntag, fuhren die beiden mit ihr einkaufen und hätten ein Vermögen für Kleidung ausgegeben, wenn Laura sie nicht schließlich gebeten hätte, nicht noch mehr zu kaufen. Mit dem Kofferraum ihres Mercedes voller Tragtüten fuhren sie ins Kino, um sich eine Komödie mit Peter Sellers anzusehen, und danach zum Abendessen in ein Hamburger-Restaurant, das für seine gigantischen Milchmixgetränke bekannt war.

»Ihr könnt von Glück sagen, daß ihr vom Jugendamt statt eines anderen Kindes mich geschickt bekommen habt«, stellte Laura fest, während sie Ketchup über ihre Pommes frites verteilte.

Carl zog die Augenbrauen hoch. »Oh?«

»Nun, ihr seid nett, zu nett – und weit verwundbarer, als ihr ahnt. Jedes Kind würde eure Verwundbarkeit erkennen, und viele würden sie ausnützen. Gnadenlos. Aber bei mir könnt ihr ganz unbesorgt sein. Ich nütze euch niemals aus oder benehme mich so, daß es euch leid tut, mich aufgenommen zu haben.«

Die beiden starrten sie verblüfft an.

Zuletzt wandte Carl sich an seine Frau. »Nina, wir sind reingelegt worden! Das ist keine Zwölfjährige. Sie haben uns eine Zwergin untergeschoben.«

Abends im Bett wiederholte Laura vor dem Einschlafen ihre dem eigenen Schutz dienende Litanei: »Du darfst sie nicht zu sehr liebgewinnen ... du darfst sie nicht zu sehr liebgewinnen ...« Aber sie hatte sie bereits sehr liebgewonnen.

Die Dockweilers schickten Laura auf eine Privatschule, deren Anforderungen höher waren als in den bisher von ihr besuchten öffentlichen Schulen; sie nahm diese Herausforderung jedoch bereitwillig an und bekam gute Noten. Allmählich schloß sie auch neue

Freundschaften. Ruth und Thelma fehlten ihr sehr, aber sie tröstete sich mit der Gewißheit, daß die beiden sich wohl darüber freuten, daß sie's so gut getroffen hatte.

Sie begann sogar zu glauben, sie könne Vertrauen zur Zukunft haben und wagen, *glücklich* zu sein. Schließlich hatte sie einen speziellen Beschützer, nicht wahr? Vielleicht sogar einen Schutzengel. Und ein von einem Engel beschütztes Mädchen mußte doch ein Leben voller Liebe, Glück und Sicherheit zu erwarten haben ...

Aber streckte ein Schutzengel einen Mann mit einem Kopfschuß nieder? Prügelte er einen anderen windelweich? Tat nichts zur Sache. Sie hatte einen gutaussehenden Beschützer, der vielleicht sogar ein Engel war, und liebevolle Pflegeeltern, die ihr jeden Wunsch von den Augen ablasen. Wie hätte sie sich weigern können, glücklich zu sein, wenn sie förmlich mit Glück überschüttet wurde?

Am 5. Dezember, einem Dienstag, hatte Nina ihren monatlichen Termin bei ihrem Kardiologen, so daß niemand zu Hause war, als Laura nachmittags aus der Schule kam. Sie sperrte die Haustür auf und legte ihre Schulbücher in der Diele auf den Louis-XIV.-Tisch am Fuß der Treppe.

Das riesige Wohnzimmer war in Creme-, Pfirsich- und blassen Grüntönen gehalten, so daß es trotz seiner Abmessungen behaglich wirkte. Als Laura an einem der Fenster stand, um die Aussicht zu bewundern, überlegte sie sich, wieviel schöner es wäre, wenn Ruth und Thelma sie mit ihr genießen könnten – und plötzlich erschien es ihr nur natürlich, daß die beiden ebenfalls hier waren.

Warum eigentlich nicht? Carl und Nina liebten Kinder. Ihre Liebe hätte für ein ganzes Haus voll Kinder, für ein Dutzend Kinder ausgereicht.

»Shane«, sagte sie laut, »du bist ein Genie!«

Laura ging in die Küche und stellte einen Imbiß zusammen, den sie in ihr Zimmer mitnehmen wollte. Während sie sich ein Glas Milch eingoß, ein Schokoladehörnchen im Backofen aufwärmte und einen Apfel aus dem Kühlschrank holte, überlegte sie, wie sie das Thema Zwillinge bei den Dockweilers anschneiden wollte. Ihr Plan war so erfolgversprechend, daß sie keine Möglichkeit eines Scheiterns sah, als sie ihren Imbiß zu der Schwingtür zwischen Küche und Eßzimmer trug und sie mit einer Schulter aufstieß.

Der Aal hatte ihr im Eßzimmer aufgelauert, bekam sie zu fassen und schmetterte sie mit solcher Gewalt gegen die Wand, daß ihr die Luft wegblieb. Der Apfel und das Hörnchen rutschten vom Teller, der Teller flog ihr aus der Hand, das Milchglas wurde Laura aus der anderen Hand geschlagen und zerschellte klirrend am Eßtisch. Er zog sie von der Wand weg, um sie sofort wieder dagegenzuschmettern. Ein Schmerz durchzuckte ihren Hinterkopf, ihr Blick trübte sich, sie wußte, daß sie nicht ohnmächtig werden durfte, deshalb klammerte sie sich an ihr Bewußtsein, klammerte sich hartnäckig daran, obwohl sie keine Luft bekam, starke Schmerzen und bestimmt schon eine leichte Gehirnerschütterung hatte.

Wo war ihr Beschützer? *Wo nur?*

Sheener brachte sein Gesicht dicht an ihres heran, und das Entsetzen schien ihre Sinne zu schärfen, denn sie nahm jede Einzelheit seiner wutverzerrten Visage wahr: die noch immer roten Stiche, mit denen sein fast abgerissenes Ohr wieder angenäht worden war, die schwarzen Mitesser in den Poren um die Nase herum, die Aknenarben in der teigigen Haut. Seine grünen Augen hatten nichts Menschliches mehr an sich: sie waren fremdartig wie die einer blutrünstigen Raubkatze.

Ihr Beschützer würde den Aal jetzt gleich von ihr wegzerren, ihn wegzerren und unschädlich machen. Bestimmt gleich im nächsten Augenblick!

»Jetzt hab' ich dich«, kreischte er im schrillen Ton eines Verrückten, »jetzt gehörst du mir, Süße, und sagst mir, wer das Schwein gewesen ist, der mich verprügelt hat, damit ich den Kerl abknallen kann!«

Seine Finger gruben sich in das Fleisch ihrer Oberarme. Er hob Laura hoch, brachte sie auf Augenhöhe und drückte sie gegen die Wand. Ihre Füße baumelten in der Luft.

»Wie heißt das Schwein?« Er war furchtbar stark. Er stieß sie erneut gegen die Wand und hielt sie dann wieder in Augenhöhe fest. »Sag's mir, Süße, sonst muß ich dir ein Ohr abreißen.«

Im nächsten Augenblick. Bestimmt im nächsten Augenblick.

Lauras Hinterkopf tat noch immer weh, aber sie bekam wenigstens wieder Luft, obwohl sie dabei *seinen* Atem, der ekelerregend säuerlich war, einatmen mußte.

»Du sollst antworten, Süße.«

Vielleicht brachte er sie um, wenn sie tatenlos auf das Eingreifen ihres Schutzengels wartete.

Sie trat ihn in den Unterleib. Ein Volltreffer. Er hatte mit gespreizten Beinen vor ihr gestanden und war sich wehrende Mädchen so wenig gewöhnt, daß er den Tritt nicht einmal kommen sah. Seine Augen weiteten sich, wirkten dabei für kurze Zeit geradezu menschlich, er stieß einen leisen, erstickten Laut aus. Seine Hände ließen Laura los, die zu Boden glitt. Sheener stolperte rückwärts, verlor das Gleichgewicht, fiel gegen den Eßtisch und klappte seitlich auf dem chinesischen Teppich zusammen.

Laura, die durch Schmerz, Schock und Angst wie gelähmt war, konnte nicht aufstehen. Ihre Beine versagten ihr den Dienst. Also mußte sie kriechen. Das ging. Weg von ihm. In verzweifelter Hast. Auf den Rundbogen zwischen Eß- und Wohnzimmer zu. In der Hoffnung, daß sie sich daran würde hochziehen können. Er bekam ihren linken Knöchel zu fassen. Sie versuchte sich loszustrampeln. Aussichtslos. Sheener hielt sie eisern fest. Kalte Finger. Leichenkalt. Aus seiner Kehle kam ein schriller, dünner Laut. Nicht der eines Menschen. Ihre Hand berührte einen Milchfleck auf dem Teppich. Sie sah das zerbrochene Glas. Die obere Hälfte war abgesplittert. Der von Glaszacken gesäumte schwere Fuß, an dem noch Milchtropfen hingen, war intakt geblieben. Noch immer vom Schmerz in seinen Bewegungen eingeschränkt, ergriff der Aal auch ihren zweiten Knöchel. Robbte, kroch, schlängelte sich an Laura heran. Immer noch mit diesem hohen, dünnen Laut. Wollte sich auf sie werfen. Sie unter sich begraben. Sie griff nach dem zerbrochenen Glas, schnitt sich den rechten Daumen auf, ohne etwas zu spüren. Er ließ ihre Knöchel los und packte ihre Schenkel. Laura wälzte sich auf den Rücken, als wäre *sie* ein Aal. Stieß ihm den Zackenrand des zerbrochenen Glases entgegen – nicht um ihn zu verletzen, nur in der Hoffnung, ihn dadurch abzuschrecken. Aber er warf sich in diesem Moment auf sie, ließ sich nach vorn fallen, und die drei Glaszacken bohrten sich tief in seine Kehle. Er versuchte zurückzuweichen, schlug nach ihrer Hand. Die Zacken brachen in seinem Fleisch ab. Er röchelte, würgte, nagelte Laura mit seinem Gewicht auf dem Teppich fest. Aus seiner Nase schoß Blut. Sie drehte und wand sich unter ihm. Er umklammerte sie noch fester. Sein linkes Knie preßte sich in ihre rechte Hüfte. Dann lag sein Mund an ihrer Kehle. Er biß zu. Seine Zähne bekamen nur eine Hautfalte zu fassen. Beim nächsten Mal würden seine Zähne sie richtig zu fassen kriegen. Sie schlug wild um sich. Bei jedem keuchenden Atemzug pfiff Luft durch seine aufgeschlitzte Kehle. Sie entwand sich ihm und war frei. Er wollte sie wieder packen. Sie trat nach ihm. Ihre Beine gehorchten ihr jetzt wieder besser. Ein kräftiger, wirkungsvoller Tritt. Sie kroch in Richtung Wohnzimmer. Bekam den Rahmen des Rundbogendurchgangs zu fassen. Zog sich daran hoch. Sah sich um. Auch der Aal war wieder auf den Beinen, schwang einen Eßzimmerstuhl wie eine Keule. Laura duckte sich. Der Stuhl krachte mit ohrenbetäubendem Lärm gegen den Türrahmen. Sie taumelte ins Wohnzimmer, wollte in die Diele, zur Haustür, ins Freie. Er schleuderte den Stuhl nach ihr, traf ihre Schulter. Sie ging zu Boden, rollte sich ab, schaute nach oben. Er stand hoch aufgerichtet da, beugte sich nieder, packte ihren linken Arm. Ihr wurde schwarz vor den Augen. Er packte auch den anderen Arm. Sie war erledigt. Wäre erledigt gewesen, hätte nicht einer der Glassplitter in seiner Kehle jetzt die Halsschlagader durchtrennt. Aus seiner Wunde schoß jäh ein pulsierender Blutstrom. Sheener brach mit dem schweren, schrecklichen Gewicht eines Toten auf Laura zusammen.

Sie konnte sich nicht bewegen, konnte kaum atmen und hatte Mühe, bei Bewußtsein zu bleiben. Über den grausig an- und abschwellenden Ton ihres erstickten Schluchzens hinweg hörte sie eine Tür aufgehen. Dann kamen Schritte näher.

»Laura? Ich bin wieder da!« Das war Ninas Stimme, anfangs unbekümmert heiter, dann schrill vor Entsetzen. »Laura? Mein Gott, *Laura*!«

Laura versuchte, den Toten von sich fortzuschieben, aber sie konnte sich nur halb unter der Leiche hervorwälzen – gerade weit genug, um Nina an der Wohnzimmertür stehen zu sehen.

Nina war zunächst vor Entsetzen wie gelähmt. Sie starrte ins Cremeweiß, Pfirsichgelb und Meergrün ihres Wohnzimmers, das jetzt unregelmäßig verteilte Rotakzente aufwies. Dann fiel der Blick ihrer veilchenblauen Augen auf Laura, und sie erwachte mit einem Ruck aus ihrer Trance. »Laura, o mein Gott, *Laura*!« Sie trat zwei, drei Schritte auf sie zu, blieb plötzlich stehen und krümmte sich keuchend zusammen, als habe jemand ihr mit der Faust einen Schlag in den Magen versetzt. Sie wollte sich aufrichten. Ihr Gesicht war schmerzverzerrt. Dann konnte sie sich nicht mehr auf den Beinen halten und brach lautlos zusammen.

Das durfte nicht sein! Das war nicht fair, verdammt noch mal!

Panik und ihre Liebe zu Nina verliehen Laura neue Kräfte. Sie wälzte sich unter Sheener hervor und kroch rasch zu ihrer Pflegemutter hinüber.

Nina lag schlaff und ohne Bewegung. Ihre schönen Augen standen blicklos offen.

Laura legte ihre blutverschmierte Hand an Ninas Hals und versuchte, ihren Puls zu erfühlen. Sie bildete sich ein, ihn gefunden zu haben. Schwach, unregelmäßig, aber spürbar.

Sie zerrte ein Kissen vom nächsten Sessel, bettete Ninas Kopf darauf und hastete in die Küche, wo die Notrufnummern von Polizei und Feuerwehr auf dem Wandtelefon standen. Mit bebender Stimme meldete sie Ninas Herzanfall und gab der Feuerwehr ihre Adresse an.

Als sie auflegte, wußte sie, daß alles wieder gut werden würde, denn sie hatte schon ihren Vater durch einen Herzanfall verloren, und es wäre einfach absurd gewesen, Nina auf gleiche Weise zu verlieren. Gewiß, das Leben hatte seine absurden Augenblicke, aber das Leben *selbst* war nicht absurd. Es war seltsam, schwierig, wundersam, köstlich, rätselhaft, aber nicht einfach absurd. Deshalb würde Nina überleben, weil ihr Tod unsinnig gewesen wäre.

Noch immer ängstlich und besorgt, aber eigentlich schon getröstet lief Laura ins Wohnzimmer zurück, kniete neben ihrer Pflegemutter nieder und nahm sie in die Arme.

Der Rettungsdienst in Newport Beach war erstklassig organisiert. Seit Lauras Anruf waren erst drei, vier Minuten vergangen, als bereits der Krankenwagen vorfuhr. Die beiden Sanitäter waren erfahren und gut ausgerüstet. Trotzdem konnten sie nur noch Ninas Tod feststellen: Sie war zweifellos schon tot gewesen, als sie zusammenbrach.

10

Eine Woche nach Lauras Rückkehr ins McIllroy Home und acht Tage vor Weihnachten wies Mrs. Bowmaine Tammy Hinsen wieder das vierte Bett im Zimmer der Ackerson-Zwillinge zu. In einem ungewöhnlich vertraulichen Gespräch mit Laura, Ruth und Thelma erläuterte die Sozialarbeiterin ihnen den Grund für diese

Verlegung: »Ich weiß, ihr sagt, daß Tammy sich bei euch Mädchen nicht wohl fühlt, aber sie scheint hier besser zurechtzukommen als anderswo. Wir haben sie in verschiedenen Zimmern untergebracht, aber die anderen Kinder vertragen sich nicht mit ihr. Ich weiß nicht, was die Kleine an sich hat, daß sie zur Ausgestoßenen wird, aber von ihren Zimmergenossinnen bezieht sie am Ende immer Prügel.«

Als sie vor Tammys Ankunft wieder in ihrem Zimmer waren, nahm Thelma die Jogagrundhaltung mit sitzend übereinandergeschlagenen Beinen ein. Seitdem die Beatles sich für fernöstliche Meditation interessierten, hatte auch sie Joga gelernt, weil sie sich sagte, wenn sie eines Tages Paul McCartney begegne (was unweigerlich passieren würde), »wäre es nett, wenn wir etwas gemeinsam hätten, was der Fall ist, wenn ich 'ne Ahnung von diesem Jogascheiß habe«.

Anstatt zu meditieren, fragte sie jetzt: »Was hätte die Kuh wohl getan, wenn ich gesagt hätte: ›Mrs. Bowmaine, die anderen Kinder mögen Tammy nicht, weil sie sich von dem Aal hat bumsen lassen und ihm bei der Suche nach weiteren Opfern geholfen hat, so daß sie aus unserer Sicht der Feind ist!‹ Wie hätte die Bowmaine reagiert, wenn ich ihr *das* hingeknallt hätte?«

»Sie hätte dich ein verlogenes Aas genannt«, antwortete Laura und ließ sich rücklings auf ihr wackeliges Bett fallen.

»Zweifellos! Und dann hätte sie mich zum Mittagessen verspeist. Habt ihr gesehen, wie unförmig sie geworden ist? Sie wird jede Woche fetter. Eine Riesin dieser Art ist gefährlich: eine heißhungrige Allesfresserin, die imstande ist, das nächste Kind mit Haut und Haar so beiläufig zu verschlingen, wie sie 'ne Familienpackung Eiscreme verdrücken würde.«

Ruth stand am Fenster und blickte auf den Spielplatz hinab. »Wie die anderen Kinder Tammy behandeln, ist nicht fair«, meinte sie.

»Das Leben ist nicht fair«, sagte Laura.

»Das Leben ist aber auch keine Kinderparty«, stellte Thelma fest. »Jesus, Shane, werd bloß nicht philosophisch, wenn du nur Phrasen dreschen willst. Du weißt, daß wir hier Phrasen kaum weniger hassen, als wir's hassen, das Radio aufzudrehen und Bobby Gentrie seine *Ode to Billy Joe* singen zu hören.«

Als Tammy eine Stunde später einzog, war Laura nervös. Schließlich hatte sie Sheener umgebracht, und Tammy war von ihm abhängig gewesen. Sie rechnete damit, daß Tammy zornig und verbittert sein würde, aber die Blondine begrüßte sie nur mit einem aufrichtigen, scheuen und ergreifend traurigen Lächeln.

Nach zwei Tagen bei ihnen stellte sich allmählich heraus, daß Tammy dem Verlust der anormalen Zuneigung des Aals mit einer Art perverser Trauer, aber auch mit gewisser Erleichterung begegnete. Ihr hitziges Temperament, das an die Oberfläche gekommen war, als sie Lauras Bücher zerfetzte, war abgekühlt. Tammy war wieder das farblose, schmächtige, unscheinbare Mädchen, das Laura an ihrem ersten Tag im McIllroy Home gar nicht wie ein wirklicher Mensch vorgekommen war, sondern wie eine geisterhafte Erscheinung, die Gefahr lief, sich in körperlosen Rauch aufzulösen und vom ersten kräftigen Windstoß vollends verweht zu werden.

Nach dem Tod des Weißen Aals und Nina Dockweilers führte Dr. Boone, ein Psychotherapeut, der jeden Dienstag und Samstag ins McIllroy Home kam, mehrere halbstündige Therapiegespräche mit Laura. Boone konnte nicht glauben, daß sie imstande sein sollte, den Schock über Sheeners Überfall und Ninas tragischen Tod ohne psychischen Schaden zu verarbeiten. Lauras gewandte Beschreibung ihrer Empfindungen, der Erwachsenenwortschatz, mit dem sie schilderte, wie sie die Ereignisse in Newport Beach im Rückblick sah, stellten ihn vor immer neue Rätsel. Laura, die ohne Mutter aufgewachsen war, ihren Vater verloren hatte, in viele kritische gefährliche Situationen geraten war – und vor allem von der wundervollen Liebe ihres Vaters profitiert hatte –, war elastisch wie ein Schwamm und nahm alles in sich auf, was das Leben ihr brachte. Aber obwohl sie leidenschaftslos über Sheener und mit einer Mischung aus Zuneigung und Trauer über Nina sprechen konnte, hielt der Psychotherapeut ihre Gelassenheit lediglich für einen Abwehrschild.

»Du träumst also von Willy Sheener?« fragte er, als sie in dem kleinen Büro, das im McIllroy für ihn reserviert war, neben ihm auf dem Sofa saß.

»Ich habe nur zweimal von ihm geträumt. Das sind natürlich Alpträume gewesen. Aber alle Kinder haben welche.«

»Du träumst auch von Nina. Sind das ebenfalls Alpträume?«

»O nein! Das sind schöne Träume.«

Er schien überrascht zu sein. »Bist du traurig, wenn du an Nina denkst?«

»Ja. Aber auch ... Ich erinnere mich daran, wieviel Spaß wir beim Einkaufen, beim Anprobieren aller möglichen Sachen gehabt haben. Ich erinnere mich daran, wie sie gelächelt und gelacht hat.«

»Fühlst du dich schuldig? Hast du Schuldgefühle wegen Ninas Tod?«

»Nein. Nina könnte vielleicht noch leben, wenn ich nicht zu ihnen gekommen wäre und Sheener dorthin gelockt hätte, aber ich kann mich deswegen nicht schuldig fühlen. Ich habe mich sehr bemüht, ihnen eine gute Pflegetochter zu sein, und sie sind glücklich mit mir gewesen. Aber dann hat das Leben uns eine große Sahnetorte ins Gesicht geworfen – und dafür kann ich nichts. Die Sahnetorten sieht man nie kommen; eine Komödie, in der man sie kommen sieht, taugt nichts.«

»Sahnetorte?« fragt er verwirrt. »Du siehst das Leben als Komödie?«

»Teilweise.«

»Das Leben ist also nur ein Witz?«

»Nein. Das Leben ist ernst *und* zugleich ein Witz.«

»Aber wie kann das sein?«

»Wenn Sie das nicht wissen«, antwortete sie, »sollte *ich* vielleicht hier die Fragen stellen.«

Laura füllte viele Seiten ihres Tagebuchs mit Beobachtungen über Dr. Will Boone. Über ihren unbekannten Beschützer schrieb sie jedoch nichts. Sie versuchte auch, nicht mehr an ihn zu denken. Er hatte sie im Stich gelassen. Sie hatte auf ihn vertraut; seine heroischen Bemühungen, sie zu retten, hatten sie zur Überzeugung gebracht, etwas *Besonderes* zu sein, und ihr über den Tod ihres Vaters hinweggeholfen. Jetzt kam sie sich töricht vor, weil sie sich überhaupt je auf ihn verlassen hatte. Seinen kurzen Brief, den sie nach der Beerdigung ihres Vaters auf ihrem Schreibtisch gefunden hatte, bewahrte sie noch auf, aber sie las ihn nicht mehr. Sein mehrmaliges Eingreifen rückte mehr und mehr in den Bereich kindischer Fantasien, aus dem sie herauswachsen mußte.

Am Nachmittag des ersten Weihnachtsfeiertags kehrten sie mit den Geschenken, die sie von Wohltätigkeitsorganisationen und privaten Wohltätern bekommen hatten, in ihr Zimmer zurück. In ihrer Festtagsstimmung begannen sie Weihnachtslieder zu singen, und Laura war ebenso überrascht wie die Zwillinge, als Tammy mit einstimmte. Sie sang leise und zaghaft mit.

In den folgenden Wochen gab Tammy das Nägelkauen beinahe ganz auf. Sie war nur um weniges zugänglicher als bisher, wirkte aber ruhiger und selbstzufriedener als je zuvor.

»Vielleicht fühlt sie sich allmählich wieder sauber«, vermutete Thelma, »wenn kein Sittenstrolch mehr in der Nähe ist, der sie belästigt.«

Am Freitag, dem 12. Januar 1968, war Lauras dreizehnter Geburtstag, den sie jedoch nicht feierte. Ihr war nicht nach Feiern zumute.

Am Montag darauf mußte sie aus dem McIllroy Home in das reichlich acht Kilometer entfernte Jugendheim Caswell Hall in Anaheim übersiedeln.

Ruth und Thelma halfen ihrer Freundin, das Gepäck in die Eingangshalle hinunterzutragen. Laura hätte sich niemals vorstellen können, daß sie das McIllroy eines Tages mit solchem Bedauern verlassen würde.

»Im Mai kommen wir nach«, versicherte Thelma ihr. »Am zweiten Mai werden wir dreizehn und kommen hier raus. Dann sind wir wieder zusammen.«

Als die Sozialarbeiterin aus Caswell kam, fuhr Laura nur ungern mit. Aber sie sträubte sich nicht.

Caswell Hall war eine ehemalige High School, die durch den Einbau von Schlafräumen, Spielzimmern und Personalbüros in ein Jugendheim umgewandelt worden war. Deshalb war die Heimatmosphäre dort stärker ausgeprägt als im McIllroy Home. Caswell war auch gefährlicher als McIllroy, weil die Jugendlichen älter waren – und weil viele von ihnen bereits ein- oder mehrmals Straftaten begangen hatten. Der Handel mit Marihuana und Amphetaminen blühte, Schlägereien unter den Jungen – und sogar unter Mädchen – waren an der Tagesordnung. Wie im McIllroy bildeten sich Cliquen, aber in Caswell kamen sie nach ihrer Struktur und Funktion in gefährliche Nähe zu Straßenbanden. Diebstähle waren keine Besonderheit.

Schon nach wenigen Wochen erkannte Laura, daß es zwei Arten

von Überlebenskünstlern gab: die einen, die ihre Kraft aus der Tatsache schöpften, daß sie einmal sehr geliebt worden waren; und die anderen, die nicht geliebt worden waren und statt dessen gelernt hatten, von Haß, Rachsucht und Verdächtigungen zu leben. Einerseits spöttelten diese über das Verlangen nach Zuneigung, andererseits beneideten sie jene, die der Liebe fähig waren.

Laura bewegte sich in Caswell mit äußerster Vorsicht, ohne jedoch zuzulassen, daß ihre Angst ihr Verhalten regierte. Die Schlägertypen konnten einem Angst machen, sie waren aber auch mitleiderregend und in ihrer Selbstdarstellung und mit ihren Ritualen der Gewalt sogar komisch. Laura fand keine Freundinnen wie die Ackersons, die ihren Sinn für schwarzen Humor geteilt hätten, deshalb vertraute sie das meiste nur ihrem Notizbuch an. In diesen sauber geschriebenen Monologen kehrte sie sich nach innen – und wartete darauf, daß die Ackersons dreizehn würden. Diese Zeit war für Laura eine unendlich bereichernde Periode der Selbstfindung und des wachsenden Begreifens jener tragikomischen Welt, in die sie hineingeboren worden war.

Am 30. März, einem Samstag, saß sie in Caswell lesend in ihrem Zimmer, als sie hörte, wie eine ihrer Zimmergenossinnen – ein weinerliches Mädchen namens Fran Wickert draußen im Flur mit einem anderen Mädchen über einen Brand sprach, bei dem Kinder umgekommen waren. Laura hörte nur mit halbem Ohr zu, bis das Wort ›McIllroy‹ fiel.

Laura lief ein kalter Schauer über den Rücken, ihr Herzschlag jagte, und sie bekam feuchte Hände. Sie ließ das Buch fallen und stürzte auf den Flur hinaus, so daß die beiden Mädchen erschraken. »Wann? Wann hat's gebrannt?«

»Gestern«, sagte Fran.

»Wie viele sind u-umgekommen?«

»Nicht viele, nur zwei, glaub' ich, vielleicht auch nur eins – aber ich hab' gehört, daß es nach verbranntem Fleisch gerochen hat. Muß doch scheußlich sein ...«

Laura baute sich dicht vor Fran auf. »Wie haben sie geheißen?«

»He, laß mich doch!«

»Wie sie geheißen haben, will ich wissen!«

»Ich weiß keine Namen, Jesus, was hast du plötzlich?«

Laura wußte gar nicht, daß sie von Fran abließ und aus dem Heimgelände rannte, fand sich plötzlich mehrere Blocks weit von

Caswell Hall entfernt auf der Katella Avenue wieder. Dort führte die Straße teilweise ohne Gehsteig durch ein Industrieareal, so daß Laura auf dem Bankett nach Osten weitertrabte, während der Verkehr rechts von ihr vorbeirauschte. Nach McIllroy waren es über acht Kilometer, und sie kannte die Strecke nicht, vertraute aber ihrem Instinkt, rannte so lange, bis sie nicht mehr konnte, ging ein Stück und fiel dann wieder in Trab.

Vernünftigerweise hätte sie sich in Caswell an eine Heimerzieherin wenden und sie nach den Namen der bei dem Brand in McIllroy umgekommenen Kinder fragen sollen. Laura hatte jedoch die verrückte Vorstellung, das Schicksal der Ackerson-Zwillinge hinge einzig und allein von ihrer Bereitschaft ab, zu Fuß nach McIllroy zu gehen, um nach ihnen zu fragen. Wenn sie sich telefonisch nach ihnen erkundigte, würde sie erfahren, sie seien tot; nahm sie jedoch die Strapazen dieses Fußmarsches auf sich, würde sich herausstellen, daß die beiden in Sicherheit waren. Es war purer Aberglaube, aber Laura unterwarf sich ihm bedingungslos.

Die Abenddämmerung sank herab. An diesem Abend Ende März leuchtete der Himmel in einem schmutzigen Karmesin- und Purpurrot, und die Wolkenränder schienen in Flammen zu stehen, als Laura endlich das McIllroy Home vor sich hatte. Zu ihrer großen Erleichterung wies die Vorderfront des alten Herrenhauses keine Brandspuren auf.

Obwohl Laura schweißnaß war, vor Erschöpfung zitterte und bohrende Kopfschmerzen hatte, lief sie nicht langsamer, als sie das unbeschädigte Gebäude sah, sondern behielt ihr Tempo auch auf den letzten hundert Metern bei. Im Erdgeschoß begegneten ihr ein halbes Dutzend Heimkinder, und auf der Treppe kamen ihr drei weitere entgegen, von denen zwei sie anredeten. Aber sie blieb nicht stehen, um sie nach dem Brand zu fragen. Sie mußte *sehen,* was passiert war.

Erst auf dem letzten Treppenabsatz nahm Laura beißenden Rauchgeruch als Folge des Brandes wahr. Als sie oben die Korridortür aufstieß, sah sie, daß die Fenster an beiden Enden des Flurs im zweiten Stock offen standen und daß im Gang elektrische Ventilatoren aufgestellt worden waren, um die verpestete Luft nach beiden Richtungen hinauszubefördern.

Die Tür zum Zimmer der Ackersons wies einen neuen, grundierten Rahmen mit noch nicht lackiertem Blatt auf, aber die Wand um den Rahmen herum war rußig und rauchgeschwärzt. Ein handgemaltes Schild warnte vor Gefahren. Da keine Tür im McIllroy sich absperren ließ, ignorierte Laura das Warnschild, stieß die Tür auf, trat über die Schwelle und sah, was sie zu sehen befürchtet hatte: ein Bild der Verwüstung.

Die Flurbeleuchtung hinter ihr und das purpurrote Zwielicht vor den Fenstern erhellten den Raum nur unzulänglich, aber sie sah, daß die Überreste der verbrannten Möbel fortgeschafft worden waren: Das Zimmer war leer bis auf den scharfen Brandgeruch. Der rußgeschwärzte Fußboden war angekohlt, schien aber noch tragfähig zu sein. Die Wände waren rauchgeschwärzt. Die Türen des Einbaukleiderschranks waren verbrannt, einige Holzsplitter hafteten noch an den ausgeglühten Angeln.

Die Scheiben der beiden Fenster waren geplatzt oder von den vor den Flammen Flüchtenden eingeschlagen worden; sie waren provisorisch durch vor die Fenster genagelte durchsichtige Plastikfolien ersetzt worden. Zum Glück für die übrigen Heimkinder hatte das Feuer sich nicht durch die Wände, sondern durch die Zimmerdecke gefressen. Laura konnte in den Dachboden blicken. Undeutlich waren die mächtigen Eichenbalken zu erkennen. Der Brand war offenbar gelöscht worden, bevor die Flammen aus dem Dach schlugen, denn der Abendhimmel war nicht zu sehen.

Sie atmete laut keuchend – nicht nur wegen des anstrengenden Dauerlaufes von Caswell hierher, sondern weil panikartige Angst ihr die Kehle zuschnürte. Und bei jedem Atemholen bekam sie den Übelkeit erregenden Ruß- und Rauchgeschmack in die Kehle.

Als Laura in Caswell von dem Brand im McIllroy gehört hatte, war ihr die Ursache klar gewesen, obwohl sie sich diese nicht hatte eingestehen wollen. Tammy Hinsen war einmal mit einem kleinen Behälter Feuerzeugbenzin und Streichhölzern erwischt worden. Als Laura von der geplanten Selbstverbrennung gehört hatte, war ihr sofort klar gewesen, daß Tammy den ernsten Vorsatz gehabt hatte: Verbrennung wäre für sie die *angemessene* Form des Selbstmordes gewesen.

Bitte, lieber Gott, laß sie allein im Zimmer gewesen sein. *Bitte!*

Laura mußte wegen des Gestanks und Geschmacks würgen, wandte sich von dem ausgebrannten Zimmer ab und stolperte in den Korridor hinaus.

»Laura?«

Sie blickte auf und sah Rebecca Bogner vor sich stehen. Laura atmete stoßartig, weil der Brechreiz übermächtig zu werden drohte, aber sie schaffte es trotzdem irgendwie, die beiden Namen zu krächzen: »Ruth ... Thelma?«

Rebeccas trüber Blick schloß die Möglichkeit aus, die Zwillinge könnten heil geblieben sein, aber Laura wieder holte die Namen ihrer Freundinnen und merkte dabei, in welch bittendem, mitleiderregendem Tonfall sie es sagte.

»Dort hinten«, sagte Rebecca und deutete zum Nordende des Korridors. »Im vorletzten Zimmer links.«

Wider besseres Wissen schöpfte Laura plötzlich neue Hoffnung, als sie zu dem angegebenen Zimmer lief. Drei der Betten waren leer, aber im vierten, auf das das Licht der Nachttischlampe fiel, lag ein Mädchen mit dem Gesicht zur Wand.

»Ruth? Thelma?«

Das Mädchen auf dem Bett stand langsam auf: eine der Ackersons, unverletzt. Sie war ungekämmt und trug ein mausgraues, stark verknittertes Kleid; ihr Gesicht war vom Weinen aufgequollen, sie hatte Tränen in den Augen. Sie trat einen Schritt auf Laura zu, blieb dann aber stehen, als ob selbst diese kleine Anstrengung schon zuviel wäre.

Laura stürzte auf sie zu, schloß sie in die Arme.

Sie verbarg ihr Gesicht an Lauras Schulter, drückte es gegen Lauras Hals und sprach endlich mit gequälter Stimme: »Oh, ich wollte, ich wär's gewesen, Shane! Warum bin's nicht ich gewesen, wenn's eine von uns hat treffen müssen?«

Bis zu dem Moment, da sie sprach, hatte Laura sie für Ruth gehalten.

Laura weigerte sich noch immer, das Schlimmste zu glauben.

»Wo ist Ruthie?«

»Tot. Ruthie ist tot. Ich dachte, du wüßtest, daß meine Ruthie tot ist!«

Laura hatte das Gefühl, in ihrem Innersten zerreiße etwas. Ihr Schmerz war so überwältigend, daß er nicht einmal Tränen zuließ. Sie stand stumm und betäubt da.

Sie hielten einander lange wortlos umarmt. Draußen ging die Abenddämmerung allmählich in Nacht über. Die beiden ließen sich auf der Bettkante nieder.

An der Tür erschienen zwei weitere Mädchen. Dies war offenbar ihr Zimmer, aber Laura schickte sie mit einer Handbewegung fort.

Thelma starrte vor sich hin. »Ich bin von einem Kreischen aufgewacht«, erzählte sie mit leiser Stimme, »von einem schrecklichen Kreischen … und von einem grellen Licht, das mich geblendet hat. Und dann ist mir klar geworden, daß unser Zimmer in Flammen stand. Tammy war in Flammen gehüllt, sie hat wie eine Fackel gebrannt! Sie hat brennend und kreischend im Bett um sich geschlagen …«

Laura legte ihr den Arm um die Schultern und wartete schweigend.

»… dann haben die Flammen sich plötzlich ausgebreitet – schschsch ging's die Wand hinauf, ihr Bett brannte lichterloh, der Teppich hat zu brennen angefangen …«

Laura erinnerte sich, wie Tammy zu Weihnachten mit ihnen gesungen hatte und danach von Tag zu Tag ruhiger geworden war, als finde sie allmählich inneren Frieden. Jetzt war offensichtlich, daß dieser Friede die Folge ihres Entschlusses gewesen war, ihren Qualen endgültig ein Ende zu bereiten.

»Tammy hatte das Bett neben der Tür, die Tür brannte, deshalb schlug ich das Fenster über meinem Bett ein. Ich rief Ruth, sie … s-sie hat geantwortet, sie kommt gleich, aber der Qualm war so dicht, daß ich sie nicht sehen konnte, und dann kam Heather Dorning, die in deinem früheren Bett schlief, zum Fenster und ich half ihr raus, und dann sah ich durch den Rauch, daß Ruth versucht hatte, ihre Bettdecke über Tammy zu werfen, um die Flammen zu e-ersticken, aber die Decke hatte auch Feuer gefangen, und ich hab g-gesehen, wie Ruth … wie Ruth … Ruth in Flammen stand …«

Draußen ging die purpurrote Abenddämmerung in eine sternenklare Nacht über.

Die Schatten in den Ecken des Zimmers wurden dunkler, bedrohlicher.

Der noch in der Luft hängende Brandgeruch schien stärker zu werden.

»… und ich wollte hinlaufen, um sie rauszuholen, natürlich wär' ich hingelaufen, aber dann ist das F-Feuer *explodiert,* es hüllte das ganze Zimmer ein, und der Qualm war so schwarz und dicht, daß ich weder Ruth noch irgendwas sehen konnte … Dann hörte ich Sirenen, laute Sirenen ganz in der Nähe, und redete mir ein, die

Feuerwehr würde rechtzeitig kommen und Ruth retten, aber das ist eine L-L-Lüge gewesen, die ich einfach glauben wollte, und … Ich hab' sie dort drin zurückgelassen, Shane! O Gott, ich bin durchs Fenster abgehauen und hab' Ruthie brennend, in F-F-Flammen zurückgelassen …«

»Du hast nichts anderes tun können«, versicherte Laura ihr.

»Ich hab' Ruthie brennend zurückgelassen.«

»Du hättest ihr nicht helfen können.«

»Ich hab' Ruthie im Stich gelassen.«

»Wem hätte es genützt, wenn du auch umgekommen wärst?«

»Ich hab' Ruthie brennend zurückgelassen.«

Im Mai 1968, nach ihrem dreizehnten Geburtstag, kam Thelma ebenfalls nach Caswell Hall und bezog dort ein Zimmer gemeinsam mit Laura. Die Heimleitung war mit dieser Lösung einverstanden, weil Thelma unter Depressionen litt und auf keine Therapie reagierte. Vielleicht fand sie den benötigten Trost in ihrer Freundschaft mit Laura.

Laura bemühte sich monatelang verzweifelt, Thelmas Verfall aufzuhalten, ins Gegenteil zu verwandeln. Ihre Freundin wurde nachts von Alpträumen heimgesucht und quälte sich tagsüber mit Selbstvorwürfen. Die Zeit wirkte allmählich heilend, obwohl ihre Wunden sich niemals ganz schlossen. Thelmas Sinn für Humor kehrte langsam zurück, ihr Witz war wieder so ätzend wie früher, aber eine neue Art von Melancholie ergriff von ihr Besitz.

Die beiden teilten sich fünf Jahre lang ein Zimmer in Caswell Hall, bis sie aus staatlicher Vormundschaft entlassen wurden, um in Zukunft für ihr Leben ausschließlich selbst verantwortlich zu sein. In diesen Jahren hatten sie viel Spaß zusammen, das Leben war wieder schön, wenn es auch nie mehr so wurde, wie es vor dem Brand gewesen war.

11

Beherrschendes Objekt im Hauptlabor war das Tor, durch das man andere Zeitalter betreten konnte. Es bestand aus einem riesigen, trommelförmigen Zylinder von vier Metern Länge und zweieinhalb Metern Durchmesser, dessen blanke Edelstahlhülle mit polierten Kupferplatten ausgekleidet war. Der Zylinder ruhte auf Kupferblöcken einen halben Meter über dem Betonboden des Labors. Armdicke Elektrokabel führten zu ihm, und starke elektrische Felder ließen die Luft in seinem Inneren wie Wasser schimmern.

Kokoschka kehrte durch die Zeit ins Tor zurück und materialisierte sich im riesigen Zylinder. Er hatte an diesem Tag mehrere Zeitreisen unternommen, Stefan an verschiedenen Orten beschattet und endlich in Erfahrung gebracht, weshalb der Verräter so versessen darauf war, in Laura Shanes Leben einzugreifen. Jetzt trat er rasch aus dem Tor, vor dem ihn zwei Wissenschaftler und drei seiner eigenen Leute erwarteten.

»Das Mädchen hat nichts mit den Hochverratsplänen des Hurensohns, nichts mit seinen Versuchen zu tun, das Zeitreiseprojekt zu sabotieren«, stellte Kokoschka fest. »Sein Interesse an ihr ist persönlicher Natur – ein rein privates Unternehmen.«

»Nun wissen wir also, was er alles getan und weshalb er's getan hat«, sagte einer der Wissenschaftler, »und Sie können ihn liquidieren.«

»Richtig«, bestätigte Kokoschka und trat ans Hauptprogrammierpult. »Nachdem wir jetzt alle Geheimnisse des Verräters aufgedeckt haben, können wir ihn liquidieren.«

Während Kokoschka am Programmierpult saß, um die Koordinaten eines anderen Raum-Zeit-Kontinuums einzugeben, in dem er dem Verräter auflauern konnte, beschloß er, auch Laura umzubringen. Das war keine schwere Aufgabe, die er allein erledigen konnte, weil er das Überraschungsmoment auf seiner Seite haben würde; er arbeitete ohnehin am liebsten allein, um das Vergnügen nicht mit anderen teilen zu müssen. Laura Shane stellte keine Gefahr für die Staatsführung und deren Pläne zur Umgestaltung der Zukunft der Welt dar, aber er würde zuerst sie umbringen, vor Stefans Augen, damit dem Verräter das Herz brach, bevor er es mit einer Kugel zum Stillstand brachte. Außerdem mordete Kokoschka gern.

DREI
Ein Licht im Dunkel

1

Am 12. Januar 1977, ihrem 22. Geburtstag, bekam Laura Shane mit der Post eine Kröte geschickt. Das Päckchen trug keinen Absender und enthielt kein Begleitschreiben. Als Laura die Geschenkpackung im Wohnzimmer ihres Apartments am Schreibtisch unter dem Fenster öffnete, ließ das helle Sonnenlicht des ungewöhnlich warmen Wintertages die hübsche kleine Keramikfigur aufleuchten. Die gut fünf Zentimeter große Kröte mit Stöckchen und Zylinder stand auf einem Keramiksockel, der ein Seerosenblatt darstellte.

Zwei Wochen zuvor hatte das Literaturmagazin ihrer Universität Lauras ›Krötengeschichte‹ veröffentlicht – die Kurzgeschichte von einem Mädchen, dessen Vater fantasievolle Fabeln über einen erfundenen Sir Keith Kröterich aus England erzählte. Obwohl nur sie den wahren Hintergrund dieser Story kannte, mußte irgend jemand deren Wichtigkeit für sie intuitiv erfaßt haben, denn die grinsende Kröte mit dem Zylinder war außergewöhnlich gut verpackt. Sie war sorgfältig in Baumwollvlies gehüllt, das mit einem roten Geschenkband verschnürt war. Darüber hinaus war sie in Kosmetiktücher gewickelt und in eine weiße Schachtel gelegt worden, die ihrerseits von zusammengeknüllten Zeitungen umgeben war und in einem festen Karton steckte. Nur um eine Keramikfigur zu schützen, die vielleicht fünf Dollar gekostet hatte, hätte sich niemand soviel Mühe gegeben – es sei denn, die sorgfältige Verpackung sollte darauf hinweisen, daß irgend jemand Lauras gefühlsmäßige Bindung zu ihrer ›Krötengeschichte‹ zu würdigen wußte.

Um sich die Miete leisten zu können, teilte sie sich ihr Apartment in Irvine mit Meg Falcone und Julie Ishimina, zwei ihrer Kommilitoninnen im vorletzten Studienjahr, und dachte zunächst, eine von ihnen habe ihr die Kröte geschickt. Das war jedoch wenig wahrscheinlich, denn Laura war nicht eng mit ihnen befreundet. Die beiden waren mit ihrem Studium beschäftigt und hatten eigene Interessen; außerdem wohnten sie erst seit September mit Laura zusammen. Sie behaupteten, nichts von der Kröte zu wissen, und ihre Aussagen wirkten glaubwürdig.

Laura fragte sich, ob Professor Matlin, der die Redaktion des UCI-Literaturmagazins beriet, ihr die Keramikfigur geschickt haben könnte. Seit sie im zweiten Studienjahr an Matlins Seminar für kreatives Schreiben teilgenommen hatte, ermutigte er sie, ihre Begabung zu nutzen und ihren Stil zu verbessern. Da die ›Krötengeschichte‹ ihm besonders gut gefallen hatte, konnte er ihr die Kröte als Ausdruck seiner Anerkennung geschickt haben. Aber weshalb ohne Absender? Ohne ein paar freundliche Zeilen? Und wozu die Geheimnistuerei? Nein, das war nicht Harry Matlins Art.

An der Universität hatte Laura einige Studienkollegen und -kolleginnen, aber daraus hatten sich aus Zeitmangel keine richtigen Freundschaften entwickelt. Das Studium, ihr Nebenjob und das Schreiben nahmen ihre ganze Zeit in Anspruch, sofern sie nicht aß oder schlief. Ihr fiel niemand ein, der sich ihretwegen die Mühe gemacht hätte, die Kröte zu kaufen, einzupacken und anonym abzuschicken.

Ein Rätsel.

Am folgenden Tag hatte Laura von acht bis 14 Uhr Vorlesungen. Gegen 15.45 Uhr kam sie zu ihrem neun Jahre alten Chevy auf dem Parkplatz vor dem Hörsaalgebäude zurück, sperrte die Tür auf, glitt hinters Lenkrad – und sah zu ihrer Verblüffung eine weitere Kröte auf der Instrumentenabdeckung liegen.

Die smaragdgrüne Keramikfigur war fünf Zentimeter hoch und zehn Zentimeter lang. Die Kröte lag auf der Seite, stützte den Kopf in eine Hand und lächelte versonnen.

Laura wußte bestimmt, daß sie den Wagen versperrt hatte, und er war auch versperrt gewesen, als sie vorhin zurückgekommen war. Der geheimnisvolle Krötenverschenker hatte sich offenbar alle Mühe gegeben und die Autotür mit einem Dietrich oder Drahthaken geöffnet, um die Kröte auf so dramatische Art zurücklassen zu können.

Zu Hause erhielt die liegende Kröte einen Platz auf ihrem Nachttisch, auf dem schon die Figur mit Stöckchen und Zylinder stand. Laura verbrachte den Abend lesend im Bett. Von Zeit zu Zeit wanderte ihr Blick zu den Kröten hinüber.

Als sie am nächsten Morgen ihre Wohnung verließ, fand sie vor ihrer Tür eine kleine Schachtel. Sie enthielt eine weitere sorgfältig verpackte Kröte, diesmal aus Zinnguß, die mit einem Banjo auf einem Baumstamm saß.

Den Sommer über hatte Laura einen Ganztagsjob als Serviererin im ›Hamburger Hamlet‹ in Costa Mesa, und während des Studienjahrs arbeitete sie dort drei Abende in der Woche. Das ›Hamlet‹ war ein gutgehendes Hamburger Restaurant, das zu vernünftigen Preisen gutes Essen in angenehmer Atmosphäre – Balkendecke, holzgetäfelte Wände, bequeme Stühle mit Armlehnen – bot, so daß die Gäste im allgemeinen zufriedener waren als in den Restaurants, in denen Laura früher bedient hatte.

Selbst wenn der Laden schäbig und die Gäste unfreundlich gewesen wären, hätte sie den Job behalten, denn sie brauchte das Geld. An ihrem 18. Geburtstag vor vier Jahren war ihr eröffnet worden, daß ihr Vater bestimmt habe, aus seinem Nachlaß solle ein Treuhandfonds gebildet werden, auf den der Staat trotz seiner Aufwendungen im McIllroy Home und in Caswell Hall keinen Anspruch erheben dürfe. Seit damals konnte Laura über das Geld verfügen und hatte damit einen Teil ihres Studiums finanziert. Ihr Vater war jedoch nicht reich gewesen; selbst mit Zins und Zinseszinsen machte das Fondsvermögen nach sechs Jahren nur rund 12000 Dollar aus – bei weitem nicht genug für vier Jahre Essen, Kleidung, Miete und Studiengebühren. Deshalb mußte Laura unbedingt als Serviererin dazuverdienen.

Am 16. Januar, einem Sonntag, hatte sie bereits die halbe Abendschicht im ›Hamlet‹ hinter sich, als ein älteres Ehepaar Anfang Sechzig an einem ihrer Tische Platz nahm. Während die beiden die Speisekarte studierten, bestellten sie zwei Glas Michelob. Als Laura einige Minuten später das Bier brachte, sah sie auf dem Tisch eine Keramikkröte stehen. Vor Überraschung wäre ihr beinahe das Tablett aus der Hand gefallen. Sie starrte die beiden an, die jedoch nichts *sagten*, und fragte schließlich: »*Sie* haben mir also die Kröten geschenkt? Aber ich kenne Sie doch gar nicht – oder vielleicht doch?«

»Ah, das ist also nicht die erste?« wollte der Mann wissen.

»Das ist schon die vierte! Sie haben sie also nicht für mich mitgebracht? Aber sie ist vorhin noch nicht dagewesen. Wer hat sie hiergelassen?«

Er blinzelte seiner Frau zu, die Laura erklärte: »Sie haben einen heimlichen Verehrer, meine Liebe.«

»Wen?«

»Ein junger Mann, der dort drüben gesessen hat«, antwortete der Mann und zeigte auf einen der Tische, für die Lauras Kollegin Amy Heppleman zuständig war. Aber dort saß niemand mehr; soeben räumte ein ebenfalls hier angestellter junger Mann das gebrauchte Geschirr ab. »Sobald Sie weg waren, um unser Bier zu holen, ist er rübergekommen und hat uns gebeten, das hier für Sie zurücklassen zu dürfen.«

Diesmal war es eine als Weihnachtsmann verkleidete Kröte – allerdings ohne Bart – mit einem Spielzeugsack über der Schulter.

»Wissen Sie wirklich nicht, wer er ist?« fragte die Frau.

»Nein. Wie hat er ausgesehen?«

»Groß«, sagte der Mann. »Sehr groß und athletisch. Braunes Haar.«

»Und braune Augen«, ergänzte die Frau. »Sehr höflich.«

Laura starrte die Kröte in ihrer Hand an. »Diese Sache ist mir irgendwie … unheimlich.«

»Unheimlich?« wiederholte die Frau. »Aber der junge Mann ist nur in Sie verknallt, meine Liebe.«

»Ob das alles ist?« fragte sie leise.

Um eine vielleicht bessere Personenbeschreibung des Krötenverschenkers zu erhalten, sprach sie Amy Heppleman am Salatbüfett an.

»Er hat ein Omelette mit Pilzen, einen Vollkorntoast und eine Cola gehabt«, sagte Amy, während sie mit der Salatzange aus rostfreiem Stahl zwei Schalen füllte. »Hast du ihn nicht dort sitzen gesehen?«

»Nein, er ist mir nicht aufgefallen.«

»Ein großer, kräftiger Kerl. Jeans. Blaukariertes Hemd. Zu kurzer Haarschnitt, aber sonst gar nicht übel, wenn man auf Muskelmänner steht. Ziemlich schweigsam, fast ein bißchen schüchtern.«

»Hat er mit einer Kreditkarte bezahlt?«

»Nein, bar.«

»Zum Teufel mit ihm!« sagte Laura.

Sie nahm die Weihnachtsmannkröte mit nach Hause und stellte sie zu den anderen.

Am Montagmorgen verließ Laura ihr Appartement, und wieder

lag eine weiße Schachtel vor der Tür. Sie machte sie widerstrebend auf. Die Schachtel enthielt eine gläserne Kröte.

Als Laura an diesem Montag von der Uni heimkam, saß Julie Ishimina mit einer Zeitung am Tisch in der Eßnische und trank eine Tasse Kaffee. »Schon wieder eine«, sagte sie und zeigte auf ein Päckchen auf der Arbeitsfläche neben dem Ausguß. »Ist mit der Post gekommen.«

Laura riß die sorgfältig verpackte Sendung auf. Die sechste Kröte war eigentlich ein Krötenpaar – Salz- und Pfefferstreuer.

Sie stellte die beiden zu den übrigen Figuren auf ihrem Nachttisch, blieb lange auf der Bettkante sitzen und starrte ihre wachsende Sammlung stirnrunzelnd an.

An diesem Nachmittag rief sie kurz nach 17 Uhr Thelma Ackerson in Los Angeles an und erzählte ihr von den Kröten.

Da Thelmas Eltern ihr buchstäblich keinen Cent hinterlassen hatten, war sie gar nicht erst auf den Gedanken gekommen, eines Tages zu studieren; andererseits hatte sie diese Tatsache nie bedauert, weil das akademische Leben sie nicht interessierte. Nach der High School war sie sofort nach Los Angeles gegangen, um sich im Showgeschäft als Komikerin einen Namen zu machen.

Thelma verbrachte praktisch jede Nacht bis zwei Uhr morgens in diversen Künstlerclubs – im ›Improv‹, im ›Comedy Store‹ und deren Nachahmern –, bemühte sich um unbezahlte Sechsminutenauftritte, knüpfte Verbindungen an – oder hoffte, welche anzuknüpfen – und konkurrierte mit Unmengen junger Komiktalente, die wie sie ins Rampenlicht drängten.

Um sich ihren Lebensunterhalt zu verdienen, arbeitete sie tagsüber, wechselte von einem Job zum anderen und übte gelegentlich seltsame Tätigkeiten aus. Beispielsweise hatte sie als Huhn verkleidet in einer verrückten Pizzeria gesungen und bedient, ein andermal als Streikposten mehrere Mitglieder der Writers Guild West vertreten, die von ihrer Gewerkschaft zum Streik aufgerufen worden waren und es vorzogen, irgend jemandem 100 Dollar pro Tag zu zahlen damit er – oder sie – für sie Flugblätter verteilte und in der Anwesenheitsliste unterschrieb.

Obwohl Laura und Thelma lediglich eineinhalb Stunden voneinander entfernt lebten, trafen sie sich nur zwei- oder dreimal im Jahr, gewöhnlich zu einem etwas ausgedehnteren Mittag- oder

Abendessen –, weil sie beide sehr beschäftigt waren. Trotz dieser langen Zeitspannen gingen sie ebenso vertraut miteinander um wie früher und waren stets bereit, ihre intimsten Gedanken und Erlebnisse auszutauschen. »Die McIllroy-Caswell-Verbindung«, hatte Thelma einmal festgestellt, »ist stärker als jede Blutsbruderschaft stärker als der Zusammenhalt zwischen Mafiosi, stärker als die Bande zwischen Fred Feuerstein und Barney Geröllheimer – und diese beiden sind wirklich dicke Freunde.«

»Woraus besteht eigentlich dein Problem, Shane?« fragte Thelma jetzt, nachdem Laura ihre Story erzählt hatte. »Wie ich die Sache sehe, schwärmt irgendein großer, schüchterner Kerl für dich. Viele andere Frauen wären davon begeistert.«

»Aber steckt wirklich nicht mehr dahinter? Ist er tatsächlich nur in mich verknallt?«

»Was denn sonst?«

»Das weiß ich selbst nicht. Es ... ist mir unheimlich.«

»Unheimlich? Alle diese Kröten sind niedliche kleine Geschöpfe, stimmt's? Du hast keine bekommen, die mordlüstern dreinblickt? Keine hat ein blutiges kleines Schlachtmesser gehabt? Oder eine kleine Kettensäge aus Keramikmaterial?«

»Nein.«

»Und er hat dir keine *enthauptete* Kröte geschickt, oder?«

»Nein, aber ...«

»Shane, wenn du früher auch ein ziemlich ereignisreiches Leben geführt haben magst, sind die letzten Jahre friedlich abgelaufen. Daß du den Verdacht hast, dieser Kerl könnte Charles Mansons Bruder sein, ist ganz natürlich. Aber ich möchte wetten, daß er genau das ist, was er zu sein scheint: ein Mann, der dich aus der Ferne anhimmelt, vielleicht ein bißchen schüchtern ist und eine ausgeprägte romantische Ader hat. Wie sieht dein Geschlechtsleben aus?«

»Ich habe keines«, antwortete Laura.

»Und warum nicht? Du bist keine Jungfrau mehr. Letztes Jahr hast du diesen Kerl gehabt, der ...«

»Hör zu, du weißt, daß das nicht funktioniert hat.«

»Seither keiner mehr?«

»Nein. Glaubst du etwa, daß ich zur Promiskuität neige?«

»Daß ich nicht lache! Kindchen, zwei Liebhaber in zweiundzwanzig Jahren wären selbst nach päpstlicher Definition keine Promiskuität. Laß dieses Mißtrauen! Sei ein bißchen weniger starr!

Laß dich einfach treiben und sieh zu, wie die Sache sich entwickelt. Vielleicht stellt er sich als der Prinz heraus, der dich wachküßt.«

»Nun ... gut, vielleicht nehme ich deinen Rat an. Vermutlich hast du recht.«

»Nur noch eines, Shane.«

»Ja?«

»An deiner Stelle würde ich in Zukunft eine 357 Magnum als Talisman in der Handtasche haben.«

»Sehr witzig!«

»Witzig sein gehört zu meinem Beruf.«

An den folgenden drei Tagen erhielt Laura zwei weitere Kröten, und am Samstagmorgen, dem 22. Januar, war sie verwirrt, aufgebracht und ängstlich zugleich. Daß ein heimlicher Verehrer dieses Spiel so lange treiben sollte, kam ihr unwahrscheinlich vor. Jede weitere Kröte war in ihren Augen eher eine Verhöhnung als eine Liebesgabe. Die Hartnäckigkeit des Unbekannten geriet langsam in die Nähe einer Besessenheit.

Den größten Teil der Nacht zum Samstag verbrachte sie in einem Sessel am großen Fenster ihres abgedunkelten Wohnzimmers. Durch einen Vorhangspalt konnte sie den Eingangsbereich des Appartementgebäudes und ihre eigene Wohnungstür beobachten. Falls der Kerl nachts aufkreuzte, wollte sie ihn auf frischer Tat ertappen und zur Rede stellen. Als er jedoch nicht kam, döste sie gegen halb vier Uhr ein. Als sie morgens aufwachte, lag kein Päckchen auf der Schwelle.

Nachdem Laura geduscht und kurz gefrühstückt hatte, verließ sie das Haus und ging zu ihrem Auto, das auf einem überdachten Stellplatz hinter dem Gebäude stand. Sie wollte in die Universitätsbibliothek fahren, um dort zu studieren, und dies war ein Tag, an dem man sich lieber nicht im Freien aufhielt. Der bleigraue, wolkenverhangene Winterhimmel wirkte bedrückend – ein Gefühl, das sich noch verstärkte, als Laura auf der Instrumentenabdeckung ihres versperrten Chevy eine weitere Schachtel entdeckte. Am liebsten hätte sie vor Wut und Verzweiflung laut gekreischt.

Statt dessen setzte Laura sich ans Steuer und öffnete die Schachtel. Bisher waren die Figuren nie teuer gewesen – 10 bis 15 Dollar, manche vielleicht nur drei Dollar wert –, diesmal aber hatte der Unbekannte ihr eine Porzellanminiatur geschenkt, die mindestens

50 Dollar gekostet haben mußte. Die Verpackung interessierte Laura jedoch mehr als die Kröte: Die Schachtel war nicht neutral wie sonst immer, sondern trug den Aufdruck der Geschenkboutique ›Collectibles‹ in der Ladenpassage an der South Coast Plaza.

Laura fuhr sofort hin, war eine Viertelstunde zu früh da, wartete auf einer Bank in der Passage und betrat als erste Kundin den Laden, als geöffnet wurde. Besitzerin und Geschäftsführerin der Boutique war Mrs. Eugenia Farvor, eine grauhaarige, zierliche Mittfünfzigerin. »Ja, wir führen solche Figuren«, bestätigte sie, nachdem sie sich Lauras knappe Erklärung angehört und die Porzellankröte betrachtet hatte, »und ich habe die hier gestern nachmittag einem jungen Mann verkauft.«

»Wissen Sie, wie er heißt?«

»Nein, leider nicht.«

»Wie hat er ausgesehen?«

»Ich kann mich gut an ihn erinnern, weil er so groß gewesen ist. Über einsneunzig, eher einsfünfundneunzig. Und sehr breitschultrig. Er war recht gut angezogen. Blauer Anzug mit Nadelstreifmuster und dezent gestreifte Krawatte. Bei seiner Größe hat er bestimmt Mühe, Konfektionskleidung zu finden.«

»Hat er bar bezahlt?«

»Mmmmm ... nein, mit einer Kreditkarte, glaube ich.«

»Haben Sie die Rechnungsdurchschrift noch?«

»Bestimmt! Bis wir sie bei den Kreditkartenorganisationen einreichen, vergehen immer ein, zwei Tage.« Mrs. Farvor führte Laura an Vitrinen mit Wedgwoodporzellan, Lalique- und Waterfordkristall, Hummelfiguren und anderen teuren Stücken vorbei zu einem winzigen Büro hinter dem Laden. Dann hatte sie plötzlich Bedenken, die Identität ihres Kunden preiszugeben. »Falls er harmlose Absichten hat, falls er sie wirklich nur verehrt – und ich muß sagen, daß er sehr nett und freundlich gewesen ist –, würde ich ihm alles verderben. Er wird sich Ihnen bestimmt zu erkennen geben, wann er's für richtig hält.«

Laura gab sich große Mühe, Mrs. Farvor für sich einzunehmen und ihr Mitgefühl zu wecken. Sie konnte sich nicht erinnern, jemals beredter oder mit mehr Eindringlichkeit gesprochen zu haben; im allgemeinen lag es ihr besser, ihre Gefühle schriftlich auszudrücken. Echte Tränen kamen ihr dabei zu Hilfe – und überraschten Laura noch mehr als die Besitzerin der Boutique.

Laura verließ die Geschenkboutique mit seinem Namen – Daniel Packard – und seiner Telefonnummer, die von der Kreditkarte aufs Rechnungsduplikat übernommen worden waren. Sie betrat sofort eine Telefonzelle in der Ladenpassage, um ihn nachzuschlagen. Im Telefonbuch standen zwei Daniel Packards, aber der mit der angegebenen Nummer wohnte in der Newport Avenue in Tustin.

Als sie zu dem kleinen Parkplatz zurückging, setzte kalter Nieselregen ein. Laura schlug den Mantelkragen hoch, hatte aber weder Hut noch Regenschirm. Bis sie ihren Wagen erreichte, hatte sie nasse Haare und war durchgefroren. Sie bibberte auf der ganzen Fahrt von Costa Mesa nach North Tustin.

Sie rechnete damit, daß er zu Hause sein würde. Falls er Student war, hatte er samstags keine Vorlesungen; war er jedoch irgendwo Angestellter, würde er samstags ebenfalls nicht im Büro sitzen. Und wegen des Wetters kamen viele der üblichen Wochenendhobbys der sportlichen Südkalifornier nicht in Frage.

Die angegebene Adresse war eine Wohnanlage aus acht einstöckigen Einheiten im spanischen Stil, die in einem kleinen Park angeordnet waren. Auf der Suche nach seiner Wohnung mußte Laura minutenlang an einem gewundenen Gehweg unter tropfenden Palmen und Korallenbäumen von Block zu Block gehen. Bis sie das Apartment gefunden hatte, war ihr Haar klatschnaß, und sie zitterte vor Kälte. Dieser unbehagliche Zustand steigerte ihren Zorn und ließ sie jede Angst vergessen, so daß sie ohne Zögern an der Wohnungstür klingelte.

Er hatte offenbar nicht durch den Spion geschaut, denn als er die Tür öffnete und Laura sah, wirkte er völlig verwirrt. Er war ungefähr fünf Jahre älter als sie und tatsächlich riesig: gut 1,95 Meter groß, bestimmt 110 Kilogramm schwer und mit sportlicher Figur. Er trug Jeans und ein enges blaßblaues T-Shirt voller Öl- und Fettflecken, das seine Armmuskeln wirkungsvoll zur Geltung kommen ließ. Auch sein unrasiertes Gesicht war ölig und schmutzig, und er hatte schwarze Hände.

Laura trat vorsichtshalber einen Schritt zurück, um außer Reichweite zu sein, und fragte nur: »Warum?«

»Weil ...« Er trat von einem Fuß auf den anderen, war fast zu groß für den Türrahmen, unter dem er stand. »Weil ...«

»Ja?«

Er fuhr sich mit einer Hand durch sein kurzgeschnittenes Haar, ohne darauf zu achten, daß sie voll Öl waren. Sein Blick wich Laura aus. Er starrte den im Regen liegenden Innenhof an, während er sprach. »Wie … wie sind Sie auf mich gekommen?«

»Das ist unwichtig. Wichtig ist nur, daß ich Sie nicht kenne, daß ich Sie nie zuvor gesehen habe und trotzdem eine ganze Krötensammlung zu Hause habe. Sie kommen mitten in der Nacht an meine Tür, Sie brechen meinen Wagen auf – und das geht schon *wochenlang* so, deshalb habe ich doch wohl das Recht, Aufklärung zu verlangen?«

Er wurde rot, sah sie aber noch immer nicht an. »Ja, natürlich«, antwortete er zögernd, »aber ich wollte … den richtigen Zeitpunkt abwarten.«

»Der richtige Zeitpunkt wäre vor einer Woche gewesen!«

»Mmmm.«

»Los, raus mit der Sprache! *Warum?*«

Er betrachtete angelegentlich seine schmutzigen Hände und sagte leise: »Nun, ich …«

»Ja?«

»Ich liebe Sie.«

Laura starrte ihn ungläubig an. Endlich erwiderte er ihren Blick. »Sie *lieben* mich?« fragte sie. »Aber Sie *kennen* mich doch gar nicht! Wie können Sie einen Menschen lieben, den Sie überhaupt nicht kennen?«

Er schaute wieder weg, fuhr sich erneut mit seiner schmierigen Hand durchs Haar und zuckte mit den Schultern »Das weiß ich auch nicht, aber es ist eben so, und ich … äh – nun ich habe das Gefühl, wissen Sie, dieses Gefühl, daß ich den Rest meines Lebens gemeinsam mit Ihnen verbringen muß.«

Aus Lauras nassem Haar tropfte ihr kaltes Regenwasser ins Genick und lief ihren Rücken hinunter. Den geplanten Arbeitstag in der Bibliothek konnte sie abschreiben – wie hätte sie sich nach diesem verrückten Auftritt noch konzentrieren können? Sie war ziemlich enttäuscht darüber, daß ihr heimlicher Verehrer sich als dieser schmuddelige, verschwitzte Ochse entpuppt hatte, der sich kaum ausdrücken konnte, und sagte scharf: »Hören Sie, Mr. Packard, ich will nicht, daß Sie mir weitere Kröten schicken.«

»Nun, wissen Sie, ich möchte sie Ihnen wirklich gern schicken.«

»Aber ich will sie nicht! Und morgen mache ich ein Paket aus denen, die Sie mir geschickt haben. Nein, ich bringe sie noch heute zur Post.«

Er sah sie wieder an, blinzelte erstaunt und sagte: »Ich dachte, Sie hätten was für Kröten übrig.«

»Ich *mag* Kröten«, antwortete Laura mit wachsender Verärgerung. »Ich liebe Kröten! Ich halte sie für die possierlichsten Geschöpfe unter Gottes Himmel. Im Augenblick wünsche ich mir sogar, eine Kröte zu *sein*, aber ich will *Ihre* Kröten nicht haben. Kapiert?«

»Mmmmm.«

»Belästigen Sie mich bitte nicht mehr, Mr. Packard. Manche Frauen fallen vielleicht auf Ihre unbeholfene Romantik und auf Ihren verschwitzten Macho-Charme rein, aber ich gehöre nicht zu denen und kann mich meiner Haut wehren, das dürfen Sie mir glauben. Ich bin viel energischer, als ich aussehe und schon mit weit schlimmeren Typen als Ihnen fertig geworden.«

Sie ließ ihn stehen, trat unter dem Vordach hervor in den Regen hinaus, ging zu ihrem Wagen und fuhr nach Irvine zurück. Auf der ganzen Heimfahrt zitterte sie – nicht nur vor Kälte und Nässe, sondern auch vor Zorn. Der Kerl hatte vielleicht Nerven!

In ihrem Apartment zog sie ihre nassen Sachen aus, schlüpfte in einen Frotteebademantel und kochte sich eine Kanne Kaffee zum Aufwärmen.

Beim ersten Schluck klingelte das Telefon. Laura nahm den Hörer in der Küche ab. Packard war am Apparat.

Er redete so rasch, daß seine Sätze ohne Punkt und Komma ineinander überzugehen schienen: »Bitte legen Sie nicht auf, Sie haben recht, ich bin in solchen Dingen ziemlich dumm, ein Idiot, aber geben Sie mir nur eine Minute Zeit, um alles zu erklären. Als Sie kamen, habe ich gerade die Geschirrspülmaschine repariert, deshalb war ich so schmutzig und verschwitzt, ich mußte sie unter der Einbauküche rausziehen, eigentlich hätte der Vermieter sie reparieren lassen müssen, aber die Hausverwaltung läßt sich mit Reparaturen wochenlang Zeit, und ich bin ein guter Heimwerker, ich kann alles reparieren, es war ein regnerischer Tag, ich hatte nichts Besonderes vor, deshalb wollte ich sie selbst reparieren, ich hätte natürlich nie gedacht, daß Sie vorbeikommen würden. Ich heiße Daniel Packard, aber das wissen Sie bereits, ich bin achtundzwanzig, war bis 1973 in der Army, habe erst vor drei Jahren mein Betriebswirtschaftsstudium an der University of California in Irvine abgeschlossen und arbeite jetzt als Börsenmakler, aber ich habe einige Abendkurse an der Universität belegt, deshalb bin ich im UCI-Literaturmagazin auf Ihre Krötengeschichte gestoßen, eine großartige Story, wirklich, sie hat mich begeistert, deshalb bin ich in die Bibliothek gegangen und habe aus früheren Ausgaben alles herausgesucht, was Sie sonst noch geschrieben haben. Ich habe alles gelesen, und *vieles* davon ist gut gewesen, sogar verdammt gut, nicht alles, aber doch sehr vieles, und ich habe mich dabei irgendwann in Sie verliebt – nicht richtig in Sie, mehr in die Autorin, die so schön, so real geschrieben hat. Eines Abends habe ich in der Bibliothek vor einer Ihrer Storys gesessen – gebundene Zeitschriftenjahrgänge werden nur im Lesesaal ausgeliehen –, als eine Bibliothekarin neben mir stehenblieb und mich fragte, ob mir die Story gefalle. Und als ich bejahte, sagte Sie: ›Dort drüben sitzt die Verfasserin, falls Sie's ihr selbst sagen wollen.‹ Und Sie haben nur drei Tische von mir entfernt vor einem ganzen Bücherstapel gesessen, stirnrunzelnd darin nachgeschlagen und sich Notizen gemacht – und sind wunderschön gewesen. Ich hatte gewußt, daß Sie *innerlich* schön sein würden, weil Ihre Geschichten schön sind, aber ich wäre nie darauf gekommen, daß Sie auch *äußerlich* schön sein könnten, und deshalb konnte ich Sie nicht ansprechen, weil ich in Gegenwart schöner Frauen immer linkisch und sprachlos bin, vielleicht weil meine Mutter schön, aber kalt und abweisend gewesen ist, so daß ich jetzt unbewußt fürchte, alle schönen Frauen könnten mich wie meine Mutter zurückweisen – eine ziemlich wackelige Selbstanalyse –, aber jedenfalls wäre alles viel einfacher gewesen, wenn Sie häßlich gewesen wären oder wenigstens nur durchschnittlich ausgesehen hätten. Wegen Ihrer Story bin ich auf die Idee mit den Kröten gekommen und habe den heimlichen Verehrer gespielt, um mich damit bei Ihnen einzuschmeicheln; nach der dritten oder vierten Kröte wollte ich mich zu erkennen geben, das wollte ich wirklich, aber ich hab's immer wieder hinausgeschoben, um keine Zurückweisung zu riskieren; ich wußte, daß das verrückt war, eine Kröte nach der anderen, aber ich konnte einfach nicht damit aufhören und Sie vergessen – und andererseits konnte ich mich nicht dazu aufraffen, Sie anzusprechen. Ich wollte Sie niemals ärgern oder belästigen, das müssen Sie mir glauben, und es tut mir schrecklich leid, daß alles so gekommen ist. Und ich bitte um Verzeihung.«

Er verstummte endlich, offensichtlich am Ende seiner Kräfte.

»Also gut«, wehrte Laura ab.

»Dann gehen Sie also mit mir aus?« fragte er.

»Ja«, sagte sie und staunte über ihre eigene Reaktion.

»Abendessen und ins Kino?«

»Einverstanden.«

»Heute abend? Soll ich Sie um achtzehn Uhr abholen?«

»Okay.«

Nachdem sie aufgelegt hatte, blieb sie eine Weile stehen und starrte das Telefon an. »Shane, bist du übergeschnappt?« fragte sie laut. Dann fügte sie hinzu: »Aber er hat mir erklärt, daß ich ›so schön und so real‹ schreibe.«

Sie ging in ihr Zimmer und betrachtete die Krötensammlung auf ihrem Nachttisch. »Er ist unbeholfen und schweigsam und brabbelt im nächsten Augenblick pausenlos. Er könnte ein Psychopath, ein geistesgestörter Mörder sein, Shane.« Dann fügte sie hinzu: »Ja, das könnte er sein, aber er ist auch ein großartiger Literaturkritiker.«

Weil sie zum Essen und ins Kino gehen wollten, zog Laura einen grauen Rock mit weißer Bluse und einen kastanienbraunen Pullover an; Packard jedoch erschien, als wäre der Anlaß die Eröffnung der Opernsaison, in einem dunkelblauen Anzug, mit weißem Manschettenhemd, einer blauen Seidenkrawatte mit Goldkettchen, seidenem Einstecktuch und blitzblanken schwarzen Wingtip-Schuhen. Er trug einen Regenschirm und geleitete Laura, die eine Hand unter ihren rechten Arm gelegt, so fürsorglich zu seinem Wagen, als wäre er davon überzeugt, sie werde beim ersten Regentropfen in Auflösung übergehen oder, wenn sie etwa ausrutsche und hinfalle, wie Glas zerbrechen.

Wegen des Unterschieds ihrer Kleidung und ihres beträchtlichen Größenunterschieds – mit 1,65 Meter war Laura um 30 Zentimeter kleiner als er und brachte mit ihren 50 Kilogramm nicht einmal die Hälfte seines Gewichts auf die Waage – hatte sie fast das Gefühl, mit ihrem Vater oder einem älteren Bruder auszugehen. Sie war keineswegs zierlich, aber an seinem Arm kam sie sich geradezu winzig vor.

Im Auto war Daniel wieder ziemlich schweigsam, aber Laura machte dafür das scheußliche Wetter verantwortlich, bei dem er sich aufs Fahren konzentrieren mußte. Sie gingen in ein kleines italienisches Restaurant in Costa Mesa, in dem Laura schon mehrmals recht gut gegessen hatte. Sie nahmen Platz und erhielten Speisekarten, aber noch bevor die Bedienung fragen konnte, ob sie einen Drink wollten, sagte Daniel: »Hier ist's nicht richtig, wir sind ins falsche Lokal geraten, wir müssen uns was anderes suchen.«

»Aber warum?« fragte sie überrascht. »Mir gefällt das Lokal. Und das Essen ist hier sehr gut.«

»Nein, hier stimmt nichts, gar nichts. Kein Stil, keine Atmosphäre. Ich möchte nicht, daß Sie glauben ... äh ... na ja jedenfalls ist dies nicht die richtige Umgebung für unser erstes Rendezvous. Ich weiß genau das richtige Lokal, glaube ich. Tut mir leid, Miß ...«, sagte er zu der verblüfften jungen Kellnerin. »... hoffentlich habe ich Ihnen keine Unannehmlichkeiten gemacht.« Dann zog er Lauras Stuhl zurück und war ihr beim Aufstehen behilflich. »Ich weiß genau das richtige Lokal, es wird Ihnen bestimmt gefallen, ich habe noch nie dort gegessen, aber ich habe gehört, daß es sehr gut, wirklich hervorragend sein soll.« Die anderen Gäste starrten zu ihnen her, deshalb verzichtete Laura auf weitere Einwände. »Es ist auch ganz in der Nähe – nur ein paar Straßen weit entfernt.«

Sie gingen zu seinem Wagen zurück, fuhren vier Straßen weiter und parkten vor einem unprätentiös wirkenden Restaurant in einem Einkaufszentrum.

Laura kannte Daniel inzwischen gut genug, um zu wissen, daß sein Sinn für Höflichkeit erforderte, daß sie sitzenblieb, bis er ums Auto herumgegangen war und ihr die Beifahrertür öffnete. Aber als er die Tür öffnete, sah sie, daß er in einer tiefen Pfütze stand. »Oh, Ihre Schuhe!« rief sie aus.

»Die trocknen wieder. Da, halten Sie bitte meinen Schirm über sich, dann hebe ich Sie über die Pfütze.«

Sie ließ sich verblüfft aus dem Wagen und über die Pfütze heben, als wiege sie nicht mehr als ein Federkissen. Er setzte sie auf dem Gehsteig ab und stapfte ohne Schirm zurück, um die Autotür zu schließen.

Das französische Restaurant besaß weniger Atmosphäre als das italienische, sie bekamen einen Ecktisch in der Nähe der Küche, und Daniels völlig durchnäßten Schuhe quatschten und quietschten auf dem ganzen Weg quer durchs Lokal.

»Sie holen sich bestimmt eine Lungenentzündung«, meinte Laura besorgt, als sie saßen und zwei Dry Sack on the rocks bestellt hatten.

»Niemals! Ich habe ein fabelhaftes Immunsystem. Ich werde nie krank. In Vietnam war ich mal von meiner Einheit abgeschnitten und verbrachte eine Woche bei strömendem Regen allein im Dschungel. Mir sind fast Schwimmhäute gewachsen, bis ich zu den eigenen Linien zurückfand, aber ich hatte nicht mal 'nen Schnupfen.«

Als sie ihre Drinks schlürften, die Speisekarte studierten und bestellten, war er nicht mehr so verkrampft, wie Laura ihn bisher erlebt hatte, und konnte tatsächlich flüssig, unterhaltsam und sogar amüsant Konversation machen. Nachdem die Vorspeisen serviert worden waren – Lachs in Dillsauce für Laura, in Teig gebackene Langusten für ihn –, zeigte sich sofort, daß das Essen schrecklich war, obwohl sie hier doppelt so hohe Preise verlangten wie in dem italienischen Restaurant. Daniels Verlegenheit wuchs von Gang zu Gang, seine Fähigkeit, ein Gespräch in Gang zu halten, nahm entsprechend ab. Laura beteuerte, es schmecke köstlich, und zwang sich dazu, alles aufzuessen. Aber er ließ sich nicht täuschen.

Fast ebenso schlimm war, daß Küche und Service sehr langsam arbeiteten. Als Daniel gezahlt und Laura zum Auto zurückbegleitet hatte – wo er sie wie ein kleines Mädchen wieder über die Pfütze hob –, lief der Film, den sie hatten sehen wollen, bereits seit einer halben Stunde.

»Macht nichts«, sagte Laura, »wir gehen einfach rein und sehen uns die erste halbe Stunde anschließend in der nächsten Vorstellung an.«

»Nein, nein«, widersprach er, »so kann man sich keinen Film ansehen. Ich habe Ihnen alles verpatzt. Dabei wollte ich, daß dies ein perfekter Abend wird!«

»Wozu die Aufregung?« fragte sie. »Ich amüsiere mich gut.«

Er starrte sie ungläubig an. Sie lächelte, und er lächelte zurück, aber sein Lächeln war aufgesetzt.

»Ich bin einverstanden, wenn Sie nicht mehr ins Kino gehen wollen«, sagte sie. »Ich gehe überall hin mit.«

Er nickte, ließ den Motor an und fuhr auf die Straße hinaus. Sie waren bereits einige Minuten unterwegs, bevor Laura merkte, daß er sie nach Hause brachte.

Auf dem Weg vom Auto bis zu ihrer Wohnungstür entschuldigte Daniel sich für diesen scheußlichen Abend, und sie versicherte ihm wiederholt, sie sei keinen Augenblick lang enttäuscht gewesen. Sobald sie ihren Schlüssel ins Schloß steckte, machte er kehrt und flüchtete die Außentreppe hinab, ohne um einen Gutenachtkuß zu bitten oder Laura Gelegenheit zu geben, ihn für einen Augenblick zu sich einzuladen.

Sie trat auf den Treppenabsatz im ersten Stock und sah Daniel nach. Auf halber Höhe erfaßte ein Windstoß seinen Regenschirm und stülpte ihn um. Er kämpfte dagegen an, verlor zweimal fast das Gleichgewicht, und es dauerte bis zum Gehsteig hinunter, bis er seinen Schirm in die ursprüngliche Form gebracht hatte. Aber der nächste Windstoß stülpte ihn erneut um. In seiner Frustration warf Daniel ihn in die nächsten Büsche und schaute dann zu Laura hinauf. Inzwischen war er bis auf die Haut durchnäßt, und sie sah im blassen Licht der nächsten Straßenlampe, daß sein Anzug, völlig aus der Fasson geraten, an ihm hing. Daniel war ein Riese, aber sie hatte erlebt, wie ihn Kleinigkeiten – Pfützen, Windstöße – aus dem Gleis brachten, und das war irgendwie komisch. Sie wußte, daß sie nicht lachen durfte, aber ihr Lachen platzte auch gegen ihren Willen aus ihr heraus.

»Sie sind zu verdammt schön, Laura Shane!« rief Daniel vom Gesteig herauf. »Gott steh mir bei, Sie sind einfach zu schön!« Damit hastete er in die Nacht davon.

Laura, die ein schlechtes Gewissen hatte, weil sie unwillkürlich gelacht hatte, ging ins Bad und zog ihren Schlafanzug an. Es war erst 20.40 Uhr.

Entweder war Daniel Packard ein hoffnungsloser Invalider oder der liebste Mann, den sie seit dem Tod ihres Vaters kennengelernt hatte.

Um 21.30 Uhr klingelte das Telefon. »Gehen Sie jemals wieder mit mir aus?« fragte er.

»Ich dachte schon, Sie würden nie wieder anrufen.«

»Tun Sie's?«

»Klar.«

»Abendessen und ins Kino?« schlug er vor.

»Klingt gut.«

»In dieses scheußliche französische Restaurant gehen wir nie mehr. Tut mir leid, daß wir dort reingeraten sind, tut mir wirklich leid.«

»Wohin wir gehen, ist mir egal«, sagte sie, »wenn Sie mir versprechen, daß wir in dem Restaurant *bleiben*, in dem wir einmal sitzen.«

»In manchen Dingen bin ich einfach zu stur. Und wie ich Ihnen schon gesagt habe ... in Gegenwart schöner Frauen bin ich einfach unbeholfen.«

»Wegen Ihrer Mutter.«

»Richtig. Sie hat mich abgewiesen. Und meinen Vater auch. Sie hat mich niemals die geringste *Wärme* spüren lassen. Als ich elf war, hat sie uns verlassen.«

»Das muß weh getan haben.«

»Sie sind schöner als meine Mutter und ängstigen mich zu Tode.«

»Wie schmeichelhaft!«

»Na ja, tut mir leid, aber das hätte ein Kompliment sein sollen. Dabei sind Sie nicht *halb* so schön wie die Sachen, die Sie schreiben, und das ängstigt mich noch mehr. Denn was könnte ein Genie wie Sie an einem Kerl wie mir finden – außer daß ich Sie vielleicht zum Lachen bringe?«

»Nur eine Frage, Daniel.«

»Danny.«

»Nur eine Frage, Danny. Wieviel taugen Sie als Börsenmakler? Haben Sie im Beruf Erfolg?«

»In meinem Beruf bin ich erstklassig«, antwortete er mit so unüberhörbarem Stolz, daß Laura wußte, daß er die Wahrheit sagte. »Meine Kunden schwören auf mich, und ich habe selbst ein hübsches kleines Portefeuille, das seit drei Jahren überdurchschnittliche Erträge abwirft. Als Börsenanalytiker, Makler und Vermögensberater gebe ich dem Wind keine Chance, mir den Schirm umzudrehen.«

2

Am Nachmittag des Tages, an dem Stefan die Sprengladungen im Keller des Instituts angebracht hatte, unternahm er die nach seiner Planung vorletzte Zeitreise. Es war ein inoffizieller Ausflug, Ziel der 10. Januar 1988. Die Reise stand nicht auf dem Dienstplan und erfolgte ohne Wissen seiner Kollegen.

Bei seiner Ankunft schneite es in den San Bernardino Mountains leicht, aber er war mit festen Stiefeln, Lederhandschuhen und seiner Seemannsjacke für dieses Wetter gut gerüstet. Er suchte unter dichten Tannen Schutz, um dort das Ende des jede Zeitreise begleitenden heftigen Gewitters abzuwarten.

Er schaute im flackernden Lichtschein der Blitze auf seine Armbanduhr und stellte erschrocken fest, wie spät es schon war. Um Laura zu erreichen, noch bevor sie den Tod fand, blieben ihm weniger als 40 Minuten. Falls er versagte und zu spät kam, würde es keine zweite Chance für ihn geben.

Noch während die letzten grellweißen Blitze die geschlossene Wolkendecke zerrissen und der Donner von den Bergen widerhallte, kam Stefan unter den Bäumen hervor und hastete ein Schneefeld hinunter. Der knietiefe Schnee lag unter dünnem Harsch, der bei jedem Schritt einbrach, so daß er wie durch einen Sumpf watend nur mühsam vorankam. Er fiel zweimal hin, Schnee drang von oben in seine Stiefel, und der Sturmwind zerrte an ihm wie ein lebendes Wesen, das ihn vernichten wollte. Bis er das Schneefeld hinter sich hatte und über dessen Rand auf die zweispurige Staatsstraße kletterte, die in einer Richtung nach Arrowhead, in der anderen nach Big Bear führte, war er über und über mit verkrustetem Schnee bedeckt, hatte eiskalte Füße und über fünf Minuten Zeit verloren.

Die vor kurzem geräumte Straße war schneefrei bis auf dünne Schneeschleier, die sich, wechselnden Luftströmungen folgend, über den Asphalt schlängelten. Die Intensität des Sturms hatte zugenommen. Die Schneeflocken waren jetzt viel kleiner als bei Stefans Ankunft und fielen doppelt so schnell. Die Straße würde bald wieder schneeglatt sein.

Stefan sah einen Wegweiser – LAKE ARROWHEAD 1 MILE – und stellte entsetzt fest, um wieviel weiter als geplant er von Laura entfernt war.

Er blickte mit zusammengekniffenen Augen gegen den Sturmwind nach Norden und entdeckte im trübseligen Grau dieses Winternachmittags einen warmen Lichtschimmer: ein ebenerdiges Gebäude in etwa 300 Meter Entfernung rechts von ihm, vor dem Autos parkten. Er marschierte sofort in diese Richtung und hielt dabei den Kopf gesenkt, um sein Gesicht vor dem schneidend kalten Wind zu schützen.

Er mußte sich ein Auto beschaffen. Laura hatte keine halbe Stunde mehr zu leben und es waren fast 20 Kilometer bis hin zu ihr.

3

Fünf Monate nach ihrem ersten Rendezvous und eineinhalb Monate nach Abschluß ihres Studiums an der UCI heiratete Laura Danny Packard am Samstag, den 16. Juli 1977 vor einem Richter in dessen Amtsräumen. Die einzigen Gäste, die zugleich als Trauzeugen fungierten, waren Dannys Vater Sam und Thelma Ackerson.

Sam Packard war ein etwa 1,75 Meter großer, gutaussehender silberhaariger Mann, der im Vergleich zu seinem Sohn geradezu zerbrechlich wirkte. Während der kurzen Zeremonie mußte er immer wieder weinen, und Danny drehte sich mehrmals nach ihm um und fragte: »Alles in Ordnung, Dad?« Sam nickte jedesmal, putzte sich die Nase und forderte sie zum Weitermachen auf. Aber im nächsten Augenblick weinte er schon wieder. Danny erkundigte sich wieder, ob alles in Ordnung sei, und Sam putzte sich geräuschvoll die Nase, als imitiere er den Paarungsruf von Graugänsen. »Junger Mann«, sagte der Richter schließlich, »das sind bloß Freudentränen, und ich wäre Ihnen dankbar, wenn wir weitermachen könnten – ich habe nämlich noch drei Paare zu trauen.«

Selbst wenn der Vater des Bräutigams nicht vor Ergriffenheit in Tränen ausgebrochen, der Bräutigam nicht ein Riese mit wachsweichem Herzen gewesen wäre, hätte Thelmas Anwesenheit die Hochzeitsparty zum denkwürdigen Ereignis gemacht. Ihr Haar war seltsam zottig geschnitten und vorn zu einem purpurrot gefärbten Schopf hochgekämmt. Mitten im Sommer – und ausgerechnet zu einer Hochzeit trug sie rote Lacklederpumps, eine hautenge schwarze Stretchhose, eine – absichtlich – mit aller Sorgfalt zerrissene schwarze Bluse und eine gewöhnliche Stahlkette als Gürtel. Übertrieben starkes purpurrotes Augenmakeup, blutroter Lippenstift und ein Ohrring, der an einen Angelköder erinnerte, vervollständigten die Aufmachung.

Während Danny sich nach der Trauung mit seinem Vater unterhielt, hockte Thelma in einer Ecke der Eingangshalle des Gerichtsgebäudes mit Laura zusammen und erläuterte ihr diesen Aufzug. »Das ist der Punkerlook – in England der letzte Schrei. Hier bei uns trägt das noch kein Mensch. Übrigens muß er sich auch in England erst durchsetzen, aber in ein paar Jahren laufen alle so rum. Für meine Auftritte ist er große Klasse. Ich sehe so verrückt aus, daß die Leute schon lachen, wenn ich auf die Bühne komme. Außerdem ist er gut für *mich.* Ich meine, wenn wir mal ehrlich sind, Shane, hab' ich mich im Alter nicht gerade vorteilhaft entwickelt. Wäre Häßlichkeit 'ne Krankheit, gegen die ein organisierter Feldzug geführt werden müßte, dann könnten sie mein Foto auf ihre Plakate tun. Aber der Punkerlook hat zwei große Vorteile: Man kann sich mit Frisur und Make-up so tarnen, daß keiner merkt, wie hausbacken man ist. Außerdem soll man ohnehin verrückt aussehen. Jesus, Shane, dein Danny ist wirklich riesig. Du hast mir am Telefon schon viel über ihn erzählt, aber so groß hab' ich ihn mir nicht vorgestellt. Den bräuchte man nur in einen Godzilla-Anzug zu stecken, auf New York loszulassen und das Ergebnis zu filmen, und könnte sich teure Atelierbauten sparen. Und du liebst ihn, was?«

»Ich liebe ihn *sehr«*, antwortete Laura. »Er ist ebenso sanft, wie er groß ist – vielleicht nach all den Grausamkeiten, die er in Vietnam erlebt hat, oder vielleicht auch, weil er schon immer sanft gewesen ist. Er ist süß, Thelma, er ist intelligent und rücksichtsvoll, und er hält mich für eine der besten Schriftstellerinnen, die er je gelesen hat.«

»Aber als er angefangen hat, dir Kröten zu schenken, hast du ihn für 'nen Psychopathen gehalten!«

»Eine kleine Fehleinschätzung.«

Zwei uniformierte Polizisten führten einen bärtigen jungen Mann in Handschellen durch die Eingangshalle zu einem der Gerichtssäle. Der Häftling musterte Thelma im Vorbeigehen prüfend und sagte dann laut: »He, Mama, wie wär's mit uns?«

»Ah, der Ackerson-Charme«, flüsterte Thelma ihrer Freundin zu. »Du kriegst eine Mischung aus griechischem Gott, Teddybären und Bennett Cerf, und ich kriege eindeutige Anträge aus der Gosse. Aber wenn ich's mir recht überlege, hab' ich früher nicht mal die gekriegt, was darauf schließen läßt, daß meine Zeit vielleicht erst kommt.«

»Du unterschätzt dich, Thelma. Das hast du schon immer getan. Irgendwann erkennt ein ganz bestimmter Mann, was für ein Schatz du bist, und ...«

»Charles Manson – wenn er auf Bewährung entlassen wird.«

»Nein! Irgendwann wirst du so glücklich wie ich. Das weiß ich genau! Schicksal, Thelma.«

»Großer Gott, Shane, aus dir ist eine hoffnungslose Optimistin geworden! Was ist mit den Blitzen? Mit all den tiefschürfenden Gesprächen auf dem Fußboden unseres Zimmers in Caswell? Hast du die vergessen? Damals sind wir uns darüber einig gewesen, daß das Leben nichts als eine absurde Komödie ist, die gelegentlich von tragischen Blitzschlägen unterbrochen wird, um die Story besser zu gewichten und die komischen Momente deutlicher hervortreten zu lassen.«

»Vielleicht erlebe ich in Zukunft keine Tragödien mehr«, sagte Laura.

Thelma starrte sie prüfend an. »Wow! Ich kenne dich, Shane, und weiß, daß du dir darüber im klaren bist, welches gewaltige emotionale Risiko du eingehst, wenn du dir auch nur *wünschst*, so glücklich zu sein. Ich hoffe, daß du recht behältst, Schätzchen, und wette, daß es so ist. Ich wette, in Zukunft gibt es keine Blitze mehr für dich!«

»Danke, Thelma.«

»Und ich glaube, daß dein Danny ein Schatz ist. Aber ich will dir noch was sagen, das weit mehr zählt als bloß meine Meinung: Er hätte auch Ruthie gefallen; sie hätte ihn für einen Traummann gehalten.«

Sie hielten einander fest umarmt und waren einen Augenblick lang wieder kleine Mädchen – trotzig, aber verwundbar, selbstbewußt frech und zugleich voller Angst vor dem blinden Schicksal, das ihre gemeinsame Jugend geformt hatte.

Als sie am Sonntag, den 24. Juli, nach einer einwöchigen Hochzeitsreise nach Santa Barbara wieder im Appartement in Tustin waren, kauften sie Lebensmittel ein und bereiteten sich gemeinsam ihr Abendessen zu: gemischten Salat, Sauerteigbrot, fertige Hackfleischklößchen aus dem Mikrowellenherd und Spaghetti. Laura hatte ihre Wohnung aufgegeben und war einige Tage vor der Hochzeit bei Danny eingezogen. Ihr gemeinsam ausgearbeiteter Plan sah vor, daß sie noch zwei, drei Jahre dort wohnen würden. (Sie hatten so häufig und so detailliert über ihre Zukunft gesprochen, daß der Plan ihnen jetzt wie ein kosmisches Betriebshandbuch vorkam, das ihnen zur Hochzeit übergeben worden war und auf das sie sich in bezug auf ihr Schicksal als Ehepaar blind verlassen konnten.) In zwei bis drei Jahren würden sie sich die Anzahlung für das richtige Haus leisten können, ohne Dannys Portefeuille angreifen zu müssen, und dann von hier ausziehen.

Sie aßen an dem kleinen Tisch in der Eßnische neben der Küche, von der aus sie in der goldenen Spätnachmittagssonne die Königspalmen im Innenhof sehen konnten, und besprachen den Kernpunkt ihres Plans, der daraus bestand daß Danny sie beide ernähren würde, während Laura zu Hause ihren ersten Roman schrieb. »Wenn du dann reich und berühmt bist«, sagte er und wickelte Spaghetti auf seine Gabel, »gebe ich meinen Job auf und beschäftige mich nur noch damit, dein Vermögen zu verwalten.«

»Was ist, wenn ich nie reich und berühmt werde?«

»Das wirst du bestimmt.«

»Wenn ich nicht einmal einen Verleger finde?«

»Dann lasse ich mich scheiden.«

Sie warf mit einem Stück Brotrinde nach ihm. »Schuft!«

»Hexe!«

»Möchtest du noch etwas Fleisch?«

»Nicht, wenn du damit nach mir wirfst!«

»Mein Zorn ist verraucht. Ich mache gute Hackfleischklößchen, stimmt's?«

»Sogar sehr gute«, bestätigte er.

»Findest du nicht auch, daß das gefeiert werden muß – daß du eine Frau hast, die gute Hackfleischklößchen macht?«

»Natürlich muß das gefeiert werden.«

»Komm, wir lieben uns.«

»Hier beim Abendessen?« fragte Danny überrascht.

»Nein, im Bett.« Sie schob ihren Stuhl zurück und stand auf. »Komm schon! Das Essen läßt sich wieder aufwärmen.«

In diesem ersten Ehejahr liebten sie sich oft, und Laura fand in diesem körperlichen Zusammensein mehr als sexuelle Erfüllung, etwas, das weit mehr war, als sie erwartet hatte. Wenn sie mit Danny zusammen war, fühlte sie sich ihm so nahe, daß sie manchmal glaubte, völlig eins mit ihm zu sein – ein Körper, ein Verstand, ein Geist, ein Traum. Gewiß, sie liebte ihn von Herzen, aber dieses Gefühl, mit ihm eins zu sein, war mehr als Liebe – oder zumindest anders. Als sie ihre ersten gemeinsamen Weihnachten feierten, wußte sie, daß ihr Zusammengehörigkeitsgefühl auf dem lange entbehrten Bewußtsein basierte, Teil einer Familie zu sein: Danny war ihr Ehemann, sie war seine Ehefrau, und sie würden eines Tages – dem Plan nach in zwei, drei Jahren – Kinder haben, und im Schutze dieser Familie genoß sie den Frieden, den es sonst nirgends gab.

Laura hatte gedacht, tagaus, tagein glücklich, harmonisch und umsorgt zu leben und zu arbeiten müsse zu geistiger Lethargie führen, unter der ihre schriftstellerische Arbeit leiden werde, weil sie ein unausgeglichenes Leben mit Krisen und Depressionen brauche, um nicht zu erschlaffen. Aber die Vorstellung von der leidenmüssenden Künstlerin war bloß ein naiver, angelesener Kinderglaube. Je glücklicher sie war, desto besser schrieb sie.

Sechs Wochen vor ihrem ersten Hochzeitstag schloß Laura ihren ersten Roman, ›Die Nächte von Jericho‹, ab und schickte ihn dem New Yorker Literaturagenten Spencer Keene, der ihre erste Anfrage einen Monat zuvor positiv beantwortete hatte. Zwei Wochen später rief Keene an, um mitzuteilen, er übernehme die Verwertung des Buches, rechne damit, die Rechte rasch zu verkaufen und halte Laura für eine begabte Romanautorin mit großer Zukunft. Zur Überraschung des Agenten kaufte Viking, gleich der erste Verlag, dem Keene die Rechte angeboten hatte, das Buch für bescheidene, aber durchaus achtbare 15 000 Dollar, und der Vertrag wurde am Freitag, den 14. Juli unterzeichnet – zwei Tage vor Lauras und Dannys Hochzeitstag.

4

Das Gebäude, das er von der Straße aus entdeckt hatte, war ein Restaurant, das unter gewaltigen Ponderosa-Kiefern versteckt stand. Die mächtigen Äste der über sechzig Meter hohen Baumriesen mit ihrer tief zerfurchten Rinde trugen 15 Zentimeter lange Zapfen und bogen sich unter der Last früherer Schneefälle. Sie schützten das ebenerdige Blockhaus so gut, daß dessen Schieferdach mehr mit Kiefernadeln als mit Schnee bedeckt war. Die Fenster waren beschlagen oder mit Eisblumen überzogen, und das ins Freie fallende Licht wirkte durch diese dünne Schicht auf dem Glas angenehm warm.

Auf dem Parkplatz vor dem Gebäude standen zwei Jeeps, zwei Lieferwagen und ein Thunderbird. Stefan war froh, daß niemand ihn aus dem Restaurant sehen konnte, als er an einen der Jeeps trat, den Wagen unabgesperrt vorfand, sich hineinsetzte und die Tür schloß.

Er zog seine 9,65-mm-Pistole Walther PPK/S aus dem Schulterhalfter, den er unter seiner Seemannsjacke trug, und legte sie auf den Beifahrersitz.

Seine Füße schmerzten vor Kälte, und er hätte sich am liebsten die Zeit genommen, den Schnee aus seinen Stiefeln zu kippen. Aber er war bereits in Zeitnot und durfte keine Minute verlieren. Außerdem waren seine Füße nicht erfroren, solange er sie noch spürte; vielleicht wurden sie unter der Autoheizung wieder warm.

Der Zündschlüssel steckte nicht. Stefan schob den Fahrersitz zurück, beugte sich unters Instrumentenbrett, und es gelang ihm verblüffend schnell, die Zündung kurzzuschließen.

Stefan hatte sich eben wieder aufgerichtet, als der Jeepbesitzer, dem eine deutliche Bierfahne vorauswehte, die Wagentür aufriß. »He, was haben Sie in meinem Wagen zu suchen?«

Der Parkplatz dahinter war menschenleer. Die beiden waren im Schneetreiben allein.

Laura hatte nur noch 25 Minuten zu leben.

Die Fäuste des Jeepbesitzers packten zu. Stefan ließ sich hinter dem Lenkrad hervorziehen, griff dabei nach seiner Pistole und warf sich dem Mann sogar entgegen, so daß der andere auf dem vereisten Parkplatz rückwärtstaumelte. Beide gingen zu Boden. Stefan war obenauf und rammte dem Mann die Mündung seiner Waffe unters Kinn.

»Jesus, Mister! Nicht schießen!«

»Wir stehen jetzt auf. Langsam, verdammt noch mal, keine plötzlichen Bewegungen!«

Als sie wieder auf den Beinen waren, trat Stefan rasch hinter dem Mann, faßte seine Walther am Lauf und schlug einmal zu: so fest, daß der andere das Bewußtsein verlor, aber nicht fest genug, um ihn ernstlich zu verletzen. Der Jeepbesitzer ging erneut zu Boden und blieb schlaff liegen.

Stefan sah sich um. Sie waren noch immer allein.

Er hörte keinen Verkehr auf der Straße, aber im Heulen des Sturms konnte das Motorengeräusch eines herankommenden Wagens sehr wohl untergehen.

Der Schnee fiel dichter. Stefan steckte die Pistole in eine seiner tiefen Jackentaschen und schleifte den Bewußtlosen zum nächsten Wagen. Auch der Thunderbird war nicht abgeschlossen. Er hievte den Mann auf den Rücksitz, schloß die Tür und hastete zum Jeep zurück.

Der Motor war abgestorben, Stefan schloß die Zündung nochmals kurz.

Als Stefan auf die Straße hinausfuhr, pfiff eisiger Wind durch das einen Spalt weit offene Fenster. Der Schneefall wurde zum Blizzard, der Wind wirbelte Schneewolken auf, die im Scheinwerferlicht funkelnd über die Fahrbahn stoben. Die riesigen, in Schatten gehüllten Kiefern ächzten schwankend im Sturm.

Laura hatte nur noch etwas über 20 Minuten zu leben.

5

Den Vertragsabschluß für ›Die Nächte von Jericho‹ und das ungewöhnlich harmonisch verlaufene erste Ehejahr feierten sie, indem sie ihren Hochzeitstag in Disneyland verbrachten, das sie beide liebten. Der Himmel war wolkenlos blau, die Luft heiß und trokken. Ohne sich von dem sommerlichen Massenansturm stören zu lassen, fuhren sie mit Karibikpiraten, ließen sich mit Mickymaus fotografieren, von einem Karikaturisten zeichnen, aßen Hot Dogs, Eiscreme und gefrorene Bananen mit Schokoladeguß und tanzten abends zur Musik einer Dixie-Band auf dem New Orleans Square.

Nach Einbruch der Dunkelheit wurde der Vergnügungspark erst recht zu einem Zauberland, und sie umfuhren zum drittenmal, eng umschlungen an der Reling auf dem Oberdeck stehend, mit dem Schaufelraddampfer Tom Sawyers Insel. »Weißt du, weshalb Disneyland uns so gut gefällt?« fragte Danny. »Weil es von dieser Welt ist, aber trotzdem nicht von ihr verdorben.«

Als sie später am Carnation-Pavillon an einem Tisch unter Bäumen mit weißen Lichterketten Eis mit Früchten aßen, meinte Laura nachdenklich: »Fünfzehntausend Dollar für ein Jahr Arbeit ... nicht gerade ein Vermögen.«

»Aber auch kein Hungerlohn.« Danny schob seinen Eisbecher beiseite, beugte sich nach vorn, schob auch Lauras Eis zur Seite und griff nach ihrer Hand. »Du machst bestimmt viel Geld, weil du brillant bist, aber mir geht's nicht um Geld, mir geht's darum, daß du etwas Besonderes hast, das du mit mir teilst. Nein, das ist nicht ganz, was ich meine. Du *hast* nicht nur etwas Besonderes, du *bist* etwas Besonderes. Und obwohl ich's nicht recht erklären kann, weiß ich, daß dein *Wesen* anderen Menschen, denen du dich mitteilst, ebensoviel Freude und Hoffnung bringen kann wie mir.«

In ihren Augen standen plötzlich Tränen. »Ich liebe dich«, flüsterte sie.

›Die Nächte von Jericho‹ erschienen zehn Monate später – im Mai 1979. Danny hatte darauf bestanden, daß Laura ihren Mädchennamen benützte, weil er wußte, daß sie in den schlimmen Jahren im McIllroy Home und in Caswell Hall stets ein Ziel vor Augen gehabt hatte: das Vermächtnis ihres Vaters, und vielleicht auch ihrer Mutter, die sie nie gekannt hatte, zu erfüllen: erwachsen zu werden und Erfolg zu haben. Der Roman verkaufte sich mäßig gut, wurde von keinem Buchklub ins Programm genommen, aber für eine geringe Lizenzgebühr von einem Taschenbuchverlag erworben.

»Das spielt keine Rolle«, versicherte Danny ihr. »Erfolg braucht Zeit. Er kommt, weil du bist, was du *bist.*«

Inzwischen arbeitete Laura längst an ›Shadrach‹, ihrem zweiten Roman. Sie schrieb an sechs Tagen in der Woche je zehn Stunden lang und wurde im Juli mit dem Buch fertig.

An einem Freitag schickte sie eine Kopie an Spencer Keene in New York ab und gab Danny das Original. Er sollte ihren Roman als erster lesen. Er hörte an diesem Tag früher zu arbeiten auf, begann gegen 13 Uhr in seinem Sessel im Wohnzimmer zu lesen, zog dann ins Schlafzimmer um, schlief nur vier Stunden und hatte, als er am Samstagmorgen schon um acht Uhr wieder in seinem Sessel saß, bereits zwei Drittel des Typoskripts gelesen. Aber er war nicht bereit, darüber zu sprechen. »Erst wenn ich fertig bin. Es wäre dir gegenüber unfair, ein Urteil abzugeben, bevor ich weiß, worauf du hinauswillst, und es wäre auch mir gegenüber unfair, weil du mir bei einer Diskussion bestimmt irgendwas von der weiteren Handlung verraten würdest.«

Laura beobachtete ihn zwischendurch heimlich, um zu sehen, ob er die Stirn runzelte, lächelte oder sonstwie auf die Story reagierte, und wenn er reagierte, fürchtete sie, es könnte eine *falsche* Reaktion sein. Um 10.30 Uhr hielt sie es zu Hause nicht mehr aus, fuhr zur South Coast Plaza, schmökerte in Buchhandlungen, aß früh zu Mittag, obwohl sie gar keinen Hunger hatte, fuhr zur Westminster Mall, machte einen Schaufensterbummel, aß ein Joghurteis, fuhr zur Orange Mall weiter, sah sich in einigen Boutiquen um, kaufte Fondants und aß die Hälfte davon. »Ab nach Hause, Shane«, sagte sie zu sich, »sonst siehst du abends wie ein Double von Orson Welles aus!«

In der Tiefgarage der Wohnanlage sah sie, daß Dannys Wagen

nicht da war. Als sie die Wohnung betrat, rief sie seinen Namen, ohne eine Antwort zu bekommen.

Das Typoskript von ›Shadrach‹ lag auf dem Eßtisch.

Laura sah sich nach einer kurzen Mitteilung Dannys um. Sie fand keine.

»Großer Gott!« sagte sie.

Ihr Buch war miserabel. Es war schaurig schlecht. Es war eine Katastrophe. Der arme Danny war irgendwo hingegangen, um sich mit einem Bier Mut anzutrinken, damit er imstande wäre, ihr zu raten, sie solle Installateur lernen, solange sie noch jung genug für einen neuen Beginn sei.

Laura hatte das Gefühl, sich übergeben zu müssen. Sie hastete ins Bad, aber ihre Übelkeit klang wieder ab. Sie wusch sich das Gesicht mit kaltem Wasser.

Ihr neuer Roman war eine Katastrophe.

Gut, damit mußte sie eben leben. Sie hatte geglaubt, ›Shadrach‹ sei weit besser als ›Jericho‹, aber das war offenbar ein Irrtum gewesen. Also würde sie ein drittes Buch schreiben.

Laura ging in die Küche und öffnete ein Coors. Sie hatte kaum zwei Schlucke davon getrunken, als Danny heimkam mit einem Geschenkkarton, in dem ein Basketball Platz gehabt hätte. Er stellte ihn auf den Eßtisch neben das Manuskript und warf Laura einen ernsten Blick zu. »Das ist für dich.«

Sie ignorierte den Geschenkkarton. »Sag's mir!«

»Erst mußt du dein Geschenk auspacken.«

»Mein Gott, ist das Buch so schlecht? So mies, daß du den Schlag mit einem Geschenk abmildern mußt? Sag mir die Wahrheit! Ich halte alles aus. Augenblick!« Laura zog sich einen Stuhl heran und setzte sich. »Jetzt kannst du loslegen! Mich wirft nichts mehr um.«

»Dein Sinn fürs Dramatische ist überentwickelt, Laura.«

»Was soll das heißen? Daß mein Buch melodramatisch ist?«

»Nicht das Buch. Du. Zumindest in diesem Augenblick. Hörst du bitte endlich auf, die am Boden zerstörte Jungautorin zu spielen, und machst dein Geschenk auf?«

»Schon gut, schon gut, wenn ich mir das Geschenk ansehen muß, bevor du redest, mache ich eben das verdammte Geschenk auf!«

Sie hob den schweren Karton auf die Knie und riß das Geschenkband ab, während Danny sich ihr gegenübersetzte und sie beobachtete.

Obwohl der Karton aus einer teuren Geschenkboutique stammte, war Laura nicht auf seinen Inhalt gefaßt: eine riesige, prachtvolle Lalique-Schale aus klarem Glas mit zwei Handgriffen, die aus je zwei hüpfenden grünen Rauchkristallkröten bestanden.

Laura sah mit großen Augen auf. »So was Schönes hab' ich noch nie gesehen, Danny!«

»Sie gefällt dir also?«

»Mein Gott, wieviel hat sie gekostet?«

»Dreitausend.«

»Das können wir uns nicht leisten, Danny!«

»Doch, das können wir.«

»Nein, das können wir wirklich nicht. Nur weil ich ein miserables Buch geschrieben habe und du mich trösten willst ...«

»Du hast kein miserables Buch geschrieben. Du hast ein krötenwürdiges Buch geschrieben. Ein Vierkrötenbuch, wobei vier die höchsterreichbare Stufe ist. Diese Schale können wir uns genau deshalb leisten, weil du ›Shadrach‹ geschrieben hast. Dein neuer Roman ist ausgezeichnet, Laura, weit besser als dein erster. Dieses Buch ist, was du *bist,* und es leuchtet.«

In ihrer Aufregung und weil sie es so eilig hatte, ihn zu umarmen, hätte sie die Dreitausenddollarschale beinahe fallen lassen.

6

Die Fahrbahn verschwand jetzt unter einer dünnen Neuschneedecke. Der Jeep hatte Allradantrieb und Schneeketten, so daß Stefan trotz der schlechten Straßenverhältnisse einigermaßen schnell vorankam.

Aber nicht schnell genug.

Nach seiner Schätzung war das Restaurant, vor dem er den Jeep gestohlen hatte, rund 20 Kilometer vom Haus der Packards entfernt, das einige Kilometer südlich von Big Bear nahe der Staatsstraße 330 stand. Die schmalen Bergstraßen waren kurvenreich und wiesen starke Steigungen und Gefällestrecken auf. Im Schneesturm war die Sicht so schlecht, daß seine Durchschnittsgeschwindigkeit bestenfalls 60 Stundenkilometer betrug. Er durfte jedoch nicht schneller fahren, denn Laura, Danny und Chris hatten überhaupt nichts davon, wenn er die Kontrolle über den Jeep verlor, von der Straße abkam und in den Tod stürzte. Bei dieser Geschwindigkeit würde er ihr Haus jedoch frühestens zehn Minuten nach ihrer Abfahrt erreichen.

Ursprünglich hatte er sie zu Hause festhalten wollen, bis die Gefahr vorüber war. Dieses Vorhaben ließ sich jetzt nicht mehr verwirklichen.

Der Januarhimmel schien von der Schneelast so tief herabgedrückt zu werden, daß es aussah, als berühre er die Wipfel der auf beiden Seiten der Straße aufragenden Baumriesen. Sturmböen schüttelten die Bäume und ließen selbst den Jeep erzittern. Schnee setzte sich an den Scheibenwischern fest und wurde rasch zu Eis. Stefan stellte die höchste Stufe der Scheibenheizung an und beugte sich nach vorn, um besser durch die unzulänglich von Eis und Schnee freigehaltene Scheibe sehen zu können.

Beim nächsten Blick auf seine Uhr stellte er fest, daß ihm weniger als eine Viertelstunde Zeit blieb. Laura, Danny und Chris stiegen jetzt in ihren Chevrolet Blazer. Vielleicht rollte der Wagen bereits aus der Einfahrt.

Er würde sie in letzter Sekunde vor dem Tod auf der Straße abfangen müssen.

Stefan bemühte sich, etwas mehr Geschwindigkeit aus dem Jeep herauszuholen, ohne aus einer Kurve getragen zu werden und in einen Abgrund zu stürzen.

7

Am 15. August 1979, fünf Wochen nach dem Tag, an dem Danny ihr die Lalique-Schale geschenkt hatte, stand Laura mittags in der Küche und machte sich eine Dose Hühnersuppe heiß, als ihr New Yorker Agent Spencer Keene anrief. Viking waren von ›Shadrach‹ ganz begeistert und boten hunderttausend.

»*Dollar?*« fragte Laura.

»Natürlich Dollar«, sagte Spencer. »Denken Sie etwa Rubel? Was würden Sie *dafür* kriegen – vielleicht 'ne Pelzmütze?«

»O Gott.« Sie mußte sich festhalten, weil sie plötzlich weiche Knie hatte.

»Laura, meine Liebe«, fuhr Spencer fort, »Sie müssen wissen, was am besten für Sie ist, aber wenn Viking nicht bereit sind, die hunderttausend als ihr Mindestangebot bei einer Auktion stehenzulassen, möchte ich Ihnen raten, dieses Angebot abzulehnen.«

»Hunderttausend Dollar ablehnen?« fragte sie ungläubig.

»Ich möchte das Manuskript an sechs, acht weitere Verlage schicken, einen Versteigerungstag festsetzen und abwarten, was dann passiert. Ich kann mir *vorstellen,* was passieren wird, Laura, weil ich glaube, daß allen das Buch so gut gefallen wird wie mir. Andererseits ... vielleicht auch nicht. Das ist eine schwierige Entscheidung, die Sie nur nach reiflicher Überlegung treffen sollten.«

Sobald Spencer aufgelegt hatte, rief Laura Danny im Büro an und berichtete ihm von dem Angebot.

»Wenn sie kein Mindestgebot daraus machen wollen, würde ich an deiner Stelle ablehnen«, riet er ihr.

»Aber können wir uns das leisten, Danny? Ich meine, mein Wagen ist elf Jahre alt und fällt fast auseinander. Und deiner ist schon fast vier Jahre alt ...«

»Hör zu: Was habe ich dir über dieses Buch gesagt? Habe ich dir nicht erklärt, daß *du* dieses Buch bist, daß es ein Spiegel deiner selbst ist?«

»Das ist lieb von dir, aber ...«

»An deiner Stelle würde ich das Angebot ablehnen. Hör zu, Laura, du glaubst natürlich, daß es eine Verhöhnung aller Schicksalsgötter bedeutet, hundert Mille abzulehnen – daß du ihren Zorn damit geradezu herausforderst. Aber du hast dir diesen großen Erfolg *verdient,* und das Schicksal wird dich nicht darum betrügen.«

Laura rief Spencer Keene an und teilte ihm ihre Entscheidung mit.

Nervös, aufgeregt und den 100 000 Dollar bereits nachtrauernd ging sie in ihr Arbeitszimmer zurück, setzte sich an die Schreibmaschine und starrte die unfertige Kurzgeschichte eine Zeitlang an, bis ein starker Geruch nach Hühnersuppe sie daran erinnerte, daß sie die Herdplatte eingeschaltet gelassen hatte. Laura hastete in die Küche und stellte fest, daß die Suppe bereits zu drei Vierteln verkocht und der Topfboden mit festgebrannten Nudeln bedeckt war.

Um 14.10 Uhr – 17.10 Uhr New Yorker Zeit – rief Spencer erneut an, um zu berichten, daß Viking damit einverstanden seien, die 100 000 Dollar als Mindestgebot stehen zu lassen. »Weniger als hundert Mille können Sie also mit ›Shadrach‹ nicht verdienen. Ich habe die Auktion für den 26. September angesetzt. Ihr Buch wird ein Renner, Laura, das spüre ich!«

Für den Rest des Nachmittags versuchte sie, sich darüber zu freuen, aber ihre Befürchtungen blieben. Unabhängig davon, was bei der Versteigerung passierte, war ›Shadrach‹ bereits ein großer Erfolg. Laura hatte keinen Grund zur Angst, konnte ihre Befürchtungen aber trotzdem nicht abschütteln.

Danny kam an diesem Tag mit einem Rosenstrauß, einer Flasche Champagner und einer Schachtel Godiva-Pralinen nach Hause. Sie saßen auf dem Sofa, tranken den Champagner, knabberten Pralinen und sprachen über die in hellem Glanz vor ihnen liegende Zukunft. Die Ängste blieben.

»Ich will weder Rosen, noch Champagner, noch Pralinen, noch hunderttausend Dollar, sondern dich«, sagte sie schließlich. »Komm, wir gehen ins Bett, Danny.«

Sie liebten sich lange. Die Spätsommersonne ging vor den Schlafzimmerfenstern unter und wurde von einer sternenklaren Nacht abgelöst, bevor sie sich widerstrebend voneinander trennten. In der Dunkelheit neben Laura liegend, küßte Danny zärtlich ihre Brüste, ihre Kehle, ihre Augen und zuletzt ihre Lippen. Sie spürte, daß ihre Ängste verflogen waren. Vertrauliche Intimität, das Wissen, geliebt zu werden, und das Bewußtsein gemeinsamer Hoffnungen und Träume und Lebenspfade waren die eigentliche Medizin gewesen: Das große, gute Gefühl, eine *Familie* zu sein, das sie mit Danny gemeinsam hatte, war ein Talisman gegen alle Unbilden des Schicksals.

Den 26. September, einen Mittwoch, nahm Danny sich frei, um bei Laura zu sein, wenn die Meldungen aus New York eingingen.

Um 7.30 Uhr – 10.30 Uhr New Yorker Zeit – rief Spencer Keene an, um zu berichten. Random House habe das erste höhere Angebot abgegeben. »Hundertfünfundzwanzigtausend Dollar. Und damit geht's erst los!«

Zwei Stunden später rief Spencer erneut an. »Jetzt sind alle beim Mittagessen, deshalb herrscht im Augenblick eine Flaute. Wir sind bei dreihundertfünfzigtausend – und sechs Verlage bieten noch mit.«

»Dreihundertfünfzigtausend?« wiederholte Laura.

Danny, der in der Küche das Frühstücksgeschirr abwusch, ließ einen Teller fallen.

Als sie den Hörer auflegte und zu Danny aufsah, fragte er grinsend: »Täusche ich mich, oder geht's dabei um das Buch, das du für großen Mist gehalten hast?«

Als sie viereinhalb Stunden später am Eßtisch saßen und vorgaben, sich auf eine Partie Rommé zu konzentrieren, wobei ihre Unaufmerksamkeit sich durch ihre Unfähigkeit verriet, die gewonnenen Punkte halbwegs richtig zusammenzuzählen, rief Spencer Keene wieder an. Danny folgte Laura in die Küche, um wenigstens zu hören, was sie sagte.

»Sitzen Sie gut, Schätzchen?« erkundigte Spencer sich.

»Ich bin bereit, Spencer. Ich brauche keinen Stuhl. Los, raus mit der Sprache!«

»Simon and Schuster haben den Zuschlag bekommen. Eine Million zweihundertfünfundzwanzigtausend Dollar.«

Laura war wie vor den Kopf geschlagen. Sie sprach weitere zehn Minuten mit Spencer, und als sie auflegte, wußte sie kaum noch, worüber sie sich nach der Nennung des Preises unterhalten hatten. Danny starrte sie erwartungsvoll an, bis ihr klar wurde, daß er nicht wußte, was sich ereignet hatte. Sie nannte ihm den Namen des Verlags und den erzielten Preis.

Die beiden starrten sich sekundenlang sprachlos an.

»Jetzt können wir uns ein Baby leisten, glaube ich«, sagte Laura schließlich.

8

Stefan kam über den letzten Hügel und hatte die knapp einen Kilometer lange verschneite Gefällestrecke vor sich, auf der es passieren würde. Über der nach Süden führenden Fahrbahn links von ihm stieg ein bewaldeter Steilhang auf. In Gegenrichtung war die Straße rechts lediglich von einem schmalen Bankett begrenzt, unter dem das Gelände in eine Schlucht abfiel. Auf diesem Straßenstück fehlten Leitplanken, die einen Sturz in die Tiefe hätten verhindern können.

Am Ende der Gefällestrecke verschwand die Straße in einer Linkskurve. Auf dem zweispurigen Stück zwischen der Hügelkuppe, über die Stefan eben gekommen war, und der Kurve unten war gegenwärtig kein Wagen unterwegs.

Nach seiner Uhr hatte Laura noch ungefähr eine Minute zu leben. Höchstens zwei.

Plötzlich wurde ihm klar, daß er nicht hätte versuchen sollen, den Packards entgegenzufahren, nachdem er sich wider Erwarten verspätet hatte. Anstatt sich zu bemühen, sie aufzuhalten, hätte er versuchen sollen, das Fahrzeug der Robertsons an einer geeigneten Stelle der Straße nach Arrowhead zu identifizieren und anzuhalten.

Dafür war's jetzt zu spät.

Stefan hatte keine Zeit mehr, zu wenden und zurückzufahren, durfte auch nicht riskieren, den Packards weiter entgegenzufahren. Er wußte nicht genau, an welcher Stelle sie verunglücken würden – nicht auf die Sekunde genau –, aber die Katastrophe stand unmittelbar bevor. Falls er weiterfuhr und versuchte, Laura, Danny und Chris vor dieser Gefällestrecke anzuhalten, konnte es geschehen, daß sie unten in der Kurve an ihm vorbeifuhren. Dann würde er sie nicht mehr aufhalten können, bevor das von oben kommende Fahrzeug der Robertsons frontal mit ihnen zusammenstieß.

Er bremste vorsichtig, lenkte über beide Fahrspuren nach links und brachte den Jeep etwa auf halbem Gefälle so dicht am Rande des Felshangs zum Stehen, daß die Fahrertür sich nicht mehr öffnen ließ. Sein Herz klopfte zum Zerspringen, als er den Rückwärtsgang einlegte, die Handbremse anzog, den Motor abstellte, über den Sitz rutschte und rechts ausstieg.

Eiskalte Luft und Schneegestöber zerstachen seine Haut mit tausend Nadeln, der Sturm kreischte und heulte mit vielen Stimmen durch die Berge – vielleicht mit den Stimmen der drei Schicksalsgöttinnen der griechischen Mythologie, die über seinen Versuch spotteten, das von ihnen Beschlossene zu ändern.

9

Auf Vorschlag des Lektorats machte Laura sich an eine keinerlei Mühe bereitende Überarbeitung von ›Shadrach‹ und lieferte die Endfassung ihres Romans Mitte Dezember 1979 ab. Bei Simon and Schuster sollte das Buch dann im September 1980 erscheinen.

Laura und Danny waren in diesem Jahr so beschäftigt, daß sie das Geiseldrama im Iran und den Präsidentschaftswahlkampf nur am Rande mitbekamen und noch weniger auf die Vielzahl von Bränden, Flugzeugabstürzen, Giftunfällen, Massenmorden, Überschwemmungen, Erdbeben und anderen Tragödien achteten, von denen die Medien berichteten. Dies war das Jahr, in dem das Kaninchen einging. Dies war das Jahr, in dem Danny und sie sich ihr erstes Haus kauften – einen wahren Traum im spanischen Stil mit vier Schlafzimmern und zwei Bädern in Orange Park Acres – und aus dem Apartment in Tustin auszogen. Laura begann ›Die goldene Klinge‹ zu schreiben, ihren dritten Roman, und als Danny sie eines Tages fragte, wie es ginge, sagte sie: »Die reinste Affenscheiße!«, und Danny sagte: »Großartig!« Als sie einen weiteren beachtlichen Scheck für die Filmrechte von ›Shadrach‹ erhielt, die die MGM gekauft hatte, kündigte Danny zum 1. September bei seiner Maklerfirma und wurde Lauras hauptberuflicher Vermögensverwalter. Am 21. September – drei Wochen nach Verkaufsbeginn – erschien ›Shadrach‹ auf Platz 12 der Bestsellerliste der ›New York Times‹. Als Laura am 5. Oktober 1980 Christopher Robert Packard auf die Welt brachte, wurde ›Shadrach‹ in dritter Auflage verkauft, stand in der ›Times‹ unangefochten auf Platz acht und wurde in der Literaturbeilage dieser Ausgabe ›sagenhaft gut‹ besprochen, wie Spencer Keene es ausdrückte.

Der Junge erblickte das Licht der Welt um 14. 23 Uhr, wobei seine Mutter weit mehr Blut verlor, als bei Geburten sonst üblich. Laura, deren Blutungen unter starken Schmerzen weitergingen, erhielt bis zum Abend insgesamt drei Bluttransfusionen. Sie verbrachte jedoch eine bessere Nacht als erwartet, und war am Morgen schwach und übernächtigt, aber offensichtlich außer Lebensgefahr.

Am nächsten Tag erschien Thelma Ackerson während der Besuchszeit, um Mutter und Kind zu sehen. Noch immer im Punkerstil gekleidet und mit ihrer Frisur der Zeit voraus – links langes Haar mit einer weißen Strähne wie Frankensteins Braut, rechts kurzes Haar ohne Strähne –, kam sie in Lauras Privatzimmer gerauscht, steuerte als erstes auf Danny zu, umarmte ihn und rief aus: »Mein Gott, bist du groß! Bestimmt ein Mutant. Gib's zu Pakkard, deine Mutter war vielleicht ein Mensch, aber dein Vater muß ein Grizzlybär gewesen sein.« Sie trat an das Bett, in dem Laura in drei Kissen gelehnt lag und küßte sie auf beide Wangen. »Ich bin rasch an der Säuglingsabteilung vorbeigegangen und habe mir Christopher Robert durchs Fenster angesehen. Er ist süß! Aber ich glaube, daß du all die Millionen, die du mit deinen Büchern verdienst, brauchen wirst, Kleine, denn der Junge wird seinem Vater nachschlagen – und du wirst dreißigtausend im Monat brauchen, um ihn durchzufüttern. Wahrscheinlich knabbert er eure Möbel an, bis du ihn halbwegs erzogen hast.«

»Ich freue mich, daß du gekommen bist, Thelma«, sagte Laura.

»Hätte ich mir *das* entgehen lassen sollen? Na gut, wenn ich in einem der Mafia gehörenden Club in Bayonne, New Jersey, aufzutreten hätte und vertragsbrüchig werden müßte, um herfliegen zu können, würd ich's mir vielleicht überlegen, denn diese Kerle schneiden dir die Daumen ab, wenn du Verträge brichst. Aber ich war westlich des Mississippi, als ich gestern abend davon hörte, und nur ein Atomkrieg oder ein Rendezvous mit Paul McCartney hätten mich davon abhalten können, dich zu besuchen.«

Vor fast zwei Jahren war Thelma endlich im ›Improv‹ auf die Bühne gekommen – und hatte Erfolg gehabt. Sie hatte einen Agenten gefunden, der ihr Engagements in schäbigen drittklassigen – später zweitklassigen – Clubs in ganz Amerika vermittelte. Laura und Danny waren zweimal nach Los Angeles gefahren, um sie live zu erleben, und hatten sich köstlich amüsiert. Thelma schrieb ihre Texte selbst und trug sie auf die komische Art vor, die sie schon als Kind beherrscht und seither noch verfeinert hatte. Ihr Vortrag hatte etwas Ungewöhnliches an sich, etwas, das sie zum Star machen oder zur Erfolglosigkeit verdammen konnte: eine unterschwellig spürbare Melancholie, ein Gefühl für die Tragik des Lebens, das aller Humor nicht überdecken konnte. Tatsächlich war dies eine Parallele zu der Grundhaltung von Lauras Romanen, aber was Lesern gefiel, brauchte Zuhörern, die herzhaft lachen wollten, noch lange nicht zu gefallen.

Jetzt beugte Thelma sich erneut über Laura und betrachtete sie prüfend. »He, du siehst blaß aus«, stellte sie fest. »Und diese Ringe unter den Augen ...«

»Thelma, Liebste, ich zerstöre deine Illusionen nur ungern, aber ein Baby wird nicht wirklich vom Storch gebracht. Die Mutter muß es selbst gebären – und das ist Schwerarbeit.«

Thelma musterte sie erneut und starrte danach ebenso forschend Danny an, der auf die andere Bettseite getreten war und Lauras Hand hielt. »Was ist hier nicht in Ordnung?«

Laura seufzte, verzog schmerzlich das Gesicht und veränderte ihre Stellung. »Siehst du?« sagte sie zu Danny. »Ich hab' dir gesagt, daß sie ein Bluthund ist.«

»Es ist keine leichte Schwangerschaft gewesen, stimmt's?« fragte Thelma.

»Die Schwangerschaft ist nicht weiter schwierig gewesen«, antwortete Laura. »Dafür die Geburt um so mehr.«

»Du bist nicht ... fast gestorben oder so was, Shane?«

»Nein, nein, nein«, wehrte Laura ab und spürte, wie Danny ihre Hand fester umklammerte. »Nichts so Dramatisches. Wir haben von Anfang an gewußt, daß es gewisse Schwierigkeiten geben würde, aber wir haben den besten Arzt gefunden, der alles penibel überwacht hat. Aber ich ... kann keine Kinder mehr bekommen, weißt du. Christopher ist unser letztes.«

Thelma schaute zu Danny hinüber, bevor sie sich an Laura wandte und leise sagte: »Oh, das tut mir leid.«

»Halb so schlimm«, wehrte Laura mit gezwungenem Lächeln ab. »Wir haben den kleinen Chris, der wunderhübsch ist.«

Alle drei schwiegen verlegen, bis Danny feststellte: »Ich habe noch nicht zu Mittag gegessen und bin fast verhungert. Wenn ihr nichts dagegen habt, verschwinde ich für eine halbe Stunde nach unten in den Coffee Shop.«

Als er das Zimmer verlassen hatte, lächelte Thelma wissend. »Er ist nicht wirklich hungrig, stimmt's? Er hat nur gemerkt, daß wir Mädels ungestört miteinander schwatzen wollen.«

Laura lächelte. »Er ist ein lieber Kerl.«

Thelma klappte das Bettgitter auf der linken Seite herab. »Ich schüttle nicht deine Innereien durcheinander, wenn ich mich hier neben dich setze, oder?« fragte sie. »Du fängst nicht plötzlich an, mich mit Blut zu besudeln, Shane?«

»Ich will mich bemühen, es nicht zu tun.«

Thelma setzte sich auf die Kante des hohen Krankenhausbetts und ergriff mit beiden Händen Lauras rechte Hand. »Hör zu, ich habe ›Shadrach‹ gelesen und finde den Roman verdammt gut. Er verkörpert genau das, was alle Schriftsteller wollen und so selten erreichen.«

»Danke, Thelma. Du bist süß.«

»Nein, ich bin abgebrüht, zynisch und eisenhart. Hör zu, das mit dem Buch ist mein Ernst. Es ist brillant. Ich habe die alte Kuh Bowmaine darin erkannt – und natürlich Tammy. Und Boone, den

Psychologen vom Jugendamt. Alle unter anderem Namen, aber ich habe sie wiedererkannt. Du hast die treffend charakterisiert, Shane. Mein Gott, manchmal hat alles so lebendig vor mir gestanden, daß mir ein kalter Schauer über den Rücken gelaufen ist und ich das Buch weglegen und einen Spaziergang in der Sonne machen mußte. Und manchmal habe ich schallend lachen müssen.«

Laura schmerzten alle Muskeln, alle Gelenke. Sie hatten nicht einmal die Kraft, sich aufzurichten und ihre Freundin zu umarmen. Deshalb sagte sie nur: »Ich liebe dich, Thelma.«

»Den Weißen Aal hast du natürlich weggelassen.«

»Den habe ich mir für ein anderes Buch aufgehoben.«

»Und mich, verdammt noch mal! Ich komme nicht in deinem Buch vor, obwohl ich die originellste Persönlichkeit bin, die du je kennengelernt hast!«

»Dich habe ich mir für ein eigenes Buch aufgehoben«, sagte Laura.

»Im Ernst?«

»Ja. Nicht fürs nächste, aber fürs übernächste.«

»Hör zu, Shane, mach mich *bildhübsch,* sonst verklage ich dich auf Schadenersatz in Millionenhöhe. Kapiert?«

»Ich habe verstanden.«

Thelma biß sich auf die Unterlippe. »Willst du dann auch ...«

»Ja, Ruthie wird auch darin vorkommen.«

Sie blieben eine Zeitlang schweigend sitzen und hielten sich an den Händen.

Laura standen Tränen in den Augen, aber sie sah, daß ihre Freundin ebenfalls gegen die Tränen ankämpfte. »Nicht, Thelma! Sonst zerfließt dein schönes Punker-Augen-make-up.«

Thelma hob einen Fuß bis in Höhe der Bettkante. »Sind das nicht ausgefallene Stiefel? Schwarzes Leder, spitz zulaufend, hohe Absätze und Zierketten. Damit sehe ich wie 'ne gottverdammte Domina aus, stimmt's?«

»Als du vorhin reingekommen bist, habe ich mich als erstes gefragt, wie viele Männer du in letzter Zeit ausgepeitscht haben magst.«

Thelma seufzte und zog geräuschvoll hoch. »Hör mir jetzt mal gut zu, Shane. Deine Begabung ist vielleicht wertvoller, als du glaubst. Du bist imstande, das Leben anderer aufs Papier zu bannen, und selbst wenn diese Menschen eines Tages sterben, ist das

Papier noch da – ist ihr *Leben* noch da. Du kannst Gefühle zu Papier bringen, und jeder, der deine Bücher liest, kann diese Gefühle nachempfinden. Du rührst unsere Herzen an; du erinnerst uns daran, was es bedeutet, in einer aufs Verdrängen und Vergessen fixierten Welt menschlich zu sein. Deine Begabung ist ein Lebenszweck, wie ihn nur wenige besitzen. Deshalb ... nun, ich weiß, wie sehr du dir eine Familie gewünschst hast ... drei oder vier Kinder, hast du gesagt ... deshalb weiß ich, wie traurig du jetzt sein mußt. Aber du hast Danny und Christopher und deine erstaunliche Begabung – das ist schon sehr viel!«

Lauras Stimme schwankte. »Manchmal ... habe ich solche Angst.«

»Angst wovor, Baby?«

»Ich wollte eine große Familie, weil ... weil es dann unwahrscheinlicher ist, daß sie mir alle weggenommen werden.«

»Dir wird niemand weggenommen.«

»Wenn ich nur Danny und den kleinen Chris habe ... nur diese beiden ... da könnte irgendwas passieren.«

»Es passiert aber nichts.«

»Dann wäre ich allein.«

»Es passiert aber nichts«, wiederholte Thelma.

»Irgendwas passiert immer. So ist das Leben.«

Thelma rutschte von der Bettkante weiter zur Bettmitte, streckte sich neben ihrer Freundin aus und legte den Kopf an Lauras Schulter. »Als du gesagt hast, es sei eine schwere Geburt gewesen ... als ich gemerkt habe, wie blaß du bist ... hab' ich Angst bekommen. Klar, ich habe Freunde in Los Angeles, aber die sind alle vom Bau. Du bist der einzige *reale* Mensch, der mir nahesteht, selbst wenn wir uns nicht allzu häufig sehen, und die Vorstellung, daß du beinahe ...«

»Ich bin aber nicht.«

»Hätte aber sein können.« Thelma lachte humorlos. »Der Teufel soll's holen, Shane: Wir Waisen können eben nie aus unserer Haut heraus, stimmt's?«

Laura drückte sie an sich und streichelte ihr Haar.

Kurz nachdem Chris seinen ersten Geburtstag gefeiert hatte, lieferte Laura ›Die goldene Klinge‹ ab. Der Roman erschien zehn Monate später, und am zweiten Geburtstag des Jungen stand das Buch auf Platz 1 der Bestsellerliste der ›New York Times‹ – für Laura eine Premiere.

Danny verwaltete Lauras Einkommen mit soviel Geschick, Vorsicht und Scharfsinn, daß sie trotz fast erdrückend hoher Einkommensteuern damit rechnen konnten, binnen weniger Jahre nicht nur reich – reich waren sie nach den meisten Begriffen längst –, sondern schwerreich zu sein. Laura wußte nicht recht, was sie davon halten sollte. Sie hatte nie erwartet, eines Tages reich zu werden. Beim Gedanken an ihre beneidenswerten Vermögensverhältnisse hätte sie vielleicht freudig erregt oder – angesichts des Elends auf der Welt – entsetzt sein müssen, aber das viele Geld berührte sie kaum. Die materielle Sicherheit war willkommen, sie schuf Zuversicht. Aber Danny und Laura dachten nicht daran, aus ihrem hübschen Haus auszuziehen, obwohl sie sich einen Landsitz hätten leisten können. Das Geld war *da*, basta, und Laura dachte nicht weiter darüber nach. Das Leben bestand nicht aus Geldverdienen; ihr Leben bestand aus Danny und Chris und natürlich auch ihren Büchern.

Mit einem Kleinkind im Haus konnte und wollte Laura nicht mehr sechzig Stunden pro Woche vor ihrem PC sitzen. Chris lernte sprechen und laufen und ließ nichts von der Launenhaftigkeit und Aufsässigkeit erkennen, die Elternratgeber als normales Verhalten Zwei- bis Dreijähriger beschrieben. Er war ein lieber, aufgeweckter, wißbegieriger Junge, und Laura verbrachte möglichst viel Zeit mit ihm, ohne befürchten zu müssen, ihn dadurch zu verziehen.

›Die erstaunlichen Appelby-Zwillinge‹, Lauras viertes Buch, erschien erst im Oktober 1984 – zwei Jahre nach ›Der goldenen Kinge‹. Das Leserecho war keineswegs geringer, wie es manchmal der Fall ist, wenn ein Autor nicht jedes Jahr ein neues Buch schreibt. Die Vorbestellungen lagen höher als bei ihren bisherigen Titeln.

Am 10. Oktober saßen Laura, Danny und Chris auf den Sofas im Wohnzimmer, sahen auf Video alte Road-Runner-Cartoons an – »Brumm, brumm!« sagte Christopher jedesmal, wenn Road Runner blitzartig davonschoß – und aßen Popcorn, als Thelma in Tränen aufgelöst aus Chicago anrief. Laura nahm den Hörer in der Küche ab, aber auf dem Fernsehschirm nebenan versuchte der belagerte Kojote seinen Verfolger in die Luft zu sprengen und jagte sich dabei selbst in die Luft, so daß Laura sagte: »Danny, ich spreche lieber vom Arbeitszimmer aus.«

In den vier Jahren seit Christophers Geburt hatte Thelma Karriere gemacht und war in mehreren großen Spielkasinos in Las Vegas aufgetreten. (»He, Shane, ich muß ziemlich gut sein, denn obwohl die Serviererinnen halbnackt sind und viel Busen und Po zeigen, sehen die Kerle im Publikum manchmal tatsächlich mich an. Andererseits bin ich vielleicht nur für Schwule attraktiv.«) Im vergangenen Jahr war sie im MGM Grand im Hauptsaal aufgetreten, um das Publikum auf Dean Martin einzustimmen, und viermal zu Johnny Carsons ›Tonight Show‹ eingeladen worden. Es gab ein Filmprojekt oder sogar Pläne für eine eigene Fernsehserie, und Thelma schien kurz davor zu stehen, als Komödiantin ein Star zu werden. Im Augenblick war sie in Chicago, wo sie demnächst in einem bekannten Club als Hauptattraktion auftreten sollte.

Vielleicht war die lange Reihe positiver Ereignisse in Thelmas und ihrem eigenen Leben schuld daran, daß Laura sofort in Panik geriet, als sie Thelma schluchzen hörte. Sie ließ sich in den Sessel hinter dem Schreibtisch fallen und griff mit zitternder Hand nach dem Telefonhörer. »Thelma? Was ist los, was hast du, was ist passiert?«

»Ich habe gerade ... dein neues Buch gelesen.«

Da Laura sich nicht vorstellen konnte, weshalb Thelma auf die ›Appleby-Zwillinge‹ so betroffen reagieren sollte, fragte sie sich jetzt, ob ihre Charakterisierung der Zwillinge Carrie und Sandra Appleby irgendwie kränkend gewesen sein mochte. Obwohl keine der geschilderten Episoden aus Ruthies und Thelmas Leben stammte, waren die Applebys natürlich eine Kopie der Ackerson-Zwillinge. Beide waren liebevoll und mit viel Humor gezeichnet; ihre Darstellung enthielt bestimmt nichts für Thelma Beleidigendes, und Laura versuchte in ihrer Panik, ihre besten Absichten zu beteuern.

»Nein, nein, Shane, du hoffnungsloser Dummkopf!« sagte Thelma schluchzend. »Ich bin *nicht* beleidigt. Ich muß bloß heulen, weil dir was Wundervolles gelungen ist. Carrie Appleby ist Ruthie, wie ich sie gekannt habe, aber in deinem Buch läßt du Ruthie lange leben. Du läßt Ruthie weiterleben, Shane, und leistest damit weit bessere Arbeit als Gott im richtigen Leben.«

Sie sprachen noch fast eine Stunde miteinander – vor allem über Ruthie, jetzt nicht mehr unter Tränen, tauschten Erinnerungen über sie aus. Danny und Chris erschienen mehrmals etwas ratlos an der offenen Tür des Arbeitszimmers, aber Laura warf ihnen lediglich Kußhände zu und telefonierte weiter, denn dies war einer jener seltenen Fälle, wo Erinnerungen an eine Tote wichtiger waren als die Bedürfnisse der Lebenden.

Zwei Wochen vor Weihnachten 1985, als Chris fünf war, begann in Südkalifornien die Regenzeit mit einem Platzregen, der Palmenwedel wie Knochen klappern ließ, die letzten Blüten von den Geranien schlug und Straßen überflutete. Chris konnte nicht im Freien spielen. Sein Vater war unterwegs, um Immobilien zu besichtigen, die eine gute Geldanlage sein konnten, und der Junge hatte keine Lust, sich allein zu beschäftigen. Er kam mit allen möglichen Ausreden zu Laura, die daraufhin um 14 Uhr den Versuch aufgab, an ihrem gegenwärtigen Roman zu arbeiten. Sie schickte ihn in die Küche, damit er die Backbleche aus dem Schrank hole, und versprach ihm, er dürfe ihr helfen, Plätzchen mit Schokoladestreusel zu backen.

Bevor sie nach unten ging, holte sie Sir Keith Kröterichs breite Stiefel, den winzigen Regenschirm und seinen karierten Schal aus der Kommode im Schlafzimmer, wo sie auf einen Tag wie diesen gewartet hatten. Auf dem Weg in die Küche ließ Laura sie in der Diele zurück.

Als Laura später ein Blech mit Plätzchen in den Backofen schob, schickte sie Chris zur Haustür, um ihn nachsehen zu lassen, ob der UPS-Paketbote eine Sendung, die sie angeblich erwartete, dort hinterlegt habe. Der Junge kam ganz aufgeregt zurück. »Mami, komm nur, sieh doch!«

In der Diele zeigte er ihr die winzigen Kleidungsstücke, und Laura sagte: »Die gehören Sir Keith, nehme ich an. Oh, habe ich vergessen, dir von unserem neuen Mieter zu erzählen? Ein vornehmer, gebildeter Kröterich aus England, der im Auftrag der Königin hier ist.«

Laura war acht gewesen, als ihr Vater Sir Keith erfunden hatte, und hatte den fabelhaften Kröterich als amüsante Fantasiegestalt akzeptiert. Chris war erst fünf und nahm ihn ernster. »Wo soll er schlafen – im Gästezimmer? Und was ist, wenn Grandpa auf Besuch kommt?«

»Wir haben Sir Keith einen Raum auf dem Dachboden vermietet«, behauptete Laura. »Wir dürfen ihn dort nicht stören oder jemandem außer Daddy von ihm erzählen, weil Sir Keith mit einem *Geheimauftrag* Ihrer Majestät unterwegs ist.«

Chris starrte sie mit großen Augen an, und sie hätte am liebsten gelacht. Er hatte braunes Haar und braune Augen wie seine Eltern, aber das feingeschnittene Gesicht Lauras. Obwohl er noch so klein war, hatte er irgend etwas an sich, das sie vermuten ließ, er werde eines Tages in die Höhe schießen und so groß und athletisch werden wie Danny. Jetzt brachte er seine Lippen an ihr Ohr und flüsterte: »Ist Sir Keith ein Spion?«

Beim Backen, Aufräumen und Kartenspielen am Küchentisch fragte Chris den ganzen Nachmittag lang immer wieder nach Sir Keith, und Laura entdeckte, daß das Erfinden von Kindergeschichten in mancher Beziehung anstrengender war als das Schreiben von Romanen für Erwachsene.

»Hallo, wo steckt ihr?« rief Danny von der Verbindungstür zur Garage aus, als er gegen 16.30 Uhr nach Hause kam.

Chris sprang vom Küchentisch auf, an dem seine Mutter mit ihm Karten gespielt hatte, und legte seinen Zeigefinger auf die Lippen. »Pssst, Daddy, Sir Keith schläft vielleicht gerade, er hat eine lange Reise hinter sich, er ist die Königin von England und spioniert auf unserem Dachboden!«

Danny runzelte die Stirn. »Kaum bin ich ein paar Stunden fort, nisten sich hier bereits schuppige britische Spione ein, die noch dazu Transvestiten sind?«

Nachdem Laura später am Abend im Bett besonders leidenschaftlich gewesen war, fragte Danny: »Was hast du heute? Du bist so ... aufgekratzt, so blendend gelaunt.«

Sie schmiegte sich unter der Decke an ihn und genoß das Gefühl, seinen nackten Körper an sich zu pressen. »Oh, ich weiß auch nicht, es liegt nur daran, daß ich *lebe,* daß Chris lebt, daß du lebst, daß wir zusammen sind. Und die Geschichte mit Sir Keith Kröterich.«

»Die macht dir Spaß.«

»Ja, sie macht mir Spaß. Aber das ist nicht alles. Sie ... nun, sie gibt mir irgendwie das Gefühl, daß das Leben weitergeht, daß es immer weitergeht, daß dieser Zyklus sich wiederholt – klingt verrückt, was? –, und daß das Leben für uns, für uns alle noch lange weitergehen wird.«

»Na ja, wahrscheinlich hast du recht«, stimmte Danny zu. »Außer du bist in Zukunft *jedesmal* so energiegeladen, wenn wir uns lieben – dann bringst du mich nämlich in drei Monaten unter die Erde.«

Im Oktober 1986, als Chris sechs wurde, erschien ›Endloser Fluß‹, Lauras fünfter Roman, und wurde besser besprochen und verkauft als alle ihre früheren Bücher. Ihr Lektor hatte diesen Erfolg vorausgesagt: »Ein typischer Laura-Shane-Roman – humorvoll, spannend und tragisch zugleich –, aber irgendwie nicht so *düster* wie die anderen, was ihn besonders reizvoll macht.«

Seit zwei Jahren waren Laura und Danny wenigstens einmal im Monat mit Chris übers Wochenende zum Lake Arrowhead und nach Big Bear in den San Bernardino Mountains gefahren, damit er lernte, daß die Welt nicht nur aus angenehmen, aber gänzlich urbanisierten und suburbanisierten Wohngebieten wie dem Orange County bestand. Da sie weiterhin als Schriftstellerin Erfolg hatte, Danny ihr Geld nach wie vor erfolgreich anlegte und Laura in letzter Zeit bereit war, ihren Optimismus auch zu *leben*, beschlossen sie, sich etwas zu leisten und kauften ein zweites Haus in den Bergen.

Das Elfzimmerhaus der Packards aus Naturstein und Rot-Tannenholz stand einige Kilometer südlich von Big Bear auf einem acht Hektar großen Grundstück unweit der Staatsstraße 330. Tatsächlich war es viel luxuriöser als das Haus, in dem sie während der Woche in Orange Park Acres wohnten. Das riesige Grundstück war überwiegend mit Ponderosa-Kiefern, Tannen und kalifornischem Walcholder bewachsen, und die nächsten Nachbarn wohnten weit außer Sicht. Als sie an ihrem ersten Wochenende in den Bergen einen Schneemann bauten, erschienen am nahen Waldrand drei Hirsche und beobachteten sie neugierig.

Chris war von den Hirschen begeistert, und als er an diesem Abend zu Bett gebracht wurde, war er davon überzeugt, das seien die Hirsche gewesen, die den Schlitten des Weihnachtsmanns zogen. *Hier* verbringe der fröhliche dicke Mann den Rest des Jahres, behauptete er – nicht etwa am Nordpol, wie es immer hieß.

›Wind und Sterne‹ erschien im Oktober 1987 und war noch erfolgreicher als die vorigen. Die Verfilmung von ›Endloser Fluß‹ kam am Thanksgiving Day in die Kinos und erzielte in der ersten Woche nach der Premiere die höchsten Einspielergebnisse aller Filme dieses Jahres.

Am 8. Januar 1988, einem Freitag, fuhren sie in dem angenehmen Bewußtsein, daß ›Wind und Sterne‹ an diesem Sonntag zum fünftenmal die Bestsellerliste der ›New York Times‹ anführen würde, am Nachmittag nach Big Bear, sobald Chris aus der Schule heimgekommen war. Der kommende Dienstag war Lauras 33. Geburtstag, und sie wollten ihn zu dritt vorausfeiern: hoch oben in den Bergen, mit Schnee statt dem Zuckerguß auf der Torte und dem Wind, der für Laura singen würde.

Die Hirsche hatten sich unterdessen so an sie gewöhnt, daß am Samstagmorgen ein ganzes Rudel in der Nähe des Hauses äste. Aber Chris war jetzt schon sieben, hatte in der Schule Gerüchte gehört, den Weihnachtsmann gebe es gar nicht, und neigte selbst dazu, diese Tiere für ganz gewöhnliche Hirsche zu halten.

Das Wochenende verlief perfekt, war vielleicht das beste, das sie bisher in den Bergen verbracht hatten –, aber sie mußten es vorzeitig abbrechen. Ursprünglich hatten sie am Montagmorgen um sechs Uhr abfahren wollen, um Chris direkt zur Schule zu bringen. Am späten Sonntagnachmittag zog jedoch vorzeitig ein Schneesturm auf, und obwohl sie kaum eineinhalb Stunden von den milderen Temperaturen in Küstennähe entfernt waren, sollte es in den Bergen über einen halben Meter Neuschnee geben. Um nicht eingeschneit zu werden und Chris einen Unterrichtstag versäumen zu lassen – was trotz ihres Blazers mit Allradantrieb vielleicht nicht zu vermeiden sein würde –, sperrten sie das große Haus ab und waren kurz nach 16 Uhr auf der Staatsstraße 330 nach Süden unterwegs.

Südkalifornien gehört zu den wenigen Gebieten der Welt, in denen man in weniger als zwei Stunden aus einer Winterlandschaft in subtropische Hitze fahren kann, und Laura genoß diese wunderbare Fahrt jedesmal. Die drei Packards waren mit Stiefeln, Wollsocken, Thermo-Unterwäsche, dicken Hosen, warmen Pullovern und Daunenjacken winterfest ausgerüstet, aber in eineinviertel Stunden würden sie ein milderes Klima erreichen, wo keiner mehr vermummt war, und in zwei Stunden würden die Leute wieder in Hemdsärmeln herumlaufen.

Laura fuhr den Blazer, während Danny, der neben ihr saß, mit Chris auf dem Rücksitz ein Assoziationsspiel mit Wörtern spielte, das sie auf früheren Fahrten zu ihrer Unterhaltung erfunden hatten. Rasch fallender Schnee bedeckte selbst die Straßenstücke, die auf beiden Seiten im Schutz großer Bäume lagen, und auf ungeschütztem Terrain wirbelte der Sturm Millionen von Schneeflocken über die Fahrbahn und nahm Laura manchmal fast die

Sicht. Sie fuhr langsam, weil es sie nicht störte, wenn die Zweistundenfahrt nach Hause diesmal drei oder gar vier Stunden dauerte; da sie frühzeitig aufgebrochen waren, hatten sie reichlich Zeit.

Am Ausgang der großen Kurve, einige Kilometer südlich ihres Hauses, wo die knapp einen Kilometer lange Steigung begann, sah sie einen roten Jeep entgegen der Fahrtrichtung am rechten Straßenrand parken und einen Mann in einer halblangen Seemannsjacke mitten auf der Straße stehen. Er kam ihnen bergab entgegen und winkte mit beiden Armen, sie sollten anhalten.

Danny beugte sich nach vorn, kniff die Augen zusammen, um trotz der über die Scheibe holpernden Wischer klar zu sehen, und sagte: »Er scheint 'ne Panne zu haben und Hilfe zu brauchen.«

»Packards Patrouille greift ein!« rief Chris vom Rücksitz aus.

Als Laura das Gas wegnahm, winkte der Mann ihr aufgeregt zu, sie solle an den rechten Straßenrand fahren.

»Irgendwie kommt er mir merkwürdig vor ...« sagte Danny.

Merkwürdig war der Mann tatsächlich: Er war ihr spezieller Beschützer. Sein unerwartetes Auftauchen nach so vielen Jahren ängstigte und erschreckte Laura.

10

Er war eben erst aus dem gestohlenen Jeep gestiegen, als der Blazer aus der Kurve am Fuß der Steilstrecke tauchte. Während er darauf zurannte, sah er, daß Laura im unteren Drittel der Steigung das Gas wegnahm und nur mehr im Schrittempo vorwärtskroch. Aber sie befand sich noch mitten auf der Straße, deshalb gab er ihr verzweifelt Zeichen, so nahe wie möglich an den rechten Straßenrand heranzufahren. Anfangs kroch sie weiter, als wisse sie nicht recht, ob er nur ein Autofahrer sei, der eine Panne hatte, oder ein gefährlicher Straßenräuber. Sobald sie jedoch so nahe heran war, daß sie sein Gesicht sehen konnte – und ihn vielleicht erkannte – gehorchte sie sofort.

Als sie ruckartig beschleunigte, an ihm vorbeiröhrte und den Blazer nur fünf, sechs Meter unterhalb von Stefans Jeep an einer Stelle zum Stehen brachte, wo das Bankett etwas breiter war, kehrte er um, lief zurück und riß die Tür auf. »Ich weiß nicht, ob's genügt, nicht auf der Fahrbahn zu sein. Steigt aus, klettert den Hang hinauf, beeilt euch, *los!*«

»He, Augenblick mal ...«, begann Danny.

»Tu, was er sagt!« rief Laura. »Schnell, Chris, raus mit dir!«

Stefan packte Lauras Hand und zerrte sie halb vom Fahrersitz. Während Danny und Chris sich beeilten, aus dem Blazer zu springen, hörte Stefan das Brummen eines schwer arbeitenden Motors, das den heulenden Wind übertönte. Er blickte die lange Steigung hinauf und beobachtete einen Kleinlaster, der über den Hügel gekommen war und jetzt bergab auf sie zurollte. Stefan zog Laura hinter sich her um den Kühler des Blazers herum.

»Los, weg von der Straße!« drängte ihr Beschützer und machte sich daran, den zusammengepreßten, mit einer Eisschicht bedeckten Schneewall zu erklettern, den Schneepflüge aufgetürmt hatten und der zu den ersten Bäumen hin steil abfiel.

Laura blickte die Steigung hinauf und sah den Kleinlaster, der noch einige Hundert Meter von ihnen entfernt war, wie in Zeitlupe ins Schleudern geraten, bis er fast querstand. Hätte ihr Beschützer sie nicht aufgehalten, wären sie dem schleudernden Lastwagen genau dort begegnet und bereits von ihm gerammt worden.

Danny, der neben ihr stand und Chris auf dem Rücken hatte, erfaßte sofort die Gefahr, in der sie noch immer schwebten. Der außer Kontrolle geratene Lastwagen konnte die ganze Gefällestrecke hinunter und in ihre am Straßenrand abgestellten Fahrzeuge rasen. Danny packte Chris fester, arbeitete sich den Schneewall hoch und rief Laura zu, sie solle sich *bewegen*.

Sie begann hastig zu klettern, suchte Griffe und trat mit den Stiefeln Trittlöcher. Der Schneewall war nicht nur verharscht, sondern auch mit Eisbrocken durchsetzt und an einigen Stellen lösten sich große Brocken, und Laura wäre beinahe rückwärts aufs Bankett gestürzt. Als sie dann mit ihrem Beschützer, Danny und Chris fünf Meter über der Straße auf einem schmalen, aber fast schneefreien Felsband in der Nähe der Bäume stand, hatte sie das Gefühl, ewig geklettert zu sein. Tatsächlich mußte die Angst ihr Zeitgefühl beeinträchtigt haben, denn als sie wieder auf die Straße blickte, sah sie, daß der Lastwagen noch immer auf sie zuschleuderte. Er war noch zehn Wagenlängen von ihnen entfernt, hatte sich einmal um seine Achse gedreht und kam wieder mit der Längsseite auf sie zu.

Im Schneetreiben schien das Fahrzeug sich wie in Zeitlupe zu bewegen: das Schicksal in Form einiger Tonnen Stahl. Auf seiner Ladefläche stand ein Schneemobil, das weder mit Ketten noch Gurten gesichert war; offenbar hatte der Fahrer leichtsinnigerweise darauf vertraut, daß es durch sein Gewicht stehenbleiben würde. Jetzt stieß das Schneemobil heftig gegen die Bordwände und die Rückwand des Fahrerhauses und brachte den schleudernden Kleinlaster so heftig ins Schwanken, daß ein Überschlagen wahrscheinlicher erschien als das erneute Kreiseln, das er jetzt vollführte.

Laura sah den Fahrer vergeblich mit dem Lenkrad kämpfen, sah die Frau neben ihm kreischen und dachte: Mein Gott, diese armen Menschen!

Als habe ihr Beschützer ihre Gedanken erraten, rief er laut, um das Heulen des Windes zu übertönen: »Beide betrunken, keine Schneeketten!«

Wenn du soviel über sie weißt, dachte Laura, mußt du auch wissen, wer sie sind – warum hast du sie dann nicht angehalten, weshalb hast du nicht auch sie gerettet?

Mit schrecklichem Krachen bohrte der Kühler des Kleinlasters sich in die Flanke des Jeeps, und die Beifahrerin, die ihren Sicherheitsgurt nicht angelegt hatte, wurde zur Hälfte durch die Windschutzscheibe geschleudert und blieb, halb aus dem Wagen hängend, liegen …

»Chris!« kreischte Laura. Aber dann sah sie, daß Danny den Jungen breits abgesetzt hatte und ihn an sich gedrückt hielt, um zu verhindern, daß der Junge Augenzeuge des Unfalls wurde.

… Auch dieser Aufprall brachte den Lastwagen nicht zum Stehen; seine Bewegungsenergie war zu hoch, die Reifen ohne Ketten fanden auf der Schneedecke keinen Halt, doch änderte sich nun die Bewegungsrichtung des Lastwagens, dessen Heck jetzt abrupt nach rechts ausritt, so daß er rückwärts weiterschoß. Das Schneemobil durchbrach die Ladeklappe am Heck, *flog* in weitem Bogen von der Ladefläche, krachte in die Motorhaube des Blazers und zertrümmerte die Windschutzscheibe. Im nächsten Augenblick knallte das Heck des Kleinlasters mit solcher Gewalt gegen die Front des Blazers, daß das schwere Fahrzeug trotz angezogener Handbremse drei Meter weit zurückgeschoben wurde …

Obwohl Laura den Unfall aus sicherer Höhe über der Straße beobachtete, umklammerte sie Dannys Arm, weil sie sich entsetzt vorstellte, wie sie alle verletzt oder gar getötet worden wären, wenn sie in ihrem Wagen geblieben oder hinter ihm Schutz gesucht hätten.

... Jetzt prallte der Kleinlaster von dem Blazer ab; die blutende Frau fiel ins Fahrerhaus zurück; der demolierte Wagen, der an Geschwindigkeit verloren hatte, aber noch immer außer Kontrolle war, beschrieb in einem unheimlich graziösen Ballett des Todes einen Vollkreis, schleuderte über beide Fahrspuren, fand auf der Schneedecke keinen Halt, geriet über den ungesicherten Fahrbahnrand und verschwand sich überschlagend in der Tiefe.

Obwohl der Schrecken vorüber war, schlug Laura die Hände vors Gesicht, als könne sie dadurch das vor ihrem inneren Auge stehende Bild aussperren, wie der Kleinlaster mit seinen beiden Insassen Hunderte von Metern tief in die steile, fast unbewaldete Schlucht stürzte. Der Fahrer und seine Beifahrerin würden tot sein, bevor sie den Boden der Schlucht erreichten. Über das Tosen des Windes hinweg hörte sie, wie der Lastwagen gegen einen Felsen krachte, weiterstürzte und erneut aufschlug. Sekunden später gingen die Absturzgeräusche im wilden Heulen des Sturms unter.

Benommen rutschten und kletterten sie den Schneewall hinunter und erreichten die Straße zwischen dem Jeep und dem Blazer, wo der Schnee mit Metallstücken und Glassplittern übersät war. Unter dem Blazer, aus dessen zertrümmertem Kühler Wasser und Öl in den Schnee ausliefen, stieg Dampf auf, und der demolierte Wagen knirschte unter dem Gewicht des Schneemobils, das sich halb in die Fahrgastzelle gebohrt hatte.

Chris begann zu weinen. Laura streckte die Arme nach ihm aus. Der Junge drängte sich gegen sie, und sie hielt ihn an sich gedrückt, während er hemmungslos schluchzte.

Danny wandte sich verwirrt an ihren Retter. »Wer ... wer sind Sie, um Himmels willen?«

Laura starrte ihren Beschützer an und wollte nicht begreifen, daß er tatsächlich vor ihr stand. Sie hatte ihn seit über zwei Jahrzehnten nicht mehr gesehen – seit ihrem zwölften Lebensjahr nicht mehr, als sie ihn entdeckt hatte, wie er das Begräbnis ihres Vaters vom Rande des Lorbeerwäldchens aus beobachtete. Ganz aus der Nähe hatte sie ihn zuletzt vor fast einem Vierteljahrhundert gesehen, als er den Junkie im Laden ihres Vaters erschossen hatte. Als er sie wider Erwarten nicht vor dem Aal gerettet hatte, als er die Bewältigung *dieser* Krise ihr überlassen hatte, war ihr Glaube an ihn wankend geworden, und ihre Zweifel hatten sich verstärkt, als er auch nichts unternommen hatte, um Nina Dockweiler – oder Ruthie – zu retten. Nach so langer Zeit war er zu einer eher mystischen als realen Traumgestalt geworden, und Laura hatte in den letzten Jahren kaum noch an ihn gedacht: Sie hatte den Glauben an ihn verloren, wie Chris jetzt den Glauben an den Weihnachtsmann verlor. Sie hatte noch immer seinen Brief ohne Unterschrift, den er nach der Beerdigung auf ihrem Schreibtisch zurückgelassen hatte. Aber sie hatte sich längst eingeredet, er stamme nicht von einem geheimnisvollen Beschützer, sondern sei vielleicht von Cora oder Tom Lance, den Freunden ihres Vaters, geschrieben worden. Jetzt hatte er sie erneut auf wunderbare Weise gerettet, und Danny wollte wissen, wer er um Himmels willen sei – und genau das interessierte auch Laura brennend.

Das merkwürdigste war, daß er genauso aussah wie damals, als er den Junkie erschossen hatte. *Ganz genauso.* Selbst nach so langer Zeit hatte sie ihn sofort wiedererkannt, weil er nicht gealtert war. Er schien noch immer Mitte bis Ende Dreißig zu sein. Obwohl das unmöglich war, hatten die Jahre keine Spur hinterlassen: keine Andeutung von Grau in seinem blonden Haar, keine Falten in seinem Gesicht. Obwohl er an jenem blutigen Tag in Santa Ana so alt wie ihr Vater gewesen war, gehörte er jetzt eher zu Lauras Generation.

Bevor der Mann Dannys Frage beantworten oder von ihr ablenken konnte, kam ein Auto über die Hügelkuppe und fuhr bergab auf sie zu. Es war ein neuer Pontiac mit Schneeketten, die auf dem Asphalt hell klirrten. Der Fahrer sah offenbar den beschädigten Jeep, den demolierten Blazer und die Schleuderspuren des Kleinlasters, die Schnee und Wind noch nicht verwischt hatten; er bremste – bei herabgesetzter Geschwindigkeit verwandelte das Klirren der Schneeketten sich in ein Rasseln – und fuhr herüber auf ihre Straßenseite. Anstatt jedoch auf dem Bankett zu parken, um den Verkehr nicht zu behindern, rollte der Pontiac auf der falschen Straßenseite weiter und hielt kaum fünf Meter von ihnen entfernt neben dem Heck des Jeeps an. Als der Fahrer seine Tür öffnete und ausstieg, hielt er einen Gegenstand in der Hand, den Laura zu spät als Maschinenpistole erkannte.

»Kokoschka!« rief ihr Beschützer.

Während der Name fiel, eröffnete Kokoschka das Feuer.

Obwohl Dannys Militärzeit in Vietnam schon über 15 Jahre zurücklag, reagierte er mit dem Instinkt eines Soldaten. Als Querschläger von dem roten Jeep vor ihnen und dem Blazer hinter ihnen abprallten, packte er Laura und stieß sie mit Chris zwischen den beiden Fahrzeugen zu Boden.

Während Laura unter die Schußlinie fiel, sah sie, wie Danny in den Rücken getroffen wurde. Er bekam einen, vielleicht sogar zwei Treffer ab, und sie zuckte zusammen, als wäre sie selbst getroffen worden. Es warf ihn gegen den Kühler des Blazers, dann sank er auf die Knie.

Laura, die Chris schützend im Arm hielt, schrie auf und streckte die Hand nach ihrem Mann aus.

Danny lebte noch; er drehte sich sogar auf den Knien zu ihr um. Sein Gesicht war weiß wie der wirbelnde Schnee, sie hatte das seltsame und schreckliche Gefühl, keinen lebendigen Menschen, sondern ein Gespenst anzustarren. »Unter den Jeep«, forderte Danny sie auf und stieß ihre Hand weg. Seine Stimme klang feucht und halb erstickt, als habe der Blut in der Kehle. »Schnell!«

Eine der Kugeln mußte seinen Körper total durchschlagen haben, denn aus der Brust seiner blauen Daunenjacke quoll hellrotes Blut.

Als Laura zögerte, kam er auf allen vieren herangekrochen und stieß sie auf den dicht hinter ihr stehenden Jeep zu.

Ein weiterer Feuerstoß aus der Maschinenpistole hämmerte durch die frostige Winterluft.

Der Schütze würde sich zweifellos vorsichtig zur Motorhaube des Jeeps vorarbeiten und die dort Kauernden durchsieben. Trotzdem gab es für sie kein Entkommen. Versuchten sie, über den Schneewall unter die Bäume zu flüchten, würde er sie niedermähen, lange bevor sie den Schutz des Waldes erreicht hatten; überquerten sie die Straße, streckte er sie nieder, bevor sie auf der anderen Seite ankamen, wo sie ohnehin nur die steilen Felswände der Schlucht vor sich gehabt hätten; bergauf wären sie ihm entgegengelaufen; bergab hätten sie ihm den Rücken zugekehrt und sich als noch leichtere Ziele angeboten.

Die Maschinenpistole hämmerte wieder los. Autofenster zersplitterten. Karosserieblech wurde metallisch klirrend von Kugeln durchschlagen.

Laura zog Chris hinter sich nach und kroch auf den Jeep zu. Sie sah, wie ihr Beschützer sich in den Spalt zwischen der linken Seite des Fahrzeugs und dem Schneewall zwängte. Dort kauerte er unterhalb des Kotflügels außer Sicht des Mannes, den er Kokoschka genannt hatte. In seiner Angst war er nicht mehr geheimnisvoll, nicht mehr wie ein Schutzengel, sondern wie ein gewöhnlicher Mensch; er war auch kein Retter mehr, sondern hatte sich als Todesengel erwiesen, weil seine Gegenwart den Killer angelockt hatte.

Auf Dannys Drängen robbte sie in verzweifelter Hast unter den Jeep. Chris folgte ihrem Beispiel; er weinte jetzt nicht mehr, sondern war tapfer wie sein Vater. Weil sein Gesicht gegen Lauras Daunenjacke gedrückt gewesen war, hatte er nicht mitbekommen, daß Danny getroffen wurde. Zuflucht unter dem Jeep zu suchen erschien Laura zwecklos. Kokoschka würde sie auch dort aufspüren. Er konnte unmöglich so dumm sein, daß er nicht unter dem Jeep nachsah, wenn sie nirgends zu entdecken waren. Folglich gewannen sie damit nur etwas Zeit, bestenfalls eine weitere Minute Leben.

Als sie ganz unter dem Jeep war und Chris an sich gezogen hatte, um ihn mit ihrem Leib zu schützen, hörte sie von der Motorhaube her Dannys Stimme, die mit ihr sprach. »Ich liebe dich«, sagte er. Ein stechender Schmerz durchfuhr ihr Herz, weil sie erkannte, daß diese drei kurzen Worte zugleich ein letztes Lebewohl waren.

Stefan zwängte sich zwischen dem Jeep und dem schmutziggrauen Schneewall hindurch. Der Spalt war so eng, daß die Fahrertür sich vorhin nicht hatte öffnen lassen, aber eben breit genug, daß Stefan sich in Richtung Wagenheck hindurchzwängen konnte. Dort erwartete Kokoschka ihn hoffentlich nicht; von dort aus konnte er einen gezielten Schuß abgeben, bevor Kokoschka sich herumwarf und ihn mit seiner Maschinenpistole durchsiebte.

Kokoschka. Stefan war noch nie in seinem Leben so überrascht gewesen wie in dem Augenblick, als Kokoschka aus dem Pontiac stieg. Das bedeutete, daß man ihm im Institut als Verräter auf die Schliche gekommen war. Und daß man dort auch wußte, daß er sich Lauras eigentlichem Schicksal entgegengestellt hatte. Kokoschka hatte die Blitzstraße benutzt, um den Verräter und offenbar auch Laura zu liquidieren.

Jetzt schob Stefan sich tief geduckt zwischen Jeep und Schneewall zum Wagenheck vor. Ein weiterer Feuerstoß aus der Maschinenpistole ließ die Autofenster über ihm zersplittern. Die scharfen Eiskanten des Schneewalls bohrten sich in seinen Rücken; wenn er sich trotz der schmerzhaften Kanten dagegenstemmte, zersprang das Eis, und der Schnee darunter ließ sich so weit zusammendrücken, daß er durchkam. Er hatte gesehen, daß Laura und Chris unter den Jeep gerobbt waren, aber er wußte, daß sie dort bestenfalls eine Minute lang sicher waren – vielleicht nicht einmal so lange. Sobald Kokoschka um den Jeep bog und sie dort nicht sah, würde er einen Blick unter das Fahrzeug werfen, die beiden dort entdecken, das Feuer eröffnen und sie in ihrem Kerker mit einem Kugelhagel durchsieben.

Und was war mit Danny? Er war so riesig, so überdimensional groß, daß er bestimmt nicht hatte unter den Jeep kriechen können. Außerdem war er bereits verwundet und mußte vor Schmerzen steif sein. Zudem war Danny nicht der Mann, sich vor einem Angreifer zu verstecken, nicht einmal vor diesem Killer.

Dann erreichte Stefan endlich die hintere Stoßstange. Er blickte vorsichtig um die Ecke und sah keine drei Meter von sich entfernt den Pontiac mit offener Fahrertür und laufendem Motor auf der falschen Straßenseite stehen. Kokoschka war nirgends zu sehen, deshalb löste Stefan sich mit seiner 9,65-mm-Pistole Walther PPK/S von dem Schneewall und glitt hinter den Jeep. Er kroch weiter und lugte um die andere Stoßstangenkante. Kokoschka bewegte sich in der Straßenmitte auf die Frontseite des Jeeps zu, hinter der er jedermann in Deckung vermutete. Seine Waffe war eine Uzi mit verlängertem Magazin, die er für diesen Einsatz gewählt hatte, weil sie keinen Anachronismus darstellte. Als Kokoschka die Lücke zwischen den beiden Fahrzeugen erreichte, eröffnete er wieder das Feuer und bewegte die MP-Mündung dabei von links nach rechts. Kugeln trafen Blech, surrten als Querschläger davon, durchlöcherten Reifen oder klatschten dumpf in den Schneewall.

Stefan schoß auf Kokoschka, verfehlte ihn.

Plötzlich stürzte Danny sich mit berserkerhaftem Mut auf Kokoschka. Er sprang aus seinem Versteck hinter dem Kühler auf, vor dem er so flach im Schnee gelegen haben mußte, daß der Kugelhagel von vorhin über ihn hinweggegangen war. Der erste Feuerstoß hatte ihn verwundet, aber er war noch immer so stark und schnell, daß er einen Augenblick lang sogar die Chance zu haben schien, den Killer zu erreichen und kampfunfähig zu machen. Kokoschka, der die Mündung der Uzi von links nach rechts schwenkte, zielte in die falsche Richtung, als er Danny angreifen sah, und mußte seine Bewegungs- und Schußrichtung erst wieder umkehren. Hätte er nicht in der Straßenmitte, sondern dichter bei dem Jeep gestanden, wäre Dannys Angriff nicht mehr rechtzeitig abzuwehren gewesen.

»Nein!« rief Stefan und schoß dreimal auf Kokoschka, wahrend Danny sich auf diesen stürzte.

Aber Kokoschka hatte vorsichtigen Abstand gewahrt und riß die kugelspeiende MP-Mündung jetzt herum, bis sie direkt auf Danny zeigte, der noch zwei, drei Schritte von ihm entfernt war. Danny taumelte mehrfach getroffen rückwärts und brach zusammen.

Für Stefan war es kein Trost, daß auch Kokoschka getroffen wurde, während er Danny durchsiebte: Zwei Schüsse aus der Walther hatten Kokoschkas linken Oberschenkel und seine linke Schulter getroffen. Auch er ging zu Boden. Dabei fiel ihm die Maschinenpistole aus den Händen und schlitterte kreiselnd über den schneebedeckten Asphalt davon.

Unter dem Jeep schrie Laura gellend laut.

Stefan verließ seine Deckung hinter dem Jeep und rannte bergab auf Kokoschka zu, der keine zehn Meter entfernt in der Nähe des Blazers lag. Er rutschte auf dem Schnee aus und hatte Mühe, sein Gleichgewicht zu halten.

Obwohl Kokoschka schwer verwundet war und zweifellos unter Schockeinwirkung stand, sah er Stefan kommen. Er wälzte sich auf die Uzi zu, die vor dem linken Hinterrad des Blazers zur Ruhe gekommen war.

Stefan gab im Laufen drei Schüsse ab, aber er zielte in der Eile nicht sorgfältig, Kokoschka wälzte sich zur Seite, so daß er den Dreckskerl verfehlte. Dann rutschte Stefan erneut aus, knallte in der Straßenmitte hin und fiel so schwer aufs rechte Knie, daß ein stechender Schmerz Oberschenkel und Hüfte durchzuckte.

Kokoschka wälzte sich weiter und erreichte die Maschinenpistole.

Als Stefan merkte, daß er den Mann nicht mehr rechtzeitig erreichen würde, erhob er sich auf beide Knie und nahm die Walther mit beiden Händen. Er war sechs, sieben Meter von Kokoschka entfernt – es war eigentlich nicht sehr weit. Aber selbst ein Meisterschütze konnte aus dieser Entfernung danebenschießen, wenn die äußeren Bedingungen schlecht genug waren. Und hier waren sie denkbar schlecht: beginnende Panik, ungünstiger Schußwinkel, Sturmböen, die das Geschoß ablenken konnten.

Sobald Kokoschka die Waffe in den Händen hatte, betätigte er den Abzug, ohne sich aufzurichten und noch bevor er die Mündung herumgerissen hatte. Der erste Feuerstoß aus der Uzi ging unter dem Blazer durch und durchlöcherte die Vorderreifen.

Während Kokoschka die Maschinenpistole schwenkte, gab Stefan ruhig und überlegt die letzten drei Schüsse ab. Trotz des Windes und des ungünstigen Winkels mußten sie treffen, denn falls er danebenschoß, würde ihm keine Zeit zum Nachladen bleiben.

Der erste Schuß der Walther ging daneben.

Die Mündung schwenkte weiter herum, so daß die nächsten Schüsse die Frontpartie des Jeeps trafen. Laura lag mit Chris unter diesem Wagen, und Kokoschka schoß im Liegen, so daß zumindest einige Schüsse die Unterseite des Jeeps getroffen haben mußten.

Stefan drückte erneut ab. Die Kugel durchschlug Kokoschkas Oberkörper, die Maschinenpistole verstummte. Stefans letzter Schuß traf Kokoschka in den Kopf. Es war vorbei.

Laura hatte Dannys unglaublich tapferen Angriff aus ihrer Dekkung unter dem Jeep mitverfolgt, sah ihn wieder zu Boden gehen und bewegungslos auf dem Rücken liegenbleiben und wußte, daß er tot war – unwiderruflich tot. Schmerz wie der gleißend helle Lichtschein einer Explosion durchzuckte sie, sie sah eine Zukunft ohne Danny vor sich: eine so unbarmherzig grelle, so schreckliche Vision, daß es ihr fast das Bewußtsein raubte.

Dann dachte sie an Chris, der noch lebte und sich schutzsuchend gegen sie drängte. Sie verdrängte ihren Schmerz, der später zurückkehren würde – falls sie überlebte. Im Augenblick kam es darauf an, Chris am Leben zu erhalten und ihm nach Möglichkeit den Anblick der von Kugeln durchsiebten Leiche seines Vaters zu ersparen.

Dannys Leiche verdeckte einen Teil ihres Blickfelds, aber Laura sah, wie Kokoschka von Schüssen getroffen wurde. Sie sah ihren Beschützer auf den am Boden liegenden Killer zulaufen, glaubte einen Augenblick lang, das Schlimmste sei überstanden. Dann rutschte ihr Beschützer aus und fiel hin, während Kokoschka sich auf die Maschinenpistole zuwälzte, die ihm entglitten war. Weitere Schüsse, zwei lange Feuerstöße, bei denen Kugeln unter dem Jeep hindurchpfiffen, so daß Chris und Laura nur durch ein Wunder unverletzt blieben, und wieder einzelne Schüsse.

Nach dem letzten Schuß herrschte anfangs eine vollkommene Stille. Laura hörte weder den Wind noch das leise Schluchzen ihres Sohnes. Das Weinen drang erst allmählich in ihr Bewußtsein.

Als sie sah, daß ihr Beschützer lebte, war sie erleichtert und zugleich irrational empört, daß er am Leben war, weil er diesen Kokoschka angelockt hatte, der Danny ermordet hatte. Andererseits wäre Danny – und mit ihm seine Frau und sein Sohn – bestimmt bei dem Zusammenstoß mit dem Lastwagen umgekommen, wenn ihr Beschützer nicht rechtzeitig aufgetaucht wäre. Wer, zum Teufel, war der Kerl? Woher kam er? Weshalb interessierte er sich so für sie? Sie war geschockt, zornig, tieftraurig und total verwirrt.

Ihr Beschützer, der offenbar Schmerzen hatte, stand auf und hinkte zu Kokoschka hinüber. Laura drehte sich zur Seite, um an Dannys reglosem Kopf vorbeischauen zu können. Was ihr Beschützer tat, konnte sie nicht genau erkennen; er schien jedoch Kokoschkas Lederjacke aufzureißen.

Nach einiger Zeit kam er mit etwas, das er dem Toten abgenommen hatte, bergauf zurückgehinkt.

Als er den Jeep erreichte, bückte er sich und starrte Laura an. »Ihr könnt rauskommen. Die Gefahr ist vorbei.« Sein Gesicht war blaß, er schien in den letzten Minuten um nicht wenige seiner 25 verlorenen Jahre gealtert zu sein. Er räusperte sich. »Tut mir leid, Laura«, sagte er in einem Tonfall, aus dem ehrliche Reue und tiefes Mitgefühl sprachen. »Mein aufrichtiges Beileid.«

Sie kroch auf dem Bauch zum Heck des Jeeps und stieß sich dabei den Kopf an. Sie zerrte Chris am Arm hinter sich her, damit er nicht zur Frontseite des Jeeps robbte und auf seinen Vater stieß. Ihr Beschützer zog sie unter dem Wagen hervor. Laura lehnte sich im Schnee sitzend an die hintere Stoßstange und hielt Chris an sich gedrückt.

»Ich will Daddy«, sagte der Junge mit zitternder Stimme.

Ich will ihn auch, dachte Laura. Oh, Baby, ich will ihn auch, ich will ihn so sehr, ich wünsche mir nichts mehr auf der Welt als deinen Daddy.

Der Sturm war jetzt zu einem regelrechten Blizzard geworden, der die San Bernardino Mountains mit Schneemassen überschüttete. Der Nachmittag ging zu Ende; das Tageslicht verblaßte, der grimmig graue Tag wurde von der eigentümlich phosphoreszierenden Dunkelheit einer Schneenacht abgelöst.

Bei diesem Wetter würden nur wenige Autofahrer unterwegs sein, aber Stefan fürchtete, daß doch bald jemand vorbeikommen würde. Seit er die Packards angehalten hatte, waren nicht mehr als zehn Minuten vergangen, aber selbst auf dieser Landstraße im Schneesturm konnte es nicht mehr lange dauern, bis jemand an ihnen vorbeifuhr und vielleicht sogar anhielt. Er mußte mit ihr reden und dann verschwinden, bevor er sich in die Konsequenzen dieser mörderischen Begegnung verstrickte.

Stefan ging vor ihr und dem weinenden Jungen in die Hocke und sagte: »Laura, ich muß jetzt fort, aber ich komme bald wieder, ich bin in ein paar Tagen zurück ...«

»Wer bist du überhaupt?« fragte sie aufgebracht.

»Dafür haben wir jetzt keine Zeit.«

»Ich will's aber wissen, verdammt noch mal! Ich habe ein Recht darauf!«

»Ja, das hast du, und du sollst es in ein paar Tagen erfahren. Aber jetzt müssen wir dringend besprechen, was du bei der Polizei aussagen sollst – wie damals im Geschäft deines Vaters. Erinnerst du dich noch?«

»Scher dich zum Teufel!«

»Ich meine es nur gut mit dir, Laura«, sagte er unbeirrt. »Du kannst der Polizei nicht die volle Wahrheit sagen, weil man sie dir nicht abnehmen wird, stimmt's? Man wird glauben, du hättest alles nur erfunden, vor allem mein Verschwinden ... nun, wenn du *das* erzählst, hält die Polizei dich für die Komplicin eines Mörders oder für geistesgestört.«

Sie schaute ihn wütend an und schwieg. Er hatte Verständnis für ihren Zorn. Vielleicht wünschte sie sich sogar, er wäre tot – aber auch das war verständlich. Hingegen waren die einzigen Gefühle, die sie in ihm hervorrief, Liebe, Mitleid und tiefe Wertschätzung.

»Hör mir jetzt gut zu, Laura«, forderte er sie auf. »Bei der Polizei sagst du aus, daß hier *drei* Fahrzeuge standen, als ihr mit eurem Blazer aus der Kurve kamt: der am Straßenrand abgestellte Jeep, der Pontiac auf der falschen Fahrspur, wie er jetzt dasteht, und ein weiteres Auto auf der anderen Straßenseite. Du hast ... vier Männer – zwei davon bewaffnet – gesehen, die offenbar den Jeep von der Straße gedrängt hatten. Ihr seid im falschen Augenblick vorbeigekommen, das war euer Pech. Die Männer bedrohten euch mit einer Maschinenpistole und zwangen euch, an den Straßenrand zu fahren und auszusteigen. Du hast mitbekommen, daß sie zwischendurch von Kokain gesprochen haben ... irgendwie ist's um Drogen gegangen, mehr weißt du auch nicht, aber die Männer haben Streit miteinander gehabt, und den Jeepfahrer haben die anderen offenbar verfolgt ...«

»Drogenhändler in dieser gottverlassenen Gegend?« sagte Laura verächtlich.

»Hier draußen könnte es illegale Labors geben – ein Blockhaus in den Wäldern, in dem beispielsweise Phencyclidin hergestellt wird. Hör zu, wenn deine Story auch nur *halbwegs* plausibel klingt, wird man sie dir abnehmen. Die *wahre* Story ist völlig unglaubwürdig, deshalb mußt du auf sie verzichten. Du sagst also aus, daß die Straße von drei Wagen blockiert war, als die Robertsons – ihren Namen weißt du natürlich nicht – mit ihrem Kleinlaster über den Hügel herunterkamen. Der Fahrer versuchte zu bremsen, sein Wagen kam ins Schleudern und ...«

»Du hast einen Akzent«, stellte sie aufgebracht fest. »Er ist nur schwach, aber unüberhörbar. Woher kommst du?«

»Das erzähle ich dir in ein paar Tagen«, antwortete er ungeduldig, indem er ins Schneetreiben schaute. »Das tue ich ganz bestimmt, aber jetzt mußt du mir versprechen, bei dieser erfundenen Story zu bleiben und sie so gut wie möglich auszuschmücken, anstatt die Wahrheit zu sagen.«

»Mir bleibt gar nichts anderes übrig, stimmt's?«

»Richtig«, bestätigte er und war erleichtert, daß sie ihre Lage zutreffend einschätzte.

Laura drückte Chris an sich und schwieg.

Die Schmerzen in Stefans halb erfrorenen Füßen machten sich wieder bemerkbar. Die Kampfeshitze war verflogen, er zitterte jetzt vor Kälte. Er hielt Laura den Gürtel hin, den er Kokoschka abgenommen hatte. »Den steckst du in eine Innentasche deiner Daunendecke. Niemand darf ihn sehen! Zu Hause schließt du ihn irgendwo weg.«

»Was ist mit diesem Ding?«

»Das erkläre ich dir auch später. Ich versuche, so bald wie möglich zurückzukommen. Vielleicht schon in ein paar Stunden. Versprich mir jetzt, den Gürtel zu verstecken. Sei nicht neugierig, lege ihn nicht an und drücke um Himmels willen nicht auf den gelben Knopf neben der Schließe.«

»Warum nicht?«

»Weil du nicht hinwillst, wohin er dich bringen würde.«

Laura starrte ihn verständnislos an. »Wohin er mich bringen würde?«

»Das erkläre ich dir später.«

»Weshalb kannst du ihn nicht mitnehmen, wohin du jetzt unterwegs bist?«

»Zwei Gürtel, ein Körper – das wäre eine Anomalie, die eine Störung des Kraftfelds bewirken und mich Gott weiß wo stranden lassen würde.«

»Das verstehe ich nicht. Wovon redest du überhaupt?«

»Später, Laura. Sollte ich jedoch aus irgendeinem Grund nicht zurückkommen können, mußt du Vorsichtsmaßnahmen ergreifen.«

»Was für Vorsichtsmaßnahmen?«

»Bewaffne dich. Sei auf einen Überfall vorbereitet. Sollten sie mich schnappen, haben sie keinen *Grund,* dir nachzustellen, aber unter Umständen versuchen sie's trotzdem. Nur um mir eine Lektion zu erteilen, um mich zu demütigen. Sie denken immer nur an Rache und Vergeltung. Sollten sie eines Tages kommen ... wird es eine Gruppe schwerbewaffneter Männer sein.«

»Wer sind *sie,* verdammt noch mal?«

Er stand wortlos auf, verzog schmerzlich das Gesicht und belastete sein rechtes Knie. Mit einem langen letzten Blick, der Laura zu liebkosen schien, trat er einen Schritt zurück. Dann wandte er sich ab und ließ sie am Straßenrand kauern: in Schnee und Kälte, am Heck des demolierten und von Einschüssen durchlöcherten Jeeps, mit ihrem ängstlich weinenden Sohn und ihrem ermordeten Ehemann.

Er trat langsam in die Straßenmitte, die mehr durch den Widerschein der schon zentimeterhohen Schneedecke als durch vom Himmel kommendes Licht erhellt wurde. Laura rief ihm etwas nach, aber er ignorierte sie.

Er steckte die leergeschossene Pistole ins Schulterhalfter unter seiner Jacke zurück. Er griff unter sein Hemd, ertastete den gelben Knopf seines eigenen Reisegürtels und zögerte.

Sie hatten Kokoschka entsandt, um ihn liquidieren zu lassen. Jetzt würden sie im Institut gespannt auf das Ergebnis dieses Unternehmens warten. Er würde bei seiner Rückkehr sofort verhaftet werden und wahrscheinlich nie wieder Gelegenheit finden, wie versprochen auf der Blitzstraße zu Laura zurückzukommen.

Die Versuchung, bei ihr zu bleiben, war groß.

Blieb er jedoch, würden sie lediglich einen weiteren Killer entsenden, um ihn beseitigen zu lassen, und er würde den Rest seines Lebens auf der Flucht vor Attentätern verbringen – während er zugleich mit ansehen mußte, wie die Welt um ihn herum sich auf gräßliche Weise veränderte. Kehrte er andererseits zurück, hatte er vielleicht noch eine geringe Chance, das Institut zu zerstören. Dr. Penlowski und die anderen wußten offenbar genau, daß er zugunsten einer Frau in den natürlichen Gang der Ereignisse eingegriffen hatte; aber vielleicht ahnten sie nicht, daß er auf dem Dachboden und im Keller des Instituts Sprengladungen angebracht hatte. Falls sie ihn auch nur für einen Augenblick in sein Büro gehen ließen, konnte er den versteckt angebrachten Schalter betätigen und das Gebäude – mitsamt allen Mitarbeitern und Unterlagen – in die Luft jagen. Höchstwahrscheinlich hatten sie die Sprengladungen längst entdeckt und ausgebaut. Aber solange die entfernteste Möglichkeit bestand, das Projekt endgültig zu Fall zu bringen und die Blitzstraße zu sperren, war er moralisch verpflichtet, ins Institut zurückzukehren, selbst wenn das bedeutete, daß er Laura nie mehr wiedersehen würde.

Mit dem Schwinden des Tages schien der Sturm noch an Wut und Kraft zu gewinnen. Auf den Hängen über der Straße heulte und brauste der Wind durch die riesigen Kiefern, die sturmgepeitschten Äste rauschten bedrohlich, als krieche irgendein vielbeiniges, gigantisches Wesen zu Tal. Die Schneeflocken waren klein, fast zu Eiskristallen geworden: Sie schienen die Welt abzuschleifen, sie zu glätten, wie Sandpapier Holz glättet, bis es eines Tages keine Berge und Täler, sondern nur eine einförmige, hochglanzpolierte Ebene geben würde, so weit das Auge reichte.

Mit seiner Hand unter Jacke und Hemd drückte Stefan dreimal rasch auf den gelben Knopf und löste so den Strahl aus. Von Angst und Bedauern erfüllt kehrte er in seine eigene Zeit zurück.

Sie hielt Chris, dessen Schluchzen abgeklungen war, in den Armen, saß hinter dem Jeep und beobachtete, wie ihr Beschützer am Heck von Kokoschkas Pontiac vorbei ins Schneetreiben davonging.

Er blieb mitten auf der Straße stehen und kehrte ihr für lange Augenblicke scheinbar unbeweglich den Rücken zu. Dann geschah etwas Unglaubliches: Als erstes wurde die Luft schwer; Laura spürte einen seltsamen, nie zuvor wahrgenommenen Druck, als ob die Erdatmosphäre durch irgendeine kosmische Umwälzung komprimiert werde, und hatte plötzlich Mühe beim Atemholen. Die Luft roch auch eigenartig, aber irgendwie vertraut, und sie brauchte einige Sekunden, um den Geruch überhitzter Elektrokabel und verschmorter Isolierung zu erkennen, den sie vor einigen Wochen in ihrer eigenen Küche wahrgenommen hatte, als der Toaster einen Kurzschluß gehabt hatte; überlagert wurde dieser Gestank durch leicht stechenden, aber nicht unangenehmen Ozongeruch, den sie von heftigen Gewittern kannte. Der Druck wuchs, bis sie sich fast zu Boden gepreßt fühlte, die Luft flimmerte und schimmerte wie Wasser. Mit einem Geräusch, als werde ein riesiger Korken aus einer Flasche gezogen, verschwand ihr Beschützer aus dem grauen Zwielicht des Winterabends, und zugleich mit diesem *Plop!* spürte Laura einen starken Windstoß, als strömten große Luftmassen heran, um irgendein Vakuum auszufüllen. Tatsächlich fühlte sie sich einen Augenblick lang in einem Vakuum gefangen, ohne atmen zu können. Dann ließ der auf ihr lastende Druck nach, die Luft roch nur mehr nach Wald und Schnee, und alles war wieder normal.

Bis auf die Tatsache natürlich, daß ihr nach dem jetzt Erlebten nie wieder etwas normal erscheinen würde.

Die Nacht wurde sehr finster. Ohne Danny war es die finsterste Nacht ihres Lebens. Nur ein Licht blieb, um ihr den mühevollen Weg zu einem vielleicht in Zukunft zu erhoffenden Glück zu weisen: Chris. Er war das letzte Licht im Dunkel ihres Lebens.

Später wurde ein bergab fahrendes Auto sichtbar. Scheinwerfer bohrten sich durch Nacht und dichtes Schneetreiben.

Sie kam mühsam auf die Beine und schleppte sich mit Chris in die Straßenmitte. Sie winkte.

Als das Fahrzeug abbremste, fragte sie sich plötzlich, ob nicht gleich noch ein Mann mit einer Maschinenpistole aussteigen und das Feuer eröffnen würde. Sie würde sich nie mehr sicher fühlen können.

VIER
Das innere Feuer

1

Am 13. August 1988, einem Samstag, sieben Monate nach der Ermordung Dannys, kam Thelma Ackerson für vier Tage in das Haus in den San Bernardino Montains.

Laura war auf der Schießbahn hinter dem Haus und übte mit ihrem Smith & Wesson Chief's Special Kaliber 38. Sie hatte eben nachgeladen, die Trommel einschnappen lassen und wollte ihren Gehörschutz aufsetzen, als sie ein Auto die lange kiesbestreute Zufahrt von der Staatsstraße heraufkommen hörte. Sie nahm das Fernglas von dem Tischchen neben ihr und beobachtete das Fahrzeug, um sich davon zu überzeugen, daß kein unerwünschter Besucher käme. Als sie Thelma am Steuer erkannte, legte sie ihr Fernglas weg und schoß weiter auf die an als Kugelfang dienenden Strohballen befestigte Mannscheibe.

Chris, der in der Nähe im Gras saß, zählte sechs weitere Patronen aus der Munitionsschachtel ab und hielt sich bereit, sie ihr zu geben, sobald sie den letzten Schuß dieser Serie abgefeuert haben würde.

Der Tag war heiß, klar und trocken. An den Rändern des Rasens, wo die gemähte Fläche zu den Bäumen hin in eine Naturwiese mit Blumen und Unkraut überging, blühten Hunderte und Aberhunderte von wildwachsenden Blumen. Am Vormittag hatten noch Eichhörnchen im Gras gespielt und Vögel gesungen, aber Lauras Übungsschießen hatte sie erschreckt und vorläufig vertrieben.

Es wäre nicht verwunderlich gewesen, wenn Laura das Haus in den Bergen mit dem Tod ihres Mannes in Verbindung gebracht und deshalb verkauft hätte. Statt dessen hatte sie vor vier Monaten das Haus in Orange County verkauft und war mit Chris in die San Bernardino Mountains gezogen.

Nach ihrer Überzeugung hätte alles, was ihnen im vergangenen Januar auf der Staatsstraße 330 zugestoßen war, auch anderswo passieren können. Das Haus konnte nichts dafür; die Schuld lag bei ihrem Schicksal, bei den geheimnisvollen Kräften, die ihr seltsam konfliktbeladenes Leben beeinflußten. Eines wußte sie intuitiv: Hätte ihr Beschützer nicht eingegriffen, um ihr auf der verschneiten Straße das Leben zu retten, wäre er zu einem anderen Zeitpunkt, während einer anderen Krise in ihr Leben getreten. Kokoschka wäre dann *dort* mit einer Maschinenpistole aufgetaucht, und dieselben schrecklichen Ereignisse wären abgelaufen.

Das andere Haus enthielt mehr Erinnerungen an Danny als dieses Gebäude aus Naturstein und Rot-Tannenholz südlich von Big Bear. Hier in den Bergen wurde sie besser mit ihrem Kummer fertig als in Orange Park Acres.

Außerdem fühlte sie sich in den Bergen seltsamerweise weitaus sicherer. In der dichtbevölkerten Stadtlandschaft von Orange County, wo tagtäglich über zwei Millionen Menschen die Straßen und Autobahnen bevölkerten, konnte ein Feind in der Menge untertauchen, bis er anzugreifen beschloß. In den Bergen fielen Unbekannte jedoch vor allem schon deshalb auf, weil Lauras Haus fast genau in der Mitte eines über sieben Hektar großen Grundstückes stand.

Sie hatte die Warnung ihres Beschützers noch im Ohr: *Bewaffne dich. Sei auf einen Überfall vorbereitet. Sollten sie eines Tages kommen … wird es eine Gruppe schwerbewaffneter Männer sein.*

Nachdem Laura den letzten Schuß aus ihrem Revolver abgegeben und den Gehörschutz abgenommen hatte, hielt Chris ihr sechs weitere Patronen hin. Dann nahm auch er seinen Gehörschutz ab und lief zur Scheibe, um die Treffer zu zählen.

Der Kugelfang bestand aus einer zwei Meter hohen und fünf Meter breiten Mauer aus vierfach hintereinander aufgestapelten Strohballen. Dahinter lagen einige Hektar Kieferwald – ihr Privatbesitz –, so daß ein so aufwendiger Kugelfang entbehrlich gewesen wäre, aber Laura wollte niemanden erschießen. Zumindest nicht versehentlich.

Chris band eine neue Mannscheibe fest und kam mit der alten zu Laura zurück. »Vier Treffer, Mom. Zwei tödliche, zwei mannstoppende, aber du scheinst ein bißchen nach links abzukommen.«

»Mal sehen, ob sich das korrigieren läßt.«

»Du bist bloß müde, sonst nichts«, stellte Chris fest.

Im Gras um sie herum lagen über 150 leere Patronenhülsen. Lauras Handgelenke, Arme, Schultern und Genick begannen von den vielen Rückstößen zu schmerzen, aber sie wollte noch eine Trommel verschießen, bevor sie für heute aufhörte.

Jenseits des Hauses fiel Thelmas Autotür ins Schloß.

Chris setzte seinen Gehörschutz wieder auf und griff nach dem Fernglas, um die Mannscheibe zu beobachten, während seine Mutter schoß.

Mitleid durchflutete Laura, als sie jetzt den Jungen beobachtete – nicht nur weil er vaterlos war, sondern weil es ihr unfair erschien, daß ein Kind, das erst in zwei Monaten acht wurde, bereits wußte, wie gefährlich das Leben war, und in dem Bewußtsein ständig drohender Gefahr leben mußte. Sie tat alles, damit sein Leben so fröhlich wie möglich verlief; sie erfand noch immer neue Keith-Kröterich-Geschichten, obwohl Chris nicht mehr glaubte, daß Keith tatsächlich existierte; anhand ihrer großen Sammlung klassischer Kinderbücher konnte sie ihm auch zeigen, wieviel vergnügliche Abwechslung Bücher boten; sie bemühte sich sogar, jedes Übungsschießen als Spiel hinzustellen und dadurch davon abzulenken, daß für sie die Notwendigkeit bestand, sich verteidigen zu können. Trotzdem war ihr Leben gegenwärtig beherrscht von der Angst vor dem Unbekannten. Diese Realität ließ sich nicht vor dem Jungen verbergen und würde zwangsläufig gravierende und bleibende Auswirkungen auf ihn haben.

Chris ließ das Fernglas sinken und sah sie an, um festzustellen, weshalb sie nicht schoß. Sie lächelte ihm zu. Er lächelte zurück. Sein Lächeln war so berührend, daß es Laura fast das Herz brach.

Sie drehte sich nach der Mannscheibe um, hob den Revolver mit beiden Händen und gab den ersten Schuß der neuen Serie ab.

Nach Lauras viertem Schuß erschien Thelma neben ihr. Sie steckte sich die Zeigefinger in die Ohren und verzog schmerzlich das Gesicht.

Laura gab die beiden letzten Schüsse ab und zog ihren Gehörschutz herunter, während Chris die Scheibe holte. Das Echo ihrer Schüsse hallte noch durch die Berge, als sie sich zu Thelma umdrehte und sie umarmte.

»Was soll die Knallerei?« wollte Thelma wissen. »Willst du in Zukunft Drehbücher für Clint Eastwood schreiben? Nein, he, noch besser: Du schreibst *Dirty Harriet*, das Gegenstück zu Clints Rolle. Und ich bin genau die richtige Schauspielerin dafür – hart, eiskalt, mit einem verächtlichen Grinsen, vor dem selbst Bogart erschrecken würde.«

»Okay, ich denke an dich, wenn's um die Besetzung geht, versprach Laura. »Aber am liebsten wär's mir, wenn Clint den Part in Frauenklamotten spielen würde.«

»He, du hast ja noch Sinn für Humor, Shane!«

»Hast du gedacht, ich hätte keinen mehr?«

Thelma runzelte die Stirn. »Ich wußte nicht, was ich denken sollte, als ich dich ballern sah – böse wie 'ne Schlange mit Giftzahnkaries.«

»Selbstverteidigung«, sagte Laura. »Jedes brave Mädchen sollte sie beherrschen.«

»Du schießt wie ein Profi.« Thelma wurde auf die glitzernden Messinghülsen im Gras aufmerksam. »Wie oft übst du hier draußen?«

»Dreimal pro Woche, jedesmal ein paar Stunden.«

Chris kam mit der Scheibe zurück. »Hallo, Tante Thelma. Mom, diesmal sind's vier tödliche Treffer, ein mannstoppender und ein Fehlschuß.

»Tödliche?« wiederholte Thelma.

»Findest du, daß ich noch immer nach links abkomme?« fragte Laura den Jungen.

Er zeigte die Scheibe. »Nicht mehr so stark wie vorher.«

»Ho, Christopher Robin«, fragte Thelma, »ist das alles, was ich kriege – bloß ein kümmerliches ›Hallo, Tante Thelma‹?«

Chris legte die Mannscheibe auf einen Stapel gebrauchter Scheiben, lief zu Thelma, umarmte sie und gab ihr einen Kuß. Dabei fiel ihm auf, daß sie nicht mehr als Punkerin zurechtgemacht war. »Was ist los mit dir, Tante Thelma?« erkundigte er sich. »Du siehst normal aus.«

»Ich sehe normal aus? Was ist das – ein Kompliment oder eine Beleidigung? Merk dir, mein Junge: Selbst wenn deine alte Tante Thelma normal aussieht, ist sie's nicht! Sie ist ein komisches Genie, verwirrend geistreich und nach eigener Einschätzung eine Berühmtheit. Ich glaube bloß, daß der Punkerlook passé ist.«

Sie stellten Thelma dazu an, beim Aufsammeln der leeren Patronenhülsen zu helfen.

»Mom schießt klasse«, sagte Chris stolz.

»Das will ich hoffen – bei so viel Übung. Hier liegt genug Metall herum, um ein ganzes Amazonenheer mit Messingpimmeln auszurüsten.«

»Was meint Tante Thelma damit?« fragte Chris seine Mutter.

»Frag mich in zehn Jahren noch mal«, sagte Laura.

Als sie ins Haus gingen, sperrte Laura die ins Freie führende Küchentür ab. Mit zwei Sicherheitsschlössern. Dann schloß sie die Fensterläden, damit niemand von draußen hereinsehen könnte.

Thelma beobachtete diese Rituale interessiert, ohne sich dazu zu äußern.

Chris schob im Wohnzimmer ›Raiders of the Lost Ark‹ in den Videorecorder und machte es sich mit einer Cola und einem Beutel Käse-Popcorn vor dem Fernseher gemütlich. In der Küche nebenan saßen Laura und Thelma am Tisch und tranken Kaffee, während Laura den großkalibrigen Chief's Special zerlegte und reinigte.

Die Küche war riesig, aber trotzdem gemütlich – mit viel dunkler Eiche, Sichtmauerwerk mit alten Ziegeln an zwei Wänden, einem Dunstabzug aus Kupfer, Wandhaken, an denen Kupfertöpfe und -pfannen hingen, dunkelblauen Bodenfliesen. In solchen Küchen lösten Familien in Fernsehserien allwöchentlich in dreißig Minuten (abzüglich Werbung) ihre unsinnigen Krisen und erlangten transzendentale Erleuchtung (mit Herz). Sogar Laura hatte das Gefühl, dies sei ein etwas merkwürdiger Ort, um eine Waffe zu reinigen, deren Hauptzweck die Tötung anderer Menschen war.

»Hast du wirklich Angst?« fragte Thelma.

»Worauf du dich verlassen kannst!«

»Aber Danny ist erschossen worden, weil ihr das Pech hattet, in eine Auseinandersetzung zwischen Drogenhändlern zu geraten. Diese Leute sind längst fort, stimmt's?«

»Vielleicht nicht.«

»Hör zu, wenn sie Angst haben, du könntest sie identifizieren, hätten sie längst versucht, dich zu beseitigen.«

»Ich gehe kein Risiko ein.«

»Du mußt wieder lockerer werden, Kid. Du kannst nicht für den Rest deines Lebens mit der Angst leben, jemand könnte aus dem nächsten Busch über dich herfallen. Okay, meinetwegen, du hast einen Revolver im Haus. Das ist wahrscheinlich klug. Aber willst du denn nie wieder unter Leute gehen? Du kannst doch nicht überall deinen Revolver mit dir rumschleppen!«

»Doch, das kann ich. Ich habe einen Waffenschein.«

»Einen Waffenschein für diese Kanone?«

»Ich habe sie in der Handtasche bei mir, egal wohin ich gehe.«

»Jesus, wie hast du 'nen Waffenschein gekriegt?«

»Mein Mann ist unter merkwürdigen Umständen von Unbekannten erschossen worden. Die Killer haben versucht, auch meinen Sohn und mich zu erschießen – und sie befinden sich noch immer auf freiem Fuß. Außerdem bin ich eine reiche und verhältnismäßig berühmte Frau. Da wär's seltsam, wenn ich *keinen* Waffenschein bekommen hätte.«

Thelma schwieg eine Minute lang, trank mit kleinen Schlucken ihren Kaffee und sah zu, wie Laura den Revolver reinigte. »Mir ist's ein bißchen unheimlich, Shane«, meinte sie dann, »daß du so todernst, so nervös bist. Ich meine, es ist jetzt sieben Monate her, daß Danny … gestorben ist. Aber du bist unruhig, als wäre es erst gestern passiert. Du kannst nicht ständig so angespannt oder bereit oder sonst was sein. Damit treibst du dich selbst in den Wahnsinn! Verfolgungswahn. Du mußt einsehen, daß du nicht für den Rest deines Lebens ununterbrochen auf der Lauer liegen kannst.«

»Das kann ich aber, wenn's sein muß.«

»Ach, tatsächlich? Wie sieht's damit im Augenblick aus? Dein Revolver ist zerlegt, was wäre, wenn irgendein tätowierter Barbar jetzt anfangen würde, die Tür dort drüben einzuschlagen?«

Die Küchenstühle waren auf Gummirollen beweglich. Laura stieß sich vom Tisch ab, ließ sich zu dem Schrank neben der Kühl-Gefrier-Kombination rollen, riß eine Schublade auf und holte einen weiteren Chief's Special Kaliber 38 heraus.

»He, wo bin ich hier – mitten in einem Waffenlager?« erkundigte Thelma sich.

Laura legte den zweiten Revolver in die Schublade zurück. »Komm, wir machen eine kleine Besichtigungstour.«

Thelma folgte ihr in den Anrichteraum, an dessen Tür eine MP Uzi hing.

»Das ist eine Maschinenpistole, stimmt's? Darfst du die überhaupt legal besitzen?«

»Waffenscheinbesitzer dürfen sie in zugelassenen Geschäften kaufen – allerdings nur als halbautomatische Waffe; der Umbau zur vollautomatischen Maschinenpistole ist strafbar.«

Thelma warf Laura einen prüfenden Blick zu und seufzte. »Diese hier ist wohl umgebaut?«

»Ja, sie schießt vollautomatisch. Aber ich habe sie von einem illegalen Waffenhändler, nicht in einem Geschäft gekauft.«

»Das ist mir alles zu unheimlich, Shane. Wirklich!«

Laura führte ihre Freundin ins Eßzimmer und zeigte ihr den Revolver in der Halterung unter dem Sideboard. Im Wohnzimmer war ein vierter Revolver unter dem niedrigen Tisch neben einem der Sofas befestigt. Eine zweite umgebaute Uzi hing innen an der Haustür. In einer Schublade im Hobbyraum, in Lauras Arbeitszimmer im Obergeschoß, in ihrem Bad und im Nachttisch neben ihrem Bett lagen weitere Revolver. Vervollständigt wurde dieses Arsenal durch eine dritte MP Uzi in Lauras Schlafzimmer.

»Das wird ja immer unheimlicher«, sagte Thelma, während sie die Uzi anstarrte, die Laura unter ihrem Bett hervorgeholt hatte. »Wären wir nicht alte Freundinnen, Shane, würde ich glauben, du seist übergeschnappt – zu einer wilden Waffennärrin geworden. Da ich dich aber kenne, mußt du für *solche* Angst gute Gründe haben. Aber was ist mit Chris und all diesen Waffen?«

»Chris weiß, daß er sie nicht anfassen darf, und ich habe Vertrauen zu ihm. Um Chris brauchst du dir keine Sorgen zu machen.«

»Wie findet man um Himmels willen einen illegalen Waffenhändler?« fragte Thelma, als Laura die Uzi wieder unter ihr Bett legte.

»Ich bin reich, hast du das vergessen?«

»Und mit Geld kann man alles kaufen? Okay, das mag stimmen – aber wie nimmt man Verbindung mit einem Waffenhändler auf? Solche Leute hängen doch wohl keinen Zettel ans Kleinanzeigenbrett im nächsten Waschsalon, oder?«

»Ich habe Recherchen für mehrere komplizierte Romane angestellt, Thelma. Dabei habe ich gelernt, jeden und alles ausfindig zu machen.«

Als sie in die Küche zurückkamen, war Thelma schweigsam geworden. Aus dem Wohnzimmer drang die bombastische Musik herüber, die Indiana Jones bei allen seinen Abenteuern begleitete. Während Laura saß und weiter ihren Revolver reinigte, schenkte Thelma ihnen Kaffee nach.

»Reden wir doch einmal vernünftig miteinander, Kleine. Falls da draußen wirklich eine Gefahr lauert, die dieses Waffenarsenal rechtfertigt, bist du allein ihr nicht gewachsen. Weshalb hast du keine Leibwächter?«

»Weil ich niemandem traue. Niemandem außer Chris und dir, meine ich. Und Dannys Vater, der aber in Florida lebt.«

»Aber du kannst nicht so weitermachen: allein, in ständiger Angst ...«

»Ja, ich habe Angst, aber das Bewußtsein, vorbereitet zu sein, beruhigt«, sagte Laura, während sie eine Spiralbürste durch den Revolverlauf schob. »Ich habe mein Leben lang untätig zugesehen, wie mir geliebte Menschen weggenommen worden sind. Ich habe nichts dagegen getan, als es zu erdulden. Aber damit ist jetzt Schluß! In Zukunft *kämpfe* ich, verstehst du? Wer mir Chris wegnehmen will, muß über meine Leiche gehen, muß einen Krieg führen!«

»Laura, ich weiß, was du mitmachst. Aber hör zu, laß mich hier die Psychoanalytikerin spielen und dir sagen, daß das weniger eine Reaktion auf eine wirkliche Bedrohung, sondern eine *Überreaktion* auf das Gefühl ist, dem Schicksal hilflos ausgeliefert zu sein. Gegen die Vorsehung bist du machtlos, Kleines. Du kannst nicht mit Gott pokern und gewinnen wollen, nur weil du einen Revolver in der Handtasche hast. Ich meine, du hast Danny durch einen gewaltsamen Tod verloren, das stimmt, und Nina Dockweiler könnte vielleicht noch leben, wenn jemand den Aal erledigt hätte, als er's verdiente, aber das sind die einzigen Fälle, in denen Menschen, die du geliebt hast, durch Schußwaffengebrauch hätten gerettet werden können. Deine Mutter ist bei deiner Geburt gestorben. Dein Vater ist einem Herzanfall erlegen. Ruthie haben wir durch einen Brand verloren. Selbstverteidigung mit Waffen ist in Ordnung, aber du mußt die Dinge in der richtigen Perspektive sehen, du mußt dir einen Sinn für Humor in bezug auf unsere Verwundbarkeit als Spezies Mensch bewahren – sonst landest du eines Tages in einer geschlossenen Anstalt. Was wäre, was Gott verhüten möge, wenn Chris Krebs bekäme? Du bist bereit, jeden abzuknallen, der ihn auch nur anfaßt, aber Krebs läßt sich mit keinem Revolver bekämpfen, und ich fürchte, du bist so darauf fixiert, Chris zu beschützen, daß du daran zerbrechen wirst, wenn ihm etwas in der Art zustößt, etwas, mit dem du nicht fertig wirst, mit dem niemand fertig wird. Ich mache mir Sorgen um dich, Kleines.«

Laura nickte und empfand plötzlich warme Zuneigung für ihre Freundin. »Ich weiß, Thelma. Und ich kann dich beruhigen. Ich habe vierunddreißig Jahre lang alles erduldet; jetzt wehre ich mich, so gut ich kann. Würde Chris oder ich Krebs kriegen, würde ich die besten Fachärzte aufsuchen und ihm oder mir die beste Behandlung sichern. Sollte jedoch alles fehlschlagen – sollte beispielsweise Chris an Krebs sterben –, würde ich diese Niederlage akzeptieren. Kämpfen schließt erdulden nicht aus. Ich kann kämpfen, und wenn aller Kampf nichts hilft, kann ich noch immer leiden.«

Thelma starrte sie lange über den Tisch hinweg an. Schließlich nickte sie. »Das habe ich zu hören gehofft. Okay. Ende der Diskussion. Weiter im Text. Wann kaufst du dir einen Panzer, Shane?«

»Der wird am Montag geliefert.«

»Haubitzen, Granaten, Bazookas?«

»Dienstag. Was ist aus deinem Filmprojekt mit Eddie Murphy geworden?«

»Ich habe den Vertrag vorgestern unterschrieben.«

»Wirklich? Meine Thelma tritt als Star in einem Eddie-Murphy-Film auf?«

»Deine Thelma kriegt eine *Rolle* in einem Film mit Eddie Murphy. Ein Star bin ich deshalb noch lange nicht.«

»In dem Film mit Steve Martin hast du die vierte Hauptrolle gespielt, in dem mit Chevy Chase die dritte. Und diesmal spielst du die zweite, stimmt's? Und wie oft bist du schon Moderatorin der ›Tonight Show‹ gewesen? Achtmal, nicht wahr? Gib's zu, Thelma, du bist ein Star.«

»Vielleicht, aber von sehr geringer Helligkeit. Ist das nicht verrückt, Shane? Wir beide kommen aus dem Nichts, aus dem McIllroy Home, und schaffen den Sprung zur Spitze. Merkwürdig, was?«

»Durchaus nicht«, widersprach Laura. »Not erzeugt Stehvermögen, und Leute mit Stehvermögen sind erfolgreich. Und verstehen zu überleben.«

2

Stefan verließ die im Schneesturm liegende Straße durch die San Bernardino Mountains und erschien im nächsten Augenblick in dem Tor am anderen Ende der Blitzstraße. Das Tor glich einem riesigen Faß, hatte Ähnlichkeit mit den auf Volksfesten beliebten rotierenden Trommeln – nur war dieser Zylinder mit poliertem Kupfer statt mit Holz ausgekleidet und drehte sich nicht. Der Zylinder war bei zweieinhalb Meter Durchmesser vier Meter lang, so daß Stefan nur wenige rasche Schritte zu tun brauchte, um ins Hauptlabor des Instituts zu gelangen, wo er zweifellos von bewaffneten Männern empfangen werden würde.

Das Labor war menschenleer.

Er blieb in seiner Seemannsjacke, an der noch Schneeflocken hafteten, verblüfft stehen und sah sich ungläubig um. Drei Wände des zehn mal zwölf Meter großen Erdgeschoßraums verschwanden bis zur Decke hinter Apparaturen, die ohne menschliches Zutun summten und klickten. Die Lampen der Deckenbeleuchtung waren größtenteils ausgeschaltet, so daß der Raum in sanftes, fast unheimliches Dämmerlicht getaucht war. Die Apparate waren für den Betrieb des Tors erforderlich und wiesen Dutzende von blaßgrün oder orangerot leuchtenden Skalen auf, denn das Tor – das einen Zeittunnel darstellte – wurde niemals ausgeschaltet; ein Wiedereinschalten wäre mit großen Schwierigkeiten und riesigem Energieaufwand verbunden gewesen, das einmal in Betrieb genommene Tor ließ sich aber verhältnismäßig leicht in Betrieb halten. Da der Schwerpunkt der Forschungsarbeit jetzt nicht mehr auf der Entwicklung des Tores lag, kamen Institutsmitarbeiter ins Hauptlabor nur noch zu routinemäßigen Wartungsarbeiten und natürlich zur Beaufsichtigung von Zeitreisen. Nur unter diesen Voraussetzungen hatte Stefan die unzähligen heimlichen, nicht genehmigten Zeitreisen durchführen können, die er unternommen hatte, um die Ereignisse in Lauras Leben zu überwachen und gelegentlich zu korrigieren.

Aber obwohl es nicht außergewöhnlich war, daß sich tagelang niemand im Labor aufhielt, kam diese Tatsache jetzt völlig unerwartet, denn Kokoschka war mit dem Auftrag losgeschickt worden, ihn zu liquidieren, und seine Auftraggeber hätten hier eigentlich besorgt warten müssen, um zu erfahren, wie es Kokoschka in den verschneiten San Bernardino Mountains ergangen war. Sie mußten doch mit der Möglichkeit rechnen, daß Kokoschka versagte, und der falsche Mann aus dem Jahr 1988 zurückkehrte. Also hätten sie das Tor bewachen müssen. Wo waren die Männer der Geheimpolizei in ihrem schwarzen Trenchcoats? Wo waren die Schußwaffen?

Er schaute auf die große Wanduhr und stellte fest, daß sie 11.06 Uhr Ortszeit anzeigte. Also völlig normal. Er hatte die Zeitreise an diesem Morgen um 10.55 Uhr begonnen und jede Reise endete nach genau elf Minuten. Niemand wußte eine Erklärung dafür, aber unabhängig von der Aufenthaltsdauer des Zeitreisenden an seinem Ziel vergingen hier im Labor jeweils nur elf Minuten. Er war fast eineinhalb Stunden lang in den San Bernardino Mountains gewesen, aber in seinem eigenen Leben, in seiner eigenen Zeit waren nur elf Minuten verstrichen. Auch wenn er monatelang bei Laura geblieben wäre, bevor er auf den gelben Knopf gedrückt und den Strahl aktiviert hätte, wäre er nur genau elf Minuten nach seiner Abreise ins Institut zurückgekehrt.

Aber wo waren die Uniformen, die Schußwaffen, die wütenden Kollegen, die ihrer Empörung Ausdruck gaben? Weshalb hatten sie das Hauptlabor verlassen, wenn sie doch wußten, daß er in Lauras Leben eingriff, und Kokoschka losgeschickt hatten, um Laura und ihn erledigen zu lassen, und wenn sie nur *elf Minuten* zu warten brauchten, um den Ausgang dieser Strafexpedition zu erfahren?

Er legte Stiefel, Seemannsjacke und Schulterhalfter ab und stopfte alles hinter einen Schaltschrank, der etwas von der Wand abgerückt stand. Seinen weißen Laborkittel hatte er dort vor Antritt der Zeitreise versteckt; jetzt schlüpfte er wieder hinein.

Verwirrt und trotz des Fehlens eines feindseligen Empfangskomitees noch immer besorgt, trat Stefan in den Erdgeschoßkorridor hinaus und machte sich auf den Weg in sein Büro.

3

Am Sonntagmorgen um 2.30 Uhr saß Laura in Schlafanzug und Morgenmantel in ihrem neben dem Schlafzimmer gelegenen Arbeitszimmer an ihrem PC, trank in kleinen Schlucken Apfelsaft und arbeitete an einem neuen Buch. Die einzigen Lichtquellen im Raum waren der Bildschirm mit seinen grün leuchtenden elektronischen Lettern und eine kleine Schreibtischlampe, deren Lichtkegel auf den Computerausdruck der gestern geschriebenen Seiten gerichtet war. Neben dem Typoskript lag ein Revolver auf dem Schreibtisch.

Die Tür zum dunklen Flur stand offen. Außer der Klotür machte Laura keine Tür mehr zu, weil eine geschlossene Tür sie daran hätte hindern können, die leisen Schritte eines Eindringlings in einem anderen Teil des Hauses zu hören. Das Haus war durch eine hochmoderne Alarmanlage gesichert, aber sie ließ die inneren Türen für alle Fälle trotzdem offen.

Jetzt hörte sie Thelma den Flur entlangkommen und drehte sich um, als ihre Freundin an der Tür erschien. »Habe ich dich geweckt? Tut mir leid, wenn ich zu laut gewesen bin.«

»Nö, wir Nachtclubleute arbeiten immer spät. Dafür schlafe ich bis mittags. Aber was ist mit dir? Bist du normalerweise um diese Zeit auf?«

»Ich schlafe seit Monaten nicht mehr sehr gut. Vier bis fünf Stunden pro Nacht sind schon viel. Anstatt im Bett zu liegen und Schäfchen zu zählen, stehe ich lieber auf und arbeite.«

Thelma zog sich einen Stuhl heran und legte ihre Füße auf Lauras Schreibtisch. Ihr Geschmack in bezug auf Nachtwäsche war seit ihren Jugendtagen noch ausgefallener geworden: Sie hatte einen weiten grünen Seidenschlafanzug mit abstraktem Muster aus roten, blauen und gelben Kreisen und Quadraten an.

»Freut mich zu sehen, daß du noch immer Häschenpantoffeln trägst«, stellte Laura fest. »Das beweist eine gewisse feste Konsistenz deiner Persönlichkeit.«

»Ja, ich bin eben stinksolide. In meiner Größe gibt's natürlich keine Häschenpantoffeln mehr, deshalb muß ich ein Paar flauschige Erwachsenenpantoffeln und ein Paar Kinderpantoffeln kaufen, die Augen und Ohren von den kleinen abschneiden und sie auf die großen nähen. Was schreibst du im Augenblick?«

»Ein rabenschwarzes Buch.«

»Bestimmt die ideale Lektüre für ein lustiges Wochenende am Strand.«

Laura seufzte und lehnte sich in ihren gasgefederten Bürosessel zurück. »Es ist ein Roman über den Tod, über die Ungerechtigkeit des Todes. Ein idiotisches Projekt, weil ich das Unerklärliche zu erklären versuche. Ich versuche einem idealen Leser den Tod zu erklären, damit ich ihn dann vielleicht selbst verstehe. Mein Buch handelt davon, weshalb wir kämpfen und weitermachen müssen, obwohl wir uns unserer Sterblichkeit bewußt sind. Weshalb wir kämpfen und leiden müssen. Es ist ein schwarzes, finsteres, verbittertes, trübseliges, deprimierendes, zutiefst verstörendes Buch.«

»Gibt's dafür einen großen Markt?«

Laura mußte lachen. »Wahrscheinlich gar keinen. Aber sobald ein Schriftsteller eine Idee für einen Roman hat … Nun, es gleicht einem inneren Feuer, das einen anfangs angenehm wärmt, dann aber beginnt, einen zu verzehren, von innen heraus zu verbrennen. Vor diesem Feuer kann man nicht flüchten; es brennt unablässig weiter. Löschen kann man es nur, indem man das verdammte Buch schreibt. Aber sooft ich mit diesem Roman nicht weiterkomme, beschäftige ich mich mit dem hübschen kleinen Kinderbuch, das ich über Sir Keith Kröterich schreibe.«

»Du spinnst, Shane!«

»Wer trägt hier Häschenpantoffeln?«

Mit der legeren Kameraderie, die sie seit über zwei Jahrzehnten verband, sprachen sie über dieses und jenes. Vielleicht war Lauras Einsamkeit, die sie jetzt stärker beschäftigte als in den Tagen unmittelbar nach Dannys Ermordung, oder ihre Angst vor dem Unbekannten daran schuld, daß sie von ihrem speziellen Beschützer zu erzählen begann. Thelma war der einzige Mensch, der ihr vielleicht glauben würde. Tatsächlich hörte Thelma wie gebannt zu, nahm bald die Füße vom Schreibtisch und beugte sich in ihrem Sessel nach vorn. Sie äußerte kein Wort des Zweifels, während Laura die Ereignisse von dem Tag an, an dem der Junkie erschossen worden war, bis zum Verschwinden ihres Beschützers auf der Staatsstraße 330 schilderte.

Als Laura *dieses* innere Feuer gelöscht hatte, fragte Thelma: »Warum hast du mir nicht schon vor Jahren von deinem ... deinem Beschützer erzählt? Nicht schon damals im McIllroy?«

»Das weiß ich selbst nicht. Die Sache ist mir irgendwie ... magisch vorgekommen. Wie etwas, das ich für mich behalten mußte, weil sonst der Bann gebrochen war und ich ihn nie wiedersehen würde. Und als er's mir überließ, mit dem Aal fertig zu werden, nicht eingriff, um Ruthie zu retten, glaubte ich wohl nicht mehr recht an ihn. Ich habe Danny nie von ihm erzählt, denn damals ist mein Beschützer mir ungefähr so real vorgekommen wie der Weihnachtsmann. Und dann ... hat er plötzlich auf der Straße vor mir gestanden.«

»In dieser Nacht in den Bergen hat er doch gesagt, er werde in einigen Tagen zurückkommen und dir alles erklären ...?«

»Aber ich habe ihn seitdem nicht wiedergesehen. Ich warte seit sieben Monaten darauf, daß jemand, der plötzlich vor mir auftaucht, mein Beschützer ist – oder, ebenso wahrscheinlich, ein zweiter Kokoschka mit einer Maschinenpistole.«

Thelma war von der Story wie elektrisiert und rutschte in ihrem Sessel hin und her, als stehe sie unter Strom. Zuletzt stand sie auf und ging im Zimmer auf und ab. »Was ist mit Kokoschka? Haben die Cops was über ihn rausgekriegt?«

»Nichts. Er hat keinerlei Papiere bei sich gehabt. Sein Pontiac ist wie der rote Jeep gestohlen gewesen. Die Polizei hat seine Fingerabdrücke mit sämtlichen Karteien verglichen – ohne Ergebnis. Und einen Toten kann man nicht vernehmen. Niemand weiß, wer er war, woher er kam und weshalb er uns erschießen wollte.«

»Du hast viel Zeit gehabt, über die Sache nachzudenken. Wie steht's mit ein paar Vermutungen? Wer ist dieser Beschützer? Woher kam er?«

»Keine Ahnung.« In Wirklichkeit hatte Laura eine ganz bestimmte Ahnung, die ihr jedoch verrückt erschien und für die sie keinerlei Beweise hätte vorbringen können. Sie verschwieg Thelma diese Vermutung jedoch nicht deshalb, weil sie sie für verrückt hielt, sondern weil sie so egozentrisch geklungen hätte. »Ich weiß es einfach nicht.«

»Wo ist dieser Gürtel, den er bei dir zurückgelassen hat?«

»Der liegt im Safe«, antwortete Laura und deutete mit dem Kopf zu der Ecke hinüber, in der ein in den Boden eingelassener Safe unter dem Teppich verborgen war.

Die beiden schlugen den mit Klebeband befestigten Teppichboden zurück und legten einen Safe frei, der aus einem 40 Zentimeter langen Zylinder mit 30 Zentimeter Durchmesser bestand. Laura öffnete ihn und holte den einzigen Gegenstand heraus, den er enthielt.

Sie gingen an den Schreibtisch zurück, um den geheimnisvollen Gürtel in besserem Licht betrachten zu können. Laura verstellte dazu ihre Arbeitslampe.

Der zehn Zentimeter breite Gürtel bestand aus schwarzem Stretchmaterial, vielleicht Nylon, mit eingewebten Kupferdrähten, die eigentümlich komplizierte Muster bildeten. Wegen seiner Breite benötigte er statt einer Gürtelschnalle zwei kleine Schnallen, die ebenfalls aus Kupfer hergestellt waren. Unmittelbar links neben diesen Schnallen war ein Kästchen von der Größe eines altmodischen Zigarettenetuis – etwa acht mal zehn Zentimeter bei nur knapp zwei Zentimeter Tiefe – aus Kupfer aufgenäht. Selbst eine genaue Untersuchung ließ keine Möglichkeit erkennen, das Kästchen zu öffnen, aus dem in der linken unteren Ecke ein gelber Knopf mit etwa zwei Zentimeter Durchmesser herausragte.

Thelma befühlte das seltsame Material des Gürtels zwischen Daumen und Zeigefinger. »Wiederhole mir noch einmal, was er sagte, daß passieren würde, wenn du auf den gelben Knopf drükken würdest.«

»Er hat mich ermahnt, um Himmels willen nicht draufzudrücken, und als ich ihn nach dem Grund fragte, hat er geantwortet: ›Weil du nicht hinwillst, wohin er dich bringen würde.‹«

Sie standen im Lichtkegel der Schreibtischlampe nebeneinander und starrten den Gürtel an, den Thelma in ihren Händen hielt. Inzwischen war es nach vier Uhr morgens, und das Haus war so still wie irgendein unbelebter Mondkrater.

»Bist du jemals versucht gewesen, auf den Knopf zu drücken?« fragte Thelma schließlich.

»Nein, niemals«, antwortete Laura, ohne zu zögern. »Als er von dem Ort sprach, an den der Gürtel mich bringen würde … da war in seinen Augen ein schrecklicher Ausdruck. Ich weiß, daß er nur widerstrebend dorthin zurückgekehrt ist. Ich weiß nicht, woher er stammt, Thelma, aber wenn ich seinen Ausdruck richtig gedeutet habe, dann muß dieser Ort praktisch die Hölle auf Erden sein.«

Am Sonntagnachmittag gingen sie in Shorts und T-Shirts hinters Haus, breiteten einige Decken auf dem Rasen aus und veranstalteten ein langes, gemütliches Picknick mit Kartoffelsalat, Weißbrot, Aufschnitt, Käse, Obst, Kartoffelchips und dicken Zimtschnitten mit viel Schlagsahne. Sie spielten mit Chris, der diesen Nachmittag vor allem auch deshalb genoß, weil Thelma die Gabe besaß, ihr komisches Talent den Bedürfnissen eines Achtjährigen anzupassen.

Als Chris Eichhörnchen sah, die in der Nähe des Waldrandes umhertollten, wollte er sie füttern. Laura gab ihm eine Scheibe Weißbrot mit. »Die zerteilst du in kleine Stücke, die du ihnen zuwirfst. Sie lassen dich ohnehin nicht zu nah an sich heran. Und du bleibst in meiner Nähe, verstanden?«

»Klar, Mom.«

»Geh nicht an den Waldrand. Nur ungefähr die halbe Strecke bis zum Wald.«

Chris lief ungefähr zehn Meter weit, hatte damit etwas über die Hälfte der Strecke bis zum Waldrand zurückgelegt und ließ sich auf die Knie nieder. Er riß kleine Weißbrotstücke ab und warf sie den Eichhörnchen zu, und die scheuen Tiere kamen bei jedem Brocken näher heran.

»Ein lieber Junge«, meinte Thelma.

»Sehr lieb.« Laura zog ihre Uzi näher zu sich heran.

»Er ist nur zehn, zwölf Meter von uns entfernt«, stellte Thelma fest.

»Aber dem Waldrand näher als mir.« Laura beobachtete die Schatten unter den grüngezackten Baumriesen.

Thelma angelte sich ein paar Kartoffelchips aus dem Beutel. »Mein erstes Picknick, zu dem jemand eine Maschinenpistole mitgebracht hat. Gefällt mir gar nicht so übel. Wenigstens braucht man keine Angst vor Bären zu haben.«

»Sie hilft natürlich auch gegen Ameisen.«

Thelma streckte sich auf der Seite liegend aus und stützte ihren Kopf in eine Hand. Laura blieb nach Indianerart mit untergeschlagenen Beinen sitzen. Orangerote Schmetterlinge, hell wie konzentrierter Sonnenschein, flatterten durch die warme Augustluft.

»Der Junge scheint mit der Sache fertig zu werden«, sagte Thelma.

»Mehr oder weniger«, stimmte Laura zu. »Anfangs ist's natürlich schlimm gewesen. Er hat viel geweint, ist emotional labil gewesen. Aber das hat sich wieder gegeben. Kinder in seinem Alter sind wandlungsfähig, passen sich rasch an. Aber obwohl er sich mit allem abgefunden zu haben scheint ... ich fürchte, daß er jetzt einen düsteren Zug in sich hat, der früher nicht dagewesen ist und sich nicht wieder verlieren wird.«

»Nein, er verliert sich nicht wieder«, bestätigte Thelma. »Er liegt wie ein Schatten auf seinem Herzen. Aber Chris wird weiterleben und glücklich werden, und es wird Zeiten geben, in denen er sich dieses Schattens überhaupt nicht bewußt wird.«

Während Thelma beobachtete, wie Chris die Eichhörnchen anlockte, betrachtete Laura ihre Freundin von der Seite. »Du vermißt Ruth noch immer, nicht wahr?«

»Jeden Tag seit zwanzig Jahren. Vermißt du deinen Vater etwa nicht?«

»Doch«, antwortete Laura. »Aber ich glaube, daß ich etwas anderes empfinde, wenn ich an ihn denke. Wir *rechnen* damit, daß unsere Eltern vor uns sterben, und selbst wenn sie uns vorzeitig verlassen, werden wir damit fertig, weil wir stets gewußt haben, daß das früher oder später passieren wird. Ganz anders sieht die Sache aus, wenn Ehepartner, Kinder ... oder Geschwister sterben, mit deren vorzeitigem Tod wir nie gerechnet haben. Deshalb werden wir damit schwerer fertig. Und am schwersten trifft uns wohl der Verlust einer Zwillingsschwester.«

»Bei jeder guten Nachricht – in bezug auf meine Karriere, meine ich – überlege ich mir als erstes, wie sehr Ruthie sich darüber für mich gefreut hätte. Und wie steht's mit dir, Shane? Wie kommst du zurecht?«

»Ich weine nachts.«

»Das ist jetzt gesund. In einem Jahr wär's nicht mehr gesund.«

»Ich liege nachts wach und horche auf meinen Herzschlag. Gott sei Dank, daß ich Chris habe! Er ist jetzt mein Lebenszweck – und du, Thelma. Ich habe Chris und dich, wir sind eine Art Familie, findest du nicht auch?«

»Nicht nur eine Art Familie. Wir *sind* eine Familie. Du und ich, wir zwei sind Schwestern.«

Laura streckte lächelnd eine Hand aus und fuhr damit Thelma durchs zerzauste Haar.

»Aber«, schränkte Thelma ein, »daß wir Schwestern sind, bedeutet noch lange nicht, daß ich dir meine Klamotten leihe.«

4

Durch die offene Tür der Büro- und Laborräume des Instituts sah Stefan seine Kollegen bei der Arbeit, und keiner von ihnen ließ irgendein besonderes Interesse für ihn erkennen. Er fuhr in den zweiten Stock hinauf, wo er unmittelbar vor seinem Arbeitszimmer auf Dr. Wladislaw Janusky stieß, der als Dr. Wladimir Penlowskis langjähriger Schützling stellvertretender Leiter des Zeitreiseprojekts war, das ursprünglich als Projekt ›Sichel‹ bezeichnet worden war, bis es vor einigen Monaten den zutreffenderen Decknamen ›Blitzstraße‹ erhalten hatte.

Janusky war vierzig, um zehn Jahre jünger als sein Mentor, aber er sah älter aus als der energische, vitale Penlowski. Der kleine, dickliche Mann mit Stirnglatze, fleckigem Teint, zwei blitzenden Goldzähnen im Mund und dicken Brillengläsern, hinter denen seine Augen wie bemalte Eier aussahen, hätte eine komische Figur sein können. Aber sein fanatischer Glaube an den Staat und der Eifer, mit dem er sich für die nationale Sache einsetzte, machten sein komisches Potential mehr als wett; tatsächlich war er einer der unheimlichsten Männer, die an ›Blitzstraße‹ beteiligt waren.

»Ah, mein lieber Stefan«, sagte Janusky, »Ich wollte Ihnen noch für Ihren Vorschlag vom Oktober letzten Jahres danken, die Stromversorgung des Tores durch einen eigenen Generator sicherzustellen. Ihr Weitblick hat das Projekt gerettet. Wären wir weiterhin vom städtischen Stromnetz abhängig ... nun, dann wäre das Tor inzwischen ein halbes Dutzend Mal zusammengebrochen, und wir wären mit unserer Arbeit hoffnungslos im Rückstand.«

Stefan, der erwartet hatte, bei seiner Rückkehr ins Institut verhaftet zu werden, war verwirrt. Sein Verrat war offenbar unentdeckt geblieben, statt dessen wurde er von dieser bösartigen weißen Made gelobt. Hinter seinem Vorschlag, das Tor durch einen unabhängigen Generator mit Strom zu versorgen, hatte keineswegs der Wunsch gestanden, den Erfolg des Projekts zu sichern, sondern er hatte lediglich verhindern wollen, daß seine Zeitreisen in Lauras Leben durch Stromausfälle gestört würden.

»Ich hätte letzten Oktober nicht gedacht, daß die Lage sich bis heute so verschlechtern würde, daß die öffentliche Versorgung nicht mehr zuverlässig arbeitet«, fuhr Janusky fort und schüttelte trüb den Kopf. »Wieviel das Volk ertragen muß, um den Endsieg zu erringen, was?«

»Wir leben in bösen Zeiten«, bestätigte Stefan, der damit etwas ganz anderes meinte als Janusky.

»Aber wir werden siegen!« stellte Janusky nachdrücklich fest. In seinen vergrößerten Augen stand der Wahn, den Stefan so gut kannte. »Wir werden durch ›Blitzstraße‹ siegen!« Er klopfte Stefan auf die Schulter und watschelte den Korridor entlang davon.

»Doktor Janusky?« rief Stefan ihm nach, als der Wissenschaftler schon fast am Aufzug war.

Die fette weiße Made drehte sich nach ihm um. »Ja?«

»Haben Sie Kokoschka heute schon gesehen?«

»Heute? Nein, heute nicht.«

»Aber er ist hier, nicht wahr?«

»Oh, das nehme ich an. Er ist meistens hier, solange irgend jemand arbeitet. Ein vorbildlich diensteifriger Mann. Hätten wir doch mehr Männer wie Kokoschka, stünde der Endsieg längst außer Zweifel. Müssen Sie ihn sprechen? Soll ich ihn zu Ihnen schikken, falls ich ihn irgendwo sehe?«

»Nein, nein«, wehrte Stefan ab, »die Sache ist nicht dringend.

Ich möchte ihn nicht von irgendwas abhalten. Er begegnet mir bestimmt irgendwo.«

Janusky ging zum Aufzug weiter, und Stefan verschwand in seinem Büro und schloß die Tür hinter sich.

Er kauerte neben dem Aktenschrank nieder, den er etwas seitlich verschoben hatte, damit er ein Drittel des Lüftungsgitters über der Fußbodenleiste abdeckte. In dem schmalen Spalt dahinter waren die aus dem untersten Schlitz kommenden dünnen Kupferdrähte kaum sichtbar. Die Litzen führten zu einem einfachen Zeitschalter, der wiederum mit einer Steckdose hinter dem Schrank verbunden war. Alle Verbindungen waren intakt. Stefan brauchte nur hinter den Aktenschrank zu greifen und den Zeitschalter einzustellen, um im Zeitraum von einer bis fünf Minuten – je nach Schalterstellung – das ganze Institut in die Luft zu jagen.

Was geht hier vor, verdammt noch mal? fragte er sich.

Er blieb eine Weile hinter seinem Schreibtisch sitzen und starrte den Himmelsausschnitt an, den er durch eines der beiden Fenster sehen konnte: Vor azurblauem Hintergrund zogen einzelne schmutzweiße Haufenwolken vorüber.

Schließlich verließ er sein Büro, ging zur Nordtreppe und stieg rasch am dritten Stock vorbei zum Dachboden hinauf. Die Tür knarrte nur kurz, als er sie öffnete. Stefan machte Licht, betrat den langen, nur teilweise ausgebauten Dachraum und bewegte sich so leise wie möglich über die Bodendielen. Er überprüfte drei der vor zwei Nächten angebrachten Sprengladungen. Der Plastiksprengstoff und die Zündkapseln befanden sich unverändert an Ort und Stelle.

Die Sprengladungen im Keller brauchte er nicht eigens zu überprüfen. Er verließ den Dachboden und kehrte in sein Büro zurück.

Offensichtlich wußte niemand von seinem Plan, das Institut zu zerstören, oder von seinen Versuchen, eine Serie von Tragödien in Lauras Leben zu verhindern. Niemand außer Kokoschka. Verdammt noch mal, Kokoschka mußte davon gewußt haben, sonst wäre er nicht mit einer Uzi auf der kalifornischen Bergstraße aufgetaucht.

Weshalb hatte Kokoschka sein Wissen für sich behalten?

Als Beamter der Geheimen Staatspolizei war Kokoschka ein Fanatiker, ein blind gehorsamer Staatsdiener. Und er war persönlich für die Sicherheit des Projekts ›Blitzstraße‹ verantwortlich. Hätte er im Institut einen Verräter vermutet, würde er keinen Augenblick gezögert haben, sofort starke Polizeikräfte zusammenzuziehen, das Gebäude zu umstellen, die Ausgänge bewachen zu lassen und jedermann scharf zu verhören.

Jedenfalls hätte er nicht zugelassen, daß Stefan Laura auf der Bergstraße zu Hilfe kam und danach mit der Absicht folgte, alle im Institut zu töten. Ihm wäre es vor allem darum gegangen, Stefan an der Ausführung seiner Pläne zu hindern, und ihn zu vernehmen, um herauszubekommen, ob er etwa im Institut Mitverschwörer hatte.

Kokoschka wußte, daß Stefan die vorausbestimmten Ereignisse im Leben dieser Frau schon mehrmals massiv beeinflußt hatte. Und er hatte die Sprengladungen im Institut entdeckt oder nicht entdeckt – vermutlich nicht, denn sonst hätte er zumindest die Zündleitungen unterbrochen. Und aus nur ihm bekannten Gründen hatte er an diesem Morgen in privater Initiative und nicht offiziell als Polizeibeamter gehandelt. Auch konnte Stefan sich beim besten Willen nicht denken, was Kokoschka dazu bewogen haben sollte, ihm durchs Tor zu diesem Winternachmittag im Januar 1988 zu folgen.

Das war unbegreiflich. Trotzdem mußte es geschehen sein.

Was hatte Kokoschka vorgehabt?

Wahrscheinlich würde er's nie erfahren.

Jetzt lag Kokoschka im Jahre 1988 tot auf einer kalifornischen Straße, und im Institut würde bald jemand sein Fehlen bemerken.

Unter Penlowskis und Januskys Leitung sollte Stefan an diesem Nachmittag um 14 Uhr eine offizielle Zeitreise unternehmen. Er hatte die Absicht gehabt, das Institut um 13 Uhr – eine Stunde vor Reisebeginn – in die Luft zu jagen. Jetzt, um 11.43 Uhr, kam er zu dem Schluß, rascher als ursprünglich beabsichtigt handeln zu müssen, bevor wegen Kokoschkas Verschwinden Alarm geschlagen wurde.

Er trat an einen der Karteikästen aus Stahlblech, zog die leere untere Schublade auf, hängte sie aus und nahm sie ganz heraus. Hinter ihrer Rückwand war mit Draht eine 9-mm-Pistole befestigt: ein Colt Commander Parabellum mit neunschüssigem Magazin, die er sich auf einer seiner heimlichen Zeitreisen beschafft und ins Institut geschmuggelt hatte. Hinter einer weiteren Schublade holte er zwei hochwirksame Schalldämpfer und vier Reservemagazine hervor. In fliegender Hast, weil jeden Augenblick irgendein Kollege ohne anzuklopfen hereinkommen konnte, schraubte er an seinem Schreibtisch einen der Schalldämpfer auf den Lauf der Pistole, entsicherte die Waffe und verteilte den zweiten Schalldämpfer und die Magazine auf die Taschen seines Laborkittels.

Wenn er das Institut zum letzten Mal durch das Tor verließ, durfte er sich nicht darauf verlassen, daß Penlowski, Janusky und weitere Wissenschaftler bei der Sprengung des Instituts bestimmt den Tod finden würden. Die Detonation würde das Gebäude zum Einsturz bringen, zweifellos die meisten Akten vernichten und alle Maschinen zerstören – aber was war, wenn einer der wichtigsten Forscher überlebte? Penlowski oder Janusky konnten das Tor aus dem Gedächtnis rekonstruieren, deshalb wollte Stefan sie und einen weiteren Mann – einen gewissen Wolkow – erschießen, bevor er den Zeitschalter einstellte und das Tor betrat, um zu Laura zurückzukehren.

Mit angeschraubtem Schalldämpfer war die Commander zu lang, um ganz in die Tasche seines Laborkittels zu passen, deshalb kehrte er sie nach draußen und stieß ein Loch in die untere Naht. Mit dem Zeigefinger am Abzug steckte er die Pistole in die jetzt bodenlose Tasche und hielt sie dort fest, während er die Tür seines Büros öffnete und auf den Korridor hinaustrat.

Sein Herz schlug wie rasend. Was jetzt folgte, war der gefährlichste Teil seines Planes, weil so vieles schiefgehen konnte, bevor er die drei Männer erledigt hatte und in sein Büro zurückkehren konnte, um den Zeitzünder einzustellen.

Laura war weit, weit weg, und er würde sie vielleicht nie wiedersehen.

5

Am Montagnachmittag schlüpften Laura und Chris in graue Trainingsanzüge. Nachdem Thelma ihnen geholfen hatte, auf dem Boden der Veranda hinter dem Haus dicke Turnmatten auszurollen, saßen die beiden nebeneinander und machten Atemübungen.

»Wann kommt Bruce Lee?« fragte Thelma.

»Um vierzehn Uhr«, antwortete Laura.

»Er ist nicht Bruce Lee, Tante Thelma«, stellte Chris irritiert fest. »Du nennst ihn immer Bruce Lee, aber Bruce Lee ist tot.«

Mr. Takahami erschien pünktlich um 14 Uhr. Er trug einen blauen Trainingsanzug mit der Aufschrift QUIET STRENGTH – dem Motto seiner Selbstverteidigungsschule – auf dem Rücken. »Sie sind sehr komisch«, versicherte er Thelma, als er ihr vorgestellt wurde. »Und ich finde Ihr Plattenalbum super.«

»Und ich kann Ihnen versichern, daß ich mir aufrichtig wünsche, Japan hätte den Krieg gewonnen«, antwortete Thelma, die bei diesem Lob errötet war.

»Das haben wir doch«, meinte Henry lachend.

Thelma saß in einem Liegestuhl und schlürfte Eistee, während sie zusah, wie Henry Laura und Chris in Selbstverteidigung unterrichtete.

Henry Takahami war Anfang Vierzig und hatte einen muskulösen Oberkörper und sehnige Beine. Er war Judo-, Karate- und Taekwondo-Meister und lehrte eine auf diesen Systemen basierende Selbstverteidigung, die er selbst entwickelt hatte. Zweimal in der Woche kam er aus Riverside herüber, um Laura und Chris zu unterweisen.

Der grunzend und manchmal schreiend mit Boxhieben, Fußtritten, Beinstellen, Hüftwürfen und Handkantenschlägen geführte Nahkampf wurde sanft genug ausgetragen, um Verletzungen zu vermeiden, aber auch hart genug, um lehrreich zu sein. Die für Chris bestimmten Übungen waren kürzer und weniger anstrengend als die Lauras, und Henry ließ dem Jungen zwischendurch reichlich Zeit, sich wieder zu erholen. Bei Unterrichtsende war Laura, wie jedesmal, erschöpft und in Schweiß gebadet.

Nachdem Henry sich verabschiedet hatte, schickte Laura ihren Sohn nach oben unter die Dusche, während sie mit Thelma die Matten aufrollte.

»Er ist nett«, sagte Thelma.

»Henry? Ja, das ist er.«

»Vielleicht lerne ich auch Judo oder Karate.«

»Ist dein Publikum in letzter Zeit so unzufrieden mit dir gewesen?«

»Keine Tiefschläge, Shane!«

»Alles ist fair, wenn der Feind gnadenlos und übermächtig ist.«

Als Thelma am nächsten Nachmittag ihr Gepäck in den Kofferraum ihres Camaros legte, fragte sie plötzlich: »He, Shane, erinnerst du dich an die ersten Pflegeeltern, zu denen sie dich vom McIllroy aus geschickt haben?«

»Die Teagels«, sagte Laura. »Flora, Mike – und Hazel.«

Thelma lehnte sich neben Laura an die sonnenwarme Karosserie ihres Wagens. »Weißt du noch, was du uns von Mikes Begeisterung für Zeitungen wie den ›National Enquirer‹ erzählt hast?«

»Ich erinnere mich an die Teagels, als wär's gestern gewesen.«

»Nun«, fuhr Thelma fort, »ich habe viel über deine seltsamen Erlebnisse nachgedacht – vor allem über deinen Beschützer, der nicht altert und sich in Luft auflösen kann –, und mich an die Teagels erinnert und mir überlegt, daß das eine wahre Ironie des Schicksals ist. Wie wir im McIllroy viele Abende lang über den verrückten alten Mike Teagel gelacht haben! Und du erlebst jetzt am eigenen Leib nichts anderes als exotische Nachrichten erster Klasse.«

Laura lachte halblaut. »Du meinst, an all den Geschichten von in Cleveland lebenden Wesen von einem anderen Stern könnte doch etwas Wahres sein, was?«

»Hör zu, ich will damit nur sagen, daß ... daß das Leben voller Wunder und Überraschungen ist. Gewiß, einige Überraschungen sind unangenehm, und manche Tage sind so leer wie der Kopf eines durchschnittlichen Politikers. Trotzdem gibt es Augenblicke, die mich erkennen lassen, daß wir alle aus irgendeinem Grund, so geheimnisvoll er auch sein mag, hier sind. Unser Leben ist nicht bedeutungslos. Wäre es bedeutungslos, gäbe es keine Geheimnisse. Dann wäre es so langweilig und durchschaubar und ohne Geheimnisse wie der Mechanismus einer Kaffeemaschine.«

Laura nickte.

»Meine Güte, hör dir das an! Ich vergewaltige unsere Muttersprache, um irgendeine dümmliche philosophische Erklärung zu finden, die letzten Endes nichts anderes besagt als ›Kopf hoch, Kleine!‹«

»Du bist nicht dümmlich.«

»Geheimnisse«, sagte Thelma. »Wunder. Du steckst mitten drin, Shane, und das ist der Sinn des Lebens. Und wenn es im Augenblick finster ist ... nun, auch das geht vorüber.«

Sie standen neben dem Auto und umarmten sich schweigend, weil sie nichts hinzuzufügen brauchten, bis Chris mit einem Bild aus dem Haus gerannt kam, das er mit Buntstiften für Thelma gemalt hatte und das sie nach Los Angeles mitnehmen sollte. Es war eine primitive, aber reizende Darstellung von Sir Keith Kröterich, der vor einem Kino stand, über dessen Eingang Thelmas Name in Riesenlettern auf einer Reklametafel prangte.

Chris hatte Tränen in den Augen. »Mußt du wirklich schon fahren, Tante Thelma? Kannst du nicht noch einen Tag bleiben?«

Thelma umarmte ihn und rollte dann die Zeichnung vorsichtig zusammen, als habe er ihr ein unschätzbares Meisterwerk geschenkt. »Ich würde gern länger bleiben, Christopher Robin, aber ich kann nicht. Meine begeisterten Fans fordern lautstark, daß ich diesen Film drehe. Außerdem habe ich eine hohe Hypothek zu tilgen.«

»Was ist eine Hypothek?«

»Die größte Motivation der Welt«, antwortete Thelma und gab ihm einen Abschiedskuß. Sie stieg ein, ließ den Motor an, öffnete das Seitenfenster und blinzelte Laura zu. »Exotische Nachrichten, Shane.«

»Geheimnisse.«

»Wunder!« Laura grüßte zum Abschied mit drei Fingern wie in ›Raumschiff Enterprise‹.

Thelma lachte. »Du schaffst es bestimmt, Shane. Trotz der Schußwaffen und aller Dinge, die ich seit Freitag gehört habe, mache ich mir jetzt weniger Sorgen um dich als vor meiner Ankunft.«

Chris stand neben Laura, und die beiden sahen Thelmas Wagen nach, bis er die langgestreckte Zufahrt verließ und in die Staatsstraße einbog.

6

Dr. Wladimir Penlowskis Chefbüro lag im dritten Stock des Instituts. Als Stefan das Vorzimmer betrat, war es menschenleer, aber er hörte Stimmen nebenan. Er trat an die einen Spalt weit offene Verbindungstür, stieß sie ganz auf und sah, daß Penlowski seiner Sekretärin Anna Kaspar etwas diktierte.

Penlowski hob den Kopf und schien von Stefans Auftauchen leicht überrascht zu sein. Stefans Nervosität war ihm offenbar anzusehen, denn Penlowski runzelte die Stirn und fragte: »Ist irgendwas nicht in Ordnung?«

»Irgendwas ist seit langem nicht mehr in Ordnung«, erwiderte Stefan, »aber es kommt jetzt in Ordnung, glaube ich.« Während die

Falten auf Penlowskis Stirn sich vertieften, zog Stefan die Colt Commander mit Schalldämpfer aus der Tasche seines Laborkittels und schoß den Wissenschaftler zweimal in die Brust.

Anna Kaspar sprang vom Stuhl auf, ließ Bleistift und Stenoblock fallen und öffnete den Mund zu einem Schrei.

Er tötete nicht gern Frauen – er tötete überhaupt nicht gern –, aber in diesem Fall blieb ihm keine andere Wahl, deshalb drückte er dreimal ab, so daß die Schüsse Anna Kaspar rückwärts gegen den Schreibtisch warfen, bevor sie laut aufschreien konnte.

Sie war bereits tot, als sie vom Schreibtisch hinunter zu Boden glitt. Die Schüsse waren nicht lauter gewesen als das Fauchen einer wütenden Katze, und Anna Kaspars Zusammenbrechen nicht so laut, daß es unliebsame Aufmerksamkeit hätte erregen können.

Penlowski war mit offenem Mund und offenen Augen in seinem Sessel zusammengesackt und starrte blicklos vor sich hin. Einer der beiden Schüsse mußte sein Herz getroffen haben, denn auf seinem Hemd zeichnete sich nur ein kleiner Blutfleck ab; sein Herz mußte augenblicklich zu schlagen aufgehört haben.

Stefan verließ rückwärtsgehend den Raum und schloß die Tür hinter sich. Er durchquerte das Vorzimmer, trat in den Korridor hinaus und schloß auch die Tür.

Sein Puls jagte noch immer. Mit diesen beiden Morden hatte er sich endgültig von seiner eigenen Zeit, von seinem eigenen Volk losgesagt. Eine Zukunft hatte er nur noch in Lauras Zeit. Für ihn gab es jetzt kein Zurück mehr.

Mit den Händen – und der Pistole – in den Taschen seines Laborkittels ging er den Korridor entlang auf Januskys Büro zu. Als er sich der Tür näherte, kamen zwei weitere seiner Kollegen heraus. Sie nickten ihm im Vorbeigehen zu, und er blieb stehen, um zu sehen, ob sie etwa zu Penlowski wollten. In diesem Fall hätte er sie ebenfalls erschießen müssen.

Zu seiner Erleichterung blieben sie bei den Aufzügen stehen. Je mehr Leichen in seinem Kielwasser zurückblieben, desto größer wurde die Wahrscheinlichkeit, daß jemand einen Toten entdeckte und Alarm schlug, was Stefan daran hindern würde, den Zeitzünder einzustellen und über die Blitzstraße zu entkommen.

Er betrat das Vorzimmer von Januskys Büro. Die Sekretärin des Wissenschaftlers – auch sie wie Anna Kaspar von der Geheimpolizei – sah lächelnd zu ihm auf.

»Ist Doktor Janusky da?« fragte Stefan.

»Nein, er ist mit Doktor Wolkow unten im Archiv.«

Wolkow war der dritte Mann, der so eingehende Kenntnisse über das Projekt besaß, daß er ebenfalls liquidiert werden mußte. Stefan erschien es als gutes Omen, daß er und Janusky praktischerweise gemeinsam in einem Raum anzutreffen sein würden.

Im Archiv wurden die von den Teilnehmern offizieller Zeitreisen zurückgebrachten vielen Bücher, Zeitungen, Zeitschriften und weiteren Unterlagen aufbewahrt, studiert und ausgewertet. Gegenwärtig hatten die Erfinder der ›Blitzstraße‹ den Forschungsauftrag, die entscheidenden Zeitpunkte zu finden, an denen Veränderungen des natürlichen Ganges der Ereignisse genau die gewünschten Veränderungen des Laufes der Geschichte bewirken würden.

Auf der Fahrt nach unten wechselte Stefan den Schalldämpfer seiner Pistole im Aufzug gegen den unbenützten zweiten aus. Der erste hätte noch ein weiteres Dutzend Schüsse ausgehalten, bevor seine Schallblenden ernstlich beschädigt gewesen wären, aber Stefan wollte ihn nicht überbeanspruchen. Der zweite Schalldämpfer war eine zusätzliche Vorsichtsmaßnahme. Außerdem wechselte er das halbleere Magazin gegen ein volles aus.

Der Hauptkorridor im Erdgeschoß war wie immer von Institutsangehörigen belebt, die aus Büros und Labors kamen und gingen. Stefan ließ beide Hände in den Taschen und ging geradewegs ins Archiv.

Als er es betrat, standen Janusky und Wolkow über eine Zeitschrift gebeugt vor einem Eichentisch und diskutierten ziemlich erregt, aber nur halblaut. Sie blickten auf und setzten ihre Diskussion gleich wieder fort, weil sie annahmen, er sei hier, um selbst irgend etwas nachzuschlagen.

Stefan schoß Wolkow zweimal in den Rücken.

Janusky reagierte entsetzt und verwirrt, als sein Kollege, durch die fast lautlosen Schüsse nach vorn geworfen, über dem Tisch zusammenbrach.

Stefan erledigte Janusky mit einem Kopfschuß, bevor er sich abwandte, den Raum verließ und die Tür hinter sich ins Schloß zog. Da er sich nicht zutraute, auch nur halbwegs beherrscht oder zusammenhängend mit Kollegen zu sprechen, spielte er den Gedankenverlorenen und hoffte, daß das sie daran hindern würde, ihn anzusprechen. Er ging so rasch wie möglich zum Aufzug, ohne gleich zu rennen, fuhr in sein Büro im zweiten Stock hinauf, griff hinter den Aktenschrank und drehte den Zeitschalter ganz nach rechts. Nun hatte er gerade noch fünf Minuten Zeit, das Tor zu erreichen und zu flüchten, bevor das Institut in einen brennenden Trümmerhaufen verwandelt wurde.

7

Als das Schuljahr begann, hatte Laura sich eine Ausnahmegenehmigung verschafft, um Chris von einer staatlich anerkannten Privatlehrerin zu Hause unterrichten lassen zu dürfen. Die Dame hieß Ida Palomar und erinnerte Laura an Marjorie Main, die verstorbene Hauptdarstellerin der Filme mit Ma und Pa Kettle. Ida war eine imposante Gestalt, ein bißchen rauhbeinig, aber meistens freundlich und vor allem eine ausgezeichnete Lehrerin.

Als die Thanksgiving-Ferien begannen, fühlten Laura und Chris sich nicht mehr als Gefangene, sondern hatten sich an die verhältnismäßige Einsamkeit gewöhnt, in der sie lebten. Tatsächlich genossen sie sogar die besonders enge Beziehung, die sich zwischen ihnen entwickelte, weil es so wenige andere Menschen in ihrem Leben gab.

Am Thanksgiving-Day rief Thelma aus Beverly Hills an, um ihnen zum Fest alles Gute zu wünschen. Laura telefonierte von der Küche aus, in der es appetitanregend nach Truthahnbraten roch. Chris saß im Wohnzimmer und las.

»Ich wollte euch nicht nur alles Gute wünschen«, sagte Thelma, »sondern euch einladen, Weihnachten mit Jason und mir zu verbringen.«

»Jason?« fragte Laura.

»Jason Gaines, der Regisseur«, antwortete Thelma. »Der Regisseur des Films, den ich gerade drehe. Ich bin bei ihm eingezogen.«

»Weiß er schon davon?«

»Hör zu, Shane, *ich* mache hier die Witze.«

»Entschuldigung.«

»Er liebt mich, sagt er. Ist das nicht verrückt? Jesus, ich meine, da haben wir einen passabel aussehenden Kerl, nur fünf Jahre älter als ich und ohne sichtbaren Defekt, der als millionenschwerer, *schrecklich* erfolgreicher Filmregisseur so ziemlich jedes vollbusige kleine Sternchen kriegen könnte – und trotzdem nur mich will. Er hat natürlich einen Dachschaden, aber den merkt man ihm im Gespräch nicht an, so normal wirkt er. Er behauptet, mich wegen meiner *Intelligenz* zu lieben ...«

»Weiß er, wie krank dein Gehirn ist?«

»Nicht schon wieder, Shane! Er liebt angeblich meinen Verstand und meinen Sinn für Humor und findet sogar meinen Körper erregend – oder er ist der erste Mann der Welt, der eine Erektion *vortäuschen* kann.«

»Du hast einen sehr attraktiven Körper.«

»Na ja, ich spiele in letzter Zeit mit dem Gedanken, daß er vielleicht doch nicht so übel ist, wie ich immer geglaubt habe. Falls man *Knochigkeit* für das weibliche Schönheitsideal schlechthin hält, versteht sich. Aber selbst wenn ich meinen Körper heute noch im Spiegel betrachten kann, sitzt darüber noch immer *dieses* Gesicht.«

»Du hast ein durchaus hübsches Gesicht – vor allem jetzt, wo es nicht mehr von grünem und purpurrotem Haar umgeben ist.«

»Es ist nicht *dein* Gesicht, Shane. Was bedeutet, daß ich verrückt sein muß, wenn ich dich über Weihnachten zu uns einlade. Sobald Jason dich sieht, sitze ich in einem Müllsack draußen auf dem Gehsteig. Aber wie steht's damit? Kommt ihr? Wir drehen den Film in LA und Umgebung und werden um den zehnten Dezember fertig. Danach hat Jason noch mehr zu tun, weil er die Schneidearbeit überwachen muß, aber in der Weihnachtswoche *faulenzen* wir. Wir hätten euch gern bei uns. Sag endlich, daß ihr kommt!«

»Natürlich möchte ich den Mann, der clever genug gewesen ist, sich in dich zu verlieben, gern kennenlernen, Thelma, aber ich weiß nicht recht ... Hier fühle ich mich sicher, verstehst du?«

»Hältst du uns etwa für gefährlich?«

»Du weißt, was ich meine.«

»Du kannst eine Uzi mitbringen.«

»Was würde Jason davon halten?«

»Ich erzähle ihm einfach, daß du eine linke Radikalistin, eine Retterin der Pottwale, eine Kämpferin für Müsli ohne Konservierungsstoffe und eine Papageienbefreierin bist, die für den Fall, daß die Weltrevolution überraschend ausbrechen sollte, ständig eine Uzi mit sich rumschleppt. Das glaubt er mir sofort. Wir leben schließlich in Hollywood, Kleine. Die meisten Schauspieler, mit denen er arbeitet, sind politisch noch verrückter.«

Der Durchgang zum Wohnzimmer gab den Blick auf Chris frei, der lesend in einem Sessel hockte.

Laura seufzte. »Vielleicht wär's besser, wenn wir wieder mehr unter Menschen kämen. Und Weihnachten wird schwierig, wenn Chris und ich allein sind – die ersten Weihnachten ohne Danny. Aber mir ist unbehaglich zumute ...«

»Alles liegt jetzt schon zehn Monate zurück, Laura«, sagte Thelma sanft.

»Aber ich werde dort nicht weniger wachsam sein!«

»Das erwartet niemand von dir. Du kannst deine Uzi mitbringen. Meinetwegen bringst du dein ganzes Arsenal mit, wenn dir dann wohler ist. Hauptsache, du kommst.«

»Gut ... einverstanden.«

»Fantastisch! Ich kann's kaum noch erwarten, daß du Jason kennenlernst.«

»Soll das heißen, daß die Liebe, die dieser Hollywoodmagnat mit Dachschaden für dich empfindet, erwidert wird?«

»Ich bin verrückt nach ihm«, gab Thelma zu.

»Ich freue mich mit dir, Thelma. Du solltest mich jetzt sehen: Ich stehe hier, kann nicht zu grinsen aufhören und fühle mich so wohl wie seit Monaten nicht mehr.«

Das stimmte. Aber nachdem sie aufgelegt hatte, fehlte Danny ihr mehr als je zuvor.

8

Sobald Stefan den Zeitzünder hinter dem Aktenschrank eingestellt hatte, verließ er das Büro im zweiten Stock und fuhr ins Hauptlabor im Erdgeschoß hinunter. Es war 12.14 Uhr, und da die planmäßige Zeitreise erst um 14.00 Uhr stattfinden sollte, war das Hauptlabor menschenleer. Der große Raum war weiter so schwach beleuchtet wie vor einer Stunde, als Stefan aus dem San Bernadino Mountain zurückgekommen war. Die zahlreichen Skalen, Instrumente und Anzeigen der Hilfsaggregate leuchteten blaßgrün und orangerot. Das mehr im Schatten als im Licht liegende Tor erwartete ihn.

Vier Minuten bis zur Detonation.

Er trat sofort ans Hauptprogrammierpult und stellte die Skalen,

Schalter und Hebel sorgfältig aufs gewünschte Ziel ein: Südkalifornien, in der Nähe von Big Bear, am 10. Januar 1988 um 20.00 Uhr – wenige Stunden nach der Ermordung Danny Packards. Stefan hatte die erforderlichen Berechnungen schon vor Tagen angestellt und sich die Ergebnisse aufgeschrieben, so daß er jetzt auf seine Notizen zurückgreifen und die Zeitmaschine in nur einer Minute programmieren konnte.

Hätte er zum Nachmittag des 10. Januar vor dem Unfall und der Schießerei mit Kokoschka reisen können, hätte er's in der Hoffnung getan, Danny retten zu können. Wie sich jedoch gezeigt hatte, konnte ein Zeitreisender an keinen Ort zurückkehren, wenn der zweite Besuch *vor* seiner ersten Ankunft stattfinden sollte; irgendein natürlicher Mechanismus verhinderte, daß der Zeitreisende an einen Ort gelangte, an dem er sich selber auf einer früheren Reise hätte begegnen können. Stefan konnte nach Big Bear zurückkehren, nachdem er Laura an diesem Januarabend verlassen hatte, denn da er von der Straße verschwunden war, bestand keine Gefahr mehr, sich selbst zu begegnen. Stellte er jedoch eine Ankunftszeit ein, die diese Möglichkeit nicht ausschloß, würde er sich im Institut wiederfinden, ohne irgendwo gewesen zu sein. Das gehörte zu den vielen rätselhaften Aspekten von Zeitreisen, die ihnen bereits bekannt waren und die sie bei ihrer Arbeit einkalkulierten, ohne sie wirklich zu verstehen.

Nachdem er die Programmierung vorgenommen hatte, warf er einen Blick auf die Koordinatenanzeige, um sich davon zu überzeugen, daß er in der Umgebung von Big Bear ankommen würde. Mit einem weiteren Blick auf die Uhr stellte er zu seiner Verblüffung fest, daß sie den 10. Januar 1989 anzeigte. Er würde also nicht wenige Stunden nach Dannys Tod, sondern ein ganzes Jahr später ankommen!

Stefan wußte bestimmt, daß seine Berechnungen richtig waren; in den vergangenen Wochen hatte er reichlich Zeit gehabt, sie durchzuführen und mehrmals zu überprüfen. Offenbar hatte er in seiner Nervosität die Zahlen falsch eingegeben. Er würde die Programmierung wiederholen müssen.

Weniger als drei Minuten bis zur Detonation.

Schweißperlen standen ihm auf der Stirn, während er die Augen zusammenkniff und die Zahlen, die er sich aufgeschrieben hatte – das Ergebnis langer Berechnungen –, erneut studierte. Als er eben die bisherige Programmierung löschen und seine Zahlen erneut eingeben wollte, hörte er draußen im Korridor Alarmrufe. Die lauten Stimmen schienen vom Nordende des Gebäudes zu kommen, wo das Archiv lag.

Irgend jemand hatte die Leichen Januskys und Wolkows entdeckt.

Er hörte weitere Rufe. Auf dem Korridor hörte man das Trampeln von Schritten, das sich näherte und wieder entfernte.

Nach einem nervösen Blick zur geschlossenen Korridortür hinüber sagte er sich, daß er keine Zeit haben werde, die Zeitmaschinen neu zu programmieren. Er würde sich damit begnügen müssen, mit einem Jahr Verspätung zu Laura zurückzukehren.

Stefan erhob sich mit der Colt Commander mit Schalldämpfer in der rechten Hand vom Programmierpult und trat auf das Tor zu – den auf 30 Zentimeter hohen Kupferblöcken ruhenden, an beiden Enden offenen polierten Stahlzylinder. Er wollte nicht einmal riskieren, sich noch die Zeit zu nehmen, seine Seemannsjacke aus dem Versteck zu holen, in dem er sie vor einer Stunde zurückgelassen hatte.

Das Stimmengewirr auf dem Korridor wurde lauter.

Als er nur noch wenige Schritte vom Tor entfernt war, wurde die Labortür mit solcher Gewalt aufgestoßen, daß sie gegen die Wand krachte.

»Halt, stehenbleiben!«

Stefan erkannte die Stimme, aber er wollte seinen Ohren nicht trauen. Er riß die Pistole hoch, während er sich nach dem Mann umdrehte, der ihn angerufen hatte: Kokoschka, der jetzt ins Labor gestürmt kam.

Unmöglich! Kokoschka war tot. Kokoschka war ihm am Spätnachmittag des 10. Januar 1988 nach Big Bear gefolgt, und er hatte Kokoschka im Schneesturm auf der Bergstraße erschossen.

In seiner Benommenheit drückte Stefan zweimal überhastet ab. Beide Schüsse verfehlten ihr Ziel.

Kokoschka erwiderte das Feuer. Eine Kugel durchschlug Stefans Oberkörper unter dem linken Schlüsselbein und ließ ihn rückwärts gegen die Unterkante des Stahlzylinders torkeln. Aber er blieb auf den Beinen und gab drei weitere Schüsse auf Kokoschka ab, so daß der Schweinehund sich zu Boden werfen und hinter dem nächsten Arbeitstisch in Deckung gehen mußte.

Die Sprengladungen würden in weniger als zwei Minuten detonieren.

Stefan hatte keine Schmerzen, weil er unter Schockeinwirkung stand. Aber sein linker Arm war kraftlos; er hing wie gelähmt herab. Und eine beharrliche, pechartige zähe Schwärze hatte begonnen, sein Blickfeld immer mehr einzuengen.

Nur wenige der Deckenlampen waren eingeschaltet gewesen, aber jetzt flackerten und erloschen plötzlich auch diese wenigen Lampen, so daß der Raum nur noch durch den schwachen Lichtschein der vielen Anzeigegeräte erhellt wurde. Im ersten Augenblick glaubte Stefan, dieser Lichtabfall sei eine auf eine weitere Bewußtseinstrübung zurückzuführende subjektive Erscheinung, aber dann wurde ihm klar, daß die öffentliche Stromversorgung erneut ausgefallen war – diesmal anscheinend durch Sabotage, weil keine Luftschutzsirenen vor einem Bombenangriff gewarnt hatten.

Kokoschka schoß zweimal aus dem Dunkel und verriet durch das Mündungsfeuer seine Position. Stefan erwiderte das Feuer mit den letzten drei Schüssen aus seiner Waffe, obwohl er nicht hoffen durfte, Kokoschka durch die massive Marmorplatte des Arbeitstischs hindurch zu treffen.

Stefan war dankbar, daß das Tor wegen seiner unabhängigen Stromversorgung weiterhin funktionsfähig war, als er jetzt seine Pistole wegwarf und mit der rechten Hand nach dem Rand des Stahlzylinders griff. Er zog sich hinein und kroch mit verzweifelter Hast auf den Dreiviertelpunkt zu, an dem er das Kraftfeld durchqueren und im Jahr 1989 in die Umgebung von Big Bear versetzt werden würde.

Während er in der Dunkelheit auf zwei Knien und einem heilen Arm weiterkroch, wurde ihm plötzlich klar, daß der Zeitzünder in seinem Büro ans öffentliche Netz angeschlossen war. Das bedeutete, daß der geplante Zündungsablauf durch diesen Stromausfall unterbrochen war.

Voller Verzweiflung begriff Stefan jetzt auch, weshalb Kokoschka nicht im Jahre 1988 tot bei Big Bear zurückgeblieben war. *Kokoschka hatte diese Zeitreise noch nicht unternommen.* Kokoschka hatte seinen Verrat erst jetzt entdeckt, nachdem Januska und Wolkow tot aufgefunden worden waren. Bevor die öffentliche Stromversorgung wiederhergestellt war, würde Kokoschka sein Büro durchsuchen, den Zeitzünder finden und die Sprengladung entschärfen. Das Institut würde nicht zerstört werden.

Stefan zögerte und überlegte, ob er zurückkriechen sollte. Im Labor hinter sich hörte er die Stimmen weiterer Sicherheitsbeamter, die Kokoschka zu Hilfe geeilt waren.

Er kroch weiter.

Und was war mit Kokoschka? Der Sicherheitschef würde offenbar zum 10. Januar 1988 reisen und versuchen, ihn auf der Staatsstraße 330 zu liquidieren. Aber es würde ihm nur gelingen, Danny zu erschießen, bevor er selbst den Tod fand. Stefan war der Überzeugung, Kokoschkas Tod sei dessen unabwendbares Schicksal, aber er würde dennoch mehr über die Paradoxe von Zeitreisen nachdenken müssen, um herauszubekommen, ob es nicht auch eine Möglichkeit gab, daß Kokoschka am 10. Januar 1988 nicht erschossen wurde – ein Tod, dessen Augenzeuge Stefan bereits geworden war.

Die mit Zeitreisen verbundenen Komplikationen waren verwirrend genug, wenn man bei klarem Verstand über sie nachdachte. In seinem Zustand – verletzt darum kämpfend, nicht das Bewußtsein zu verlieren – machte ihn diese geistige Anstrengung nur noch benommener. Später. Darüber würde er sich später Sorgen machen.

Im dunklen Labor hinter ihm begann jemand in den Stahlzylinder zu schießen, um ihn vielleicht noch zu treffen, bevor er den Absprungspunkt erreichte.

Stefan kroch den letzten halben Meter. Auf Laura zu. Auf ein neues Leben in einer fernen Zeit zu. Aber er hatte gehofft, die Verbindung zwischen der Zeit, die er verließ, und jener, für die er jetzt optierte, endgültig zu kappen. Statt dessen würde das Tor offenbleiben. Und sie würden durch die Zeit kommen, um ihn zu erledigen. Ihn und auch Laura.

9

Laura und Chris verbrachten Weihnachten bei Thelma im Beverly Hills. Jason Gaines' Villa hatte 22 Zimmer und stand in einem von einer Mauer umgebenen zweieinhalb Hektar großen Park – ein fantastisch großer Besitz in einem Prominentenviertel, in dem die Grundstückspreise längst schwindelerregende Höhen erreicht hatten. Beim Bau des Hauses in den vierziger Jahren – der ursprüngliche Besitzer hatte als Produzent von verrückten Komödien und Kriegsfilmen Millionen gescheffelt – waren keinerlei Kompromisse in bezug auf Qualität gemacht worden, und sämtliche Räume zeichneten sich durch prachtvolle Details aus, die heutzutage selbst zum Zehnfachen des ursprünglichen Herstellungspreises nicht mehr hätten imitiert werden können: fein ausgeführte Kassettendecken, teils in Eiche, teils in Kupfer; kunstvoll geschnitzte Türrahmen; bleigefaßte farbige oder facettierte Fensterscheiben in so tiefen Nischen in den festungsartig dicken Mauern, daß man bequem auf den breiten Fensterbänken sitzen konnte; innere Fensterrahmen aus Holz mit handgeschnitzten Verzierungen, etwa Ranken und Rosen, Cherubim und Banner, springende Hirsche, Vögel mit Bändern im Schnabel; aus Granit gemeißelte äußere Fensterrahmen, von denen zwei mit farbenprächtigen Trauben aus Keramikfrüchten im Della-Robbia-Stil geschmückt waren. Das zweieinhalb Hektar große Villengrundstück war ein sorgfältig gepflegter Park, in dem sich gepflasterte Wege durch eine subtropische Landschaft mit Pfauen, Palmen, duftenden Lorbeerbüschen, Feigenbäumen, mit roten Blüten überladenen Azaleen, Balsamsträuchern und Unmengen Blumen wanden, von denen Laura kaum die Hälfte mit Namen kannte.

Nachdem Laura und Chris am frühen Nachmittag des 24. Dezember, einem Samstag, angekommen waren, führte Thelma sie durchs Haus und durch den Park. Danach tranken sie heißen Kakao und aßen von der Köchin gebackene Pastetchen, die das Dienstmädchen ihnen auf der geräumigen Terrasse über dem Swimmingpool servierte.

»Ist das nicht verrückt, Shane? Hättest du dir vorstellen können, daß ein Mädchen, das fast zehn Jahre in Heimen wie McIllroy und Caswell zugebracht hat, eines Tages *hier* leben würde, ohne zuerst als Prinzessin wiedergeboren werden zu müssen?«

Die Villa war so imposant, daß sie jeden Eigentümer dazu verleiten konnte, sich für *sehr* wichtig zu halten, und wer sie besaß, hatte sicher Mühe, nicht eitel und selbstzufrieden aufzutreten. Als Jason Gaines gegen 16 Uhr nach Hause kam, erwies er sich als einer der am wenigsten eingebildeten Männer, die Laura kannte – ein erstaunlicher Zug bei einem Mann, der seit 17 Jahren in der Filmbranche tätig war. Er war 38, um fünf Jahre älter als Thelma, und erinnerte an einen jüngeren Robert Vaughn, was weit besser war als ›passabel aussehend‹, wie Thelma ihn charakterisiert hatte. Er war kaum eine halbe Stunde zu Hause, als Chris und er bereits in einem seiner drei Hobbyräume mit einer riesigen Modelleisenbahn spielten, die auf einem fünf mal sechs Meter großen Tisch inmitten einer bis ins kleinste nachgebildeten Miniaturlandschaft mit Dörfern, Hügeln, Seen, Windmühlen, Wasserfällen, Straßen, Brükken und Tunnels aufgebaut war.

Während Chris nachts im Zimmer nebenan schlief, besuchte Thelma ihre Freundin. Sie hockten in ihren Schlafanzügen im Schneidersitz auf dem Bett, als wären sie wieder kleine Mädchen, obwohl sie statt der Kekse geröstete Pistazien knabberten und Weihnachts-Champagner tranken statt Milch.

»Das verrückteste daran ist, Shane, daß ich mich trotz meiner Herkunft hier wie zu Hause fühle. Ich komme mir nicht wie eine Fehlbesetzung vor.«

Sie sah auch nicht wie eine Fehlbesetzung aus. Obwohl sie noch immer als Thelma Ackerson erkennbar war, hatte sie sich in den letzten Monaten auffällig verändert. Ihr Haar war eleganter und modischer geschnitten; sie war zum ersten Mal in ihrem Leben braungebrannt; sie trat mehr wie eine Frau und weniger wie eine Komikerin auf, die stets bemüht ist, mit jedem Wort, mit jeder Bewegung einen Lacherfolg zu erzielen. Auch der Schlafanzug der neuen Thelma war unauffälliger – und mehr sexy – als ihre früheren: am Körper anliegende, ungemusterte pfirsichfarbene Seide. Sie trug jedoch noch immer Häschenpantoffeln.

»Häschenpantoffeln«, sagte sie, »erinnern mich daran, wer ich bin. Wer Häschenpantoffeln an den Füßen hat, kann nicht eingebildet werden. Solange man Häschenpantoffeln trägt, ist man nie in Gefahr, sein Gefühl für Proportionen zu verlieren und sich wie ein Star oder eine stinkreiche Lady aufzuführen. Außerdem geben Häschenpantoffeln mir Selbstvertrauen, weil sie flott aussehen und mir dauernd vorsagen: Was auch passiert, ich lasse mich nie so sehr unterkriegen daß ich nicht mehr verrückt und frivol sein kann. Wenn ich mich nach dem Tod in der Hölle wiederfinde, werd' ich's dort mit Häschenpantoffeln aushalten können…«

Der Weihnachtstag verging wie ein schöner Traum. Jason erwies sich als unverbesserlicher Romantiker, der sie dazu anstiftete, das Fest wie in ihrer Kindheit zu feiern.

So versammelten sie sich in Schlafanzug, Bademantel oder Morgenrock unter dem Weihnachtsbaum, sangen Weihnachtslieder, packten lärmend und lachend ihre Geschenke aus, verzichteten auf ein gesundes Frühstück und aßen statt dessen Plätzchen, Süßigkeiten, Nüsse, Obstkuchen und Karamelpopcorn. Jason bewies, daß er nicht nur versucht hatte, den freundlichen Gastgeber zu spielen, als er den Vorabend mit Chris an seiner Modelleisenbahn verbracht hatte; er beschäftigte sich den ganzen Tag mit dem Jungen und ließ dabei Humor und Einfühlungsvermögen erkennen. Beim Abendessen wurde Laura bewußt, daß Chris an diesem Tag mehr gelacht hatte als in den vergangenen elf Monaten.

»Ein Klassetag, was, Mom?« sagte er, als sie ihn zu Bett brachte.

»Ein großartiger Tag«, stimmte sie ihm bei.

»Ich wollte bloß«, murmelte Chris schon schläfrig, »Daddy wäre hiergewesen und hätte mitspielen können.«

»Das hätte ich mir auch gewünscht, Schatz.«

»Aber in gewisser Beziehung ist er dabeigewesen, weil ich viel an ihn gedacht habe. Werde ich immer wissen, wie er gewesen ist, Mom – selbst nach Dutzenden und Dutzenden Jahren noch?«

»Ich werde dir helfen, dich an ihn zu erinnern, Baby.«

»Manchmal gibt's Kleinigkeiten über ihn, weißt du, an die ich mich nicht mehr genau erinnern kann. Über die ich angestrengt nachdenken muß. Aber ich will ihn nicht vergessen, weil er mein Daddy gewesen ist.«

Als Chris eingeschlafen war, ging Laura durch die Verbindungstür in ihr eigenes Zimmer hinüber. Sie war unendlich erleichtert, als Thelma wenige Minuten später zu einem weiteren Schwatz unter vier Augen aufkreuzte, denn ohne ihre Freundin hätte sie jetzt ein paar sehr schlimme Stunden durchgemacht.

»Nehmen wir mal an, ich hätte Kinder, Shane«, sagte Thelma und setzte sich auf Lauras Bett. »Glaubst du, daß sie in der menschlichen Gesellschaft leben dürften – oder müßten sie in eine Art Aussätzigenkolonie für häßliche Kinder verbannt werden?«

»Rede keinen Unsinn!«

»Ich könnte mir natürlich *umfangreiche* Schönheitsoperationen für sie leisten. Ich meine selbst wenn sich zeigen sollte, daß sie von zweifelhafter Art sind, könnte ich's mir leisten, sie halbwegs menschlich zu machen.«

»Deine Art, dich selbst herabzusetzen, macht mich manchmal richtig wütend.«

»Entschuldige. Das liegt daran, daß ich keine Eltern gehabt habe, die an mich geglaubt haben. Ich habe das Selbstvertrauen und die Selbstzweifel einer Vollwaise.« Sie schwieg einen Augenblick, bevor sie lachend fragte: »He, weißt du schon das Neueste? Jason will mich heiraten! Anfangs habe ich gedacht, er sei von Dämonen besessen und außerstande, seine Zunge zu beherrschen, aber er versichert mir, daß wir keinen Teufelsaustreiber brauchen – obwohl er offenbar einen leichten Schlaganfall erlitten hat. Na, was hältst du davon?«

»Was *ich* davon halte ? Welche Rolle spielt das schon? Aber wenn du meine Meinung hören willst: ein toller Mann. Du läßt ihn dir doch nicht durch die Lappen gehen, oder?«

»Ich befürchte, daß er zu gut für mich ist.«

»Keiner ist zu gut für dich. Heirate ihn!«

»Ich mache mir Sorgen, daß die Ehe schiefgeht und ich am Boden zerstört zurückbleibe.«

»Und wenn du's nicht einmal versuchst«, sagte Laura, »ist's noch schlimmer – dann bist du allein.«

10

Stefan spürte das vertraute, unangenehme Prickeln, das eine Begleiterscheinung von Zeitreisen war: ein eigenartiges Kribbeln, das von außen kommend Haut, Fleisch und Knochen durchdrang, um dann ebenso rasch vom Knochenmark ausgehend wieder nach außen zu verschwinden. Dann verließ er mit einem *Plop!* das Tor und torkelte im selben Augenblick am Abend des 10. Januar 1989 ein steiles Schneefeld in den kalifornischen San Bernardino Mountains hinunter.

Er stolperte, fiel auf seine verletzte linke Seite, rollte im Schnee den Hang hinab und wurde erst von einem umgestürzten Baumstamm aufgehalten. Zum ersten Mal seit seiner Schußverletzung spürte er heftige Schmerzen. Er schrie laut auf, wälzte sich auf den Rücken, biß sich auf die Zunge, um nicht ohnmächtig zu werden, und starrte blinzelnd in den um ihn herum herrschenden nächtlichen Aufruhr.

Ein weiterer Blitzstrahl spaltete den Nachthimmel und aus dem klaffenden Spalt schien grellweißes Licht zu pulsieren. Im geisterhaften Schein der schneebedeckten Erde und im gleißenden Licht der unregelmäßig herabzuckenden Blitze sah Stefan, daß er sich auf einer Waldlichtung befand. Unbelaubte schwarze Bäume reckten ihre kahlen Äste wie fanatische Gläubige, die einen gewalttätigen Gott anbeteten, in den lichtdurchzuckten Himmel. Nadelbäume mit weißen Chorhemden aus Schnee standen wie ernste Priester eines feierlichen Ritus zwischen ihnen.

Bei seiner Ankunft störte ein Zeitreisender das Gleichgewicht der Naturkräfte so sehr, daß dieses nur durch Freisetzung riesiger Energiemengen ausgeglichen werden konnte. Unabhängig von dem am Bestimmungsort herrschenden Wetter geschah das durch heftige Blitzentladungen, denen die ätherische Straße, auf der Zeitreisende sich fortbewegten, die Bezeichnung ›Blitzstraße‹ verdankte. Aus bisher unerklärlichen Gründen löste die Rückkehr ins Institut – in die eigene Zeit des Reisenden – kein derartiges Himmelsfeuerwerk aus.

Wie stets verebbten die anfangs einer Apokalypse würdigen Blitze zu einem fernen Wetterleuchten. Eine Minute später war die Nacht wieder still und dunkel.

Mit dem Nachlassen der Blitzstrahlen waren seine Schmerzen stärker geworden – fast als wären die Blitze, die zuvor den Himmel gespalten hatten, jetzt in seiner Brust, seiner linken Schulter und seinem linken Arm gefangen: viel zu starke Energie, als daß ein Menschenleib sie hätte aufnehmen oder ertragen können.

Er richtete sich kniend auf, kam schwankend auf die Beine und fürchtete, kaum eine Chance zu haben, lebend aus diesem Wald herauszukommen. Bis auf das phosphoreszierende Leuchten der Schneedecke auf der Lichtung war die Nacht unter bewölktem Himmel bedrohlich finster, ja rabenschwarz. Obwohl Windstille herrschte, war die Winterluft eisig, und er trug lediglich einen dünnen Laborkittel über Hemd und Hose.

Noch schlimmer war, daß er unter Umständen kilometerweit von einer Straße oder irgendeinem markanten Geländepunkt entfernt war, der ihm eine Positionsbestimmung ermöglicht hätte. Betrachtete man die Zeitmaschine als Kanone, war ihre Treffsicherheit in bezug auf die Zeit beachtlich, aber das geographische Ziel wurde weit weniger genau getroffen. Der Zeitreisende kam im allgemeinen bis auf zehn Minuten genau zur gewünschten

Zeit an – allerdings nicht unbedingt am gewünschten Ort. Manchmal war er weniger als hundert Meter von seinem Ziel entfernt; im ungünstigsten Fall konnten daraus jedoch 20 bis 25 Kilometer werden – wie am 10. Januar 1988, als Stefan die Zeitreise unternommen hatte, um Laura, Danny und Chris vor dem Zusammenstoß mit dem schleudernden Kleinlaster der Robertsons zu bewahren.

Bei allen früheren Reisen hatte er eine Karte des Zielgebiets und einen Kompaß bei sich gehabt, um für den Fall gerüstet zu sein, daß er sich in einem unwegsamen Gebiet wie diesem wiederfand. Da seine Seemannsjacke in einer Ecke das Labors zurückgeblieben war, besaß er weder Karte noch Kompaß, und der bewölkte Himmel verhinderte eine Orientierung nach den Sternen.

Er stand ohne Stiefel, nur in Straßenschuhen bis fast zu den Knien im Schnee und hatte das Gefühl, sich sofort bewegen zu müssen, wenn er nicht festfrieren wollte. Nach einem Blick in die Runde, der ihm jedoch nicht die erhoffte Eingebung bescherte, wählte er willkürlich eine Richtung, stapfte los und hielt Ausschau nach einem Wildwechsel oder einem anderen natürlichen Pfad durch den tiefverschneiten Wald.

Seine gesamte linke Körperhälfte vom Hals bis zur Hüfte brannte wie Feuer. Er konnte nur hoffen, daß die Kugel, die durch seinen Oberkörper gegangen war, keine Arterie zerrissen hatte und daß der Blutverlust so langsam fortschritt, daß er Laura zumindest noch erreichte und ihr Gesicht – das Gesicht, das er liebte – noch einmal sehen konnte, bevor er starb.

Der erste Jahrestag von Dannys Ermordung fiel auf einen Dienstag, und obwohl Chris die Bedeutung dieses Tages nicht erwähnte, war klar, daß er sich ihrer bewußt war. Der Junge war ungewöhnlich still. Den größten Teil dieses traurigen Tages verbrachte er damit, im Wohnzimmer lautlos mit seinen ›Master of the Universe‹-Figuren zu spielen – ein Spiel, für das sonst lautstarke Imitationen von Laserwaffen, Schwertergeklirr und Raketentriebwerksgedröhn charakteristisch waren. Später lag er in seinem Zimmer auf dem Bett und las Comics. Er widerstand allen Bemühungen Lauras, ihn aus seiner selbstgewählten Einsamkeit herauszulocken, was vermutlich nur gut war; jeder ihrer Versuche, heiter zu sein, wäre unglaubwürdig gewesen und hätte Chris nur noch mehr deprimiert, weil er gespürt hätte, wie sehr auch seine Mutter gegen die Erinnerung an ihren schmerzlichen Verlust ankämpfte.

Thelma, die erst vor vier Tagen angerufen hatte, um die frohe Botschaft zu verkünden, daß sie sich entschlossen habe, Jason Gaines zu heiraten, rief gegen 19.15 Uhr an, um mit ihrer Freundin zu schwatzen, als wäre ihr die Bedeutung dieses Tages gar nicht bewußt. Laura telefonierte von ihrem Arbeitszimmer aus, in dem sie noch immer mit dem rabenschwarzen Buch kämpfte, das sie seit einem Jahr beschäftigte.

»He, Shane, stell dir vor, ich habe Paul McCartney kennengelernt! Er war in LA, um einen Plattenvertrag zu unterschreiben, und wir sind uns am Samstagabend auf einer Party begegnet. Als ich ihn sah, stopfte er sich gerade ein Hors d'oeuvre in den Mund; er sagte Hallo, hatte Krümel auf den Lippen und war *herrlich*. Er kennt alle meine Filme und machte mir Komplimente darüber, und wir unterhielten uns – kaum zu glauben, was? –, wir müssen mindestens zwanzig Minuten miteinander geredet haben. Und allmählich ist was ganz Merkwürdiges passiert ...«

»Du hast gemerkt, daß du ihn während eures Gesprächs ausgezogen hattest.«

»Nun, er sieht noch immer blendend aus, weißt du, noch immer dieses Engelsgesicht, für das wir vor zwanzig Jahren geschwärmt haben, aber jetzt natürlich von Erfahrung gezeichnet, geradezu distinguiert und mit einem reizend melancholischen Zug um die Augen, und er ist sehr amüsant und charmant. Zu Anfang hätte ich ihm wohl am liebsten die Kleider vom Leib gerissen, das gebe ich zu, und endlich meinen Traum ausgelebt. Aber je länger wir miteinander redeten, desto mehr verwandelte er sich aus einem Gott in einen Menschen, und binnen *Minuten* war der Mythos verflogen, Shane, und er war nur mehr ein netter, attraktiver Mann in mittleren Jahren. Na, was hältst du davon?«

»Was soll ich davon halten?«

»Das weiß ich selbst nicht«, gab Thelma zu. »Es beunruhigt mich ein bißchen. Sollte eine lebende Legende, die man kennenlernt, einen nicht etwas länger als zwanzig Minuten beeindrucken? Ich meine, ich kenne unterdessen massenhaft Stars, von denen keiner gottähnlich geblieben ist. Aber das ist *McCartney* gewesen!«

»Hör zu, wenn dich meine Meinung interessiert, sagt dieser rasche Verlust mythologischer Eigenschaften nichts Negatives über ihn aus, aber viel Positives über dich. Du hast ein Stadium neuer Reife erreicht, Ackerson.«

»Bedeutet das, daß ich mir jetzt am Samstagmorgen keine alten Filme mit den Three Stooges mehr ansehen darf?«

»Die Stooges sind erlaubt, aber Streit ums Essen kommt in Zukunft für dich nicht mehr in Frage.«

Als Thelma um 19.50 Uhr auflegte, fühlte Laura sich etwas besser, deshalb wechselte sie von ihrem rabenschwarzen Buch zu dem über Sir Keith Kröterich über. Sie hatte erst zwei Sätze der Kindergeschichte geschrieben, als die Nacht vor den Fenstern durch einen grellweißen Blitz erhellt wurde, der sie entsetzt an eine detonierende Atombombe denken ließ. Der folgende Donner erschütterte das Haus vom Dachfirst bis zu den Fundamenten. Laura sprang auf und war so erschrocken, daß sie sogar vergaß, auf die Speichertaste ihres Computers zu drücken. Ein zweiter Blitzstrahl ließ die Fenster wie Fernsehschirme aufleuchten, der Donner grollte diesmal noch lauter.

»Mom!«

Sie drehte sich um und sah Chris an der Tür stehen. »Alles in Ordnung«, versicherte sie ihm. Er kam zu ihr gerannt. Sie setzte sich wieder und zog ihn auf ihren Schoß. »Alles in Ordnung«, wiederholte sie. »Du brauchst keine Angst zu haben, Schatz.«

»Aber es regnet nicht«, wandte er ein. »Warum ist der Donner so laut, wenn's gar nicht regnet?«

Draußen ging noch fast eine Minute lang eine unglaubliche Serie von Blitzen und einander ablösenden Donnerschlägen nieder, um dann allmählich abzuklingen. Dieser Ausbruch der Naturgewalten war so heftig gewesen, daß Laura sich vorstellte, der zerbrochene Himmel werde am Morgen gleich den Bruchstücken einer riesigen Eierschale herumliegen.

Stefan war noch keine fünf Minuten von der Lichtung entfernt, auf der er gelandet war, als er bereits rasten und sich an den dicken Stamm einer Kiefer lehnen mußte, deren Äste dicht über seinem Kopf begannen. Die Wundschmerzen bewirkten, daß er Ströme von Schweiß vergoß; zugleich fror er in der bitteren Januarkälte, war zu benommen, um stehen zu können, und fürchtete sich andererseits davor, sich hinzusetzen und in einen Schlaf zu verfallen, aus dem es kein Erwachen geben würde. Unter den herabhängenden Ästen der Riesenkiefer, die ihn von allen Seiten umgaben, hatte er das Gefühl, Zuflucht unter der schwarzen Robe des Todes gesucht zu haben.

Bevor Laura Chris wieder zu Bett brachte, machte sie noch Eisbecher aus Kokos-Mandel-Eiscreme mit Hershey-Schokoladensirup. Während sie am Küchentisch saßen, stellte Laura fest, daß die Niedergeschlagenheit ihres Sohnes verflogen zu sein schien. Vielleicht hatte das bizarre Wetterphänomen, das diesen traurigen Jahrestag so dramatisch beendet hatte, ihn aus seinen Gedanken an den Tod gerissen und zum Staunen über Naturwunder gebracht. Chris plapperte in einem fort über den Blitz, der in dem alten James-Whale-Film, den er vor einer Woche zum ersten Mal gesehen hatte, durch eine Drachenschnur in Dr. Frankensteins Labor gelangt war, über die Blitze, die Donald Duck in einem Cartoon geängstigt hatten, und über die Gewitternacht in dem Film ›101 Dalmatiner‹, in dem den Welpen so schreckliche Gefahren von Cruella De Ville gedroht hatten.

Als sie Chris zudeckte und ihm einen Gutenachtkuß gab, lächelte er wieder – ein auffälliger Gegensatz zu dem finsteren Gesichtsausdruck, den er den ganzen Tag über zur Schau getragen hatte. Laura blieb im Sessel neben seinem Bett sitzen, bis er fest schlief, obwohl Chris keine Angst mehr hatte und ihre Gegenwart nicht mehr brauchte. Sie blieb einfach sitzen, weil sie ihn eine Zeitlang ansehen mußte.

Um 21.15 Uhr ging sie in ihr Arbeitszimmer zurück. Aber bevor sie sich wieder an ihren PC setzte, trat sie an eines der Fenster, starrte die Schneefläche vor dem Haus an, verfolgte das schwarze Band der kiesbestreuten Zufahrt bis zur fernen Staatsstraße und blickte zu dem wolkenverhangenen Nachthimmel auf. Irgend etwas an den Blitzen beunruhigte sie zutiefst: nicht daß sie so ungewöhnlich, so bedrohlich gewesen waren, sondern daß ihre einzigartige, fast übernatürliche Energie irgendwie … vertraut gewesen war.

Laura ging ins Schlafzimmer und kontrollierte das Schaltpult der Alarmanlage im Einbaukleiderschrank. Alle Türen und Fenster des Hauses waren gesichert. Dann holte sie unter dem Bett eine Uzi hervor, deren übergroßes Sondermagazin 400 Schuß Leichtmunition enthielt. Sie nahm die Maschinenpistole ins Arbeitszimmer mit und legte sie neben ihrem Stuhl auf den Teppichboden.

Als sie sich eben setzen wollte, zuckte erneut ein Blitz herab und erschreckte sie. Der sofort folgende Donnerschlag erschütterte sie bis ins Mark. Noch ein Blitz und noch einer und noch einer leuchtete in den Fenstern auf wie eine Folge grinsender Geisterfratzen aus Ektoplasma.

Während das Himmelsgewölbe zu erzittern schien, hastete Laura zu Chris, um ihn zu beruhigen. Obwohl die Blitze und Donnerschläge beängstigend heftiger waren als zuvor, wachte der Junge zu ihrem Erstaunen nicht auf – vielleicht weil das Getöse ihm als Teil eines Traumes über Dalmatinerwelpen und ihre Abenteuer in einer Gewitternacht erschien.

Auch diesmal fiel kein Regen.

Das Unwetter legte sich rasch, aber Lauras Besorgnis wollte nicht abklingen.

Im Dunkel sah er seltsame pechschwarze Gestalten: Fabelwesen, die durch den Wald huschten und ihn mit Augen beobachteten, die noch schwärzer waren als ihre Leiber. Aber obwohl sie ihn erschreckten und ängstigten, wußte Stefan, daß sie nicht real, sondern nur Ausgeburten seines mehr und mehr verwirrten Geistes waren. Er schleppte sich weiter – trotz äußerer Kälte, innerer Hitze, spitzer Kiefernadeln, tückischer Brombeerranken und gelegentlicher Eisplatten, auf denen er den Boden unter den Füßen verlor. Die Schmerzen in Brust, Schulter und Arm wurden so stark, daß er im Delirium zu spüren glaubte, wie Ratten sein Fleisch von innen heraus annagten, obwohl er sich nicht vorstellen konnte, wie sie dort *hineingelangt* sein sollten. Nachdem er mindestens eine Stunde lang herumgeirrt war – es erschien ihm wie viele Stunden, sogar Tage, aber es konnten keine Tage gewesen sein, weil die Sonne nicht aufgegangen war –, erreichte er einen Waldrand und sah am Fuß einer sanft abfallenden weiten Schneefläche ein Haus stehen. Seine Fensterläden waren geschlossen, aber an deren Rändern schimmerte es hell. Drinnen brannte Licht. Stefan verharrte ungläubig, weil er zunächst glaubte, das Haus sei nicht wirklicher als die Unterweltgestalten, die ihn durch den Wald begleitet hatten. Dann begann er sich auf die Fata Morgana zuzubewegen – für den Fall, daß sie doch kein Trugbild aus einem Fiebertraum war.

Schon nach wenigen Schritten zuckte ein Blitz durch die Nacht, schien den Himmel aufzureißen. Die Peitsche knallte noch mehrmals, schien jedes Mal von einem stärkeren Arm geschwungen zu werden.

Während Stefan im Augenblick vor Angst gelähmt war, drehte und wand sein Schatten sich im Schnee vor ihm. Manchmal hatte er zwei Schatten, weil er aus zwei Richtungen gleichzeitig von Blitzen beleuchtet wurde. Ein Sonderkommando war ihm bereits auf der Blitzstraße gefolgt, um ihn zu erledigen, bevor er Laura warnen konnte.

Er sah sich nach den Bäumen um, unter denen er hervorgekommen war. Unter dem stroboskopisch aufleuchtenden Himmel schienen die Nadelbäume auf ihn zuzuspringen, dann wieder zurückzuweichen, sich wieder nach vorn zu bewegen. Dort waren keine Verfolger zu erkennen.

Als das Unwetter nachließ, taumelte Stefan weiter auf das Haus zu. Er stürzte zweimal, raffte sich wieder auf und torkelte weiter, obwohl er fürchtete, beim nächsten Sturz nicht wieder aufstehen oder laut genug rufen zu können, um gehört zu werden.

Laura starrte den Bildschirm an, versuchte an Sir Keith Kröterich zu denken, statt dessen fielen ihr die Blitze ein, die Blitze genau an dem Tag, an dem ihr Vater ihr erstmals von Sir Keith erzählt hatte, der Junkie ins Geschäft gekommen war und sie ihren Beschützer zum ersten Mal gesehen hatte – an jenem Sommertag in ihrem achten Lebensjahr.

Sie setzte sich ruckartig im Sessel auf.

Ihr Herz begann wie rasend zu schlagen.

Blitze dieser unnatürlichen Intensität bedeuteten Unannehmlichkeiten einer ganz bestimmten Art: Unannehmlichkeiten für *sie*. Während der Bestattung ihres Vaters oder an dem Tag, als Danny starb, hatte es keine Blitze gegeben. Mit einer Gewißheit, die sie nicht hätte erklären können, wußte sie jedoch, daß die Blitze heute abend für sie Schlimmeres bedeuteten. Sie griff nach der Uzi, machte einen Rundgang durch den ersten Stock, kontrollierte die Fenster, sah nach Chris und überzeugte sich davon, daß alles in Ordnung war. Dann hastete sie die Treppe hinunter, um die Räume im Erdgeschoß zu inspizieren.

Als Laura die Küche betrat, schlug etwas gegen die Tür zum Garten. Sie warf sich mit einem ängstlichverblüfften Aufschrei herum, riß die Uzi hoch und hätte beinahe das Feuer eröffnet.

Aber dies war nicht das entschiedene Geräusch, das jemand machte, der sich gegen die Tür warf, um sie einzudrücken. Es klang nicht so bedrohlich, war kaum lauter als ein Klopfen und wiederholte sich zweimal. Darüber hinaus glaubte sie eine schwache Stimme zu hören, die ihren Namen rief.

Stille.

Laura schlich zur Tür und horchte etwa eine halbe Minute lang nach draußen.

Nichts.

Die Tür war ein Hochsicherheitsmodell mit einer Stahlplatte, die zwischen die zwei je fünf Zentimeter starken Eichenpaneele eingesetzt war, so daß Laura nicht zu befürchten brauchte, sie könnte durch die Tür hindurch erschossen werden. Trotzdem schreckte sie davor zurück, ganz an die Tür heranzutreten und einen Blick durch den Spion zu werfen, weil sie fürchtete, ein von außen gegen die Linse gepreßtes Auge zu sehen, das *sie* zu beobachten versuchte. Als sie endlich den Mut dazu aufbrachte, zeigte der Spion ihr ein Weitwinkelbild der Veranda, und sie sah einen Mann mit ausgebreiteten Armen auf den Fliesen liegen, als wäre er nach hinten umgefallen, nachdem er an die Tür geklopft hatte.

Falle! dachte sie. Falle, Trick.

Laura schaltete die Außenbeleuchtung ein und trat an das mit Stahlläden gesicherte Fenster neben der Tür. Indem sie sich auf die Zehenspitzen stellte, konnte sie durch die schrägen Lamellen hinaussehen. Der Mann auf der Veranda war ihr Beschützer. Seine Schuhe und Hosenbeine waren schneeverkrustet. Er trug etwas, das wie ein weißer Laborkittel aussah, dessen Vorderseite dunkle Blutflecken aufwies.

Soviel sie erkennen konnte, lauerte niemand auf der Veranda oder auf dem Rasen dahinter, aber sie mußte mit der Möglichkeit rechnen, daß jemand ihn hingelegt hatte, um sie aus dem Haus zu locken. Unter diesen Umständen war es tödlicher Leichtsinn, nachts die Tür zu öffnen.

Trotzdem konnte sie ihn nicht draußen liegen lassen. Nicht ihren Beschützer. Nicht, wenn er verletzt war und vielleicht im Sterben lag.

Sie betätigte den Überbrückungsschalter der Alarmanlage neben der Tür, sperrte die Sicherheitsschlösser auf und trat mit schußbereiter Uzi widerstrebend in die Winternacht hinaus. Niemand schoß auf sie. Auf der nur schwach erhellten Rasenfläche bis zum Waldrand hin war keine Bewegung zu erkennen.

Laura erreichte ihren Beschützer, kniete neben ihm nieder und fühlte seinen Puls. Er lebte. Sie schob eines seiner Lider zurück. Er war bewußtlos. Die Wunde unter seinem linken Schlüsselbein sah schlimm aus, obwohl sie im Augenblick nicht zu bluten schien.

Durch ihre Ausbildung bei Henry Takahami und durch regelmäßiges Krafttraining war sie weit stärker als früher, aber trotzdem nicht stark genug, den Verletzten mit einer Hand hochheben zu können. Sie lehnte die Uzi an den Türrahmen und mußte feststellen, daß sie ihn nicht einmal mit zwei Händen hochheben konnte. Obwohl es wahrscheinlich gefährlich war, einen so schwer Verletzten zu bewegen, war es bestimmt noch gefährlicher, ihn hier in der Kälte liegen zu lassen – vor allem, weil er anscheinend verfolgt wurde. Laura schaffte es, ihn halb hochzuheben und rückwärtsgehend in die Küche zu schleppen, wo sie ihn auf den Boden legte. Mit einem Seufzer der Erleichterung holte sie ihre Uzi herein, sperrte die Tür ab und schaltete die Alarmanlage wieder ein.

Er war erschreckend blaß und eiskalt, deshalb mußte Laura ihm als erstes die schneeverkrusteten Schuhe und Socken ausziehen. Als sie mit dem linken Fuß fertig war und den rechten Schuh aufzuschnüren begann, murmelte er etwas in einer fremden Sprache – allerdings so undeutlich, daß Laura sie nicht identifizieren konnte – und dann auf englisch etwas von Sprengladungen und Toren und ›Gespenstern in den Bäumen‹.

Obwohl sie wußte, daß er im Delirium lag und sie vermutlich so wenig verstehen würde, wie sie ihn verstand, redete sie beruhigend auf ihn ein: »Okay, langsam, immer mit der Ruhe, reg dich nicht auf, alles kommt wieder in Ordnung; sobald ich deinen Fuß aus diesem Eisklotz befreit habe, rufe ich einen Arzt an.«

Bei der Erwähnung eines Arztes schreckte er kurz aus seiner Verwirrung auf. Er umklammerte mit schwachem Griff Lauras Arm und starrte sie angstvoll und durchdringend an. »Keinen Arzt. Muß fort … muß weg von hier …«

»In deinem Zustand kannst du nirgends hin«, widersprach sie. »Außer mit einem Krankenwagen ins nächste Krankenhaus.«

»Muß aber fort. Schnell! Sie kommen … kommen bald …«

Sie sah zu der Uzi hinüber. »Wer kommt?«

»Killer«, sagte er drängend. »Ermorden mich aus Rache. Ermorden dich, ermorden Chris. Sind schon unterwegs.«

Bei diesen Sätzen ließ weder Blick noch Stimme auf ein Delirium schließen. Sein bleiches, schweißnasses Gesicht war nicht mehr schlaff, sondern starr vor Angst. Lauras ganze Schieß- und Selbstverteidigungsausbildung schien plötzlich keine bloße hysterische Vorsichtsmaßnahme mehr. »Okay«, sagte sie. »Wir verschwinden, sobald ich mir deine Wunde angesehen und sie verbunden habe.«

»Nein! Sofort. Müssen sofort weg.«

»Aber ...«

»Sofort«, wiederholte er. In seinen Augen stand ein so gequälter Blick, daß man beinahe glauben konnte, die Killer, von denen er redete, seien keine gewöhnlichen Männer, sondern übernatürliche Wesen.

»Okay«, stimmte sie zu. »Wir fahren sofort.«

Seine Hand glitt von ihrem Arm. Sein Blick wurde verschwommen, er begann heiser sinnloses Zeug zu murmeln.

Als sie durch die Küche hastete, um nach oben zu laufen und Chris zu wecken, hörte sie ihren Beschützer wie im Traum, aber trotzdem ängstlich von einer »großen, schwarzen, unaufhaltbaren Todesmaschine« sprechen, was ihr nichts sagte, sie aber dennoch erschreckte.

ZWEITER TEIL

Verfolgung

Die lange Gewohnheit zu leben
hat uns der Fähigkeit zu sterben beraubt.

Sir Thomas Browne

FÜNF
Ein Heer von Schatten

1

Laura knipste eine Lampe an und rüttelte Chris wach. »Zieh dich an, Schatz.«

»Was iss'n los?« fragte er verschlafen und rieb sich mit seinen kleinen Fäusten die Augen.

»Ein paar böse Männer sind hierher unterwegs, und wir müssen fort, bevor sie kommen. Beeil dich jetzt!«

Chris hatte im vergangenen Jahr nicht nur um seinen Vater getrauert, sondern sich auf den Augenblick vorbereitet, in dem ihr trügerisch friedlicher Alltag durch einen weiteren unerwarteten Ausbruch des Chaos geschüttelt werden würde, das Chaos, das am Grunde aller menschlichen Existenz schlummerte und von Zeit zu Zeit gleich einem Vulkan ausbrach, wie in jener Nacht, als sein Vater ermordet worden war. Chris hatte beobachtet, wie seine Mutter sich zu einer erstklassigen Pistolenschützin heranbildete, hatte miterlebt, wie sie ein ganzes Arsenal ansammelte, hatte mit ihr Unterricht in Selbstverteidigung genommen und war in Einstellung und Verhalten trotzdem ein normales Kind geblieben, auch wenn er seit dem Tode seines Vaters verständlicherweise etwas melancholischer gewirkt hatte als andere Kinder. In diesem Augenblick der Krise reagierte er jedoch nicht wie ein Achtjähriger: Er greinte nicht, stellte keine unnötigen Fragen, war weder langsam noch widerspenstig noch schwer von Begriff. Statt dessen schlug er seine Bettdecke zurück, stand sofort auf und lief zum Kleiderschrank.

»Ich warte in der Küche auf dich«, sagte Laura noch.

»Okay, Mom.«

Sie war stolz darauf, wie vernünftig er reagierte und erleichtert darüber, daß Chris ihre Flucht nicht behindern würde; zugleich betrübte sie jedoch, daß er schon als Achtjähriger die Kürze und Härte des Lebens gut genug begriff, um auf eine Krise rasch und gelassen wie ein Erwachsener zu reagieren.

Laura trug Jeans und eine blaukarierte Flanellbluse. Als sie jetzt in ihr Schlafzimmer ging, brauchte sie nur noch in einen Pullover zu schlüpfen und ihre Freizeitschuhe mit hochschäftigen Wanderstiefeln zu vertauschen.

Sie hatte Dannys Sachen weggegeben und besaß deshalb keinen Mantel für den Verletzten. Aber sie hatte reichlich Wolldecken und holte im Vorbeigehen zwei aus dem Wäscheschrank auf dem Flur.

Dann fiel ihr noch etwas ein. Sie hastete in ihr Arbeitszimmer zurück, öffnete den Safe und nahm den eigenartigen schwarzen Gürtel mit Kupferapplikationen heraus, den ihr Beschützer ihr voriges Jahr anvertraut hatte. Sie stopfte ihn in ihre geräumige Umhängetasche.

Im Erdgeschoß holte Laura ihre blaue Daunenjacke aus dem Garderobenschrank in der Diele und nahm die hinter der Haustür hängende Uzi mit. Während sie sich durchs Haus bewegte, achtete sie auf von draußen kommende ungewöhnliche Laute, Stimmen oder Motorengeräusche, aber die Nacht blieb still.

In der Küche legte sie die Uzi zu der anderen Maschinenpistole auf den Tisch und kniete dann neben ihrem Beschützer nieder, der wieder bewußtlos war. Laura knöpfte seinen von Schmelzwasser durchnäßten Laborkittel und das Hemd darunter auf und untersuchte die Schußwunde unter seinem linken Schlüsselbein. Sie saß hoch über dem Herzen, was gut war, aber er hatte viel Blut verloren, mit dem seine Kleidung förmlich getränkt war.

»Mom?« Chris stand für die Winternacht gekleidet an der Küchentür.

»Nimm eine der Uzis mit, hol die dritte aus dem Anrichtezimmer und leg sie in den Jeep.«.

»Das ist er!« sagte Chris mit vor Staunen großen Augen.

»Richtig«, bestätigte Laura. »Er ist schwerverletzt bei uns aufgekreuzt. Außer den Uzis nimmst du zwei Revolver mit – den aus der Schublade dort drüben und den aus dem Eßzimmer. Aber sei vorsichtig, damit du nicht versehentlich …«

»Keine Angst, Mom«, sagte er und machte sich daran, ihre Aufträge auszuführen.

Laura wälzte ihren Beschützer so behutsam wie möglich auf die rechte Seite – er stöhnte dabei, ohne jedoch aus seiner Bewußtlosigkeit zu erwachen –, um nachzusehen, ob er am Rücken eine Austrittswunde hatte. Tatsächlich hatte die Kugel den Oberkörper durchschlagen und war unter dem Schulterblatt ausgetreten. Auch der Rücken des Laborkittels war mit Blut getränkt, aber weder Ein- noch Austrittswunde schienen stark zu bluten; falls er jedoch starke innere Blutungen hatte, so konnte Laura sie weder feststellen noch behandeln.

Unter dem Hemd trug er einen der schwarzen Gürtel mit eingewebten Kupferfäden. Laura nahm ihn ihm ab und stopfte ihn zu dem anderen in ihre geräumige Umhängetasche. Sie knöpfte ihm das Hemd wieder zu und überlegte, ob sie ihm den durchnäßten Laborkittel ausziehen sollte. Aber es wäre zu schwierig gewesen, ihm die Ärmel von den Armen zu ziehen. Also begnügte sie sich damit, ihn erneut auf die Seite zu wälzen, um ihn in eine graue Wolldecke hüllen zu können.

Während Laura den Verletzten einpackte, benützte Chris den Durchgang vom Bügelraum zur Garage, um die Waffen nach draußen in den Jeep zu schaffen. Dann kam er mit einem etwas über einen Meter langen und einen halben Meter breiten Transportwagen – im Prinzip eine massive Sperrholzplatte auf drehbaren Rädern – zurück, die Möbelpacker vor etwas über einem Jahr bei ihnen vergessen und nicht mehr abgeholt hatten. Er fuhr damit wie auf einem Skateboard zur Tür des Anrichtezimmers. »Wir müssen die Munitionskiste mitnehmen«, sagte er, »aber die kann ich nicht schleppen. Deshalb stelle ich sie hier drauf.«

Laura freute sich darüber, daß er so tatkräftig und clever war. »Wir haben zwölf Schuß in den beiden Revolvern und *zwölfhundert* in den drei Uzis – das müßte für alle Fälle reichen. Schnell, bring den Karren in die Küche! Ich habe mir den Kopf darüber zerbrochen, wie wir ihn ohne große Erschütterungen zum Jeep transportieren könnten. Das hier scheint die Lösung zu sein.«

Die beiden bewegten sich so rasch, als hätten sie für diesen speziellen Notfall geübt. Trotzdem hatte Laura das Gefühl, sie bräuchten viel zu lange. Ihre Hände zitterten, ihre Magennerven hatten sich verkrampft. Sie rechnete jeden Augenblick damit, daß jemand an die Tür hämmern würde.

Chris hielt den Transportwagen fest, während Laura den Verletzten hinaufzog. Als er mit Kopf, Schultern, Rücken und Gesäß auf der Plattform lag, konnte sie seine Beine ergreifen und ihn wie einen Schubkarren vor sich herschieben. Chris, dessen rechte Hand auf der Schulter des Mannes lag, lief gebückt neben ihm her, um zu verhindern, daß er seitlich abrutschte. Die hohe Trittschwelle zwischen Bügelraum und Garage war nicht ganz einfach zu überwinden, aber es gelang ihnen doch, den Verletzten mit dieser Methode in die Dreifachgarage zu schaffen.

Links war der Mercedes geparkt, der Jeep stand rechts, der Platz in der Mitte war frei. Sie rollte ihren Beschützer zu dem Jeep.

Chris hatte bereits die Heckklappe geöffnet und auf der Ladefläche eine kleine Turnmatte als Matratze ausgebreitet.

»Das hast du großartig gemacht!« lobte sie ihn.

Gemeinsam gelang es ihnen, den Verletzten durch die offene Heckklappe in den Jeep zu bugsieren.

»Hol bitte die zweite Decke und seine Schuhe aus der Küche«, verlangte Laura.

Bis der Junge damit zurückkam, hatte Laura ihren Beschützer in Rückenlage auf der Turnmatte ausgestreckt. Sie breiteten die zweite Decke über seine nackten Füße und stellten die durchnäßten Schuhe neben ihn.

»Chris, du steigst schon ein und schnallst dich an«, forderte Laura ihn auf, während sie die Heckklappe schloß.

Sie hastete nochmals ins Haus zurück. Ihre Umhängetasche, in der sie Geld und alle ihre Kreditkarten hatte, lag auf dem Küchentisch. Laura nahm die Tasche über die Schulter, griff nach der dritten Uzi und machte sich auf den Rückweg in die Garage. Aber schon nach wenigen Schritten ließ ein gewaltiger Schlag die aus der Küche ins Freie führende Tür erzittern.

Laura warf sich herum und riß die Waffe hoch.

Noch ein gewaltiger Anprall, aber die Spezialtür mit Stahlkern und Schlage-Sicherheitsschlössern war nicht so leicht aufzubrechen.

Dann begann der Alptraum im Ernst.

Eine Maschinenpistole hämmerte los, und Laura ging hinter dem Kühlschrank in Deckung. Irgend jemand versuchte, die Küchentür aufzuschießen, aber ihr Stahlkern hielt auch diesem Angriff stand. Die ganze Tür erzitterte jedoch, und einige Kugeln durchschlugen das Mauerwerk neben dem ebenfalls verstärkten Türrahmen.

In Küche und Wohnzimmer zersprangen klirrend Fensterscheiben, als eine zweite Maschinenpistole das Feuer eröffnete. Die stählernen Fensterläden schepperten; einige Kugeln gingen zwischen ihren Lamellen hindurch, die dabei verbogen wurden, und ließen Glasscherben auf die Fensterbank und den Boden regnen. Von Kugeln durchschlagene Schranktüren splitterten, von einer Wand sprangen Ziegelteilchen ab, einige Querschläger verbeulten den Dunstabzug aus Kupferblech. Auch die an Haken von den Deckenbalken hängenden Kupfertöpfe und -pfannen erhielten zahlreiche Treffer, die verschiedene Töne erzeugten. Eine der Deckenleuchten zersprang. Dann gaben die Lamellen eines Fensterladens nach, und der nächste Feuerstoß durchsiebte die Kühlschranktür dicht neben Laura.

Ihr Herzschlag raste, eine sprunghaft erhöhte Adrenalinproduktion hatte ihre Sinne fast schmerzhaft geschärft. Am liebsten wäre sie zu dem Jeep in der Garage gelaufen und hätte wegzufahren versucht, bevor die anderen merkten, daß sie fluchtbereit waren, aber ein urtümlicher Kämpferinstinkt veranlaßte sie zum Bleiben. Sie drückte sich außerhalb der Schußlinie an die Seite des Kühlschranks und konnte nur hoffen, daß sie nicht von einem Querschläger getroffen würde.

Wer *seid* ihr, verdammt noch mal? fragte sie sich wütend.

Als das Feuer verstummte, erwies Lauras Instinkt sich als richtig: Auf die Beschießung folgten nun die bewaffneten Angreifer selbst. Sie stürmten das Haus. Der erste wollte durch das zerschossene Fenster über dem Küchentisch einsteigen. Sie kam hinter dem Kühlschrank hervor, eröffnete das Feuer und warf ihn auf die Veranda zurück. Ein zweiter, schwarz gekleidet wie der erste, kam durch die zersplitterte Schiebetür zum Wohnzimmer. Laura sah ihn eine Sekunde früher als er sie, schwang die Uzi feuerspeiend in seine Richtung, zerschoß die Kaffeemaschine, riß große Brocken aus der Wand neben dem Durchgang und mähte den Angreifer nieder, während er seine Waffe herumzureißen versuchte. Sie hatte in letzter Zeit nicht mehr viel mit der Uzi geübt und war überrascht, wie gut sich ihr Feuer kontrollieren ließ. Ebenso überrascht war sie darüber, wie elend sie sich beim Töten fühlte, obwohl diese Männer versuchten, sie und ihren Sohn zu ermorden. Übelkeit durchflutete sie wie ölig schwappendes Brackwasser, aber Laura würgte die in ihr aufsteigende Galle entschlossen hinunter. Ein dritter Mann war im Wohnzimmer erschienen, und sie war bereit, auch ihn zu erschießen – und hundert andere wie ihn –, selbst wenn ihr davon schlecht wurde, aber er warf sich aus ihrer Schußlinie, als er sah, wie sein Vorgänger durchsiebt wurde.

Jetzt zum Jeep!

Sie wußte nicht, wie viele Killer draußen lauerten; vielleicht waren es lediglich drei Angreifer gewesen, von denen jetzt nur noch einer lebte; vielleicht warteten draußen fünf oder zehn oder fünfzig. Unabhängig von ihrer Anzahl hatten sie bestimmt nicht mit so entschlossener Gegenwehr und schon gar nicht mit solcher Feuerkraft gerechnet – nicht von seiten einer Frau und eines kleinen Jungen –, zumal sie wahrscheinlich wußten, daß ihr Beschützer verletzt und unbewaffnet war. Deshalb waren die Angreifer zunächst verblüfft in Deckung gegangen, um die Lage zu sondieren und ihr weiteres Vorgehen zu überlegen. Möglicherweise war dies ihre einzige Chance zur Flucht mit dem Jeep. Sie spurtete aus dem Haus hinüber zur Garage.

Laura sah, daß Chris den Motor des Jeeps angelassen hatte, während die Schüsse fielen; aus den Auspuffrohren kamen bläuliche Abgaswolken. Während sie zu dem Fahrzeug rannte, setzte das Garagentor sich nach oben in Bewegung: Chris hatte offenbar die Fernsteuerung betätigt, sobald er sie kommen sah.

Bis sie am Steuer saß, war das Tor zu einem Drittel geöffnet. Sie legte den ersten Gang ein. »Duck dich, Chris!«

Während Chris sofort gehorchte und auf seinem Sitz bis unter die Kante der Windschutzscheibe rutschte, nahm Laura den Fuß von der Bremse. Sie trat das Gaspedal durch, fuhr mit quietschenden Reifen an, ließ eine Gummispur auf dem Betonboden zurück und röhrte unter dem noch hochgehenden Garagentor, dessen untere Kante die Radioantenne abscherte, in die Nacht hinaus.

Die Reifen des Jeeps waren ohne Schneeketten, hatten aber ein grobstolliges Winterprofil. Damit gruben sie sich mühelos in die Mischung aus Kies und gefrorenem Schneematsch, von der die Einfahrt bedeckt war, und schleuderten einen Hagel von Eisbrocken und Kieselsteinen nach hinten.

Von links tauchte eine dunkle Gestalt auf: ein Mann in Schwarz, der zwölf, fünfzehn Meter entfernt über den Rasen lief und bei jedem Schritt Schneewolken aufwirbelte. Es war eine so schemenhafte Gestalt, daß sie lediglich ein Schatten hätte sein können, wenn das Aufheulen des Motors nicht von einem Feuerstoß übertönt worden wäre. Die Flanke des Jeeps erhielt mehrere Treffer, das Fenster hinter Laura zersplitterte, aber das Fahrerfenster blieb unbeschädigt. Sie raste weiter … nur noch wenige Sekunden, dann waren sie in Sicherheit ... der Fahrtwind heulte und pfiff durch die zersplitterte Scheibe. Sie konnte nur hoffen, daß kein Reifen zerschossen war, hörte, wie das Karosserieblech von weiteren Schüssen getroffen wurde – oder vielleicht nur von wegspritzenden Steinen und Eisbrocken.

An der Einmündung zur Staatsstraße wußte Laura bestimmt, daß sie außer Schußweite waren. Während sie scharf bremste, um nach links abzubiegen, sah sie kurz in den Rückspiegel und erkannte weit hinter sich ein Scheinwerferpaar am Tor der offenen Garage. Die Killer waren ohne Fahrzeug gekommen – der Teufel mochte wissen, wie sie sich fortbewegt hatten, vielleicht mit Hilfe der seltsamen Gürtel – und jetzt im Begriff, sie mit ihrem eigenen Mercedes zu verfolgen.

Sie hatte vorgehabt, an der Staatsstraße 330 nach links abzubiegen, um an Running Springs und der Abzweigung zum Lake Arrowhead vorbei die Autobahn zu erreichen und nach San Bernardino zu fahren, wo es Menschen und Schutz gab, wo schwarzgekleidete Männer mit Maschinenpistolen sie nicht so leicht auf offener Straße überfallen konnten und wo sie ärztliche Hilfe für ihren Beschützer gefunden hätte. Als Laura jedoch die Scheinwerfer hinter sich sah, setzte ihr unterschwelliger Überlebenstrieb sich durch. Sie bog statt dessen rechts ab und fuhr nach Nordosten in Richtung Big Bear Lake weiter.

Wäre sie links abgebogen, hätte sie die unheilvolle, etwa einen Kilometer lange Steigung passieren müssen, auf der Danny vor einem Jahr ermordet worden war. Laura spürte intuitiv, daß der für sie alle gefährlichste Ort der Welt im Augenblick dieser Straßenabschnitt mit seinen zwei schmalen Fahrspuren war. Chris und sie hätten dort schon zweimal den Tod finden sollen: zum erstenmal, als der Kleinlaster der Robertsons ins Schleudern geriet; zum zweitenmal, als Kokoschka das Feuer auf sie eröffnete. Manchmal, in Momenten klarsichtigen Denkens, war ihr klar geworden, daß es im Leben vorausbestimmte erfreuliche und bedrohliche Entwicklungen gab – und daß das einmal an deren Verwirklichung gehinderte Schicksal sich bemühte, Vorausbestimmtes durchzusetzen. Obwohl Laura ihre Überzeugung, eine Weiterfahrt in Richtung Running Springs bedeute für sie alle den sicheren Tod, nicht hätte vernünftig begründen können, wußte sie im Innersten ihres Herzens, daß der Tod sie dort erwartet hätte.

Während sie auf die Staatsstraße abbog und zwischen auf beiden Seiten düster aufragenden Nadelbaumriesen in Richtung Big Bear weiterfuhr, setzte Chris sich wieder auf und schaute nach hinten.

»Sie kommen«, erklärte Laura ihm, »aber wir sind schneller.«

»Sind das die Leute, die Daddy erschossen haben?«

»Ja, wahrscheinlich. Aber damals haben wir nichts von ihnen gewußt, waren wir unvorbereitet.«

Auch der Mercedes befand sich jetzt auf der Staatsstraße 330 – allerdings wegen der vielen Kurven, Steigungen und Gefällestrecken meistens außer Sicht. Der Wagen schien etwa 200 Meter hinter ihnen zu sein, aber er holte bestimmt auf, weil er einen größeren, weit stärkeren Motor hatte als der Jeep.

»Wer sind sie?« fragte Chris.

»Das weiß ich nicht sicher, Schatz. Und ich weiß nicht, weshalb sie's auf uns abgesehen haben. Aber ich weiß, was sie sind: brutale Gewalttäter, der Abschaum der Menschheit. Ich habe solche Typen schon in Caswell Hall kennengelernt und weiß, daß man ihnen energisch entgegentreten muß, weil sie nur davor Respekt haben.«

»Du hast's ihnen richtig gezeigt, Mom!«

»Und du hast mir klasse geholfen, Kleiner. Das war clever von dir, daß du den Motor angelassen und das Garagentor geöffnet hast. Wahrscheinlich hat uns das gerettet.«

Der Mercedes hinter ihnen war inzwischen auf etwa 100 Meter herangekommen. Der 420 SEL war nicht nur schneller, sondern hatte auch eine hervorragende Straßenlage – viel besser als die des Jeeps.

»Sie kommen schnell näher, Mom.«

»Ich weiß.«

»Wirklich schnell.«

Sie näherten sich dem Ostende des Sees, und Laura hatte plötzlich einen klapprigen alten Dodge-Lieferwagen vor sich, bei dem lediglich ein Rücklicht brannte und dessen rostige Stoßstange anscheinend nur von witzig sein sollenden Aufklebern wie BLONDINEN DÜRFEN ÜBERHOLEN und ICH GEHÖRE ZUR MAFIA zusammengehalten wurde. Er tuckerte unterhalb der Geschwindigkeitsbegrenzung mit etwa 50 Stundenkilometern dahin. Laura wußte, daß der Mercedes zu ihnen aufschließen würde, wenn sie jetzt zögerte; waren die Killer nahe genug heran, konnten sie erneut das Feuer eröffnen. Auf diesem Straßenabschnitt herrschte Überholverbot, aber die freie Gegenfahrbahn reichte knapp für ein

Überholmanöver. Laura zog den Jeep nach links, trat das Gaspedal durch, überholte den kleinen Dodge und scherte wieder ein. Unmittelbar davor fuhr ein Buick mit etwas über 60 Stundenkilometern, den sie ebenfalls überholte, bevor die Straße wieder so kurvenreich wurde, daß der Mercedes den alten Dodge nicht mehr überholen konnte.

»Sie sind dahinter hängengeblieben!« berichtete Chris.

Laura fuhr jetzt fast 90 Stundenkilometer, was für einige Kurven zu schnell war, aber sie schaffte es, den Jeep auf der Straße zu halten, und begann zu hoffen, sie würden ihren Verfolgern entkommen. Aber die Straße gabelte sich vor dem See, und weder der Buick noch der alte Dodge folgten dem Jeep das Südufer entlang nach Big Bear City; beide bogen in Richtung Fawnskin am Nordufer ab, so daß die Straße zwischen Laura und dem Mercedes, der sofort aufzuschließen begann, wieder frei war.

Überall standen jetzt Häuser: auf den Hügeln rechts der Straße ebenso wie in dem zum See hin abfallenden Gelände links von ihnen. Manche – vermutlich nur an Wochenenden bewohnte Ferienhäuser – waren unbeleuchtet, aber die Lichter anderer leuchteten zwischen den Bäumen hindurch.

Laura wußte, daß sie einem der Wege, einer dieser Zufahrten zum nächsten Haus folgen konnte, in dem Chris und sie aufgnommen worden wären. Die Bewohner hätten ihnen ohne zu zögern ihre Tür geöffnet. Hier herrschte keine Großstadtatmosphäre; auf dem Lande, in den Bergen waren die Menschen nicht sofort mißtrauisch, wenn nachts unangemeldeter Besuch an ihre Tür klopfte.

Der Mercedes war wieder auf 100 Meter herangekommen, und sein Fahrer betätigte die Lichthupe, als wollte er sagen: *He, wir kommen, Laura, wir kriegen dich, wir sind die Buhmänner, wir meinen's ernst, uns entkommt niemand, wir holen dich, wir kommen!*

Hätte sie in einem der Häuser in der Nähe Zuflucht zu finden versucht, hätten die Killer sie wahrscheinlich dorthin verfolgt und nicht nur Chris und sie, sondern auch die Hausbewohner eiskalt ermordet. Diese Schweinehunde würden vielleicht davor zurückschrecken, sie mitten in San Bernardino, in Riverside oder sogar in Redlands zu überfallen, weil sie dort damit rechnen mußten, von der Polizei gestellt zu werden. Aber sie würden sich nicht von einer Handvoll harmloser Außenstehender einschüchtern lassen, zumal sie unabhängig davon, wie viele Menschen sie ermordeten, einer Festnahme bestimmt dadurch entgehen konnten, daß sie auf die gelben Knöpfe an ihren Gürteln drückten und verschwanden, wie Lauras Beschützer vor einem Jahr verschwunden war. Sie hatte keine rechte Vorstellung davon, *wohin* sie verschwinden würden, aber sie konnte sich denken, daß sie dort für die hiesige Polizei unerreichbar waren. Sie wollte das Leben Unbeteiligter nicht gefährden, deshalb passierte sie Haus nach Haus, ohne ihre Geschwindigkeit zu verringern.

Der Mercedes war noch etwa 50 Meter hinter ihnen und schloß rasch auf.

»Mom ...«

»Ich sehe sie, Schatz.«

Sie waren nach Big Bear City unterwegs, das seinen Namen bedauerlicherweise nicht verdiente, denn es war nicht nur keine City, sondern nur ein ziemlich kleines Dorf, kaum größer als ein Weiler. Dort gab es nicht so viele Straßen, daß Laura hätte hoffen können, ihre Verfolger abzuschütteln, und das stationierte Polizeikontingent reichte nicht aus, mit Maschinenpistolen bewaffnete Fanatiker abzuwehren.

Der Gegenverkehr war nur schwach. Laura schloß zu einem in ihre Richtung fahrenden grauen Volvo auf und überholte ihn praktisch blind, weil ihr nichts anderes übrigblieb, da der Mercedes auf 40 Meter herangekommen war. Der Mercedesfahrer überholte den Volvo mit einem ebenso gewagten Manöver.

»Wie geht's unserem Passagier?« erkundigte Laura sich.

Chris drehte sich nach hinten um, ohne seinen Sicherheitsgurt zu lösen. »Einigermaßen, schätze ich. Er rutscht natürlich viel herum.«

»Das kann ich nicht ändern.«

»Wer ist er, Mom?«

»Ich weiß nicht allzuviel über ihn«, sagte Laura. »Aber sobald wir in Sicherheit sind, erzähle ich dir alles, was ich weiß. Das habe ich bisher noch nicht getan, weil ... na ja, weil ich selbst nicht genug gewußt habe und Angst hatte, für dich könnte es gefährlich sein, überhaupt etwas über ihn zu wissen. Aber gefährlicher als jetzt kann's kaum werden, stimmt's? Wir reden also später über ihn.«

Falls es überhaupt ein Später gab.

Nach etwa zwei Dritteln der Strecke entlang dem Südufer des Sees – der Mercedes der Killer war inzwischen auf 30 Meter herangekommen – sah Laura eine Hinweistafel auf die vor ihnen abzweigende Nebenstrecke. Sie führte an Clark's Summit vorbei durch die Berge: 15 Kilometer Landstraße, die den über 50 Kilometer langen Bogen der Staatsstraße 38 abschnitten und bei Barton Flats wieder auf sie stießen. Soweit Laura sich erinnerte, waren Anfang und Ende der Bergstraße auf einigen Kilometern asphaltiert, aber die mittleren acht bis zehn Kilometer waren unbefestigt. Im Gegensatz zu ihrem Jeep hatte der Mercedes keinen Allradantrieb; er war mit Winterreifen ausgerüstet, hatte aber keine Schneeketten. Der Mann am Steuer wußte bestimmt nicht, daß der Asphaltbelag der Bergstraße schon bald vereisten und zum Teil verschneiten Fahrrinnen Platz machen würde.

»Halt dich fest!« forderte sie Chris auf.

Sie bremste erst im letzten Augenblick und nahm die Rechtskurve zur Bergstraße so schnell, daß der Jeep sich mit protestierend quietschenden Reifen querstellte. Zugleich erzitterte das Fahrzeug dabei wie ein altes Pferd, das zu einem gefährlichen Sprung gezwungen worden war.

Dem Mercedes gelang die Richtungsänderung besser, obwohl Lauras Abbiegen für seinen Fahrer überraschend gekommen sein mußte. Auf der kurvenreichen Bergstraße verkürzte er den Abstand erneut auf etwa 30 Meter.

Dann auf 25 Meter. Auf 20 Meter.

Über den Nachthimmel im Süden flackerten plötzlich grellweiße Blitze: nicht so nahe wie die vorigen, die sie zu Hause erlebt hatten, aber nahe genug, um die Nacht zum Tage zu machen. Der Donner übertönte selbst das Röhren des Jeepmotors.

»Mommy, was ist hier los?« fragte Chris, der das Naturschauspiel mit angehaltenem Atem beobachtete. »Was hat das zu bedeuten?«

»Keine Ahnung«, antwortete sie und mußte schreien, um die Kakophonie aus Motorenlärm und Donnergrollen zu übertönen.

Laura hörte keine Schüsse, aber sie hörte, wie der Jeep von Kugeln getroffen wurde, spürte den Schlag, mit dem eine durchs Heckfenster kommende Kugel sich in ihre Rückenlehne bohrte. Um den Killern das Zielen zu erschweren, lenkte sie den Jeep in wildem Zickzack über die Straße, wobei ihr im flackernden Schein der Blitze fast schwindlig wurde. Der Schütze mußte das Feuer eingestellt oder nicht mehr getroffen haben, denn Laura hörte keine Einschläge mehr. Durch das Fahren im Zickzack war sie jedoch langsamer geworden, und der Mercedes kam unaufhaltsam näher.

Statt des Rückspiegels mußte sie die beiden Außenspiegel benützen. Obwohl das Heckfenster noch weitgehend intakt war, zogen sich Hunderte von feinen Sprüngen durch das Sicherheitsglas und machten es undurchsichtig.

Noch 15 Meter, nur noch 10 Meter.

Laura fuhr über eine Kuppe und sah, daß die asphaltierte Fahrbahn nach etwa der Hälfte der vor ihr liegenden Gefällestrecke endete. Sie hörte auf, Zickzacklinien zu fahren, und gab statt dessen Gas. Als der Jeep den Asphalt verließ, wäre er beinahe ins Schleudern geraten, aber dann faßten die grobstolligen Reifen in Eis und Geröll. Der Jeep rumpelte über mehrere Querrillen, durch eine Senke, in der Bäume ein geschlossenes Dach über ihnen bildeten, und die nächste Steigung hinauf.

In den Außenspiegeln beobachtete Laura, wie der Mercedes die Senke durchquerte und die Steigung in Angriff nahm. Als der Jeep eben die Kuppe erreichte, begann der Wagen hinter ihnen zu schlingern, geriet ins Schleudern, so daß seine Scheinwerfer plötzlich über den Straßenrand hinausleuchteten. Der Fahrer korrigierte mit zu hastigen Lenkausschlägen und gab zuviel Gas. Die Hinterräder des Mercedes drehten durch, der Wagen kam nicht nur zum Stehen, sondern rutschte zurück, bis sein rechtes Hinterrad in den Straßengraben geriet. Die Scheinwerfer strahlten jetzt schräg über die Bergstraße hinweg in den Nachthimmel.

»Sie sitzen fest!« rief Chris.

»Dort rauszukommen dauert mindestens eine halbe Stunde.«

Laura fuhr über die Kuppe und hatte im Scheinwerferlicht das nächste Gefälle der dunklen Bergstraße vor sich.

Obwohl Laura Jubel oder zumindest Erleichterung hätte verspüren müssen, war ihre Angst unvermindert da. Sie ahnte, daß sie noch keineswegs in Sicherheit waren, hatte vor über zwei Jahrzehnten gelernt, ihren Ahnungen zu vertrauen – wie in jener Nacht, als sie vermutete, der Weiße Aal werde auf der Suche nach ihr ins McIllroy kommen, und dann die von ihm zurückgelassene Tootsie Roll unter ihrem Kopflcissen fand. Ahnungen waren schließlich nichts anderes als Botschaften des Unterbewußtseins, das ständig höchst aktiv war und Informationen verarbeitete, die man nur unbewußt aufgenommen hatte.

Irgend etwas stimmte hier nicht. Aber was?

Auf der engen, kurvenreichen, vereisten Bergstraße mit ihren zahlreichen Schlaglöchern und Querrillen kamen sie nur mit Tempo 30 voran. Eine Zeitlang folgte die Straße einem baumlosen Felsgrat, um dann in Serpentinen auf den Boden einer Schlucht hinunterzuführen, in der die Bäume auf beiden Straßenseiten so dicht standen, daß ihre Stämme im Scheinwerferlicht massive Kiefernwände zu bilden schienen.

Auf der Ladefläche des Jeeps murmelte ihr Beschützer im Fieber unverständliche Worte vor sich hin. Laura machte sich Sorgen um ihn; sie wäre gern schneller gefahren, aber sie hatte Angst, ebenfalls im Graben zu landen.

Nachdem sie ihre Verfolger abgeschüttelt hatten, schwieg Chris zunächst einige Kilomter lang. »Im Haus … hast du im Haus einen von ihnen erwischt?« fragte er dann.

Sie zögerte. »Ja, zwei.«

»Gut!«

Die aus diesem Wort sprechende grimmige Freude beunruhigte Laura. »Nein, Chris, es ist nicht gut, einen Menschen zu erschießen«, widersprach sie. »Mir ist davon ganz übel geworden.«

»Aber sie hatten den Tod verdient«, stellte er fest.

»Ja, das stimmt. Aber das bedeutet noch lange nicht, daß es ein Vergnügen war, sie zu erschießen. Durchaus nicht! Das ist keineswegs befriedigend. Man empfindet lediglich … Abscheu vor der Notwendigkeit. Und Trauer über das Unvermeidliche.«

»Ich wollte, ich hätte einen von ihnen abknallen können«, sagte Chris mit einer kalten Wut, die für einen Jungen in seinem Alter beunruhigend war.

Laura sah zu ihrem Sohn hinüber. Im schwachen Lichtschein der Instrumentenbeleuchtung wirkte er älter, als er in Wirklichkeit war, und sie ahnte, wie er als Mann aussehen würde.

Als Felsblöcke auf dem Boden der Schlucht die Durchfahrt versperrten, stieg die Straße wieder an und folgte einer natürlichen Terrasse auf halber Höhe der steil in die Schlucht abfallenden Wand.

Laura starrte weiter angestrengt nach vorn. »Schatz, darüber müssen wir uns später ausführlich unterhalten. Im Augenblick möchte ich nur, daß du mir gut zuhörst und etwas zu begreifen versuchst. Auf der Welt gibt's eine Menge schlechter Philosophien. Weißt du, was eine Philosophie ist?«

»Einigermaßen. Nein ... nicht wirklich.«

»Dann genügt fürs erste die Feststellung, daß viele Menschen Überzeugungen haben, die schlecht für sie sind. Aber zwei, die voneinander sehr verschiedene Menschen haben, sind die schlimmsten, gefährlichsten und *falschesten* von allen. Manche Menschen sind der Überzeugung, Probleme ließen sich am besten mit Gewalt lösen: Sie verprügeln oder ermorden jeden, der nicht ihrer Meinung ist.«

»Wie die Kerle, die hinter uns her sind.«

»Ja, sie gehören offenbar zu diesem Typ. Aber das ist eine ganz schlimme Auffassung, denn Gewalt erzeugt immer wieder neue Gewalt. Außerdem gibt's keine Gerechtigkeit, keinen Augenblick Frieden und keine Hoffnung, wenn man Meinungsverschiedenheiten mit der Waffe löst. Hast du das verstanden?«

»Ja, so ungefähr. Aber was ist die zweite schlimme Denkweise?«

»Pazifismus«, antwortete Laura. »Das ist genau das Gegenteil der ersten schlimmen Denkweise. Pazifisten sind der Überzeugung, man solle niemals die Hand gegen einen Mitmenschen erheben – egal was er einem angetan hat oder offensichtlich antun will. Nehmen wir einmal an, ein Pazifist stünde neben seinem Bruder und sähe einen Mann kommen, der seinen Bruder ermorden will; dann würde er seinen Bruder zum Weglaufen drängen – aber er würde keine Waffe in die Hand nehmen, um den Killer zu erledigen.«

»Er würde seinen Bruder nicht verteidigen?« fragte Chris erstaunt.

»Richtig. Schlimmstenfalls würde er lieber seinen Bruder ermorden lassen, als gegen seine Grundsätze zu verstoßen und selbst zum Mörder zu werden.«

»Das ist verrückt.«

Die Straße führte um einen Felsvorsprung herum und senkte sich ins Tal hinab. Die Kiefernäste hingen so tief herunter, daß sie das Dach des Jeeps streiften; Schneeklumpen fielen auf Motorhaube und Windschutzscheibe.

Laura schaltete die Scheibenwischer ein, starrte angestrengt nach vorn und benützte den Wechsel der Szenerie als Ausrede, um nicht weitersprechen zu müssen, bevor sie sich überlegt hatte, wie sie den Punkt, auf den es ihr ankam, am deutlichsten herausarbeiten konnte. In der vergangenen Stunde hatten sie viel Gewalt erlebt; in Zukunft würden sie vielleicht noch mehr Gewalt erleben, und es kam ihr darauf an, Chris die richtige Einstellung dazu zu vermitteln. Er sollte nicht glauben, Muskeln und Schußwaffen seien ein annehmbarer Ersatz für Vernunft. Andererseits sollten ihre Erlebnisse kein Trauma hervorrufen und bewirken, daß er Gewalt fürchtete, nur weil er überleben wollte, wenn es ihn seine persönliche Würde kostete.

»Manche Pazifisten sind getarnte Feiglinge«, sagte Laura schließlich, »aber andere glauben tatsächlich, es sei besser, die Ermordung eines Unschuldigen zuzulassen, als selbst zu töten, um diesen Mord zu verhindern. Aber das ist falsch, denn wer nicht gegen das Böse kämpft, macht mit ihm gemeinsame Sache. Er ist ebenso schlimm wie der Mann, der den Abzug betätigt. Vielleicht ist das jetzt noch zu hoch für dich, vielleicht mußt du noch viel darüber nachdenken, bevor du's verstehst, aber es ist wichtig, daß du erkennst, daß es einen Mittelweg zwischen Killern und Pazifisten gibt. Man bemüht sich, Gewalt zu vermeiden. Man greift niemals als erster zu diesem Mittel. Aber sobald jemand Gewalt anwendet, verteidigt man sich, seine Angehörigen, seine Freunde und jeden anderen Gefährdeten. Ich habe darunter gelitten, diese beiden Männer im Haus erschießen zu müssen. Ich bin keine Heldin. Ich bin nicht stolz darauf, sie erschossen zu haben – aber ich schäme mich auch nicht, es getan zu haben. Ich will nicht, daß du deswegen stolz auf mich bist oder glaubst, der Tod dieser Männer sei befriedigend für mich, weil Rache mich Daddys Ermordung leichter ertragen läßt. Das ist keineswegs so.«

Chris gab keine Antwort.

»Habe ich dir zuviel zugemutet?« fragte sie besorgt.

»Nein, aber ich muß erst darüber nachdenken«, antwortete er. »Im Augenblick denke ich noch böse, glaube ich. Weil ich allen, die etwas mit … mit Daddys Ende zu tun haben, den Tod wünsche. Aber ich verspreche dir, daran zu arbeiten, Mom. Ich will versuchen, ein besserer Mensch zu werden.«

Sie lächelte. »Das wirst du bestimmt, Chris.« Während sie nach ihrem Gespräch beide minutenlang schwiegen, wurde Laura das Gefühl nicht los, ihnen drohe weiterhin unmittelbare Gefahr. Sie waren ungefähr zehn Kilometer auf der Bergstraße gefahren und hatten noch knapp zwei Kilometer bis zu dem asphaltierten Straßenstück, das zur Staatsstraße 38 führte. Je länger sie fuhr, desto gewisser wurde ihre Ahnung, sie habe irgend etwas übersehen und müsse auf die nächste Krise gefaßt sein.

Laura hielt plötzlich auf der Kuppe, nach der die Straße sich ins Tal senkte, stellte den Motor ab und schaltete die Scheinwerfer aus.

»Was ist los?« fragte Chris.

»Nichts. Ich muß nur überlegen und nach unserem Mitfahrer sehen.«

Sie stieg aus und ging um den Jeep herum nach hinten. Als sie die Heckklappe öffnete, brachen Teile der zerschossenen Scheibe heraus und fielen ihr vor die Füße. Laura kletterte auf die Ladefläche, streckte sich neben ihrem Beschützer aus und fühlte nach dem Puls des Verletzten. Er schlug noch immer schwach, vielleicht schwächer als zuvor, aber wenigstens gleichmäßig. Sie legte ihm eine Hand auf die Stirn und merkte, daß er nicht mehr eiskalt war, sondern von innen heraus zu glühen schien. Chris reichte ihr die Taschenlampe aus dem Handschuhfach nach hinten. Sie schlug die Decken zurück, um nachzusehen, ob der Verletzte etwa wieder stärker blutete. Seine Schußwunde sah schlimm aus, aber sie schien nur mehr wenig geblutet zu haben, obwohl der Mann auf der Ladefläche hin und her geworfen worden war. Sie deckte ihn wieder zu, gab Chris die Taschenlampe zurück, kletterte aus dem Jeep und schloß die Heckklappe.

Laura brach die restlichen Glassplitter aus dem Heckfenster und dem kleineren Seitenfenster hinten auf der Fahrerseite. Ohne jegliches Glas war der Schaden weniger auffällig, so daß die Wahrscheinlichkeit geringer war, daß ein Cop oder sonst jemand darauf aufmerksam wurde.

Sie blieb eine Zeitlang in der Kälte neben dem Jeep stehen, starrte in die lichtlose Wildnis und bemühte sich, eine Verbindung zwischen Instinkt und Vernunft herzustellen: Weshalb war sie so überzeugt, eine weitere Krise meistern zu müssen, bei der es wieder gewalttätig zugehen würde?

In der Höhe riß ein starker Westwind die Wolken auf und trieb sie vor sich her nach Osten, aber der Höhenwind hatte sich noch nicht bis zum Boden durchgesetzt, wo es eigenartig windstill blieb. Durch diese unregelmäßigen Wolkenlöcher fiel Mondschein und tauchte die verschneite Landschaft mit Hügeln und Tälern, nachtschwarzen Kiefern und hellen zusammengedrängten Felsformationen in silberglänzendes, fast unheimliches Licht.

Laura blickte nach Süden, wo die Bergstraße nach wenigen Kilometern in die Staatsstraße 38 einmündete, und konnte nichts Bedrohliches erkennen. Sie schaute nach Osten und Westen und zuletzt nach Norden, wo sie hergekommen waren; überall schienen die San Bernardino Mountains völlig unbewohnt zu sein – ohne ein einziges Licht, das ihre aus Urzeiten bewahrte Reinheit und Stille gestört hätte.

Sie stellte sich dieselben Fragen und erhielt dieselben Antworten, die seit einem Jahr Bestandteil eines inneren Dialogs gewesen waren. Woher kamen die Männer mit den Gürteln? Von einem anderen Planeten, aus einer anderen Galaxie? Nein, sie waren so menschlich wie sie selbst. Vielleicht kamen sie aus der Sowjetunion. Vielleicht fungierten die Gürtel als Materietransmitter – wie die Teleportationskammem in dem Science Fiction-Film, den sie einmal gesehen hatte. Das hätte eine Erklärung für den Akzent ihres Beschützers sein können – falls er durch Teleportation aus der Sowjetunion kam –, aber es erklärte nicht, weshalb er in einem Vierteljahrhundert nicht gealtert war. Außerdem glaubte Laura nicht im Ernst, daß die Russen oder sonst jemand seit ihrem achten Lebensjahr über einsatzreife Materietransmitter verfügten. Blieben also nur Zeitreisen übrig.

Mit dieser Möglichkeit spielte Laura schon seit einigen Monaten, obwohl sie sich ihrer Sache bisher nicht einmal so sicher war, daß sie sie Thelma gegenüber erwähnt hätte. War ihr Beschützer jedoch als Zeitreisender in entscheidenden Augenblicken ihres Lebens aufgekreuzt, dann konnte er alle seine Reisen binnen einer Woche oder eines Monats seiner eigenen Zeit durchgeführt haben, während für sie viele Jahre verstrichen waren, so daß er dabei nicht gealtert war. Bis sie ihn ausfragen und sich die Wahrheit erzählen lassen konnte, war die Zeitreisetheorie die einzig logische: Ihr Beschützer war aus einer zukünftigen Welt zu ihr gekommen, und diese Zukunft schien sehr unerfreulich zu sein, denn als sie über den Gürtel gesprochen hatten, hatte er ernst und bedrückt gesagt: »Du würdest nicht hinwollen, wohin er dich bringen würde.«

Sie hatte keine Ahnung, weshalb ein Zeitreisender aus der Zukunft zurückkehren sollte, um ausgerechnet sie vor bewaffneten Junkies und schleudernden Lastwagen zu retten, aber darüber konnte sie sich jetzt nicht den Kopf zerbrechen.

Die Nacht war dunkel, still und kalt.

Vor ihnen lauerten irgendwelche Gefahren.

Das *wußte* Laura, aber sie wußte nicht, woher sie kommen und woraus sie bestehen würden.

»He, was ist jetzt wieder los?« fragte Chris, als sie einstieg.

»Du stehst doch auf ›Raumschiff Enterprise‹, ›Krieg der Sterne‹ und ähnliches Zeug – daher könntest du in diesem Punkt mein Fachberater sein, wenn ich einen neuen Roman schreibe. Du bist sozusagen mein Experte fürs Unheimliche.«

Der Motor blieb abgestellt, das Innere des Jeeps war lediglich durch wolkenverhangenes Mondlicht erhellt. Trotzdem sah Laura das Gesicht des Jungen ziemlich deutlich, weil ihre Augen sich draußen an die Dunkelheit gewöhnt hatten. Chris blinzelte und starrte sie verwirrt an. »Was soll das heißen, Mom?«

»Chris, ich habe dir versprochen, dir alles über den Mann zu erzählen, der schon mehrmals auf seltsame Weise in mein Leben getreten ist und nun verletzt dort hinten liegt, aber dafür haben wir im Augenblick keine Zeit. Fang also nicht an, mich mit Fragen zu löchern, okay? Aber nehmen wir mal an, mein Beschützer – so denke ich von ihm, weil er mich in der Vergangenheit aus schrecklichen Gefahren gerettet hat, sooft er konnte – ist ein Zeitreisender aus der Zukunft. Nehmen wir weiterhin an, er braucht dazu keine umständliche große Maschine. Nehmen wir an, die ganze Maschine ist ein Gürtel, den er unter seiner Kleidung trägt und mit dem er sich plötzlich in unserer Zeit materialisieren kann. Hast du das alles verstanden?«

Chris starrte sie mit großen Augen an. »Ist er das?«

»Ein Zeitreisender? Ja, vielleicht.«

Der Junge löste seinen Sitzgurt, drehte sich kniend nach dem Mann auf der Ladefläche um und starrte ihn an. »Ohne Scheiß?«

»Angesichts der besonderen Umstände«, sagte Laura, »bin ich bereit, deine Ausdrucksweise zu überhören.«

Chris warf ihr einen verlegenen Blick zu. »Entschuldige, Mom. Aber ein Zeitreisender?«

Wäre Laura ärgerlich gewesen, ihr Zorn wäre verflogen, denn sie sah Chris jetzt unter einem Ansturm jugendlicher Erregung und der Fähigkeit zu staunen – etwas, was sie seit einem Jahr nicht mehr bei ihm erlebt hatte, nicht einmal zu Weihnachten, als er sich so gut mit Jason Gaines amüsiert hatte. Die Aussicht, einem Zeitreisenden zu begegnen, erfüllte ihn sofort mit Abenteuergeist. Das war das Herrliche am Leben: Trotz aller Grausamkeit war es voller Überraschungen und Wunder; und die Überraschungen konnten ihrerseits kleine Wunder bewirken, indem sie einem Verzweifelten neuen Lebensmut gaben, einen Zyniker unerwartet von seinem Zynismus heilten oder, wie im Fall dieses Jungen, in einem zutiefst Verletzten den Willen zur Gesundung weckten und Medizin gegen seine Schwermut waren.

»Okay, nehmen wir mal an«, fuhr Laura fort, »er bräuchte nur auf einen Knopf seines Spezialgürtels zu drücken, um aus unserer Zeit in seine zurückzukehren.«

»Darf ich den Gürtel sehen?«

»Später. Denk daran, daß du versprochen hast, jetzt nicht allzu viele Fragen zu stellen.«

»Okay.« Chris starrte den Beschützer erneut an, bevor er sich abwandte und sich auf seine Mutter konzentrierte. »Was passiert, wenn er auf diesen Knopf drückt?«

»Er verschwindet einfach.«

»Wow! Und wenn er aus Zukunft kommt, taucht er einfach aus dem Nichts auf?«

»Das weiß ich nicht. Ich habe ihn noch nie ankommen gesehen. Aus irgendwelchen Gründen scheint seine Ankunft von Blitzen und Donner begleitet zu sein ...«

»Das Gewitter von heute nacht!«

»Ja. Aber es blitzt nicht immer. Gut, nehmen wir mal an, er wäre in unsere Zeit zurückgekommen, um uns zu helfen und uns vor bestimmten Gefahren zu beschützen ...«

»Zum Beispiel vor dem schleudernden Lastwagen.«

»Solange er's uns nicht erzählt, wissen wir nicht, weshalb er uns beschützen will. Weiterhin können wir annehmen, daß es in der Zukunft Menschen gibt, die uns *nicht* beschützt sehen wollen. Auch ihre Motive sind uns unbekannt. Aber einer von ihnen ist Kokoschka gewesen – der Mann, der Daddy erschossen hat ...«

»Und die Kerle, die heute bei uns aufgekreuzt sind«, warf Chris ein, »sind auch aus der Zukunft!«

»Ja, das glaube ich auch. Sie wollten meinen Beschützer, dich und mich umbringen. Statt dessen haben wir zwei von ihnen erschossen und zwei oder drei weitere im Mercedes hinter uns zurückgelassen. Aber ... was haben sie als nächstes vor, Kleiner? Du bist mein Fachmann fürs Unheimliche. Hast du irgendeine Idee?«

»Laß mich nachdenken.«

Mondlicht schimmerte matt auf der Motorhaube des Jeeps. Im Wagen wurde es allmählich kalt; ihr Atem wurde sichtbar, die Fenster beschlagen. Laura ließ den Motor an und schaltete die Heizung, aber nicht das Licht ein.

»Da ihr Unternehmen fehlgeschlagen ist, werden sie nicht lange hier rumhängen«, stellte Chris fest. »Wahrscheinlich gehen sie in die Zukunft zurück, aus der sie gekommen sind.«

»Du meinst die Männer in unserem Auto?«

»Ja. Vermutlich haben sie bereits auf die Knöpfe an den Gürteln der von dir Erschossenen gedrückt und die Leichen in die Zukunft geschickt. Das heißt, daß es bei uns zu Hause keine Toten, keinen Beweis für die Anwesenheit von Zeitreisenden gibt. Außer vielleicht einige Blutflecken. Und als die zwei oder drei anderen mit dem Mercedes steckengeblieben sind, haben sie vermutlich aufgegeben und sind heimgekehrt.«

»Sie sind also gar nicht mehr hier? Sie würden nicht vielleicht nach Big Bear marschieren, dort ein Auto stehlen und uns zu finden versuchen?«

»Nö. Das wäre zu anstrengend. Ich meine, sie können uns einfacher finden als normale Killer, die tatsächlich rumfahren und uns suchen müßten.«

»Wie denn?« fragte Laura gespannt.

Der Junge kniff die Augen zusammen, während er durch die Windschutzscheibe in die mondhelle Landschaft mit den dunklen Bäumen im Hintergrund hinausstarrte. »Die Sache ist folgendermaßen, Mom: Sobald wir sie abgehängt haben, drücken sie auf die Knöpfe an ihren Gürteln, kehren in die Zukunft zurück und machen dann eine *weitere* Reise in unsere Zeit, um uns eine weitere Falle zu stellen. Sie wissen, daß wir diese Straße benützen. Deshalb unternehmen sie vermutlich eine weitere Reise – aber an einen späteren Zeitpunkt – und stellen uns am anderen Ende dieser Straße eine Falle. Ja, dort sind sie jetzt! Darauf gehe ich jede Wette ein!«

»Aber könnten sie nicht zu einem viel früheren Zeitpunkt zurückkommen und uns schon vor der Ankunft meines Beschützers zu Hause überfallen?«

»Paradox«, sagte Chris nur. »Weißt du, was das bedeutet?«

Dieses Wort erschien Laura für einen Jungen in seinem Alter zu schwierig, aber sie antwortete: »Ja, ich weiß, was ein Paradox ist. Alles, was widersprüchlich, aber vielleicht doch wahr ist.«

»Siehst du Mom, das Interessante an Zeitreisen ist, daß sie voller möglicher Paradoxe stecken. Voller Dinge, die nicht wahr sein können, nicht wahr sein dürfen – und vielleicht trotzdem wahr sind.« Chris sprach ebenso erregt, wie wenn er ihr Szenen aus seinen Lieblingsfilmen schilderte. »Nehmen wir mal an, du würdest in die Vergangenheit zurückreisen und dort deinen Großvater heiraten. Siehst du, dann wärst du deine eigene Großmutter. Wären Zeitreisen möglich, könntest du das vielleicht tun – aber wie wärst du jemals geboren worden, wenn deine *wirkliche* Großmutter niemals deinen Großvater geheiratet hätte? Ein Paradox! Oder was wäre, wenn du bei einer Reise in die Vergangenheit deiner Mutter als Kind begegnen und sie versehentlich umbringen würdest? Wäre deine Existenz damit beendet – *peng!* –, so als wärst du nie geboren worden? Aber wie hättest du dann überhaupt in die Vergangenheit zurückgehen können? Paradox! Paradox!«

Laura, die Chris in dem durch den wolkenverhangenen Mond nur unzulänglich erhellten Inneren des Jeeps anstarrte, hatte das Gefühl, einen ganz anderen Jungen vor sich zu sehen. Natürlich hatte sie schon immer von seiner Vorliebe für Science-Fiction-Geschichten gewußt, die er mit den meisten Jungen seines Alters bis hinauf zu Teenagern gemeinsam zu haben schien. Aber sie hatte bisher noch keinen tieferen Einblick in einen von solchen Einflüssen geformten Verstand tun können. Im ausgehenden 20. Jahrhundert führten amerikanische Kinder offenbar nicht nur ein reicheres Fantasieleben als die meisten Kinder vor ihnen, sondern schienen daraus auch einen Vorteil zu ziehen, den die Elfen, Feen, Kobolde und Gespenster, mit denen frühere Kindergenerationen sich amüsiert hatten, nicht hatten bieten können: die Fähigkeit, über abstrakte Begriffe wie Raum und Zeit weit ernsthafter nachzudenken, als es ihrem emotionalen und intellektuellen Alter entsprochen hätte. Laura hatte das eigenartige Gefühl, zu gleicher Zeit mit einem kleinen Jungen und mit einem Weltraumforscher zu sprechen, die gemeinsam in diesem einen Körper existierten.

»Weshalb haben diese Männer keine weitere Zeitreise machen können, nachdem es ihnen bei der ersten nicht gelungen ist, uns zu erledigen?« fragte sie verständnislos. »Weshalb sind sie nicht *früher* zurückgekommen, bevor mein Beschützer uns gewarnt hat?«

»Paß auf: Dein Beschützer war bereits im Zeitstrom aufgetaucht, um uns zu warnen. Wären sie also zurückgekommen, *bevor* er uns warnte – wie hätte er uns dann überhaupt warnen können, wie wären wir dann lebend hier? Paradox!«

Er klatschte lachend in die Hände wie ein Gnom, der über eine besonders amüsante Nebenwirkung eines Zauberbanns kichert.

Im Gegensatz zu seiner guten Laune bekam Laura allmählich Kopfschmerzen, während sie sich bemühte, die komplizierten Aspekte dieses Themas auseinanderzuhalten.

»Manche Leute halten Zeitreisen wegen dieser vielen Paradoxe sogar für unmöglich«, sagte Chris. »Andere sind der Meinung, sie seien möglich, solange eine Reise in die Vergangenheit kein Paradox erzeugt. Falls *das* zutrifft, können die Killer nicht zu einem früheren Zeitpunkt wiederkommen, weil zwei von ihnen bereits auf der *ersten* Reise umgekommen sind. Aber die Männer, die du nicht erschossen hast und möglicherweise ein paar *neue* Zeitreisende könnten zurückkommen und uns am Ende der Straße auflauern.« Er beugte sich nach vorn, um erneut durch die teilweise vereiste Windschutzscheibe zu blicken. »Deshalb sind vorhin, als die anderen uns beschossen haben, im Süden so viele Blitze zu sehen gewesen – weil weitere Männer aus der Zukunft gekommen sind. Ja, ich wette, daß sie uns irgendwo dort unten auflauern.«

Laura massierte sich die Schläfen mit den Fingerspitzen. »Kehren wir jetzt um, anstatt in die vor uns aufgebaute Falle zu tappen, dann merken sie, daß wir diesmal zu clever gewesen sind. Folglich unternehmen sie eine *dritte* Reise in die Vergangenheit, kehren zu dem Mercedes zurück und erschießen uns, wenn wir daran vorbei zurückzufahren versuchen. Sie erledigen uns, wohin wir auch fahren.«

Chris schüttelte energisch den Kopf. »Nein, denn bis sie merken, daß wir ihre Absichten durchschaut haben – ungefähr in einer halben Stunde –, sind wir bereits wieder an dem Mercedes vorbei.« Der Junge hopste jetzt vor Aufregung auf seinem Sitz auf und nieder. »Versuchen sie dann, eine *dritte* Zeitreise zu machen, um uns am Anfang dieser Straße abzufangen, ist das unmöglich, weil wir bereits an dieser Stelle vorbei und in Sicherheit sind. Paradox! Siehst du, sie müssen sich an die Spielregeln halten, Mom. Auch sie besitzen keine Zauberkräfte. Sie müssen die Regeln beachten und können deshalb geschlagen werden!«

In ihren 33 Jahren hatte Laura noch nie Kopfschmerzen wie diese gehabt, die sich so rasch von einem leichten Pochen zu einem dröhnenden Schädelspalter entwickelt hatten. Je länger sie versuchte, die Probleme zu lösen, die sich daraus ergaben, daß sie vor einer Horde zeitreisender Killer flüchten mußten, desto stärker wurden diese Schmerzen.

»Ich gebe auf«, sagte sie schließlich. »Um damit zurechtzukommen, hätte ich all diese Jahre wahrscheinlich damit verbringen müssen, mir ›Raumschiff Enterprise‹ anzusehen und Robert Heinlein zu lesen, anstatt eine ernsthafte Erwachsene zu sein. Deshalb verlasse ich mich darauf, daß *du* cleverer bist als sie. Du mußt versuchen, unseren Vorsprung zu halten. Sie wollen uns ermorden. Wie können sie das, ohne eines dieser Paradoxe zu erzeugen? Wo tauchen sie als nächstes auf ... und als übernächstes? Wir fahren jetzt am Mersedes vorbei die gleiche Strecke zurück, und wenn du recht hast, lauert uns dort niemand auf. Aber wo erscheinen sie danach? Sehen wir sie heute nacht wieder? Denk darüber nach, Chris, und laß mich wissen, was dir dazu einfällt.«

»Wird gemacht, Mom.« Er sackte auf seinem Sitz zusammen, grinste einen Augenblick breit und biß sich dann auf die Unterlippe, während er sich aufs Spiel konzentrierte.

Aber es war natürlich kein Spiel. Ihr Leben war tatsächlich in Gefahr. Sie befanden sich auf der Flucht vor Killern mit fast übermenschlichen Fähigkeiten und setzten ihre ganzen Überlebenshoffnungen auf nichts als den Fantasiereichtum eines Achtjährigen.

Laura ließ den Motor des Jeeps an, legte den Rückwärtsgang ein und stieß einige hundert Meter weit zurück, bis sie eine etwas breitere Stelle fand, wo sie wenden konnte. Dann fuhren sie die gleiche Strecke zurück – auf den steckengebliebenen Mercedes zu in Richtung Big Bear City.

Sie war außerstande, Entsetzen zu empfinden. Ihre Situation enthielt so zahlreiche unbekannte – und unerklärliche – Elemente, daß kein anhaltendes Entsetzen aufkommen konnte. Entsetzen war etwas anderes als Glück oder Niedergeschlagenheit; es war ein *akuter* Zustand, der seinem Wesen nach nur für kurze Zeit anhalten konnte. Entsetzen welkte rasch. Oder es steigerte sich, bis man ohnmächtig wurde oder daran starb. Laura hatte trotz ihrer Kopfschmerzen nicht das Gefühl, an ihrer Angst sterben zu müssen. Statt dessen empfand sie eine kaum über starke Besorgnis hinausgehende gedämpfte stete Angst.

Was für ein Tag war dies gewesen. Was für ein Jahr. Was für ein Leben.

Exotische Nachrichten.

2

Sie fuhren an dem festsitzenden Mercedes vorbei bis zum Nordende der Bergstraße, ohne auf Männer mit Maschinenpistolen zu stoßen. Laura hielt an der Einmündung zur Seeuferstraße und sah fragend zu Chris hinüber. »Na?«

»Solange wir rumfahren«, erklärte er ihr, »solange wir zu Orten unterwegs sind, an denen wir noch nie oder nur selten gewesen sind, kann uns nicht viel passieren. Sie können uns nicht finden, wenn sie keine Ahnung haben, wo wir sein könnten. Da geht's ihnen nicht besser als ganz normalen Drecksäcken.«

Drecksäcke? dachte Laura. Was erlebe ich hier – eine Kombination aus H. G. Wells und ›Hill Street Blues‹?

»Hör zu, Mom«, sagte Chris, »weil wir ihnen jetzt entwischt sind, gehen diese Kerle in die Zukunft zurück, um in ihren Unterlagen über dich nachzuschlagen. Aus deiner Lebensgeschichte sehen sie, wo du wieder zu finden sein wirst – beispielsweise, ab wann du wieder im Haus lebst. Oder ob du dich ein Jahr versteckt und ein Buch geschrieben hast, für das du auf Tour gehst. Dann werden sie in einer Buchhandlung aufkreuzen, in der du Bücher signierst, weil es darüber in der Zukunft *Unterlagen* gäbe; sie würden wissen, daß du an einem bestimmten Tag zu einer bestimmten Zeit in dieser Buchhandlung anzutreffen bist.«

Sie runzelte die Stirn. »Du meinst, daß ich ihnen für den Rest meines Lebens nur entkommen kann, indem ich einen anderen Namen annehme, ständig auf der Flucht bin und keinerlei Spuren in allgemein zugänglichen Aufzeichnungen hinterlasse? Indem ich ab sofort untertauche und aus der Öffentlichkeit verschwinde?«

»Ja, das würdest du schätzungsweise tun müssen«, bestätigte Chris aufgeregt.

Er war clever genug, eine Möglichkeit zu finden, wie man einer Horde zeitreisender Killer entkommen konnte, aber nicht erwachsen genug, sich vorzustellen, wie schwierig es für sie wäre, auf ihren gesamten Besitz zu verzichten und lediglich mit dem Geld, das sie in der Tasche hatten, ein neues Leben anzufangen. In gewisser Beziehung glich er einem schwachsinnigen Gelehrten: auf einem eng begrenzten Fachgebiet erstaunlich begabt und weitblickend, aber in allen übrigen Bereichen naiv und ernstlich behindert. In bezug auf die theoretischen Grundlagen von Zeitreisen war er tausend Jahre alt, ansonsten wurde er erst neun.

»Ich kann niemals mehr ein Buch schreiben«, stellte Laura fest, »weil ich mit Agenten und Lektoren verhandeln müßte – und sei es nur am Telefon. Auch darüber gäbe es Aufzeichnungen, die sich zu mir verfolgen ließen. Und ich kann keine Honorare kassieren, weil ich das Geld trotz aller Strohmänner, trotz verschiedener Bankkonten irgendwann persönlich abheben müßte, worüber es einen Beleg gäbe. Mit Hilfe dieses Belegs könnten sie mich aufspüren und in der Bank auf mich warten, um mich dort zu erledigen. Wie soll ich an das Geld herankommen, das wir bereits *haben?* Wie kann ich einen Scheck einlösen, ohne eine Spur zu hinterlassen, die in der Zukunft sichtbar ist?« Sie schüttelte den Kopf. »Großer Gott, Chris, wir stecken in einer Zwickmühle!«

Jetzt war der Junge ratlos. Der Blick, mit dem er sie anstarrte, verriet, daß er nicht allzuviel Verständnis dafür hatte, woher Geld kam, wie es für zukünftige Verwendung aufbewahrt wurde oder wie schwierig es zu beschaffen war. »Na ja, wir könnten ein paar Tage rumfahren, in Motels schlafen und …«

»In Motels können wir nur schlafen, wenn ich bar bezahle. Eine Kreditkartenabrechnung würde schon genügen, um sie auf unsere Spur zu bringen. Dann würden sie nachts ins Motel kommen und uns dort ermorden.«

»Okay, okay, dann zahlen wir eben bar. He, wir könnten immer bei McDonald's essen! Das kostet nicht viel und schmeckt klasse.«

Sie fuhren aus den Bergen, aus dem Schnee hinunter nach San Bernardino, einer Stadt mit etwa 300 000 Einwohnern, ohne unterwegs auf Killer zu stoßen. Laura mußte ihren Beschützer zu einem Arzt bringen – nicht nur, weil er ihr das Leben gerettet hatte, sondern auch, weil sie ohne ihn vielleicht nie erfahren würde, was wirklich gespielt wurde und wie sie aus dieser Zwickmühle entkommen konnten.

Sie durfte ihn nicht in ein Krankenhaus bringen, denn Krankenhäuser führten Aufzeichnungen, die Lauras Feinden in der Zukunft die Möglichkeit geben würden, sie aufzuspüren. Deshalb mußte sie ihn heimlich von einem Arzt versorgen lassen, der weder ihren Namen noch irgend etwas über den Verletzten erfuhr.

Kurz vor Mitternacht hielt Laura bei einer Telefonzelle neben einer Shell-Tankstelle. Das Glashäuschen stand an einer Ecke des Betriebsgrundstücks, was ideal war, weil Laura nicht riskieren durfte, daß der Tankwart auf die fehlenden Scheiben des Jeeps oder auf den Bewußtlosen auf der Ladefläche aufmerksam wurde.

Trotz aller Aufregung und obwohl Chris zuvor schon eine Stunde geschlafen hatte, war der Junge eingenickt. Auch Lauras Beschützer schlief, aber sein Schlaf war weder natürlich noch erholsam. Der Verletzte murmelte nicht mehr viel vor sich hin, seine Atemzüge waren zwischendurch minutenlang ein beängstigendes Pfeifen und Rasseln.

Sie ließ den Motor des Jeeps laufen, betrat die Telefonzelle, schlug das Telefonbuch auf und riß die Seiten mit den Ärzten einfach heraus. Nachdem sie in der Tankstelle einen Stadtplan von San Bernardino gekauft hatte, machte sie sich im Jeep sitzend auf die Suche nach einem Arzt, der nicht in einer Gemeinschaftspraxis oder in einem Ärztehaus praktizierte, sondern die Praxis im eigenen Haus hatte, wie es früher in Kleinstädten und selbst in größeren Städten allgemein üblich gewesen war, obwohl heutzutage nur noch wenige Ärzte zu Hause praktizierten. Sie war sich bewußt, daß die Überlebenschancen ihres Beschützers sanken, je länger sie brauchte, um Hilfe zu finden.

Gegen 0.45 Uhr hielt Laura in einer ruhigen Wohnstraße mit älteren Häusern vor einem einstöckigen, weißen viktorianischen Haus, das aus einer anderen Ära – einem versunkenen Kalifornien – vor dem Siegeszug der Fertigputze stammte. Es stand mit seiner Doppelgarage auf einem Eckgrundstück unter Erlen, die jetzt im Winter unbelaubt waren, so daß der Eindruck entstand, das aus Haus und Grundstück bestehende Ensemble sei so von der Ostküste importiert worden. Laut Telefonbuch mußte hier Dr. Carter Brenkshaw wohnen, und das an der Einfahrt zwischen zwei schmiedeeisernen Pfosten hängende Namensschild bestätigte diesen Eintrag.

Laura fuhr zur nächsten Kreuzung weiter und parkte in der Querstraße. Sie stieg aus, griff sich eine Handvoll Erde aus der Rabatte der nächsten Einfahrt und machte damit die Autokennzeichen so gut es ging unleserlich.

Als sie wieder einstieg, nachdem sie sich die Hände mit Gras abgewischt hatte, war Chris wach, aber nach über zweistündigem Schlaf benommen und desorientiert. Sie tätschelte sein Gesicht, strich ihm die Haare aus der Stirn und redete rasch auf ihn ein, bis er ganz wach war. Auch die durch die zersplitterten Scheiben hereinfließende kalte Nachtluft trug dazu bei.

»Okay«, sagte Laura, als sie bestimmt wußte, daß er wach war, »hör mir jetzt gut zu, Partner. Ich habe einen Arzt gefunden. Kannst du dich krank stellen?«

»Klar.« Er verzog würgend und ächzend das Gesicht, als müsse er sich gleich übergeben.

»Übertreib's nicht!« Sie erklärte ihm, was sie vorhatte.

»Guter Plan, Mom.«

»Nein, er ist verrückt. Aber mir fällt kein anderer ein.«

Sie wendete und fuhr zu Dr. Brenkshaws Haus zurück, wo sie in der Einfahrt vor dem Tor der zurückgesetzten Doppelgarage parkte. Chris rutschte zur Fahrertür hinüber, und Laura hielt ihn links an sich gedrückt, während sein Kopf an ihrer Schulter ruhte. Er klammerte sich an sie, so daß sie nur einen Arm brauchte, um ihn festzuhalten, obwohl er ziemlich schwer war; ihr Baby war eben kein Baby mehr. In der freien rechten Hand hielt sie einen Revolver.

Während sie Chris im rötlichen Quecksilberdampflicht einer der in weiten Abständen aufgestellten Straßenlampen unter den kahlen Erlen hindurch zur Haustür trug, konnte sie nur hoffen, daß niemand sie aus den Fenstern der Nachbarhäuser beobachtete. Andererseits war es vielleicht nicht ungewöhnlich, daß der Arzt nachts von kranken Patienten aus dem Bett geklingelt wurde.

Laura hastete die Stufen zur Haustür hinauf, blieb unter dem Vordach stehen und klingelte dreimal rasch hintereinander, wie es jede verzweifelte Mutter getan haben würde. Sie wartete nur wenige Sekunden, bevor sie erneut dreimal klingelte.

Nach einer Minute, als sie ein drittes Mal geklingelt hatte und bereits zu fürchten begann, Dr. Brenkshaw sei nicht zu Hause, ging das Licht über der Tür an. Laura sah, daß ein Mann sie durch das aus drei Scheiben bestehende fächerförmige Fenster im oberen Drittel der Haustür betrachtete.

»Bitte!« sagte sie drängend und achtete darauf, daß ihr Revolver nicht zu sehen war. »Mein Junge ... er hat was Giftiges geschluckt!«

Der Mann öffnete die Tür nach innen, aber die vorgesetzte Sturmtür war nach außen zu öffnen, so daß Laura zwei Schritte zurücktreten mußte.

Der weißhaarige Mittsechziger sah wie ein Ire aus, hatte allerdings eine kräftige Adlernase und braune Augen. Er trug einen braunen Bademantel, einen weißen Schlafanzug und Lederpantoffeln. Jetzt starrte er Laura über den Rand seiner Schildpattbrille hinweg forschend an und fragte: »Was ist passiert?«

»Ich wohne zwei Straßen weiter, und Sie sind der nächste Arzt, und mein Junge – Gift!« Auf dem Höhepunkt ihrer gespielten Hysterie ließ sie Chris los, der sich sofort wegduckte, während sie dem Weißhaarigen die Mündung ihres Revolvers in den Bauch rammte. »Wenn sie um Hilfe rufen, sind Sie ein toter Mann!«

Sie hatte nicht die Absicht, ihn zu erschießen, aber es mußte überzeugend geklungen haben, denn er nickte und hielt den Mund.

»Sind Sie Doktor Brenkshaw?« Als er nochmals nickte, erkundigte Laura sich: »Wer ist noch im Haus, Doktor?«

»Niemand. Ich bin allein.«

»Und Ihre Frau?«

»Ich bin Witwer.«

»Kinder?«

»Längst erwachsen und außer Haus.«

»Lügen Sie mich nicht an!«

»Ich habe mein Leben lang nie gelogen«, versicherte der Arzt ihr. »Das hat mich manchmal in Schwierigkeiten gebracht, aber stets die Wahrheit zu sagen macht das Leben im allgemeinen leichter. Hören Sie, hier ist's kühl, und mein Bademantel ist nicht allzu warm. Drinnen können Sie mich ebensogut einschüchtern.«

Laura trat über die Schwelle, ließ den Revolver an seinen Magen gedrückt und schob ihn damit rückwärts vor sich her. Chris folgte ihr. »Schatz«, flüsterte sie ihm zu, »du kontrollierst das Haus. Ganz leise. Fang oben an und laß kein Zimmer aus. Solltest du jemand finden, behauptest du, der Doktor habe einen Notfall zu versorgen und brauche Hilfe.«

Während Chris nach oben verschwand, blieb Laura mit Carter Brenkshaw in der Diele zurück und bedrohte ihn weiter mit ihrer Pistole. Irgendwo im Hintergrund tickte eine alte Standuhr. »Wissen Sie«, sagte der Arzt plötzlich, »ich habe schon immer gern Thriller gelesen.«

Sie runzelte die Stirn. »Was soll das heißen?«

»Na ja, ich denke an die altbekannte Szene, in der die bildhübsche Verbrecherin den Helden mit einer Waffe bedroht. Sobald es ihm gelungen ist, sie zu überwältigen, ergibt sie sich dem unvermeidlichen männlichen Triumph, und die beiden lieben sich wild und leidenschaftlich. Weshalb muß ich schon zu alt sein, um die zweite Hälfte unseres kleinen Showdowns zu genießen, wenn ich endlich mal in eine solche Situation gerate?«

Laura verkniff sich ein Lächeln, weil sie nicht gefährlich aussah, sobald sie lächelte. »Maul halten!«

»Sie können doch bestimmt auch ganz anders.«

»Maul halten, sonst knallt's!«

Er wurde weder blaß, noch begann er zu zittern. Er lächelte.

Chris kam von oben zurück. »Nirgends jemand, Mom.«

»Ob's viele Revolverladies gibt, die so kleine Komplicen haben, die ›Mom‹ zu ihnen sagen?« fragte Brenkshaw.

»Unterschätzen Sie mich nicht, Doktor. Ich bin in verzweifelter Lage.«

Chris durchsuchte die Räume im Erdgeschoß und machte dabei überall Licht.

Laura wandte sich erneut an den Arzt. »Im Auto habe ich einen Verletzten …«

»Natürlich mit einer Schußwunde.«

»… den Sie behandeln sollen, ohne einer Menschenseele davon zu erzählen. Und wenn Sie nicht den Mund halten, komme ich eines Nachts vorbei und lege Sie um.«

»Herrlich!« meinte er belustigt.

Chris kam zurück und machte dabei das Licht wieder aus. »Nirgends jemand, Mom.«

»Haben Sie eine Tragbahre?« fragte Laura den Arzt.

Brenkshaw starrte sie an. »Soll das heißen, daß Sie wirklich einen Verletzten im Auto haben?«

»Was täte ich sonst hier, verdammt noch mal?«

»Hmmm, eigenartig. Gut, okay, wie stark blutet er?«

»Nicht mehr so stark wie zuvor. Aber er ist bewußtlos.«

»Wenn die Blutung nicht mehr so stark ist, können wir ihn anders transportieren. Im Sprechzimmer habe ich einen klappbaren Rollstuhl. Darf ich mir einen Mantel überziehen?« fragte er und deutete mit dem Kopf zum Garderobenschrank in der Diele hinüber.

»Oder machen Gangsterbräute wie Sie sich ein Vergnügen daraus, einen alten Mann im Schlafanzug bibbern zu lassen?«

»Holen Sie sich einen Mantel, Doktor, aber unterschätzen Sie mich nicht, verdammt noch mal!«

»Lieber nicht«, sagte Chris. »Sie hat heute nacht schon zwei Kerle erschossen.« Er ahmte einen Feuerstoß aus einer Maschinenpistole nach. »Sie haben nicht die geringste Chance gehabt; sie hat sie einfach umgelegt.«

Die Stimme des Jungen klang so ernst, daß Brenkshaw Laura erstmals besorgt anstarrte. »Im Schrank hängen nur Mäntel und ein Schirm. Ich bewahre dort keine Pistole auf.«

»Seien Sie trotzdem vorsichtig, Doktor. Keine hastigen Bewegungen.«

»Keine hastigen Bewegungen – ja, ich hab' gewußt, daß Sie das sagen würden.« Obwohl der Arzt die Situation noch immer halbwegs amüsant zu finden schien, war er nicht mehr so unbekümmert wie zuvor.

Nachdem Dr. Brenkshaw einen Mantel angezogen hatte, ging er durch eine Tür links der Diele voraus. Er verließ sich auf den aus der Diele hereinfallenden Lichtschein, um Laura und Chris durch das ihm vertraute Wartezimmer zu führen, das mit Stühlen und einigen niedrigen Tischen möbliert war. Die nächste Tür führte ins Sprechzimmer – ein Schreibtisch, drei Stühle, medizinische Fachbücher –, wo er Licht machte. Hinter einer offenen weiteren Tür lag ein Untersuchungsraum.

Laura hatte erwartet, einen Untersuchungstisch und medizinische Geräte zu sehen, die seit über dreieinhalb Jahrzehnten in Gebrauch und trotzdem noch gut erhalten waren – eine altväterliche Praxis geradewegs aus einem Gemälde von Norman Rockwell –, aber alles schien neu zu sein. Brenkshaw hatte sogar ein EKG Gerät, und an einer weiteren Tür las sie die Warnung: RÖNTGENRAUM – IM BETRIEB GESCHLOSSEN HALTEN!

»Sie haben ein eigenes Röntgengerät?« fragte sie ihn.

»Klar. Die Geräte sind nicht mehr so teuer wie früher. Jede größere Praxis hat heutzutage eines.«

»Ja, jede größere Praxis, aber Sie sind doch nur ...«

»Hören Sie, ich sehe vielleicht wie Barry Fitzgrald aus, der in einem alten Film einen Arzt spielt, und halte an der altmodischen Sitte fest, zu Hause zu praktizieren, aber ich behandle meine Patienten nicht mit überholten Methoden, nur um kauzig zu wirken. Ich wage zu behaupten, daß ich als Arzt mehr ernst zu nehmen bin als Sie als Desperada.«

»Wetten Sie lieber nicht drauf«, wehrte Laura unfreundlich ab, obwohl sie es allmählich satt hatte, die Eisenharte zu spielen.

»Keine Angst, ich spiele mit«, versicherte er ihr. »Das scheint amüsanter zu sein.« Er wandte sich an Chris. »Ist dir im Sprechzimmer der rote Keramiktopf auf meinem Schreibtisch aufgefallen? Er ist voller kandierter Orangenschnitten und Tootsie Pops, falls du welche möchtest.«

»Wow, danke!« sagte Chris. »Äh … darf ich ein Stück essen, Mom?«

»Eines oder zwei«, antwortete sie, »aber nicht zu viele, sonst wird dir schlecht.«

»Wenn's um Süßigkeiten für kleine Patienten geht, bin ich altmodisch, schätze ich«, stellte Brenkshaw fest. »Bei mir gibt's keinen zuckerfreien Kaugummi. Wer könnte sich darüber freuen? Das Zeug schmeckt wie Plastik. Wenn sie nach einem Besuch bei mir schlechte Zähne kriegen, soll ihr Zahnarzt sich darum kümmern.«

Während er sprach, holte er einen zusammenklappbaren Rollstuhl aus der Ecke, klappte ihn auseinander und fuhr ihn in die Mitte des Untersuchungsraums.

»Schatz, du bleibst hier, wenn wir jetzt zum Jeep rausgehen«, wies Laura ihren Sohn an.

»Okay«, sagte Chris von nebenan, wo er in den roten Keramiktopf schaute, um sich eine Süßigkeit auszusuchen.

»Steht Ihr Wagen in der Einfahrt?« fragte Brenkshaw. »Dann nehmen wir den Hinterausgang. Weniger auffällig, glaube ich.«

Laura, die ihn weiter mit ihrem Revolver bedrohte, aber sich dabei lächerlich vorkam, folgte ihm durch den Nebenausgang des Untersuchungsraums, vor dem eine Rampe zur Einfahrt hinabführte.

»Der Eingang für Behinderte«, erklärte Brenkshaw ihr halblaut, während er den Rollstuhl auf dem ums Haus führenden Weg vor sich herschob. Seine Lederpantoffeln schlurften über den Beton.

Das Grundstück des Arzthauses war groß, so daß das Nachbarhaus nicht unmittelbar neben ihnen aufragte. Statt der Erlen im Vorgarten wuchsen neben dem Haus Feigen und Kiefern. Trotz des schützenden Blätterdachs und der Dunkelheit erkannte Laura die unbeleuchteten Fenster des Nachbarhauses und wußte, daß sie von dort aus ebenfalls beobachtet werden konnten, falls jemand aus dem Fenster schaute.

Rundum herrschte die für die Zeit zwischen Mitternacht und Morgengrauen charakteristische Stille. Auch wenn Laura nicht gewußt hätte, daß es schon fast zwei Uhr war, hätte sie die Uhrzeit auf eine halbe Stunde genau schätzen können. Obwohl aus der Ferne schwache Großstadtgeräusche zu hören waren, hätte die Friedhofsruhe um Laura herum ihr selbst dann, wenn sie mit dem Mülleimer zum Müllcontainer unterwegs gewesen wäre, suggeriert, sie habe einen Geheimauftrag zu erfüllen.

Der Weg führte ums Haus herum und kreuzte einen anderen, der den rückwärtigen Teil des Grundstücks erschloß. Sie gingen an der Veranda hinter dem Haus vorbei, passierten einen Torbogen zwischen Hauptgebäude und Garage und erreichten die Einfahrt.

Brenkshaw blieb hinter dem Jeep stehen und lachte leise in sich hinein. »Mit Erde unkenntlich gemachte Nummernschilder«, flüsterte er. »Sehr überzeugend!«

Nachdem Laura die Heckklappe geöffnet hatte, kletterte er in den Jeep, um nach dem Verletzten zu sehen.

Laura blickte auf die Straße hinaus, die still und unbelebt blieb.

Wenn ein Streifenwagen der San Bernardino Police vorbeikam, würde die Besatzung bestimmt nachsehen, weshalb in der Praxis des guten alten Doc Brenkshaw um diese Zeit noch Licht brannte ...

Der Arzt kam bereits wieder aus dem Jeep gekrochen. »Großer Gott, dort drinnen liegt *wirklich* ein Verletzter!«

»Warum überrascht Sie das so, verdammt noch mal? Glauben Sie etwa, ich sei zum Vergnügen hier?«

»Kommen Sie, wir müssen ihn reinbringen«, forderte Brenkshaw sie auf. »Schnell!«

Er konnte ihren Beschützer nicht allein aus dem Wagen holen und in den Rollstuhl setzen. Um ihm dabei helfen zu können, mußte Laura ihren Revolver in den Hosenbund ihrer Jeans stecken.

Brenkshaw versuchte nicht, wegzulaufen oder sie niederzuschlagen und sich der Waffe zu bemächtigen. Statt dessen schob er den Rollstuhl mit dem Bewußtlosen sofort durch den Torbogen und ums Haus zum Behinderteneingang. Laura griff nach einer der zwischen den Sitzen liegenden Maschinenpistolen. Sie konnte sich nicht vorstellen, daß sie die Uzi brauchen würde, aber mit ihr in den Händen war ihr einfach wohler.

Eine Viertelstunde später wandte Dr. Brenkshaw sich von den entwickelten Röntgenaufnahmen ab, die in einer Ecke seines Untersuchungsraums vor einer Lichttafel hingen. »Die Kugel ist nicht zersplittert und glatt ausgetreten. Sie hat keine Knochen verletzt, so daß wir uns keine Sorgen wegen Splittern zu machen brauchen.«

»Klasse!« sagte Chris aus der anderen Ecke, in der er zufrieden einen Tootsie Pop lutschte. Trotz der Wärme im Haus trug er wie Laura weiter seine Jacke, damit sie notfalls sofort aufbruchbereit waren.

»Liegt er in einer Art Koma?« fragte Laura den Arzt.

»Ja, sein Zustand ist komatös. Allerdings nicht wegen Fiebers nach einer schlimmen Wundinfektion. Dazu ist's noch zu früh. Und nachdem er jetzt behandelt worden ist, tritt wahrscheinlich gar keine Infektion auf. Nein, das ist ein traumatisches Koma – weil er angeschossen worden ist, wegen des Blutverlusts und so weiter. Er hätte nicht transportiert werden dürfen, wissen Sie.«

»Mir ist nichts anderes übriggeblieben. Wacht er bald wieder auf?«

»Vermutlich. In seinem Fall arbeitet der Körper im Koma sozusagen auf Sparflamme, um Energie zu sparen und die Heilung zu erleichtern. Er hat nicht so viel Blut verloren, wie man glauben könnte; sein Puls ist gut, so daß dieser Zustand nicht lange anhalten dürfte. Sieht man seine blutgetränkten Kleidungsstücke, glaubt man, er müßte literweise Blut verloren haben, aber das stimmt nicht. Andererseits hat er auch nicht nur ein paar Teelöffel voll verloren. Zum Glück für ihn sind keine Hauptblutgefäße zerrissen, sonst wäre sein Zustand viel ernster. Trotzdem gehört er eigentlich ins Krankenhaus.«

»Darüber haben wir schon gesprochen«, wehrte Laura ungeduldig ab. »Wir können in kein Krankenhaus fahren.«

»Welche Bank haben Sie denn überfallen?« fragte der Arzt lächelnd, aber das klang merklich gezwungener als seine anfänglichen Scherze.

Während der Entwicklung der Röntgenaufnahmen hatte Brenkshaw die Wunde gesäubert, sie mit Jod bepinselt und mit antibiotischem Wundpuder bestäubt und einen Verband vorbereitet. Jetzt holte er eine Nadel, Klammern, eine Art Zange und dikken Faden aus einem Wandschrank und legte sie auf das Stahltablett, das er in eine Halterung am Untersuchungstisch eingehängt hatte. Der Bewußtlose lag durch mehrere Schaumstoffkissen gestützt auf der rechten Seite.

»Was haben Sie vor?« fragte Laura.

»Die beiden Löcher sind ziemlich groß – vor allem die Austrittswunde. Wenn Sie darauf bestehen, sein Leben dadurch zu gefährden, daß Sie ihn nicht ins Krankenhaus bringen, braucht er wenigstens ein paar Stiche.«

»Gut, meinetwegen, aber beeilen Sie sich!«

»Rechnen Sie damit, daß die Tür jeden Augenblick von FBI-Agenten aufgebrochen werden könnte?«

»Schlimmer«, sagte sie nur. »Viel schlimmer!«

Seit ihrer Ankunft in Dr. Brenkshaws Praxis rechnete sie mit plötzlich vom Nachthimmel herabzuckenden Blitzen, Donner wie dem Hufschlag apokalyptischer Reiter und dem Hereinstürmen weiterer bis an die Zähne bewaffneter Zeitreisender. Während der Arzt vor einer Viertelstunde den Oberkörper ihres Beschützers geröntgt hatte, hatte sie geglaubt, in weiter Ferne eben noch wahrnehmbaren Donner zu hören. Sie war ans nächste Fenster geeilt, um den Himmel nach fernem Wetterleuchten abzusuchen, hatte jedoch nichts gesehen – vielleicht weil der Nachthimmel über San Bernardino zu hell war, vielleicht weil sie sich den Donner nur eingebildet hatte. Sie war schließlich der Meinung gewesen, sie habe nur ein Düsenflugzeug gehört und dieses Geräusch in ihrer Panik fälschlich für entfernten Donner gehalten.

Brenkshaw flickte seinen Patienten zusammen, schnitt den Faden ab, der später vom Körper absorbiert werden würde, und befestigte die Mullpolster mit breitem Heftplaster von einer Rolle, die er mehrmals um Brust und Rücken von Lauras Beschützer führte.

Im Untersuchungsraum roch es so intensiv nach Desinfektionsmitteln, daß Laura gegen einen Brechreiz ankämpfen mußte. Chris schien der Geruch nicht zu stören. Er hockte in seiner Ecke und lutschte begeistert einen weiteren Tootsie Pop.

Während Brenkshaw auf die Röntgenaufnahmen wartete, hatte er dem Bewußtlosen auch eine Penicillinspritze gegeben. Jetzt trat er an einen der hohen weißlackierten Stahlschränke im Sprechzimmer und füllte zwei Tablettenfläschchen mit Kapseln aus zwei großen Packungen. »Ich habe die wichtigsten Medikamente hier, um sie an ärmere Patienten zu Selbstkosten abgeben zu können, damit sie keine Apothekenpreise zu bezahlen brauchen.«

»Was für Kapseln sind das?« fragte Laura, als er an den Untersuchungstisch zurückkam und ihr die beiden kleinen Plastikflaschen gab.

»Das hier sind Penicillinkapseln. Täglich drei zu den Mahlzeiten – falls er essen kann. Ich *glaube,* daß er bald wieder zu sich kommen wird. Sollte er bewußtlos bleiben, muß er intravenös Flüssigkeit zugeführt bekommen, sonst verdurstet er. Solange er im Koma liegt, dürfen Sie nicht versuchen, ihn trinken zu lassen – er würde daran ersticken. Die anderen Kapseln sind ein starkes Schmerzmittel. Bei Bedarf höchstens zwei pro Tag einnehmen.«

»Geben Sie mir mehr davon! Am besten gleich alle!« Laura deutete auf die beiden Behälter, die jeweils Hunderte von Kapseln enthielten.

»Solche Mengen braucht er nicht. Er ...«

»Nein, die braucht er nicht«, bestätigte Laura, »aber ich weiß nicht, welche anderen Schwierigkeiten uns noch bevorstehen. Vielleicht brauchen wir Penicillin *und* ein Schmerzmittel für mich – oder meinen Jungen.«

Brenkshaw starrte sie für einen langen Augenblick an. »Um Himmels willen, wo sind Sie da hineingeraten? Das alles könnte aus einem Ihrer Bücher stammen.«

»Geben Sie mir einfach die ...« Laura machte eine Pause, als ihr klarwurde, was der Arzt gesagt hatte. »Das alles könnte aus einem meiner Bücher stammen? *Aus einem meiner Bücher?* Großer Gott, Sie wissen also, wer ich bin!«

»Natürlich. Das habe ich gleich gewußt, als Sie vor meiner Tür standen. Wie ich schon gesagt habe, lese ich gern Thriller, und obwohl Ihre Romane eigentlich nicht in diese Kategorie fallen, sind sie sehr spannend. Ich habe sie ebenfalls gelesen und dabei Ihr Photo auf der Umschlagrückseite gesehen. Glauben Sie mir, Mrs. Shane, kein Mann könnte Ihr Gesicht jemals vergessen – auch wenn er es nur auf einem Photo gesehen hat – und ein alter Knabe ist wie ich.«

»Aber warum haben Sie dann nichts ...«

»Ich habe die Sache anfangs für einen Scherz gehalten. Ihr melodramatisches nächtliches Erscheinen vor meiner Haustür, die Bedrohung mit der Waffe, Ihre knappen, unfreundlichen Anweisungen – das alles ist mir wie ein Witz vorgekommen. Glauben Sie mir, ich habe Freunde, die sich so was ausdenken könnten und denen ich sogar zutrauen würde, Sie zum Mitmachen zu überreden.«

Laura deutete auf ihren Beschützer. »Aber als Sie ihn dann gesehen haben …«

»Da habe ich gewußt, daß die Sache bitterernst ist«, bestätigte der Arzt.

Chris trat rasch neben seine Mutter und nahm den Tootsie Pop aus dem Mund. »Mom, wenn er uns verrät …«

Laura hatte ihren Revolver aus dem Hosenbund gezogen. Sie hob die Waffe und ließ sie dann wieder sinken, als ihr klarwurde, daß Brenkshaw sich dadurch jetzt nicht mehr einschüchtern ließ – ja, niemals Angst vor dem Revolver gehabt hatte. Erstens war er kein Mann, der sich von irgend jemandem einschüchtern ließ, und zweitens konnte sie jetzt nicht mehr überzeugend die gefährliche Verbrecherin spielen, da er doch wußte, wer sie wirklich war.

Auf dem Untersuchungstisch stöhnte ihr Beschützer und versuchte, sich in seinem unnatürlichen Schlaf zu bewegen, aber Dr. Brenkshaws Hand auf seiner Brust brachte ihn dazu, wieder stillzuliegen.

»Hören Sie, Doktor, wenn Sie irgend jemandem erzählen, was sich heute nacht hier ereignet hat, wenn Sie meinen Besuch nicht für den Rest Ihres Lebens geheimhalten können bedeutet das den sicheren Tod für mich und meinen Jungen.«

»Sie wissen doch, daß Ärzte gesetzlich verpflichtet sind, von ihnen behandelte Schußwunden zu melden?«

»Aber hier handelt's sich um einen Sonderfall«, sagte Laura drängend. »Ich bin nicht auf der Flucht vor der Polizei, Doktor.«

»Vor wem sonst?«

»Eigentlich … vor denselben Männern, die meinen Mann – Chris' Vater – ermordet haben.«

Brenkshaw starrte sie überrascht und mitleidig an. »Ihr Mann ist ermordet worden?«

»Davon müssen Sie in der Zeitung gelesen haben«, antwortete sie verbittert. »Der Fall ist letztes Jahr sensationell aufgebauscht worden – ein gefundenes Fressen für die Medien.«

»Tut mir leid, aber ich lese keine Zeitungen und sehe mir keine Fernsehnachrichten an«, sagte Brenkshaw. »Überall bloß Brände, Unfälle und blutrünstige Terroristen. Statt richtiger Nachrichten bringen sie nur Blut, Tragödien und Politik. Das mit Ihrem Mann tut mir aufrichtig leid. Und wenn diese Leute, die ihn ermordet haben, jetzt hinter Ihnen her sind, sollten Sie sofort zur Polizei gehen.«

Laura gefiel dieser Mann, mit dem sie vermutlich viele Ansichten und Überzeugungen gemeinsam hatte. Er wirkte freundlich und vernünftig. Trotzdem machte sie sich wenig Hoffnung, Brenkshaw dazu überreden zu können, den Mund zu halten. »Die Polizei kann mich nicht vor ihnen schützen, Doktor. Außer mir – und vielleicht dem Mann, dessen Wunden Sie gerade genäht haben – kann mich niemand vor ihnen schützen. Diese Leute, die hinter uns her sind ... sind brutal und unversöhnlich und stehen außerhalb des Gesetzes.«

Er schüttelte den Kopf. »Niemand steht außerhalb des Gesetzes.«

»Auf *die* trifft das zu, Doktor. Ich würde eine Stunde brauchen, um ihnen zu erklären, wer sie sind, und Sie würden mir vermutlich trotzdem nicht glauben. Aber wenn Sie unseren Tod nicht auf dem Gewissen haben wollen, bitte ich Sie inständig, keinem zu erzählen, daß wir hier gewesen sind. Nicht nur ein paar Tage, sondern Ihr Leben lang.«

»Nun, ich ...«

Während Laura ihn prüfend betrachtete, merkte sie, daß es zwecklos war. Sie erinnerte sich an etwas, das er zuvor in der Diele gesagt hatte, als sie ihn davor gewarnt hatte, in bezug auf die Anwesenheit weiterer Hausbewohner zu lügen: Er lüge nie, hatte er gesagt, weil das Leben – trotz gelegentlicher Schwierigkeiten – einfacher sei, wenn man stets die Wahrheit sage. Für ihn sei das zu einer lebenslänglichen Gewohnheit geworden. Kaum eine dreiviertel Stunde später kannte Laura ihn bereits so gut, daß sie ihn für einen ungewöhnlich wahrheitsliebenden Mann hielt. Selbst jetzt, wo sie ihn bat, ihren Besuch geheimzuhalten, war er außerstande, die Lüge über die Lippen zu bringen, die sie beschwichtigt und zum Gehen veranlaßt hätte.

Brenkshaw starrte sie schuldbewußt an und war nicht imstande, eine Unwahrheit auszusprechen. Sobald Laura gegangen war, würde er seine Pflicht tun: Er würde den Fall der Polizei melden. Die Cops würden sie in ihrem Haus in Big Bear suchen und dort das Blut, aber nicht die Leichen der Zeitreisenden sowie Hunderte von leeren Patronenhülsen, zersplitterte Fenster und Einschüsse in den Wänden entdecken. Morgen oder spätestens übermorgen würde die Story in ganz Amerika Schlagzeilen machen ...

Vielleicht hatte es das Verkehrsflugzeug, das Laura vor über einer halben Stunde zu hören geglaubt hatte, doch nicht wirklich gegeben. Vielleicht hatte sie das gehört, was sie ursprünglich vermutet hatte: sehr fernen Donner, 20 bis 30 Kilometer entfernt.

Erneut Donner in einer Nacht ohne Regen.

»Helfen Sie mir jetzt, ihn anzuziehen, Doktor«, forderte sie Brenkshaw auf, indem sie zu ihrem Beschützer auf dem Untersuchungstisch hinüberdeutete. »Wenigstens das können Sie für mich tun, da Sie mich später ohnehin verraten werden.«

Bei dem Wort verraten zuckte er sichtbar zusammen.

Zuvor hatte Laura Chris mit dem Auftrag losgeschickt, aus Brenkshaws Schlafzimmer ein Hemd, einen Pullover, eine Jacke, eine Hose, Socken und ein Paar Schuhe zu holen. Der Arzt war nicht so sportlich schlank wie ihr Beschützer, aber die beiden waren etwa gleich groß.

Im Augenblick trug der Verletzte nur seine blutgetränkte Hose, aber Laura wußte, daß sie nicht mehr genug Zeit hatten, ihn vollständig anzuziehen. »Helfen Sie mir bloß, ihm die Jacke überzuziehen, Doktor. Die restlichen Sachen nehme ich mit und ziehe sie ihm später an. Die Jacke genügt vorerst als Schutz gegen die Kälte.«

»Eigentlich ist er nicht transportfähig«, sagte der Arzt, während er den Verletzten auf dem Untersuchungstisch widerstrebend in sitzende Stellung brachte.

Laura ignorierte Brenkshaws Worte, mühte sich ab, den rechten Arm des Verletzten in den Ärmel der warm gefütterten Cordsamtjacke zu stecken, und gab ihrem Sohn Anweisungen: »Chris, du gehst ins Wohnzimmer, ohne dort Licht zu machen. Stell dich ans Fenster, beobachte die Straße und laß dich um Himmels willen nicht sehen!«

»Glaubst du, daß sie hier sind?« fragte der Junge ängstlich.

»Falls nicht, kommen sie bestimmt bald«, antwortete sie und steckte den linken Arm ihres Beschützers in den zweiten Jackenärmel.

»Wovon reden Sie überhaupt?« fragte Brenkshaw, als Chris ins Sprechzimmer lief und von dort aus ins dunkle Wartezimmer weiterhastete.

Laura gab keine Antwort. »Kommen Sie, wir müssen ihn in den Rollstuhl setzen.«

Gemeinsam hoben sie den Verletzten vom Untersuchungstisch,

setzten ihn in den Rollstuhl und ließen den Bauchgurt einschnappen.

Während Laura die übrigen Kleidungsstücke und die beiden Pillenbehälter in das Hemd legte und ein Bündel daraus machte, kam Chris aus dem Wartezimmer zurückgerannt. »Mom, sie fahren gerade vor, das müssen sie sein, zwei Autos voller Männer auf der anderen Straßenseite, wenigstens sechs oder acht Mann! Was tun wir jetzt?«

»Scheiße«, sagte sie, »jetzt kommen wir nicht mehr zum Jeep. Und wir können das Haus nicht durch den Nebenausgang verlassen, weil sie uns von der Straße aus sehen würden.«

Brenkshaw war bereits ins Sprechzimmer unterwegs. »Ich alarmiere die Polizei ...«

»Nein!« Laura legte ihrem Beschützer das Bündel mit Kleidung und Medikamenten auf den Schoß, stopfte ihre Handtasche dahinter und griff sich die Uzi und den Chief's Special Kaliber 38. »Das dauert zu lang, verdammt noch mal! Die Kerle sind in ein paar Minuten hier – und sie haben's auf uns abgesehen! Sie müssen mir helfen, den Rollstuhl durch den Hinterausgang aus dem Haus zu schaffen.«

Ihre Angst schien nun auch den Arzt zu überzeugen, denn er zögerte keine Sekunde lang und versuchte nicht mehr, seine Idee durchzusetzen. Statt dessen ergriff er den Rollstuhl und schob ihn rasch durch die Verbindungstür zwischen dem Untersuchungsraum und dem nach rückwärts führenden Korridor. Laura und Chris folgten ihm durch den nur schwach beleuchteten Flur in die Küche, in der die einzigen Lichtquellen die Digitaluhren an Herd und Mikrowelle waren. Der Rollstuhl polterte über die Türschwelle zwischen Küche und rückwärtiger Veranda und schüttelte den Bewußtlosen durch, der aber schon Schlimmeres überstanden hatte.

Laura hängte sich die Uzi um, steckte den Revolver in ihren Hosenbund und hastete an Brenkshaw vorbei die Verandatreppe hinunter. Sie packte den Rollstuhl vorn und half dem Arzt, ihn über die Stufen an die Betonplatten des Gartenweges hinunterzulassen.

Sie schaute zu dem Torbogen zwischen Haus und Garagen hinüber und rechnete fast damit, im nächsten Augenblick Bewaffnete hindurchstürmen zu sehen. »Sie müssen mitkommen«, flüsterte sie Brenkshaw zu. »Die Kerle bringen Sie um, wenn Sie hier bleiben, das weiß ich genau!«

Auch diesmal widersprach er nicht, sondern folgte Chris, als der Junge auf dem Weg vorausging, der über den Rasen zu dem Tor im Bretterzaun an der Rückseite des langgestreckten Grundstücks führte. Laura, die ihre Uzi jetzt in beiden Händen hielt, deckte ihren Rückzug und war bereit, beim geringsten Laut aus dem Haus das Feuer zu eröffnen.

Als Chris das Gartentor erreichte, wurde es vor ihm geöffnet, und ein Mann in Schwarz kam von der Wohnstraße hinter dem Grundstück in den Garten. Bis auf sein mondblasses Gesicht und seine weißen Hände war er schwärzer als die Nacht – und mindestens so überrascht wie die drei. Er war durch die schmale Wohnstraße gekommen, um den Hinterausgang des Hauses zu überwachen. In der rechten Hand hielt er eine dunkelglänzende Maschinenpistole – noch nicht schußbereit, aber er war dabei, sie hochzureißen –, und Laura konnte ihn nicht erschießen, ohne dabei auch ihren Sohn zu durchsieben. Chris reagierte jedoch, wie Henry Takahami ihn in monatelanger Ausbildung zu reagieren gelehrt hatte. Er warf sich herum, traf mit einem gezielten Tritt den rechten Arm des Killers, schlug ihm die Maschinenpistole aus der Hand – die Waffe prallte dumpf und mit leisem Klirren auf dem Rasen auf – und trat seinen Gegner dann in den Unterleib, so daß der Mann in Schwarz schmerzlich grunzend gegen den Torpfosten zurücksank.

Inzwischen war Laura um den Rollstuhl herum nach vorn gelaufen und zwischen Chris und den Killer getreten. Sie drehte die Uzi um, schwang sie wie eine Keule, schlug dem Mann die Schulterstütze auf den Kopf, holte wieder aus und schlug erneut mit aller Kraft zu. Der Killer brach auf dem Rasen zusammen, ohne einen Laut von sich gegeben zu haben.

Die Ereignisse überstürzten sich jetzt geradezu. Chris schlüpfte bereits durchs Gartentor, deshalb folgte Laura ihm, und sie überraschten dort einen zweiten Mann in Schwarz, mit Augen wie Löchern in einem weißen Gesicht. Dieser war jedoch außer Reichweite eines Karatetritts, so daß Laura das Feuer eröffnen mußte, bevor der Killer selbst schoß. Der Feuerstoß aus ihrer Maschinenpistole ging eng gebündelt über Chris' Kopf hinweg, zerfetzte Brust, Kehle und Hals des Mannes in Schwarz und enthauptete ihn buchstäblich, bevor er rückwärts aufs Pflaster der Wohnstraße geworfen wurde.

Brenkshaw, der noch immer den Rollstuhl schob, war hinter ihnen durchs Tor gekommen. Laura hatte ein schlechtes Gewissen, weil sie ihn nicht vor solchen Gefahren gewarnt hatte, aber nun konnten sie nicht mehr zurück. Die schmale Wohnstraße war auf beiden Seiten von Gartenzäunen begrenzt; auf den Grundstücken dahinter waren im Licht der Lampen in den Querstraßen einige Garagen und Ansammlungen von Mülltonnen zu erkennen.

Laura wandte sich an Brenkshaw. »Fahren Sie ihn auf der anderen Straßenseite ein paar Grundstücke weiter. Suchen Sie ein offenes Tor, durch das Sie ihn in einen fremden Garten schieben können. Chris, du gehst mit dem Doktor.«

»Und du?«

»Ich komme gleich nach.«

»Mom …«

»Los, Chris!« forderte sie ihn auf, denn der Arzt hatte bereits zehn Meter Vorsprung und schob den Rollstuhl schräg über die schmale Straße.

Während der Junge widerstrebend Brenkshaw folgte, kehrte Laura ans offene Tor im Bretterzaun zurück. Sie kam gerade noch rechtzeitig, um zwei dunkle Gestalten 30 Meter entfernt durch den Torbogen zwischen Haus und Garage kommen zu sehen. Die beiden waren kaum auszunehmen und nur zu erkennen, weil sie sich bewegten. Einer von ihnen rannte geduckt auf die Veranda hinter dem Haus zu; der andere kam ebenfalls in geduckter Haltung über den Rasen, weil sie nicht genau wußten, woher die Schüsse gekommen waren.

Laura trat durchs Tor auf den Weg, eröffnete das Feuer, bevor die beiden sie sahen, und überschüttete die Rückwand des Hauses mit einem Kugelhagel. Obwohl sie nicht nahe genug stand, waren 30 Meter auch keine allzu große Entfernung, und die beiden warfen sich in Deckung. Sie wußte nicht, ob sie getroffen hatte, und durfte nicht weiter schießen, weil selbst ein Magazin mit 400 Schuß auch bei kurzen Feuerstößen schnell leergeschossen und diese Uzi jetzt ihre einzige Maschinenpistole war. Sie zog sich rückwärtsgehend durchs Tor zurück und rannte hinter Brenkshaw und Chris her.

Die beiden verschwanden eben durch ein schmiedeeisernes Tor, das in den Zaun des übernächsten Hauses auf der anderen Straßenseite eingelassen war. Als Laura es schweratmend erreichte und das Grundstück betrat, stellte sie fest, daß die auf beiden Seiten am Zaun entlang angepflanzten alten Eugenien zu einer dichten Hecke zusammengewachsen waren. Dahinter war sie unsichtbar, solange jemand direkt vor dem Tor stand.

Der Arzt hatte den Rollstuhl mit dem Bewußtlosen bereits bis an die Rückseite des Hauses geschoben. Es war im Tudorstil erbaut, keine viktorianische Villa wie das Haus Brenkshaws, aber ebenfalls mindestens vier, fünf Jahrzehnte alt. Nun war der Arzt im Begriff, um das Gebäude herum die Einfahrt zu erreichen, die auf die nächste breite Straße hinausführte.

Überall in den Nachbarhäusern ging jetzt Licht an. Laura war davon überzeugt, daß auch hinter den Fenstern, die vorerst dunkel blieben, Gesichter an die Scheiben gedrückt waren. Aber sie bezweifelte, daß die Neugierigen viel erkennen würden.

Sie holte Chris und Brenkshaw vor dem Haus ein und hielt die beiden im Schatten hoher Stauden an. »Doc, ich möchte, daß Sie mit Ihrem Patienten hier warten«, flüsterte sie Dr. Brenkshaw zu.

Er zitterte sichtbar, und sie konnte nur hoffen, daß er keinen Herzanfall bekam. Aber er machte weiter mit. »Okay, ich bleibe hier.«

Sie nahm Chris mit auf die nächste Straße hinaus, wo bis zur nächsten Querstraße auf beiden Straßenseiten etwa zwei Dutzend Autos parkten. Im bläulichen Licht der Straßenlampen sah der Junge schlimm aus, aber nicht so schlimm, wie Laura befürchtet hatte, und nicht so ängstlich wie Brenkshaw. »Hör zu, wir suchen jetzt unversperrte Autotüren. Du übernimmst die Straßenseite, ich übernehme die andere. Findest du eine offene Tür, kontrollierst du, ob der Zündschlüssel steckt; ist das nicht der Fall, siehst du unter dem Fahrersitz und hinter der Sonnenblende nach.«

»Wird gemacht.«

Bei den Recherchen für ein Buch mit einem Autodieb in einer Nebenrolle hatte Laura unter anderem die Tatsache ausgegraben, daß jeder siebzehnte Fahrer nachts die Autoschlüssel stecken ließ. Jetzt hoffte sie, daß dieses Verhältnis in einer ruhigen Stadt wie San Bernardino noch mehr zu ihren Gunsten ausfallen würde. Schließlich ließen in New York, Chicago, Los Angeles und ähnlichen Großstädten nur Masochisten ihre Autoschlüssel stecken, so daß es anderswo doch wesentlich mehr vertrauensselige Amerikaner geben mußte, damit dieser statistische Durchschnitt erreicht wurde.

Während sie an den Türen der Autos auf der anderen Straßenseite rüttelte, versuchte sie, Chris im Auge zu behalten, aber er verschwand bald aus ihrem Blickfeld. Vier der ersten acht Fahrzeuge waren unversperrt, aber in keinem waren die Schlüssel zu finden.

In der Ferne ertönte Sirenengeheul.

Das würde die Männer in Schwarz wahrscheinlich vertreiben. Außerdem suchten sie vermutlich noch immer die Wohnstraße hinter Brenkshaws Grundstück ab, bewegten sich mit Vorsicht und rechneten damit, wieder beschossen zu werden.

Laura bewegte sich dagegen ganz offen, ohne sich darum zu kümmern, ob sie aus den Nachbarhäusern gesehen wurde. Die Straße war mit ausgewachsenen, aber künstlich niedriggehaltenen Dattelpalmen gesäumt, die viel Deckung boten. Und wer in dieser Nacht aufgeschreckt worden war, stand vermutlich eher an einem Fenster im ersten Stock und bemühte sich, über die Palmen hinweg zu Dr. Brenkshaws Haus hinüberzusehen, wo vorhin geschossen worden war.

Das neunte Auto war ein Oldsmobile Cutlass, dessen Schlüssel unter dem Fahrersitz lagen. Als Laura eben den Motor anließ und die Fahrertür zuknallte, öffnete Chris die Beifahrertür und zeigte ihr einen Schlüsselbund, den er entdeckt hatte.

»Ein ganz neuer Toyota«, sagte er.

»Dieser hier reicht«, entschied Laura.

Die Sirenen kamen näher.

Chris warf die Toyotaschlüssel weg, stieg ein und fuhr mit Laura zu dem noch immer dunklen Haus auf der anderen Straßenseite zurück, in dessen Vorgarten der Arzt mit dem Bewußtlosen auf sie wartete. Vielleicht hatten sie Glück; vielleicht war dort wirklich niemand zu Hause. Sie hoben Lauras Beschützer aus dem Rollstuhl und streckten ihn auf dem Rücksitz des Cutlass aus.

Die Sirenen waren jetzt schon sehr nahe, auf der nächsten Querstraße raste ein Streifenwagen mit roten Blinklichtern vorbei, der zu Brenkshaws Haus unterwegs war.

»Bei Ihnen alles in Ordnung, Doc?« fragte Laura, nachdem sie die hintere Autotür zugeworfen hatte.

Er hatte sich erschöpft in den Rollstuhl gesetzt. »Keine Angst, ich habe keinen Schlaganfall. Was ist bloß mit Ihnen *los,* Mädchen?«

»Keine Zeit, Doc. Ich muß die Mücke machen.«

»Hören Sie«, sagte er noch, »vielleicht erzähle ich denen überhaupt nichts.«

»Doch, das tun Sie«, widersprach Laura. »Sie bilden sich vielleicht ein, es nicht tun zu wollen, aber Sie werden der Polizei alles sagen. Täten Sie's nicht, gäbe es keinen Polizeibericht und keine Zeitungsmeldungen – und ohne diese in der Zukunft bekannten Unterlagen hätten die Killer mich heute nacht nicht aufspüren können.«

»Was brabbeln Sie da?«

Laura beugte sich vor und küßte ihn auf die Backe. »Keine Zeit für Erklärungen, Doc. Besten Dank für Ihre Hilfe. Tut mir leid, aber den Rollstuhl muß ich noch mitnehmen.«

Er klappte ihn zusammen und legte ihn ihr in den Kofferraum.

Die Nacht war jetzt voller Sirenen.

Laura stieg ein und knallte die Fahrertür zu. »Anschnallen, Chris.«

»Angeschnallt«, bestätigte er.

Sie bog aus der Einfahrt nach links auf die Straße ab – von Brenkshaws Haus weg in Richtung Querstraße, auf der vorhin der mit Blinklicht fahrende Streifenwagen vorbeigeflitzt war. Die auf eine gemeldete Schießerei hin zusammenströmenden Fahrzeuge kamen aus verschiedenen Stadtteilen, aus verschiedenen Streifenbezirken, so daß vielleicht kein zweiter Wagen diese Route benützen würde. Die Querstraße mündete in eine um diese Zeit wenig befahrene Hauptstraße, auf der Laura keine Wagen mit aufgesetzten roten Blinkleuchten sah. Sie bog nach rechts ab, entfernte sich immer mehr von Brenkshaws Haus, durchquerte San Bernardino und fragte sich, wo sie letztlich Zuflucht finden würden.

3

Kurz nach 3.15 Uhr erreichte Laura Riverside, stahl in einer ruhigen Seitenstraße einen Buick, brachte ihren Beschützer im Rollstuhl zu dem neuen Fahrzeug und ließ den Cutlass stehen. Chris schlief während der gesamten Unternehmung fest und mußte von einem Wagen zum anderen getragen werden.

Eine halbe Stunde später war Laura erschöpft und todmüde in einer anderen Seitenstraße unterwegs: Diesmal mit einem Schraubenzieher aus der Werkzeugtasche des Buicks, mit dem sie jetzt die Kennzeichen eines Nissans abschraubte. Die gestohlenen Nummernschilder kamen an den Buick, dessen Schilder in den Kofferraum wanderten, weil dieses Kennzeichen demnächst auf der Fahndungsliste der Polizei aufscheinen würde.

Vielleicht dauerte es ein paar Tage, bis dem Nissanbesitzer auffiel, daß seine Nummernschilder gestohlen waren, und selbst wenn der Diebstahl angezeigt wurde, würde er die Polizei weniger interessieren als ein Autodiebstahl. Diebstähle von Kennzeichen waren im allgemeinen Dummejungenstreiche oder die Tat von Vandalen, ihre Wiederbeibringung hatte bei den überlasteten Polizeidienststellen, die kaum wußten, wie sie die Ermittlungen in wirklichen Verbrechensfällen bewältigen sollten, keinen allzu hohen Stellenwert. Das gehörte zu den nützlicheren Tatsachen, die Laura bei den Recherchen für einen Roman erfahren hatte, in dem ein Autodieb eine Nebenrolle spielte.

Sie nahm sich auch noch die Zeit, ihrem Beschützer Socken, Schuhe und einen Pullover anzuziehen, damit er sich nicht erkältete. Dabei schlug er einmal die Augen auf, blinzelte und flüsterte heiser ihren Namen. Sie glaubte schon, er erwache aus seiner Bewußtlosigkeit, aber er versank wieder darin und murmelte etwas in einer Sprache, die sie nicht erkennen konnte, weil sie keines seiner Worte deutlich genug verstand.

Von Riverside aus fuhr Laura nach Yorba Linda im Orange County, wo sie um 4.50 Uhr in einer Ecke des Parkplatzes von Ralph's Supermarket hinter einem der Altglascontainer parkte. Sie stellte den Motor ab, schaltete die Scheinwerfer aus und löste ihren Sicherheitsgurt. Chris blieb angeschnallt; er lehnte fest schlafend an der Beifahrertür. Ihr Beschützer war noch immer bewußtlos, aber er atmete nicht mehr ganz so keuchend wie vor ihrem Besuch in Dr. Brenkshaws Praxis. Laura bezweifelte, daß sie hier Schlaf finden würde; sie wollte sich nur sammeln und ihre Augen ausruhen – aber dann war sie binnen weniger Minuten doch eingeschlafen.

Nachdem sie drei Männer erschossen hatte, selbst mehrmals beschossen worden war, zwei Autos gestohlen und eine durch drei Counties führende Verfolgungsjagd überlebt hatte, wäre zu erwarten gewesen, daß sie vom Tod, von Blut und zerfetzten Menschenleibern träumen würde, einen Alptraum, dessen Hintergrundmusik das kalte Hämmern von Maschinenwaffen war. Sie hätte träumen können, Chris zu verlieren, der mit Thelma zu den beiden einzigen ihr verbliebenen Lichtblicken im Leben gehörte. Statt dessen träumte sie jedoch von Danny, und es war ein schöner Traum, kein Alptraum. Danny war wieder lebendig und erlebte mit ihr, wie die Rechte von ›Shadrach‹ für über eine Million Dollar verkauft wurden. Aber Chris war auch da und acht Jahre alt, obwohl Chris damals noch gar nicht auf der Welt gewesen war, und sie feierten Lauras Erfolg in Disneyland, wo sie sich zu dritt mit Mickey Mouse fotografieren ließen. Und im Camation Pavillon versprach Danny ihr, sie bis in alle Ewigkeit zu lieben, während Chris vorgab, sich in einer aus Grunzern bestehenden Schweinchensprache verständigen zu können, die er von Carl Dockweiler gelernt habe, der mit Nina und Lauras Vater am nächsten Tisch saß. Und an einem weiteren Tisch saßen die Ackerson-Zwillinge und aßen Erdbeereisbecher …

Laura wachte nach über drei Stunden um 8.26 Uhr auf und fühlte sich nach diesem durch ihr Unterbewußtsein bewirkten Aufenthalt in vertrauter Gemeinschaft ebenso erfrischt wie durch den Schlaf selbst. Der Morgenhimmel war wolkenlos, das Sonnenlicht glitzerte auf dem Chrom des Wagens und fiel als breiter gelblicher Streifen durchs Heckfenster. Chris döste noch immer. Der Verletzte auf dem Rücksitz war weiterhin bewußtlos.

Sie riskierte es, rasch zu einer Telefonzelle neben dem Supermarkt hinüberzugehen, von der aus sie den Wagen im Auge behalten konnte. Mit Kleingeld aus ihrer Handtasche rief sie Chris' Privatlehrerin Ida Palomar in Lake Arrowhead an, um ihr mitzuteilen, daß sie für den Rest der Woche verreist sein würden. Sie wollte nicht, daß die arme Ida ahnungslos in das von Kugeln durchsiebte Haus mit den unerklärlichen Blutspuren kam, mit denen sich bestimmt schon Spurensicherungsteams der Polizei befaßten. Sie erzählte Ida nicht, von wo aus sie anrief; sie wollte ohnehin nicht mehr lange in Yorba Linda bleiben.

Wieder im Auto, saß Laura gähnend hinterm Steuer, reckte sich und massierte sich den Nacken, während sie die ersten Kunden beobachtete, die den etwa 100 Meter entfernten Supermarkteingang passierten. Als Chris keine zehn Minuten später mit verquollenen Augen und schlechtem Mundgeruch aufwachte, gab sie ihm Geld, damit er im Supermarkt süßes Gebäck und zwei Tüten Orangensaft einkaufen konnte – nicht gerade etwas zur vernünftigen Ernährung, aber stärkende Kost.

»Was ist mit ihm?« fragte Chris und zeigte dabei auf Lauras Beschützer.

Sie erinnerte sich an Dr. Brenkshaws Warnung vor dem Verdursten. Aber sie wußte auch, daß sie nicht versuchen durfte, ihm etwas einzuflößen, solange er komatös war, daran konnte er ersticken. »Hmmm ... bring einen dritten Orangensaft mit. Vielleicht kriege ich ihn wach.« Als Chris ausstieg, fügte sie hinzu: »Am besten kaufst du uns auch was zum Mittagessen, was nicht verdirbt – vielleicht ein Brot und ein Glas Erdnußbutter. Und wir brauchen einen Deo-Stift und ein Haarwaschmittel.«

Der Junge grinste. »Warum darf ich mich zu Hause nicht so ernähren?«

»Weil du gesunde Nahrung brauchst, damit dein Verstand nicht noch mehr Schaden nimmt als bisher schon, Kleiner.«

»Mich wundert nur, daß du nicht sogar auf der Flucht vor angeheuerten Killern daran gedacht hast, deine Mikrowelle, frisches Gemüse und eine Packung Vitaminpillen mitzunehmen.«

»Soll das heißen, daß ich eine gute Mutter bin, aber die Gesundheitsmasche übertreibe? Okay, ich werd's mir merken. Geh jetzt!«

Er wollte seine Tür schließen.

»Noch was, Chris ...«, begann Laura.

»Ich weiß«, sagte der Junge. »Vorsichtig sein.«

Während Chris fort war, stellte Laura das Autoradio an, um sich die Neunuhrnachrichten anzuhören. Sie hörte Meldungen über sich selbst – einen Bericht aus ihrem Haus bei Big Bear, einen weiteren über die Schießerei in San Bernardino. Beide Meldungen waren erwartungsgemäß vage und nicht sonderlich aufschlußreich. Aber sie bestätigten, daß die Polizei jetzt in ganz Südkalifornien nach ihr fahndete. Wie der Reporter berichtete, rechnete die Polizei damit, sie bald ausfindig zu machen, weil sie als Schriftstellerin eine doch sehr bekannte Persönlichkeit war.

Sie war vergangene Nacht erschrocken, als Dr. Brenkshaw sie sofort als die Schriftstellerin Laura Shane erkannt hatte. Dabei hielt Laura sich nicht für eine Berühmtheit; sie war lediglich eine Erzählerin, eine Geschichtenschreiberin, die am Webstuhl der Sprache arbeitete und Wortgewebe wob. Sie war lediglich für einen ihrer ersten Romane auf Tournee gegangen, hatte diese mühsame Reise abscheulich gefunden und hatte sich zu keiner zweiten überreden lassen. Sie war kein regelmäßiger Gast bei Fernseh-Talkshows. Sie hatte nie in TV-Werbespots für irgendein Produkt geworben, sich nie öffentlich für einen Politiker eingesetzt und im allgemeinen stets versucht, nicht in den großen Medienzirkus hineingezogen zu werden. Sie war mit dem traditionellen Photo auf der Rückseite von Schutzumschlägen einverstanden gewesen, wie es ihr harmlos vorkam, und konnte als 33jährige ohne falschen Stolz zugeben, daß sie ungewöhnlich attraktiv war – aber sie hätte niemals geglaubt, eine doch sehr bekannte Persönlichkeit zu sein, wie die Polizei es ausdrückte.

Laura war nicht nur betrübt, weil der Verlust ihrer Anonymität sie zu einer leichteren Beute für die Polizei machte, sondern auch, weil sie wußte, daß Berühmtheit im heutigen Amerika zugleich den Verlust selbstkritischer Fähigkeiten und einen gravierenden Niedergang künstlerischer Schaffenskraft bedeutete. Einigen wenigen gelang es, prominent zu sein *und* schriftstellerisch Erfolg zu haben, aber die meisten ihrer Kollegen schienen durch die Aufmerksamkeit, die die Medien ihnen schenkten, korrumpiert zu werden.

Mit einiger Überraschung wurde ihr plötzlich klar, daß ihre Sorge, sie könnte berühmt und dadurch künstlerisch steril werden, offenbar bedeutete, daß sie noch immer an eine sichere Zukunft glaubte, in der sie Bücher würde schreiben können. In manchen Nächten hatte sie sich geschworen, bis zum Tode zu kämpfen, bis zum blutigen Ende durchzuhalten, um ihren Sohn zu beschützen – stets aber mit dem Gefühl, ihre Lage sei praktisch hoffnungslos, weil der Gegner zu stark und für sie unerreichbar sei. Aber jetzt hatte ihre Einstellung sich irgendwie verändert, war in schwachen, vorsichtigen Optimismus umgeschlagen.

Vielleicht hatte der Traum den Ausschlag gegeben.

Chris kam mit einer großen Packung Zimtrollen mit Zuckerguß, drei Tüten Orangensaft und den sonstigen Einkäufen zurück. Sie aßen Gebäck, tranken den Saft dazu und hatten das Gefühl, noch nie besser gefrühstückt zu haben.

Als Laura fertig war, stieg sie hinten ein und versuchte, ihren Beschützer aus seiner Bewußtlosigkeit zu wecken. Aber ihre Bemühungen blieben ohne Erfolg.

Sie gab Chris die dritte Tüte Orangensaft. »Heb sie für ihn auf«, sagte sie dabei. »Wahrscheinlich kommt er bald wieder zu sich.«

»Wenn er nicht trinken kann, kann er auch kein Penicillin einnehmen«, stellte Chris fest.

»Das hat noch ein paar Stunden Zeit. Doktor Brenkshaw hat ihm eine ziemlich starke Spritze gegeben; die wirkt noch eine Zeitlang.«

Trotzdem machte Laura sich Sorgen. Wenn er nicht wieder zu sich kam, würde sie vielleicht niemals über das lebensgefährliche Labyrinth aufgeklärt werden, in dem sie sich gegenwärtig verirrt hatten – und vielleicht niemals einen Ausweg finden.

»Und wie geht's weiter?« erkundigte Chris sich.

»Wir fahren zur nächsten Tankstelle, benützen die Toiletten und halten dann bei einem Waffengeschäft, um Munition für die Uzi und den Revolver zu kaufen. Danach ... suchen wir uns ein Motel – ein für unsere Zwecke geeignetes Motel, in dem wir unterschlüpfen können.«

Sobald sie irgendwo unterkamen, würden sie mindestens 20 Kilometer von Dr. Brenkshaws Haus entfernt sein, wo ihre Feinde sie zuletzt aufgespürt hatten. Aber was bedeuteten Entfernungen für Männer, die auf ihren Reisen nicht in Kilometern, sondern in Tagen und Jahren rechneten?

In Teilen von Santa Ana, in manchen Vierteln im Süden von Anaheim und in den benachbarten Gebieten gab es die meisten Motels des Typs, nach dem Laura Ausschau hielt. Sie wollten keinen modernen, glitzernden Red Lion Inn oder ein Howard Johnson's Motor Lodge mit Farbfernseher, hochflorigem Teppichboden und beheiztem Swimmingpool, weil man sich in guten Motels ausweisen und eine der großen Kreditkarten vorlegen können mußte. Sie durfte nicht riskieren, eine Spur aus Papier zu hinterlassen, die zuletzt die Polizei oder die Killer auf ihre Fährte bringen konnte. Statt dessen suchte sie ein Motel, das nicht mehr sauber, nicht mehr gut genug erhalten war, um Touristen anzuziehen – einen heruntergekommenen Betrieb, in dem sie froh waren, Gäste zu haben, bereitwillig Bargeld kassierten und garantiert keine Fragen stellten, die bestimmte Gäste vertrieben.

Laura wußte, daß es nicht leicht sein würde, ein Zimmer zu finden, und wunderte sich nicht darüber, daß die ersten zwölf Motels, bei denen sie nachfragte, nicht bereit oder außerstande waren, ihr ein Zimmer zu geben. Die einzigen Gäste dieser heruntergekommenen Motels schienen junge Mexikanerinnen mit Säuglingen auf dem Arm oder Kleinkindern an den Rockschößen sowie junge Mexikaner oder Männer in mittleren Jahren zu sein, die Tennisschuhe, Leinenhosen, Flanellhemden und leichte Cordsamt- oder Jeansjacken trugen. Manche hatten Cowboyhüte aus Stroh auf, andere bevorzugten Baseballmützen – aber alle starrten Laura mißtrauisch und wachsam an.

Die meisten dieser heruntergekommenen Motels dienten als Unterkünfte für illegale Einwanderer, von denen sich allein im Orange County Hunderttausende niedergelassen hatten. Ganze Familien hausten in einem einzigen Raum: fünf, sechs oder sieben Menschen lebten dort in drangvoller Enge, teilten sich ein altes Doppelbett, zwei Stühle und ein gerade noch funktionierendes Bad und zahlten dafür mindestens 150 Dollar die Woche – ohne Bettwäsche, ohne Zimmerreinigung, ohne sonstige Leistungen, aber dafür mit Tausenden von Kakerlaken. Trotzdem waren sie eher bereit, unter diesen Verhältnissen zu leben und sich als unterbezahlte Arbeitskräfte auf empörende Weise ausbeuten zu lassen, als in ihre Heimat zurückzukehren und unter der Herrschaft einer ›revolutionären Volksregierung‹ zu leben, deren Versprechungen seit Jahren und Jahrzehnten unerfüllt geblieben waren.

Der Besitzer des 13. Motels mit dem poetischen Namen ›The Bluebird of Happiness‹ machte sich anscheinend noch Hoffnungen auf Touristen, die preiswerte Zimmer brauchten, und war noch nicht der Versuchung erlegen, bettelarmen Einwanderern Reichtümer abzupressen. Einige der 24 Zimmer waren offenbar an Illegale vermietet, aber die Direktion sorgte noch für täglichen Bettwäschewechsel, Zimmerreinigung, Farbfernseher und zwei zusätzliche Kopfkissen in jedem Kleiderschrank. Doch die Tatsache, daß der junge Mann an der Rezeption Bargeld nahm, keinen Ausweis verlangte und Lauras Blick bewußt auswich, war trauriger Beweis genug, daß ›The Bluebird of Happiness‹ binnen einem Jahr zu einem weiteren Denkmal politischer Dummheit und menschlicher Geldgier verkommen würde – und das in einer Welt, in der solche Denkmäler dicht an dicht wie Grabsteine auf einem überfüllten Großstadtfriedhof standen.

Das Motel bestand aus drei U-förmig angeordneten Gebäudeteilen, die den Parkplatz umschlossen, und ihr Zimmer bildete die rechte Ecke des Querflügels. Dicht vor der Tür ihres Zimmers wucherte eine riesige Fächerpalme, deren Wachstum weder der Smog noch das winzige Fleckchen Erde zwischen so viel Beton und Asphalt behindern zu können schienen. Die Palme trug selbst im

Winter kräftige neue Triebe, als habe die Natur sie dazu bestimmt, auf subtile Weise ihre Absicht zu verkünden, die ganze Erde wieder zu übernehmen, sobald die Menschheit abgetreten sein werde.

Laura und Chris klappten den Rollstuhl auseinander, setzten den Verletzten hinein und machten keinerlei Geheimnis daraus, als betreuten sie lediglich einen Behinderten. Vollständig bekleidet und ohne sichtbare Schußwunde konnte Lauras Beschützer sehr wohl ein Querschnittgelähmter sein – einzig der kraftlos nach vorn hängende Kopf paßte nicht ins Bild.

Ihr Zimmer war klein, aber annehmbar sauber. Der an einigen Stellen abgetretene Teppichboden war vor kurzem gereinigt worden, und die beiden Staubflusen in der Ecke neben dem Bett waren nicht größer als Tischtennisbälle. Die braunkarierte Tagesdecke auf dem französischen Bett hatte ausgefranste Kanten und war an zwei Stellen geflickt, aber die Bettwäsche war sauber und duftete schwach nach Waschmittel. Laura und Chris hoben ihren Beschützer aus dem Rollstuhl ins Bett und stopften ihm zwei Kissen unter den Kopf.

Der Fernseher mit 43-cm-Bildschirm war auf einem Tischchen festgeschraubt, dessen Beine wiederum auf dem Fußboden festgeschraubt waren. Die kunststoffbeschichtete Platte des Tischchens zeigte Brandspuren von Zigaretten. Chris ließ sich in einen der nicht zueinander passenden Sessel fallen, schaltete das Gerät ein und betätigte auf der Suche nach einer Cartoonshow oder einer Serienwiederholung den Kanalwählschalter, von dem ein Teilchen abgesplittert war. Er entschied sich für ›Get Smart‹, beklagte sich aber darüber, die Sendung sei ›zu dumm, um lustig zu sein‹, und Laura fragte sich, ob wohl viele seiner Altersgenossen ähnlich dachten.

Sie setzte sich in den anderen Sessel. »Willst du nicht duschen, Chris?«

»Um dann wieder diese Sachen anzuziehen?« fragte er zweifelnd.

»Ich weiß, daß das verrückt klingt, aber ich garantiere dir, daß dir danach auch ohne frische Sachen wohler ist.«

»Aber soll ich mir wirklich so viel Mühe machen, um nachher wieder *verknitterte* Sachen anzuziehen?«

»Seit wann bist du so ein Modenarr, daß dich ein paar Falten stören?«

Chris stand grinsend auf und stolzierte so ins Bad, wie er sich den Gang eines hoffnungslosen Gecken vorstellte. »Der König und die Königin wären entsetzt, wenn sie mich in diesem Zustand sähen.«

»Wir verbinden ihnen die Augen, wenn sie uns besuchen kommen«, schlug Laura vor.

Sekunden später kam Chris aus dem Bad zurück. »In der Kloschüssel liegt ein toter Käfer. Ein Kakerlak, glaube ich – aber ich bin mir meiner Sache nicht ganz sicher.«

»Spielt die Gattung eine Rolle? Verständigen wir die Angehörigen?«

Er lachte. Gott, wie sie dieses Lachen liebte! »Was soll ich tun – ihn runterspülen?«

»Es sei denn, du willst ihn rausfischen, in eine Zündholzschachtel legen und draußen im Blumenbeet begraben.«

Chris lachte erneut. »Nö, ich bin für Seebestattung.« Im Bad summte er den Zapfenstreich, bevor er die Spülung betätigte.

Während der Junge duschte, ging ›Get Smart‹ zu Ende; danach folgte der Film ›Die Harlem Globetrotters auf Gilligan's Island‹ Laura ließ den Fernseher nur an, um sich abzulenken, aber es gab Grenzen für das, was selbst eine Frau auf der Flucht ertragen konnte, deshalb schaltete sie rasch auf Kanal elf zum ›Tagesmagazin‹ um.

Eine Zeitlang starrte sie ihren Beschützer an. Sein unnatürlicher Schlaf war bedrückend. Von ihrem Platz aus griff sie mehrmals nach den Vorhängen und öffnete sie einen Spalt weit, um den Parkplatz des Motels absuchen zu können, obwohl sie genau wußte, daß niemand sie hier vermuten würde und daß sie nicht in unmittelbarer Gefahr schwebte. Obwohl die Sendung sie eigentlich nicht interessierte, starrte Laura wieder den Fernsehschirm an, bis sie fast wie in Hypnose war. Der Moderator interviewte einen jungen Schauspieler, der monoton und nicht immer zusammenhängend von sich erzählte, und nach einer Weile bekam sie vage mit, daß er etwas von Wasser sagte, aber da döste sie bereits, denn sein ständiges Gerede von Wasser war einschläfernd und ärgerlich zugleich.

»Mom?«

Laura blinzelte, setzte sich auf und sah Chris an der Tür zum Bad stehen. Er hatte feuchtes Haar und trug nur seine Unterhose. Der Anblick seines schmächtigen, knabenhaften Körpers – nichts als Knie, Rippen und Ellbogen – griff ihr ans Herz, so unschuldig und verletzlich sah er aus. Chris war so klein und zerbrechlich, daß sie sich fragte, wie sie ihn jemals beschützen sollte, und neue Angst in sich aufsteigen fühlte.

»Er redet, Mom«, sagte Chris und zeigte auf den Mann auf dem Bett. »Hast du es nicht gehört? Er spricht!«

»Wasser«, sagte ihr Beschützer heiser. »Wasser.«

Sie trat rasch ans Bett und beugte sich über ihn. Er war zu sich gekommen und versuchte sogar, sich aufzusetzen, aber er hatte keine Kraft. Seine blauen Augen standen offen, und obwohl sie blutunterlaufen waren, richteten sie sich wach und aufmerksam auf Laura.

»Durst«, sagte er.

»Chris!« rief sie halblaut.

Er brachte bereits ein Glas Wasser aus dem Bad.

Laura setzte sich neben ihren Beschützer auf die Bettkante, stützte seinen Kopf, ließ sich von Chris das Glas geben und half dem Verletzten trinken. Sie gestattete ihm nur kleine Schlucke, damit er sich nicht verschluckte. Seine Lippen waren aufgesprungen wie bei einem Fieberkranken und auf seiner Zunge war ein weißer Belag zu sehen. Er trank über ein Drittel des Wassers, bevor er ihr zu erkennen gab, daß er genug habe.

Als sein Kopf wieder auf dem Kissen lag, legte sie ihm eine Hand auf die Stirn. »Längst nicht mehr so heiß.«

Er bewegte den Kopf von links nach rechts, als versuche er, den Raum in sich aufzunehmen. Trotz des Wassers klang seine Stimme trocken, ausgebrannt. »Wo sind wir?«

»In Sicherheit«, antwortete sie.

»Nirgends … sicher.«

»Wahrscheinlich wissen wir mehr über diese verrückte Geschichte, als du ahnst«, erklärte sie ihm.

»Richtig!« bestätigte Chris und setzte sich zu seiner Mutter aufs Bett. »Wir wissen, daß du ein Zeitreisender bist!«

Der Mann starrte den Jungen an, rang sich ein schwaches Lächeln ab und zuckte vor Schmerzen zusammen.

»Ich habe Medikamente«, sagte Laura. »Auch ein Schmerzmittel.«

»Nein, nicht jetzt«, wehrte er ab. »Vielleicht später … Mehr Wasser?«

Laura stützte ihn erneut. Diesmal leerte er das Glas fast ganz. Das Penicillin fiel ihr ein und sie schob ihm eine Kapsel zwischen die Zähne. Er spülte sie mit den beiden letzten Schlucken hinunter.

»Von wann kommst du?« fragte Chris gespannt und ohne auf das Wasser zu achten, das aus seinem nassen Haar tropfte und ihm übers Gesicht lief. »Von wann?«

»Er ist sehr schwach, Schatz«, wandte Laura ein, »und ich halt's für falsch, ihn jetzt mit Fragen zu belästigen.«

»Aber soviel kann er uns doch wenigstens verraten, Mom.« Chris fragte den Mann erneut: »Von wann kommst du?«

Während er zuerst Chris und dann Laura anstarrte, trat wieder der gehetzte Ausdruck in seine Augen.

»Von wann kommst du, he? Aus dem nächsten Jahrtausend? Aus dem Jahr dreitausend?«

»Neunzehnhundertvierundvierzig«, antwortete ihr Beschützer mit papiertrockener Stimme.

Schon diese geringe Aktivität hatte ihn offenbar ermüdet, denn seine Lider schienen schwer zu werden, seine Stimme war leiser geworden, so daß Laura nicht daran zweifelte, daß er wieder in Bewußtlosigkeit fiel.

»Von wann?« wiederholte Chris, den diese Antwort verblüfft hatte.

»Neunzehnhundertvierundvierzig.«

»Ausgeschlossen!« behauptete Chris.

»Berlin«, sagte ihr Beschützer.

»Er hat Fieberphantasien«, erklärte Laura ihrem Sohn.

Seine Stimme klang müde und schwach, aber was er sagte, war eindeutig: »Berlin.«

»Berlin?« wiederholte Chris. »Du meinst Berlin in Deutschland?«

Der Verletzte sank wieder in Schlaf – nicht in den unnatürlichen Schlaf eines Komas, sondern in einen erholsamen Schlaf, in dem er sofort leise zu schnarchen begann. Aber bevor er einschlief, sagte er noch: »Nazideutschland.«

4

Im Fernsehen lief ›On Life to Live‹, aber weder sie noch Chris achteten auf diese Seifenoper. Sie hatten die beiden Sessel näher ans Bett gerückt, um den Schlafenden beobachten zu können. Chris war jetzt wieder angezogen, und sein Haar war nur noch im Nakken feucht. Laura fühlte sich schmuddelig und hätte am liebsten ebenfalls geduscht, aber sie wollte bei ihrem Beschützer bleiben, um zur Stelle zu sein, falls er wieder etwas sagte. Sie und der Junge unterhielten sich im Flüsterton.

»Weißt du, was ich mir eben überlegt habe, Chris? Nehmen wir einmal an, diese Leute kämen aus der Zukunft hätten sie dann nicht Laserwaffen oder sonst was Futuristisches bei sich?«

»Sie würden nicht wollen, daß jemand merkt, daß sie aus der Zukunft kommen«, sagte Chris. »Sie würden Waffen und Kleidungsstücke mitbringen, die hier nicht auffallen würden. Aber er hat gesagt, daß er ...«

»Ich weiß, was er gesagt hat. Das ist unsinnig, stimmt's? Wenn es 1944 Zeitreisen gegeben hätte, würden wir unterdessen davon wissen, nicht wahr?«

Kurz nach 13.30 Uhr wachte ihr Beschützer auf und schien im ersten Augenblick desorientiert zu sein. Er bat erneut um Wasser, und Laura half ihm trinken. Er sagte, er fühle sich etwas besser, aber sehr schwach und immer noch schlafbedürftig. Dann bat er um weitere Kissen. Chris holte die beiden zusätzlichen Kopfkissen aus dem Schrank und half seiner Mutter, den Verletzten in fast sitzende Haltung zu bringen.

»Wie heißt du?« fragte Laura ihn.

»Stefan. Stefan Krieger.«

Sie wiederholte den Namen halblaut. Er war in Ordnung – nicht melodisch, aber ein solider, männlich klingender Name. Es war nur kein Name für einen Schutzengel, und Laura fand es belustigend, daß sie nach so vielen Jahren – darunter auch zwei Jahrzehnte, in denen sie behauptet hatte, nicht mehr an ihn zu glauben – noch immer erwartete, sein Name müsse schön und außerirdisch klingen.

»Und du kommst wirklich aus dem Jahr ...?«

»Neunzehnhundertvierundvierzig«, wiederholte er nachdrücklich: Allein die Anstrengung, in sitzende Haltung zu gelangen, hatte ihm kleine Schweißperlen auf die Stirn getrieben – oder waren daran Erinnerungen an Zeitpunkt und Ausgangsort seiner Reise schuld? »Aus Berlin, der Hauptstadt des Dritten Reiches. Damals hat es einen brillanten polnischen Wissenschaftler namens Wladimir Penlowski gegeben: von manchen für verrückt gehalten – wahrscheinlich wirklich verrückt –, aber zugleich ein Genie. Bevor

Deutschland und Rußland sich 1939 darauf einigten, Polen zu zerschlagen, hatte er in Warschau gelebt und über fünfundzwanzig Jahre lang an bestimmten Theorien über das Wesen der Zeit gearbeitet ...«

Nach Stefan Kriegers Darstellung war Penlowski ein verkappter Faschist gewesen, der den Einmarsch von Hitlers Wehrmacht begrüßte. Vielleicht wußte er, daß Hitler seine Forschungsarbeit großzügiger fördern würde, als es die rationaleren Finanziers taten, die er bis dahin anzuzapfen versucht hatte. Unter Hitlers persönlicher Ägide war Penlowski mit Wladislaw Janusky, seinem engsten Mitarbeiter, nach Berlin übersiedelt und hatte dort ein Institut für Zeitforschung gegründet, das so geheim war, daß es keinen Namen erhielt. Es hieß einfach ›das Institut‹. In Zusammenarbeit mit nicht weniger fanatischen und weitblickenden deutschen Wissenschaftlern und mit Unterstützung durch die scheinbar unbegrenzten finanziellen Mittel des Dritten Reiches hatte Penlowski eine Möglichkeit gefunden, in die Arterie der Zeit einzudringen und sich in dieser Blutbahn aus Tagen, Wochen, Monaten und Jahren zu bewegen.

»Blitzstraße«, fügte Stefan erklärend hinzu. »Die Straße durch die Zeit. Die Straße in die Zukunft.«

Eigentlich hätte sie ›Zukunftsstraße‹ heißen müssen, erläuterte Stefan, denn Wladimir Penlowski war es nicht gelungen, mit seiner Zeitmaschine Menschen in die Vergangenheit zu schicken. Sie konnten lediglich in die Zukunft reisen und von dort in ihre eigene Zeit zurückkehren.

»Es scheint irgendeinen kosmischen Mechanismus zu geben, der Zeitreisende daran hindert, an ihrer eigenen Vergangenheit herumzupfuschen, um ihre gegenwärtigen Lebensumstände zu verändern. Eine theoretisch mögliche Reise in die eigene Vergangenheit würde vor allem eines entstehen lassen ...«

»Paradoxe!« rief Chris aufgeregt.

Stefan war sichtlich überrascht darüber, daß der Junge dieses Wort kannte.

»Wie ich dir schon gesagt habe«, sagte Laura lächelnd, »haben wir ziemlich eingehend über deine mögliche Herkunft diskutiert und sind dabei auf Zeitreisen als die logischste Möglichkeit gekommen. Und in Chris hast du meinen Experten für Unheimliches vor dir.«

»Paradoxe«, bestätigte Stefan. »Könnte ein Zeitreisender in seine eigene Vergangenheit zurückkehren und dort irgendwelche Veränderungen bewirken, wären die Konsequenzen unvorhersehbar. Dadurch würde die Zukunft verändert, aus der er kommt. Deshalb könnte er nicht mehr in dieselbe Welt zurückkehren, die er verlassen hat ...«

»Paradox!« warf Chris begeistert ein.

»Richtig«, sagte Stefan. »Die Natur verabscheut offenbar Paradoxe und läßt im allgemeinen nicht zu, daß der Zeitreisende solche in die Welt setzt. Und dafür müssen wir Gott danken, denn ... Nehmen wir beispielsweise einmal an, Hitler hätte einen Attentäter in die Vergangenheit zurückschicken können, um Winston Churchill und Franklin Roosevelt ermorden zu lassen, bevor sie in hohe Staatsämter gelangten. In England und den Vereinigten Staaten wären dann andere Männer gewählt worden: Männer, die vielleicht weniger brillant und leichter zu manipulieren gewesen wären, so daß Hitler vielleicht schon Anfang der vierziger Jahre triumphiert hätte.«

Er sprach jetzt mit einer Leidenschaftlichkeit, die seinen geschwächten Körper übermäßig anstrengte, und Laura konnte beobachten, wie jedes einzelne Wort seinen Tribut forderte. Die Schweißperlen, die anfangs auf seiner Stirn gestanden hatten, waren in der Zwischenzeit fast abgetrocknet – aber jetzt zeigte sich auf Stefans blassem Gesicht erneut ein Schweißfilm. Und die Ringe unter seinen Augen schienen noch dunkler geworden zu sein. Aber Laura konnte ihn nicht auffordern, eine Pause zu machen und sich auszuruhen. Sie wollte und mußte alles hören, was er zu erzählen hatte – und außerdem würde er sich nicht den Mund verbieten lassen.

»Stell dir vor, der Führer könnte Killer in die Vergangenheit zurückschicken, um Dwight Eisenhower, George Patton und Feldmarschall Montgomery umbringen zu lassen, sie *in der Wiege* ermorden zu lassen ... um die begabtesten Heerführer der Alliierten ausschalten zu lassen. Dann wäre er 1944 bereits auf dem Weg zur Weltherrschaft gewesen. Das würde auch bedeuten, daß diese Zeitreisenden in die Vergangenheit hätten zurückkehren können, um Männer zu liquidieren, *die schon lange tot waren und keine Gefahr mehr darstellten.* Wieder ein Paradox, seht ihr. Zum Glück läßt die Natur keine Paradoxe dieser Art, keine Manipulation der eigenen Vergangenheit zu, sonst hätte Adolf Hitler die ganze Welt in ein Vernichtungslager, in ein einziges großes KZ verwandelt.«

Sie schwiegen eine Zeitlang, während sie über die Schrecken einer solchen Hölle auf Erden nachdachten. Selbst Chris reagierte auf das von Stefan entworfene Bild einer veränderten Welt, denn er war ein Kind der achtziger Jahre, in denen die Schurken in Filmen und Fernsehstücken meistens gefräßige Außerirdische oder Nazis waren. Hakenkreuzfahnen, schwarze SS-Uniformen mit silbernen Totenköpfen und der dämonische Fanatiker mit dem Schnurrbärtchen waren für Chris Symbole des Schreckens, da sie Bestandteil der medienerzeugten Mythologie waren, mit der er aufwuchs. Laura wußte, daß in die Mythologie eingegangene reale Personen und Ereignisse für ein Kind irgendwie *realer* waren als sein täglich Brot.

»Aus dem Institut konnten wir also nur in die Zukunft reisen«, berichtete Stefan. »Aber auch das hatte seine Vorteile. Wir konnten einige Jahrzehnte weiterspringen, um festzustellen, ob Deutschland sich in der dunkelsten Zeit des Krieges gehalten und irgendwie dann doch den Endsieg errungen hatte. Dabei zeigte sich natürlich, daß dieser Fall nicht eingetreten war – daß das Dritte Reich besiegt worden war. Aber ließ sich diese Niederlage nicht doch vermeiden, indem man das gesamte Wissen der Zukunft nutzte? Für Hitler mußte es Möglichkeiten geben, das Dritte Reich noch 1944 zu retten. Es gab Dinge, die aus der Zukunft mitgebracht werden konnten, um einen deutschen Sieg sicherzustellen ...«

»Zum Beispiel Atombomben!« warf Chris ein.

»Oder die Konstruktionspläne dafür«, stellte Stefan richtig. »Im Dritten Reich hat es bereits ein Atomforschungsprogramm gegeben, und wenn der entscheidende Schritt zur Bombe früher gelungen wäre ...«

»Dann hätten die Deutschen den Krieg gewonnen!« ergänzte Chris.

Stefan bat erneut um Wasser und trank diesmal ein halbes Glas auf einmal. Er wollte das Glas dabei selbst halten, aber seine Hand zitterte zu stark: Wasser schwappte auf seine Bettdecke, und Laura mußte ihm helfen.

Als er dann weitersprach, schwankte seine Stimme gelegentlich. »Da der Zeitreisende während seiner Reise *außerhalb* der Zeit existiert, kann er sich nicht nur zeitlich, sondern auch geografisch bewegen, als würde er ortsfest über der Erde schweben, die sich unter ihm weiterdreht. Das tut er natürlich nicht, aber diese

Vorstellung macht die Sache verständlicher, als wenn man sich vorstellt, er schwebe in einer anderen Dimension. Da die Erde sich gewissermaßen unter ihm dreht, entscheidet seine Reisedauer darüber, ob er sich beispielsweise in Berlin wiederfindet, das er vor Jahren oder Jahrzehnten verlassen hat. Verkürzt oder verlängert er seine Reise jedoch um ein paar Stunden, hat die Erde sich kürzer oder länger gedreht, so daß er an einem anderen Ort ankommt. Die für eine präzise Ortsbestimmung erforderlichen Berechnungen sind in meiner Zeit – im Jahre 1944 – ungeheuer schwierig …«

»Aber heutzutage wären sie einfach – mit Computern«, sagte Chris.

Stefan veränderte unbehaglich seine Haltung in den Kissen, die ihn stützten, und legte seine zitternde Rechte auf die verletzte linke Schulter, als könne er seine Schmerzen durch diese Berührung lindern. »Von Gestapo-Männern begleitete Teams deutscher Physiker sind in verschiedene europäische und amerikanische Städte des Jahres 1985 entsandt worden«, berichtete er dann weiter, »um entscheidend wichtige Informationen über den Bau von Atomwaffen zu sammeln. Die Unterlagen, auf die sie's abgesehen hatten, waren weder als geheim eingestuft, noch schwer zu finden. Auf der Grundlage ihrer eigenen Forschungsergebnisse haben sie sich den Rest aus Fachbüchern und wissenschaftlichen Veröffentlichungen zusammensuchen können, die 1985 in jeder größeren Universitätsbibliothek standen. Vier Tage vor meiner letzten Zeitreise hierher sind diese Teams im März 1944 mit Material aus dem Jahre 1985 zurückgekommen, mit dem das Dritte Reich bis zum Herbst die erste Atommacht werden kann. Sie wollten das Material einige Wochen lang im Institut studieren, um dann zu entscheiden, wo und wie es ohne Hinweis auf seine Herkunft ins deutsche Atomforschungsprogramm eingeschleust werden könnte. Das hat mich endgültig in meinem Vorhaben bestärkt, das Institut mitsamt allen Wissenschaftlern und Unterlagen zu vernichten, um eine von Adolf Hitler gestaltete Zukunft zu verhindern.«

Stefan Krieger berichtete Chris und Laura, die gespannt zuhörten, wie er im Jahre 1944 die Sprengladungen im Institut angebracht, Penlowski, Janusky und Wolkow erschossen und das Zeittor so programmiert hatte, daß es ihn zu Laura ins heutige Amerika brachte.

Aber vor Stefans Abreise war in letzter Minute etwas schiefgegangen. Die RAF hatte Berlin immer öfter und mit immer nachhaltigerer Wirkung bombardiert, US-Bomber hatten am 6. März den ersten Tagesangriff geflogen, so daß die Stromversorgung häufig unterbrochen war – nicht nur durch Luftangriffe, sondern auch durch Sabotageakte. Um vor solchen Stromausfällen sicher zu sein, wurde das Tor durch einen eigenen Generator versorgt. Als Stefan an jenem Tag von Kokoschka angeschossen in den Stahlzylinder gekrochen war, hatte er nichts von einem Bombenangriff gehört, so daß der Stromausfall wohl auf Sabotage zurückzuführen gewesen war.

»Dadurch ist der Zeitzünder stromlos geworden. Das Tor ist intakt geblieben: Es steht weiterhin offen, und sie können uns hierher verfolgen. Und sie ... sie können den Krieg noch immer gewinnen.«

Lauras Kopfschmerzen meldeten sich zurück. Sie preßte ihre Fingerspitzen an die Schläfen. »Augenblick! Hitler kann es nicht gelungen sein, Atombomben zu bauen und den Zweiten Weltkrieg zu gewinnen, weil wir nicht in einer Welt leben, in der das geschehen ist. Du brauchst dir keine Sorgen mehr zu machen, Stefan. Trotz aller Informationen, die sie zurückgebracht haben, ist es ihnen offenbar doch nicht gelungen, Atomwaffen zu entwickeln.«

»Nein«, widersprach er. »Sie haben bisher keinen Erfolg gehabt, aber wir dürfen nicht annehmen, daß ihre Mißerfolge sich fortsetzen werden. Wie ich bereits festgestellt habe, ist die Vergangenheit für die Männer, die 1944 in Berlin im Institut tätig sind, unveränderbar. Sie können nicht zurückreisen und ihre eigene Vergangenheit ändern. Aber sie können ihre – und unsere – Zukunft ändern, weil die Zukunft eines Zeitreisenden durch gezielte Maßnahmen veränderbar ist.«

»Aber *seine* Zukunft ist *meine* Vergangenheit«, wandte Laura ein. »Und wie soll er meine Vergangenheit ändern können, wenn sie unveränderbar ist?«

»Richtig«, stimmte Chris zu. »Paradox.«

»Hör zu, Stefan«, fuhr Laura fort, »ich bin in keiner von Adolf Hitler und seinen Erben beherrschten Welt aufgewachsen – folglich hat Hitler trotz eurer Zeitmaschine nicht gesiegt.«

Stefan schüttelte traurig den Kopf. »Würde die Zeitmaschine jetzt, im Jahre 1989, erfunden werden, wäre diese Vergangenheit, von der du sprichst – mit dem Zweiten Weltkrieg und allen seinen Folgen –, unveränderbar. Du könntest sie nicht ändern, denn die

Natur verhindert Reisen in die Vergangenheit, durch die du Zeitreiseparadoxe auslösen könntest. Aber die Zeitmaschine ist nicht hier entdeckt oder wiederentdeckt worden. Die Zeitreisenden des Jahres 1944 aus dem Berliner Institut können offenbar *ihre* Zukunft verändern, und obwohl sie damit auch deine Vergangenheit verändern, gibt es kein Naturgesetz, das sie daran hindern könnte. Das ist das größte Paradox überhaupt – und zugleich das einzige, das die Natur aus irgendeinem Grund zu gestatten scheint.«

»Soll das heißen«, fragte Laura, »daß sie mit den Informationen aus dem Jahre 1985 noch immer Atomwaffen bauen und den Krieg gewinnen können?«

»Ja – es sei denn, das Institut würde zuvor zerstört werden.«

»Und was dann? Um uns herum wäre plötzlich alles anders, weil wir unter dem Nationalsozialismus leben würden?«

»Ja. Aber du würdest nichts von dieser Veränderung merken, weil du ein völlig anderer Mensch wärst als jetzt. Deine gesamte Vergangenheit hätte es nie gegeben. Du hättest eine völlig *andere* Vergangenheit und würdest dich an nichts aus *diesem* Leben erinnern, weil es niemals existiert hätte. Du würdest glauben, die Welt sei schon immer so gewesen, und könntest dir keine vorstellen, in der Hitler den Krieg verloren hat.«

Die aufgezeigten Möglichkeiten erschreckten und ängstigten Laura, weil sie das Leben noch unsicherer erscheinen ließen, als es ihr schon immer vorgekommen war. Die Erde unter ihren Füßen erschien ihr plötzlich nur noch als eine Traumwelt, die sich ohne Vorwarnung auflösen und sie in ein riesiges schwarzes Nichts stürzen lassen konnte.

»Wenn sie die Welt ändern könnten, in der ich aufgewachsen bin«, sagte sie mit zunehmendem Entsetzen, »wäre ich Danny vielleicht nie begegnet, hätte ihn nie geheiratet.«

»Und ich wäre vielleicht nie geboren worden«, fügte Chris hinzu.

Sie legte Chris eine Hand auf den Arm – nicht nur, um ihn zu beruhigen, sondern um sich auch zu vergewissern, daß er in dieser Welt wirklich existierte. »Vielleicht wäre auch ich nie geboren worden. Was ich bisher erlebt habe, das Gute und Schlechte der Welt seit 1944 … alles würde wie eine riesige Sandburg weggeschwemmt und durch eine neue Realität ersetzt werden.«

»Durch eine neue und schlimmere Realität«, sagte Stefan, den die notwendigen langen Erklärungen sichtlich angestrengt hatten.

»In dieser neuen Welt hätte ich meine Romane vielleicht nie geschrieben.«

»Und wenn du sie geschrieben hättest«, ergänzte Stefan, »wären sie anders als deine jetzigen: groteske Werke einer in einer Diktatur und unter der eisernen Faust der Nazi-Zensur arbeitenden Schriftstellerin.«

»Wenn diese Kerle 1944 die Atombombe bauen«, warf Chris ein, »zerfallen wir alle zu Staub und werden weggeblasen.«

»Nicht buchstäblich – aber wie Staub, ja«, bestätigte Stefan Krieger. »Spurlos verschwunden, als hättet ihr nie existiert.«

»Wir müssen sie stoppen!« sagte Chris.

»Wenn wir können«, stimmte Stefan zu. »Aber zuerst müssen wir in *dieser* Realität am Leben bleiben, was vielleicht gar nicht einfach sein wird.«

Stefan mußte auf die Toilette, und Laura half ihm mit der nüchternen Selbstverständlichkeit einer im Umgang mit Patienten erfahrenen Krankenschwester ins Bad ihres Motelzimmers. Als sie ihn endlich wieder im Bett hatte, machte sie sich erneut Sorgen um Stefan: Trotz seines immer noch kräftigen Körperbaus fühlte er sich schlaff und feuchtkalt an und war erschreckend schwach.

Sie berichtete ihm kurz von der Schießerei hinter Brenkshaws Haus, während der er im Koma gelegen hatte. »Woher wissen die Killer, wo wir zu finden sind, wenn sie aus der Vergangenheit statt aus der Zukunft kommen? Wie konnten sie 1944 wissen, wann wir fünfundvierzig Jahre später bei Doktor Brenkshaw aufkreuzen würden?«

»Um dich zu finden, haben sie zwei Reisen gemacht«, erklärte Stefan ihr. »Als erstes sind sie ein paar Tage weiter in die Zukunft gereist – vielleicht zum kommenden Wochenende –, um zu sehen, ob du irgendwo auftauchen würdest. Falls nicht – und du scheinst nicht aufgetaucht zu sein –, haben sie angefangen, öffentlich zugängliche Quellen auszuwerten. Vor allem Zeitungen. Sie haben die Meldungen über eine Schießerei in deinem Haus gelesen und sind dann darüber informiert worden, daß du mit einem Verletzten bei Doktor Brenkshaw in San Bernardino aufgekreuzt bist. Deshalb sind sie einfach ins Jahr 1944 zurückgekehrt und haben eine weitere Zeitreise gemacht – diesmal zum frühen Morgen des Elften zu Brenkshaws Praxis.«

»Sie können uns jederzeit überspringen«, sagte Chris zu Laura. »Sie können vorausspringen, nachsehen, wo wir auftauchen, und sich dann eine Stelle im Zeitstrom aussuchen, an der wir am leichtesten zu überfallen sind. Sozusagen als ob ... als ob wir die Cowboys wären und die Indianer alle hellsehen könnten.«

»Wer war Kokoschka?« erkundigte Chris sich. »Wer war der Mann, der meinen Vater ermordet hat?«

»Der Chef des Sicherheitsdienstes des Instituts«, antwortete Stefan. »Er behauptete, mit Oskar Kokoschka, dem berühmten österreichischen Expressionisten, entfernt verwandt zu sein, aber das bezweifle ich, denn *unser* Kokoschka hatte gar nichts Künstlerisches an sich. Standartenführer – das bedeutet SS-Oberst – Heinrich Kokoschka war ein sehr tüchtiger Gestapo-Killer.«

»Gestapo?« wiederholte Chris fast ehrfürchtig. »Geheimpolizei?«

»Geheime Staatspolizei«, stellte Stefan richtig. »Ihre Existenz ist allgemein bekannt, aber ihre Arbeit bleibt geheim. Als er auf dieser Bergstraße im Jahre 1988 aufkreuzte, war ich so überrascht wie ihr, denn ich hatte keine Blitze gesehen. Er muß dreißig, vierzig Kilometer von uns entfernt in einem anderen Tal der San Bernardino Mountains angekommen sein, so daß uns die Blitze nicht auffielen.« Stefan erläuterte, daß die Blitze im Zusammenhang mit Zeitreisen stets ein eng begrenztes lokales Phänomen seien, und fuhr fort: »Nachdem Kokoschka dort aufgetaucht war, befürchtete ich, bei meiner Rückkehr das ganze Institut in heller Empörung wegen meines Verrats vorzufinden – aber in Wirklichkeit wurde ich kaum beachtet. Das hat mich ziemlich verwirrt! Als ich dann im Hauptlabor meine letzte Reise in die Zukunft vorbereitete, nachdem ich Penlowski und die anderen erschossen hatte, kam Heinrich Kokoschka hereingestürmt und schoß mich an. Er war also nicht tot, war nicht auf dieser Bergstraße im Jahre 1988 umgekommen! Erst dann wurde mir klar, daß er meinen Verrat erst dadurch entdeckte, daß er die von mir Erschossenen auffand. Kokoschka ist später ins Jahr 1988 gereist, um zu versuchen, mich ... uns alle umzubringen. Das bedeutete, daß das Tor offenbleiben würde – daß mein Versuch, es zu zerstören, scheitern würde. Zumindest dieser eine Versuch.«

»Gott, diese Kopfschmerzen!« sagte Laura.

Chris schien dagegen keine Mühe zu haben, sich in dem von Stefan Krieger beschriebenen Zeitreiselabyrinth zurechtzufinden. »Kokoschka ist also ins Jahr 1988 gereist, *nachdem* du gestern zu uns gekommen bist, und hat meinen Daddy ermordet. Mann! Eigentlich hast du Kokoschka vierundvierzig Jahre *nach* eurer Schießerei im Hauptlabor erledigt ... und trotzdem hast du ihn erschossen, *bevor* er auf dich geschossen hat. Das sind wilde Sachen, stimmt's, Mom? Aufregend, nicht wahr?«

»Und wie!« bestätigte Laura. Sie wandte sich wieder an Stefan. »Woher wußte Kokoschka, wo du auf der Bergstraße anzutreffen sein würdest?«

»Nachdem Kokoschka festgestellt hatte, daß ich Penlowski und die beiden anderen erschossen hatte, und nach meiner Flucht in die Zukunft muß er die Sprengladungen auf dem Dachboden und im Keller des Instituts entdeckt und dann die automatisch aufgezeichneten Betriebszeiten des Tores ausgewertet haben. Für die Überwachung dieser Zeiten war früher *ich* zuständig gewesen, deshalb merkte niemand, wie oft ich deinetwegen in die Zukunft gereist war. Jedenfalls muß Kokoschka selbst einige Zeitreisen gemacht haben – wahrscheinlich sogar viele –, um festzustellen, wo ich mich aufhielt und wie ich in dein Schicksal eingegriffen habe. Er muß mir nachspioniert haben, als ich bei der Beerdigung deines Vaters auf dem Friedhof war und als ich Sheener verprügelte, aber ich habe ihn nie gesehen. Als er dann wußte, wann ich dich nur beobachtete und wann ich handelte, um dich zu retten, wählte er sich einen Zeitpunkt und Ort aus, um uns alle zu erschießen. Mich wollte er als Verräter liquidieren; dich und deine Angehörigen wollte er umbringen, weil ... nun, weil er wußte, wie wichtig du mir warst.«

Weshalb? dachte sie. Warum bin ich dir so wichtig, Stefan Krieger? Weshalb hast du dich in mein Schicksal eingemischt und versucht, mir ein besseres Leben zu verschaffen?

Sie hätte ihm diese Frage am liebsten gleich gestellt, aber er schien noch mehr über Kokoschka erzählen zu wollen. Er wurde offenbar rasch schwächer und hatte sichtlich Mühe, bei seiner Schilderung nicht den Faden zu verlieren. Laura wollte ihn nicht durch Zwischenfragen verwirren.

»Kokoschka dürfte mein letztes Ziel – gestern abend, dein Haus – mit Hilfe der automatisch registrierten Einstellwerte des Programmierpults ermittelt haben«, berichtete Stefan weiter. »Eigentlich hatte ich, wie versprochen, in der Nacht des Tages zurückkehren wollen, an dem Danny erschossen worden war; statt dessen bin ich ein Jahr später zurückgekommen, weil ich bei der Eingabe der errechneten Werte irgendeinen Fehler gemacht habe. Nachdem ich verletzt in die Zukunft geflüchtet war, muß Heinrich Kokoschka meine Berechnungen gefunden haben. Er muß meinen Fehler erkannt und gewußt haben, wo ich nicht nur gestern abend, sondern auch in der Nacht, in der Danny ermordet worden ist, zu finden sein würde. Als ich letztes Jahr versuchte, dich vor dem schleudernden Kleinlaster zu retten, habe ich in gewisser Beziehung Dannys Mörder mitgebracht. Dafür fühle ich mich verantwortlich, obwohl Danny diesen Unfall ohnehin nicht überlebt hätte. Wenigstens sind Chris und du am Leben geblieben. Zumindest fürs erste.«

»Weshalb hat Kokoschka dich nicht ins Jahr 1989 verfolgt – zum Beispiel letzte Nacht zu meinem Haus? Er hat gewußt, daß du als Verletzter eine leichte Beute sein würdest.«

»Er hat aber auch gewußt, daß ich erwarten würde, von ihm verfolgt zu werden, und befürchten müssen, ich sei bewaffnet und auf sein Kommen vorbereitet. Deshalb ist er für mich unerwartet ins Jahr 1988 gereist, um das Überraschungsmoment für sich zu nutzen. Außerdem hat Kokoschka vermutlich gehofft, daß ich nicht würde ins Institut zurückkehren und Penlowski erschießen können, wenn er mich ins Jahr 1988 verfolgte und dort erschoß. Bestimmt glaubte er, die Zeit durch einen Trick zu überlisten, diese Morde *ungeschehen* machen und dadurch den Projektleiter retten zu können. Aber das konnte er natürlich nicht, weil er dadurch seine *eigene* Vergangenheit verändert hätte, was unmöglich ist. Penlowski und die anderen waren inzwischen bereits tot und würden es bleiben. Hätte Kokoschka die für Zeitreisen gültigen Gesetzmäßigkeiten besser begriffen, dann hätte er gewußt, daß sein Anschlag im Jahre 1988, zumindest was meine Person betraf, gescheitert sein mußte, denn als er diese Reise unternahm, war ich bereits unversehrt aus den San Bernardino Mountains ins Institut zurückgekehrt!«

»Alles in Ordnung, Mom?« erkundigte Chris sich besorgt.

»Gibt's Excedrin auch in Einpfundtabletten?« fragte sie.

»Ich weiß, daß das ein bißchen viel auf einmal ist«, bestätigte

Stefan. »Aber du wolltest wissen, wer Heinrich Kokoschka ist – oder gewesen ist. Er hat die von mir angebrachten Sprengladungen entschärft. Seinetwegen – und wegen des unglückseligen Stromausfalls, der den Zeitzünder lahmgelegt hat – steht das Institut noch, ist das Tor weiterhin offen und versuchen Gestapoleute jetzt, uns in dieser Zeit aufzuspüren ... und zu liquidieren.«

»Warum?« fragte Laura.

»Aus Rache«, sagte Chris.

»Sie reisen fünfundvierzig Jahre weit in die Zukunft, nur um uns aus Rache zu ermorden?« Laura schüttelte den Kopf. »Dahinter muß mehr stecken.«

»Richtig«, bestätigte Stefan. »Sie wollen uns ausschalten, weil sie uns für die einzigen Menschen halten, denen zuzutrauen ist, daß sie eine Möglichkeit finden, das Tor zu schließen, bevor sie den Krieg gewinnen und damit ihre Zukunft verändern. Und mit dieser Annahme haben sie recht.«

»Wie?« fragte sie erstaunt. »Wie können wir das Institut vor fünfundvierzig Jahren zerstören?«

»Das weiß ich noch nicht«, gab Stefan zu. »Aber ich werde darüber nachdenken.«

Sie wollte ihm weitere Fragen stellen, aber Stefan schüttelte den Kopf. Er sei zu erschöpft, um weiterzureden, sagte er, und schlief wenig später wieder ein.

Aus seinen Einkäufen im Supermarkt nahm Chris ein verspätetes Mittagessen, bestehend aus Weißbrot mit Erdnußbutter, ein. Laura hatte keinen Appetit.

Da abzusehen war, daß Stefan ein paar Stunden lang schlafen würde, ging sie unter die Dusche. Danach fühlte sie sich erheblich wohler, auch wenn sie keine Kleidungsstücke zum Wechseln hatte.

Das Fernsehprogramm blieb den ganzen Nachmittag unerbittlich idiotisch: Seifenopern, Quizshows, weitere Melodramen, Wiederholungen alter Serien und Phil Donahue der durchs Studio hastete und seine Gäste aufforderte, doch einmal über die einzigartige Notlage transvestitisch veranlagter Zahnärzte nachzudenken und Mitleid mit ihnen zu haben.

Laura füllte das Magazin ihrer Uzi mit der Munition auf, die sie vormittags in einem Waffengeschäft gekauft hatten.

Gegen Abend zogen draußen immer dunklere Wolken auf, bis

kein Stückchen blauer Himmel mehr zu sehen war. Die Fächerpalme neben dem gestohlenen Buick schien ihre Wedel in Erwartung eines Sturms zu schließen.

Laura ließ sich in einen der Sessel fallen, legte ihre Füße aufs Bett, schloß die Augen und döste eine Zeitlang. Sie schrak aus einem Alptraum auf, in dem sie entdeckt hatte daß sie aus Sand bestehe und sich in einem Gewitterregen rasch auflöse. Chris schlief in dem anderen Sessel, und Stefan schnarchte leise im Bett.

Draußen hatte es zu regnen begonnen. Der Regen trommelte aufs Moteldach und prasselte in die Pfützen auf dem Parkplatz – ein Geräusch wie stark erhitztes Frittierfett. Diese Art Regenguß war für Südkalifornien charakteristisch: stark und ergiebig, aber ohne Blitze und Donner, die hier seltener als in anderen Teilen der Welt auftraten. Laura hatte jetzt besonderen Anlaß, für diese klimatische Tatsache dankbar zu sein, denn sie wäre bei Blitz und Donner schon wieder vor der Frage gestanden, ob sie natürliche Ursachen hatten oder das Kommen von Gestapoleuten aus einer anderen Zeit ankündigten …

Chris wachte gegen 17.20 Uhr auf, Stefan Krieger war fünf Minuten später wieder wach. Beide sagten, sie seien hungrig, und Stefan ließ darüber hinaus Anzeichen weiterer Besserung erkennen. Seine Augen waren blutunterlaufen und wäßrig gewesen; jetzt waren sie wieder klar. Er konnte sich mit Hilfe seines gesunden Armes ohne Lauras Beistand im Bett aufsetzen. Seine linke Hand, die kraft- und gefühllos gewesen war, hatte sich wieder so weit erholt, daß er die Finger, deren Tastsinn zurückgekehrt war, bewegen und sogar zu einer schwachen Faust ballen konnte.

Statt eines Abendessens hätte Laura lieber weitere Fragen beantwortet bekommen, aber ihr Leben hatte sie unter anderem gelehrt, geduldig zu sein. Als sie an diesem Morgen kurz nach 11 Uhr ihr Motelzimmer bezogen hatten, war Laura auf der gegenüberliegenden Straßenseite ein chinesisches Restaurant aufgefallen. Obwohl sie Chris und Stefan nicht gern allein ließ, wagte sie sich jetzt in den Regen hinaus, um Essen aus dem Restaurant zu holen.

Laura trug den Revolver Kaliber 38 unter ihrer Jacke und ließ die Uzi auf Stefans Bett zurück. Chris würde nicht mit der Maschinenpistole schießen können, aber Stefan war vielleicht imstande, sich gegen das Kopfende seines Bettes zu stemmen und lediglich mit der rechten Hand einen Feuerstoß abzugeben, obwohl der Rückstoß seine Wunde bestimmt wieder aufbrechen lassen würde.

Als Laura völlig durchnäßt zurückkam, stellte sie die Behälter aus Wachskarton – mit Ausnahme der beiden Eierblumensuppen für Stefan, die auf den Nachttisch gestellt wurden – aufs Fußende des Betts. Beim Betreten des Restaurants mit seinen aromatischen Düften hatte sie ihren Appetit wiedergefunden und natürlich viel zuviel bestellt: Brathuhn mit Zitrone, Rindfleisch mit Orangenscheiben, Krabben in süß-saurer Sauce, Schweinefleisch mit Bambussprossen, Fleischklößchen süß-sauer und zwei Behälter Reis.

Während Chris und sie mit Plastikgabeln alle Gerichte versuchten und dazu Cokes tranken, die Laura aus dem Automaten an der Rezeption geholt hatte, schlürfte Stefan seine Suppe. Er hatte geglaubt, nichts Festes essen zu können, aber als er mit der Suppe fertig war, kostete er vorsichtig auch von den Fleischklößchen und vom Huhn mit Zitrone.

Auf Lauras Bitte hin erzählte er während des Essens von sich selbst. Stefan Krieger war 1909 in Gittelde im Harz zur Welt gekommen und somit 35 Jahre alt. (»Na ja«, sagte Chris, »zählt man andererseits die fünfundvierzig Jahre dazu, die du durch deine Zeitreise von 1944 bis 1989 übersprungen hast, dann bist du in Wirklichkeit achtzig!« Er lachte. »Mann, für 'nen achtzigjährigen alten Knacker hast du dich aber gut gehalten!«) Nachdem die Familie gegen Ende des Ersten Weltkrieges nach München umgezogen war, hatte Franz Krieger, Stefans Vater, schon im Jahr 1919 zu den frühesten Anhängern Adolf Hitlers gehört, als dieser seine politische Laufbahn in der Deutschen Arbeiterpartei begann. Gemeinsam mit Hitler und Anton Drexler hatte Krieger sogar an dem Programm mitgearbeitet, durch das die Partei, die anfangs eher ein Debattierklub gewesen war, in eine regelrechte politische Partei umgewandelt wurde, aus der sich später die Nationalsozialistische Deutsche Arbeiterpartei entwickelte.

»Als Siebzehnjähriger bin ich 1926 einer der ersten Hitlerjungen gewesen«, berichtete Stefan weiter. »Dann ein Jahr später bin ich in die Sturmabteilung der SA eingetreten – die ›Braunhemden‹, die Kampftruppe der Partei, buchstäblich eine Privatarmee. Ab 1928 habe ich dann der Schutzstaffel angehört ...«

»Der SS!« sagte Chris in einer Mischung aus Abscheu und Faszination, als wäre die Rede von Vampiren oder Werwölfen. »Du bist SS-Angehöriger gewesen? Du hast die schwarze Uniform mit dem silbernen Totenkopf und dem SS-Dolch getragen?«

»Darauf bin ich nicht stolz«, wehrte Stefan ab. »Oh, damals war ich natürlich stolz! Ich war dumm. Und mein Vater war ein Dummkopf. In der Anfangszeit war die SS eine kleine Elitegruppe, die den Auftrag hatte, den Führer notfalls unter Einsatz ihres eigenen Lebens zu schützen. Wir waren alle zwischen achtzehn und zweiundzwanzig Jahren: junge, unerfahrene Heißsporne. Zu meiner Entschuldigung kann ich nur vorbringen, daß ich weniger fanatisch war als meine Kameraden. Ich hatte lediglich getan, was mein Vater wollte, ohne weiter nach dem Sinn meines Tuns zu fragen.«

Vom Wind getriebener Regen klatschte gegen die Fensterscheiben und gurgelte durch ein Fallrohr an der Wand hinter dem Bett.

Nach seinem Nickerchen wirkte Stefan wieder kräftiger, und die heiße Suppe hatte ihm ebenfalls sichtlich gutgetan. Während er sich jetzt jedoch an seine in einem Hexenkessel aus Haß und Tod verbrachte Jugend erinnerte, wurde er erneut blaß, seine Augen schienen tiefer in ihre dunklen Höhlen zu sinken. »Ich bin nie aus der SS ausgetreten, weil die Stellung eines SS-Führers begehrt war – und weil ich nicht hätte ausscheiden können, ohne den Verdacht zu erwecken, ich hätte das Vertrauen zu unserem geliebten Führer verloren. Jahr für Jahr, Monat für Monat und zuletzt Tag für Tag hat mich alles, was ich um mich herum gesehen habe – den Wahnsinn und das Morden und den Terror –, immer mehr entsetzt.«

Weder die süß-sauren Krabben noch das Brathuhn mit Zitrone schmeckten noch besonders, und Lauras Mund war so ausgetrocknet, daß der Reis ihr am Gaumen klebte. Sie schob das Essen beiseite und trank einen Schluck Coke. »Aber wenn du nie aus der SS ausgetreten bist – wann hast du dann studiert, wie bist du dazu gekommen, in der Forschung tätig zu sein?«

»Oh«, sagte Stefan, »ich war nicht als Wissenschaftler im Institut. Ich habe auch nicht studiert, aber ... ich habe als Teilnehmer eines Projekts zur Einschleusung von Hunderten von Agenten nach England und Amerika in dreijähriger Intensivausbildung versucht, akzentfreies amerikanisches Englisch zu lernen. Aber ich konnte meinen Akzent nie ganz ablegen und wurde deshalb nicht ins Ausland geschickt. Da mein Vater aber einer der ersten Anhänger Hitlers gewesen war, galt ich stets als vertrauenswürdig und wurde deshalb anderweitig eingesetzt. Als SS-Führer zur besonderen Verwendung gehörte ich zum Stab des Führers und wurde mit allen möglichen Sonderaufgaben betraut. In dieser Stellung konnte ich den Engländern nützliche Informationen liefern, was ich ab 1938 getan habe.«

»Du bist ein Spion gewesen?« fragte Chris aufgeregt.

»In gewisser Beziehung. Nachdem ich bereitwillig mitgeholfen hatte, das Dritte Reich aufzubauen, mußte ich jetzt wenigstens zu seinem Sturz beitragen. Das war meine Form der Wiedergutmachung – obwohl eine vollständige Wiedergutmachung unmöglich zu sein schien. Und als Penlowskis Zeitmaschine dann im Herbst 1943 zu funktionieren begann, als er Tiere aus der Gegenwart verschwinden ließ und sie wieder zurückholte, wurde ich als persönlicher Vertreter des Führers ins Institut beordert. Aber auch als Versuchskaninchen – als erster Zeitreisender. Als es soweit war, daß ein Mensch in die Zukunft geschickt werden konnte, sollten weder Penlowski noch einer der anderen Wissenschaftler, deren Ausfall das Projekt hätte beeinträchtigen können, aufs Spiel gesetzt werden. Niemand wußte, ob ein Mensch ebenso zuverlässig wie die Tiere zurückkommen und die Zeitreise geistig und körperlich gesund überstehen würde.«

Chris nickte ernsthaft. »Klar, Zeitreisen hätten schmerzhaft sein oder zu Geistesverwirrung führen können. Wer hätte das im voraus wissen können?«

Richtig, wer hätte das wissen können? fragte Laura sich.

»Außerdem mußte der Zeitreisende zuverlässig und imstande sein, seinen Auftrag streng geheimzuhalten. Aus dieser Sicht war ich die Idealbesetzung gewesen.«

»SS-Führer, Spion und erster Chrononaut!« sagte Chris beeindruckt. »Wow, ein faszinierendes Leben!«

»Gott gebe dir ein weit weniger bewegtes Leben«, wehrte Stefan Krieger ab. Er starrte Laura intensiver als zuvor an. Aus dem Blick seiner leuchtendblauen Augen sprach eine gequälte Seele. »Laura … was hältst du jetzt von deinem Beschützer? Kein Engel, sondern ein Handlanger Hitlers, ein SS-Verbrecher.«

»Kein Verbrecher!« widersprach Laura. »Dein Vater, deine Zeit und deine Gesellschaft haben versucht, einen Verbrecher aus dir zu machen, aber du bist im Innersten unbeugsam geblieben. Du bist kein Verbrecher, Stefan – du nicht!«

»Aber auch kein Engel«, stellte er fest. »Bestimmt kein Engel, Laura. Am Tag des Jüngsten Gerichts werden meine Untaten mir einen eigenen kleinen Platz in der Hölle einbringen.«

Der aufs Dach trommelnde Regen erschien Laura wie verrinnende Zeit: Millionen und Abermillionen kostbarer Minuten, Stunden und Tage, die durch Gullies und Fallrohre abliefen, versickerten, ungenützt blieben.

Nachdem Laura die Essenreste weggetragen und in einen Müllbehälter hinter der Rezeption gekippt und mit drei weiteren Cokes aus dem Automaten zurückgekommen war, stellte sie ihrem Beschützer endlich die Frage, die ihr auf der Zunge lag, seitdem er aus seiner Bewußtlosigkeit erwacht war: »Weshalb? Warum hast du dich auf mich, auf mein Leben konzentriert, warum wolltest du mir ab und zu aus der Klemme helfen? Um Himmels willen, wie hängt mein Schicksal mit Nazis, Zeitreisenden und der Zukunft der Welt zusammen?«

Stefan erklärte ihr, daß er auf seiner dritten Zeitreise im Kalifornien des Jahres 1984 gewesen sei, weil die beiden vorigen Reisen – zwei Wochen im Jahre 1954, zwei Wochen im Jahre 1964 – ihm gezeigt hätten, daß Kalifornien das künftige Kultur- und Wissenschaftszentrum der fortschrittlichsten Nation der Welt sein werde. Unterdessen war er nicht mehr der einzige Zeitreisende: Seit Ausflüge in die Zukunft sich als ungefährlich erwiesen hatten, hatte er vier Kollegen bekommen. Auf dieser dritten Reise hatte Stefan noch die Zukunft und Einzelheiten der Entwicklung im Krieg und in der Nachkriegszeit zu erkunden und sich außerdem damit zu befassen, welche wissenschaftlichen Fortschritte dieser vier Jahrzehnte sich ins Berlin des Jahres 1944 verpflanzen ließen, um Hitler zu helfen, den Krieg zu gewinnen – nicht weil er dazu beitragen wollte, sondern weil er hoffte, ihre Anwendung sabotieren zu können. Zu seiner Kundschaftertätigkeit gehörte, daß er Zeitungen las, fernsah, sich mit Amerikanern unterhielt und sich so einen Überblick über das letzte Viertel des 20. Jahrhunderts machte.

Stefan lehnte sich jetzt in die Kissen zurück und schilderte seine dritte Kalifornienreise in ganz anderem Tonfall als zuvor die grimmige Zeit bis 1944. »Du kannst dir nicht vorstellen, wie's für mich gewesen ist, zum ersten Mal durch Los Angeles zu gehen! Wäre ich statt vierzig tausend Jahre in die Zukunft gereist, hätten die

Eindrücke nicht erstaunlicher sein können. Die vielen Autos! Überall Autos – darunter viele deutsche Marken, was zu beweisen schien, daß das neue Deutschland nach dem Krieg nicht geächtet worden war. Das hat mich zutiefst gerührt.«

»Wir haben einen Mercedes«, warf Chris ein. »Große Klasse, aber mir gefällt der Jeep besser.«

»Die Autos«, sagte Stefan, »der Lebensstil, die erstaunlichen Fortschritte: Digitaluhren, Heimcomputer, Videorecorder für Filmvorführungen im eigenen Wohnzimmer! Auch nach fünf Besuchstagen hatte ich mich noch nicht von meinem angenehmen Schock erholt und war jeden Morgen begierig auf neue Wunder. Am sechsten Tag kam ich an einer Buchhandlung in Westwood vorbei und sah eine Schlange von Kunden davor, die sich einen eben gekauften Roman signieren lassen wollten. Ich ging hinein, um zu schmökern und zu sehen, was für ein Buch so erfolgreich war – auch ein Schritt zum besseren Verständnis der amerikanischen Gesellschaft. Und da hast du gesessen, Laura: an einem Tisch, auf dem sich Exemplare deines ersten Erfolgs ›Riffe‹ türmten.«

Sie beugte sich vor. »›Riffe‹? Aber ich habe nie ein Buch mit diesem Titel geschrieben!«

Auch diesmal begriff Chris rascher. »Dieses Buch hättest du in einem von Stefan unbeeinflußten Leben geschrieben ...«

»Als ich dich zum ersten Mal bei dieser Signierstunde in Westwood sah, warst du neunundzwanzig«, fuhr Stefan fort. »Du saßest mit gelähmten, verkrüppelten Beinen in einem Rollstuhl. Auch dein linker Arm war teilweise gelähmt.«

»Im Rollstuhl?« fragte Chris. »Mom ist schwerbehindert gewesen?«

Laura hockte jetzt voller nervöser Spannung ganz vorn auf der Sesselkante, denn obwohl das, was ihr Beschützer erzählte, zu fantastisch klang, um glaubhaft zu sein, spürte sie, daß es wahr war. Auf einer noch unterhalb des Instinkts angesiedelten Bewußtseinsebene erkannte sie die *Richtigkeit* dieses Bildes, das sie gelähmt im Rollstuhl zeigte – vielleicht als schwaches Echo eines dann doch abgewendeten Schicksals.

»Du warst so geboren worden, Laura«, erklärte Stefan ihr.

»Weshalb?«

»Das habe ich erst später und nach langwierigen Recherchen herausbekommen. Der Arzt – ein gewisser Markwell –, der im Jahre

1955 in Denver, Colorado, dein Geburtshelfer gewesen war, war ein Trinker. Außerdem war deine Geburt ohnehin sehr schwierig ...«

»Meine Mutter ist dabei gestorben.«

»Ja, auch in *jener* Realität hat sie nicht überlebt. Aber da hat Markwell die Geburt verpatzt, so daß du schwerbehindert auf die Welt kamst.«

Laura spürte, daß ihr ein kalter Schauer über den Rücken lief. Wie um sich zu beweisen, daß sie dem Leben, für das sie bestimmt gewesen, tatsächlich entronnen war, stand sie auf, trat ans Fenster und benützte dazu ihre Beine: ihre gesunden, herrlich brauchbaren Beine.

Stefan wandte sich an Chris. »Deine Mutter war wunderschön, als ich sie an diesem Tag im Rollstuhl sah«, sagte er. »Wirklich wunderschön! Sie hatte natürlich dasselbe Gesicht wie jetzt. Aber sie war nicht nur wegen ihres Gesichtes schön. Sie strahlte soviel *Mut* aus und war trotz ihrer schweren Behinderung so fröhlich ... Obwohl deine Mutter an den Rollstuhl gefesselt war, wirkte sie amüsant und unbekümmert. Ich beobachtete sie aus dem Hintergrund und war verzaubert und zutiefst gerührt wie nie zuvor.«

»Sie ist großartig«, stimmte Chris zu. »Mom hat vor nichts Angst.«

»Sie hat nur und vor allem Angst!« widersprach Laura. »Dieses verrückte Gespräch ängstigt sie doch halb zu Tode!«

»Du versteckst dich nie oder läufst vor etwas weg«, sagte Chris, sah zu ihr hinüber und wurde plötzlich rot. »Du hast vielleicht Angst, aber du läßt sie dir nie anmerken.«

»An diesem Tag habe ich ein Exemplar von ›Riffe‹ gekauft«, berichtete Stefan weiter, »ins Hotel mitgenommen und gleich in dieser Nacht verschlungen. Manche Stellen waren so schön, daß ich weinen mußte ... andere so amüsant, daß ich laut lachte. Gleich am nächsten Tag kaufte ich mir ›Das silberne Schloß‹ und ›Felder in der Nacht‹ – deine beiden ersten Bücher, die ebenso brillant und bewegend waren wie die berühmten ›Riffe‹.«

Für Laura war es merkwürdig, lobende Urteile über Romane zu hören, die sie in diesem Leben niemals geschrieben hatte. Der Inhalt der drei Bücher interessierte sie jedoch weniger als die Beantwortung einer wichtigen Frage, die ihr eben eingefallen war: »Bin ich in diesem anderen Leben, in diesem anderen 1984 ... verheiratet gewesen?«

»Nein.«

»Aber ich hatte Danny kennengelernt und ...«

»Nein. Du hattest Danny nie kennengelernt. Du warst ledig.«

»Ich wäre nie geboren worden!« rief Chris.

»Alles das hat sich ereignet«, berichtete Stefan, »weil ich im Jahre 1955 in Denver, Colorado, gewesen bin und Doktor Markwell daran gehindert habe, als Geburtshelfer zu fungieren. Auch der Arzt, der ihn vertrat, hat deine Mutter nicht retten können, aber er hat dich gesund und unversehrt zur Welt gebracht. Und von diesem Augenblick an lief dein gesamtes Leben anders ab. Gewiß, ich habe deine Vergangenheit verändert – aber sie war zugleich *meine* Zukunft und deshalb veränderbar. Dem Himmel sei Dank für diese Besonderheit von Zeitreisen, denn sonst hätte ich dich nicht vor einem Leben im Rollstuhl retten können!«

Ein Windstoß ließ weitere Regentropfen gegen das Fenster prasseln, vor dem Laura stand.

»Danach habe ich dein Leben genau überwacht«, fuhr Stefan fort. »Von Mitte Januar bis Mitte März 1944 unternahm ich heimlich über dreißig Zeitreisen, um zu kontrollieren, wie es dir ging. Bei der vierten Reise ins Jahr 1964 entdeckte ich, daß du seit einem Jahr tot warst – daß der Junkie, der euer Geschäft überfiel, deinen Vater und dich erschossen hatte. Deshalb reiste ich ins Jahr 1963 und kam ihm zuvor.«

»Junkie?« fragte Chris verständnislos.

»Von dem erzähle ich dir später, Schatz.«

»Und bis Kokoschka dann eines Nachts auf dieser Bergstraße aufkreuzte«, berichtete Stefan weiter, »habe ich dir das Leben meiner Überzeugung nach ziemlich erfolgreich leichter gemacht. Trotzdem hat meine Einmischung deine künstlerischen Möglichkeiten nicht beeinträchtigt oder zu schlechteren Büchern als in dem anderen Leben geführt. Gut, du hast andere Romane geschrieben, die aber keineswegs schlechter sind, sondern Ausdruck derselben Kreativität.«

Laura, die weiche Knie hatte, kehrte zu ihrem Sessel zurück. »Aber *weshalb?* Warum hast du dir solche Mühe gegeben, mein Leben zu verändern?«

Stefan Krieger schaute kurz zu Chris hinüber, konzentrierte sich wieder auf Laura und schloß die Augen, als er dann antwortete. »Nachdem ich dich im Rollstuhl beim Signieren erlebt und deine

Bücher verschlungen hatte, habe ich mich in dich verliebt ... hoffnungslos verliebt.«

Chris rutschte in seinem Sessel hin und her.

Der Ausdruck solcher Gefühle machte ihn offensichtlich verlegen, wenn das Objekt der Zuneigung seine eigene Mutter war.

»Dein Geist ist noch schöner gewesen als dein Gesicht«, sagte Stefan leise. Seine Augen blieben geschlossen. »Ich habe mich in deinen großen Mut verliebt – vielleicht weil wahrer Mut in meiner Welt schneidiger uniformierter Fanatiker so selten war. Sie haben im Namen des deutschen Volkes Grausamkeiten verübt und das als Mut bezeichnet. Sie sind bereit gewesen, für ein unmenschliches totalitäres Ideal zu sterben, und haben *das* als Mut bezeichnet, obwohl es in Wirklichkeit haarsträubend dumm gewesen ist. Und ich habe mich in deine Würde verliebt, weil ich selbst keine besaß – weil ich nichts von der Selbstachtung hatte, die du ausstrahltest. Ich habe mich in dein Mitgefühl verliebt, das aus deinen Büchern sprach, denn in meiner Welt war es verdammt selten zu finden. Ich habe mich in dich verliebt, Laura, und erkannt, daß ich für dich tun konnte, was alle Liebenden tun würden, wenn sie Götterkräfte besäßen: Ich habe mein Bestes getan, um dir die schlimmsten Schicksalsschläge zu ersparen.«

Er öffnete endlich wieder die Augen.

Sie waren wunderschön blau. Und wirkten gequält.

Laura war ihm unendlich dankbar. Sie liebte Stefan nicht, denn sie kannte ihn kaum. Aber indem er sich zu seiner Liebe, zu seiner Leidenschaft bekannt hatte, die ihn dazu veranlaßt hatte, in ihr Schicksal einzugreifen und das Meer der Zeit zu überwinden, um mit ihr zusammensein zu können, hatte er die magische Aura, die ihn aus ihrer früheren Sicht umgeben hatte, zumindest teilweise wiederhergestellt.

Stefan erschien ihr wieder übermenschlich groß: ein Halbgott, wenn nicht sogar ein Gott, den seine selbstlose Bereitschaft, sich für sie einzusetzen, über gewöhnliche Sterbliche hinaushob.

In dieser Nacht teilte Chris sich das knarrende Doppelbett mit Stefan Krieger, während Laura auf den zwei zusammengerückten Sesseln zu schlafen versuchte.

Das beruhigende Rauschen des gleichmäßig fallenden Regens ließ Chris bald einschlafen. Sie hörte ihn leise schnarchen.

»Schläfst du?« fragte sie leise, nachdem sie ungefähr eine Stunde in der Dunkelheit dagesessen hatte.

»Nein«, antwortete Stefan sofort.

»Danny«, sagte Laura, »Mein Danny ...«

»Ja?«

»Weshalb bist du nicht ...?«

»Noch einmal in diese Nacht im Januar 1988 gereist, um Kokoschka zu erschießen, bevor er Danny umbringen konnte?«

»Ja. Warum hast du's nicht getan?«

»Weil das ... Hör zu: Da Kokoschka ebenfalls aus dem Jahr 1944 gekommen ist, sind die Ermordung Dannys und sein eigener Tod auch Bestandteil *meiner* Vergangenheit, die ich nicht verändern kann. Hätte ich versucht, zu einem früheren Zeitpunkt dieser Januarnacht zurückzukehren, um Kokoschka abzufangen, *bevor* er Danny erschießen konnte, hätte ich mich augenblicklich im Institut wiedergefunden, ohne eine Zeitreise gemacht zu haben: Die Paradoxen entgegenwirkenden Naturkräfte hätten diese spezielle Zeitreise wirksam verhindert.« Laura schwieg.

»Hast du das verstanden?« fragte Stefan.

»Ja.«

»Akzeptierst du diese Erklärung?«

»Ich werde seinen Tod niemals akzeptieren.«

»Aber ... du glaubst mir?«

»Ja, das tue ich wohl.«

»Laura, ich weiß, wie sehr du Danny Packard geliebt hast. Hätte ich ihn retten können – selbst wenn es mich das Leben gekostet hätte –, hätte ich's getan. Ich hätte keine Sekunde gezögert.«

»Ich glaube dir«, sagte Laura, »denn ohne dich ... hätte ich Danny überhaupt nicht gehabt.«

»Der Weiße Aal«, sagte sie.

»Das Schicksal bemüht sich, ursprünglich vorgesehene Entwicklungslinien nachzuvollziehen«, antwortete Stefan aus dem Dunkel. »Als du acht Jahre alt warst, erschoß ich den Junkie, bevor er dich vergewaltigen und ermorden konnte – aber das Schicksal hat prompt einen weiteren Pädophilen aufgeboten, der zum Mörder werden sollte: Willy Sheener, den Weißen Aal. Aber das Schicksal hatte auch bestimmt, daß du trotz meiner Einmischung in dein Leben eine sehr erfolgreiche Schriftstellerin werden würdest. Das ist eine gute Entwicklungslinie. Die Art und Weise, wie irgendeine Kraft zunichte gemachte Absichten des Schicksals doch noch durchzusetzen versucht, ist erschreckend und beruhigend zugleich … fast als ob das Universum von einem höheren Wesen geleitet würde, das wir trotz seines Beharrens darauf, uns leiden zu lassen, als Gott bezeichnen könnten.«

Sie hörten eine Zeitlang zu, wie Wind und Regen die Welt draußen säuberten.

»Aber warum hast du mir den Aal nicht vom Leib gehalten?« erkundigte Laura sich dann.

»Ich habe ihm eines Nachts in seinem Haus aufgelauert …«

»Du hast ihn schrecklich verprügelt. Ja, ich hab' gewußt, daß du das gewesen warst.«

»Ich habe ihn verprügelt und aufgefordert, die Finger von dir zu lassen. Ich habe ihm angedroht, ihn beim nächsten Mal totzuschlagen.«

»Aber die Tracht Prügel hat ihn nur in seinem Entschluß bestärkt, mich zu vergewaltigen. Warum hast du ihn nicht umgebracht?«

»Ja, das hätte ich tun sollen. Aber … ich weiß nicht recht. Vielleicht hatte ich die vielen Tode, die ich miterlebt und mitverschuldet hatte, so satt, daß ich … daß ich einfach hoffte, diesmal werde kein Mord nötig sein.«

Sie dachte an seine Welt aus Krieg, Konzentrationslagern und Völkermord und verstand, weshalb er gehofft hatte, nicht morden zu müssen, obwohl Sheener es kaum verdient hatte, am Leben gelassen zu werden.

»Aber weshalb hast du nicht eingegriffen, als Sheener mir bei den Dockweilers auflauerte?«

»Bei meiner nächsten Kontrolle warst du dreizehn Jahre alt und hattest Sheener selbst umgebracht, ohne sichtbaren Schaden zu nehmen, deshalb beschloß ich, in diesen Fall nicht einzugreifen.«

»Ich hab's überlebt«, stellte sie fest, »aber Nina Dockweiler nicht. Wenn sie nicht heimgekommen und das Blut und die Leiche gesehen hätte, wäre sie vielleicht …«

»Vielleicht«, sagte er. »Vielleicht auch nicht. Das Schicksal bemüht sich, den ursprünglichen Plan wiederherzustellen. Vielleicht wäre sie trotzdem gestorben. Außerdem hätte ich dich nicht vor jedem Schaden bewahren können, Laura. Dazu hätte ich zehntausend Zeitreisen machen müssen. Und soviel Einmischung wäre dir vielleicht nicht gut bekommen. Ohne die Widerstände, die du in deinem Leben hast überwinden müssen, wärst du vielleicht nicht die Frau geworden, in die ich mich verliebt habe.«

Dann herrschte Schweigen zwischen ihnen. Sie horchte auf den Wind, den Regen. Sie horchte auf ihren Herzschlag. Schließlich sagte sie: »Ich liebe dich nicht.«

»Das verstehe ich.«

»Ich sollte dich aber lieben – wenigstens ein bißchen.«

»Du kennst mich eigentlich noch gar nicht.«

»Vielleicht kann ich dich niemals lieben.«

»Ja, ich weiß.«

»Obwohl du soviel für mich getan hast.«

»Ich weiß. Aber wenn wir diese Geschichte überleben ... nun, später haben wir noch viel Zeit.«

»Ja«, stimmte sie zu. »Wir haben noch viel Zeit.«

SECHS
Gefährte der Nacht

1

Am 18. März 1944, einem Samstag, bereiteten SS-Obersturmführer Erich Klietmann und die zu seinem Trupp gehörenden drei Männer mit Spezialausbildung sich auf eine Reise in die Zukunft vor, um Krieger, die Frau und den Jungen zu liquidieren. Sie waren wie junge kalifornische Manager des Jahres 1989 angezogen: Anzüge mit Nadelstreifenmuster von Yves St. Laurent, weiße Hemden, dunkle Krawatten, schwarze Socken, schwarze Bally-Slipper und Ray-Ban-Sonnenbrillen, falls das Wetter sie erforderlich machte. Man hatte ihnen gesagt, dies werde in der Zukunft als ›Power Look‹ bezeichnet, und obwohl Klietmann nicht genau wußte, was das bedeutete, gefiel ihm allein schon der Klang. Ihre Sachen waren von Mitarbeitern des Instituts auf früheren Reisen gekauft worden; sie hatten nichts Anachronistisches am Leib.

Darüber hinaus trug jeder der vier einen Mark-Cross-Aktenkoffer – ein elegantes Modell aus Kalbsleder mit vergoldeten Schlössern. Auch die Aktenkoffer waren wie die in ihnen enthaltenen Uzis mitsamt den Reservemagazinen aus der Zukunft mitgebracht worden.

Ein Forscherteam des Instituts hatte sich zufällig in den Vereinigten Staaten aufgehalten, als John Hinckley sein Attentat auf Ronald Reagan verübte. In Fernsehaufzeichnungen hatten ihnen die in Aktenkoffern mitgeführten kompakten Maschinenpistolen der Leibwächter des Präsidenten sehr imponiert. Die Geheimdienstagenten hatten nur wenige Sekunden gebraucht, um mit diesen Waffen feuerbereit zu sein. Also war die Uzi nicht nur bei Polizei und Streitkräften vieler Staaten des Jahres 1989 eingeführt, sondern auch die bevorzugte Waffe zeitreisender SS-Kommandos.

Erich Klietmann hatte viel mit der Uzi geübt. Er brachte dieser Waffe ebensoviel Zuneigung entgegen, wie er sie je einem menschlichen Wesen entgegengebracht hatte. Ihn störte lediglich, daß sie in Israel konstruiert worden war und dort hergestellt wurde: das

Produkt einer Bande von Juden. Andererseits würde die neue Institutsleitung wahrscheinlich schon in den nächsten Tagen die Einführung der Uzi auch im Jahr 1944 genehmigen. Mit ihr ausgerüstete deutsche Soldaten würden dann noch besser imstande sein, die Horden von Untermenschen abzuwehren, die das Reich bedrohten.

Klietmann warf einen Blick auf die Uhr im Programmierpult und stellte fest, daß sieben Minuten verstrichen waren, seitdem das Forscherteam zum 15. Februar 1989 in Kalifornien aufgebrochen war. Dort sollten sie vor allem Zeitungsmeldungen einsehen, um festzustellen, ob Krieger, die Frau und der Junge in dem Monat nach den Schießereien bei Big Bear und in San Bernardino von der Polizei festgenommen und verhört worden waren. Danach würden sie ins Jahr 1944 zurückkehren, um Klietmann mitzuteilen, wann und wo Krieger und die Frau anzutreffen sein würden. Da jede Zeitreise unabhängig von der Verweildauer am Zielort genau elf Minuten dauerte, brauchten Klietmann und sein Trupp nur noch vier Minuten zu warten.

2

Der 12. Januar 1989, ein Donnerstag, war Lauras 34. Geburtstag, den sie in ihrem Zimmer im ›The Bluebird of Happiness‹ verbrachten. Stefan brauchte einen weiteren Tag Erholung, um wieder zu Kräften zu kommen und das Penicillin wirken zu lassen. Außerdem brauchte er Zeit zum Nachdenken: Er mußte einen Plan zur Zerstörung des Instituts entwerfen, und dieses knifflige Problem war nur durch stundenlange Konzentration zu lösen.

Der Regen hatte aufgehört, aber die bleigrauen Wolken sahen noch immer regenschwer aus. Laut Wetterbericht sollte bis Mitternacht der nächste Sturm folgen.

Die Fernsehlokalnachrichten um 17 Uhr brachten einen Bericht über Laura und Chris und den geheimnisvollen Verletzten, mit dem sie bei Dr. Brenkshaw gewesen waren. Die Polizei fahndete noch immer nach ihr und vermutete, die Drogenhändler, die ihren Mann erschossen hatten, seien hinter ihr und ihrem Sohn her, weil sie Angst hatten, eines Tages doch bei einer Gegenüberstellung von ihr identifiziert zu werden – oder weil Laura selbst irgendwie in den Drogenhandel verwickelt war.

»Mom, eine Dealerin?« fragte Chris aufgebracht. »Das können sich bloß Idioten ausdenken!«

Obwohl am Big Bear Lake und in San Bernardino keine Leichen aufgefunden worden waren, wies der Fall sensationelle Begleitumstände auf, die eine Garantie waren, daß das Interesse der Medien nicht so bald erlahmen würde. Die Reporter hatten erfahren, daß an beiden Orten ziemlich viel Blut gewesen war – und daß die Polizei hinter Brenkshaws Haus zwischen zwei Mülltonnen den abgetrennten Schädel eines Mannes gefunden hatte.

Laura erinnerte sich, wie sie durch das rückwärtige Tor von Carter Brenkshaws Grundstück getreten war, dort den zweiten Killer überrascht und sofort das Feuer eröffnet hatte. Der Feuerstoß aus ihrer Uzi hatte Kopf und Hals getroffen, und sie hatte im selben Augenblick gedacht, daß dieses konzentrierte Feuer eigentlich genügen mußte, um den Kopf vom Rumpf zu trennen.

»Die überlebenden SS-Männer haben auf den gelben Knopf am Gürtel des Toten gedrückt«, sagte Stefan, »und die Leichen auf diese Weise zurückgeschickt.«

»Aber warum nicht auch seinen Kopf?« fragte Laura, die zu neugierig war, um dieses gräßliche Thema mit Stillschweigen zu übergehen.

»Er muß von der Leiche fort zwischen die Mülltonnen gerollt sein«, antwortete Stefan, »und sie haben ihn in den wenigen Sekunden, die ihnen noch blieben, nicht mehr gefunden. Hätten sie ihn entdeckt, hätten sie ihn auf die Leiche legen und mit den Händen des Toten bedecken können. Was ein Zeitreisender anhat oder bei sich trägt, nimmt er mit nach Hause. Aber die Polizeisirenen kamen rasch näher, und dort hinten war's bestimmt finster ... so hatten sie keine Zeit mehr, den Kopf zu suchen.«

Chris, von dem eigentlich zu erwarten gewesen wäre, daß er diese grotesken Details genießen würde, hockte mit untergeschlagenen Beinen in seinem Sessel und schwieg. Vielleicht hatte ihm die schreckliche Vorstellung von einem abgetrennten Schädel die Realität des Todes eindringlicher vor Augen geführt als alle bisher gefallenen Schüsse.

Laura bemühte sich um Chris, nahm ihn in die Arme und versicherte ihm auf besonders liebevolle Art, daß sie gemeinsam und unverletzt aus dieser Sache herauskommen würden. Die Umarmungen waren jedoch ebenso für sie selbst bestimmt, ihren aufmunternden Worten fehlte die rechte Überzeugungskraft, denn Laura hatte sich noch nicht einreden können, daß sie tatsächlich am Ende triumphieren würden.

Das Mittag- und Abendessen holte sie wieder aus dem Chinarestaurant auf der anderen Straßenseite. Am Vorabend hatte keiner der chinesischen Angestellten sie als die bekannte Schriftstellerin oder die vor der Polizei Flüchtige erkannt, so daß sie sich dort verhältnismäßig sicher fühlen konnte. Es wäre töricht gewesen, anderswo hinzugehen und zu riskieren, erkannt zu werden.

Während Laura nach dem Abendessen die Pappbehälter zusammenräumte, überraschte Chris sie mit zwei kleinen Napfkuchen mit Schokoladenguß, in denen je eine gelbe Kerze steckte. Die Kuchen und eine Schachtel Geburtstagskerzen hatte er am Morgen zuvor in Ralph's Supermarket gekauft und bis jetzt versteckt gehalten. Jetzt trug er die Kuchen mit den zuvor im Bad angezündeten Kerzen feierlich herein, und der goldene Kerzenschein spiegelte sich in seinen Augen. Chris grinste, als er sah, wie überrascht und entzückt Laura war. Tatsächlich mußte sie sich zusammennehmen, um nicht in Tränen auszubrechen. Sie war gerührt, weil Chris trotz aller Angst, trotz aller Gefahren, an ihren Geburtstag gedacht und den Wunsch gehabt hatte, ihr eine Freude zu machen.

Sie aßen jeder ein keilförmiges Stück Napfkuchen. Außerdem waren Laura im Chinarestaurant fünf Horoskop-Plätzchen mitgegeben worden.

Stefan lehnte sich in die Kissen zurück und brach seinen Keks auf. »Schön wär's ja: ›Du wirst in Frieden und Überfluß leben‹.«

»Vielleicht kommt alles noch«, meinte Laura. Sie brach ihren Keks auf und zog das Papierröllchen heraus. »Oh, vielen Dank, davon hab' ich eigentlich schon genug: ›Abenteuer werden deine Gefährten sein‹.«

Als Chris seinen Keks aufbrach, fand er kein Papierröllchen – kein Horoskop, keine Zukunft.

Laura lief ein kalter Schauer über den Rücken, als bedeute das leere Horoskop-Plätzchen tatsächlich, daß er keine Zukunft habe. Abergläubischer Unsinn! Trotzdem konnte sie ihre plötzlich aufflammende Angst nicht ganz unterdrücken.

»Hier«, sagte sie rasch und gab Chris die beiden letzten Kekse.

»Daß du einmal kein Horoskop gefunden hast, bedeutet nur, daß dir zwei zustehen – für jede Zukunft eines.«

Chris brach den ersten auf, las das Horoskop, lachte und las es laut vor: »Du wirst Ruhm und Reichtum erlangen.«

»Unterstützt du mich im Alter, wenn du später stinkreich bist?« fragte Laura.

»Klar, Mom. Nun ... solange du für mich kochst – vor allem deine Gemüsesuppe.«

Stefan Krieger lächelte über diese scherzhafte Diskussion zwischen Mutter und Sohn. »Ein eiskalter Bursche, was?«

»Bestimmt läßt er mich mit achtzig noch Fußböden schrubben«, behauptete Laura.

Chris brach den zweiten Keks auf. »Du wirst die kleine Freude des Lebens genießen – Bilder, Bücher, Musik.«

Weder Chris noch Stefan schienen zu merken, daß die beiden Horoskope gegensätzliche Aussagen enthielten und sich damit praktisch aufhoben, was die bedrohliche Aussage des leeren ersten Horoskop-Plätzchens in gewisser Beziehung bestätigte.

He, du spinnst ja, Shane! warf Laura sich vor. Das sind doch bloß Horoskop-Plätzchen. Sie sagen nicht *wirklich* die Zukunft voraus.

Stunden später, als das Licht gelöscht und Chris längst eingeschlafen war, sprach Stefan Laura aus dem Dunkel an: »Ich habe einen Plan ausgearbeitet.«

»Wie sich das Institut zerstören läßt?«

»Ja. Aber er ist sehr kompliziert, und wir würden dazu alle möglichen Dinge brauchen. Ich weiß nicht ... aber ich vermute, daß manche davon für Privatpersonen nicht erhältlich sind.«

»Ich kann dir alles besorgen, was du brauchst«, versicherte sie ihm. »Ich habe gute Beziehungen. Alles!«

»Und wir werden eine Menge Geld brauchen.«

»Das ist schon schwieriger. Ich habe nur noch vierzig Dollar, und kann kein Geld von meinem Konto abheben, weil dieser Vorgang registriert werden würde ...«

»Richtig, das würde sie geradewegs zu uns führen. Gibt's jemanden, dem du vertrauen kannst und der dir vertraut, der dir eine Menge Geld leihen und niemandem verraten würde, daß du bei ihm gewesen bist?«

»Du weißt alles über mich«, stellte Laura fest, »deshalb kennst du auch Thelma Ackerson. Aber ich will sie um Himmels willen nicht in diese Sache hineinziehen. Wenn Thelma etwas zustieße …«

»Das ließe sich ohne Gefahr für sie arrangieren«, behauptete er.

Draußen begann das vorausgesagte Unwetter mit prasselndem Regen.

»Nein!« sagte Laura.

»Aber sie ist unsere einzige Hoffnung.«

»Nein!«

»Wo willst du sonst Geld auftreiben?«

»Wir müssen eine Möglichkeit finden, mit weniger Geld auszukommen.«

»Geld brauchen wir auf jeden Fall – mit oder ohne neuen Plan. Deine vierzig Dollar reichen nicht mal für morgen. Und ich habe keinen Cent.«

»Ich denke nicht daran, Thelma in Gefahr zu bringen!« sagte sie nachdrücklich.

»Das läßt sich, wie gesagt, arrangieren, ohne sie zu gefährden, ohne …«

»Nein!«

»Dann sind wir erledigt«, murmelte er deprimiert.

Sie horchte auf den Regen, der in ihrer Fantasie zum Orgeln schwerer Weltkriegsbomber wurde – und sich dann in das heisere Grölen aufgeputschter Massen verwandelte.

»Gut, nehmen wir mal an, die Sache ließe sich ohne Gefahr für Thelma arrangieren«, sagte sie schließlich. »Aber was ist, wenn die SS sie beschattet? Sie müssen wissen, daß Thelma meine beste Freundin ist – meine einzige wirkliche Freundin. Ist da nicht zu befürchten, daß sie eines ihrer Teams in die Zukunft schicken, um Thelma in der Hoffnung überwachen zu lassen, von ihr zu mir geführt zu werden?«

»Nein, das wäre unnötig viel Aufwand«, widersprach Stefan. »Sie können Aufklärungstrupps in die Zukunft entsenden, um Monat für Monat alle Zeitungen daraufhin überprüfen zu lassen, wann du wieder aufgetaucht bist. Vergiß nicht, daß jede dieser Zeitreisen *für sie* nur elf Minuten dauert: Es ist nicht nur eine schnelle Methode, sondern sie muß irgendwann zum Erfolg führen, weil nicht anzunehmen ist, daß es uns gelingen wird, uns für den Rest unseres Lebens zu verstecken.«

»Nun …«

Stefan wartete lange. »Hör zu, ihr seid wie Schwestern, nicht wahr? Und wen willst du sonst um Hilfe bitten, wenn du dich in dieser Notlage nicht an eine Schwester wenden kannst, Laura?«

»Wenn wir uns Thelmas Unterstützung sichern können, ohne sie dabei zu gefährden … Gut, wir müssen's versuchen.«

»Gleich morgen früh«, sagte er.

Die Nacht blieb regnerisch, und Regen füllte Lauras Träume, in denen es auch blitzte und donnerte. Sie schrak entsetzt hoch, aber die Regennacht in Santa Ana wurde nicht von solchen gleißend hellen, ohrenbetäubend lauten Gefahrensignalen zerrissen. Das Unwetter war ein Platzregen ohne Blitz, Donner und Sturm. Aber sie wußte, daß dies nicht immer der Fall sein würde.

3

Die Apparaturen summten und klickten.

Erich Klietmann schaute erneut auf die Uhr. In nur drei Minuten würde der Aufklärungstrupp ins Institut zurückkehren.

Zwei Wissenschaftler – die Nachfolger Penlowskis, Januskys und Wolkows – standen am Programmierpult und überwachten die zahllosen Anzeigen.

Der Raum war künstlich beleuchtet, denn die Fenster waren nicht nur verdunkelt, damit kein Lichtschein ins Freie fallen und feindliche Nachtbomber anlocken konnte, sondern aus Sicherheitsgründen sogar zugemauert. Die Luft roch abgestanden und leicht modrig.

SS-Obersturmführer Klietmann, der sich in einer Ecke des Labors bereithielt, sah seiner Zeitreise aufgeregt entgegen – nicht nur wegen der Wunder des Jahres 1989, sondern vor allem auch, weil dieser Auftrag ihm Gelegenheit gab, dem Führer zu dienen, wie nur wenige es konnten. Falls es ihm gelang, Krieger, die Frau und den Jungen unschädlich zu machen, winkte ihm ein persönliches Gespräch mit dem Führer, die Gelegenheit, den großen Mann aus nächster Nähe zu sehen, seinen Händedruck zu spüren und darin die gewaltige Macht des Deutschen Reichs, des deutschen Volks und seiner Geschichte zu fühlen. Für diese Chance, die Aufmerksamkeit des Führers auf sich zu lenken, hätte der Obersturmführer zehnmal, tausendmal den Tod riskiert: die Chance, Hitler auf sich aufmerksam zu machen, damit dieser ihn nicht nur als irgendeinen SS-Führer, sondern als Erich Klietmann, den Retter des Vaterlands, zu Kenntnis nahm.

Klietmann entsprach nicht ganz dem arischen Ideal und war sich seiner Mängel schmerzhaft bewußt. Sein Großvater mütterlicherseits war Pole gewesen: ein slawischer Untermensch, so daß Klietmann nur zu drei Vierteln Deutscher war. Und obwohl seine übrigen Großeltern ebenso wie seine Eltern blond, blauäugig und nordisch gewesen waren, hatte Erich die braunen Augen, das dunkle Haar und die schwereren, sinnlicheren Gesichtszüge seines barbarischen Großvaters geerbt. Er haßte seine Erscheinung und versuchte diese körperlichen Mängel dadurch wettzumachen, daß er der fanatischste Nazi, der tapferste Soldat und der glühendste Anhänger Hitlers in der gesamten Schutzstaffel war, was wegen der starken Konkurrenz auf diesem Gebiet nicht einfach war. Manchmal hatte Klietmann fast daran gezweifelt, sich jemals Ruhm erwerben zu können. Aber er hatte nie aufgegeben und stand jetzt vor Heldentaten, die ihm den Einzug in Walhall sichern würden.

Stefan Krieger wollte er persönlich liquidieren – nicht nur um sich das Lob des Führers zu verdienen, sondern auch, weil Krieger dem arischen Ideal entsprach: Er war blond, blauäugig, nordisch und aus guter, erbgesunder Familie. Trotz all dieser Vorteile hatte Krieger den Führer verraten – und das machte Erich Klietmann wütend, weil er unter der Last unreiner Erbanlagen nach Größe streben mußte.

Jetzt – etwas über zwei Minuten vor der Rückkehr des Aufklärungstrupps aus dem Jahre 1989 – betrachtete Klietmann seine Untergebenen, die alle als Führungskräfte einer anderen Ära gekleidet waren, und empfand einen so wilden und sentimentalen Stolz auf sie, daß ihm fast Tränen in die Augen gestiegen wären.

Sie alle stammten aus einfachsten Verhältnissen. Unterscharführer Felix Hubatsch, Klietmanns Stellvertreter, war der Sohn eines trunksüchtigen Drehers und einer Schlampe, die er beide haßte; Rottenführer Rudolf Stein war der Sohn eines Kleinbauern, dessen lebenslängliches Versagen ihm peinlich war; und Rottenführer Martin Bracher war als Waise bei Verwandten aufgewachsen. Obwohl Oberleutnant Klietmann und seine drei Untergebenen aus entgegengesetzten Himmelsrichtungen des Reichs stammten, hatten sie etwas gemeinsam, das sie zu Brüdern machte: Sie wußten, daß die reinste und tiefste Beziehung eines Mannes nicht seiner Familie galt, sondern dem Staat, dem Vaterland und ihrem Führer, der das Vaterland verkörperte. Der Staat war die einzig wichtige Familie: Dieses schlichte Wissen erhob sie über andere und machte sie zu würdigen Vätern einer zukünftigen Rasse von Übermenschen.

Klietmann berührte seine Augenwinkel unauffällig mit dem Daumen und wischte die entstehenden Tränen weg, die er nicht ganz hatte unterdrücken können.

In einer Minute würde der Aufklärungstrupp zurückkehren.

Die Apparaturen klickten und summten.

4

Am 13. Januar 1989, einem Freitag, gegen 15 Uhr, fuhr ein weißer Lieferwagen auf den regennassen Motelparkplatz, hielt auf die hinterste Ecke zu und parkte dort neben einem Buick, dessen Kennzeichen von einem Nissan stammten. Das Fahrzeug war fünf oder sechs Jahre alt. Die Beifahrertür war eingebeult und wies Roststellen auf. Der Autobesitzer schien dabei zu sein, den Lieferwagen Stück für Stück zu überholen, denn die Karosserie war an einigen Stellen abgeschliffen und grundiert, aber noch nicht wieder lackiert worden.

Laura beobachtete den Wagen durch einen Spalt zwischen den Vorhängen ihres Motelzimmers. Unterhalb des Fensterbretts hielt sie in ihrer rechten Hand die Uzi.

Die Scheinwerfer des Lieferwagens erloschen, seine Scheibenwischer wurden abgestellt. Im nächsten Augenblick stieg eine Blondine mit krauser Mähne aus und kam auf Lauras Zimmertür zu. Sie klopfte dreimal.

Chris, der neben der Tür stand, warf seiner Mutter einen fragenden Blick zu. Laura nickte.

Er öffnete die Tür und sagte: »Hallo, Tante Thelma. Mann, ist das 'ne scheußliche Perücke!«

Thelma kam herein und drückte Chris lachend an sich. »Vielen Dank auch! Und was würdest du sagen, wenn du von mir zu hören bekämst, daß du eine gräßliche Nase hast, die dir aber bleibt, während ich meine Perücke abnehmen kann? Na, was würdest du dazu sagen?«

Chris kicherte. »Nichts. Ich weiß, daß ich eine niedliche Nase habe.«

»Eine niedliche Nase? Großer Gott, Kleiner, du bist eingebildet wie ein Schauspieler.« Sie ließ ihn los, sah kurz zu Stefan Krieger hinüber, der in der Nähe des Fernsehers in einem Sessel saß, und wandte sich an Laura. »Shane, hast du die Rostlaube gesehen, mit der ich vorgefahren bin? Ist das nicht clever? Als ich in meinen Mercedes steigen wollte, habe ich mir gesagt: Thelma, hör zu, Thelma, erregt es nicht unerwünschte Aufmerksamkeit, wenn du in diesem schäbigen Motel mit einem Siebzigtausenddollarauto vorfährst? Ich wollte mir den Wagen des Butlers leihen, aber weißt du, was er fährt? Einen Jaguar! Ist Beverly Hills die Twilight Zone oder was? Zuletzt hab' ich mir den Lieferwagen des Gärtners geliehen. Und jetzt bin ich hier – und wie findest du meine Aufmachung?«

Sie trug eine blonde Kraushaarperücke, auf der Regentropfen glitzerten, eine Hornbrille und aufgesetzte falsche Vorderzähne.

»So siehst du weit besser aus«, behauptete Laura grinsend.

Thelma nahm ihre falschen Zähne heraus. »Hör zu, nachdem ich mir einen Wagen beschafft hatte, der keine Aufmerksamkeit erregen würde, ist mir klargeworden, daß ich als Star selbst Aufmerksamkeit erregen würde. Und da die Medien bereits ausgekundschaftet haben, daß wir Freundinnen sind, und auch versucht haben, mich nach der berühmten Schriftstellerin Laura Shane alias MP-Laura auszufragen, beschloß ich, inkognito zu erscheinen.« Sie ließ das Gebiß und ihre Handtasche aufs Bett fallen. »Diese Aufmachung stammt noch aus meiner Nachtclubzeit, als ich 'ne neue Figur ausprobieren wollte. Ich hab' sie ungefähr achtmal im ›Bally's‹ in Vegas auf die Bühne gebracht. Ein Riesenflop, kann ich dir sagen! Das Publikum war *widerlich,* Shane, es hat ...«

Dann verstummte sie plötzlich mitten in ihrem Geplauder, brach in Tränen aus, stürzte auf Laura zu und schloß sie in die Arme. »Mein Gott, Laura, ich hab' solche Angst gehabt, solche Angst! Als ich von San Bernardino, Maschinenpistolen und dem Zustand deines Hauses bei Big Bear hörte, hab' ich gedacht, du ... oder vielleicht Chris ... Ich hab' mir solche Sorgen gemacht ...«

Laura hielt ihre Freundin fest umarmt. »Ich erzähle dir alles noch, aber im Augenblick ist nur wichtig, daß wir heil und gesund sind – und vielleicht sogar einen Ausweg aus unserer gegenwärtigen Misere wissen.«

»Warum hast du mich nicht angerufen, du blöde Kuh?«

»Ich habe dich angerufen.«

»Aber erst heute morgen! Zwei *Tage,* nachdem du Schlagzeilen gemacht hast! Ich habe beinahe durchgedreht.«

»Entschuldige, Thelma. Ich hätte wirklich früher anrufen sollen. Aber ich wollte möglichst verhindern, daß du in diese Sache hineingezogen wirst.«

Thelma ließ sie widerstrebend los. »Ich bin unvermeidlich tief und hoffnungslos in diesen Fall verwickelt, weil er *dich* betrifft, Dummkopf!« Sie zog ein Kleenex aus einer Tasche ihrer Wildlederjacke und tupfte sich damit die Augen ab.

»Hast du noch eines?« fragte Laura.

Thelma gab ihr ein Kleenex, und sie putzten sich beide die Nase.

»Wir waren auf der Flucht, Tante Thelma«, meldete sich Chris zu Wort. »Auf der Flucht ist's nicht leicht, Kontakt zu anderen Leuten zu halten.«

Thelma holte schaudernd tief Luft. »Wo bewahrst du also deine Sammlung abgetrennter Köpfe auf, Shane? Hier im Bad? Soviel ich weiß, hast du in San Bernardino einen zurückgelassen. Schlamperei. Ist das dein neues Hobby – oder hast du schon immer was für die Schönheit des menschlichen Kopfes ohne seine ganzen häßlichen Anhängsel übriggehabt?«

»Ich möchte dich mit jemandem bekannt machen«, sagte Laura. »Thelma Ackerson, das hier ist Stefan Krieger.«

»Freut mich, Sie kennenzulernen«, sagte Thelma.

»Entschuldigen Sie bitte, daß ich nicht aufstehe«, antwortete Stefan, »aber ich bin noch ziemlich schwach auf den Beinen.«

»Wenn Sie diese Perücke entschuldigen können, kann ich alles entschuldigen.« Thelma sah fragend zu Laura hinüber.

»Ist er der, für den ich ihn halte?«

»Ja.«

»Dein Beschützer?«

»Ja.«

Thelma trat auf Stefan zu und gab ihm zwei feuchte Wangenküsse. »Ich hab' keine Ahnung, woher Sie kommen oder wer zum Teufel Sie sind, Stefan Krieger, aber ich liebe Sie dafür, daß Sie meiner Laura so oft geholfen haben.« Sie setzte sich neben Chris ans Bettende. »Shane, dieser Mann ist ein Prachtexemplar! Ich möchte wetten, daß *du* ihn angeschossen hast, damit er nicht mehr abhauen konnte. Er sieht genau so aus, wie ich mir einen Schutzengel vorstelle.« Stefan war sichtlich verlegen, aber Thelma war nicht mehr zu bremsen. »Sie sehen wirklich verdammt gut aus, Krieger. Ich kann's kaum erwarten, mehr über Sie zu hören. Aber hier ist erst mal das Geld, das ich mitbringen sollte, Shane.« Sie öffnete ihre geräumige Handtasche und zog einen dicken Packen Hundertdollarscheine heraus.

»Thelma, ich habe dich um viertausend gebeten«, sagte Laura, nachdem sie das Geld flüchtig gezählt hatte. »Das hier ist mindestens das Doppelte!«

»Zehn- oder zwölftausend, glaube ich.« Thelma blinzelte Chris zu. »Wenn meine Freunde auf der Flucht sind, *bestehe* ich darauf, daß sie Erster Klasse reisen.«

Thelma hörte sich die Geschichte ohne eine einzige ungläubige Zwischenfrage an. Als Stefan ihre Aufgeschlossenheit lobte, wehrte sie ab: »He, für jemand, der einmal im McIllroy Home und in Caswell Hall gelebt hat, enthält das Universum keine Überraschungen mehr. Zeitreisende aus dem Jahre 1944? Pah! Im McIllroy hätte ich dir 'ne Frau so groß wie ein Sofa zeigen können, die Kleider aus scheußlichen Polsterstoffen trug und im öffentlichen Dienst ein hübsches Gehalt dafür bezog, daß sie Kinder wie Dreck behandelte. Das nenne ich überraschend!« Stefans Herkunft beeindruckte Thelma sichtlich, und ihr gruselte bei dem Gedanken an die Falle, in der sie steckten, aber selbst unter diesen Umständen blieb sie Thelma Ackerson, die allem etwas Komisches abzugewinnen versuchte.

Kurz nach 18 Uhr schob Thelma wieder die falschen Vorderzähne über ihre richtigen und ging los, um aus einem mexikanischen Restaurant in der Nähe Essen zu holen. »Auf der Flucht vor der Polizei braucht ihr Bohnen im Bauch – Essen für harte Männer.« Sie kam mit regennassen Tüten mit Tacos, Behältern mit Enchiladas, zwei Portionen Nachos, Burritos und Chimichangas zurück. Sie breiteten alles auf der unteren Betthälfte aus, Thelma und Chris setzten sich ans Kopfende, Laura und Stefan saßen am Fußende in den beiden Sesseln.

»Thelma«, sagte Laura, »das Essen reicht für zehn!«

»Nun, ich hab mir ausgerechnet, daß es für uns und die Schaben reichen dürfte. Wenn wir die Schaben nicht füttern, werden sie vielleicht böse, gehen raus und stürzen den Wagen meines Gärtners um. Hier *gibt's* doch Schaben, oder? Ich meine, ein Klassemotel wie dieses ohne Schaben wäre wie Beverly Hills ohne Baumratten.«

Während sie aßen, schilderte Stefan ihr seinen Plan zur Schließung des Tors und Zerstörung des Instituts. Thelma machte anfangs noch scherzhafte Zwischenbemerkungen, aber als er fertig war, war sie längst ernst geworden. »Das ist verdammt gefährlich, Stefan. So gewagt, daß es wahrscheinlich schon verrückt ist.«

»Es gibt keine andere Möglichkeit.«

»Das sehe ich ein«, bestätigte sie. »Wie kann ich euch behilflich sein?«

»Du mußt uns den Computer kaufen, Tante Thelma«, antwortete Chris, der sich eben eine Portion Mais-Chips in den Mund schieben wollte.

»Den besten PC von IBM, mit dem ich auch zu Hause arbeite, weil ich bei dem weiß, wie die Software anzuwenden ist«, sagte Laura. »Wir haben keine Zeit, uns ins Betriebsverfahren eines unbekannten Geräts einzuarbeiten. Ich habe dir alles aufgeschrieben. Mit dem Geld, das du mitgebracht hast, könnte ich den PC selbst kaufen, aber ich möchte mich nicht zuviel in der Öffentlichkeit zeigen.«

»Und wir brauchen ein Versteck.«

»Hier können wir nicht bleiben«, warf Chris ein, der offenbar stolz darauf war, an der Diskussion teilnehmen zu dürfen, »wenn wir mit dem Computer arbeiten wollen. Das Zimmermädchen würde ihn sehen, auch wenn wir versuchen würden, ihn zu verstecken, und darüber reden, weil's irgendwie verrückt ist, wenn Leute sich mit einem Computer in ein Motel zurückziehen.«

»Laura hat mir erzählt, daß ihr – dein Mann und du – ein zweites Haus in Palm Springs habt«, sagte Stefan.

»Wir haben ein Haus in Palm Springs, eine Eigentumswohnung in Monterey, eine weitere in Vegas … und mich würd's nicht wundern, wenn wir einen eigenen Vulkan auf Hawaii – oder zumindest Zeitwohnrechte darin – besäßen. Mein Mann hat einfach zuviel Geld. Sucht euch was aus! Meine Häuser sind eure Häuser. Ich kann's nur nicht leiden, wenn Gäste die Handtücher benützen, um die Radkappen ihrer Autos zu polieren, und wer Tabak kauen und auf den Boden spucken muß, wird gebeten, sich auf die Zimmerecken zu beschränken.«

»Das Haus in Palm Springs dürfte am besten geeignet sein«, entschied Laura. »Soviel du mir erzählt hast, liegt es ziemlich abgelegen.«

»Auf einem großen Grundstück mit vielen Bäumen«, bestätigte Thelma. »Und die Nachbarn sind im Shobiz tätig und so überbeschäftigt, daß nicht zu befürchten ist, sie könnten zu 'ner Tasse Kaffee rüberkommen. Dort seid ihr völlig ungestört.«

»Gut«, sagte Laura. »Aber das ist leider noch nicht alles. Wir brauchen Kleidung, bequeme Schuhe und verschiedene andere Dinge. Ich habe eine Liste mit den entsprechenden Größen zusammengestellt. Und wenn dann alles vorbei ist, bekommst du das Geld zurück, das du für uns ausgelegt hast.«

»Worauf du dich verlassen kannst, Shane! Mit vierzig Prozent Zinsen. Pro Woche. Stündlich berechnet. Und dein Kind gehört mir!«

Chris mußte lachen. »Meine Tante Rumpelstilzchen.«

»Sobald du mein Kind bist, machst du keine frechen Bemerkungen mehr, Christopher Robin. Oder du nennst mich wenigstens Mutter Rumpelstilzchen, Sir!«

»Mutter Rumpelstilzchen, Sir!« wiederholte Chris militärisch grüßend.

Gegen 20.30 Uhr war Thelma mit den aufnotierten Details, den Computer betreffend, und Lauras Einkaufsliste abfahrbereit. »Ich komme morgen nachmittag so früh wie möglich zurück«, versprach sie, während sie Laura und Chris zum letzten Mal umarmte. »Seid ihr hier wirklich sicher, Shane?«

»Bestimmt, Thelma. Hätten sie entdeckt, wo wir uns aufhalten, wären sie längst aufgekreuzt.«

»Vergiß nicht, daß wir's mit Zeitreisenden zu tun haben, Thelma«, warf Stefan ein. »Wüßten sie, wo wir stecken, könnten sie eine Reise zum Zeitpunkt unserer Ankunft unternehmen. Sie hätten uns sogar auflauern können, als wir am Mittwoch hier ankamen. Die Tatsache, daß wir hier so lange unbelästigt geblieben sind, beweist ziemlich sicher, daß dieses Versteck niemals bekanntgeworden ist.«

»In meinem Kopf dreht sich alles«, sagte Thelma. »Und ich hab' mir immer eingebildet, ein großer Filmvertrag sei kompliziert!«

Sie trat mit Hornbrille und Kraushaarperücke in die regnerische Nacht hinaus – die falschen Vorderzähne hatte sie in der Handtasche – und fuhr mit dem Wagen ihres Gärtners weg.

Laura, Chris und Stefan sahen ihr durchs große Fenster nach. »Sie ist schon was besonderes«, sagte Stefan.

»Ja, sehr«, bestätigte Laura. »Ich kann nur hoffen, daß ich sie nicht gefährdet habe.«

»Keine Angst, Mom«, sagte Chris. »Tante Thelma ist 'n harter Knochen. Das sagt sie doch immer selber.«

Am gleichen Abend fuhr Laura gegen 21 Uhr zu Fat Jack nach Anaheim. Der Regen hatte nachgelassen und war zu einem stetigen Nieseln geworden. Die Asphaltdecken der Straßen glitzerten silbernschwarz, und durch die Rinnsteine floß Regenwasser, das im eigenartigen Licht der Natriumdampflampen wie Öl aussah. Inzwischen war auch Nebel aufgekommen – nicht mit zarten Schleiern beginnend, sondern gleich in dichten Schwaden heranziehend.

Sie hatte Stefan nur ungern im Motel zurückgelassen. Aber in seinem geschwächten Zustand durfte er sich nicht in diese kühle, regnerische Januarnacht hinauswagen. Außerdem hätte er Laura ohnehin nicht helfen können.

Dafür hatte Laura Chris mitgenommen, denn sie wollte nicht so lange von ihm getrennt sein, als es dauern würde, den Waffenhandel abzuschließen. Chris hatte sie schon vor einem Jahr begleitet, als sie bei Fat Jack gewesen war, um umgebaute Uzis zu kaufen, so daß der Dicke sich nicht über seine Anwesenheit wundern würde. Fat Jack würde ungehalten sein, denn er hatte nichts für Kinder übrig, aber er würde Chris' Anwesenheit akzeptieren.

Unterwegs sah Laura häufig in ihre drei Rückspiegel und beobachtete die anderen Autofahrer in ihrer Nähe mit einer Aufmerksamkeit, die dem Ausdruck ›defensive Fahrweise‹ neue Dimensionen verlieh. Sie konnte es sich nicht leisten, von irgendeinem Trottel, der für diese Straßenverhältnisse zu schnell fuhr, gerammt zu werden. Die Polizei würde am Unfallort erscheinen und routinemäßig die Kennzeichen überprüfen, und noch bevor Laura festgenommen werden würde, würden Männer mit Maschinenpistolen aus dem Nichts auftauchen und sie und Chris erschießen.

Ihre eigene Uzi hatte sie trotz Stefans Protests im Motel zurückgelassen. Um sich notfalls verteidigen zu können, war sie jedoch mit dem Chief's Special Kaliber 38 bewaffnet. Und in den Reißverschlußtaschen ihrer Daunenjacke steckten 50 Schuß Revolvermunition.

Als die neongrelle Phantasmagorie von ›Fat Jack's Pizza Party Palace‹ wie ein in ›Unheimliche Begegnungen der dritten Art‹ in selbsterzeugten Wolken schwebendes Raumschiff aus dem Nebel auftauchte, atmete Laura erleichtert auf. Sie fuhr auf den überfüllten Parkplatz, fand eine Lücke und stellte den Motor ab. Die Scheibenwischer hörten zu arbeiten auf, und Regenwasser floß in Bächen über die Windschutzscheibe. Rote, blaue, orangerote, gelbe, grüne, weiße, purpurrote und rosa Reflexionen von Leuchtstoffröhren spiegelten sich in dieser fließenden Wasserschicht, so daß Laura das seltsame Gefühl hatte, im Inneren einer dieser altmodischen neonbunten Musikboxen aus den fünfziger Jahren zu sitzen.

»Fat Jack hat noch mehr Lichtreklamen als letztes Jahr«, stellte Chris fest.

»Da kannst du recht haben«, sagte Laura.

Sie stiegen aus und sahen zu der blinkenden, blitzenden, wabernden, zuckenden, schmerzhaft gleißenden Fassade von ›Fat Jack's Pizza Party Palace‹ auf. Nicht nur der Name des Lokals leuchtete in Neonbuchstaben, sondern Leuchtstoffröhren zeichneten auch die Linien des Gebäudes, das Dach, sämtliche Fenster und die Eingänge nach. Darüber hinaus war der vordere Giebel mit einer riesigen Neonsonnenbrille verziert, während auf dem hinteren ein gigantisches Neonraumschiff startbereit auf einem glitzernden und funkelnden Abgasstrahl stand. Die Neonpizza mit drei Meter Durchmesser war alt, aber das grinsende Neonclownsgesicht war neu hinzugekommen.

Das Neonlicht war so gleißend hell, daß jeder fallende Regentropfen bunt aufleuchtete, als wäre er ein Teil eines bei Einbruch der Dunkelheit zersplitterten Regenbogens. Die Pfützen schimmerten in sämtlichen Regenbogenfarben.

Die Gesamtwirkung war desorientierend – aber sie bereitete den Besucher aufs Innere von ›Fat Jack's Pizza Party Palace‹ vor, das an das Chaos erinnerte, aus dem vor Äonen das Universum entstanden sein mußte. Die Kellner und Serviererinnen waren als Clowns, Gespenster, Piraten, Raumfahrer, Hexen, Zigeuner und Vampire verkleidet, ein Gesangstrio im Bärenkostüm zog von Tisch zu Tisch und begeisterte die mit Pizzasauce bekleckerten kleinen Gäste. In Nischen an den Seiten des Hauptlokals saßen ältere Kinder vor langen Reihen von Videospielen, so daß das *Piep-peng-zap-bong!* dieser elektronischen Spiele das Hintergrundgeräusch für die singenden Bären und die kreischenden Kleinen bildete.

»Irrenhaus!« sagte Chris.

Hinter dem Eingang kam ihnen Dominick entgegen, Fat Jacks Geschäftsführer und stiller Teilhaber. Dominick war groß und sehr hager; er hatte traurige Augen und schien inmitten der allgemeinen Heiterkeit fehl am Platz zu sein.

Laura mußte laut sprechen, um verstanden zu werden. Sie fragte nach Fat Jack und fügte hinzu: »Ich habe vorhin angerufen. Ich bin eine alte Freundin seiner Mutter.« Damit deutete sie an, daß sie keine Pizza, sondern Waffen kaufen wollte.

Dominick hatte gelernt, sich verständlich zu machen, ohne schreien zu müssen. »Sie sind schon mal hiergewesen, glaub' ich.«

»Tolles Gedächtnis«, sagte sie anerkennend. »Vor ungefähr einem Jahr.«

»Kommen Sie bitte mit«, verlangte Dominick mit Grabesstimme.

Sie brauchten nicht durch die schrille Hektik des Hauptlokals zu gehen, was nur gut war, weil Laura auf diese Weise nicht riskierte, von irgendjemandem erkannt zu werden. Eine Tür, zu der nur Dominick einen Schlüssel hatte, führte vom Vorraum in einen Seitenflur und an Küche und Kühlraum vorbei zu Fat Jacks Privatbüro. Dominick klopfte an, schob die beiden vor sich her über die Schwelle und sagte: »Alte Freunde deiner Mutter.« Dann zog er sich zurück und ließ Laura und Chris mit dem Dicken allein.

Fat Jack nahm seinen Spitznamen ernst und bemühte sich, ihm zu entsprechen. Er war 1,75 Meter groß und wog gut 160 Kilogramm. In seiner riesigen grauen Trainingshose und dem hauteng sitzenden Sweatshirt sah er wie der Dicke auf dem gummierten Photo aus, das Diätwillige kauften und zur Abschreckung an ihren Kühlschrank klebten. Tatsächlich sah er wie der Kühlschrank aus.

Er thronte in einem Ledersessel hinter einem seiner Leibesfülle entsprechenden Schreibtisch und blieb sitzen. »Hören Sie sich diese kleinen Bestien an!« Er ignorierte Chris und sprach nur mit Laura.

»Ich habe mein Büro in den hintersten Teil des Gebäudes verlegt und eigens gegen Schall dämmen lassen – und trotzdem höre ich sie dort draußen kreischen und quietschen. Als ob ich mein Büro gleich neben der Hölle hätte!«

»Das sind nur Kinder, die sich amüsieren«, sagte Laura, die mit Chris vor seinem Schreibtisch stand.

»Und Mrs. Leary ist bloß 'ne alte Dame mit 'ner dummen Kuh gewesen, aber sie hat trotzdem Chicago angezündet«, sagte Fat Jack verdrießlich. Er aß einen Mars-Riegel. Im Hintergrund schwollen die durch Schalldämmaterial stark gedämpften Kinderstimmen zu einem dumpfen Crescendo an, und der Dicke sagte, als spreche er mit dieser unsichtbaren Menge: »Ah, ersticken sollt ihr daran, ihr kleinen Kobolde!«

»Das reinste Tollhaus dort draußen«, warf Chris ein.

»Wer hat *dich* gefragt?«

»Niemand, Sir.«

Fat Jack, hatte einen pockennarbigen Teint und stechende graue Augen, die fast in seinem Puffotterngesicht verschwanden. Jetzt nickte er Laura zu und erkundigte sich: »Haben Sie mein neues Neon gesehen?«

»Der Clown ist neu, stimmt's?«

»Genau! Ein Klassestück, was? Ich hab' ihn selbst entworfen und mitten in der Nacht anbringen lassen, damit am nächsten Morgen keiner mehr 'ne Einstweilige Verfügung erwirken konnte, um die Anbringung zu verhindern. Die gottverdammten Stadträte hat beinah der Schlag getroffen – alle auf einmal!«

Mit Stadtrat und Stadtverwaltung von Anaheim lag Fat Jack seit über einem Jahrzehnt im juristischen Clinch. Die zuständigen Stellen mißbilligten seine grellen Leuchtreklamen – vor allem in letzter Zeit, seitdem das Gebiet um Disneyland städtebaulich aufgewertet werden sollte. Fat Jack hatte Zehntausende, vielleicht sogar Hunderttausende für Gerichtsverfahren ausgegeben, hatte Geldstrafen bezahlt, war verklagt worden, hatte seinerseits geklagt und war wegen Mißachtung des Gerichts sogar zu Haftstrafen verurteilt worden. Er war ein ehemaliger Liberaler, der jetzt ein Anarchist zu sein behauptete und als freidenkendes Individuum keinerlei Beeinträchtigung seiner – wirklichen oder nur angemaßten – Rechte hinnahm.

Sein illegaler Waffenhandel basierte auf den gleichen Motiven wie die Errichtung von Leuchtreklamen ohne städtische Genehmigung: Beides war ein Aufbegehren gegen staatliche Bevormundung, eine Schlacht im Kampf für die Rechte des einzelnen. Fat Jack konnte stundenlang über die Nachteile jeglicher Form von Regierung dozieren, und als Laura vor einem Jahr mit Chris bei ihm gewesen war, um die umgebauten Uzis zu kaufen, hatte sie sich erst einen längeren Vortrag darüber anhören müssen, warum der Staat nicht einmal berechtigt sei, Gesetze gegen Tötungsdelikte zu erlassen.

Laura empfand keine besonderen Sympathien für Regierungen, wie sie in Moskau oder Washington saßen, aber sie konnte auch nichts mit Fat Jacks Überzeugungen anfangen. Er leugnete die Legitimität jeglicher Autorität, jeglicher bewährten Einrichtung, sogar der Familie.

Nachdem sie Fat Jack ihre neue Einkaufsliste hingereicht, er den Gesamtpreis genannt und ihr Geld gezählt hatte, führte er sie und Chris durch eine Geheimtür aus seinem Büro und über eine enge Wendeltreppe – auf der er wahrscheinlich eines Tages steckenbleiben würde – in den Keller hinunter, in dem er sein illegales Waffenlager eingerichtet hatte. Im Gegensatz zu dem wilden Durcheinander oben im Restaurant herrschte hier unten pedantische Ordnung: In Metallregalen lagerten nach Preis und Kaliber geordnete Kartons mit Waffen aller Art, von Pistolen bis zu Sturmgewehren; im Keller von ›Fat Jack's Pizza Party Palace‹ waren ständig mindestens 1000 Schußwaffen gelagert.

Er konnte ihr zwei umgebaute Uzis – »eine seit dem versuchten Attentat auf Reagan unwahrscheinlich beliebte Waffe«, stellte Fat Jack fest – und einen weiteren Chief's Special Kaliber 38 liefern. Stefan hatte gehofft, eine Colt Commander 9-mm-Parabellum mit neunschüssigem Magazin und einem für die Anbringung eines Schalldämpfers vorbereiteten Lauf zu bekommen. »Habe ich nicht«, sagte Fat Jack, »aber ich kann Ihnen eine Colt Commander Mark IV in 38 Super geben – ebenfalls mit neunschüssigem Magazin –, und zwei davon sind für den Schalldämpferanbau vorbereitet. Schalldämpfer habe ich auch reichlich da.« Laura wußte bereits, daß sie bei ihm keine Munition kaufen konnte, aber während er seinen Mars-Riegel auffutterte, erklärte er ihr trotzdem: »Habe weder Munition noch Sprengstoff auf Lager. Wissen Sie, ich bin gegen jegliche Form von Autorität, aber ich bin nicht völlig verantwortungslos. Ich habe hier drüber ein ganzes Restaurant voll kreischender, rotznäsiger Bälger, die ich nicht in die Luft jagen darf, selbst wenn das der Welt etwas mehr Frieden bringen würde. Außerdem würde ich damit auch meine schönen Neons zerstören.«

»Gut«, sagte Laura und legte Chris einen Arm um die Schulter, damit er an ihrer Seite blieb. »Und was ist mit dem Gas auf meiner Liste?«

»Wissen Sie bestimmt, daß Sie nicht Tränengas meinen?«

»Nein, nein, ich brauche Vexxon.«

Den Namen dieses Kampfstoffs hatte sie von Stefan. Das Gas gehörte zu den chemischen Waffen auf der Wunschliste des Instituts, die dieses ins Jahr 1944 zurückzubringen und ins deutsche Arsenal einzugliedern hoffte. Jetzt konnte es vielleicht *gegen* die Nazis eingesetzt werden. »Wir brauchen was, das schnell tödlich wirkt.«

Fat Jack lehnte sich mit seinem Hintern gegen den Metalltisch in der Mitte des Raumes, auf den er die Uzis, den Revolver, die Pistole und die Schalldämpfer gelegt hatte. Der Tisch knarrte bedrohlich. »Hören Sie, wir reden hier von Kriegswaffen, von streng kontrolliertem Zeug.«

»Sie können's nicht liefern?«

»Oh, klar kann ich Ihnen Vexxon besorgen«, stellte Fat Jack fest. Er verließ seinen Platz am Tisch, der erleichtert knarrte, als er sein Gewicht nicht mehr zu tragen hatte, und trat ans nächste Regal, wo er aus einem Geheimversteck zwischen Waffenkartons, zwei Hershey-Riegel hervorholte. Anstatt den zweiten Chris anzubieten, steckte er ihn in die Hosentasche und begann den ersten zu essen. »Solchen Scheiß hab' ich nicht auf Lager; der ist so gefährlich wie Sprengstoff. Aber ich kann das Zeug bis morgen nachmittag besorgen, wenn Sie so lange warten können.«

»Einverstanden«, sagte Laura.

»Es kostet aber 'ne Kleinigkeit.«

»Das weiß ich.«

Fat Jack grinste. Zwischen seinen Zähnen hafteten Schokoladebrocken. »Dieses Zeug wird nicht viel verlangt – nicht von Kleinkunden wie Ihnen. Ich find's amüsant, mir vorzustellen, was Sie damit vorhaben könnten. Ich erwarte allerdings nicht, daß Sie's mir verraten. Aber im allgemeinen werden diese neuroaktiven und respiraktiven Gase von Großkunden aus Südamerika oder dem Nahen Osten gekauft. Der Irak und der Iran haben sie in den letzten Jahren viel eingesetzt.«

»Neuroaktiv, respiraktiv? Worin besteht der Unterschied?«

»Respiraktiv bedeutet, daß das Gas eingeatmet werden muß; es wirkt sekundenschnell tödlich, sobald es über die Lungen ins Blut gelangt. Wer es freisetzt, muß zu seinem eigenen Schutz eine Gasmaske tragen. Neuroaktive Kampfstoffe wirken noch schneller – allein durch Hautkontakt –, und bei bestimmten Mitteln wie Vexxon braucht man selbst weder Gasmaske noch Schutzkleidung, weil man vor der Anwendung ein paar Pillen schlucken kann, die im voraus als Gegengift wirken.«

»Richtig, diese Pillen sollte ich ja auch besorgen«, sagte Laura.

»Vexxon. Das am leichtesten einsetzbare Gas auf dem Markt. Sie sind wirklich 'ne clevere Kundin«, meinte Fat Jack anerkennend.

Er hatte den Schokoriegel bereits aufgegessen und schien in der halben Stunde, seitdem Laura und Chris sein Büro betreten hatten, merklich zugenommen zu haben. Sie erkannte, daß Fat Jacks Vorliebe für politische Anarchie sich nicht nur in der Atmosphäre seiner Pizzeria, sondern auch in seiner Leibesfülle widerspiegelte, denn sein Körper wuchs ohne Behinderung durch gesellschaftliche oder medizinische Rücksichten weiter. Darüber hinaus schien er sein Dicksein zu genießen, denn er rieb sich oft den Magen, knetete die Fettpolster an seinen Hüften fast zärtlich und bewegte sich mit aggressiver Arroganz, als wolle er die Welt mit seinem Bauch beiseite schieben. Sie stellte sich vor, wie Fat Jack weiter zunahm, auf 200, sogar 250 Kilogramm, während die wild ausufernden Leuchtreklamen auf seinem Gebäude immer bizarrer wurden, bis das Dach eines Tages einstürzte – und Fat Jack im selben Augenblick zerplatzte.

»Das Gas kriege ich morgen bis siebzehn Uhr«, sagte er, während er die Uzis, den Chief's Special, die Colt Commander und die Schalldämpfer in einen Karton mit der Aufschrift ›Alles für die Geburtstagsparty‹ legte, der vermutlich Papierhüte oder Lärmmacher enthalten hatte. Er setzte den Deckel darauf und bedeutete Laura, sie solle den Karton nach oben tragen; unter anderem hielt Fat Jack nichts von Ritterlichkeit.

Als Chris seiner Mutter die Tür von Fat Jacks Büro aufhielt, freute Laura sich über das Kreischen der Kinder in der Pizzeria. Es war das erste erfreuliche, normale Geräusch, das sie seit über einer halben Stunde hörte.

»Hören Sie sich die kleinen Kretins an!« sagte Fat Jack. »Das sind keine Kinder, sondern rasierte Affen, die sich als Kinder ausgeben.« Er warf seine schallgedämpfte Bürotür hinter Laura und Chris ins Schloß.

Chris wartete, bis sie auf der Rückfahrt ins Motel waren, bevor er fragte: »Was hast du mit Fat Jack vor, wenn diese ganze Sache erst mal hinter uns liegt?«

»Ich gebe den Cops einen Tip«, antwortete Laura. »Allerdings anonym.«

»Gut! Der Kerl ist verrückt.«

»Er ist schlimmer als ein Verrückter, Schatz. Er ist ein Fanatiker.«

»Was ist ein Fanatiker eigentlich genau?«

Sie dachte kurz nach, bevor sie antwortete: »Ein Fanatiker ist ein Verrückter, der etwas hat, woran er glaubt.«

5

SS-Obersturmführer Erich Klietmann beobachtete den Sekundenzeiger der Uhr des Programmierpults. Als der Zeiger sich der Ziffer 12 näherte, hob er den Kopf und schaute zu der Zeitmaschine hinüber. In dem vier Meter langen Stahlzylinder schimmerte etwas: ein verschwommener grauschwarzer Fleck, der sich zur Silhouette eines Mannes verdichtete, dann zu drei weiteren Männern, einer hinter dem anderen. Der Aufklärungstrupp trat aus dem Zylinder ins Hauptlabor, in dem er von den drei Wissenschaftlern, die das Programmierpult überwacht hatten, empfangen wurde.

Die aus dem Februar 1989 zurückgekehrten Zeitreisenden lächelten, was Klietmann Herzklopfen verursachte, weil sie nicht gelächelt hätten, wenn es ihnen nicht gelungen wäre, Krieger, die Frau und den Jungen zu finden. Die beiden ersten in die Zukunft entsandten Mordkommandos – der Trupp, der das Haus bei Big Bear überfallen hatte, und der zweite, der in San Bernardino gewesen war – waren Gestapobeamte gewesen. Ihr Versagen hatte den Führer zu dem Befehl veranlaßt, das dritte Kommando aus SS-Männern zusammenzustellen, und für Klietmann bedeutete das Lächeln der Zurückkehrenden jetzt die Chance, mit seinem Trupp zu beweisen, daß die SS über besseres Menschenmaterial verfügte als die Gestapo.

Das Versagen der beiden vorigen Kommandos waren nicht die einzigen Minuspunkte der Gestapo bei der Behandlung dieses Falls. Auch Heinrich Kokoschka, der Leiter des Sicherheitsdienstes des Instituts, war ein Gestapobeamter gewesen – und offenbar zum Verräter geworden. Alles verfügbare Beweismaterial schien die Theorie zu untermauern, er sei vor zwei Tagen gemeinsam mit fünf weiteren Institutsangehörigen in die Zukunft desertiert.

Am Abend des 16. März hatte Kokoschka allein eine Zeitreise in die San Bernardino Mountains unternommen: mit der erklärten Absicht, Stefan Krieger in der Zukunft aufzuspüren und zu liquidieren, damit er nicht ins Jahr 1944 und ins Institut zurückkehren und Penlowski erschießen könnte. Dadurch hätte der Tod der führenden Köpfe des Projekts verhindert werden sollen. Aber Kokoschka war nie zurückgekommen. Einige Wissenschaftler vermuteten, Krieger sei am Ende doch siegreich geblieben und Kokoschka habe im Jahr 1988 den Tod gefunden. Aber das war keine Erklärung für das Verschwinden der fünf Männer, die sich an diesem Abend im Hauptlabor des Instituts aufgehalten hatten: der beiden Gestapobeamten, die auf Kokoschkas Rückkehr warten, und der drei Wissenschaftler am Programmierpult der Zeitmaschine. Die fünf Männer waren spurlos verschwunden – und mit ihnen fünf der für die Rückkehr aus der Zukunft erforderlichen Gürtel. Das alles ließ auf eine Gruppe von Verrätern innerhalb des Instituts schließen, die zu der Überzeugung gelangt waren, Hitler werde den Krieg selbst mit aus der Zukunft zurückgebrachten Geheimwaffen verlieren, und deshalb lieber in die Zukunft desertiert waren, als weiter in der zum Untergang verdammten Reichshauptstadt auszuharren.

Aber Berlin war keineswegs zum Untergang verdammt. Mit dieser Möglichkeit rechnete Klietmann überhaupt nicht. Berlin war das neue Rom; das Dritte Reich würde tausend Jahre lang bestehen. Jetzt, da die SS Gelegenheit erhielt, Krieger aufzuspüren und zu erledigen, würde der Traum des Führers sich erfüllen. Nach der Beseitigung Kriegers, der die größte Gefahr für die Zeitmaschine darstellte und dessen Exekution ihre vordringlichste Aufgabe war, würden sie sich darauf konzentrieren, Kokoschka und die übrigen Verräter aufzuspüren. Wohin diese Schweine auch geflüchtet sein mochten, an welchem Ort in welcher fernen Zukunft sie sich auch versteckt haben mochten – Klietmann und seine SS-Kameraden würden sie unerbittlich verfolgen und mit größtem Vergnügen liquidieren.

Dr. Theodor Jüttner, seit der Ermordung Penlowskis, Januskys und Wolkows der neue Direktor des Instituts, wandte sich jetzt an Klietmann. »Herr Obersturmführer, wir scheinen Krieger aufgestöbert zu haben. Sind Sie und Ihre Leute bereit?«

»Wir sind bereit, Herr Doktor«, antwortete Klietmann. Bereit für die Zukunft, dachte er, bereit für Krieger, bereit für Ruhm und Ehre.

6

Am Samstag, dem 14. Januar 1989, um 15.40 Uhr, kehrte Thelma nach etwas über 24 Stunden mit dem klapprigen Lieferwagen ihres Gärtners ins ›Bluebird of Happiness‹ zurück. Sie brachte für jeden von ihnen einen Koffer mit zwei Garnituren Wäsche und Kleidung mit und hatte mehrere tausend Schuß Munition für die Uzis und die Revolver gekauft. Im Wagen hatte sie außerdem den IBM-Computer sowie einen Drucker, die bestellte Software, eine Box mit Disketten und alles sonstige Zubehör, das Laura brauchen würde, um das System in Betrieb zu nehmen.

Obwohl Stefan, dessen Schußverletzung erst vier Tage alt war, sich überraschend schnell erholte, durfte und konnte er noch nichts Schweres heben. Er blieb mit Chris im Motelzimmer und packte die Koffer, während Laura und Thelma die Computerkartons im Kofferraum und auf dem Rücksitz des Buicks verstauten.

Das Unwetter hatte sich über Nacht verzogen. Am Himmel waren graue Wolkenfetzen zurückgeblieben, aber die Temperatur war auf 18^0 Celsius gestiegen, und die Luft roch frisch gewaschen.

»Bist du mit dieser Perücke, dieser Brille und *diesen* Zähnen beim Einkaufen gewesen?« fragte Laura, während sie den Kofferraumdeckel des Buicks zuknallte.

»Nö«, sagte Thelma, nahm die falschen Vorderzähne heraus und steckte sie in ihre Jackentasche, weil sie damit lispelte. »Aus der Nähe hätte mich ein Verkäufer erkennen können – und in dieser Verkleidung wären meine Einkäufe erst recht aufgefallen. Aber sobald ich alles hatte, bin ich in die hinterste Ecke des Parkplatzes eines anderen Einkaufszentrums gefahren und habe mich für den Fall, daß mich unterwegs jemand anstarrt, in eine Kreuzung aus Harpo Marx und Bucky Beaver verwandelt. Weißt du, Shane, diese Geheimnistuerei gefällt mir irgendwie. Vielleicht bin ich eine Reinkarnation der Mata Hari, denn bei dem Gedanken, Männer zu verführen, um sie auszuhorchen und ihre Geheimnisse an ausländische Regierungen zu verkaufen, laufen mir wundervolle Schauder über den Rücken.«

»Die kriegst du bei dem Gedanken, Männer zu verführen«, behauptete Laura, »nicht wegen der verkauften Geheimnisse. Du bist keine Spionin, sondern bloß geil.«

Thelma gab ihr die Schlüssel des Hauses in Palm Springs. »Dort gibt's kein festes Personal. Wenn wir hinfahren, rufen wir ein paar Tage vorher einen Reinigungsdienst an, der das Haus putzt. Diesmal habe ich ihn natürlich nicht angerufen, deshalb mußt du mit etwas Staub rechnen, aber nicht mit wirklichem Schmutz – und schon gar nicht mit den abgetrennten Schädeln, die *du* meistens hinterläßt.«

»Du bist ein Schatz.«

»Dort gibt's einen Gärtner. Allerdings keinen fest angestellten wie bei uns in Beverly Hills. Dieser Mann kommt nur einmal in der Woche, dienstags, um den Rasen zu mähen, die Hecke zu beschneiden und ein paar Blumen zu zertrampeln, damit er uns neue in Rechnung stellen kann. Ich würde euch raten, an Dienstagen die Fenster zu meiden und in Deckung zu bleiben, bis er wieder fort ist.«

»Wir verstecken uns unter den Betten.«

»Wenn du unter dem Bett einen Haufen Ketten und Peitschen findest, brauchst du nicht zu glauben, Jason und ich seien pervers. Die Ketten und Peitschen haben seiner Mutter gehört, und wir bewahren sie aus rein sentimentalen Gründen auf.«

Sie holte die gepackten Koffer aus dem Motelzimmer und stapelten sie mit den Kartons, die im Kofferraum des Buicks keinen Platz mehr gefunden hatten, auf dem Rücksitz des Wagens. Nach allseitigen Umarmungen sagte Thelma noch: »Shane, ich trete erst in drei Wochen wieder in einem Nachtklub auf. Solltest du mich also brauchen, bin ich Tag und Nacht in Beverly Hills zu erreichen. Ich bleibe dort am Telefon.« Dann fuhr sie widerstrebend davon.

Laura war erleichtert, als der Wagen im Verkehrsgewühl verschwand. Jetzt war Thelma aus dem Spiel, jetzt konnte ihr nichts mehr passieren. Sie gab die Zimmerschlüssel an der Rezeption ab und fuhr mit dem Buick davon – mit Chris auf dem Beifahrersitz und Stefan hinten beim Gepäck. Sie verließ ›The Bluebird of Happiness‹ nur ungern, denn hier waren sie vier Tage lang sicher gewesen, während es sonst auf der Welt vielleicht niemals mehr einen sicheren Ort für sie geben würde.

Als erstes hielten sie vor einem Waffengeschäft. Da Laura möglichst wenig gesehen werden sollte, ging Stefan hinein, um eine Schachtel Munition für die Pistole zu kaufen. Diese Munition hatte nicht auf Thelmas Einkaufsliste gestanden, weil sie nicht gewußt hatten, ob sie die 9-mm-Parabellum bekommen würden, die Stefan haben wollte. Tatsächlich hatten sie statt dieser die Colt Commander Mark IV Kaliber 38 nehmen müssen.

Danach fuhren sie zu ›Fat Jacks Pizza Party Palace‹ weiter, um zwei Behälter mit tödlichem Nervengas abzuholen. Stefan und Chris warteten draußen im Wagen unter den schon in der Abenddämmerung brennenden Neonreklamen, die ihre ganze Leuchtkraft jedoch erst nach Einbruch der Dunkelheit entfalten würden.

Die Kanister standen auf Fat Jacks Schreibtisch bereit. Sie hatten die Größe kleiner Haushaltsfeuerlöscher, waren nicht feuerrot lakkiert, sondern aus rostfreiem Stahl hergestellt und trugen einen Aufkleber mit Totenschädel und gekreuzten Knochen und dem Text VEXXON/AEROSOL/ WARNUNG – TÖDLICHES NERVENGAS/UNBEFUGTER BESITZ NACH U.S.-GESETZEN STRAFBAR, dem noch ein Dutzend Zeilen Kleingedrucktes folgten.

Fat Jack deutete mit seinem dicken Wurstfinger auf die in die Behälteroberseiten eingelassenen halbdollargroßen Anzeigen. »Das hier sind Zeitschalter, die sich von einer bis sechzig Minuten einstellen lassen. Stellt man sie ein und drückt auf den Knopf in der Mitte, kann man das Gas mit Verzögerung ablassen – gewissermaßen wie 'ne Zeitbombe. Wollen Sie's jedoch manuell ablassen, nehmen Sie den Boden des Kanisters in eine Hand, diesen Pistolengriff in die andere und drücken einfach ab, als hätten sie 'ne Waffe in der Hand. Dieser Scheiß steht unter Druck und verteilt sich in eineinhalb Minuten in einem Gebäude von fünfhundert Quadratmeter Bodenfläche – und noch schneller, wenn Heizung oder Klimaanlage in Betrieb sind. Unter Einwirkung von Luft und

Sonne zerfällt das Gas in ungiftige Verbindungen, bleibt aber trotzdem vierzig bis sechzig Minuten lang tödlich. Drei Milligramm auf der Haut genügen, um binnen dreißig Sekunden zu töten.«

»Das Gegengift?« fragte Laura.

Fat Jack tippte grinsend auf die versiegelten blauen Plastikbeutel, die an den Behältergriffen hingen. »Jeder Beutel enthält zehn Kapseln. Zwei davon genügen als Schutz für einen Menschen. Die Gebrauchsanweisung liegt bei. Soviel ich gehört habe, muß man das Mittel mindestens eine Stunde vor der Freisetzung des Gases schlucken. Dann schützen die Kapseln drei bis fünf Stunden lang.«

Er strich ihr Geld ein und legte die Vexxon-Kanister in einen Karton mit dem Aufdruck MOZZARELLA-KÄSE – KÜHL LAGERN. Während er den Deckel aufsetzte, lachte er vor sich hin und schüttelte den Kopf.

»Was ist los?« fragte Laura mißtrauisch.

»Ich find's nur amüsant«, antwortete Fat Jack. »Eine bildhübsche Frau wie Sie, offensichtlich gebildet, mit einem kleinen Jungen ... Wenn jemand wie *Sie* in solchen Scheiß verwickelt ist, geht's mit unserer Gesellschaft weit schneller zu Ende, als ich je zu hoffen gewagt hätte. Vielleicht erlebe ich den Tag noch, an dem das Establishment stürzt, die Anarchie herrscht und die einzigen Gesetze die sind, die einzelne untereinander vereinbaren und mit Handschlag besiegeln.«

Dann schien ihm noch etwas einzufallen. Er hob den Deckel hoch, nahm einige grüne Zettel aus einer Schreibtischschublade und ließ sie auf die Vexxon-Behälter fallen.

»Was sind das für Zettel?« wollte Laura wissen.

»Sie sind eine gute Kundin«, sagte Fat Jack, »deshalb kriegen Sie ein paar Gutscheine für eine Gratispizza als Draufgabe.«

Jasons und Thelmas Haus in Palm Springs lag tatsächlich sehr abseits. Es war eine merkwürdige, aber sehr attraktive Mischung aus spanischer und südwestlicher Lehmsteinarchitektur auf 4000 Quadratmeter Grund, der von einer gut zweieinhalb Meter hohen pfirsichfarben verputzten Mauer umgeben war, die lediglich einen Durchlaß für die kreisförmige Zufahrt hatte. Das dicht mit Feigen, Palmen und Oliven bewachsene parkartige Grundstück war auf drei Seiten zu den Nachbarn hin völlig abgeschirmt, und von der Straße aus war nur die Fassade des Hauses zu sehen.

Obwohl sie an diesem Samstagabend erst gegen 20 Uhr ankamen, nachdem sie von Fat Jacks Pizzeria in Anaheim aus in die Wüste gefahren waren, waren Haus und Grundstück in allen Einzelheiten sichtbar, weil sie von geschickt eingebauten, über Photozellen gesteuerten Außenleuchten angestrahlt wurden, die für Ästhetik und Sicherheit zugleich sorgten. Farne und Palmwedel warfen aufregende Schatten auf verputzte Mauern.

Thelma hatte ihnen die Fernsteuerung für das Garagentor mitgegeben, deshalb fuhren sie den Buick in die Dreifachgarage und betraten das Haus durch die Verbindungstür zum Wirtschaftsraum – nachdem Laura die Alarmanlage mit dem Code, den Thelma ihr aufgeschrieben hatte, abgeschaltet hatte.

Das Haus war viel kleiner als der Palast des Ehepaars Gaines in Beverly Hills, aber mit zehn Zimmern und vier Bädern noch immer eine Luxusvilla. Die unverwechselbare Handschrift von Steve Chase, dem bekanntesten Innenarchitekten von Palm Springs, zeigte sich überall: exklusiv beleuchtete exklusive Räume; schlichte Farben – warme Aprikosentöne, mattes Lachsrot –, die hier und dort von Türkis unterstrichen wurden; wildlederbespannte Wände, Decken aus Zedernholz; hier Kupfertische mit reicher Patina, dort Granittische, die in interessantem Gegensatz zu luxuriösen Polstermöbeln mit allen nur denkbaren Bezugstoffen standen; elegant, aber sehr wohnlich.

In der Küche mußte Laura feststellen, daß die Speisekammer bis auf ein Regal mit Konservendosen leer war. Da sie alle zu müde waren, um noch zum Einkaufen zu fahren, begnügten sie sich an diesem Abend mit dem, was da war. Selbst wenn Laura hier mit Gewalt eingedrungen wäre, ohne zu wissen, wem diese Villa gehörte, hätte sie nach einem Blick in die Speisekammer auf Jason und Thelma getippt, denn sie konnte sich kein zweites Millionärspaar vorstellen, das im Herzen kindlich genug geblieben wäre, um Ravioli- und Spaghettibüchsen der Marke Chief Boyardee in seiner Speisekammer zu haben. Chris war natürlich begeistert. Als Nachtisch gab es zwei Schachteln mit Eiscreme-Nuggetts, die sie im ansonsten leeren Kühlschrank entdeckt hatten.

Laura und Chris teilten sich das übergroße französische Bett im Elternschlafzimmer, und Stefan bezog eines der gegenüberliegenden Gästezimmer. Obwohl Laura die Alarmanlage, die alle Türen und Fenster überwachte, wieder eingeschaltet, eine geladene Uzi auf dem Teppich neben ihrem Bett und einen geladenen Revolver auf dem Nachttisch liegen hatte und obwohl auf der ganzen Welt nur Thelma wissen konnte, daß sie hier waren, schlief Laura unruhig. Sie schrak bei jedem Aufwachen hoch, saß dann im Bett und horchte ins Dunkel hinein – auf verstohlene Schritte, flüsternde Stimmen.

Als Laura gegen Morgen nicht wieder einschlafen konnte, starrte sie lange die nur schemenhaft erkennbare Zimmerdecke an und dachte über etwas nach, das Stefan vor einigen Tagen über einige der komplizierteren Aspekte von Zeitreisen und die Möglichkeiten der Zeitreisenden, ihre eigene Zukunft zu verändern, gesagt hatte: *Das Schicksal bemüht sich, ursprünglich ungesehene Entwicklungslinien durchzusetzen.* Nachdem Stefan sie 1963 im Lebensmittelgeschäft ihres Vaters vor dem Junkie gerettet hatte, hatte das Schicksal 1967 mit Willy Sheener einen weiteren Pädophilen gegen sie aufgeboten. Sie hatte als Vollwaise aufwachsen sollen, deshalb hatte das Schicksal es verstanden, nach ihrer Aufnahme bei den Dockweilers dafür zu sorgen, daß Nina Dockweiler einem Herzschlag erlag, woraufhin Laura ins Waisenhaus zurück mußte.

Das Schicksal bemüht sich, ursrprünglich vorgesehene Entwicklungslinien durchzusetzen.

Welche als nächste?

In der ursprünglich vorgesehenen Entwicklungslinie wäre Chris niemals geboren worden. Würde das Schicksal daher dafür sorgen, daß er bald den Tod fand, um die von Stefan Krieger veränderte Entwicklungslinie nachträglich doch noch durchzusetzen? Und bevor Stefan damals Dr. Paul Markwell mit der Waffe bedroht und daran gehindert hatte, als ihr Geburtshelfer zu fungieren, war ihr ein Leben im Rollstuhl bestimmt gewesen. Vielleicht würde das Schicksal zur Durchsetzung der ursprünglichen Entwicklungslinie jetzt dafür sorgen, daß sie von Gestapoleuten angeschossen wurde und als Querschnittsgelähmte zurückblieb ...

Wie lange bemühten die Schicksalsmächte sich, einmal veränderte Entwicklungslinien doch wie ursprünglich vorgesehen durchzusetzen? Chris lebte nun schon seit über acht Jahren. Reichte das aus, um das Schicksal davon zu überzeugen, daß seine Existenz hinnehmbar war? Sie selbst lebte seit 34 Jahren außerhalb des Rollstuhls. Machte das Schicksal sich noch immer Sorgen wegen dieser widernatürlichen Veränderung des ursprünglichen Plans?

Das Schicksal bemüht sich, ursprünglich vorgesehene Entwicklungslinien durchzusetzen.

Während die erste Morgendämmerung sich an den Rändern der Vorhänge ins Zimmer stahl, wälzte Laura sich schlaflos in ihrem Bett und war wütend, ohne recht zu wissen, gegen wen oder was sich ihr Zorn richten sollte. Was war das Schicksal? Wer war diese Kraft, die Entwicklungslinien festlegte und durchzusetzen versuchte? Gott? Sollte sie Gott zürnen – oder ihn bitten, ihren Sohn leben zu lassen und sie vor einem Behindertendasein zu bewahren? Oder war die Macht des Schicksals lediglich ein natürlicher Mechanismus, eine natürliche Gegebenheit wie die Schwerkraft oder der Erdmagnetismus?

Da es kein logisches Objekt gab, gegen das ihre Emotionen sich hätten richten können, spürte Laura, wie ihre Wut sich allmählich zu Angst wandelte. In der Villa des Ehepaars Gaines in Palm Springs schienen sie in Sicherheit zu sein. Nachdem sie hier eine ungestörte Nacht verbracht hatten, stand fast sicher fest, daß ihre Anwesenheit niemals öffentlich bekannt geworden war, denn sonst wären längst Killer aus der Vergangenheit eingetroffen. Trotzdem hatte Laura Angst.

Irgend etwas Schlimmes würde passieren. Etwas sehr Schlimmes.

Ihnen drohte Gefahr. Aber sie wußte nicht, aus welcher Richtung.

Blitze. Schon bald.

Schade, daß die alte Redensart nicht stimmte: Der Blitz schlug sehr wohl zweimal an derselben Stelle ein oder dreimal oder hundertmal, und sie war der zuverlässigste Blitzableiter, der ihn anzog.

7

Nachdem Dr. Jüttner am Programmierpult der Zeitmaschine die letzten Zahlen eingegeben hatte, erklärte er SS-Obersturmführer Klietmann: »Sie und Ihre Leute kommen im Januar 1989 bei Palm Springs in Kalifornien an.«

»Palm Springs?« Klietmann war überrascht.

»Ganz recht. Wir hatten natürlich erwartet, daß Ihr Ziel in Los

Angeles oder im Orange County liegen würde, wo Ihre Aufmachung als Jungmanager besser hingepaßt hätte als in einen Fremdenverkehrsort, aber Sie werden trotzdem nicht auffallen. Immerhin ist's dort jetzt Winter, und selbst in der Wüste werden der Jahreszeit entsprechend dunkle Anzüge getragen.« Jüttner gab Klietmann einen Zettel, auf dem er genaue Angaben notiert hatte. »Hier finden Sie die Frau und den Jungen.«

»Was ist mit Krieger?« fragte der SS-Führer, während er den Zettel zusammenfaltete und in die innere Brusttasche seiner Jacke steckte.

»Der Erkundungstrupp hat keine Spur von ihm gefunden«, antwortete Jüttner, »aber er muß bei der Frau und dem Jungen sein. Sollten Sie ihn nicht sehen, müssen Sie versuchen, die beiden gefangenzunehmen. Vielleicht erweist es sich als unumgänglich, die beiden zu foltern, um Kriegers Aufenthaltsort zu erfahren. Sollte auch das nicht zum Erfolg führen, legen Sie die beiden um. Vielleicht bringt das unseren Mann dazu, irgendwo entlang der Zeitlinie aufzutauchen.«

»Wir finden ihn, Herr Doktor!«

Klietmann, Hubatsch, Stein und Bracher trugen jeder den Kupfergürtel unter dem Anzug von Yves Saint-Laurent. Mit ihren Mark-Cross-Aktenkoffern in der Hand traten sie ans Tor, stiegen in den riesigen Stahlzylinder und bewegten sich auf den Zweidrittelpunkt zu, an dem sie in Sekundenbruchteilen von 1944 nach 1989 gelangen würden.

Der Obersturmführer verspürte Angst, aber auch überschäumenden Jubel. Er war die eiserne Faust Hitlers, der Krieger auch nicht 45 Jahre entfernt in der Zukunft entgehen würde.

8

Am Sonntag, den 15. Januar 1989, ihrem ersten Tag in der Villa in Palm Springs, bauten sie den Computer auf, und Laura unterwies Stefan in seiner Bedienung. Das IBM-Betriebssystem und die für ihre Zwecke nötige Software waren extrem benutzerfreundlich, und obwohl Stefan abends noch weit davon entfernt war, ein Computerexperte zu sein, verstand er zumindest, wie das Gerät funktionierte und was man von ihm erwarten konnte. Allerdings würde er ohnehin nur selten am Computer sitzen; dafür war Laura zuständig, die schon Erfahrung mit diesem System hatte. Stefans Aufgabe würde es sein, ihr zu erklären, was das Ding auszurechnen hatte, um sie der Lösung der vielen vor ihnen liegenden Probleme näherzubringen.

Stefan hatte die Absicht, mit Hilfe des Kokoschka abgenommenen Gürtels ins Jahr 1944 zurückzukehren. Diese Gürtel waren keine Zeitmaschine im Kleinformat; Transportmittel war das Tor selbst – und das Tor blieb stets im Jahre 1944. Die Gürtel waren auf die Zeitvibrationen des Tores abgestimmt und brachten den Reisenden lediglich zurück, sobald er die Verbindung per Knopfdruck herstellte.

»Wie bringt er dich zurück?« fragte Laura, als Stefan ihr den Gebrauch des Gürtels erklärte.

»Das weiß ich nicht. *Weißt* du vielleicht, wie der Mikrochip in deinem Computer funktioniert? Nein. Aber das hindert dich ebensowenig an der Benützung deines Computers, wie es mich am Gebrauch des Gürtels hindert.«

Nachdem Stefan ins Jahr 1944 zurückgekehrt und das Hauptlabor des Instituts unter seine Kontrolle gebracht haben würde, mußte er zwei entscheidende Zeitreisen unternehmen – beide in den März 1944, beide nur wenige Tage weit in die Zukunft –, um die Zerstörung des Instituts sicherzustellen. Diese beiden Reisen mußten sorgfältig geplant werden, damit er *genau* zur gewünschten Zeit an *genau* dem gewünschten Ort ankam. Daß so präzise Berechnungen im Jahre 1944 unmöglich waren, lag nicht nur an der fehlenden Computerunterstützung, sondern auch den ungenauen Werten für Rotationswinkel und Rotationsgeschwindigkeit der Erde sowie der Planetenfaktoren, die Einfluß auf solche Reisen hatten, so daß Zeitreisende des Instituts ihre Ziele oft um Kilometer und Minuten verfehlten. Mit den von dem PC errechneten Werten würde Stefan das Tor so programmieren können, daß es ihn auf den Meter und die Sekunde genau ablieferte.

Sie wälzten alle Bücher, die Thelma gekauft hatte. Dabei handelte es sich nicht nur um Mathematik- und Physikbücher, sondern auch um Darstellungen des Zweiten Weltkriegs, aus denen hervorging, wo die Hauptprotagonisten sich an bestimmten Tagen aufgehalten hatten.

Die komplizierten Berechnungen erforderten Zeit, und diese Zeit mußte Stefan auch Gelegenheit geben, sich von seiner Schußwunde zu erholen. Bei seiner Rückkehr ins Jahr 1944 würde er sich in die Höhle des Löwen wagen und trotz Nervengas und einer erstklassigen Pistole rasch und gewandt handeln müssen, um nicht erschossen zu werden. »In zwei Wochen«, meinte er. »Arm und Schulter dürften in zwei Wochen wieder so weit beweglich sein, daß ich's riskieren kann.«

Ob er sich zwei oder zehn Wochen Zeit ließ, spielte keine Rolle, denn wenn er Kokoschkas Gürtel nahm, würde er auf jeden Fall nur elf Minuten nach Kokoschkas Abreise ins Institut zurückkehren. Das Datum seiner Abreise aus der Gegenwart hätte keinen Einfluß auf seine Rückkehr im Jahre 1944.

Ihre einzige Sorge war, die Gestapo könnte sie aufspüren und ein Mordkommando ins Jahr 1989 entsenden, um sie zu liquidieren, bevor Stefan in seine Zeit zurückkehren und seinen Plan in die Tat umsetzen konnte. Und diese einzige Sorge wog schwer genug.

Am Sonntagnachmittag legten sie eine Pause ein und fuhren sehr vorsichtig und stets auf plötzlich herabzuckende Blitze und Donnerschläge gefaßt zum Einkaufen. Laura, der noch immer die Aufmerksamkeit der Medien galt, blieb im Auto, während Chris und Stefan durch den Supermarkt zogen. Zum Glück blieben die Blitze aus, und sie kehrten mit einem Kofferraum voller Lebensmittel in die Villa zurück.

Nach dem Abendessen wechselte Laura Stefans Verband. Die eindringende Kugel hatte auf seiner Brust einen riesigen Bluterguß mit der Eintrittswunde ungefähr in dessen Mitte hinterlassen, die Austrittswunde auf dem Rücken war von einem kleineren Bluterguß umgeben. Die Nahtfäden und die unterste Lage des alten Verbandes waren von getrockneter Wundflüssigkeit überkrustet. Auch nachdem Laura die Wunden so gut wie möglich gesäubert hatte, ohne diesen Schorf aufzuweichen, zeigten sich nirgends Eiterspuren, die auf eine schwere Infektion hätten schließen lassen. Natürlich konnte sich im Schußkanal ein Abszeß gebildet haben, aber das war wenig wahrscheinlich, weil Stefan kein Fieber hatte.

»Nimm weiter dein Penicillin«, sagte Laura, »dann kommt alles in Ordnung, glaube ich. Doc Brenkshaw hat gute Arbeit geleistet.«

Während Laura und Stefan am Montag und Dienstag endlos lange Stunden am Computer verbrachten, sah Chris fern, suchte in den Bücherregalen nach Lesestoff und beschäftigte sich im allgemeinen mit sich selbst. Er kam gelegentlich ins Arbeitszimmer, blieb ein paar Minuten hinter ihnen stehen und sah zu, wie sie am Computer arbeiteten. Bei einem dieser Besuche meinte er: »In ›Zurück in die Zukunft‹ haben sie ein Zeitreiseauto gehabt, in dem sie bloß auf ein paar Knöpfe am Instrumentenbrett drücken mußten – und *peng!* waren sie unterwegs. Warum ist im richtigen Leben nichts so einfach wie im Film?«

Am Dienstag, dem 18. Januar 1989, ließen sie sich nicht blicken, während der Gärtner den Rasen mähte und einige Büsche stutzte. Er war seit vier Tagen der erste Mensch, den sie auf dem Grundstück sahen; bisher hatten keine Vertreter an der Haustür geklingelt – nicht einmal Zeugen Jehovas, um für ihre Zeitschrift ›Wachtturm‹ zu werben.

»Hier sind wir sicher«, stellte Stefan fest. »Unser Aufenthalt in diesem Haus ist offenbar nicht bekanntgeworden – sonst hätten wir längst Besuch von der Gestapo bekommen.«

Trotzdem ließ Laura die Alarmanlage fast ununterbrochen eingeschaltet. Und nachts träumte sie, daß das Schicksal ursprünglich vorgesehene Entwicklungslinien durchsetzte, Chris zu Tode kam und sie eines Tages erwachte und sich im Rollstuhl wiederfand.

9

Sie sollten um 8.00 Uhr ankommen, damit sie reichlich Zeit hätten, das Gebiet zu durchsuchen, in dem der Erkundungstrupp zwar nicht Krieger, aber die Frau und den Jungen aufgespürt hatte. Aber als Obersturmführer Klietmann sich blinzelnd in einer 45 Jahre von seiner Zeit entfernten Ära wiederfand, erkannte er sofort, daß sie einige Stunden Verspätung hatten. Die Sonne stand zu hoch über dem Horizont. Und die Temperatur betrug etwa 24^0 C – zu warm für einen frühen Wintermorgen in der Wüste.

Vom Himmel zuckte ein Blitzstrahl wie ein grellweißer Sprung in einer blauglasierten Schale. Weitere Sprünge öffneten sich, und über ihnen sprühten Funken, als wüte dort ein Elefant in irgendeinem himmlischen Porzellanladen.

Als Donner verhallte, drehte Klietmann sich um, weil er sich davon überzeugen wollte, daß Stein, Bracher und Hubatsch sicher angekommen waren. Die drei standen wie erwartet da: jeder mit seinem Aktenkoffer in der Hand und seiner Sonnenbrille in der Brusttasche seines teuren Anzugs.

Trotzdem gab es ein Problem, denn keine zehn Meter hinter dem Unterscharführer und den beiden Rottenführern standen zwei weißhaarige Damen in pastellfarbenen Stretchhosen und pastellfarbenen Blusen neben einem in der Nähe des Seitenportals einer Kirche geparkten weißen Auto und starrten Klietmann und seine Leute verblüfft an. Die beiden alten Damen hielten mit Aluminiumfolie bedeckte Schüsseln in den Händen. Klietmann sah sich um und stellte fest, daß sie auf dem Parkplatz hinter einer Kirche angekommen waren. Außer dem Wagen, der den alten Damen zu gehören schien, standen dort noch zwei Autos, aber es gab keine weiteren Augenzeugen. Der Parkplatz war von einer Mauer umgeben, so daß der einzige Weg ins Freie an den alten Damen vorbei und durchs Tor führte.

Getreu dem Motto ›Frechheit siegt!‹ marschierte Klietmann geradewegs auf die Frauen zu, als wäre es ganz normal, sich aus dem Nichts zu materialisieren, und seine Männer folgten ihm. Die beiden alten Damen beobachteten die Näherkommenden wie hypnotisiert.

»Guten Morgen, Ladies.« Wie Krieger hatte Klietmann amerikanisches Englisch gelernt, um vielleicht eines Tages als Agent eingesetzt werden zu können, aber er war seinen deutschen Akzent trotz aller Bemühungen nie ganz losgeworden. Obwohl seine Uhr die hiesige Ortszeit anzeigte, wußte er, daß sie nachging, deshalb fragte er: »Können Sie mir bitte sagen, wie spät es ist?«

Die beiden starrten ihn an.

»Die Uhrzeit?« verdeutlichte er.

Die Dame in Pastellgelb verdrehte ihr Handgelenk, ohne die Schüssel loszulassen, und sah auf ihre Armbanduhr.

»Äh, zehn Uhr vierzig.«

Also hatten sie zwei Stunden und vierzig Minuten Verspätung! Sie durften nicht erst Zeit mit der Suche nach einem Wagen verlieren, dessen Zündung sie kurzschließen konnten – vor allem nicht, wenn ein durchaus geeignetes Fahrzeug mit dem Zündschlüssel im Schloß bereits vor ihnen stand. Klietmann war bereit, die beiden Frauen zu ermorden, um sich den Wagen anzueignen. Aber er durfte ihre Leichen nicht auf dem Parkplatz zurücklassen; die Polizei würde alarmiert werden, sobald sie aufgefunden wurden, und dann nach ihrem Auto fahnden – eine häßliche Erschwernis. Sie würden die beiden Leichen in den Kofferraum stopfen und mitnehmen müssen.

»Warum seid ihr uns erschienen?« fragte die Dame in Pastellblau. »Seid ihr Engel?«

Klietmann überlegte, ob sie senil sei. Engel in Nadelstreifenanzügen? Dann wurde ihm klar, daß sie neben einer Kirche standen und auf wundersame Weise erschienen waren, so daß ein frommer Mensch sie logischerweise unabhängig von ihrer Aufmachung für Engel halten konnte. Vielleicht würde es also doch nicht nötig sein, Zeit damit zu verlieren, die beiden zu ermorden. »Ja, Ma'am, wir sind Engel«, bestätigte er, »und Gott braucht Ihren Wagen.«

»Meinen Toyota hier?« fragte die Pastellgelbe.

»Ja, Ma'am.« Die Fahrertür stand offen, und Klietmann warf seinen Aktenkoffer auf den Vordersitz. »Wir sind mit einem dringenden Auftrag Gottes unterwegs, Sie haben uns vor Ihren Augen aus dem Himmelstor treten sehen, und wir brauchen einen Wagen.«

Bracher und Stein waren auf die andere Seite des Toyotas gegangen, hatten die Türen geöffnet und waren eingestiegen.

»Shirley, du bist *auserwählt* worden, deinen Wagen herzugeben«, sagte die Pastellblaue.

»Sie bekommen ihn von Gott zurück«, versprach Klietmann ihr, »sobald unser Werk auf Erden getan ist.« Weil er sich an die kriegsbedingte Benzinrationierung im Dritten Reich erinnerte und nicht wußte, ob Treibstoff im Jahre 1989 knapp war, fügte er hinzu: »Unabhängig davon, wieviel Benzin jetzt im Tank ist, bekommen Sie ihn natürlich voll zurück, und er wird niemals mehr leer sein. Sie wissen schon – wie bei der Speisung der Fünftausend.«

»Aber auf dem Rücksitz steht Kartoffelsalat für den Kirchen-Brunch«, sagte die Pastellgelbe.

Hubatsch hatte bereits die hintere Tür auf der Fahrerseite geöffnet und die Schüssel mit Kartoffelsalat gefunden, die er jetzt herausholte und vor die Pastellgelbe auf den Asphalt stellte.

Klietmann stieg ein, schloß die Fahrertür, hörte Hubatsch seine Tür schließen, fand den Zündschlüssel im Schloß, ließ den Motor an und fuhr über den Parkplatz davon. Als er kurz vor der Straße einen Blick in den Rückspiegel warf, standen die beiden alten Damen noch immer mit ihren Schüsseln in den Händen da und starrten ihnen nach.

10

Mit der Zeit wurden ihre Berechnungen immer genauer, und daneben trainierte Stefan seinen linken Arm und die Schulter, soweit er das wagen durfte, ohne daß der Arm beim Verheilen der Wunde steif wurde oder der Muskeltonus verlorenging. Als ihre erste Woche in Palm Springs sich am 21. Januar, einem Samstag, ihrem Ende näherte, schlossen sie ihre Berechnungen ab und hatten nun die genaue Zeit und die genauen Raum-Zeit-Koordinaten zur Verfügung, die Stefan für die nach seiner Rückkehr ins Jahr 1944 geplanten Zeitreisen benötigen würde.

»Jetzt brauche ich nur noch etwas Zeit, bis die Wunde total abgeheilt ist«, sagte er, während er vom Computer aufstand und seinen linken Arm probeweise im Kreis bewegte.

»Du bist vor elf Tagen angeschossen worden«, stellte sie fest. »Hast du noch immer Schmerzen?«

»Gelegentlich. Tiefsitzende, dumpfe Schmerzen. Und nicht die ganze Zeit. Aber die Kraft ist noch nicht wieder da. Am besten warte ich noch ein paar Tage, glaube ich. Falls der Arm bis Mittwoch wieder einigermaßen in Ordnung ist, werde ich an diesem Fünfundzwanzigsten ins Institut zurückkehren. Jedenfalls nicht später als kommenden Mittwoch.«

In dieser Nacht schrak Laura aus einem Alptraum hoch, in dem sie wieder im Rollstuhl saß und das Schicksal in Gestalt eines gesichtslosen Mannes in schwarzer Robe emsig damit beschäftigt war, Chris aus der Realität auszuradieren, als wäre der Junge nur eine Bleistiftzeichnung auf einer Glasscheibe. Sie blieb in Schweiß gebadet einige Zeit im Bett sitzen und horchte angestrengt auf Geräusche im Haus, ohne etwas anderes zu vernehmen als das sanfte, gleichmäßige Atmen ihres Sohnes neben ihr im Bett.

Laura konnte nicht wieder einschlafen, lag wach im Bett und dachte über Stefan Krieger nach. Er war ein eigenartiger Mann: sehr verschlossen und manchmal schwer berechenbar.

Seit er ihr am Mittwoch vergangener Woche erklärt hatte, er sei ihr Beschützer geworden, weil er sich in sie verliebt und deshalb den Wunsch gehabt habe, das ihr vorbestimmte Leben zum Besseren zu korrigieren, hatte er nicht mehr von Liebe gesprochen. Er hatte sein Geständnis nicht wiederholt, ihr keine bedeutungsvollen Blicke zugeworfen und nicht die Rolle des schmachtenden Verehrers gespielt. Er hatte sein Anliegen vorgetragen und war bereit, ihr Zeit zu geben, über ihn nachzudenken und ihn kennenzulernen, bevor sie sich entschied. Sie hatte den Verdacht, daß er notfalls jahrelang warten würde, ohne sich jemals zu beschweren. Er besaß die aus extremen Widrigkeiten entstandene Geduld, die Laura aus eigener Erfahrung kannte.

Er war still, oft nachdenklich und manchmal regelrecht melancholisch, was sie auf die Schrecken zurückführte, die er in seinem längst versunkenen Deutschland erlebt hatte. Vielleicht basierte diese depressive Grundeinstellung auch auf Dingen, die er selbst getan und seither bereuen gelernt hatte – Dinge, die sich vielleicht nie wiedergutmachen ließen. Schließlich hatte er selbst gesagt, für ihn sei ein Platz in der Hölle reserviert. Von seiner Vergangenheit hatte er nur das preisgegeben, was er Chris und ihr vor über zehn Tagen in ihrem Motelzimmer erzählt hatte. Sie spürte jedoch, daß er bereit war, ihr rückhaltslos *alles zu* erzählen – für ihn vorteilhafte Einzelheiten ebenso wie nachteilige –, sobald sie selbst es so wollte.

Trotz seines Kummers besaß Stefan einen leisen Sinn für Humor. Er war nett zu Chris und verstand es, den Jungen zum Lachen zu bringen, was Laura ihm als Pluspunkt anrechnete. Sein Lächeln war warm und herzlich.

Sie liebte ihn noch immer nicht und bezweifelte, daß sie ihn jemals lieben würde. Sie fragte sich, worauf diese Gewißheit basierte. Tatsächlich lag sie über eine Stunde lang in ihrem verdunkelten Schlafzimmer und stellte sich diese Frage, bis sie schließlich zu vermuten begann, daß sie ihn deshalb nicht lieben konnte, weil er nicht Danny war. Ihr Danny war ein einzigartiger Mann gewesen, mit dem sie eine fast vollkommene Liebe erlebt hatte, soweit das möglich war. Wenn Stefan Krieger sich jetzt um sie bemühte, würde er ständig mit einem Geist konkurrieren müssen.

Sie erkannte die Tragik ihrer Lage und war sich trübe bewußt, daß ihre Einstellung ihre ewige Einsamkeit garantierte. Im Grunde ihres Herzens wollte sie lieben und geliebt werden, aber in ihrer Beziehung zu Stefan sah sie nichts als unerwiderte Leidenschaft auf seiner Seite, unerfüllte Hoffnungen auf der ihren.

Neben ihr murmelte Chris im Schlaf und seufzte dann.

Ich liebe dich, Schatz, dachte Laura. Ich liebe dich so sehr.

Ihr Sohn, das einzige Kind, das sie jemals haben würde, war jetzt und in absehbarer Zukunft der Mittelpunkt ihres Daseins, der Hauptgrund für ihr Weiterleben. Wenn ihm etwas zustieße, würde sie allen Sinn für die dunkle Komik des Lebens verlieren und diese Welt, auf der Tragödie und Komödie allüberall nebeneinander auftraten, würde für sie zu einem ausschließlich tragischen Ort werden: zu düster und traurig, um noch länger ertragen zu werden.

11

Drei Straßenblocks von der Kirche entfernt bog Erich Klietmann vom Palm Canyon Drive ab und parkte den weißen Toyota in einer Seitenstraße des Geschäftsviertels von Palm Springs. Auf den Gehsteigen herrschte dichtes Gedränge aus Kauflustigen, die einen Schaufensterbummel machten. Einige der jüngeren Frauen trugen Shorts und freizügige Tops, die Klietmann nicht nur empörend unsittlich, sondern geradezu schamlos erschienen, weil ihre Trägerinnen sich ungeniert in einem Aufzug zeigten, der in seiner Zeit undenkbar gewesen wäre. Die NSDAP würde solche Schamlosigkeiten in Zukunft mit eiserner Faust unterdrücken; nach ihrem Endsieg würde eine andere Welt mit strikt erzwungener Sittlichkeit entstehen, in der diese barfüßigen, BH-losen Frauen Haftstrafen und Umerziehungsmaßnahmen riskierten, wenn sie sich so zur Schau stellten. Während Klietmann beobachtete, wie Gesäßbacken sich unter hautengen Shorts bewegten, Brüste unbehindert unter dünnen T-Shirts auf und ab hüpften, litt er jedoch am meisten darunter, daß er jede dieser hübschen Frauen begehrte, auch dann, wenn es sich um Vertreterinnen minderwertiger Rassen handelte, die der Führer zur Ausrottung bestimmt hatte.

SS-Rottenführer Stein, der neben Klietmann stand, hatte einen Stadtplan von Palm Springs auseinandergefaltet, den der Erkundungstrupp, der die Frau und den Jungen aufgespürt hatte, ihnen aus der Zukunft mitgebracht hatte. »Wo schlagen wir zu?« fragte er.

Klietmann zog den Zettel, den Dr. Jüttner ihm im Hauptlabor gegeben hatte, aus der Innentasche seiner Jacke und las den Text laut vor: »Am Freitag, dem 27. Januar, um 11.20 Uhr wird die Frau etwa zehn Kilometer nördlich der Stadtgrenze von Palm Springs City auf der Staatsstraße 111 von einem Beamten der California Highway Patrol festgenommen. Sie fährt mit einen schwarzen Buick Riviera. Der Junge befindet sich in ihrer Begleitung und wird in Schutzhaft genommen. Auch Krieger scheint mit ihr unterwegs gewesen zu sein; er konnte offenbar flüchten, aber wir wissen nicht, wie ihm das gelungen ist.«

Stein hatte bereits eine Route festgelegt, die sie aus Palm Springs hinaus und auf die Staatsstraße 111 führen würde.

»Wir haben noch einunddreißig Minuten Zeit«, sagte Klietmann mit einem Blick auf die Borduhr.

»Das schaffen wir leicht«, versicherte Stein ihm. »In einer Viertelstunde sind wir da.«

»Wenn wir früher da sind«, fuhr Klietmann fort, »können wir Krieger erledigen, bevor er dem Polizeibeamten entkommt. Jedenfalls müssen wir an Ort und Stelle sein, bevor die Frau und der Junge festgenommen werden, denn aus dem Gefängnis sind sie weit schwieriger rauszuholen.« Er drehte sich nach Bracher und Hubatsch auf dem Rücksitz um. »Kapiert?«

Die beiden nickten, aber dann tippte SS-Unterscharführer Hubatsch sich auf die Brusttasche seines Anzugs und wollte wissen: »Herr Obersturmführer, was ist mit unseren Sonnenbrillen?«

»Was soll mit denen sein?« fragte Klietmann ungeduldig.

»Sollen wir sie jetzt aufsetzen? Passen wir uns der hiesigen Bevölkerung dadurch besser an? Ich habe die Menschen auf der Straße beobachtet, und obwohl viele von ihnen Sonnenbrillen tragen, gibt's auch viele, die keine haben.«

Klietmann betrachtete die Passanten, wobei er sich bemühte, sich nicht von spärlich bekleideten Frauen ablenken zu lassen, und stellte fest, daß Hubatsch recht hatte. Außerdem wurde ihm klar, daß kein einziger der Männer auf der Straße in dem von jungen Führungskräften angeblich so bevorzugten Power Look herumlief. Vielleicht saßen alle Jungmanager um diese Zeit in ihren Büros. Unabhängig von dem Grund für das Fehlen dunkler Anzüge und schwarzer Bally-Slipper im Straßenbild kam Klietmann sich auffällig vor, obwohl er und seine Männer in einem Auto saßen. Da viele Passanten Sonnenbrillen trugen, war es vielleicht besser, welche aufzusetzen, um wenigstens etwas mit einem Teil der Einheimischen gemeinsam zu haben.

Als der Obersturmführer seine Ray-Ban aufsetzte, folgten Bracher, Hubatsch und Stein seinem Beispiel.

»So, jetzt geht's los!« sagte Klietmann.

Aber bevor er die Handbremse lösen und den Gang einlegen konnte, klopfte jemand ans Fenster der Fahrertür. Ein uniformierter Polizeibeamter.

12

Laura spürte, daß ihr Leidensweg auf irgendeine Weise bald zu Ende sein würde. Sie würden mit ihrem Plan, das Institut zu zerstören, Erfolg haben oder dabei den Tod finden, und Laura war fast an dem Punkt angelangt, an dem sie, unabhängig davon, wie es ausginge, nur noch ein Ende des Schreckens herbeisehnte.

Am Mittwoch, den 25. Januar, war Stefans linke Schulter morgens noch etwas steif, aber er hatte keine akuten Schmerzen mehr. Die leichte Gefühllosigkeit von Hand und Arm hatte sich gegeben, was bedeutete, daß die Kugel keine Nerven verletzt hatte. Da er jeden Tag vorsichtig trainiert hatte, besaß sein linker Arm wieder mehr als die Hälfte seiner früheren Kraft – gerade genug, um ihn zuversichtlich sein zu lassen, daß er seinen Plan werde ausführen können. Aber Laura merkte ihm an, daß die bevorstehende Reise ihm Angst machte.

Er legte Kokoschkas Rückkehrgürtel an, den Laura in der Nacht, in der Stefan verletzt bei ihr erschienen war, aus ihrem Safe mitgenommen hatte. Seine Angst blieb unverkennbar, aber sobald er den Gürtel angelegt hatte, wurde sie von seiner eisernen Entschlossenheit überlagert.

Um 10 Uhr schluckten sie alle – auch Chris – in der Küche je zwei der Kapseln, die sie vor der Wirkung des tödlichen Nervengases Vexxon schützen würden. Sie spülten das Gegenmittel mit je einem Glas Hi-C Orangendrink hinunter.

Die drei Uzis, einer der Revolver Kaliber 38, die Colt Commander Mark IV mit Schalldämpfer und ein kleiner Nylonrucksack mit Büchern lagen bereits im Auto.

Die beiden Vexxon-Druckbehälter aus rostfreiem Stahl befanden sich noch im Kofferraum des Buicks. Nach der Lektüre einer der Informationsbroschüren in den blauen Plastikbeuteln an den Behältern hatte Stefan beschlossen, nur einen Kanister mitzunehmen. Vexxon war hauptsächlich für den Einsatz in geschlossenen Räumen entwickelt worden, es sollte den Gegner in Kasernen, Unterständen und Bunkern erledigen und war für die Anwendung im Freien weniger geeignet. Im Freien verflüchtigte sich das Gas zu sehr und zerfiel unter der Einwirkung von Sonnenlicht zu schnell, um außerhalb eines Radius von 200 Metern vom Abblaspunkt wirksam zu sein. Der Inhalt eines voll geöffneten Zylinders genügte jedoch, um ein Gebäude von 500 Ouadratmeter Grundfläche in wenigen Minuten zu kontaminieren, was für Stefans Zwecke völlig ausreichte.

Um 10.35 Uhr verließen sie die Villa des Ehepaars Gaines, stiegen in den Buick und fuhren los. Ihr Ziel war das Wüstengebiet an der Staatsstraße 111 nördlich von Palm Springs. Als Laura sich vergewisserte, daß Chris angeschnallt war, sagte der Junge: »Siehst du, wenn du jetzt ein Zeitreise-Auto hättest, könnten wir bequem ins Jahr 1944 zurückfahren.«

Schon vor einigen Tagen waren sie nachts in der Wüste unterwegs gewesen, um einen geeigneten Ort für Stefans Abreise zu suchen. Sie mußten die geographischen Koordinaten dieses Punktes genau ermitteln, um die Berechnungen durchführen zu können, die Stefan nach Beendigung seiner Arbeit im Jahre 1944 eine unauffällige Rückkehr ermöglichen würden.

Stefan wollte das Ventil des Vexxon-Zylinders öffnen, *bevor* er auf den Knopf des Rückkehrgürtels drückte, damit das Nervengas bereits austrat, wenn er durch das Tor ins Institut zurückkehrte und alle tötete, die sich an diesem Tag des Jahres 1944 im Hauptlabor des Instituts aufhielten. Das bedeutete jedoch, daß er schon am Ausgangspunkt seiner Reise eine bestimmte Menge des tödlichen Kampfstoffs freisetzen würde, was nur in einem unbesiedelten Gebiet gefahrlos möglich war. Die Straße vor dem zur Villa gehörenden Grundstück und die Nachbarhäuser hätten im Wirkungsbereich des Nervengases gelegen, und Stefan wollte nicht am Tod Unbeteiligter schuld sein.

Darüber hinaus hatte Laura weitere Bedenken geäußert: Obwohl das Gas angeblich nur 40 bis 60 Minuten giftig war, befürchtete sie, von seinen Rückständen könnten langfristig unbekannte toxische Wirkungen ausgehen. Sie hatte nicht die Absicht, auf Jasons und Thelmas Grundstück irgendwelche gefährlichen Stoffe zurückzulassen.

Der Tag war sonnig und klar.

Sie waren erst einige Straßenblocks weit gefahren und befanden sich am Beginn einer Senke zwischen riesigen Dattelpalmen, als Laura glaubte, in dem Himmelssegment, das ihr der Rückspiegel zeigte, einen seltsamen Lichtreflex beobachtet zu haben. Wie würden Blitze bei wolkenlosem blauen Himmel aussehen? Nicht so gleißend hell wie bei wolkenverhangenem Gewitterhimmel, denn sie würden mit der Helligkeit der Sonne konkurrieren müssen. Vermutlich würden sie der Erscheinung gleichen, die Laura gesehen zu haben glaubte: einem seltsamen Lichtreflex.

Sie bremste, aber der Buick hatte bereits den tiefsten Punkt der Senke erreicht, so daß im Rückspiegel nur noch die Straße zu sehen war. Sie glaubte, auch ein Grollen wie entfernten Donner gehört zu haben, aber sie war sich ihrer Sache wegen des lauten Brummens der Klimaanlage ihres Wagens nicht ganz sicher. Sie hielt rasch am Straßenrand und beugte sich vor, um die Belüftung abzustellen.

»Was ist los?« fragte Chris, als sie das Automatikgetriebe in Parkstellung brachte, ihre Tür aufstieß und aus dem Wagen sprang.

Auch Stefan öffnete seine hintere Tür und stieg aus. »Laura?«

Sie legte eine Hand über die Augen und suchte den beschränkt sichtbaren Himmel ab. »Hast du das gehört, Stefan?«

In der warmen, trockenen Wüstenluft verhallte langsam ein fernes Rumpeln.

»Könnte Düsenlärm gewesen sein«, meinte Stefan.

»Nein! Als ich zuletzt auf Düsenlärm getippt habe, sind *sie* gekommen!«

Das Licht des Himmels pulsierte ein letztes Mal. Sie sahen keinen richtigen Blitz, keine über den Himmel zuckende Lichtspur, sondern nur deren Reflex in den oberen Schichten der Atmosphäre: ein pulsierendes weißes Aufleuchten im Himmelsblau über ihnen.

»Sie sind da«, stellte Laura fest.

»Ja«, stimmte Stefan zu.

»Irgendwo auf der Fahrt zur Hundertelfer werden wir angehalten, vielleicht von einer Verkehrsstreife, oder wir haben einen Unfall, der von der Polizei aufgenommen wird … und dann tauchen *sie* auf. Stefan, wir müssen umkehren, ins Haus zurückfahren!«

»Das wäre zwecklos«, behauptete er.

Auch Chris war ausgestiegen. »Er hat recht, Mom. Was wir jetzt tun, hat keinen Einfluß mehr. Diese Zeitreisenden sind hergekommen, weil sie schon einen Blick in die Zukunft geworfen haben und genau wissen, wo sie uns finden werden – vielleicht in einer halben Stunde, vielleicht schon in zehn Minuten. Ob wir ins Haus zurückfahren oder weiterfahren, spielt keine Rolle; sie haben uns bereits irgendwo gesehen – möglicherweise sogar wieder im Haus. Wir können tun, was wir wollen – unsere Wege kreuzen sich auf jeden Fall!«

Schicksal.

»Scheiße!« sagte sie und versetzte dem Auto einen Tritt, der nichts nützte und sie nicht einmal erleichterte. »Ich *hasse* dieses verdammte Spiel. Wie soll man gegen gottverdammte Zeitreisende gewinnen? Das kommt mir vor wie Blackjack mit Gott als Bankhalter.«

Die Blitze waren erloschen.

»Eigentlich ist das ganze Leben eine Partie Blackjack mit Gott als Bankhalter, stimmt's?« fuhr Laura fort. »Schlimmer kann's also kaum werden. Steig ein, Chris, wir müssen weiter.«

Auf der Fahrt durch die westlichen Außenbezirke der Fremdenverkehrsstadt waren Lauras Nerven zum Zerreißen gespannt. Sie wußte, daß der Überfall ohne Vorwarnung erfolgen würde, dann, wenn sie ihn am wenigsten erwarteten, also war sie auf Gefahren von allen Seiten gefaßt.

Über den Palm Canyon Drive erreichten sie die Staatsstraße 111, ohne angehalten zu werden. Vor ihnen lagen 19 Kilometer einer hauptsächlich durch kahle Wüste führenden Strecke, bis die 111 auf die Interstate 10 stieß.

13

In der Hoffnung, eine Katastrophe verhindern zu können, kurbelte Oberführer Klietmann sein Fenster herunter und lächelte dem Polizeibeamten aus Palm Springs zu, der an die Scheibe geklopft hatte, um auf sich aufmerksam zu machen, und sich jetzt bückte und ihn prüfend anstarrte. »Was gibt's, Officer?«

»Haben Sie den roten Randstein nicht gesehen, als Sie hier geparkt haben?«

»Den roten Randstein?« wiederholte Klietmann lächelnd, während er sich fragte, wovon zum Teufel der Cop redete.

»Hören Sie, Sir«, fragte der Uniformierte in spielerisch neugierigem Tonfall, »wollen Sie etwa behaupten, Sie hätten den roten Randstein nicht gesehen?«

»Doch, Sir, natürlich habe ich ihn gesehen!«

»*Ihnen* hätte ich auch nicht zugetraut, daß Sie schwindeln«, sagte der Cop, als kenne er Klietmann und vertraue auf seinen guten Ruf, was den Obersturmführer verblüffte. »Okay, Sir, warum haben Sie dann hier geparkt, wenn Sie den roten Randstein gesehen haben?«

»Ah, ich verstehe«, murmelte Klietmann, »rote Randsteine bedeuten Parkverbot. Ja, natürlich.«

Der Uniformierte blinzelte ihm zu. Er betrachtete Stein, der auf dem Beifahrersitz saß, und konzentrierte sich dann auf Bracher und Hubatsch auf den Rücksitzen, denen er lächelnd zunickte.

Klietmann brauchte nicht erst zu seinen Leuten hinüberzusehen, um zu wissen, wie nervös sie waren. Die Luft im Wagen knisterte förmlich vor Spannung.

Der Polizeibeamte wandte sich erneut an Klietmann und erkundigte sich lächelnd: »Leute, ihr seid alle vier Geistliche, stimmt's?«

»Geistliche?« wiederholte Klietmann verständnislos.

»Ich kombiniere gern ein bißchen«, erklärte ihm der Cop. »Ich bin kein Sherlock Holmes, aber auf den Aufklebern an eurer Stoßstange steht ›I love Jesus‹ und ›Christ ist erstanden‹, und in Palm Springs findet ein Baptistenkongreß statt, und ihr tragt alle dunkle Anzüge.«

Deshalb hatte er zuvor angenommen, Klietmann werde garantiert nicht schwindeln: Er hielt sie für Baptistengeistliche.

»Sie haben recht«, bestätigte Klietmann sofort. »Wir sind zum Baptistenkongreß hier, Officer. Tut mir leid, daß wir im Parkverbot gestanden haben, aber bei mir zu Hause gibt's keine roten Randsteine. Wenn Sie mich jetzt ...«

»Woher kommen Sie denn?« wollte der Uniformierte wissen. Es war nicht mißtrauisch, sondern durchaus freundlich gemeint.

Klietmann wußte viel über die Vereinigten Staaten, aber nicht genug für ein Gespräch dieser Art, dessen Richtung er überhaupt nicht steuern konnte. Soviel er sich erinnerte, kamen die Baptisten aus dem Süden; da er nicht wußte, ob es sie auch im Norden, Osten oder Westen gab, versuchte er, sich an einen Staat im Süden zu erinnern. »Ich bin aus Georgia«, antwortete er, bevor ihm klarwurde, wie unwahrscheinlich diese Behauptung klingen mußte, wenn sie mit deutschem Akzent vorgebracht wurde.

Das Lächeln des Uniformierten wurde schwächer. Er sah an Klietmann vorbei zu Stein hinüber und fragte: »Und woher sind Sie, Sir?«

Stein folgte dem Beispiel seines Obersturmführers, aber sein Akzent war noch ausgeprägter, als er sagte: »Georgia.«

Und vom Rücksitz aus beteuerten Bracher und Hubatsch im Chor, bevor sie gefragt werden konnten: »Georgia, wir sind aus Georgia« – als wäre das ein Zauberwort, das den Polizeibeamten in Bann schlagen werde.

Der Cop lächelte jetzt nicht mehr. Statt dessen runzelte er die Stirn und forderte Klietmann auf: »Sir, steigen Sie bitte einen Augenblick aus?«

»Natürlich, Officer«, antwortete Klietmann und begann seine Tür zu öffnen. Dabei fiel ihm auf, daß der Uniformierte einige Schritte zurückgetreten war und seine Hand auf den Griff seines Dienstrevolvers gelegt hatte. »Aber wir müssen dringend zu einer Andacht und ...«

Auf dem Rücksitz öffnete Hubatsch die Schlösser seines Aktenkoffers und riß die Uzi so schnell heraus, daß es jedem Leibwächter des amerikanischen Präsidenten zur Ehre gereicht hätte. Er kurbelte sein Fenster nicht erst herunter, sondern drückte die Mündung der Waffe an die Scheibe und eröffnete das Feuer auf den Cop, bevor der seinen Revolver ziehen konnte. Die Scheibe zerplatzte im Kugelhagel. Der von mindestens 20 Kugeln durchsiebte Polizist kippte rückwärts auf die Fahrbahn. Reifen quietschten, als ein Fahrer mit aller Kraft bremste, um den Erschossenen nicht zu überrollen, und auf der gegenüberliegenden Straßenseite zersplitterten Schaufenster, als verirrte Geschosse den Laden eines Herrenausstatters trafen.

Geistesgegenwärtig und mit kühler Gelassenheit, die Klietmann stolz darauf machte, der SS anzugehören, war Bracher aus dem

Toyota gesprungen und beschrieb jetzt mit hämmernder Uzi einen weiten Bogen, um das Chaos zu vergrößern und ihnen die Flucht zu erleichtern. Überall zersplitterten Schaufensterscheiben; nicht nur die von Boutiquen in der Seitenstraße, in der sie parkten, sondern sogar noch am Palm Canyon Drive jenseits der Kreuzung. Menschen kreischten, warfen sich auf den Gehsteigen zu Boden oder suchten in Hauseingängen Deckung. Klietmann sah, wie vorbeifahrende Autos auf dem Palm Canyon Drive getroffen wurden; anscheinend hatte es auch einige Fahrer erwischt, die aber vielleicht auch nur in Panik geraten waren und deshalb die Kontrolle über ihre Wagen verloren. Ein beiger Mercedes streifte die Flanke eines Lieferwagens, und ein schnittiger roter Sportwagen geriet auf den Gehsteig, schleuderte gegen den Stamm einer Palme und bohrte sich dann in die Auslage einer Geschenkboutique.

Klietmann knallte seine Tür zu und löste die Handbremse. Sobald er hörte, daß Bracher wieder eingestiegen war, legte er den Gang ein und gab Gas. Nach einer Linkskurve schoß der weiße Toyota in Richtung Norden auf den Palm Canyon Drive hinaus. Klietmann merkte sofort, daß er sich auf einer Einbahnstraße befand, die er in falscher Richtung befuhr. Er wich entgegenkommenden Fahrzeugen fluchend aus. Der Toyota schwankte wild, weil er schlechte Stoßdämpfer hatte, und das aufspringende Handschuhfach entleerte seinen Inhalt auf Steins Schoß. An der nächsten Kreuzung bog Klietmann rechts ab. Einen Straßenblock weiter überfuhr er eine rote Ampel, verfehlte mehrere Passanten auf dem Zebrastreifen nur knapp und bog nach links auf eine weitere breite Straße ab, auf der nach Norden gefahren werden durfte.

»Uns bleiben nur noch einundzwanzig Minuten«, stellte Stein fest, indem er auf die Borduhr deutete.

»Sagen Sie mir lieber, wohin ich fahren soll«, verlangte Klietmann. »Ich hab' mich total verfahren.«

»Nein, das haben Sie nicht«, widersprach Stein und wischte den Inhalt des Handschuhfachs – Autopapiere, Reserveschlüssel, Papierservietten, ein Paar weiße Handschuhe und ein halbes Dutzend Portionspackungen Ketch-up und Senf – von dem Stadtplan, der noch immer auf seinen Knien lag. »Sie haben sich nicht verfahren. Diese Straße führt dorthin, wo der Palm Canyon Drive aufhört, Einbahnstraße zu sein. Von dort aus fahren wir geradeaus nach Norden weiter bis zur Staatsstraße hundertelf.«

14

Ungefähr zehn Kilometer nördlich von Palm Springs, wo weit und breit nichts als kahle Wüstenlandschaft zu sehen war, lenkte Laura den Wagen aufs Bankett. Sie ließ ihn einige hundert Meter langsam weiterrollen, bis sie an eine Stelle kam, wo das Bankett auf gleicher Höhe in die Wüste überging, so daß von ihm wie von einer Rampe in die Ebene hinausgefahren werden konnte. Außer einigen Gräsern, die hier in trockenen Klumpen wuchsen, und verkrüppelten Mesquitebüschen bestand die Vegetation lediglich aus Tumbleweeds: teils grün und noch verwurzelt, teils trocken und bei jedem Windstoß davonkollernd. Die noch grünen Tumbleweeds kratzten leise gegen die Unterseite des Buicks, während die vertrockneten im Fahrtwind des Wagens davonflogen.

Der Boden bestand aus hartem Schiefergrund, auf dem sich an einigen Stellen vom Wind herangetragener alkalischer Sand angesammelt hatte. Wie schon neulich, als sie nachts in der Wüste unterwegs gewesen waren, mied Laura die sandigen Stellen und hielt sich auf dem freiliegenden graurosa Schiefer. Sie hielt erst 300 Meter von der Staatsstraße entfernt, so daß die vielbefahrene Straße außerhalb des Vexxon-Wirkungsbereichs lag. Dort parkte sie nicht weit von einem Arroyo – einem sechs Meter breiten und fast zehn Meter tiefen natürlichen Wassergraben, den viele Tausende von Sturzfluten während der kurzen Regenzeiten in den Wüstenboden gefressen hatten. Als sie bei ihrem nächtlichen Ausflug in dieses Gebiet darauf angewiesen gewesen waren, sich im Scheinwerferlicht vorwärtszutasten, hatten sie Glück gehabt, daß sie nicht in diesen riesigen Graben gefahren waren.

Obwohl den Blitzen aus heiterem Himmel bisher noch keine bewaffneten Männer gefolgt waren, drängte die Zeit ganz offensichtlich: Laura, Chris und Stefan bewegten sich, als hörten sie das Ticken einer Uhr, die demnächst eine Detonation auslösen würde. Während Laura einen der fast 15 Kilogramm schweren Vexxon-Zylinder aus dem Kofferraum des Buicks holte, schlüpfte Stefan mit den Armen unter die Träger des kleinen grünen Nylonrucksacks voller Bücher, zog den Brustgurt zurecht und drückte die Klettverschlüsse zusammen. Chris trug eine der Uzis zum Mittelpunkt einer fast kreisrunden Fläche, deren Untergrund aus völlig kahlem Schiefer bestand und die als Absprungpunkt für Stefans

Reise in die Vergangenheit dienen sollte. Laura folgte dem Jungen dorthin, und Stefan, der seine Colt Commander mit Schalldämpfer in der rechten Hand hielt, schloß sich ihr an.

Auf der Staatsstraße 111 nördlich von Palm Springs fuhr Klietmann mit dem Toyota so schnell wie möglich, was nicht schnell genug war. Der Wagen hatte über 40000 Meilen auf dem Buckel, und die alte Dame war bestimmt nie über 80 Stundenkilometer gefahren, so daß der Wagen nicht gut auf Klietmanns Anforderungen reagierte. Sobald er über 100 Stundenkilometer zu fahren versuchte, begann der Toyota zu stottern, so daß er wieder etwas Gas wegnehmen mußte.

Trotzdem holten sie nur wenige Kilometer nach der Stadtgrenze von Palm Springs einen Streifenwagen der California Highway Patrol ein, und Klietmann wußte, daß dies der Polizeibeamte sein mußte, der Laura Shane und ihren Sohn überprüfen und festnehmen würde. Der Cop fuhr in einer 90-km-Zone knapp unter 90 Stundenkilometer.

»Abschießen«, befahl Klietmann über die Schulter hinweg Rottenführer Bracher, der hinten rechts saß.

Klietmann warf einen Blick in den Rückspiegel und sah keine anderen Fahrzeuge hinter ihnen; dem Gegenverkehr standen zwei nach Süden führende Fahrspuren zur Verfügung. Er wechselte auf die Überholspur und begann, mit 95 Stundenkilometern an dem Streifenwagen vorbeizufahren.

Hinten kurbelte Bracher sein Fenster herunter. Die Scheibe gegenüber fehlte bereits, weil Hubatsch sie bei der Konfrontation mit dem Cop in Palm Springs herausgeschossen hatte, so daß der Fahrtwind jetzt durch den rückwärtigen Teil des Toyota pfiff und der Stadtplan auf Steins Knien auf und nieder flatterte.

Der Beamte der Verkehrspolizei sah überrascht zu ihnen herüber, vermutlich weil Autofahrer nur selten wagten, einen Polizeibeamten zu überholen, der schon fast die erlaubte Höchstgeschwindigkeit fuhr. Als Klietmann das Gaspedal durchtrat und den Toyota auf 100 Stundenkilometer brachte, schwankte der Wagen, und der Motor begann wieder zu stottern. Der Polizeibeamte nahm zur Kenntnis, daß dieser Fahrer entschlossen war, die Höchstgeschwindigkeit zu überschreiten, und tippte kurz seine Sirene an, was offenbar als Zeichen für Klietmann gedacht war, zurückzubleiben und rechts heranzufahren.

Statt dessen brachte der Obersturmführer den protestierenden Toyota auf 105 Stundenkilometer: eine Geschwindigkeit, bei der dieser auseinanderzufallen drohte und die gerade ausreichte, um den verblüfften Beamten so weit zu überholen, daß Brachers Fenster auf gleicher Höhe mit dem Fahrerfenster des Streifenwagens war. Der Rottenführer riß seine Uzi hoch und eröffnete das Feuer.

Die Fenster des Streifenwagens zersplitterten, der Uniformierte war augenblicklich tot, mußte tot sein. Er hatte den Feuerüberfall nicht kommen sehen und war bestimmt von mehreren Kugeln in Kopf und Oberkörper getroffen worden. Der Streifenwagen geriet ins Schleudern, streifte den Toyota, ehe Klietmann ausweichen konnte, und geriet dann steuerlos aufs Bankett.

Klietmann bremste und blieb hinter dem außer Kontrolle geratenen Streifenwagen zurück.

Die vierspurige Staatsstraße verlief hier etwa drei Meter über der Wüste, und der Streifenwagen schoß über den nicht durch Leitplanken gesicherten Seitenstreifen hinaus. Er machte einen weiten Satz und knallte dann mit solcher Wucht auf, daß bestimmt einige seiner Reifen platzten. Die beiden vorderen Türen flogen auf.

Während Klietmann langsam auf der rechten Spur weiterfuhr, berichtete Stein: »Er ist über dem Lenkrad zusammengesackt. Von dem haben wir nichts mehr zu befürchten.«

Entgegenkommende Autofahrer hatten den spektakulären Flug des Streifenwagens beobachtet. Sie hielten auf dem Bankett ihrer Seite der Staatsstraße 111. Im Rückspiegel sah Klietmann sie aussteigen: barmherzige Samariter, die über die Fahrbahn hasteten, um dem Beamten zu Hilfe zu kommen. Falls irgend jemand erkannte, weshalb der Streifenwagen verunglückt war, verzichtete er darauf, sie zu verfolgen und zu stellen – was nur klug war.

Er gab wieder Gas, warf einen Blick auf den Tachometer und sagte: »Fünf Kilometer von hier hätte der Polizist die Frau und den Jungen festgenommen. Achtet also auf einen schwarzen Buick. Fünf Kilometer von hier.«

Laura stand in der hellen Wüstensonne auf dem vom Wind freigelegten Schiefergrund in der Nähe des Buick und beobachtete, wie Stefan sich die Uzi über die rechte Schulter hängte. Die Maschinenpistole hing frei herab, ohne seinen Bücherrucksack zu streifen.

»Ich frage mich allerdings, ob ich sie überhaupt mitnehmen soll«, sagte er. »Wenn das Nervengas wie erwartet wirkt, brauche ich wahrscheinlich nicht einmal die Pistole – und erst recht keine Maschinenpistole.«

»Nimm sie trotzdem mit«, riet Laura ihm mit grimmiger Miene.

Stefan nickte. »Du hast recht. Wer weiß, wozu sie gut ist.«

»Schade, daß du nicht auch ein paar Handgranaten hast«, sagte Chris. »Handgranaten wären gut.«

»Na, so arg wird's doch hoffentlich nicht werden«, meinte Stefan.

Er entsicherte seine Pistole und hielt sie in der rechten Hand. Dann packte er mit der Linken den an einen Feuerlöscher erinnernden Tragegriff des Vexxon-Behälters und hob ihn prüfend hoch, um zu sehen, wie seine kaum verheilte Schulter diese Belastung ertragen würde. »Schmerzt ein bißchen«, sagte er dabei. »Ziehende Schmerzen. Aber sie sind auszuhalten.«

Sie hatten den mit einer Plombe versehenen Sicherheitsdraht entfernt, so daß Stefan das Ventil manuell betätigen konnte. Jetzt schob er seinen Zeigefinger durch den Abzug, mit dem das Gas freigesetzt wurde.

Sobald Stefan seine Arbeit im Jahre 1944 erledigt haben würde, wollte er endgültig ins Jahr 1989 zurückkehren – nur wenige Minuten nach seinem Verschwinden. »Ich bin gleich wieder da«, versicherte er den Zurückbleibenden. »Ihr werdet kaum merken, daß ich fortgewesen bin.«

Laura überfiel plötzlich die Angst, er werde nie mehr zurückkehren. Sie berührte sein Gesicht mit einer Hand und küßte ihn auf die Wange. »Alles Gute, Stefan.«

Das war kein Kuß einer Liebenden, er enthielt nicht einmal das Versprechen zukünftiger Leidenschaft; es war lediglich der freundschaftliche Kuß einer Frau, die ihm ewige Dankbarkeit schuldete, ohne ihm zugleich ihr Herz zu schenken. Seinem Blick war anzumerken, daß er sich dieser Tatsache bewußt war. Trotz seines gelegentlich aufblitzenden Humors war Stefan im Grunde seines Herzens schwermütig, und Laura wünschte sich, sie könnte ihn glücklich machen. Sie bedauerte, nicht wenigstens so tun zu können, als empfinde sie mehr für ihn; sie wußte jedoch, daß er diese Vorspiegelung falscher Tatsachen durchschaut haben würde.

»Ich wünsche mir, daß du zurückkommst«, sagte sie. »Wirklich! Ich wünsche es mir sehr.«

»Das genügt mir.« Er nickte Chris zu. »Paß gut auf deine Mutter auf, solange ich fort bin.«

»Ich werd's versuchen«, versprach Chris ihm. »Aber sie kann selber am besten auf sich aufpassen.«

Laura zog Chris an sich.

Stefan hob den 15 Kilogramm schweren Vexxon-Zylinder höher und betätigte das Ventil.

Während das unter hohem Druck stehende Gas mit einem Zischen wie von einem Dutzend Schlangen auszuströmen begann, wurde Laura von kurzer Panik erfaßt. Sie fürchtete, daß die eingenommenen Kapseln sie doch nicht vor dem Nervengas schützen würden – daß sie zusammenbrechen, sich in Muskelkrämpfen auf dem Erdboden winden und binnen 30 Sekunden sterben würden. Vexxon war farblos, aber nicht geruch- oder geschmacklos; selbst hier im Freien, wo es sich rasch verflüchtigte, roch sie den süßlichen Aprikosenduft und verspürte einen beißenden, Übelkeit erregenden Geschmack wie eine Mischung aus Zitronensaft und angesäuerter Milch. Trotz dieser Sinneswahrnehmungen waren jedoch keine schädlichen Wirkungen festzustellen.

Ohne die Pistole wegzustecken, griff Stefan mit der rechten Hand unter sein Hemd und drückte dreimal auf den gelben Knopf des Rückkehrgürtels.

Stein entdeckte den schwarzen Wagen, der einige hundert Meter östlich der Staatsstraße auf weißem Sand und hellem Schiefergrund stand, als erster. Er machte die anderen darauf aufmerksam.

Aus dieser Entfernung konnte Obersturmführer Klietmann die Automarke natürlich nicht erkennen, aber er war sicher, daß dies der gesuchte Wagen war. In seiner Nähe standen drei Personen beisammen; sie waren in dieser Entfernung kaum mehr als Strichmännchen und schienen in der Wüstensonne wie Luftspiegelungen zu flimmern, aber Klietmann sah immerhin, daß es sich um zwei Erwachsene und ein Kind handelte.

Plötzlich verschwand einer der Erwachsenen. Das war keine durch Wüstenluft und -sonne bewirkte Illusion. Die flimmernde Gestalt erschien nicht sofort wieder. Sie blieb verschwunden und Klietmann wußte, daß das Stefan Krieger gewesen war.

»Er ist zurückgekehrt!« rief Bracher erstaunt aus.

»Warum sollte er zurückkehren«, fragte Stein, »wenn das ganze Institut darauf versessen ist, ihn zu erledigen?«

»Noch schlimmer«, sagte Hubatsch hinter dem Obersturmführer. »Er ist einige Tage vor uns ins Jahr 1989 gekommen, und wenn er jetzt zurückkehrt, bedeutet das, daß sein Gürtel ihn an den Tag zurückbringt, an dem er von Kokoschka angeschossen worden ist – nur elf Minuten nach der Schießerei im Hauptlabor. Trotzdem wissen wir, daß er an diesem Tag nicht zurückgekehrt ist ... Was geht hier vor, verdammt noch mal?«

Auch Klietmann machte sich Sorgen, aber er hatte keine Zeit, darüber nachzudenken. Er hatte den Auftrag, die Frau und ihren Sohn zu liquidieren, wenn Krieger ihnen schon entwischt war. »Haltet euch bereit«, wies er seine Männer deshalb an und fuhr langsamer, um eine Stelle zu suchen, an der er von der Straße ins Gelände wechseln konnte.

Hubatsch und Bracher hielten ihre Uzis seit Palm Springs schußbereit auf den Knien. Jetzt holte auch Stein die Waffe aus seinem Aktenkoffer.

Beiderseits der Straße stieg das Gelände jetzt fast auf Fahrbahnniveau an. Klietmann bremste den Toyota ab, lenkte über den Seitenstreifen, holperte in die Wüste hinaus und hielt auf die Frau und den Jungen zu.

Sobald Stefan den Rückkehrgürtel aktivierte, wurde die Luft drückend schwer, und Laura hatte das Gefühl, ein unsichtbares Riesengewicht laste auf ihr. Sie verzog das Gesicht, als der mit Ozongeruch vermischte Gestank nach durchgeschmorten Kabeln und verbrannter Isolierung den Aprikosenduft von Vexxon überlagerte. Der Luftdruck nahm zu, das Farbenkaleidoskop wurde intensiver, und Stefan verließ ihre Welt mit einem lauten *Plop!* Einen Augenblick lang schien die Luft zum Atmen zu fehlen; dann füllte böig einströmende heiße Luft mit dem schwach wahrnehmbaren Alkaligeruch der Wüste dieses kurzzeitige Vakuum auf.

»Wow!« rief Chris aus, der dicht neben ihr stand und ihre Hand umklammerte. »Klasse, Mom, was?«

Laura gab keine Antwort, denn sie war auf ein weißes Auto aufmerksam geworden, das die Staatsstraße 111 verlassen hatte und in die Wüste hinausfuhr. Es kam auf sie zu und begann heftig zu schwanken, als der Fahrer Gas gab.

»Chris, geh hinter dem Kühler in Deckung! Bleib unten!«

Er sah das näherkommende Auto und gehorchte, ohne Fragen zu stellen.

Sie rannte zur offenen Tür des Buick und riß eine der Maschinenpistolen vom Sitz. Dann trat sie mit schußbereiter Waffe ans Heck, blieb neben dem offenen Kofferraum stehen und sah dem herankommenden Wagen entgegen.

Das Auto war keine 200 Meter mehr entfernt und kam rasch näher. Sonnenlicht ließ die Chromteile blitzen und spiegelte sich in der Windschutzscheibe.

Laura spielte kurz mit dem Gedanken, die Insassen dieses Wagens könnten keine deutschen Agenten aus dem Jahre 1944, sondern harmlose Unbeteiligte sein. Diese Möglichkeit war jedoch so unwahrscheinlich, daß sie sich nicht von ihr behindern lassen durfte.

Das Schicksal bemüht sich, ursprünglich vorgesehene Entwicklungslinien durchzusetzen.

Nein. Verdammt noch mal, nein!

Als das weiße Auto auf etwa 70 Meter herangekommen war, jagte Laura ihm zwei kurze Feuerstöße aus der Uzi entgegen. Mehrere Kugeln durchschlugen die Windschutzscheibe, die sofort milchigweiß wurde.

Der Wagen – sie sah jetzt, daß es ein Toyota war – geriet ins Schleudern, drehte sich einmal um sich selbst, wobei er Wolken von Staub aufwirbelte, und entwurzelte einige grüne Tumbleweeds. Er drehte sich noch etwas weiter und kam rund 50 Meter von Laura entfernt so zum Stehen, daß er ihr seine Flanke zukehrte. Die Türen auf der anderen Seite wurden aufgestoßen, und Laura wußte, daß die Insassen dort, wo sie nicht gesehen werden konnten, fluchtartig den Wagen verließen und dahinter in Deckung blieben. Sie eröffnete wieder das Feuer – nicht, um vielleicht die Männer durch den Toyota hindurch zu treffen, sondern um den Benzintank zu durchlöchern. Wenn sie Glück hatte, erzeugte eine das Karosserieblech durchschlagende Kugel Funken, die das auslaufende Benzin in Brand setzten, so daß einer oder alle der hinter dem Auto in Deckung Liegenden von einem Feuerball erfaßt wurden. Aber sie schoß das Magazin der Uzi leer, ohne das Benzin in Brand setzen zu können, obwohl sie den Tank bestimmt getroffen hatte.

Laura ließ die Maschinenpistole fallen, riß die hintere Tür des Buicks auf und griff nach der zweiten Uzi mit vollem Magazin. Ohne den weißen Toyota länger als ein bis zwei Sekunden aus den Augen zu lassen, holte sie auch ihre geladenen Chief's Spezial Kaliber 39 vom Vordersitz. Dabei wünschte sie sich, Stefan hätte die dritte Maschinenpistole doch dagelassen.

Aus seiner Deckung hinter dem 50 Schritt entfernten Toyota erwiderte jetzt einer der Männer das Feuer mit einer automatischen Waffe, womit alle Zweifel in bezug auf ihre Identität beseitigt waren. Während Laura hinter dem Buick kauerte, durchschlugen Kugeln den offenen Kofferraumdeckel, ließen die Heckscheibe zersplittern, durchlöcherten die hinteren Kotflügel, prallten als Querschläger von der Stoßstange ab, bohrten sich mit scharfem Knacken in den Schiefergrund und wirbelten kleine weiße Sandwolken auf.

Sie hörte einen Feuerstoß dicht über ihren Kopf hinweggehen – ein tödliches, nicht einmal sehr lautes, aber sehr hohes Pfeifen –, setzte sich rückwärts kriechend den Buick entlang in Bewegung, blieb möglichst dicht neben dem Wagen und bemühte sich, ein möglichst kleines Ziel abzugeben. Sekunden später erreichte sie Chris, der vorn am Kühlergrill kauerte.

Der Schütze hinter dem Toyota stellte das Feuer ein.

»Mom?« fragte Chris ängstlich.

»Alles in Ordnung«, versicherte sie ihm und bemühte sich, selbst daran zu glauben. »Stefan kommt in weniger als fünf Minuten zurück, Schatz. Er hat eine weitere Uzi und dann sind wir weniger unterlegen. Uns passiert nichts. Wir brauchen sie nur ein paar Minuten abzuwehren. Bloß ein paar Minuten.«

15

Kokoschkas Gürtel brachte Stefan augenblicklich ins Hauptlabor des Instituts zurück, wo er mit weit geöffnetem Vexxon-Behälter in dem Stahlzylinder erschien. Er hielt den Tragegriff und das Ventil so krampfhaft umklammert, daß seine Hand weh tat, und die Schmerzen begannen bereits den Arm hinauf bis zu seiner verletzten Schulter auszustrahlen.

Aus dem Halbdunkel des Zylinderinneren konnte er nur einen kleinen Teil des Labors überblicken. Er sah zwei Männer in dunklen Anzügen am anderen Ende des Zylinders stehen und hineinstarren. Sie schienen Gestapobeamte zu sein – diese Schweine sahen alle aus, als wären sie von derselben kleinen Gruppe perverser Fanatiker geklont worden –, und Stefan war erleichtert, weil er wußte, daß sie ihn weniger deutlich sahen, als er sie; sie würden ihn zumindest im Augenblick für Kokoschka halten.

Er trat mit dem laut zischenden Vexxon-Behälter in der linken und seiner Pistole in der rechten Hand auf sie zu, und bevor die Männer im Labor merkten, daß irgend etwas nicht in Ordnung war, begann das Nervengas zu wirken. Sie brachen zusammen, und als Stefan aus dem erhöht postierten Stahlzylinder stieg, wanden sie sich bereits im Todeskampf. Sie hatten sich explosiv erbrechen müssen. Aus ihren Nasen rann Blut. Einer von ihnen lag auf der Seite, strampelte mit den Beinen und krallte nach seiner Kehle; der andere war fetal zusammengerollt und zerkratzte sich mit zu Klauen verkrümmten Fingern das Gesicht. Drei weitere Männer in Laborkitteln – Stefan kannte ihre Namen: Höppner, Eicke und Schmauser – waren in der Nähe des Programmierpults zusammengebrochen. Auch sie krallten wie tollwütig in ihre Hälse. Alle fünf versuchten zu schreien, aber ihre Kehlen waren augenblicklich zugeschwollen; sie brachten nur schwache, gräßlich mitleiderregende Laute ähnlich dem Wimmern gequälter kleiner Tiere heraus. Stefan stand körperlich unversehrt, aber zutiefst entsetzt und erschrocken unter ihnen, bis sie nach einer Dreiviertelminute endlich tot waren.

Der Einsatz von Vexxon gegen diese Männer war ein Akt grausamer ausgleichender Gerechtigkeit, denn das Forschungsvorhaben, das im Jahre 1936 zur synthetischen Herstellung des ersten Nervengases – eines als Tabun bezeichneten organischen Phosporesters – geführt hatte, war von den Nazis finanziert worden. Praktisch alle später entwickelten Kampfstoffe, auch Vexxon, deren tödliche Wirkung auf der Störung der Übertragung elektrischer Nervenimpulse beruhte, basierten auf dieser chemischen Verbindung. Diese Männer waren im Jahre 1944 von einer futuristischen Waffe getötet worden, die im Grunde genommen aus ihrer eigenen grausamen, unmenschlichen Gesellschaft hervorgegangen war.

Trotzdem empfand Stefan beim Anblick der fünf Leichen keine

innere Befriedigung. Er war in seinem Leben Augenzeuge so vieler Tode geworden, daß selbst die Liquidierung Schuldiger zum Schutze Unschuldiger, selbst Morde im Dienste der Gerechtigkeit ihn anwiderten. Aber nun konnte er tun, was er zu tun hatte.

Er legte seine Pistole auf einen der Arbeitstische. Dann ließ er die Uzi von seiner Schulter gleiten und legte sie daneben.

Aus einer Tasche seiner Jeans zog er ein Stück Draht, das er um das Ventil des Vexxon-Zylinders wickelte, um es offenzuhalten. Er trat in den Erdgeschoßflügel hinaus und stellte den Behälter mitten in diesen Korridor. Durch Treppenhäuser, Aufzugschächte und Lüftungsrohre würde das Gas sich in wenigen Minuten durch das ganze Gebäude ausbreiten.

Zu seiner Überraschung sah er, daß auf dem Korridor nur die Nachtbeleuchtung brannte und die übrigen Labors im Erdgeschoß menschenleer zu sein schienen. Während das Gas weiter ausströmte, trat er ans Programmierpult im Hauptlabor, um festzustellen, wann Kokoschkas Gürtel ihn zurückgebracht hatte. Es war 21.11 Uhr am 16. März 1944.

Ein ungewöhnlich glücklicher Zufall. Stefan hatte damit gerechnet, zu einem Zeitpunkt ins Institut zurückzukommen, an dem die meisten Wissenschaftler – von denen einige schon um 6 Uhr zur Arbeit kamen, andere oft bis 20 Uhr blieben – anwesend sein würden. Das hätte bedeutet, daß in dem dreistöckigen Gebäude bis zu 1000 Menschen getötet worden wären, bei deren Auffindung man ohne jeden Zweifel gewußt hätte, daß nur Stefan Krieger, der mit Kokoschkas Gürtel aus der Zukunft zurückgekehrt war, für ihren Tod verantwortlich sein könnte, und nicht bloß zurückgekommen war, um möglichst viele Institutsangestellte zu ermorden, sondern etwas anderes im Schilde führte. Man hätte eine großangelegte Aktion gestartet, um seine Pläne aufzudecken und den angerichteten Schaden wiedergutzumachen. Wenn aber das Gebäude tatsächlich fast leer war, konnte er die wenigen Leichen vielleicht auf eine Art und Weise beseitigen, die seine Anwesenheit nicht verriet und allen Verdacht auf diese Toten lenkte.

Nach fünf Minuten war der Vexxon-Behälter leer. Das Gas hatte sich im gesamten Institut ausgebreitet – mit Ausnahme der Wachräume an den beiden Eingängen, in die nicht einmal Lüftungsschächte aus dem Hauptgebäude führten. Auf der Suche nach weiteren Opfern ging Stefan von Raum zu Raum und von Stockwerk zu Stockwerk. Die einzigen weiteren Toten, die er entdeckte, waren die Versuchstiere im Keller – die ersten Zeitreisenden –, und ihr mitleiderregender Anblick berührte ihn ebenso oder noch mehr wie die Leichen der fünf Gastoten.

Stefan kehrte ins Hauptlabor zurück, holte aus einem weißlackierten Schrank fünf der Spezialgürtel und schnallte sie den Toten über der Kleidung um. Er programmierte die Zeitmaschine rasch darauf, die Leichen etwa sechs Milliarden Jahre weit in die Zukunft zu befördern. Er hatte irgendwo gelesen, daß die Sonne in sechs Milliarden Jahren erloschen oder als Nova aufgeflammt sein würde, und wollte die Toten dorthin schicken, wo niemand sie fand oder gar ihre Gürtel benützte, um ins Institut zurückzukehren.

Der Umgang mit den Toten in dem nächtlich stillen Gebäude war eine unheimliche Sache. Stefan erstarrte mehrmals, weil ihm vorkam, er habe leise Geräusche gehört. Zwischendurch machte er sich sogar wiederholt auf die Suche nach der Ursache vermeintlicher Geräusche, ohne jedoch etwas zu finden. Einmal starrte er einen der Toten an, weil er davon überzeugt war, die Leiche habe sich aufzurichten begonnen, und das leise Scharren, das er vernahm, sei eine kalte Hand, die nach einem Maschinenteil tastete, um sich daran hochzuziehen.

Stefan hievte die Gastoten einzeln in den Stahlzylinder, schob sie vor sich her bis zum Übergangspunkt und stieß sie über die Grenze des Energiefelds. Die Leichen fielen durchs unsichtbare Tor der Zeit und verschwanden. Sie würden an einem unvorstellbar fernen Zeitpunkt auftauchen – auf einer vereisten, längst nicht mehr belebten Erde oder in jenem Vakuum des Weltalls, wo dieser Planet einst existiert hatte, bevor seine Sonne explodiert war.

Er achtete sorgfältig darauf, die durch den Übergangspunkt führende imaginäre Grenze nicht zu überschreiten. Wäre er plötzlich sechs Milliarden Jahre weit ins Vakuum des Weltalls transportiert worden, wäre er tot gewesen, bevor er eine Chance gehabt hätte, auf den Knopf seines Gürtels zu drücken und ins Institut zurückzukehren.

Bis Stefan die fünf Leichen abtransportiert und sämtliche Spuren ihres gewaltsamen Todes beseitigt hatte, war er total erschöpft. Zum Glück hinterließ das Nervengas keine sichtbaren Spuren, so daß keine Notwendigkeit bestand, etwaige Reste zu beseitigen. Die verletzte Schulter schmerzte so stark wie in den Tagen unmittelbar nach seiner Verletzung.

Zumindest hatte er seine Spuren verwischt. Am nächsten Morgen würde es so aussehen, als wären Kokoschka, Höppner, Eicke, Schmauser und die beiden Gestapobeamten von der Niederlage des Dritten Reichs überzeugt, in eine Zukunft desertiert, von der sie sich Frieden und Wohlstand versprachen.

Dann fielen Stefan die verendeten Tiere im Keller des Instituts ein. Falls er sie in ihren Käfigen ließ, würden sie zur Feststellung der Todesursache untersucht werden – und die Ergebnisse konnten Zweifel an der Theorie wecken, Kokoschka und die anderen seien durchs Tor in die Zukunft desertiert. Der Hauptverdächtige wäre dann automatisch wieder Stefan Krieger gewesen. Am besten ließ er die Tiere ebenfalls verschwinden. Das würde den Ermittlern Rätsel aufgeben, aber nicht unmittelbar auf die Wahrheit hinweisen, wie es der Zustand der Tierkadaver getan hätte.

Der heiße, pochende Schmerz in seiner Schulter wurde heißer, während Stefan frischgewaschene Laborkittel als Leichentücher benützte, jeweils mehrere Tiere zusammenlegte und sie mit Strikken verschnürte. Dann schnallte er auch um diese Pakete Gürtel und schickte sie sechs Milliarden Jahre weit in die Zukunft. Zuletzt holte er den leeren Nervengasbehälter aus dem Korridor und schickte in ebenfalls hinterher.

Dann war er endlich soweit, daß er die beiden entscheidend wichtigen Reisen unternehmen konnte, die hoffentlich zur völligen Zerstörung des Instituts und der sicheren militärischen Niederlage des Dritten Reichs führen würden. Stefan trat ans Programmierpult und zog einen zusammengefalteten Zettel aus der Hüfttasche seiner Jeans; dieser Zettel enthielt die Ergebnisse der tagelangen Berechnungen, die Stefan und Laura in Palm Springs mit dem IBM PC angestellt hatten.

Wäre er imstande gewesen, aus dem Jahre 1989 mit genügend Sprengstoff zurückzukehren, um das Institut in einen rauchenden Trümmerhaufen zu verwandeln, hätte er die Sache gleich hier und jetzt erledigt. Aber außer dem schweren Vexxon-Zylinder, der Uzi und seiner Pistole hätte er jedoch höchstens 20 bis 25 Kilogramm Plastiksprengstoff mitnehmen können – bei weitem nicht genug für diesen Zweck. Seine im Keller und auf dem Dachboden des Instituts angebrachten Sprengladungen hatte Kokoschka vor einigen

Tagen – nach hiesiger Zeit gerechnet – entschärft und ausgebaut. Stefan hätte mit ein paar Benzinkanistern aus dem Jahre 1989 zurückkommen und versuchen können, das Gebäude niederzubrennen; die wichtigsten Forschungsunterlagen wurden jedoch in feuerfesten Panzerschränken aufbewahrt, für die er keine Schlüssel hatte und die nur durch eine vernichtende Detonation aufgesprengt und in Brand gesetzt werden konnten.

Er konnte das Institut nicht mehr allein zerstören.

Aber er wußte, wer ihm dabei helfen konnte.

Stefan gab die mit Hilfe des Computers errechneten Zahlen ein und programmierte damit eine Zeitreise, die ihn vom Abend des 16. März 1944 dreieinhalb Tage weit in die Zukunft führen würde. Geographisch würde er auf britischem Boden in der Mitte des ausgedehnten Bunkersystems unter den Ministerien ankommen, die bei Storey's Gate an den St. James' Park angrenzten. Während der deutschen Luftangriffe auf London waren dort bombensichere Wohn- und Arbeitsräume für den Premierminister und seinen Stab errichtet worden, und der Lagerraum befand sich noch immer dort. Genau gesagt: Stefan hoffte, um 7.30 Uhr in einem bestimmten Konferenzraum einzutreffen. Das war eine Zeitreise von solcher Präzision, daß sie ohne Benützung der im Jahre 1989 verfügbaren Computer zur Berechnung der Raum-Zeit-Koordination undenkbar gewesen wäre.

Diesmal ohne Waffen, aber mit seinem Bücherrucksack auf dem Rücken, betrat er den Stahlzylinder, ließ den Übergangspunkt hinter sich zurück und erschien in einer Ecke eines Konferenzraums mit niedriger Decke, dessen Einrichtung aus einem runden Tisch mit zwölf Stühlen bestand. Im Augenblick waren zehn der Stühle leer. In dem Raum hielten sich nur zwei Männer auf. Der erste war ein Sekretär in britischer Armeeuniform, der mit Stenoblock und Bleistift ein wichtiges Diktat aufnahm. Der zweite Mann war Winston Churchill.

16

Hinter dem Toyota kauernd, überlegte Klietmann, daß sie im Kostüm von Zirkusclowns auch nicht unpassender für diesen Einsatz hätten angezogen sein können. Die sie umgebende Wüste bestand hauptsächlich aus weißen, beigen, blaßrosa und aprikosenfarbenen Tönen mit spärlicher Vegetation und nur wenigen Deckung bietenden Felsformationen. Wenn sie in ihren dunklen Anzügen auszuschwärmen versuchten, um die Frau einzukreisen, waren sie so sichtbar wie Mistkäfer auf einer Hochzeitstorte.

Hubatsch, der von der Motorhaube aus den Buick mit kurzen Feuerstößen bestrichen hatte, duckte sich wieder. »Sie ist nach vorn zu dem Jungen verschwunden«, meldete er. »Nicht mehr zu sehen.«

»Die Polizei dürfte bald aufkreuzen«, meinte Bracher und blickte zuerst nach Westen, wo die Staatsstraße 111 lag, und dann nach Südwesten, wo sie etwa fünf Kilometer von hier den Polizeibeamten erschossen und den Streifenwagen von der Straße abgedrängt hatten.

»Zieht eure Jacken aus!« befahl Klietmann und schlüpfte aus seiner eigenen. »Weiße Hemden sind unauffälliger. Bracher, Sie bleiben hier und verhindern, daß die Hexe sich in Richtung Straße zurückzieht. Hubatsch und Stein, Sie versuchen, sie rechts zu umgehen. Bleiben Sie weit auseinander und verlassen Sie ihre Deckung erst, wenn Sie die nächste ausgemacht haben. Ich versuche, sie links zu umgehen.«

»Legen wir sie um, ohne zu fragen, was Krieger vorhat?« erkundigte Bracher sich.

»Ja«, antwortete Klietmann sofort. »Sie ist zu schwer bewaffnet, als daß wir sie lebend fangen können. Außerdem gehe ich jede Wette ein, daß Krieger in ein paar Minuten zu den beiden zurückkommt, und wir werden leichter mit ihm fertig, wenn wir die Frau bis dahin schon erledigt haben. Los jetzt!«

Hubatsch und Stein verließen in Abständen von wenigen Sekunden ihre Deckung hinter dem Toyota und rannten geduckt nach Südosten davon.

Obersturmführer Klietmann machte sich mit seiner Maschinenpistole in der Rechten auf den Weg nach Norden und spurtete tief geduckt auf die unzulängliche Deckung zu, die ein ausgedehntes Mesquitegebüsch, in dem sich einige Tumbleweeds verfangen hatte, zu bieten schien.

Laura richtete sich etwas auf und schaute gerade noch rechtzeitig am vorderen Kotflügel des Buick vorbei, um zwei Männer in weißen Hemden und schwarzen Hosen beobachten zu können, die hinter dem Toyota hervorkamen und, offenbar in der Absicht, sie zu umgehen, nach Südosten davonrannten. Sie stand auf und schickte einen kurzen Feuerstoß hinter dem ersten Mann her, der auf einige aus dem Sand ragende Felszacken zusteuerte, hinter denen er sich unverletzt in Sicherheit brachte.

Als die Uzi loshämmerte, warf der zweite Mann sich in einer flachen Mulde zu Boden und blieb dort teilweise sichtbar. Wegen des ungünstigen Schußwinkels und der verhältnismäßig großen Entfernung bildete er jedoch ein schlechtes Ziel, und sie hatte nicht die Absicht, weitere Munition zu vergeuden.

Noch während Laura den zweiten Mann in Deckung gehen sah, eröffnete ein dritter Schütze, der sich hinter dem Toyota versteckt hielt, überraschend das Feuer. Kugeln schlugen in den Buick ein, verfehlten sie nur knapp und zwangen sie dazu, sich wieder hinzuwerfen.

Stefan würde in spätestens drei bis vier Minuten zurücksein. Das war nicht lange, durchaus nicht lange, aber eine Ewigkeit.

Chris saß mit dem Rücken an die Stoßstange des Buick gelehnt da, hatte die Knie bis zur Brust hochgezogen, umklammerte sie mit den Armen und zitterte sichtbar.

»Wir schaffen's, Kleiner!« versicherte Laura ihm.

Er starrte sie nur wortlos an. In all den Krisensituationen der letzten Wochen hatte sie ihn noch nie so entmutigt erlebt. Er war blaß, sein Gesicht verfallen. Er hatte plötzlich erkannt, daß ihr ganzes Versteckenspielen nur für ihn ein Spiel gewesen war und in der Realität *nichts* so einfach lief wie im Film, und diese erschreckende Einsicht hatte in ihm tiefe Resignation ausgelöst.

»Wir schaffen's«, wiederholte sie und kroch dann rasch an Chris vorbei zum linken Kotflügel, um die Wüste nördlich von ihnen zu beobachten.

Laura fürchtete, weitere Männer könnten versuchen, sie dort zu umgehen. Das durfte sie unter keinen Umständen zulassen, weil dann der Buick als Deckung wertlos gewesen wäre: Dann hätten Chris und sie nur noch in die Wüste fliehen können, wo sie nach spätestens 50 Metern niedergeschossen worden wären. Der Buick war die einzig brauchbare Deckung in weitem Umkreis. Sie mußte dafür sorgen, daß er zwischen ihnen und den Männern blieb.

An ihrer Nordflanke war niemand zu sehen. In dieser Richtung war das Gelände stärker gegliedert, wies Felszacken, niedrige Dünen und bestimmt auch Mulden auf, in denen vielleicht schon jetzt ein weiterer Angreifer Deckung gefunden hatte. Aber dort bewegten sich nur drei trockene Tumbleweeds; der leichte, ungleichmäßige Wind trieb sie langsam, auf wechselnden Bahnen vor sich her.

Sie kroch an Chris vorbei auf die andere Seite zurück und kam gerade noch rechtzeitig, um zu sehen, daß die beiden Männer im Süden bereits wieder unterwegs waren. Sie waren noch etwa 35 Meter südlich von ihr, aber nur noch 20 Meter von der Kühlerfront des Buick entfernt – und kamen erschreckend schnell näher. Während der vordere Mann tief geduckt im Zickzack lief, war der andere kühner; vielleicht verließ er sich darauf, daß Laura sich auf seinen Vordermann konzentrieren würde.

Laura reagierte jedoch unerwartet: Sie stand auf, beugte sich so weit wie nötig über den Buick hinaus, benützte den Wagen trotzdem noch als Deckung und gab einen zwei Sekunden langen Feuerstoß ab. Der Bewaffnete hinter dem Toyota schoß wieder, um seinen Kameraden Feuerschutz zu geben, aber ihre MP-Garbe war zielsicher genug, um den zweiten Laufenden von den Beinen zu holen und in eine stachelige Manzanita zu werfen.

Der Getroffene war nicht tot, aber offenbar außer Gefecht. Seine Schreie waren so schrill und markerschütternd, daß kaum ein Zweifel bestand, daß er sterben würde.

Als Laura sich wieder in Deckung fallen ließ, merkte sie zu ihrer Überraschung, daß sie grimmig lächelte. Das Entsetzen und die Schmerzen, die aus den Schreien des Verletzten sprachen, verschafften ihr tiefe Befriedigung. Ihre Reaktion, die Gewalt ihres Blut- und Rachedursts verblüffte sie, aber sie unterdrückte sie nicht, denn sie spürte, daß sie besser und gerissener kämpfen würde, solange diese animalische Wut anhielt.

Einer war erledigt. Vielleicht waren nur noch zwei übrig.

Und Stefan würde bald zurückkehren. Er hatte die Zeitmaschine so programmiert, daß sie ihn unabhängig davon, wie lange er sich in der Vergangenheit aufhalten mußte, wenige Minuten nach seiner Abreise zurückbringen würde. In spätestens zwei bis drei Minuten war er wieder hier und würde auf ihrer Seite in den Kampf eingreifen.

17

Der Premierminister schaute zufällig in Stefans Richtung, als dieser sich materialisierte, der Uniformierte aber, ein Sergeant, bemerkte ihn nur wegen der elektrischen Entladungen, die seine Ankunft begleiteten. Tausende von blendendhellen Schlangen aus bläulichweißem Licht strahlten von Stefan aus, als erzeuge sein Körper sie. Die sonst üblichen Blitze und der Donner aus heiterem Himmel waren in diesen Bunkerräumen nicht wahrnehmbar, aber ein Teil der freigesetzten Energie war auch hier unten in Form elektrischer Entladungen sichtbar, die den Uniformierten erstaunt und erschrocken aufspringen ließen. Die zischenden Schlangen aus Elektrizität glitten über den Boden und die Wände hinauf, sammelten sich für kurze Zeit unter der Decke und lösten sich dann auf, ohne jemandem geschadet zu haben. Beschädigt war lediglich eine riesige Wandkarte von Europa, die jetzt an einigen Stellen versengt war.

»Wachen!« rief der Sergeant. Er selbst war unbewaffnet – aber er wußte offenbar, daß sein Ruf gehört werden und zu rascher Reaktion führen würde, denn er wiederholte ihn nur einmal und machte keine Anstalten, zur Tür zu laufen. »Wachen!«

»Bitte, Mr. Churchill«, sagte Stefan, ohne den Sergeanten zu beachten. »Ich bin nicht hier, um Ihnen etwas anzutun.«

Die Tür wurde aufgestoßen, und zwei britische Soldaten – einer mit einem Revolver, der andere mit einem Sturmgewehr bewaffnet – stürzten herein.

Stefan sprach hastig weiter, weil er fürchtete, erschossen zu werden. »Bitte, Sir, die Zukunft der Welt hängt davon ab, daß Sie mich ausreden lassen!«

Der Premierminister war während dieses Aufruhrs ruhig in seinem Lehnstuhl sitzengeblieben. Stefan glaubte, im Blick des großen Mannes Überraschung und vielleicht sogar etwas wie Angst aufblitzen gesehen zu haben, aber er hätte nicht darauf wetten wollen. Jetzt wirkte Churchill so nachdenklich und unversöhnlich wie auf allen Photos, die Stefan von ihm kannte. »Augenblick!« sagte er und hob eine Hand, um die Wachen zurückzuhalten. Als der Sergeant zu protestieren begann, stellte der Premierminister fest: »Hätte er mich umbringen wollen, hätte er's gleich bei seiner Ankunft tun können.« Und zu Stefan sagte er: »Ein höchst wirkungsvoller Auftritt, Sir, eindrucksvoller als jeder, den wir im Old Vic von Olivier erlebt haben.«

Stefan mußte unwillkürlich grinsen. Er trat aus seiner Ecke, aber als er sich dem Tisch näherte, sah er die Wachen nervös werden, deshalb blieb er wieder stehen. »Sir, allein meine Ankunft muß Ihnen beweisen, daß ich kein gewöhnlicher Bote bin – und daß ich Ihnen … Ungewöhnliches mitzuteilen habe. Darüber hinaus sind meine Informationen streng geheim und eigentlich nur für Sie bestimmt.«

»Wenn Sie glauben, daß wir Sie mit dem PM alleinlassen«, sagte der Sergeant, »sind Sie … sind Sie verrückt!«

»Vielleicht ist er verrückt«, meinte Churchill, »aber er besitzt Flair. Das müssen Sie zugeben, Sergeant. Wenn die Wachen ihn durchsuchen und keine Waffen finden, bin ich bereit, mir anzuhören, was der Gentleman zu sagen hat.«

»Aber Sie kennen ihn doch gar nicht, Sir! Und Sie wissen nicht, *was* er ist. Wie er hier reingeplatzt ist …«

Der Premierminister unterbrach ihn. »Ich weiß, wie er angekommen ist, Sergeant. Und denken Sie bitte daran, daß nur Sie und ich davon wissen. Ich erwarte, daß Sie in bezug auf Ihre Beobachtungen ebenso verschwiegen sind, als ob es um andere Geheiminformationen ginge.«

Der Sergeant trat resigniert beiseite und starrte Stefan aufgebracht an, während die Wachen eine Leibesvisitation vornahmen.

Sie fanden keine Waffen, nur die Bücher im Rucksack und verschiedene Papiere in Stefans Taschen. Nachdem sie die Papiere zurückgegeben hatte, stapelten sie die Bücher in der Tischmitte auf, und Stefan stellte belustigt fest, daß ihnen nicht aufgefallen war, welche Bücher sie in Händen gehabt hatten.

Der Sergeant nahm Stenoblock und Bleistift mit und ging widerstrebend mit den Wachen hinaus, wie Churchill befohlen hatte. Nachdem die Tür sich hinter ihnen geschlossen hatte, bot der Premierminister Stefan mit einer knappen Handbewegung den freigewordenen Stuhl seines Sekretärs an. Sie saßen sich einen Augenblick schweigend gegenüber und musterten einander interessiert. Dann zeigte Churchill auf eine dampfende Kanne auf einem Tablett. »Tee?«

Zwanzig Minuten später, als Stefan erst etwa die Hälfte seiner stark gerafften Geschichte erzählt hatte, rief Churchill seinen Sekretär aus dem Korridor herein. »Wir haben noch einiges zu besprechen, Sergeant. Ich muß die Sitzung des Kriegskabinetts um eine Stunde verschieben, fürchte ich. Sorgen Sie dafür, daß alle benachrichtigt werden – mit der Bitte um Entschuldigung.«

Fünfundzwanzig Minuten *danach* war Stefan fertig.

Der Premierminister stellte ihm einige Zusatzfragen – erstaunlich wenige, aber durchdachte Fragen, die auf den Kern der Sache abzielten. »Für eine Zigarre ist's noch schrecklich früh, nehme ich an«, meinte er schließlich seufzend, »aber mir ist nach einer. Darf ich Ihnen auch eine anbieten?«

»Nein, danke, Sir.«

Während Churchill seine Zigarre rauchfertig machte, fragte er: »Welche Beweise haben Sie außer Ihrer spektakulären Ankunft – die eigentlich nur die Existenz einer revolutionären Fortbewegungsart beweist, die auf Zeitreisen basieren *könnte* –, um einen vernünftigen Menschen davon zu überzeugen, daß die Einzelheiten Ihrer Story wahr sind?«

Stefan hatte eine Testfrage dieser Art erwartet und war darauf vorbereitet. »Da ich in der Zukunft gewesen bin und Teile Ihrer Schilderung des Krieges gelesen habe, Sir, habe ich gewußt, daß Sie heute und zu diesem Zeitpunkt hier unten anzutreffen sein würden. Darüber hinaus habe ich gewußt, was Sie in der Stunde vor dem Zusammentreffen des Kriegskabinetts hier unten tun würden.«

Der Premierminister paffte seine Zigarre und zog die Augenbrauen hoch.

»Sie haben vorhin einen Funkspruch an General Alexander in Italien diktiert und Ihre Besorgnis über die Führung der Schlacht um die Stadt Cassino, die sich unter schweren Verlusten hinzieht, zum Ausdruck gebracht.«

Churchills Miene blieb undurchdringlich. Stefans Wissen mußte ihn verblüfft haben, aber er dachte nicht daran, ihn durch ein Nicken oder auch nur ein Zusammenkneifen der Augen zu ermutigen.

Stefan brauchte keine Ermutigung, denn er wußte, daß seine Behauptung stimmte. »Aus der Geschichte des Krieges, die Sie später schreiben werden, habe ich mir den Anfangssatz Ihres Funkspruchs an General Alexander gemerkt: ›Ich wollte, Sie würden mir erklären, weshalb dieser Abschnitt beim Klosterberg Cassino et cetera – alles auf einer Frontlänge von zwei oder drei Meilen – der einzige Ort ist, gegen den Sie immer wieder anrennen müssen.‹«

Der Premierminister zog erneut an seiner Zigarre, blies einen Rauchring und betrachtete Stefan prüfend. Ihre Stühle waren kaum einen Meter voneinander entfernt, und Stefan fand Churchills nachdenkliche Begutachtung entnervender, als er sich vorgestellt hatte.

»Und das wissen Sie aus etwas, was ich in Zukunft schreiben werde?« fragte der Premierminister schließlich.

Stefan stand auf, griff nach den sechs dicken Bänden, die die Wachen aus seinem Rucksack geholt hatten – eine Taschenbuchausgabe der Houghton Mifflin Company zu 9,95 Dollar pro Band – und breitete sie vor Winston Churchill auf dem Tisch aus. »Dies ist Ihre sechsbändige Geschichte des zweiten Weltkriegs, Sir, die als Standardwerk über diesen Krieg Bestand haben und als großes historisches *und* literarisches Werk anerkannt sein wird.« Er wollte hinzufügen, daß Churchill den Literaturnobelpreis des Jahres 1953 hauptsächlich wegen dieses Werks erhalten würde, aber dann verzichtete er doch auf diese Enthüllung. Ein Leben ohne große Überraschungen wie diese würde weit weniger spannend sein.

Der Premierminister begutachtete die Einbände aller sechs Bücher und gestattete sich ein Lächeln, während er den dreizeiligen Auszug aus der im *Times Literary Supplement* erschienenen Besprechung las. Dann blätterte er einen Band flüchtig durch, ohne sich jedoch die Zeit zu nehmen, darin zu lesen.

»Das sind keine raffinierten Fälschungen«, versicherte Stefan ihm. »Sie brauchen nur irgendeine Seite aufschlagen, um Ihren einzigartigen, unverwechselbaren Stil zu erkennen. Sie werden ...«

»Ich brauche sie nicht zu lesen. Ich glaube Ihnen, Stefan Krieger.« Er schob die Bücher weg und lehnte sich in seinen Stuhl zurück. »Und ich glaube zu wissen, was Sie von mir wollen. Ich soll einen Luftangriff auf Berlin befehlen, dessen einziges Ziel der Stadtbezirk ist, in dem Ihr Institut liegt.«

»Genau Sir! Es muß zerstört werden, bevor die dort arbeitenden Wissenschaftler die aus der Zukunft zurückgebrachten Informationen über Nuklearwaffen ausgewertet und sich auf ein Verfahren geeinigt haben, sie deutschen Atomforschern zugänglich zu machen – was in allernächster Zeit passieren könnte. Sir, Sie müssen handeln, bevor sie etwas aus der Zukunft holen, das den Krieg zu ihren Gunsten entscheiden könnte. Ich zeichne Ihnen die genaue Lage des Instituts auf. Schließlich haben amerikanische und britische Bomber seit Jahresbeginn Tag- und Nachtangriffe auf Berlin geflogen ...«

»Im Unterhaus hat's lautstarke Proteste gegen die Bombardierung von Städten gegeben«, stellte Churchill fest.

»Ja, aber Angriffe auf Berlin sind trotzdem möglich. Wegen des eng begrenzten Zielraums kommt natürlich nur ein Angriff bei Tag in Frage. Aber wenn es gelingt, diesen Straßenblock in Trümmer zu legen ...«

»Wir müssen mehrere Blocks im Umkreis des Ziels vernichten«, sagte der Premierminister. »Unsere Treffsicherheit ist nicht so hoch, daß wir gewissermaßen nur einen Block herausoperieren könnten.«

»Ja, ich verstehe. Aber Sie *müssen* diesen Angriff befehlen, Sir! Auf den Bezirk mit dem Institut müssen in den kommenden Tagen mehr Bomben fallen, als auf jedes andere Ziel auf dem europäischen Kriegsschauplatz fallen werden. Vom Institut darf kein Stein auf dem anderen bleiben!«

Churchill schwieg ein, zwei Minuten lang, beobachtete den aus seiner Zigarre aufsteigenden dünnen blauen Rauchfaden und dachte nach. »Darüber muß ich natürlich mit meinen Beratern sprechen«, sagte er schließlich, »aber ich glaube, daß wir mindestens zwei Tage für die Angriffsvorbereitungen brauchen. Also nicht vor dem Zweiundzwanzigsten, vielleicht sogar erst am Dreiundzwanzigsten.«

»Das müßte reichen«, bestätigte Stefan aufatmend. »Aber nicht später! Um Himmels willen, Sir, nicht später!«

18

Während die Frau am linken vorderen Kotflügel des Buick kauerte und die Wüste nördlich ihrer Position absuchte, beobachtete Klietmann sie aus seinem Versteck hinter mit Tumbleweeds verfilzten Mesquitebüschen. Sie sah ihn nicht. Sobald sie zum anderen Kotflügel hinüberkroch, sprang er auf und hastete tiefgeduckt zu der nächsten Deckung: einem vom Wind bizarr verformten Felsfinger, der schmäler war als sein Körper.

Der Obersturmführer verfluchte lautlos seine Bally-Slipper, deren Ledersohlen für diesen Einsatz viel zu glatt waren. Daß man die Angehörigen eines Mordkommandos wie Jungmanager – oder Baptistengeistliche – ausstaffiert hatte, erschien ihm jetzt närrisch. Wenigstens taugte die Ray-Ban-Sonnenbrille etwas. Das Sonnenlicht wurde von jedem Stein, von jeder schrägen Sandfläche gleißend hell zurückgeworfen; ohne die Sonnenbrille hätte er den Wüstenboden nicht so deutlich gesehen und wäre bestimmt mehr als einmal gestolpert und hingeknallt.

Als Klietmann sich eben wieder hinwerfen wollte, hörte er die Frau in die entgegengesetzte Richtung schießen. Das bewies, daß sie abgelenkt war – folglich rannte er weiter. Im nächsten Augenblick hörte er gellende Schreie, die kaum noch etwas Menschenähnliches an sich hatten: Es klang wie die Schreie eines Tieres, das bei lebendem Leib von einem Raubtier zerfleischt wurde.

Er warf sich erschrocken in eine lange schmale Felsmulde, in der ihn die Frau nicht sehen konnte, robbte bis ans Ende des felsigen Trogs und blieb dort schweratmend liegen. Als er langsam den Kopf hob, um über den Felsrand hinwegsehen zu können, stellte er fest, daß er sich etwa 15 Meter nördlich der hinteren Tür des Buicks befand. Gelang es ihm, noch ein paar Meter nach Osten voranzukommen, befand er sich genau hinter der Frau – in idealer Position, um sie zu erledigen.

Die Schreie wurden leiser, verstummten.

Da Laura vermutete, der vordere Mann südlich von ihr werde zunächst in Deckung bleiben, weil das Sterben seines Partners ein Schock für ihn sein mußte, kroch sie erneut zum anderen Kotflügel hinüber. »Zwei Minuten, Baby«, sagte sie, als sie an Chris vorbeikam. »Höchstens noch zwei Minuten.«

An die Kotflügelkante gepreßt im Sand kauernd beobachtete sie ihre Nordflanke. Die Wüste dort draußen schien nach wie vor unbelebt zu sein. Der leichte Wind hatte sich gelegt, so daß selbst die Tumbleweeds stillagen.

Wären die Angreifer nur zu dritt gewesen, hätten sie bestimmt keinen Mann beim Toyota zurückgelassen und zu zweit versucht, sie in *gleicher* Richtung zu umgehen. Wären sie nur zu dritt gewesen, hätten die zwei im Süden sich getrennt, damit einer von ihnen sie im Norden umgehen konnte. Das bedeutete, daß irgendwo zwischen Schiefer und Sand und Wüstenvegetation nordwestlich des Buick ein vierter Mann – vielleicht sogar ein fünfter – lauerte.

Aber wo?

19

Als Stefan dem Premierminister gedankt hatte und sich erhob, deutete Churchill auf die Bücher auf dem Tisch. »Vergessen Sie die lieber nicht«, sagte er. »Wenn Sie sie zurückließen – welche Versuchung, von mir selbst abzuschreiben!«

Churchill legte seine Zigarre in den Aschenbecher und stand ebenfalls auf. »Besäße ich diese Bücher jetzt, wie sie später erscheinen werden, wäre ich nicht damit zufrieden, sie ohne Überarbeitung erscheinen zu lassen. Ich würde bestimmt Dinge finden, die verbessert werden müßten, und die Jahre unmittelbar nach dem Krieg damit verbringen, endlos daran herumzupfuschen – nur um nach Fertigstellung und Erscheinen feststellen zu müssen, daß ich genau das rausgenommen oder geändert habe, was das Werk in der Zukunft zum Klassiker gemacht hat.«

Stefan lachte.

»Das ist mein Ernst«, versicherte Churchill ihm. »Sie haben mir erzählt, daß meine Geschichte das Standardwerk sein wird. Dieses Wissen genügt mir. Ich werde sie sozusagen schreiben, wie ich sie geschrieben habe, und nicht versuchen, mich selbst zu kommentieren.«

»Das ist vielleicht besser«, bestätigte Stefan.

Während Stefan die sechs Bücher in seinem Rucksack verstaute, stand Churchill mit auf den Rücken gelegten Händen neben ihm und wippte leicht auf Zehenspitzen. »Es gibt so vieles, was ich Sie über die Zukunft fragen möchte, die ich jetzt mitgestalten helfe. Dinge, die mich mehr interessieren als die Frage, ob ich erfolgreiche Bücher schreiben werde.«

»Ich muß wirklich fort, Sir, aber …«

»Ja, ich weiß«, sagte der Premierminister. »Ich will Sie nicht länger aufhalten. Aber eine Frage könnten Sie mir wenigstens noch beantworten … Hmm, lassen Sie mich nachdenken. Gut, wie geht's nach dem Krieg beispielsweise mit den Russen weiter?«

Stefan zögerte und zog erst den Reißverschluß seines Rucksacks zu, um Zeit zu gewinnen. »Tut mir leid, Sir, aber ich muß Ihnen mitteilen, daß die Sowjetunion weit mächtiger als Großbritannien und fast so mächtig wie die Vereinigten Staaten sein wird.«

Churchill wirkte erstmals überrascht. »Ihr verabscheuungswürdiges System wird tatsächlich zu wirtschaftlichem Erfolg, zu Wohlstand führen?«

»Nein, nein. Ihr System führt zu wirtschaftlichem Ruin – aber auch zu gewaltiger Militärmacht. Die Sowjets werden ihren gesamten Herrschaftsbereich rücksichtslos militarisieren und alle Andersdenkenden ausschalten. Nach Aussagen Sachkundiger machen ihre Konzentrationslager denen des Dritten Reiches Konkurrenz.«

Obwohl die Miene des Premierministers undurchdringlich blieb, konnte er die Besorgnis in seinem Blick nicht verbergen. »Aber sie sind doch jetzt unsere Verbündeten …«

»Ganz recht, Sir. Und ohne sie würde der Krieg gegen das Dritte Reich vielleicht nicht gewonnen werden.«

»Oh, er würde gewonnen werden«, meinte Churchill zuversichtlich, »nur eben langsamer.« Er seufzte. »Die Politik bringt seltsame Bettgenossen zusammen, noch seltsamere Gespanne aber entstehen durch die Sachzwänge eines Krieges.«

Stefan war abreisebereit.

Sie schüttelten sich die Hand.

»Ihr Institut wird restlos in Trümmer gelegt«, sagte der Premierminister noch. »Darauf gebe ich Ihnen mein Wort.«

»Das genügt mir völlig«, versicherte Stefan ihm.

Er griff unter sein Hemd und drückte dreimal auf den gelben Knopf, der den Rückholgürtel aktivierte.

Scheinbar im selben Augenblick fand er sich in Berlin im Institut wieder. Er verließ das zylinderförmige Tor und trat wieder ans Programmierpult. Die Uhr zeigte, daß genau elf Minuten vergangen waren, seitdem er von hier zu dem bombensicheren Bunker unter dem Londoner Pflaster abgereist war.

Seine Schulter tat noch immer weh, aber die Schmerzen waren nicht schlimmer geworden. Das unablässige Pochen ermüdete ihn jedoch so, daß er in den Programmiersessel sank, um sich kurz auszuruhen.

Danach programmierte Stefan das Tor mit den im Jahre 1989 von dem IBM-PC errechneten Zahlen für seine vorletzte Zeitreise. Diesmal würde er fünf Tage weit in die Zukunft reisen und am 21. März um 23 Uhr in einem anderen bombensicheren unterirdischen Bunker eintreffen – nicht in London, sondern hier in Berlin.

Sobald das Tor betriebsbereit war, betrat er den Stahlzylinder, ohne eine Waffe mitzunehmen. Auch Churchills sechsbändige Geschichte des Zweiten Weltkriegs blieb diesmal zurück.

Als er im Inneren des Stahlzylinders den Übergangspunkt passierte, drang das vertraute unangenehme Kribbeln von außen durch seine Haut ein, durchlief sein Fleisch und erreichte sein Knochenmark, um von dort aus augenblicklich wieder den umgekehrten Weg zu nehmen.

Der fensterlose unterirdische Raum, in dem Stefan ankam, wurde nur durch eine Lampe auf dem Schreibtisch in der Ecke und kurzzeitig durch die von ihm mitgebrachten elektrischen Entladungen erhellt. In diesem unheimlichen Lichtschein war Hitler deutlich zu erkennen.

20

Noch eine Minute.

Laura kauerte an den Buick gepreßt neben Chris. Ohne die Haltung zu verändern, blickte sie zuerst nach Süden, wo ein Mann in Deckung lag, wie sie genau wußte, dann nach Norden, wo vermutlich weitere Feinde lauerten.

Über die Wüste hatte sich eine übernatürliche Stille gelegt. Der windlose Tag besaß nicht mehr Atem als eine Leiche. Die Sonne hatte das ausgedörrte Land mit so viel Licht übergossen, daß es fast so hell war wie der Himmel: An den Rändern der Ebene unterschied der helle Himmel sich so wenig von der hellen Wüste, daß der Horizont praktisch verschwand. Obwohl die Temperatur lediglich etwas über 25^0 C betrug, schienen alle Gegenstände – jeder Fels und jede Pflanze und jeder Sandhügel – von der Hitze aneinandergeschweißt zu sein.

Noch eine Minute.

Bestimmt dauerte es nur noch eine Minute oder weniger, bis

Stefan aus dem Jahre 1944 zurückkehrte, und er würde ihnen irgendwie sehr helfen – nicht nur wegen seiner Uzi, sondern weil er ihr Beschützer war. Ihr *Beschützer*. Obwohl Laura jetzt wußte, woher er kam, und ihm keine übernatürlichen Fähigkeiten mehr zuschrieb, blieb er in ihren Augen in gewisser Beziehung eine überlebensgroße Gestalt, die imstande war, Wunder zu wirken.

Keine Bewegung im Süden.

Keine Bewegung im Norden.

»Sie kommen«, flüsterte Chris.

»Uns passiert nichts, Schatz«, sagte sie leise. Zugleich klopfte ihr Herz nicht nur vor Angst, sondern schmerzte im Gefühl eines Verlustes, als ahne sie auf irgendeiner Ebene ihres Unterbewußtseins, daß ihr Sohn – das einzige Kind, das sie je haben würde, das Kind, das eigentlich nie hatte existieren sollen – bereits tot war: nicht wegen ihres Versagens als seine Beschützerin, sondern weil das Schicksal sich nicht überlisten ließ. Nein. Verdammt noch mal, nein! Diesmal würde sie das Schicksal besiegen. Sie würde ihren Jungen festhalten. Sie würde ihn nicht verlieren, wie sie im Laufe der Jahre so viele geliebte Menschen verloren hatte. Er gehörte ihr – nicht dem Schicksal. Chris gehörte *ihr*. »Uns passiert nichts, Schatz.«

Nur noch eine halbe Minute.

Plötzlich sah sie im Süden eine Bewegung.

21

In Hitlers Arbeitszimmer im Berliner Führerbunker schlängelte die durch Stefans Zeitreise verdrängte Energie sich von seinem Körper ausgehend in hellen, zischenden Flammenzungen davon: in Hunderten von bläulichen Feuerschlangen, die wie in dem unterirdischen Londoner Konferenzraum über den Fußboden und die Wände hinauf züngelten. Dieses grelle, lautstarke Phänomen lockte jedoch keine Wachen aus anderen Bunkerräumen herbei, denn im Augenblick hatte Berlin einen weiteren angloamerikanischen Bombenangriff durchzustehen. Der Führerbunker erzitterte unter den Detonationen schwerer Bomben in der Stadt, und selbst in dieser Tiefe überdeckte das Donnern des Bombenangriffs die Geräusche, von denen Stefans Ankunft begleitet war.

Hitler drehte sich mit seinem Drehsessel nach Stefan um. Er ließ ebensowenig Überraschung erkennen wie Churchill; andererseits war er im Gegensatz zu dem britischen Premierminister natürlich über die Arbeit des Instituts informiert und begriff sofort, wie Stefan sich in seinem Arbeitszimmer materialisiert hatte. Außerdem kannte er Stefan als den Sohn eines seiner frühesten und treuesten Anhänger und als einen SS-Führer, der viele Jahre für die gemeinsame Sache gearbeitet hatte.

Obwohl Stefan nicht damit gerechnet hatte, Hitler werde überrascht sein, hatte er gehofft, diese Züge einmal angstverzerrt zu erleben. Falls der Führer die Gestapomeldungen über die neuesten Ereignisse im Institut gelesen hatte – was er bestimmt getan hatte –, wußte er, daß Stefan vorgeworfen wurde, Penlowski, Janusky und Wolkow vor sechs Tagen, am 15. März 1944, erschossen zu haben, bevor er selbst in die Zukunft geflüchtet war. Hitler glaubte vermutlich, Stefan habe auch diese Zeitreise unbefugt unternommen, bevor er die Wissenschaftler ermordet habe, und habe die Absicht, ihn nun ebenfalls zu erschießen. Trotzdem ließ er sich keine Angst anmerken: Er blieb sitzen, öffnete gelassen eine Schreibtischschublade und zog eine Luger hervor.

Noch während die letzten elektrischen Entladungen sich davonschlängelten, schlug Stefan die Hacken zusammen, hob den rechten Arm zum Deutschen Gruß und schmetterte markig: »Heil, mein Führer!« Um zu demonstrieren, daß er in friedlicher Absicht gekommen sei, ließ er sich auf ein Knie nieder, als kniee er vor einem Altar, und senkte den Kopf, so daß er ein leichtes, keinen Widerstand bildendes Ziel bildete. »Mein Führer, ich bin hergekommen, um meinen guten Namen reinzuwaschen und Sie vor Verrätern im Institut und unter den dorthin abkommandierten Gestapo-Beamten zu warnen.«

Der Diktator schwieg lange.

Die Druckwellen des nächtlichen Bombenangriffs pflanzten sich durch die Erde und die sechs Meter dicken Stahlbetonwände fort und füllten den Bunker unaufhörlich mit einem tiefen, bedrohlich klingenden Dröhnen. Bei jeder Detonation in Bunkernähe klapperten die drei Ölgemälde – nach der Eroberung Frankreichs aus dem Louvre nach Berlin entführt – an den Wänden, und aus dem großen Kupferkessel mit Bleistiften auf Hitlers Schreibtisch kam ein hohles, vibrierendes Geräusch.

»Stehen Sie auf, Stefan«, forderte Hitler ihn jetzt auf. »Nehmen Sie Platz.« Er deutete auf einen braunen Ledersessel, eines der nur fünf Mobelstücke in diesem beengten, fensterlosen Arbeitszimmer. Dann legte er die Luger auf seinen Schreibtisch – allerdings in bequemer Reichweite. »Ich hoffe nicht nur um Ihrer Ehre, sondern auch um der Ihres Vaters und der Schutzstaffel willen, daß Sie so unschuldig sind, wie Sie behaupten.«

Stefan sprach energisch, weil er wußte, daß Hitler dafür empfänglich war; zugleich sprach er jedoch auch mit gespielter Ehrfurcht, als glaube er tatsächlich, sich in Gegenwart eines Mannes zu befinden, der das wahre Wesen des deutschen Volkes in Vergangenheit, Gegenwart und Zukunft verkörperte. Noch besser als energisches Auftreten gefiel Hitler nämlich die kriegerische Ehrfurcht, die bestimmte Gefolgsleute ihm entgegenbrachten. Die Gratwanderung zwischen diesen beiden Extremen war schwierig, aber für Stefan war dies nicht das erste Gespräch mit dem Führer: Er hatte schon einige Übung darin, sich bei diesem Größenwahnsinnigen, dieser Viper in Menschengestalt einzuschmeicheln.

»Mein Führer, *ich* habe Wladimir Penlowski, Janusky und Wolkow nicht erschossen. Das ist Kokoschka gewesen. Er hat Hochverrat begangen. Ich habe ihn im Institutsarchiv ertappt, unmittelbar nachdem er Janusky und Wolkow ermordet hatte. Er hat auch auf mich geschossen.« Stefan legte seine Rechte aufs linke Schlüsselbein. »Wenn Sie wollen, kann ich Ihnen die Wunde zeigen. Angeschossen bin ich dann vor ihm ins Hauptlabor geflüchtet. Ich war verwirrt, weil ich nicht beurteilen konnte, wie viele Institutsangehörige in diese Verschwörung verwickelt waren. Und da ich nicht wußte, wen ich um Hilfe hätte bitten können, hat es für mich nur eine Rettungsmöglichkeit gegeben – ich bin durchs Tor in die Zukunft geflüchtet, bevor Kokoschka mich einholen und mir den Rest geben konnte.«

»Der Bericht von Hauptkommissar Kokoschka lautet ganz anders. Er behauptet darin, Sie angeschossen zu haben, als Sie durchs Tor flüchten wollten, nachdem Sie Penlowski und die anderen ermordet hatten.«

»Wäre ich dann hierher zurückgekehrt, mein Führer?« fragte Stefan. »Wäre ich ein Verräter, der mehr Vertrauen zur Zukunft hat als zu Ihnen, dann wäre ich bestimmt in der Zukunft geblieben.«

»Aber sind Sie dort denn sicher gewesen, Stefan?« erkundigte

Hitler sich verschlagen lächelnd. »Soviel ich weiß, sind in der Zukunft zwei Gestapo-Trupps und später ein SS-Kommando auf Sie angesetzt worden.«

Bei der Erwähnung des SS-Kommandos erschrak Stefan, denn das mußte die Gruppe sein, die weniger als eine Stunde vor seiner Abreise in Palm Springs eingetroffen war – die Gruppe, deren Ankunft die Blitze aus heiterem Himmel angekündigt hatten. Weil er der SS weit mehr Pflichtbewußtsein und mörderische Fähigkeiten zutraute als der Gestapo, machte er sich plötzlich Sorgen um Laura und den Jungen.

Darüber hinaus aber erkannte er, daß man Hitler verschwiegen hatte, daß eine Frau die Gestapo-Trupps zurückgeschlagen hatte: Hitler, der nicht wußte, daß Stefan im Koma gelegen hatte, mußte glauben, er habe sie allein abgewehrt. Das paßte zu dem, was er erzählen wollte, deshalb sagte er: »Jawohl, mein Führer, ich habe mich guten Gewissens gegen diese Männer zur Wehr gesetzt, denn ich wußte, daß sie alle Verräter waren, die mich zum Schweigen bringen wollten, damit ich nicht zurückkommen und Sie vor den im Institut tätigen Verschwörern warnen könnte. Kokoschka und fünf weitere Männer aus dem Institut sind seither verschwunden, nicht wahr? Sie haben kein Vertrauen zur Zukunft des Reichs gehabt, und da sie fürchten mußten, ihre Beteiligung an den Morden vom Fünfzehnten werde bald aufgedeckt werden, sind sie in die Zukunft geflohen, um sich in einer anderen Ära zu verstecken.«

Stefan machte eine Pause, um das bisher Gesagte einwirken zu lassen.

Während die Detonationen über ihnen abnahmen, als wäre der Bomberstrom versiegt, starrte Hitler seinen Besucher prüfend an. Sein Blick war ebenso direkt wie der Winston Churchills, aber aus ihm sprach nichts von der klaren, geradlinigen Einschätzung von Mann zu Mann. Statt dessen betrachtete Hitler Stefan aus der Perspektive des selbsternannten Gottes, eines bösartigen Gottes, der nicht seine Geschöpfe liebte, sondern nur deren Gehorsam.

»Gut, nehmen wir einmal an, es gäbe im Institut Verräter«, meinte Hitler schließlich. »Welche Absichten hätten sie?«

»Sie zu täuschen, mein Führer«, antwortete Stefan sofort. »In der Hoffnung, Sie dadurch zu militärischen Fehlentscheidungen provozieren zu können, legen sie Ihnen falsche Informationen aus der Zukunft vor. Sie haben Ihnen weiszumachen versucht, praktisch alle in den letzten eineinhalb Kriegsjahren von Ihnen getroffenen Entscheidungen würden sich als Fehler erweisen – aber das stimmt nicht! Nach dem jetzigen Stand der Dinge verlieren Sie den Krieg nur äußerst knapp. Schon geringfügige Abänderungen Ihrer Strategie könnten Ihnen den *Sieg* bringen!«

Hitler kniff die Augen zusammen, seine Miene verfinsterte sich – nicht aus Mißtrauen gegenüber Stefan, sondern weil er plötzlich allen im Institut mißtraute, die ihm verklausuliert mitgeteilt hatten, er werde in den kommenden Monaten fatale militärische Fehlentscheidungen treffen. Stefan ermutigte ihn, wieder an seine Unfehlbarkeit zu glauben, und der Verrückte war nur allzu gerne bereit, sich erneut auf sein vermeintliches Feldherrentalent zu verlassen.

»Mit geringfügigen Abänderungen meiner Strategie?« erkundigte Hitler sich. »Und woraus könnten diese bestehen?«

Stefan zählte rasch sechs Punkte auf, die seiner Meinung nach einige der wichtigsten zukünftigen Schlachten entscheiden würden; in Wahrheit aber würden gerade diese den Ausgang des Krieges nicht beeinflussen – die Schlachten, von denen er sprach, gehörten nicht zu den Entscheidungsschlachten der letzten Phase des Zweiten Weltkriegs.

Hitler, der jedoch hören wollte, daß er beinahe gesiegt hätte, statt der sichere Verlierer zu sein, akzeptierte Stefans Ratschläge jetzt als die reine Wahrheit, weil sie kühne taktische Entscheidungen voraussetzten, die sich nur wenig von denen unterschieden, die der Diktator selbst treffen würde. Jetzt stand er auf und ging erregt in dem kleinen Bunkerraum auf und ab. »Schon bei den ersten mir vom Institut vorgelegten Berichten habe ich geahnt, daß sie die Zukunft irgendwie nicht *richtig* darstellten. Ich fühlte, daß es nicht sein konnte, daß ich diesen Krieg so lange so brillant führte – um dann plötzlich einen Mißerfolg nach dem anderen zu ernten. Gewiß, wir stecken gegenwärtig in einer Krise, aber auch die geht vorüber. Die langerwartete Invasion der Anglo-Amerikaner wird fehlschlagen; wir werden sie ins Meer zurückwerfen.« Er sprach beinahe flüsternd, aber mit der aus seinen vielen öffentlichen Reden wohlvertrauten hypnotischen Leidenschaftlichkeit. »Nach diesem fehlgeschlagenen Frontalangriff werden sie den größten Teil ihrer Reserven verbraucht haben; sie werden auf breiter Front zurückweichen müssen und viele Monate lang zu keinem neuen Invasionsversuch imstande sein. Bis dahin bauen wir unsere

Herrschaft in Europa aus, schlagen die russischen Barbaren und sind dann stärker denn je zuvor!« Er blieb stehen, blinzelte, als wäre er aus einer selbst hervorgerufenen Trance erwacht, und fragte: »Ja, was ist mit der Invasion der Westalliierten? Mit ihrem D-Day, wie sie ihn nennen werden? Nach Berichten des Instituts sollen die Anglo-Amerikaner in der Normandie landen.«

»Lügen!« behauptete Stefan. Jetzt waren sie beide bei dem Thema, das der eigentliche Zweck seines Besuchs in dieser Märznacht im Führerbunker war. Aus dem Institut hatte Hitler erfahren, daß die Invasion in der Normandie stattfinden würde. In der vom Schicksal vorausbestimmten Zukunft würde Hitler die Absichten der Alliierten falsch einschätzen und anderswo Vorbereitungen zur Abwehr der Invasion treffen, so daß die Normandie ungenügend verteidigt wurde. Stefan mußte ihn ermutigen, auf dieser seiner Strategie zu beharren, als habe das Institut nie existiert. Hitler mußte, wie vom Schicksal vorgesehen, den Krieg verlieren, und Stefan hatte jetzt die Aufgabe, die Glaubwürdigkeit des Instituts zu untergraben und dadurch den Erfolg der alliierten Invasion in der Normandie sicherzustellen.

22

Klietmann hatte es geschafft, an dem Buick vorbei noch einige Meter nach Osten voranzukommen, wodurch er in den Rücken der Frau gelangt war. Er lag reglos hinter niedrigen Quarzzacken, die von hellblauen Adern durchzogen waren, und wartete darauf, daß Hubatsch sich im Süden von ihr zeigte. Sobald die Frau auf diese Weise abgelenkt war, würde Klietmann aufspringen und mit hämmernder Uzi auf sie losstürmen. Er würde sie durchsieben, bevor sie auch nur Zeit hatte, sich umzudrehen und einen Blick ins Gesicht ihres Mörders zu werfen.

Los, Scharführer, bleib nicht in Deckung wie ein feiger Judenlümmel! dachte Klietmann aufgebracht. Zeig dich, zieh ihr Feuer auf dich!

Sekunden später kam Hubatsch aus seiner Deckung, und die Frau sah ihn losrennen. Während sie sich auf ihn konzentrierte, sprang Klietmann hinter seinem blaugeäderten Quarzfelsen auf.

23

Im Führerbunker beugte Stefan sich im Ledersessel vor und wiederholte: »Lügen, nichts als Lügen, mein Führer. Dieser Versuch, Ihre strategischen Reserven in Richtung Normandie zu locken, ist der Kernpunkt des von den Verschwörern im Institut geschmiedeten Plans. So sollen Sie dazu veranlaßt werden, einen schweren Fehler zu machen, den Sie an sich nicht machen würden. Sie sollen sich auf die Normandie konzentrieren; in Wirklichkeit liegt das Invasionsgebiet jedoch bei ...«

»Calais!« warf Hitler ein.

»Ganz recht.«

»Ich habe schon immer vermutet, daß die Landung im Gebiet um Calais stattfinden wird. Sie werden den Ärmelkanal an der engsten Stelle überqueren wollen.«

»Sie haben recht, mein Führer«, bestätigte Stefan. »Allerdings kommt es am siebten Juni zu Landungen in der Normandie ...«

In Wirklichkeit würde die Invasion am 6. Juni beginnen, aber am Sechsten würde das Wetter so schlecht sein, daß das deutsche Oberkommando ein alliiertes Landungsunternehmen bei solchem Seegang für unmöglich halten würde.

»... aber das ist lediglich ein mit schwachen Kräften unternommenes Ablenkungsmanöver, um unsere besten Panzerdivisionen an die normannische Küste zu locken, während die eigentliche Invasionsfront fast gleichzeitig bei Calais eröffnet wird.«

Diese Informationen bestärkten den Diktator in seinen Vorurteilen und seinem Glauben an die eigene Unfehlbarkeit. Er ließ sich wieder in seinen Sessel fallen und schlug mit der Faust auf die Schreibtischplatte. »Ich hab's gewußt! Was *Sie* sagen, klingt richtig, Stefan. Aber ... mir sind Dokumente – aus der Zukunft zurückgebrachte Fotokopien der entsprechenden Seiten aus Geschichtswerken – vorgelegt worden, die ...«

»Fälschungen«, behauptete Stefan, wobei er sich darauf verließ, daß die Paranoia des anderen diese Lüge plausibel erscheinen lassen würde. »Anstatt Ihnen echte Dokumente vorzulegen, hat man eigens Fälschungen hergestellt, um Sie irrezuführen.«

Mit etwas Glück würde die von Churchill zugesagte Bombardierung des Instituts morgen stattfinden und zur Vernichtung der Zeitmaschine, aller zu einem Neubau befähigten Wissenschaftler und sämtlichen aus der Zukunft mitgebrachten Materials führen. Danach würde Hitler keine Möglichkeit mehr haben, den Wahrheitsgehalt von Stefans Behauptungen überprüfen zu lassen.

Hitler saß etwa eine Minute lang schweigend da, starrte die Luger auf seinem Schreibtisch an und dachte angestrengt nach. Über ihnen nahm der Luftangriff wieder an Intensität zu und ließ die Bilder an den Wänden und die Bleistifte in dem Kupferkessel klappern.

Stefan wartete ängstlich gespannt darauf, ob er Glauben finden würde.

»Wie sind Sie hierhergekommen?« wollte Hitler dann wissen. »Wie haben Sie das Tor jetzt noch benützen können? Soviel ich weiß, wird es streng bewacht, seitdem Kokoschka und die anderen fünf desertiert sind.«

»Ich bin nicht durchs Tor zu Ihnen gekommen«, antwortete Stefan. »Ich habe nur meinen Zeitreisegürtel benützt und bin geradewegs aus der Zukunft gekommen.«

Dies war die frechste seiner bisherigen Lügen, denn der Gürtel war keine Zeitmaschine, sondern lediglich ein Rückkehrgerät, das seinen Träger ins Institut zurückbrachte. Stefan vertraute darauf, daß Hitler zwar von der Zeitmaschine und ihrer Funktionsweise wußte, ihm aber vermutlich Detailkenntnisse fehlten. Vielleicht wußte er gar nicht, wie die Gürtel tatsächlich funktionierten.

Merkte Hitler jedoch, daß Stefan aus dem Institut gekommen war, dann würde ihm auch klarwerden, daß Kokoschka und die fünf anderen keine Deserteure waren. Damit brach das ganze Verschwörermärchen zusammen – und Stefan war ein toter Mann.

»Sie haben den Gürtel ohne die Maschine benützt?« fragte der Diktator stirnrunzelnd. »Ist das möglich?«

Stefans Kehle war vor Angst wie ausgedörrt, aber er sprach trotzdem überzeugend. »Ja, mein Führer, es ist ganz leicht, den Gürtel ... so einzustellen, daß er einen nicht ins Tor, sondern an einen beliebigen anderen Ort zurückbringt. Und wir können von Glück sagen, daß das der Fall ist, denn bei einer Rückkehr ins Institut wäre ich von den Juden, die bedauerlicherweise das Tor kontrollieren, am Herkommen gehindert worden.«

»Juden?« fragte Hitler verblüfft.

»Ja, mein Führer. Die Verschwörung innerhalb des Instituts ist meines Wissens nach das Werk jüdisch versippter Mitarbeiter, die es verstanden haben, ihre Abstammung zu verheimlichen.«

Die Miene des Geistesgestörten verhärteten sich in plötzlichem Zorn. »Juden! Immer das gleiche Problem! Jetzt auch im Institut.«

Als Stefan das hörte, wußte er, daß er gewonnen hatte und es ihm gelungen war, den Gang der Geschichte wieder in die rechte Bahn zu lenken.

Das Schicksal bemüht sich, ursprünglich vorgesehene Entwicklungslinien durchzusetzen.

24

»Chris, kriech lieber unter den Wagen«, forderte Laura ihn auf.

Noch während sie sprach, kam der Bewaffnete südwestlich von ihr mit einem Sprung aus seinem Versteck, sprintete auf sie und den Rand des Arrayos zu und suchte offenbar den spärlichen Schutz einer weiteren niedrigen Sanddüne.

Sie richtete sich blitzschnell auf, vertraute darauf, daß der Buick ihr Deckung vor dem Mann hinter dem Toyota bieten würde, und eröffnete das Feuer. Das erste Dutzend Geschosse ließ Sand und Gesteinssplitter hinter den Füßen des Rennenden aufspritzen, aber der nächste Feuerstoß erwischte ihn an den Beinen. Der Mann brach schreiend zusammen und wurde auch am Boden noch mehrmals getroffen. Er wälzte sich zur Seite, verlor den Halt und fiel über die Felskante des an dieser Stelle mindestens zehn Meter tiefen Arroyos.

Noch während der Bewaffnete in die Tiefe stürzte, hörte Laura MP-Feuer – nicht aus der Richtung des Toyotas, sondern irgendwo hinter ihr. Bevor sie sich herumwerfen und dieser neuen Gefahr begegnen konnte, wurde sie von einem Feuerstoß im Rücken getroffen, fiel nach vorn und blieb mit dem Gesicht nach unten auf dem harten Schiefergrund liegen.

25

»Juden!« wiederholte Hitler aufgebracht. Dann erkundigte er sich: »Was ist mit dieser Atomwaffe, die uns angeblich helfen soll, den Krieg zu gewinnen?«

»Eine weitere Lüge, mein Führer. Obwohl in der Zukunft immer wieder versucht werden wird, eine Waffe dieser Art zu entwickeln, wird es stets nur Mißerfolge geben. Die Sache ist ein Schwindel, den die Verschwörer ausgeheckt haben, um Forschungsmittel und -kapazitäten des Reichs durch ein sinnloses Projekt zu binden.«

Durch die Bunkerwände kam ein Rumpeln, als befänden sie sich nicht unter der Erde, sondern hoch in der Luft inmitten eines Gewitters.

Die schweren Bilderrahmen polterten gegen den Beton.

Die Bleistifte klapperten in ihrem Kupferkessel.

Hitler erwiderte Stefans Blick und starrte ihn lange prüfend an. »Wären Sie mir nicht treu ergeben«, meinte er dann, »hätten Sie einfach bewaffnet herkommen und mich im Augenblick Ihrer Ankunft erschießen können.«

Tatsächlich hatte Stefan mit diesem Gedanken gespielt, denn nur die Ermordung Adolf Hitlers hätte einige der Flecken von seiner eigenen Seele tilgen können. Aber es wäre eine egoistische Tat gewesen, denn mit dem Mord an Hitler hätte er den Gang der Geschichte radikal verändert und die ihm bekannte Zukunft extrem gefährdet. Er durfte nicht vergessen, daß seine Zukunft zugleich auch Lauras Vergangenheit war; falls er die vom Schicksal vorausbestimmten Entwicklungslinien durch seine Einmischung stark veränderte, konnte es geschehen, daß es der Welt im allgemeinen und Laura im besonderen viel schlechter ging. Wenn er Hitler hier ermordete, konnte es sein, daß er bei seiner Rückkehr ins Jahr 1989 eine drastisch veränderte Welt vorfand, in der es Laura nicht gab, nie gegeben hatte.

Er hätte diese Schlange in Menschengestalt am liebsten beseitigt, aber er konnte die Verantwortung für die daraus entstehende Welt nicht tragen. Sein gesunder Menschenverstand sagte ihm, daß sie ohne Hitler eigentlich nur besser werden könne; andererseits wußte er, daß die Begriffe ›Schicksal‹ und ›gesunder Menschenverstand‹ einander ausschlossen.

»Richtig, mein Führer«, bestätigte er, »wäre ich ein Verräter, hätte ich genau das tun können. Und ich fürchte, daß die *wahren* Verräter im Institut eines Tages auf diese Attentatsmethode kommen werden.«

Hitler wurde sichtlich blaß. »Morgen lasse ich das Institut

schließen!« knurrte er. »Das Tor wird versiegelt, bis ich sicher sein kann, daß der Mitarbeiterstab von Verrätern gesäubert ist.«

Vielleicht kommen Churchills Bomber dir zuvor, dachte Stefan.

»Wir werden siegen, Stefan, und wir werden den Sieg erringen, indem wir auf unser großes Schicksal vertrauen nicht indem wir Wahrsager spielen. Wir werden siegen, weil wir vom Schicksal zu Siegern bestimmt sind.«

»Das ist unser Schicksal«, stimmte Stefan zu. »Wir stehen auf der Seite der Wahrheit.«

Endlich lächelte der Geistesgestörte. Von einer Sentimentalität erfaßt, die wegen des rasanten Stimmungswechsels um so eigenartiger war, sprach Hitler von Stefans Vater Franz und der ersten Zeit in München mit den Geheimtreffen in Anton Drexlers Wohnung und den Kundgebungen in Eberlbräu und im Hofbräuhaus.

Stefan hörte eine Zeitlang scheinbar sehr interessiert zu, aber als Hitler ihm beteuerte, als Sohn Franz Kriegers genieße er nach wie vor sein unerschütterliches Vertrauen, nutzte Stefan diese Gelegenheit zum Aufbruch. »Und ich, mein Führer, glaube fest an Sie und bin für immer Ihr treuester Gefolgsmann.« Er war aufgestanden, hob die rechte Hand zum Deutschen Gruß und legte die linke unter seinem Hemd auf den Knopf des Gürtels. »Jetzt muß ich in die Zukunft zurück, um dort für Sie weiterzuarbeiten.«

»In die Zukunft?« fragte Hitler und stand auf. »Aber ... ich dachte, Sie würden jetzt in der Gegenwart bleiben? Was wollen Sie noch dort, nachdem Ihr guter Ruf doch wiederhergestellt ist?«

»Ich glaube zu wissen, wohin der Verräter Kokoschka sich abgesetzt, in welchem Winkel der Erde er Zuflucht gesucht hat. Ich muß ihn aufspüren und zurückbringen, denn vermutlich kennt Kokoschka die Namen der Verschwörer im Institut und kann dazu veranlaßt werden, sie preiszugeben.«

Er grüßte erneut, drückte dreimal auf den Knopf und verließ den Bunker, bevor Hitler antworten konnte.

Er kehrte am 16. März 1944 ins Institut zurück: am Abend des Tages, an dem Kokoschka in die San Bernardino Mountains aufgebrochen war, um nie mehr zurückzukehren. Er hatte nach besten Kräften dafür gesorgt, daß das Institut vernichtet werden und Hitler allen von dort kommenden Informationen mißtrauen würde. Hätte das SS-Kommando, das im Jahre 1989 offenbar Jagd auf Laura machte, ihm nicht so große Sorgen gemacht, wäre er von seinen Erfolgen begeistert gewesen.

Am Programmierpult gab er die mit dem Computer errechneten Zahlen für seine letzte Zeitreise ein, die ihn in die Wüste außerhalb von Palm Springs führen würde, wo Laura und Chris am Morgen des 25. Januar 1989 auf ihn warteten.

26

Schon im Fallen wußte Laura, daß ihr Rückgrat von einer der Kugeln durchschlagen oder zerschmettert worden war, denn sie spürte keinerlei Schmerzen: Ihr gesamter Körper war vom Hals abwärts völlig gefühllos.

Das Schicksal versucht, ursprünglich vorgesehene Entwicklungslinien durchzusetzen.

Die Schüsse hörten auf.

Laura konnte lediglich den Kopf bewegen – und nur so weit, daß sie Chris vor dem Buick stehen sah. Der Junge schien vor Entsetzen ebenso gelähmt zu sein, wie sie es durch die Kugel war, die ihr Rückgrat durchschlagen hatte. Und keine 15 Meter hinter Chris kam ein mit einer Maschinenpistole bewaffneter Mann mit Sonnenbrille, weißem Hemd und schwarzer Hose aus Norden herangetrabt.

»Chris«, sagte sie heiser, »lauf! *Lauf!*«

Tiefster Schmerz verzerrte das Gesicht des Jungen, als wäre er sich darüber im klaren, daß er eine Sterbende zurücklasse. Dann rannte er nach Osten in die Wüste hinaus, so schnell seine kleinen Beine ihn tragen wollten, und zwar clever genug, dabei Haken zu schlagen, um ein möglichst schwieriges Ziel abzugeben.

Laura sah, wie der Killer seine Maschinenpistole hob.

Im Hauptlabor klappte Stefan die Abdeckung des automatischen Registriergeräts für Zeitreisen hoch.

Von dem fünf Zentimeter breiten Registrierstreifen ließ sich ablesen, daß an diesem Abend eine Zeitreise zum 10. Januar 1988 unternommen worden war: Heinrich Kokoschkas Reise in die San Bernardino Mountains, wo er Danny Packard erschossen hatte.

Darüber hinaus hatte der Streifen acht Reisen ins Jahr 6000 000 000 registriert: die fünf Männer und drei Bündel mit Versuchstieren. Ebenfalls festgehalten waren Stefans eigene Zeitreisen: zum 20. März 1944 mit den genauen Koordinaten des unterirdischen Lagerzentrums am Londoner St. James's Park, zum 21. März 1944 mit den genauen Koordinaten des Berliner Führerbunkers und das Ziel seiner letzten Reise, das er soeben eingegeben hatte – Palm Springs am 25. Januar 1989. Er riß den Registrierstreifen ab, steckte dieses Belastungsmaterial in die Tasche und spannte leeres Papier ein. Die Anzeigen des Programmierpults sprangen mit Beginn einer Zeitreise automatisch in Ausgangsstellung zurück. Die Wissenschaftler würden erkennen, daß jemand sich an dem Registriergerät zu schaffen gemacht hatte, aber sie würden glauben, das seien Kokoschka und die anderen Deserteure gewesen, die versucht hatten, ihre Spuren zu verwischen.

Stefan klappte den Gerätedeckel herunter und schlüpfte mit den Armen durch die Trageriemen des Rucksacks mit Churchills Büchern. Er hängte sich die Uzi über die Schulter und nahm die mit einem Schalldämpfer versehene Pistole vom Arbeitstisch.

Mit einem raschen Blick überzeugte er sich davon, daß er nichts zurückgelassen hatte, was seine Anwesenheit an diesem Abend hätte verraten können. Die IBM-Computerausdrucke steckten wieder zusammengefaltet in den Taschen seiner Jeans. Und den Vexxon-Zylinder hatte er längst mit den Tieren in eine Zukunft geschickt, in der die Sonne erloschen war oder bald erlöschen würde. Soweit er es beurteilen konnte, hatte er nichts übersehen.

Stefan betrat das Tor und empfand bei der Annäherung an den Übergangspunkt mehr Hoffnung, als er seit vielen Jahren zu empfinden gewagt hatte. Durch serienweise machiavellistische Manipulationen von Zeiten und Menschen war es ihm gelungen, die Zerstörung des Instituts und den Untergang des Dritten Reichs sicherzustellen – folglich würden Laura und er auch mit diesem SS-Mordkommando fertig werden, das sich im Jahre 1989 irgendwo in Palm Springs herumtrieb.

»Nein!« kreischte Laura, gelähmt im Wüstensand liegend. Aber das Wort kam nur geflüstert heraus; sie besaß weder Atem noch Kraft genug, um es lauter hervorzustoßen.

Der Mann mit der Maschinenpistole eröffnete das Feuer auf

Chris. Einen Augenblick lang war Laura davon überzeugt, daß der Junge hakenschlagend den Schußbereich verlassen habe – aber das war natürlich nur letztes verzweifeltes Wunschdenken, weil der Junge so klein war und so kurze Beine hatte. Chris befand sich sehr wohl im Schußbereich, als die Kugeln ihn fanden, eine blutige Spur über seinen schmalen Rücken zogen und ihn nach vorn in den Sand warfen, wo er in einer größer werdenden Blutlache reglos liegenblieb.

All die nicht wahrnehmbaren Schmerzen ihres ruinierten Körpers wären Laura im Vergleich zu den Qualen, die sie beim Anblick der leblosen Gestalt ihres kleinen Jungen empfand, wie kleine Nadelstiche vorgekommen. Bei keiner der Tragödien ihres Lebens hatte sie je solchen Schmerz empfunden. Es war, als kämen alle Verluste, die sie je erlitten hatte – der ihrer Mutter, die sie nie gekannt hatte, ihres liebevollen Vaters, Nina Dockweilers, der sanften Ruthie und Dannys –, nochmals geballt in dieser neuerlichen Brutalität, die das Schicksal ihr auferlegte, zurück, so daß Laura nicht nur den unbeschreibbaren Schmerz über den Tod von Chris empfand, sondern erneut auch die Qualen aller vorangegangenen Tode erlebte. Sie lag gelähmt im Sand: körperlich gefühllos, aber geistig Höllenqualen erleidend – nicht mehr imstande, tapfer zu sein, zu hoffen, zu sorgen. Ihr kleiner Junge war tot. Sie hatte es nicht geschafft, ihn zu retten, und mit ihm war alle Freude gestorben. Sie fühlte sich in einem kalten, feindseligen Universum schrecklich allein und erhoffte sich jetzt nur noch den Tod, unendliche Leere oder zumindest das Ende aller Sehnsucht, aller Trauer.

Sie sah den Bewaffneten auf sich zukommen.

»Erschießen Sie mich, bitte, erschießen Sie mich, machen Sie Schluß mit mir …« sagte Laura, aber ihre Stimme war so schwach, daß er sie wahrscheinlich nicht hörte.

Was war der Sinn ihres Lebens gewesen? Wozu hatte sie alle Tragödien erduldet? Weshalb hatte sie gelitten und weitergelebt, wenn alles so enden mußte? Welches grausame Wesen lenkte das Universum, war imstande, sie zu zwingen, sich durch ein schwieriges Leben zu kämpfen, das sich zuletzt doch als sinn- und zwecklos erwies?

Christopher Robin war tot.

Laura spürte, daß ihr heiße Tränen übers Gesicht liefen, aber das war alles, was sie körperlich fühlen konnte – das und die Härte des Schiefergesteins unter ihrer rechten Gesichtshälfte.

Der Bewaffnete war mit wenigen raschen Schritten heran, stand über ihr und trat sie in die Rippen. Sie wußte, daß er sie getreten hatte, denn sie blickte an ihrem eigenen unbeweglichen Körper hinunter und sah, wie seine Schuhspitze ihre Rippen traf. Aber sie spürte nicht das geringste.

»Erschießen Sie mich«, murmelte sie.

Laura hatte plötzlich schreckliche Angst, das Schicksal könnte versuchen, die ursprünglich vorgesehene Entwicklungslinie allzu genau durchzusetzen, so daß sie vielleicht am Leben bleiben, aber an den Rollstuhl gefesselt sein würde, vor dem Stefan sie durch seine Einmischung vor ihrer Geburt gerettet hatte. Chris war das Kind, das nie im Plan des Schicksals vorgesehen gewesen war, und er war jetzt ausradiert worden. Aber sie würde vielleicht nicht ausradiert werden, denn *ihr* Schicksal war doch gewesen, als Schwerbehinderte zu leben.

Jetzt hatte sie eine Vision ihrer Zukunft: lebend, am ganzen Körper gelähmt, an den Rollstuhl gefesselt, gefangen in einem tragischen Leben, einem Dahinvegetieren mit bitteren Erinnerungen, nie endender Trauer und unerträglicher Sehnsucht nach ihrem Sohn, ihrem Mann, ihrem Vater und allen anderen, die sie verloren hatte …

»O Gott, bitte, bitte, erschießen Sie mich.«

»Na, dann bin ich wohl ein Gottesbote«, sagte der über ihr stehende Killer grinsend. Er lachte häßlich. »Jedenfalls sorge ich dafür, daß Ihr Gebet in Erfüllung geht.«

Blitze zuckten, dann rollte Donner über die Wüste hinweg.

Dank der genauen Computerberechnungen kehrte Stefan exakt fünf Minuten nach seiner Abreise ins Jahr 1944 an genau die Stelle in der Wüste zurück, von der aus er seine Reise angetreten hatte. Im allzu hellen Wüstenlicht sah er als erstes Lauras blutende Gestalt und den über sie gebeugten SS-Schergen. Danach erkannte er Chris, der hinter den beiden lag.

Der Bewaffnete reagierte auf Blitz und Donner: Er begann, sich auf der Suche nach Stefan umzudrehen.

Stefan drückte dreimal den Knopf seines Rückkehrgürtels. Der Luftdruck erhöhte sich augenblicklich; die reine Wüstenluft roch plötzlich nach Ozon und verschmortem Isoliermaterial.

Der SS-Scherge sah ihn, riß seine Maschinenpistole hoch und eröffnete das Feuer. Die Schüsse lagen zunächst weit neben dem Ziel, aber dann schwenkte der Bewaffnete die Mündung herum, bis sie genau auf Stefan gerichtet war.

Bevor die Kugeln trafen, verließ Stefan mit einem *Plop!* das Jahr 1989 und kehrte am Abend des 16. März 1944 in das Berliner Institut zurück.

»Scheiße!« sagte Klietmann, als Krieger unverletzt im Zeitstrom verschwand.

Bracher kam von dem Toyota herübergerannt und rief immer wieder: »Das ist er gewesen! Das ist er gewesen!«

»Ich weiß, daß er's gewesen ist«, bestätigte Klietmann, als Bracher ihn erreichte. »Wer sollte es sonst gewesen sein – der wiederauferstandene Christus?«

»Was hat er vor?« fragte Bracher. »Was tut er in Berlin, wo hat er gesteckt, was geht hier vor?«

»Keine Ahnung«, antwortete Klietmann gereizt. Er starrte die Schwerverwundete an und sprach mit ihr: »Ich weiß bloß, daß er Sie und Ihren toten Jungen gesehen und nicht mal versucht hat, sich dafür an mir zu rächen. Statt dessen ist er abgehauen, um seine eigene Haut zu retten. Na, was halten Sie jetzt von Ihrem Helden?«

Sie bat nur weiter um ihren Tod.

Klietmann machte einige Schritte rückwärts. »Aus dem Weg, Bracher!« befahl er dem Rottenfüher.

Bracher trat zur Seite, und Klietmann jagte einen Feuerstoß aus seiner MP, der die Frau durchsiebte und auf der Stelle tötete.

»Wir hätten sie verhören sollen«, wandte Bracher ein, »Sie hätte uns Auskunft über Krieger geben können, was er hier getan hat, wo er ...«

»Sie war gelähmt«, unterbrach Klietmann ihn ungeduldig. »Sie spürte nichts. Ich hab' sie in die Rippen getreten und ihr dabei bestimmt ein paar gebrochen, aber sie hat keinen Laut von sich gegeben. Wie wollen Sie aus einer Frau, die keine Schmerzen spürt, durch Gewalt Informationen rausholen?«

6. März 1944 im Institut:

Stefan, dessen Herz wie ein Schmiedehammer schlug, sprang aus dem Tor und rannte ans Programmierpult. Er zog die Liste mit den computerberechneten Zahlen aus der Tasche und breitete sie auf dem kleinen Schreibtisch in einer Nische zwischen den Geräten aus.

Er sank auf den Schreibtischstuhl, griff nach einem Bleistift und holte einen Schreibblock aus einer der Schubladen. Seine Hände zitterten so sehr, daß er den Bleistift zweimal fallen ließ. Die Zahlen, die ihn fünf Minuten nach seiner Abreise aus der Wüste dorthin zurückgebracht hatten, hatte Stefan bereits. Auf der Grundlage dieser Zahlen konnte er eine neue Kombination errechnen, die ihn vier Minuten und 55 Sekunden früher zurückbringen würde – nur fünf Sekunden nach seiner Trennung von Laura und Chris. Wenn er nur fünf Sekunden fort war, konnten die SS-Schergen sie und den Jungen bei seiner Rückkehr noch nicht ermordet haben. Stefan würde mit seiner Feuerkraft in den Kampf eingreifen und den Ausgang vielleicht zu ihren Gunsten beeinflussen können.

Die nötigen mathematischen Kenntnisse hatte Stefan sich angeeignet, nachdem er im Herbst 1943 ins Institut abkommandiert worden war. Er konnte diese Berechnungen selbständig durchführen. Die Aufgabe war lösbar, denn er brauchte nicht ganz von vorn anzufangen; er brauchte die Computerergebnisse lediglich so abzuändern, daß ein um wenige Minuten vorverlegter Zeitpunkt herauskam.

Aber er starrte das Papier an und konnte nicht *denken*, weil Laura tot war, weil Chris tot war.

Ohne sie hatte er nichts.

Du kannst sie zurückbekommen, sagte er sich. Reiß dich zusammen, verdammt noch mal! Du kannst die Tragödie verhindern, bevor sie eintritt.

Stefan machte sich verbissen an die Arbeit, für die er fast eine Stunde brauchte. Obwohl er wußte, wie unwahrscheinlich es war, daß jemand um diese Zeit ins Institut kommen und ihn hier überraschen würde, bildete er sich wiederholt ein, auf dem Korridor Schritt zu hören: das scharfe Klicken von SS-Stiefeln. Zweimal starrte er zu der Zeitmaschine hinüber, weil er irgendwie davon überzeugt war, die fünf irgendwie zu neuem Leben erwachten Toten wären auf der Suche nach ihm aus dem Jahr 6000 000 000 zurückgekommen.

Nachdem er die Zahlen errechnet und zweifach kontrolliert hatte, gab er sie am Programmierpult ein. Mit der Uzi in einer und der

Pistole in der anderen Hand kletterte er in den Stahlzylinder, passierte den Übergangspunkt …

… und fand sich im Institut wieder.

Stefan blieb einen Augenblick überrascht und verwirrt stehen. Dann trat er nochmals in das Kraftfeld …

… und fand sich im Institut wieder.

Die Erklärung dafür traf ihn mit solcher Gewalt, daß er sich zusammenkrümmte, als habe er einen Schlag in den Magen erhalten. Er konnte *jetzt nicht mehr* zu einem früheren Zeitpunkt in die Wüste zurückkehren, denn er war fünf Minuten nach seiner Abreise schon einmal dort gewesen; wäre er dorthin zurückgekehrt, wäre eine Situation entstanden, in der er sich bei seiner ersten Rückkehr hätte sehen müssen. Paradox! Der Mechanismus des Kosmos ließ nicht zu, daß ein Zeitreisender sich irgendwo entlang des Zeitstroms selbst begegnete; wurde ein Versuch dazu unternommen, schlug er unweigerlich fehl. Die Natur verabscheute Paradoxe.

Stefan glaubte Chris' Stimme zu hören, als sie in ihrem schäbigen Motelzimmer erstmals über Zeitreisen diskutiert hatten. »Das sind wilde Sachen, Mom, stimmt's? Aufregend, nicht wahr?« Und dann das begeisterte, mitreißende Lachen des Jungen.

Aber es mußte irgendeine Möglichkeit geben.

Er kehrte ans Programmierpult zurück, legte seine Waffen auf den Schreibtisch und nahm Platz.

Auf seiner Stirn standen Schweißperlen. Er fuhr sich mit einem Hemdärmel übers Gesicht.

Denk nach!

Er starrte die Uzi an und überlegte, ob er wenigstens *sie* zu Laura zurück schicken konnte. Vermutlich nicht. Da er bei seiner ersten Rückkehr mit MP und Pistole bewaffnet gewesen war, konnte er sie nicht vier Minuten und 55 Sekunden weiter zurückschicken, weil sie dann bereits existiert hätten, wenn er sie vier Minuten und 55 Sekunden später mitgebracht hätte. Paradox.

Aber vielleicht konnte er ihr etwas anderes schicken, das aus diesem Raum stammte und das er nicht bei sich gehabt hatte, so daß es kein Paradox auslösen würde?

Stefan schob die Waffen beiseite, griff nach einem Bleistift und schrieb eine kurze Warnung auf den Notizblock: *Die SS ermordet Chris und dich, wenn ihr beim Auto bleibt. Flieht und versteckt Euch!* Er machte eine Pause und dachte nach. Wo konnten die beiden sich in der fast ebenen Wüste verstecken? Er schrieb weiter: *Vielleicht im Arroyo.* Nachdem er das Blatt abgerissen hatte, fügte er hastig hinzu: *Auch der zweite Vexxon-Zylinder ist eine Waffe …*

In den Schubläden der Arbeitstische suchte er nach einer Glaskaraffe mit engem Hals, ohne jedoch fündig zu werden, da im Hauptlabor keine chemischen, sondern vor allem elektromagnetische Versuche angestellt worden waren. Er hastete den Korridor entlang von Labor zu Labor, bis er endlich fand, was er brauchte.

Im Hauptlabor betrat er dann mit der von einem Gürtel umschlungenen Glaskaraffe in der Hand das Tor und näherte sich dem Überschreitungspunkt. Er warf den Gegenstand durchs Kraftfeld, als wäre er ein auf einer Insel gestrandeter Schiffbrüchiger, der eine Flaschenpost ins Meer warf.

Der Glasbehälter kam nicht zurück.

… dann füllte böig einströmende heiße Luft mit dem schwach wahrnehmbaren Alkaligeruch der Wüste dieses kurzzeitige Vakuum auf.

»Wow!« rief Chris aus, der dicht neben ihr stand und ihre Hand umklammerte. »Klasse, Mom, was?«

Laura gab keine Antwort, denn sie war auf ein weißes Auto aufmerksam geworden, das die Staatsstraße 111 verlassen hatte und in die Wüste hinausfuhr.

Herabzuckende Blitze und das Himmelsgewölbe erschütternde Donner erschreckten sie. Dann tauchte eine Glasflasche aus dem Nichts auf, fiel dicht vor ihnen zu Boden und zerschellte auf dem Schiefergrund. Laura sah, daß darin ein beschriebener Zettel gewesen war.

Chris hob das zwischen Glassplittern liegende Blatt auf.

»Das muß von Stefan sein!« behauptete er mit der für ihn charakteristisch raschen Auffassungsgabe in solchen Dingen.

Laura griff danach, las die kurze Nachricht und nahm zugleich aus dem Augenwinkel heraus wahr, daß der weiße Wagen auf sie zukam. Sie begriff nicht, wie und weshalb Stefan ihnen diese Warnung schickte, aber sie zweifelte keinen Augenblick an ihrem Wahrheitsgehalt. Noch bevor der letzte Blitz verglüht und der Donner verhallt war, hörte sie den Motor des weißen Autos aufheulen.

Sie sah auf und stellte fest, daß der Fahrer rücksichtslos Gas gab. Die Entfernung betrug noch fast 300 Meter, aber der Wagen kam so schnell näher, wie es das unebene Gelände zuließ.

»Chris, du bringst mir die beiden Uzis aus dem Wagen an den Rand des Arroyos. Beeil dich!«

Während der Junge zur offenen Tür des in der Nähe stehenden Buick spurtete, lief Laura zu dem offenen Kofferraum. Sie griff nach dem Vexxon-Zylinder, hob ihn heraus und holte Chris noch vor der Kante des tief in den Fels eingeschnittenen natürlichen Wasserlaufs ein, der bei Sturmfluten von reißenden Wassermassen angefüllt, aber jetzt ausgetrocknet war.

Das weiße Auto war keine 150 Meter mehr entfernt.

»Komm!« forderte sie Chris auf und ging nach Osten voran. »Wir müssen einen Weg nach unten finden.«

Die Felswände fielen leicht schräg zu dem zehn Meter unter ihnen liegenden Kanalboden ab – aber eben doch fast senkrecht. Erosion hatte unzählige vertikale Rinnen in die Wände gegraben, die in Breiten zwischen wenigen Zentimetern und über einem Meter zum Hauptkanal hinunterführten. Bei Unwettern lief das von der Wüste nicht aufgesogene Regenwasser durch diese Rinnen in den Arroyo, wo es sich in wirbelnden, schmutzigbraunen Fluten davonwälzte. In manchen Rinnen waren Felsblöcke freigespült worden, die den raschen Abfluß verhindern würden, während Teile von anderen durch robuste Mesquitebüsche blockiert wurden, die im Fels Wurzeln geschlagen hatten.

Kaum 100 Meter von ihnen entfernt geriet das weiße Auto auf sandigen Untergrund und blieb fast stecken.

Laura war dem Rand des Arroyos erst zwei Dutzend Schritte weit gefolgt, als sie eine breite Rinne entdeckte, die ins ausgetrocknete Flußbett hinunterführte, ohne durch Felsblöcke oder Mesquitebüsche blockiert zu sein. Im Grunde genommen hatte sie hier eine über einen Meter breite, zehn Meter lange und mit sandigem Geröll angefüllte Rutsche vor sich.

Sie ließ den Vexxon-Zylinder hineinfallen und sah zu, wie er die halbe Strecke hinunterrutschte, bevor er liegenblieb.

Dann nahm sie Chris eine der Maschinenpistolen ab, drehte sich nach dem Auto um, das bis auf knapp 70 Meter herangekommen war, und eröffnete das Feuer. Mehrere Kugeln durchschlugen die Verbundglas-Windschutzscheibe, die sofort milchigweiß undurchsichtig wurde.

Der Wagen – sie sah jetzt, daß es ein Toyota war – geriet ins Schleudern, kreiste einmal um sich selbst, wobei er Staubwolken aufwirbelte, drehte sich um weitere 90 Grad und entwurzelte zuvor einige noch grüne Tumbleweeds. Er kam etwa 40 Meter von dem Buick und 60 Meter von Laura und Chris entfernt mit nach Norden zeigender Motorhaube zum Stehen. Die Türen auf der anderen Seite wurden aufgestoßen. Laura wußte, daß die Insassen jetzt fluchtartig den Wagen verließen und dahinter in Deckung blieben.

Sie nahm Chris die zweite Uzi ab. »Du rutschst voraus, Kleiner«, wies sie ihn an, »und schiebst den Gasbehälter vor dir her, bis du ganz unten bist.«

Chris war mit einem Satz in der Rinne. Die Schwerkraft zog ihn nach unten, aber an einigen Stellen, wo die Reibung zu groß war, mußte er mit Händen und Füßen nachhelfen. Unter anderen Umständen hätte dieses gewagte Unternehmen eine Mutter in Angst und Schrecken versetzen müssen, aber diesmal feuerte Laura ihn sogar an.

Sie jagte mindestens 100 Schuß in den Toyota, weil sie hoffte, den Benzintank durchlöchern, den auslaufenden Treibstoff durch einen von einer Kugel erzeugten Funken entzünden und so die hinter dem Wagen kauernden Schweinehunde rösten zu können. Aber sie schoß das Magazin ohne den gewünschten Erfolg leer.

Als Laura zu schießen aufhörte, erwiderte einer der Kerle das Feuer. Aber sie blieb nicht lange genug sichtbar, um ein gutes Ziel zu bieten. Sie hielt die zweite Uzi mit beiden Händen vor ihrem Körper fest und verschwand mit einem Satz in der schon von Chris benützten Rinne. Sekunden später war sie auf dem Boden des Arroyos angelangt.

Der pulverfeine Sand im Bett des ausgetrockneten Flusses war mit über die Felskante gewehten Tumbleweeds bedeckt. Dazwischen lagen verkrümmte Treibholzstücke – von der Zeit angegraute Überreste einer alten Hütte – und einige Felsbrocken. Nichts davon war als Versteck geeignet oder konnte ihnen als Deckung vor den Schüssen dienen, die bald von oben kommen würden.

»Mom?« fragte Chris – und meinte damit: Was nun?

Der Arroyo hatte bestimmt Dutzende von Nebenläufen, die in die Wüste hinausgriffen, und viele der Nebenarme würden wiederum eigene Nebenläufe haben. Dieses Netzwerk aus Trockentälern glich einem Labyrinth. Sie konnten sich nicht unbegrenzt lange darin verstecken, aber indem sie ein paar Nebenarme zwischen sich und ihre Verfolger brachten, gewannen sie vielleicht Zeit für die Planung eines Hinterhalts.

»Lauf los, Baby!« forderte sie Chris auf. »Du folgst der Hauptschlucht, verschwindest im ersten Seitental rechts und wartest dort auf mich.«

»Was hast du vor?«

»Ich warte, bis sie dort oben über den Rand sehen«, antwortete Laura, »und versuche dann, sie abzuschießen. Lauf jetzt, *lauf!*«

Er rannte los.

Laura ließ den Vexxon-Kanister gut sichtbar liegen und kehrte zu der Arroyoflanke zurück, die sie hinuntergerutscht waren. Sie ging jedoch zu einer tiefer in den Fels eingegrabenen anderen Rinne weiter, die weniger steil und im unteren Drittel durch einen Mesquitebusch halb blockiert war. Auf dem Boden dieses tiefen Einschnitts konnte sie sicher sein, daß der Busch sie vor den Blikken ihrer Verfolger am Rand des Arrayos schützte.

Östlich davon verschwand Chris hinter einem Felsvorsprung in einem Nebenarm des Hauptkanals.

Einen Augenblick später hörte sie Stimmen. Laura wartete so lange, bis die Kerle davon überzeugt sein konnten, Chris und sie seien weitergeflüchtet. Dann trat sie aus der Erosionsrinne in der Arroyowand, drehte sich um und bestrich die Felskante mit MP-Feuer.

Über ihr standen vier Männer, die in die Tiefe starrten. Laura erschoß die beiden ersten, aber der dritte und vierte warfen sich zurück, bevor ihr Feuer sie erreichte. Einer der Toten blieb so dicht am Abgrund liegen, daß ein Arm und ein Bein über die Felskante ragten. Der andere stürzte sich überschlagend in die Schlucht und verlor dabei seine Sonnenbrille.

16. März 1944 im Institut:

Als die Glaskaraffe mit der Warnung nicht vom Zeitstrom zurückgeschleudert wurde, hatte Stefan Grund zur Annahme, sie werde Laura wenige Sekunden nach seiner Abreise ins Jahr 1944 erreichen, bevor sie erschossen wurde.

Jetzt setzte er sich wieder an den Schreibtisch und machte sich an die Arbeit, um eine Zahlenkombination zu berechnen, die ihn wenige Minuten *nach* seiner vorigen Ankunft in die Wüste zurückbringen würde. Diese Reise war möglich, weil er *nach* seinem hastigen Verschwinden eintreffen würde, so daß keine Gefahr bestand, sich selbst zu begegnen. Folglich war kein Paradox zu befürchten.

Auch diesmal waren die Berechnungen nicht weiter schwierig, denn er brauchte nur von den Zahlen auszugehen, die der IBM-PC ihm geliefert hatte. Obwohl Stefan wußte, daß es keinen Zusammenhang zwischen hier verbrachter Zeit und seiner scheinbaren Abwesenheit aus der Wüste des Jahres 1989 gab, hatte er es eilig, wieder zu Laura zu kommen. Auch wenn sie seinen Ratschlag befolgt hatte, würde sie sich gegen die SS-Schergen wehren müssen und dabei Hilfe brauchen.

Nach 40 Minuten hatte er die Zahlen errechnet und programmierte das Tor neu.

Auch diesmal klappte Stefan die Abdeckung des Registiergeräts hoch und riß den verräterischen Papierstreifen ab.

Er nahm die Uzi und seine Pistole mit, biß die Zähne zusammen, weil der dumpfe Schmerz in seiner erst halbverheilten Schulterwunde schlimmer wurde, und betrat wieder das Tor.

Etwa 20 Meter von der Stelle entfernt, wo sie den Boden des Arroyos erreicht hatten, stieß Laura, die außer ihrer Uzi den Vexxon-Zylinder schleppte, in einem engeren Nebenarm des Haupttals auf Chris. Sie kauerte sich hinter einen Vorsprung am Ausgang der durch zwei Erdwälle gebildeten Schlucht und beobachtete den Hauptkanal, aus dem sie gekommen war.

In der Wüste über ihr stieß einer der überlebenden Killer den über die Felskante baumelnden Leichnam in die Tiefe – offenbar um zu testen, ob sie noch unter ihnen war und sich dazu provozieren ließ, das Feuer zu eröffnen. Als kein Schuß fiel, wurden die beiden Überlebenden kühner. Einer ging mit seiner MP an den Rand der Schlucht in Stellung und gab dem anderen Feuerschutz, als dieser durch die Rinne abrutschte. Danach gab der erste Bewaffnete seinem herabrutschenden Kameraden Feuerschutz.

Als die beiden unten nebeneinander standen, trat Laura unerschrocken aus ihrem Versteck und gab einen zwei Sekunden langen Feuerstoß ab. Ihre Aggressivität überraschte ihre Verfolger so sehr, daß sie das Feuer nicht erwiderten, sondern in die tiefen Erosionsrinnen in den Arroyoflanken flüchteten, um darin Schutz zu suchen – wie zuvor Laura, als sie auf eine Gelegenheit gewartet hatte, sie von der Felskante zu schießen. Nur einer der beiden schaffte es, in Deckung zu gelangen. Den anderen durchsiebte sie.

Laura trat hinter den Vorsprung zurück, hob den Zylinder mit Nervengas auf und sagte zu Chris: »Komm, wir haben's eilig!«

Während sie dem Nebenarm folgten und nach einer tiefer ins Labyrinth führenden Abzweigung Ausschau hielten, spalteten Blitze und Donner das Himmelsblau über ihnen.

»Stefan!« rief Chris aus.

Sieben Minuten nach seiner ursprünglichen Abreise zu den Begegnungen mit Churchill und Hitler im Jahre 1944 und nur *zwei* Minuten nach seiner ersten Rückkehr, bei der er Laura und Chris von SS-Schergen ermordet gesehen hatte, kehrte Stefan in die Wüste zurück. Diesmal waren keine Leichen zu sehen – nur der Buick ... und der von Kugeln durchlöcherte Toyota, jetzt an anderer Stelle.

Stefan, der jetzt zu hoffen wagte, daß sein Plan Erfolg gehabt haben könnte, rannte an den Rand des Arroyos, lief die Kante entlang und suchte jemand, irgend jemand, Freund oder Feind. Wenig später entdeckte er zehn Meter unter sich in dem ausgetrockneten Flußbett die drei Toten.

Irgendwo mußte noch ein vierter Mann sein. Kein SS-Kommando würde aus nur drei Männern bestehen. Irgendwo in diesem Gewirr aus Arroyos, die sich wie erstarrte Blitze über die Wüste ausbreiteten, befand Laura sich noch auf der Flucht vor dem vierten Mann.

In der Arroyoflanke entdeckte Stefan eine nach unten führende Rinne, die schon mehrmals benützt worden zu sein schien. Er ließ seinen Bücherrucksack oben liegen und rutschte hinunter. Dabei schrammte er mit dem Rücken über das Geröll und spürte siedendheiß den Schmerz in der erst teilweise verheilten Austrittswunde. Als er am Fuß der Rinne auf die Beine kam, fühlte er sich schwindlig und hatte das Gefühl, sich übergeben zu müssen.

Irgendwo in dem Labyrinth östlich von ihm hämmerten automatische Waffen.

Laura blieb unmittelbar hinter der Einmündung eines weiteren Nebenarms stehen und machte Chris ein Zeichen, er solle sich ruhig verhalten.

Sie atmete mit offenem Mund, während sie darauf wartete, daß der letzte Killer in der Schlucht auftauchte, die sie soeben verlassen hatten. Selbst im weichen Sand waren seine näherkommenden Schritte deutlich zu hören.

Laura beugte sich aus ihrer Deckung, um ihn niederzuschießen. Aber er war inzwischen sehr vorsichtig geworden und kam tief geduckt herangerannt. Als ihr MP-Feuer ihm ihre Position anzeigte, durchquerte er die Schlucht und preßte sich auf der Seite gegen die Wand, wo der Nebenarm einmündete, in dem Laura stand, so daß sie ihn nur treffen konnte, wenn sie aus der Einmündung trat, hinter der er auf sie wartete.

Sie versuchte es sogar und riskierte, von ihm getroffen zu werden, aber der Feuerstoß, den sie abgeben wollte, endete nach weniger als einer Sekunde. Die Uzi spuckte ihre letzten zehn oder zwölf Schuß aus und ließ sie dann im Stich.

Klietmann hörte ihre leergeschossene Maschinenpistole versagen. Er warf einen Blick aus der Spalte in der Arroyoflanke, die ihm Deckung bot, und sah sie die Waffe aufgebracht zu Boden werfen. Dann verschwand sie in dem Nachbararm, an dessen Einmündung sie auf der Lauer gelegen hatte.

Er dachte daran, was er oben in der Wüste in dem Buick gesehen hatte: einen auf dem Fahrersitz liegenden Revolver Kaliber 38. Wahrscheinlich hatte sie keine Zeit mehr gehabt, sich die Waffe zu greifen – oder sie hatte den Revolver vergessen, weil sie es so eilig hatte, den merkwürdigen Behälter aus ihrem Kofferraum zu holen.

Sie hatte zwei Uzis gehabt, die sie jetzt beide weggeworfen hatte. Konnte sie auch zwei Revolver gehabt und nur einen oben im Auto zurückgelassen haben?

Das glaubte er nicht. Zwei Maschinenpistolen waren zweckmäßig, weil sie für größere Entfernungen und eine Vielzahl von Einsatzmöglichkeiten geeignet waren. Aber wenn sie nicht gerade eine Meisterschützin war, konnte ein Revolver ihr nur auf kurze Entfernungen nützen, wo sechs Schuß ausreichen mußten, um einen Angreifer zu erledigen – oder von ihm erledigt zu werden. Ein zweiter Revolver wäre überflüssig gewesen. Was blieb ihr dann noch zur Selbstverteidigung? Der merkwürdige Zylinder? Das Ding hatte fast wie ein gewöhnlicher Feuerlöscher ausgesehen.

Klietmann nahm die Verfolgung auf.

Der neue Nebenarm war enger als der alte, der wiederum enger als der Hauptkanal gewesen war. Bei sieben bis acht Meter Tiefe war er an seiner Einmündung nur drei Meter breit und wurde seichter und um die Hälfte enger, während er sich durch die Wüste schlängelte. Nach weniger als 100 Metern hörte er schließlich ganz auf.

Dort suchte Laura nach einem Ausweg. Auf zwei Seiten bestanden die Steilwände der Schlucht aus weichem, bröseligen Material und waren deshalb nicht leicht zu ersteigen.

Aber die Wand hinter ihr fiel weniger steil ab und war mit Mesquitebüschen bewachsen, an denen man sich festhalten konnte. Laura wußte jedoch, daß sie sich erst auf halber Höhe befinden würden, wenn ihr Verfolger sie einholte; dort oben würden sie bequeme, praktisch unbewegliche Ziele abgeben.

Also mußte sie ihr letztes Gefecht hier unten liefern.

Sie kauerte sich auf den Boden dieses tiefen, natürlichen Grabens, blickte zu dem rechteckigen Himmelsausschnitt über ihr auf und stellte sich vor, sie befinde sich in einem gigantischen Grab auf einem Friedhof für Riesen.

Das Schicksal versucht, ursprünglich vorgesehene Entwicklungslinien durchzusetzen.

Sie schickte Chris in den hintersten Winkel dieses als Sackgasse endenden Arroyos.

Vor sich hatte sie etwa zwölf Meter des Weges, den sie gekommen war, bis zu der Stelle, wo der ausgetrocknete Wasserlauf nach links abbog. Dort würde der Killer in ein, zwei Minuten erscheinen.

Laura sank mit dem Vexxon-Zylinder auf die Knie und wollte den Sicherheitsdraht vom Handauslöser abreißen. Der Draht war jedoch nicht nur einmal durch die Ösen geführt und verdrillt; er war mehrfach hindurchgezogen und mit einer soliden Bleiplombe gesichert! Er ließ sich nicht einfach abreißen, er mußte zerschnitten werden, und sie hatte kein Werkzeug dafür.

Vielleicht genügte ein Stein? Vielleicht ließ sich der Draht mit einem scharfkantigen Stein zertrennen, wenn man ihn lange genug damit bearbeitete.

»Such mir einen Stein«, forderte sie den Jungen hinter sich drängend auf. »Einen Stein mit rauher, scharfer Kante.«

Während Chris den weichen, von Wasserfluten aus der Wüste

herabgeschwemmten Boden nach einem geeigneten Stück Schiefer absuchte, untersuchte Laura den Zeitschalter des Zylinders, der eine weitere Möglichkeit bot, das Nervengas abzulassen. Der aus einer in Minuten unterteilten Skala bestehende Schalter war einfach zu bedienen: Wollte man ihn auf 20 Minuten einstellen, drehte man die Skala, bis die 20 der roten Randmarkierung gegenüberstand; das Uhrwerk begann zu laufen, sobald der Knopf in der Mitte gedrückt wurde.

Das Problem bestand darin, daß keine Zeit unter fünf Minuten eingestellt werden konnte. Ihr Verfolger würde sie früher einholen.

Trotzdem stellte Laura die Skala auf 5 und drückte den Knopf, der das Uhrwerk ticken ließ.

»Hier, Mom«, sagte Chris und hielt ihr ein klingenförmiges Stück Schiefer hin, das geeignet aussah.

Obwohl das Uhrwerk des Zeitschalters lief, machte Laura sich an die Arbeit und sägte mit verzweifelter Hast an dem festen verdrillten Draht, der den Handauslöser blockierte. In Abständen von wenigen Sekunden blickte sie auf, um zu kontrollieren, ob der Killer sie entdeckt hatte, aber der enge Arroyo vor ihnen blieb menschenleer.

Stefan folgte den Fußabdrücken in dem weichen Sand, der das Bett des Arroyos bedeckte. Er konnte nicht beurteilen, wie weit er hinter ihnen sein mochte. Sie hatten nur wenige Minuten Vorsprung, aber sie kamen vermutlich schneller voran, weil seine Erschöpfung, seine Schwindelanfälle und die Schmerzen in seiner Schulter ihn behinderten.

Um die Pistole in den Hosenbund stecken zu können, hatte er den Schalldämpfer abgeschraubt und weggeworfen. Die Uzi hielt er schußbereit in beiden Händen.

Klietmann hatte seine Ray-Ban-Sonnenbrille weggeworfen, weil das Bett des Arroyos an vielen Stellen im Schatten lag – vor allem in den Nebenarmen, deren Wände so eng zusammenrückten, daß nur noch wenig Sonnenlicht den Boden erreichte.

Seine Bally-Slipper füllten sich mit Sand und boten hier unten so wenig Halt wie vorhin auf dem Schiefergrund der Wüste über ihm. Schließlich blieb er stehen, streifte die Schuhe ab, zog seine Socken aus und lief barfuß weiter, was erheblich besser ging.

Daß er bei der Verfolgung der Frau und des Jungen nicht so rasch vorankam, wie er sich gewünscht hätte, lag nur zum Teil an den Schuhen, die er ausgezogen hatte. Aufgehalten wurde er vor allem dadurch, daß er bei jedem Schritt den Bereich hinter sich kontrollierte. Er hatte die Blitze und den Donner von vorhin registriert und wußte, daß Krieger zurückgekommen sein mußte. So wie er die Frau und den Jungen verfolgte, wurde er jetzt wahrscheinlich von Krieger verfolgt. Und er hatte nicht die Absicht, zur Beute *dieses* Tigers zu werden.

Am Zeitschalter waren tickend zwei Minuten abgelaufen.

Laura sägte schon fast ebenso lange an dem Draht herum – anfangs mit dem Schieferstück, das Chris gefunden hatte, jetzt mit einem zweiten, das er ausgegraben hatte, nachdem das erste ihr unter den Fingern zerbröselt war. Der Staat konnte keine Briefmarke herstellen, die sicher auf einem Umschlag klebte, keinen Panzer bauen, der über einen Fluß fahren konnte, die Umwelt nicht wirkungsvoll schützen und die Armut breiter Bevölkerungsschichten nicht beseitigen, aber er verstand es erstaunlicherweise, unzerstörbaren Draht zu erzeugen. Dieses Zeug mußte irgendein für Raumfähren entwickeltes Wundermaterial sein, für das sich später ein prosaischerer Verwendungszweck gefunden hatte; das war der Spanndraht, den Gott verwenden würde, um die kippenden Säulen zu sichern, auf denen die Welt ruhte.

Laura hatte sich die Finger aufgerissen, der zweite Schieferstein war von ihrem Blut naß, als der barfüßige Mann im weißen Hemd und der schwarzen Hose zwölf Meter von ihr entfernt um die Biegung des engen Arroyos kam.

Klietmann trat wachsam näher und fragte sich, weshalb zum Teufel sie so verzweifelt an dem Feuerlöscher herummurkste. Glaubte sie wirklich, ein Strahl chemisch erzeugten Nebels könne ihn ablenken und sie vor MP-Feuer schützen?

Oder war der Feuerlöscher nicht, was er zu sein schien? Seit er vor weniger als zwei Stunden in Palm Springs angekommen war, hatte er mehrere Dinge gesehen, die etwas anderes waren, als sie zu sein schienen. Beispielsweise bedeutete ein roter Randstein nicht KURZPARKZONE, wie er gedacht hatte, sondern DURCHGEHENDES PARKVERBOT. Wer hätte das ahnen können? Und wer konnte beurteilen, was es mit diesem Behälter, an dem sie herumwerkte, auf sich hatte?

Sie hob den Kopf, schaute kurz zu ihm hinüber und fummelte dann weiter am Handgriff des Feuerlöschers herum.

Klietmann schob sich durch den Arroyo vorwärts, der jetzt nicht einmal mehr Platz für zwei Männer nebeneinander geboten hätte. Wäre der Junge zu sehen gewesen, wäre er nicht näher an die Frau herangegangen. Falls sie den Kleinen jedoch unterwegs in irgendeiner Spalte versteckt hatte, würde er sie zur Preisgabe seines Verstecks zwingen müssen, denn er hatte Befehl, sie alle zu liquidieren – Krieger, die Frau und den Jungen. Klietmann bezweifelte, daß der Junge eine Gefahr für das Reich darstellte, aber Befehl war Befehl.

Stefan fand ein ausgezogenes Paar Schuhe und zusammengeknüllte schwarze Socken voller Sand. Schon zuvor hatte er eine Sonnenbrille gefunden.

Er war noch nie einem Mann gefolgt, der sich unterwegs ausgezogen hatte, und das erschien ihm anfangs irgendwie komisch. Aber dann dachte er an die in den Romanen Laura Shanes geschilderte Welt, in der sich Komik und Entsetzen mischten, eine Welt mit Tragik in Augenblicken der Heiterkeit, und hatte plötzlich Angst vor den abgelegten Schuhen und Socken, *weil* sie komisch waren. Er hatte sogar den verrückten Gedanken, unter keinen Umständen lachen zu dürfen, weil sein Lachen Lauras und Chris' Tod zur Folge haben würde.

Wenn sie diesmal starben, würde er sie nicht retten können, indem er in die Vergangenheit zurückreiste und ihnen eine weitere Warnung schickte, die früher ankommen mußte als die in der Glaskaraffe, denn dafür hätte nur eine Zeitspanne von fünf Sekunden zur Verfügung gestanden. Selbst mit einem IBM-PC ließ sich kein so feines Haar mehr spalten.

Im Sand des Flußbetts führten die Fußabdrücke des Barfüßigen zur Einmündung eines Nebenarms. Obwohl die Schmerzen in Stefans halbverheilter Schulter ihm den Schweiß auf die Stirn trieben und ihn benommen machten, folgte er der Fährte, wie Robinson Crusoe der Freitags gefolgt war – nur mit schlimmeren Vorahnungen.

Laura beobachtete mit wachsender Verzweiflung, wie der Nazi-Killer durch die Schatten am Boden der Erdschlucht näher kam. Seine Uzi war auf sie gerichtet, aber aus irgendeinem Grund hämmerte sie nicht sofort los. Sie benützte diese unerklärliche Galgenfrist, um fieberhaft weiter an dem Sicherheitsdraht um den Handgriff des Vexxon-Zylinders zu sägen.

Daß sie selbst unter diesen Umständen noch hoffen konnte, hing mit einem Gedanken aus einem ihrer Romane zusammen, an den sie sich soeben erinnert hatte: *In Tragik und Verzweiflung, wenn eine endlose Nacht herabgesunken zu sein scheint, finden wir Hoffnung in der Erkenntnis, daß der Gefährte der Nacht keine weitere Nacht ist, daß der Gefährte der Nacht der Tag ist, die Dunkelheit stets dem Licht weicht und der Tod nur die eine Hälfte der Schöpfung regiert – und das Leben die andere.*

Jetzt nur mehr sechs, sieben Meter von ihr entfernt, fragte der Killer: »Wo ist der Junge? Der Junge! Wo steckt er?«

Laura spürte Chris hinter ihrem Rücken, wo er im Schatten zwischen ihr und der Steilwand kauerte, die den Abschluß des Arroyos bildete. Sie fragte sich, ob ihr Körper ihn vor den Kugeln schützen und dieser Mann abziehen würde, nachdem er sie erschossen hatte, ohne zu merken, daß Chris in der dunklen Nische hinter ihr noch lebte.

Der Zeitschalter des Zylinders klickte. Aus der Düse strömte unter hohem Druck Nervengas mit reichem Aprikosenduft und dem widerlichen Geschmack eines Gemischs aus Zitronensaft und saurer Milch.

Klietmann sah nichts aus dem Behälter ausströmen, aber er hörte etwas wie das Zischen Dutzender von Schlangen.

Im nächsten Augenblick hatte er das Gefühl, eine Hand habe sich durch seine Bauchdecke gebohrt, mit eisenharten Fingern seinen Magen umklammert und ihn herausgerissen. Er krümmte sich zusammen und erbrach sich explosiv in den Sand und auf seine nackten Füße. Mit einem schmerzhaften Aufblitzen, das seine Augen *von innen* versengte, schien etwas in seinen Stirnhöhlen zu zerplatzen, ein Blutstrom schoß ihm aus der Nase. Während er auf dem Boden des Arroyos zusammenbrach, betätigte er reflexartig den Abzug der Uzi; weil er wußte, daß er starb und dabei jegliche Körperbeherrschung verlor, bemühte er sich mit letzter Willensanstrengung, auf die der Frau zugewandte Seite zu fallen, um sie durch diesen abschließenden Feuerstoß mit sich in den Tod zu nehmen.

Kurz nachdem Stefan den engsten aller Nebenarme betreten hatte, dessen Wände schräg nach innen geneigt zu sein schienen, anstatt wie in den anderen Schluchten oben auseinanderzuweichen, hörte er ganz in der Nähe einen langen Feuerstoß aus einer MP und hastete verzweifelt weiter. Er stolperte mehrmals, prallte von den Erdwänden ab, aber er folgte dem verwinkelten Korridor bis zum Ende, wo er auf den durch Vexxon getöteten SS-Führer stieß.

Zehn Schritte dahinter hockte Laura mit gespreizten Beinen im Sand, hatte den Gasbehälter zwischen ihren Schenkeln und hielt ihn mit blutenden Händen umklammert. Ihr Kopf hing herab, ihr Kinn ruhte auf der Brust; sie wirkte schlaff und leblos wie eine Stoffpuppe.

»Laura, nein«, sagte er mit einer Stimme, die er kaum als seine erkannte. »Nein, nein!«

Sie hob den Kopf, starrte ihn blinzelnd an, fuhr zusammen und lächelte endlich schwach. Sie lebte.

»Chris?« fragte er und stieg über den Toten hinweg. »Wo ist Chris?«

Sie stieß den noch immer zischenden Nervengasbehälter von sich weg und rückte zur Seite.

Chris lugte aus der dunklen Nische hinter ihr und erkundigte sich: »Alles okay, Stefan? Du siehst beschissen aus. Entschuldigung, Mom, aber das stimmt wirklich.«

Zum ersten Mal seit über zwanzig Jahren – oder zum ersten Mal seit über *fünfundsechzig* Jahren, wenn man die mitzählte, die er übersprungen hatte, um in Lauras Gegenwart zu kommen, weinte Stefan Krieger. Er staunte über seine Tränen, denn er hatte geglaubt, durch sein Leben im Dritten Reich unfähig geworden zu sein, jemals wieder um etwas oder jemanden zu weinen. Und was noch erstaunlicher war – diese ersten Tränen seit Jahrzehnten waren Freudentränen.

SIEBEN
Bis an ihr seliges Ende

1

Als die Polizei über eine Stunde später vom Tatort des MP-Überfalls auf den Streifenpolizisten entlang der Staatsstraße 111 weiter nach Norden vorrückte, als sie den von Kugeln durchlöcherten Toyota fand und am Rand des Arroyos blutige Spuren im Sand und Schiefergrund sah, als sie die weggeworfene Uzi entdeckte und Laura und Chris in der Nähe des Buick mit den Nissan-Kennzeichen erschöpft aus der Schlucht heraufklettern sah, erwartete sie, die nähere Umgebung mit Leichen übersät vorzufinden, und wurde nicht enttäuscht. Die ersten drei lagen ganz in der Nähe auf dem Boden der Schlucht, die vierte fand sich in einem entfernten Nebenarm, zu dem die erschöpfte Frau sie führte.

An den darauffolgenden Tagen schien Laura mit den zuständigen Stellen der Orts-, Staats- und Bundespolizei rückhaltlos zusammenzuarbeiten – und trotzdem war keine von ihnen davon überzeugt, daß sie die volle Wahrheit sagte. Nach ihrer Aussage hatten die Drogenhändler, die vor einem Jahr ihren Mann erschossen hatten, nun auch sie durch angeheuerte Killer ermorden lassen wollen, weil sie offenbar fürchteten, sie könnten von ihr identifiziert werden. Lauras Haus bei Big Bear war so brutal überfallen worden, daß sie hatte flüchten müssen, und sie war nicht zur Polizei gegangen, weil sie befürchtet hatte, dort nicht ausreichend Schutz für sich und ihren Sohn zu finden. Seit jenem MP-Überfall am 10. Januar, dem ersten Jahrestag der Ermordung ihres Mannes, war sie 15 Tage lang auf der Flucht gewesen; trotz aller Vorsichtsmaßnahmen hatten die Killer sie in Palm Springs aufgespürt, auf der Staatsstraße 111 verfolgt, von der Fahrbahn in die Wüste abgedrängt und zu Fuß durch die Arroyos gehetzt, wo es Laura schließlich gelungen war, sie zu erledigen. Diese Story – daß eine Frau vier erfahrene Killer, und zumindest einen weiteren, erledigt haben sollte, dessen Kopf hinter Brenkshaws Haus entdeckt worden war – hätte unglaublich geklungen, wenn Laura sich nicht als erstklassige Schützin, durchtrainierte Kampfsportlerin und Besitzerin eines illegalen Waffenlagers erwiesen hätte, um das manche Staaten der Dritten Welt sie hätten beneiden können. Bei einem Verhör, in dem es um ihre Bezugsquellen für illegal umgebaute Uzis und ein Nervengas ging, das die U. S. Army strengstens unter Verschluß hielt, sagte sie aus: »Ich schreibe Romane. Umfangreiche Recherchen gehören zu meinem Beruf. Ich habe gelernt, alles herauszubekommen, was mich interessiert, und mir alles zu verschaffen, was ich brauche.« Danach nannte sie ihnen Fat Jack, und die Durchsuchung seines ›Pizza Party Palace‹ förderte alles zutage, was sie angegeben hatte.

»Ich nehme ihr nichts übel«, erklärte Fat Jack der Presse, als er dem Richter vorgeführt wurde. »Sie ist mir nichts schuldig. Keiner von uns ist jemandem was schuldig, das er ihm nicht schuldig sein *will.* Ich bin ein Anarchist. Ich mag Weibsbilder wie sie. Außerdem muß ich nicht ins Gefängnis. Ich bin zu fett und würde verhungern, und das wäre eine grausame, unübliche Strafe.«

Laura weigerte sich, den Namen des Mannes zu nennen, den sie in den frühen Morgenstunden des 11. Januar in Dr. Brenkshaws Haus gebracht hatte, damit der Arzt seine Schußwunde versorge. Sie sagte lediglich aus, er sei ein guter Freund, der sich zum Zeitpunkt des Feuerüberfalls in ihrem Haus bei Big Bear aufgehalten habe. Laura beteuerte, er sei ein unbeteiligter Außenstehender, dessen Leben zerstört sei, wenn sie ihn in diese schmutzige Sache hineinziehe, und deutete an, er sei ein verheirateter Mann, mit dem sie eine Liebesaffäre gehabt habe. Seine Genesung mache inzwischen gute Fortschritte, und er habe wirklich genug ausgestanden.

Polizei und Staatsanwaltschaft setzten ihr wegen dieses unbekannten Geliebten heftig zu, aber Laura gab nicht nach und konnte nur bedingt unter Druck gesetzt werden, zumal sie sich die besten Anwälte Amerikas leisten konnte. Die Behauptung, der geheimnisvolle Unbekannte sei ihr Geliebter gewesen, nahm ihr allerdings niemand ab. Schließlich bedurfte es keiner eingehenden Ermittlung, um festzustellen, daß sie und ihr Mann, der erst ein Jahr tot war, sich ungewöhnlich nahegestanden hatten und sie den Verlust ihres Mannes noch keineswegs so weit überwunden hatte, daß sie glaubhaft behaupten konnte, sie sei imstande gewesen, im Schatten der Erinnerung an Danny Packard eine Liebesaffäre zu haben.

Nein, sie könne nicht erklären, weshalb keiner der toten Killer einen Ausweis bei sich gehabt habe oder weshalb sie alle gleich gekleidet gewesen seien oder weshalb sie kein eigenes Auto gehabt hätten, so daß sie gezwungen gewesen waren, den Toyota der beiden Kirchengängerinnen zu stehlen, oder weshalb sie in Palm Springs in Panik geraten und den Polizeibeamten erschossen hätten. Am Bauch zweier Leichen waren Druckspuren wie von straffsitzenden Gürteln entdeckt worden, aber die beiden Toten hatten nichts dergleichen getragen, und Laura wußte auch davon nichts. Wer könnte wissen, so fragte sie, welche Gründe solche Männer für ihre antisozialen Taten hätten? Es blieb ein Geheimnis, das selbst die erfahrensten Kriminalisten und Soziologen nicht zu erklären wußten. Und wenn alle diese Experten die tiefsten und wahrsten Gründe für das Verhalten solcher Soziopathen nicht einmal näherungsweise deuten könnten, wie solle dann sie eine Lösung für das prosaischere, aber um so bizarrere Rätsel der verschwundenen Gürtel anbieten können? Bei einer Gegenüberstellung mit den beiden Frauen, deren Toyota gestohlen worden war und die behaupteten, die Killer seien Engel gewesen, hörte Laura offensichtlich interessiert, sogar fasziniert zu, nur um sich danach bei den Vernehmungsbeamten zu erkundigen, ob sie etwa damit rechnen müsse, den verrückten Ideen aller an ihrem Fall interessierten Spinner ausgeliefert zu werden.

Sie war Granit.

Sie war Eisen.

Sie war Stahl.

Sie war nicht weichzukriegen. Die Behörden hämmerten schonungslos und mit der Kraft, mit der Thor seinen Hammer geschwungen hatte, auf sie ein, aber es nützte nichts. Nach einigen Tagen waren sie aufgebracht. Nach einigen Wochen waren sie wütend. Nach einem Vierteljahr haßten sie Laura und wollten sie dafür bestrafen, daß sie nicht vor ihnen zu Kreuze kroch. Nach einem halben Jahr wurden sie müde. Nach zehn Monaten waren sie gelangweilt. Und nach einem Jahr zwangen sie sich dazu, den Fall zu vergessen.

In der Zwischenzeit hatten sie ihren Sohn Chris natürlich für das schwächste Glied der Kette gehalten. Sie hatten ihn nicht wie Laura unter Druck gesetzt, sondern statt dessen mit gespielter Freundlichkeit, Tücke, Hinterlist, Täuschung und Scheinheiligkeit versucht, dem Jungen die Aussagen zu entlocken, die seine Mutter sich zu machen weigerte. Als sie ihn nach dem verschwundenen Verletzten befragten, erzählte er ihnen statt dessen jedoch alles über Indiana Jones und Luke Skywalker und Han Solo. Als sie sich bemühten,

Klarheit über die Ereignisse in den Arroyos zu gewinnen, sprach er von Sir Keith Kröterich, einem Abgesandten der Königin, der bei ihnen in Untermiete wohne. Als sie wenigstens einen Hinweis darauf zu erhalten versuchten, wo seine Mutter und er sich in den zwei Wochen vom 10. bis zum 25. Januar versteckt gehalten – und was sie dort getan – hatten, sagte der Junge aus: »Ich hab' immer nur geschlafen, ich hab' im Koma gelegen, ich hab' wahrscheinlich Malaria oder sogar Marsfieber gehabt, wissen Sie, und jetzt leide ich an Gedächtnisverlust wie damals Wily Coyote, als Road Runner ihn mit einem Trick dazu gebracht hat, sich selbst einen Felsbrocken auf den Kopf zu werfen.« Und als ihre Unfähigkeit, zur Sache zu kommen, Chris frustrierte, sagte er schließlich: »Das sind *Familiensachen*, wissen Sie. Kennen Sie denn keine Familiensachen? Über diese Dinge kann ich nur mit meiner Mom reden, weil sie sonst keinen was angehen. Wohin soll man noch heim können, wenn man anfängt, mit Fremden über Familiensachen zu reden?«

Um den Fall für Polizei und Staatsanwaltschaft noch weiter zu komplizieren, entschuldigte Laura Shane sich öffentlich bei allen, deren Eigentum sie auf ihrer Flucht vor den angeheuerten Killern beschädigt oder mißbräuchlich benutzt hatte. Der Familie, deren Buick sie gestohlen hatte, schenkte sie einen neuen Cadillac. Der Mann, dessen Nissan-Kennzeichen sie entwendet hatte, bekam einen neuen Nissan. In sämtlichen Fällen leistete sie äußerst großzügig Schadenersatz und gewann sich damit überall neue Freunde.

Ihre alten Bücher erlebten mehrere Neuauflagen, einige davon erschienen jetzt – Jahre nach ihrem ursprünglichen Erscheinen – als Taschenbücher wieder auf den Bestsellerlisten. Große Filmgesellschaften überboten einander, um die wenigen noch freien Filmrechte von Laura-Shane-Romanen zu erwerben. Nach vielleicht von ihrem Agenten in Umlauf gebrachten Gerüchten, die aber vermutlich stimmten, standen die Verlage Schlange, um die Chance zu erhalten, ihr für ihren nächsten Roman einen Rekordvorschuß zahlen zu dürfen.

2

In diesem Jahr hatte Stefan Krieger schreckliche Sehnsucht nach Laura und Chris, ansonsten aber war das Leben in der Villa des

Ehepaars Gaines in Beverly Hills durchaus angenehm. Die Unterbringung war luxuriös, die Verpflegung hervorragend. Jason machte es Spaß, ihm an seinem Schneidetisch zu Hause beizubringen, was man mit Filmmaterial alles anfangen konnte, und Thelma war sowieso amüsant.

»Hör zu, Krieger«, sagte sie an einem Sommertag am Swimmingpool. »Vielleicht wärst du lieber mit den beiden zusammen, vielleicht hast du's satt, dich hier verstecken zu müssen. Aber stell dir die Alternative vor! Du könntest jetzt in deinem eigenen Zeitalter festsitzen – ganz ohne Plastikmüllsäcke, Pop Tarts, Day-Glo-Unterwäsche, Thelma-Ackerson-Filme und Wiederholungen von ›Gilligan's Island‹. Sei lieber dankbar dafür, daß du dich in diesem aufgeklärten Zeitalter wiedergefunden hast.«

»Ja, aber ...« Er starrte die glitzernden Lichtreflexe auf dem nach Chlor riechenden Wasser eine Weile an. »Nun, ich fürchte, in diesem Jahr der Trennung auch noch die winzige Chance zu vertun, die ich vielleicht gehabt hätte, sie für mich zu gewinnen.«

»Gewinnen kann man sie ohnehin nicht, *Herr* Krieger. Sie ist kein Hauptgewinn bei der Tombola einer Wohltätigkeitsveranstaltung. Eine Frau wie Laura gewinnt man nicht. Sie entscheidet selbst, wann sie sich jemandem *schenken will,* und damit hat sich die Sache.«

»Du machst mir nicht gerade Mut.«

»Mut zu machen ist nicht mein Job.«

»Ich weiß ...«

»Mein Job ist ...«

»Ja, ja!«

»... komisch zu sein. Wenngleich ich mit meinem tollen Aussehen vermutlich als reisende Nutte ebenso erfolgreich sein würde – zumindest in wirklich einsamen Holzfällerlagern.«

Die Weihnachten verbrachten Laura und Chris bei ihren Freunden in Beverly Hills, und Lauras Weihnachtsgeschenk für Stefan war eine neue Identität. Obwohl die Strafverfolgungsbehörden sie bis in den Spätherbst hinein ziemlich strikt hatten überwachen lassen, war es ihr gelungen, durch Strohmänner einen Führerschein, einen Sozialversicherungsausweis, Kreditkarten und einen amerikanischen Reisepaß auf den Namen Steven Krieger beschaffen zu lassen.

Diese Papiere überreichte sie Stefan am Morgen des ersten

Weihnachtsfeiertags in einer Schachtel. »Alle Dokumente sind echt. In ›Fluß ohne Ende‹ sind zwei meiner Romanhelden auf der Flucht und brauchen neue Papiere ...«

»Ich weiß«, sagte Stefan. »Ich hab's gelesen. Dreimal.«

»Dasselbe Buch dreimal?« fragte Jason. Sie saßen alle um den Weihnachtsbaum herum, knabberten Süßigkeiten und tranken Kakao, und Jason war in bester Laune. »Laura, nimm dich vor diesem Mann in acht! Das sieht sehr nach Zwangsneurose aus.«

»Ja, natürlich!« meinte Thelma. »Bei euch Hollywoodtypen gilt jeder, der *irgendein* Buch liest, als Geistesriese oder Psychopath. Sag mal, Laura, wo hast du bloß diese echt aussehenden gefälschten Papiere aufgetrieben?«

»Sie sind nicht gefälscht«, widersprach Chris. »Sie sind *echt!*«

»Richtig«, bestätigte Laura. »Der Führerschein und alles andere basiert auf amtlichen Unterlagen. Bei den Recherchen für ›Fluß ohne Ende‹ habe ich rauskriegen müssen, wie man sich eine erstklassige neue Identität besorgen kann, und bin dabei auf diesen interessanten Mann gestoßen, der in San Francisco eine regelrechte Dokumentenindustrie aufgezogen hat. Seine Fälscherwerkstatt befindet sich im Keller unter einem Oben-ohne-Nachtklub ...«

»Einem Nachtklub ohne Dach?« fragte Chris.

Laura zerzauste ihrem Jungen mit einer Hand das Haar und sprach weiter: »Ganz unten in der Schachtel findest du übrigens Sparbücher und Scheckhefte, Stefan. Ich habe unter deinem neuen Namen Konten bei der Security Pacific Bank und der Great Western Savings eröffnet.«

Er war sichtlich verblüfft. »Ich kann kein Geld von dir annehmen. Ich kann keine ...«

»Du bewahrst mich vor dem Rollstuhl, rettest mir mehrmals das Leben, und ich darf dir kein Geld schenken, wenn mir danach zumute ist? Thelma, was ist los mit ihm?«

»Er ist ein Mann«, antwortete Thelma.

»Das dürfte alles erklären.«

»Behaart, neandertalhaft«, erläuterte Thelma, »wegen seines überhöhten Testosteronspiegels ständig halb verrückt, unter ererbten Erinnerungen an die verlorene Herrlichkeit einstiger Mammutjagden leidend – so sind sie alle.«

»Männer«, sagte Laura.

»Männer«, sagte Thelma.

Zu seiner Überraschung und fast gegen seinen Willen spürte Stefan Krieger, wie die Dunkelheit in seinem Inneren etwas abnahm und das Licht ein Fenster fand, durch das es in sein Herz scheinen konnte.

Ende Februar darauffolgenden Jahres, dreizehn Monate nach den Ereignissen in der Wüste nördlich von Palm Springs, schlug Laura vor, Stefan solle zu Chris und ihr ins Haus bei Big Bear ziehen. Er fuhr am nächsten Tag mit dem eleganten russischen Sportwagen hin, den er sich von einem Teil des Geldes gekauft hatte, das Laura ihm geschenkt hatte.

In den folgenden sieben Monaten schlief er im Gästezimmer. Mehr brauchte er nicht. Tag für Tag mit ihnen zusammenzuleben, von ihnen akzeptiert zu werden und in ihr Leben einbezogen zu sein bedeutete schon so viel Liebe, wie er vorerst bewältigen konnte.

Mitte September, zwanzig Monate nachdem Stefan mit einer Schußwunde in der Brust auf ihrer Schwelle erschienen war, lud sie ihn in ihr Bett ein. Drei Nächte später fand er den Mut, ihre Einladung anzunehmen.

3

In dem Jahr, in dem Chris zwölf wurde, kauften Jason und Thelma sich ein Refugium in Monterey oberhalb der schönsten Küste der Welt und bestanden darauf, daß Laura, Stefan und Chris dort den August, in dem sie beide nicht mit Filmprojekten beschäftigt waren, bei ihnen verbrachten. Auf der Halbinsel Monterey waren die Morgen kühl und neblig, die Tage klar und warm und die Nächte trotz der Jahreszeit ausgesprochen kalt – ein täglicher Klimawechsel von äußerst belebender Wirkung.

Am zweiten Freitag des Monats machten Stefan und Chris mit Jason einen Strandspaziergang. Auf den Felsen in Küstennähe sonnten sich laut bellende Seelöwen. Der Seitenstreifen der Strandstraße war dicht mit Touristenautos verparkt; ihre Insassen bevölkerten den Strand und wagten sich sogar bis zum Wasser, um die sonnenanbetenden Tiere zu fotografieren.

»Jedes Jahr kommen mehr ausländische Touristen«, stellte Jason fest. »Eine regelrechte Invasion! Und wie du siehst, stellen Japaner, Deutsche und Russen die Hauptkontingente. Vor weniger als einem halben Jahrhundert haben wir gegen alle drei den größten Krieg der Weltgeschichte geführt, und jetzt sind sie alle reicher als wir. Japanische Autos und elektronische Geräte, russische Autos und Computer, deutsche Autos und Werkzeugmaschinen ... Ganz ehrlich, Stefan, ich glaube, daß die Amerikaner ihre alten Feinde oft besser behandeln als ihre alten Freunde.«

Stefan blieb stehen, um die Seelöwen zu beobachten, die das Interesse der Touristen geweckt hatten, und dachte an den Fehler, den er während seiner Begegnung mit Winston Churchill gemacht hatte.

Aber eine Frage könnten Sie mir wenigstens noch beantworten ... Hmmm, lassen Sie mich nachdenken. Gut, wie geht's nach dem Krieg beispielsweise mit den Russen weiter?

Der alte Fuchs hatte so beiläufig gesprochen, als wäre diese Frage ihm nur zufällig eingefallen, als hätte er ebensogut fragen können, ob die Herrenmode sich in Zukunft verändern werde; dabei war seine Frage genauestens überlegt und die Antwort höchst wichtig für ihn gewesen. Auf der Grundlage von Stefans Auskunft hatte Churchill die Westalliierten dazu gebracht, in Europa nach der Niederlage der Deutschen weiterzukämpfen. Unter dem Vorwand, eine weitere sowjetische Expansion in Osteuropa verhindern zu müssen, waren die westlichen Alliierten gegen die Russen angetreten, hatte sie in die Sowjetunion zurückgeworfen und zuletzt völlig besiegt. Tatsächlich waren die Russen im Krieg gegen Deutschland auf Nachschub und Waffenlieferungen aus den Vereinigten Staaten angewiesen gewesen; als ihnen diese Unterstützung entzogen wurde, brachen sie binnen weniger Monate zusammen, weil sie im Kampf gegen ihren ehemaligen Verbündeten Hitler ausgeblutet waren. Jetzt unterschied die heutige Welt sich erheblich von der vom Schicksal vorgesehenen – nur weil Stefan diese eine Frage Churchills beantwortet hatte.

Anders als Jason, Thelma, Laura und Chris war Stefan in dieser Zeit nicht zu Hause; ein Mensch, der eigentlich nicht dazu bestimmt war, in dieser Gegenwart zu leben; die Jahre seit den großen Kriegen waren seine Zukunft – und zugleich die Vergangenheit dieser Menschen; deshalb kannte er die Zukunft, die einst sein hätte sollen und die Zukunft, die an ihre Stelle getreten war. Die anderen konnten sich jedoch an keine andere Welt als an die erinnern, in der sich keine Supermächte feindlich gegenüberstanden, keine riesigen Kernwaffenarsenale zur Vernichtung der Menschheit bereitlagen, die Demokratie auch in Rußland blühte und Frieden und Überfluß herrschten.

Das Schicksal bemüht sich, ursprünglich vorgesehene Entwicklungslinien durchzusetzen. Aber manchmal gelingt ihm das zum Glück nicht.

Laura und Thelma blieben in Schaukelstühlen auf der Veranda sitzen und beobachteten, wie ihre Männer ans Meer hinuntergingen und dem Strand folgend nach Norden verschwanden.

»Bist du glücklich mit ihm, Shane?«

»Er ist ein Melancholiker.«

»Aber ein lieber Mensch.«

»Wie Danny wird er nie sein.«

»Aber Danny lebt nicht mehr.«

Laura nickte. »Er behauptet, ich hätte ihn erlöst«, sagte sie.

»Ein großes Wort, nicht wahr?«

Schließlich sagte Laura: »Ich liebe ihn.«

»Ich weiß«, sagte Thelma.

»Ich hätte nie geglaubt, daß ich's noch mal tun würde ... Einen Mann auf diese Art zu lieben, meine ich.«

»Was für 'ne Art ist das, Shane? Redest du von irgendeiner verrückten neuen Stellung? Du bist eine Frau mittleren Alters, Shane; in nicht allzu vielen Monden wirst du vierzig – wär's da nicht Zeit, deine libidinösen Gewohnheiten abzulegen?«

»Du bist unverbesserlich!«

»Ich gebe mir Mühe, es zu sein.«

»Wie steht's mit dir, Thelma? Bist du glücklich?«

Thelma tätschelte ihren angeschwollenen Bauch. Sie war im siebten Monat schwanger. »Sehr glücklich, Shane. Hab' ich's dir schon erzählt – vielleicht Zwillinge?«

»Ja, das hast du mir erzählt.«

»Zwillinge«, sagte Thelma, als erfülle diese Aussicht sie mit ehrfürchtiger Scheu. »Stell dir vor, wie Ruthie sich für mich freuen würde!«

Zwillinge.

Das Schicksal bemüht sich, ursprünglich vorgesehene Entwicklungslinien durchzusetzen, dachte Laura. Und manchmal gelingt ihm das zum Glück.

Sie saßen eine Weile in geselligem Schweigen da, atmeten die gesunde Seeluft und hörten den Wind sanft in den Pinien und Zypressen Montereys seufzen.

Nach einiger Zeit fragte Thelma: »Erinnerst du dich noch an den Tag, an dem ich zu dir in die Berge kam und du hinter dem Haus auf Zielscheiben geballert hast?«

»Ja, ich erinnere mich.«

»Du hast auf diese Mannscheiben geballert, mit knurrend hochgezogenen Lefzen, die ganze Welt zum Kampf herausfordernd, dein Haus ein Waffenlager. Damals hast du mir erklärt, du habest dein Leben damit zugebracht, alles zu erdulden, was das Schicksal dir zugedacht habe, aber nun seist du entschlossen, nicht länger zu erdulden – du würdest kämpfen, um Chris und dich zu beschützen. An diesem Tag bist du sehr zornig gewesen, Shane, und sehr verbittert.«

»Ja.«

»Hör zu, ich weiß, daß du noch immer eine Dulderin bist. Und ich weiß, daß du nach wie vor eine Kämpferin bist. Die Welt ist noch immer voller Tod und Tragödien. Aber trotzdem bist du irgendwie nicht mehr verbittert.«

»Nein.«

»Willst du mich in dein Geheimnis einweihen?«

»Ich habe eine dritte Lektion gelernt, das ist alles. Als Kind habe ich Dulden gelernt. Nachdem Danny ermordet worden war, habe ich Kämpfen gelernt. Jetzt bin ich noch immer eine Dulderin und Kämpferin – aber ich habe auch Akzeptieren gelernt. Das Schicksal *ist.*«

»Klingt sehr nach fernöstlichmystischem-transzendentalem Scheiß. Jesus, Shane! Das Schicksal ist. Als nächstes verlangst du, daß ich 'ne Mantra runterleiere und Nabelschau betreibe.«

»Mit Zwillingen vollgestopft wie jetzt,« sagte Laura, »kannst du deinen Nabel nicht mal sehen.«

»O doch, das kann ich – wenn ich mich vor den Spiegel stelle«

Laura lachte. »Ich liebe dich, Thelma.«

»Ich liebe dich, Schwesterherz.«

Sie schaukelten in ihren Stühlen.

Unten am Strand kam die Flut herein.

NACHTSTIMMEN

A faint cold fear
thrills through my veins.
William Shakespeare

Für alte Freunde
– Harry und Diane Recard,
Andy und Ann Wickstrom –,
die wie guter Wein Jahr für Jahr besser werden.

TEIL EINS

1

»Hast du schon einmal etwas umgebracht?« fragte Roy.

Colin runzelte die Stirn. »Was zum Beispiel?«

Die beiden Jungen standen auf einem Hügel am Nordrand der Stadt. Unter ihnen lag der Ozean.

»Einfach irgend etwas«, sagte Roy. »Hast du schon jemals irgend etwas umgebracht?«

»Ich verstehe einfach nicht, was du meinst«, entgegnete Colin.

Weit draußen, auf der von der Sonne gesprenkelten Wasserfläche, glitt ein großes Schiff in nördliche Richtung auf das ferne San Francisco zu. Näher an der Küste konnte man eine Bohrinsel erkennen. Auf dem verlassenen Strand mühte sich ein Vogelschwarm ab, im feuchten Sand Nahrung zu finden.

»Du mußt doch schon einmal etwas umgebracht haben«, sagte Roy ungeduldig. »Irgendwelche Insekten zum Beispiel?«

Colin hob die Schultern. »Na klar. Moskitos. Ameisen. Fliegen. Was ist denn dabei?«

»Und, hat es dir gefallen?«

»Was soll mir gefallen haben?«

»Das Umbringen.«

Colin starrte ihn verständnislos an und schüttelte schließlich den Kopf. »Roy, ich muß schon sagen, manchmal spinnst du richtig.«

Roy grinste bloß.

»Macht es dir denn Spaß, Insekten umzubringen?« fragte Colin schließlich unsicher.

»Ja, manchmal.«

»Wieso?«

»Weil es einfach ein Knaller ist.«

Für Roy war ›Knaller‹ die höchste Steigerungsform für alles, was Spaß machte.

»Was ist denn da schön dran?« wollte Colin wissen.

»Wie sie zappeln, wenn man sie zerquetscht.«

»Iiih.«

»Hast du schon mal einer Heuschrecke die Beine ausgerissen und dann zugesehen, wie sie zu gehen versucht?« fragte Roy.

»Du spinnst. Du spinnst wirklich.«

Roy wandte sich der endlosen Brandung zu und stand, mit in die Hüften gestemmten Händen, trotzig da, als wolle er die Flut zum Kampf herausfordern. Für ihn war das eine ganz natürliche Haltung; er war der geborene Kämpfer.

Colin war vierzehn Jahre alt, genauso alt wie Roy. Aber er forderte nie etwas heraus. Er ließ sich einfach vom Leben treiben, dorthin, wo es ihn trug, und leistete keinen Widerstand. Schon lange hatte er begriffen, daß Widerstand nur Schmerzen bereitete.

Colin saß auf der Hügelkuppe im trockenen Gras und blickte bewundernd zu Roy auf. Der meinte jetzt, ohne sich von der See abzuwenden: »Hast du je etwas Größeres als Insekten umgebracht?«

»Nein.«

»Ich schon.«

»Wirklich?«

»Oft sogar.«

»Was hast du denn umgebracht?« wollte Colin wissen.

»Mäuse.«

»Hey«, sagte Colin, dem plötzlich etwas einfiel, »mein Dad hat mal eine Fledermaus erschlagen.«

Roy blickte auf ihn herab. »Wann war das?«

»Ist schon zwei, drei Jahre her, damals in Los Angeles. Meine Mom und mein Dad lebten noch zusammen. Wir hatten ein Haus in Westwood.«

»Und dort hat er die Fledermaus umgebracht?«

»Mhm. Müssen welche auf dem Dachboden gewesen sein. Eine davon war ins Schlafzimmer meiner Eltern geraten. Das war bei Nacht. Ich bin aufgewacht und habe meine Mom schreien hören.«

»Sie hatte richtig Schiß, was?«

»Schrecklich.«

»Das hätte ich gerne gesehen.«

»Ich bin hingerannt, um nachzusehen, was passiert war, und da flatterte diese Fledermaus in ihrem Zimmer herum.«

»War sie nackt?«

Colin riß die Augen auf. »Wer?«

»Deine Mutter.«

»Natürlich nicht.«

»Ich habe gedacht, daß sie vielleicht nackt geschlafen hat und daß du sie gesehen hast.«

»Nein«, sagte Colin. Er spürte, wie er rot wurde.

»Hat sie ein Nachthemd angehabt?« wollte Roy wissen.

»Das weiß ich nicht.«

»Du *weißt* es nicht?«

»Ich kann mich nicht erinnern«, erklärte Colin unsicher.

»Wenn *ich* sie gesehen hätte«, sagte Roy, »würde ich mich verdammt genau daran erinnern.«

»Naja, wahrscheinlich hat sie schon ein Nachthemd angehabt«, sagte Colin. »Ja, jetzt erinnere ich mich.«

Tatsächlich hatte er keine Ahnung, ob sie einen Pyjama oder einen Pelzmantel angehabt hatte, und er konnte auch nicht verstehen, warum Roy das interessierte.

»Konntest du durchsehen?« wollte Roy jetzt wissen.

»Durch was durchsehen?«

»Herrgott nochmal, Colin! Konntest du durch ihr Nachthemd durchsehen? War es so ein dünnes?«

»Warum sollte ich das denn?«

»Sag mal, bist du eigentlich blöd?«

»Warum sollte ich denn meine eigene Mom anstarren?«

»Weil sie eine klasse Figur hat. Deshalb.«

»Du willst mich wohl auf den Arm nehmen!«

»Scharfe Titten.«

»Roy, jetzt mach dich nicht lächerlich.«

»Klasse Beine.«

»Woher willst du das denn wissen?«

»Weil ich sie im Badeanzug gesehen habe«, sagte Roy. »Sie ist richtig sexy.«

»Was ist sie?«

»Sexy.«

»Sie ist meine *Mutter*!«

»Na und?«

»Manchmal werde ich aus dir wirklich nicht schlau, Roy.«

»Du bist doch das allerletzte.«

»Ich?«

»Das allerletzte!«

»Ich dachte, wir reden von der Fledermaus.«

»Na schön, was ist dann mit der Fledermaus passiert?«

»Mein Dad hat sich einen Besen geholt und sie in der Luft erwischt. Und dann hat er so lange auf das Biest eingeschlagen, bis es zu quietschen aufhörte. Junge, das hättest du hören sollen.« Colin schauderte bei der Erinnerung. »Schrecklich war das.«

»Blut?«

»Hä?«

»Hat es eine Menge Blut gegeben?«

»Nein.«

Roy blickte wieder über das Meer hinaus. Die Geschichte von der Fledermaus schien ihn nicht sonderlich beeindruckt zu haben.

Die warme Brise zerzauste ihm den Schopf. Er hatte dichtes goldblondes Haar und ein hübsches, sommersprossiges Gesicht, wie es oft in Werbespots im Fernsehen auftaucht. Für sein Alter war er kräftig gebaut und groß, ein guter Sportler.

Colin hätte gern so wie Roy ausgesehen.

Wenn ich einmal reich bin, dachte Colin, dann gehe ich zu einem Schönheitschirurgen, vielleicht mit einer Million Kröten in der Tasche und einem Bild von Roy. Und dann lasse ich mich völlig neu stylen. Völlig umwandeln. Der Schönheitschirurg wird mein braunes Haar in strohblondes umwandeln. Und dann wird er sagen, *magst wohl dieses schmale, blasse Gesicht nicht mehr, wie? Man kann es dir ja nicht verübeln. Wer mag schon ein solches Gesicht? Wir wollen dir ein hübscheres machen.* Und meine Ohren wird er sich auch vornehmen. Wenn er dann fertig ist, werden die nicht mehr so groß sein. Und meine verdammten Augen wird er auch richten, damit ich keine dicke Brille mehr zu tragen brauche. Und dann wird er sagen, *soll ich dir noch ein paar Muskeln auf die Arme und die Beine und den Brustkasten packen? Kein Problem, ist ein Kinderspiel.* Und dann werde ich nicht bloß so aussehen wie Roy, sondern auch so stark sein wie Roy, und so schnell rennen können wie Roy, und vor nichts mehr Angst haben, vor nichts auf der ganzen Welt. Ja. Aber da bringe ich besser zwei Millionen Kröten mit.

Roy, der immer noch dem Schiff draußen auf dem Meer nachsah, sagte: »Und ich habe auch schon was Größeres als Mäuse umgebracht.«

»Größer als Mäuse?«

»Na klar.«

»Was denn zum Beispiel?«

»Eine Katze.«

»Du hast eine Katze umgebracht?«

»Habe ich doch gesagt, oder?«

»Und warum hast du das getan?«

»Weil ich mich gelangweilt habe.«

»Das ist doch kein Grund.«

»Naja, aber ich war immerhin beschäftigt.«

»Du liebe Güte.«

Roy wandte sich vom Meer ab.

»So ein Mist«, sagte Colin.

Roy kauerte sich vor Colin hin und sah ihm genau in die Augen. »Es war einfach stark, ein unheimlicher Knaller.«

»Stark? So was macht Spaß? Eine Katze umzubringen?«

»Warum soll es denn *keinen Spaß* machen?« fragte Roy.

Colin blieb skeptisch. »Wie hast du es denn gemacht?«

»Zuerst habe ich sie in einen Käfig gesperrt.«

»Was für einen Käfig?«

»Einen großen alten Vogelkäfig.«

»Wo hast du den denn hergekriegt?«

»Der hat im Keller rumgelegen. Meine Mutter hat mal vor langer Zeit einen Papagei gehabt. Als der starb, hat sie sich keinen neuen Vogel besorgt, aber den Käfig hat sie auch nicht weggeworfen.«

»War es deine Katze?«

»Nee. Die hat irgendwelchen Leuten aus der Nachbarschaft gehört.«

»Wie hat sie denn geheißen?«

Roy zuckte mit den Schultern.

»Jetzt komm schon, du würdest dich doch an ihren Namen erinnern, wenn das stimmt, was du mir erzählst«, sagte Colin.

»Fluffy. Fluffy hat sie geheißen.«

»Das klingt so, als könnte es stimmen.«

»Es stimmt auch. Ich habe sie in den Käfig gesteckt und sie dann mit den Stricknadeln meiner Mutter bearbeitet.«

»Bearbeitet?«

»Durch das Gitter habe ich auf sie eingestochen. Herrgott, du hättest sie hören sollen!«

»Nein, vielen Dank.«

»Ganz wild ist sie geworden. Sie hat gespuckt und gekreischt und versucht, mit den Krallen auf mich loszugehen.«

»Und du hast sie mit den Stricknadeln umgebracht?«

»Nee. Mit den Nadeln habe ich sie bloß gereizt.«

»Das kann ich mir vorstellen.«

»Später habe ich mir dann eine lange, zweizinkige Fleischgabel aus der Küche geholt und sie damit umgebracht.«

»Wo waren denn deine Eltern, während du das gemacht hast?«

»Die waren beide bei der Arbeit. Ich habe die Katze vergraben und all das Blut weggewischt, ehe sie nach Hause kamen.«

Colin schüttelte den Kopf und seufzte. »Wie man nur soviel Blödsinn verzapfen kann.«

»Du glaubst mir wohl nicht?«

»Du hast nie eine Katze umgebracht.«

»Warum sollte ich denn so was erfinden?«

»Du willst doch bloß sehen, ob du mir angst machen kannst. Du willst, daß mir schlecht wird.«

Roy grinste. »Ist dir denn schlecht?«

»Natürlich nicht.«

»Siehst aber irgendwie blaß aus.«

»Nee, das schaffst du nicht, weil ich ganz genau weiß, daß das gar nicht stimmt. Da war keine Katze.«

Roys Augen blickten jetzt scharf und stechend, und Colin hatte das Gefühl, als würden sie ihn wie die Zinken dieser Fleischgabel durchbohren.

»Wie lange kennst du mich jetzt?« fragte Roy.

»Seit Mom und ich hierhergezogen sind.«

»Wie lange ist das her?«

»Das weißt du doch. Das war am ersten Juni. Einen Monat.«

»Habe ich dich in all der Zeit ein einziges Mal angelogen? Nein. Weil du nämlich mein Freund bist. Und einen Freund würde ich nie anlügen.«

»Es ist ja nicht gerade, daß du lügst. Das ist bloß so ein Spiel, das du mit mir treibst.«

»Ich mag keine Spiele«, sagte Roy.

»Aber du alberst die ganze Zeit rum.«

»Aber jetzt nicht.«

»Doch. Du machst dich bloß über mich lustig. Und wenn ich dann sage, daß ich das mit der Katze glaube, dann lachst du mich aus. Darauf falle ich nicht rein.«

»Na schön«, sagte Roy, »ich habe es eben versucht.«

»Ha! Du wolltest mich also *doch* reinlegen!«

»Wenn du das so siehst, dann soll es mir recht sein.«

Roy ließ Colin stehen und ging weg. Ein paar Meter von ihm entfernt hielt er an und blickte wieder auf das Meer hinaus, starrte den dunstigen Horizont an, als ob er sich in Trance befände. Für Colin, der ein großer Science-fiction-Liebhaber war, wirkte Roy so, als befände er sich in telepathischer Verbindung mit irgend etwas, das sich dort draußen in der Ferne, in den tiefen Wogen verbarg.

»Roy? Das mit der Katze war doch nur Spaß, oder?«

Roy drehte sich um, starrte ihn einen Augenblick lang ausdruckslos an und grinste dann.

Colin grinste zurück. »Hab ich es doch gewußt. Du wolltest dich bloß über mich lustig machen.«

2

Colin lag lang ausgestreckt auf dem Rücken, schloß die Augen und ließ sich eine Weile von der Sonne rösten.

Er mußte immer wieder an die Katze denken. Zwar versuchte er, sich etwas Angenehmeres auszumalen, aber vor jedes der Bilder, das er heraufbeschwor, schob sich immer wieder die Vision einer blutigen Katze in einem Vogelkäfig. Ihre Augen waren offen, tote, wäßrige Augen. Er war fest überzeugt davon, daß die Katze nur darauf wartete, daß er ihr zu nahe käme, darauf wartete, mit ihren rasiermesserscharfen Klauen nach ihm zu schlagen.

Etwas stieß ihn am Fuß an.

Er fuhr erschreckt in die Höhe.

Roy blickte auf ihn herab. »Wie spät ist es?«

Colin blinzelte und sah auf seine Armbanduhr. »Fast eins.«

»Komm. Steh auf.«

»Wo gehen wir hin?«

»Meine alte Dame arbeitet heute nachmittag in dem Geschenkeladen«, sagte Roy. »Wir haben das ganze Haus für uns.«

»Und was machen wir bei dir zu Hause?«

»Ich habe da etwas, das ich dir zeigen möchte.«

Colin stand auf und wischte sich ein paar Erdkrumen von seinen Jeans. »Willst mir wohl zeigen, wo du die Katze begraben hast?«

»Ich dachte, du glaubst mir das mit der Katze nicht.«
»Tu ich auch nicht.«
»Dann vergiß sie eben. Ich will dir die Eisenbahn zeigen.«
»Was für eine Eisenbahn?«
»Wirst schon sehen. Ein richtiger Knaller ist das.«
»Wollen wir sehen, wer zuerst in der Stadt ist?« fragte Colin.
»Klar.«
»Los!« rief Colin.

Wie üblich war Roy als erster bei seinem Fahrrad. Er hatte bereits fünfzig Meter Vorsprung, ehe Colin im Sattel saß.

Auf der zweispurigen Asphaltstraße herrschte ein dichtes Gedränge von Autos, Vans, Campern und schwerfälligen Wohnwagen, die alle miteinander wetteiferten. Colin und Roy fuhren auf dem geteerten Seitenstreifen.

Die meiste Zeit war kaum Verkehr auf der Seaview Road. Mit Ausnahme der Ortsansässigen benutzten alle die Fernstraße, die um Santa Leona herumführte. Doch während der Ferienzeit war die kleine Ortschaft überfüllt und wimmelte von Urlaubern, die zu schnell und meist auch recht rücksichtslos fuhren. Es war, als ob irgendwelche Dämonen hinter ihnen her wären. Sie schienen alle so hektisch und hatten es wohl mächtig eilig, sich zu erholen und sich zu entspannen.

Colin fuhr den letzten Hügel am Rand von Santa Leona hinunter. Der Wind wehte ihm ins Gesicht, zerzauste ihm das Haar und blies die Auspuffgase von ihm weg.

Unwillkürlich mußte er grinsen. Er war schon lange nicht mehr so gut draufgewesen wie jetzt.

Dafür gab es auch eine ganze Menge Gründe. Vor ihm lagen noch zwei Monate kalifornischen Sommers, zwei Monate der Freiheit, ehe die Schule wieder anfing. Und seit sein Vater nicht mehr da war, hatte er auch nicht mehr jeden Tag Angst davor, nach Hause zu gehen.

Die Scheidung seiner Eltern belastete ihn immer noch. Aber eine in die Brüche gegangene Ehe war trotzdem besser als die lauten, erbitterten, ewigen Streitereien, die ein paar Jahre lang so etwas wie ein nächtliches Ritual gewesen waren.

Manchmal konnte Colin in seinen Träumen noch die hinausgebrüllten Vorwürfe hören, und die ordinären Worte, die seine Mutter im Streit gebrauchte, was eigentlich gar nicht zu ihr paßte; und dann wie immer, unvermeidlich, das Geräusch, wie sein Vater sie schlug, und dann ihr Weinen. Ganz gleich, wie warm es auch in seinem Schlafzimmer war, er fröstelte jedesmal, wenn er aus solchen Alpträumen erwachte – fror am ganzen Leib und war doch schweißüberströmt.

Eigentlich stand er seiner Mutter gar nicht so nahe, aber das Zusammenleben mit ihr war wesentlich angenehmer als das Leben mit seinem Vater gewesen wäre. Seine Mutter teilte seine Interessen nicht, ja sie verstand sie nicht einmal – Science fiction, Horror-Comics, Geschichten von Werwölfen und Vampiren und Monsterfilme –, aber sie verbot ihm auch nie, sich damit zu befassen, wie es sein Vater immer versucht hatte.

Aber die wichtigste Veränderung in den letzten Monaten, die Sache, die ihn am glücklichsten machte, hatte überhaupt nichts mit seinen Eltern zu tun. Das war Roy Borden. Colin hatte zum ersten Mal im Leben einen richtigen Freund.

Er war zu schüchtern, um sich leicht mit anderen Halbwüchsigen anzufreunden. Meist wartete er darauf, daß die auf ihn zukamen, obwohl ihm klar war, daß sie sich wahrscheinlich gar nicht für einen schmächtigen, etwas tolpatschigen, kurzsichtigen, hauptsächlich an Büchern interessierten Jungen interessieren würden, der seinerseits kein Interesse am Sport hatte und auch nicht dauernd vor dem Fernseher sitzen wollte.

Roy Borden war selbstbewußt, besaß die Fähigkeit auf andere zuzugehen und war beliebt. Colin bewunderte und beneidete ihn zugleich. Fast jeder andere Junge in der Ortschaft wäre stolz gewesen, Roys bester Freund zu sein. Aber Roy hatte sich aus Gründen, die Colin ein Rätsel waren, ausgerechnet für ihn entschieden. Mit Roy etwas zu unternehmen, sich jemandem wie Roy anzuvertrauen und andererseits das Vertrauen von jemandem wie Roy zu genießen – das alles waren für Colin ganz neue Erkenntnisse. Er fühlte sich wie ein jämmerlicher Bettler, dem auf wundersame Weise die Gunst eines großen Fürsten zugefallen war.

Colin hatte Angst, daß das alles ebenso plötzlich wieder enden würde, wie es angefangen hatte.

Bei dem Gedanken schlug sein Herz schneller. Sein Mund wurde ganz trocken.

Ehe er Roy kennengelernt hatte, war er immer einsam gewesen und hatte deshalb die Einsamkeit auch ertragen. Jetzt, wo er

Freundschaft erlebt hatte, würde die Rückkehr in die Einsamkeit schmerzvoll sein und ihm weh tun.

Colin erreichte den Fuß des langen Hügels.

Einen Häuserblock vor ihm bog Roy gerade rechts um die Ecke.

Plötzlich dachte Colin, der andere Junge könnte ihm entwischen, irgendwo in einer Seitengasse verschwinden und sich auf alle Zeit vor ihm verstecken. Es war ein verrückter Gedanke, aber er wurde ihn einfach nicht los.

Er beugte sich nach vorne und stützte sich auf die Lenkstange. *Bitte warte auf mich, Roy, bitte warte!* Heftig trat er in die Pedale und versuchte aufzuholen.

Als er um die Ecke bog, stellte er zu seiner Erleichterung fest, daß sein Freund nicht verschwunden war. Roy hatte seine Fahrt sogar verlangsamt und sah sich gerade um. Colin winkte. Sie waren jetzt nur noch dreißig Meter voneinander entfernt. Ihr Wettrennen war praktisch zu Ende, weil sie beide wußten, wer gewinnen würde.

Roy bog nach links in eine schmale Wohnstraße, die von Palmen gesäumt war. Colin folgte ihm durch das Filigranwerk aus Schatten, das die vom Wind zerzausten Palmwedel auf die Straße warfen.

Das Gespräch, das er auf der Hügelkuppe mit Roy geführt hatte, hallte in ihm nach.

Du hast eine Katze umgebracht?

Habe ich doch gesagt, oder?

Und warum hast du das getan?

Weil ich mich gelangweilt habe …

Colin hatte wenigstens ein dutzendmal im Lauf der vergangenen Woche gespürt, daß Roy ihn auf die Probe stellte. Er war ganz sicher, daß die widerwärtige Geschichte mit der Katze auch wieder bloß so ein Test war, konnte sich aber einfach nicht vorstellen, wie er darauf hätte reagieren sollen. Hatte er den Test nun bestanden oder war er durchgefallen?

Obwohl er nicht wußte, was für Antworten man von ihm erwartete, wußte er instinktiv, *warum* er auf die Probe gestellt wurde. Roy hütete ein wunderbares – oder vielleicht auch ein schreckliches – Geheimnis und sehnte sich danach, es mit jemandem zu teilen, wollte aber vorher sicher sein, daß Colin auch dieses Vertrauens würdig war.

Roy hatte nie etwas von einem solchen Geheimnis erwähnt, mit keinem einzigen Wort, aber man konnte es in seinen Augen lesen. Colin konnte es sehen, seine vagen Umrisse, aber nicht die Einzelheiten, und er fragte sich immer wieder, was es wohl sein mochte.

3

Zwei Straßen von seinem Haus entfernt bog Roy Borden nach links in eine andere Straße, die von seinem Haus wegführte, und Colin hatte wieder einen kurzen Augenblick lang das Gefühl, daß der andere Junge versuchte, ihn loszuwerden. Aber Roy bog mitten im Häuserblock in eine Einfahrt und stellte sein Fahrrad ab. Colin hielt neben ihm an.

Das Haus war weiß gestrichen, mit dunkelblauen Läden und wirkte sehr gepflegt. Ein zwei Jahre alter Honda Accord stand in der offenen Garage, mit der Schnauze nach vorne, und ein Mann stand unter der aufgeklappten Motorhaube und war offenbar mit irgendwelchen Reparaturen beschäftigt. Er war vielleicht zehn Meter von Colin und Roy entfernt und merkte nicht gleich, daß er Besuch bekommen hatte.

»Was machen wir denn hier?« wollte Colin wissen.

»Ich möchte, daß du Trainer Molinoff kennenlernst«, sagte Roy.

»Wen?«

»Er trainiert die Junioren-Football-Mannschaft«, sagte Roy. »Du solltest seine Bekanntschaft machen.«

»Warum?«

»Das wirst du gleich sehen.«

Roy ging auf den Mann zu, der immer noch den Kopf unter der Motorhaube des Honda hatte.

Colin folgte ihm etwas widerstrebend. Er tat sich immer schwer mit neuen Bekannten und wußte nie so recht, was er sagen oder wie er sich verhalten sollte. Seiner Meinung nach war der erste Eindruck, den man von ihm bekam, immer schrecklich, und daher hatte er vor solchen Szenen eine Heidenangst.

Trainer Molinoff blickte von dem Motor des Honda auf, als er die beiden Jungen näherkommen hörte. Er war ein hochgewachsener, breitschultriger, blonder Mann mit graublauen Augen. Als er Roy sah, grinste er.

»Hey, wie geht es, Roy?«

»Trainer, das ist Colin Jacobs. Er ist neu aus L.A. hier zugezogen. Im Herbst kommt er in meine Klasse.«

Molinoff streckte Colin eine große, schwielige Hand hin. »Freut mich sehr, deine Bekanntschaft zu machen.«

Colin reagierte etwas verlegen auf die Begrüßung; seine eigene schmale Hand verschwand förmlich in Molinoffs Bärentatze. Die Finger des Trainers waren ein wenig ölig.

Zu Roy sagte Molinoff: »Na, und wie gefällt dir der Sommer bis jetzt?«

»Bis jetzt war er okay«, sagte Roy. »Aber eigentlich schlage ich bloß Zeit tot und warte darauf, daß Ende August das Training wieder losgeht.«

»Wir werden ein klasse Jahr haben«, sagte der Trainer.

»Ich weiß«, nickte Roy.

»Wenn du deine Sache wieder so gut machst wie letztes Jahr«, sagte Molinoff, »dann läßt Trainer Pennemann dich vielleicht gegen Ende der Saison ein paarmal im letzten Viertel beim Universitätsteam mitspielen.«

»Glauben Sie wirklich?« fragte Roy.

»Sieh mich nicht mit so großen Augen an«, entgegnete Molinoff. »Du bist der beste Spieler im Juniorenteam, und das weißt du auch. Falsche Bescheidenheit bringt nichts, Junge.«

Roy und der Trainer fingen an, über Football zu reden, und Colin hörte bloß zu, weil er zu dem Gespräch keinen Beitrag leisten konnte. Er hatte sich nie sonderlich für Sport interessiert. Wenn man ihn nach irgendwelchen Sportereignissen befragte, sagte er immer, Sport würde ihn langweilen, er finde spannende Bücher und Filme viel aufregender. In Wirklichkeit machten ihm Bücher und Filme zwar einen Riesenspaß, aber er wünschte sich trotzdem manchmal an der ganz besonderen Kameradschaft teilhaben zu können, die zwischen Sportlern allem Anschein nach herrschte. Für einen Jungen wie ihn, der die Welt des Sports nur von außen sah, schien sie faszinierend und glanzvoll; aber er vergeudete seine Zeit nicht mit Träumen davon, weil ihm durchaus bewußt war, daß die Natur ihm einfach nicht die nötige Ausstattung für eine erfolgreiche Sportlerlaufbahn mit auf den Weg gegeben hatte. Mit seiner Kurzsichtigkeit, seinen spindeldürren Beinen und seinen ebenso dünnen Armen würde seine Mitwirkung in der Welt des Sports sich auf das beschränken, was er im Augenblick tat – aufs zuhören und zusehen; richtig Teil daran haben würde er nie.

Molinoff und Roy redeten ein paar Minuten über Football, und dann sagte Roy: »Trainer, was ist mit den Mannschaftswarten?«

»Was soll mit ihnen sein?« fragte Molinoff.

»Nun, letztes Jahr hatten Sie Bob Freemont und Jim Safinelli. Aber Jims Eltern sind nach Seattle gezogen, und Bob wird in der nächsten Saison Mannschaftswart im Universitätsteam. Sie brauchen also zwei neue Leute.«

»Hast du da an jemand bestimmten gedacht?« fragte Molinoff.

»Ja«, sagte Roy. »Wie wäre es, wenn Sie Colin eine Chance geben würden?«

Colin blinzelte überrascht.

Der Trainer musterte ihn prüfend. »Weißt du, was da zu tun wäre, Colin?«

»Du kriegst dasselbe Trikot wie die anderen«, erklärte ihm Roy, »du sitzt bei jedem Spiel mit den Spielern auf der Bank und fährst mit uns im Mannschaftsbus zu allen Auswärtsspielen.«

»Roy schildert dir da bloß die Schokoladenseite«, warf der Trainer ein. »Das sind die Vorteile, wenn man Mannschaftswart ist. Aber Pflichten hast du natürlich auch. Du mußt zum Beispiel die Trikots einsammeln und für die Wäscherei in Bündel schnüren. Und dich um den Handtuchvorrat kümmern. Und dann muß du lernen, die Spieler am Nacken und den Schultern zu massieren. Und für mich Botengänge machen. Eine ganze Menge andere Dinge auch noch. Zu dem Job gehören ein Haufen Pflichten. Überlege dir gut, ob du das schaffst!«

Plötzlich sah Colin zum ersten Mal in seinem Leben ein Bild von sich, wie er drinnen statt draußen war, wie er sich in den richtigen Kreisen bewegte und mit den beliebtesten Jungs der ganzen Schule zusammen war. Tief im Innersten wußte er, daß ein Mannschaftswart nur als besserer Botenjunge fungierte, aber so negative Gedanken verdrängte er gleich wieder. Das Wichtige – das *Unglaubliche* – war, daß er Teil einer Welt sein würde, die ihm bis zur Stunde völlig unerreichbar gewesen war. Er würde von den Spielern akzeptiert werden; würde wenigstens in gewissem Maße einer von ihnen sein. Einer von ihnen! Sein Bild vom Leben als Mannschaftswart war betörend, ungemein attraktiv, weil er sich sein ganzes Leben lang als Ausgestoßener gefühlt hatte. Er konnte es immer noch nicht ganz glauben, daß das, was hier mit ihm geschah, kein Traum war.

»Also?« fragte Molinoff. »Meinst du, du würdest einen guten Mannschaftswart abgeben?«

»Einen perfekten«, sagte Roy.

»Ich würde es sehr gerne probieren«, sagte Colin. Sein Mund war völlig ausgetrocknet.

Molinoff starrte Colin an, und seine blaugrauen Augen blickten prüfend, wägend, berechnend. Dann warf er Roy einen Blick zu und sagte: »Naja, du würdest ja wohl keinen empfehlen, der sich als völliger Trottel erweist.«

»Colin eignet sich für den Job«, sagte Roy. »Er ist sehr verläßlich.«

Molinoff sah Colin wieder an und nickte schließlich. »Okay. Du bist also Mannschaftswart, mein Junge. Komm mit Roy zum ersten Training. Das ist am zwanzigsten August. Und stell dich darauf ein, hart zu arbeiten!«

»Ja, Sir. Vielen Dank, Sir.«

Als er mit Roy zu den Fahrrädern vorne an der Einfahrt ging, hatte Colin das Gefühl, er sei in den letzten paar Minuten ein Stück gewachsen. Er grinste.

»Die Fahrten mit dem Mannschaftsbus werden dir Spaß machen«, sagte Roy. »Da geht es immer recht lustig zu.«

Als Colin auf sein Fahrrad stieg, sagte er verlegen: »Roy, ich ... also ... Ich denke, du bist wirklich der beste Freund, den man sich wünschen kann.«

»Hey, das habe ich genauso für mich wie für dich getan«, entgegnete Roy. »Manchmal sind diese Fahrten zu den Auswärtsspielen auch schrecklich öde. Aber wenn wir beide zusammen im Bus sind, wird es uns ganz bestimmt nie langweilig. Jetzt komm schon, gehen wir zu mir. Ich will dir die Eisenbahn zeigen.« Er trat in die Pedale.

Während er hinter Roy auf dem mit Schatten gesprenkelten Pflaster fuhr, erfüllt von einer Mischung aus Hochgefühl und Benommenheit, fragte sich Colin, ob dieser Job als Mannschaftswart das gewesen war, wofür Roy ihn die ganze Zeit auf die Probe gestellt hatte. Handelte es sich dabei um das Geheimnis, das Roy die letzte Woche mit sich herumgetragen hatte? Colin dachte eine Weile darüber nach, aber als sie schließlich am Haus der Bordens eingetroffen waren, entschied er für sich, daß es noch etwas anderes geben mußte, das Roy vor ihm versteckt hielt, etwas das so wichtig war, daß Colin sich bis jetzt noch nicht würdig erwiesen hatte, eingeweiht zu werden.

4

Sie gingen durch die Küche ins Haus.

»Mom?« rief Roy. »Dad?«

»Ich dachte, du hättest gesagt, deine Eltern wären nicht zu Hause.«

»Bloß zur Sicherheit. Wenn die uns erwischen …«

»Wobei erwischen?«

»Sie wollen nicht, daß ich mich an der Eisenbahn zu schaffen mache.«

»Roy, ich will keinen Ärger mit deinen Eltern.«

»Den kriegen wir auch nicht. Warte hier.« Roy lief ins Wohnzimmer. »Jemand zu Hause?«

Colin war erst zweimal hiergewesen und staunte auch jetzt wieder darüber, wie makellos sauber alles war. Die Küche blitzte förmlich. Der Boden war frisch geschrubbt und gebohnert. Die Küchenschränke glänzten, daß man sich in ihnen spiegeln konnte. Da gab es kein schmutziges Geschirr, das darauf wartete, abgespült zu werden, kein Krümelchen auf der Tischplatte und nicht der winzigste Flecken im Ausguß. Die einzelnen Küchengeräte hingen nicht etwa an Wandhaken; alle Töpfe, Pfannen, Löffel und sonstigen Utensilien waren in Schubladen und hinter staubdichten Türen verwahrt. Mrs. Borden hielt allem Anschein nach nichts von Nippeskram, denn an der Wand war kein einziger Schmuckteller und keine Stickerei zu sehen, kein Gewürzregal, kein Kalender, überhaupt nichts – aber es kam auch nicht das Gefühl auf, daß dies ein Ort war, an dem richtige Menschen richtiges Essen zubereiteten. Das Haus sah so aus, als ob Mrs. Borden ihre ganze Zeit mit einer ausgeklügelten Folge von Reinigungsoperationen verbrachte – erst kratzen, dann schrubben, dann spülen, dann abtrocknen und dann polieren –, so wie ein Kunsttischler ein Stück Holz bearbeitete, indem er zuerst mit grobem Schmirgelpapier anfing und dann langsam mit immer feinerem weitermachte.

Nicht, daß Colins Mutter eine *schmutzige* Küche geduldet hätte. Keineswegs. Sie hatten eine Putzfrau, die zweimal die Woche kam, um alles sauberzuhalten. Aber so wie hier sah es zu Hause nicht aus.

Nach Roys Darstellung lehnte Mrs. Borden es strikt ab, eine Putzfrau zu beschäftigen. Sie konnte sich nicht vorstellen, daß es auf der ganzen Welt jemanden gab, dessen Maßstäbe den ihren auch nur nahe kämen. Schließlich war sie nicht damit zufrieden, ein sauberes Haus zu haben; sie wollte, daß es steril war.

Roy kam in die Küche zurück. »Niemand da. Laß uns eine Weile mit der Eisenbahn spielen.«

»Wo ist sie?«

»In der Garage.«

»Wem gehört sie denn?«

»Meinem Alten.«

»Und du sollst sie nicht anfassen?«

»Der kann mich mal. Er wird es ja nie erfahren.«

»Ich will nicht, daß deine Eltern auf mich sauer sind.«

»Herrgott nochmal, Colin, wie sollen die das denn je rauskriegen?«

»Ist das dein Geheimnis?«

Roy war gerade im Begriff gewesen, sich abzuwenden. Jetzt wandte er sich um. »Was für ein Geheimnis?«

»Du hast doch eines. Du platzt ja beinahe.«

»Woher weißt du das?«

»Das spüre ich einfach ... So wie du dich verhältst. Du hast mich auf die Probe gestellt, um rauszufinden, ob man mir ein Geheimnis anvertrauen kann.«

Roy schüttelte den Kopf. »Du bist ganz schön schlau.«

Colin zuckte verlegen mit den Schultern.

»Nein, wirklich. Du mußt ja meine Gedanken gelesen haben.«

»Du hast mich also *tatsächlich* auf die Probe gestellt?«

»Ja.«

»Dieses blöde Zeug mit dieser Katze ...«

»... – hat gestimmt.«

»Na klar.«

»Du solltest das besser glauben.«
»Du stellst mich ja immer noch auf die Probe.«
»Kann schon sein.«
»Es gibt also *wirklich* ein Geheimnis?«
»Ein großes.«
»Die Eisenbahn?«
»Nee. Das ist nur ein winziges Stückchen davon.«
»Und der Rest?«

Dieses Grinsen und noch etwas anderes, ein fremdartiger Ausdruck in Roys hellblauen Augen, ließ in Colin plötzlich den Wunsch aufkommen, möglichst viel Distanz zwischen sich und den anderen Jungen zu bringen. Aber er rührte sich nicht von der Stelle.

»Ich werde dir alles erzählen«, sagte Roy. »Aber erst, wenn mir danach ist.«

»Und wann wird das sein?«
»Bald.«
»Du kannst mir vertrauen.«

»Erst wenn mir danach ist. Und jetzt komm schon. Die Eisenbahn wird dir gefallen.«

Colin folgte ihm quer durch die Küche und durch eine weiße Tür. Dahinter gab es zwei kurze Treppen und dann die Garage – und die Modelleisenbahn.

»*Wow!*«
»Stark, was?«
»Wo stellt dein Dad denn das Auto ab?«
»In der Einfahrt. Hier drinnen ist kein Platz.«
»Seit wann hat er das denn alles?«

»Er hat schon als Junge damit angefangen«, sagte Roy. »Und jedes Jahr was dazugekauft. So wie sie jetzt dasteht, ist sie mehr als fünfzehntausend Dollar wert.«

»Fünfzehntausend! Wer würde denn soviel Geld für eine Spielzeugeisenbahn ausgeben?«

»Leute, die in besseren Zeiten leben sollten.«

Colin riß die Augen auf. »Was hast du da gesagt?«

»Das sagt mein Alter immer. Er sagt, daß Leute, die Spielzeugeisenbahnen mögen, Leute sind, die eigentlich dafür bestimmt wären, in einer besseren, saubereren, hübscheren, geordneteren Welt zu leben als in der, die wir heute haben.«

»Und was soll das heißen?«

»Keine Ahnung. Aber er sagt das immer. Und dann labert er endlos darüber, daß die Welt viel besser war, als es bloß Züge gab und keine Flugzeuge. Das Kotzen kann man dabei kriegen.«

Die ganze Anlage war auf einem hüfthohen Podest aufgebaut, das die für drei Autos bestimmte Garage bis zum Rand füllte. An drei Seiten war gerade soviel Platz, daß man dort stehen konnte. An der vierten Seite, wo die Schaltkonsole angebracht war, standen zwei Hocker, eine schmale Werkbank und ein Werkzeugschrank.

Auf dem Podest war eine brillant erdachte und mit unglaublichem Detailreichtum aufgebaute Welt im Kleinen errichtet. Es gab Berge und Täler, Ströme, Bäche und Seen, Wiesen mit winzigen Blumen, Wälder, in denen aus dem Schatten zwischen den Bäumen scheue Rehe herauslugten, Bilderbuchdörfer, Bauernhöfe, realistisch wirkende winzige Leute, die mit hunderterlei Verrichtungen beschäftigt waren, maßstabgerechte Autos, Lastwagen, Busse, Motorräder, Fahrräder, adrette Häuser mit Staketenzäunen, vier minutiös aufgebaute Bahnhöfe – einer im viktorianischen Stil, ein Schweizer, ein italienischer und ein spanischer Bahnhof – und Läden und Kirchen und Schulen. Überall verliefen Schmalspurgleise, entlang der Flüsse durch die Ortschaften und Täler, entlang der Gebirgsflanken, über Brücken in die Bahnhöfe hinein und wieder heraus, und das alles in eleganten Bögen und geraden Strecken, mit scharfen Biegungen und Weichen.

Colin ging langsam um die Anlage herum und betrachtete sie mit unverhohlener Ehrfurcht. Doch die Illusion ging auch bei genauerer Inspektion nicht verloren. Selbst aus wenigen Zentimetern Entfernung wirkten die Fichtenwälder *echt;* jeder einzelne Baum war kunstvoll gearbeitet, die Häuser waren in allen Einzelheiten vollständig, bis hin zu den Regenrinnen und den funktionsfähigen Fenstern, den Plattenwegen, die aus einzelnen Steinplättchen gefertigt waren, und den mit hauchdünnen Drähten verspannten Fernsehantennen. Die Automobile waren nicht nur Spielzeugautos. Nein, das waren sorgfältig gearbeitete, winzige, aber ansonsten exakte Replikate von Fahrzeugen, und mit Ausnahme von denen, die an den Straßen und in den Einfahrten parkten, saßen in allen Fahrer, und manchmal auch Passagiere, und gelegentlich ein Hund oder eine Katze auf dem Rücksitz.

»Wieviel von dem hat dein Dad selbst gebaut?« fragte Colin.

»Alles, mit Ausnahme der Züge und ein paar Modellautos.«

»Das ist fantastisch.«

»Es dauert eine Woche, eines dieser kleinen Häuser zu bauen, manchmal auch länger, wenn es ein besonderes Haus ist. Und an jedem dieser Bahnhöfe hat er Monate und Monate gearbeitet.«

»Und wann ist er fertig geworden?«

»Er ist nicht fertig«, sagte Roy. »Er wird nie fertig sein – bis er tot ist.«

»Aber es kann doch unmöglich noch größer werden«, sagte Colin. »Da ist doch gar kein Platz mehr vorhanden.«

»Nicht größer, nur besser«, sagte Roy. Seine Stimme klang jetzt ganz anders, härter, geradezu eisig; er hatte die Zähne beinahe zusammengebissen, lächelte aber immer noch. »Der Alte ist dauernd dran, die Anlage zu verbessern. Wenn er von der Arbeit nach Hause kommt, bastelt er die ganze Zeit an diesem verdammten Ding herum. Ich glaube nicht einmal, daß er sich noch die Zeit nimmt, seine Frau zu bumsen.«

Solche Reden waren Colin peinlich, und er ging nicht darauf ein. Für ihn war Roy jemand, der ihm an Weltläufigkeit weit überlegen war. Zwar gab er sich redlich Mühe, mit ihm gleichzuziehen, aber mit Kraftausdrücken und ordinären Reden, auch im Bereich Sex, kam er nie ganz zurecht. Er spürte, wie er rot wurde, ohne etwas dagegen tun zu können, und kam sich kindisch und dumm vor.

»Jeden Abend verkriecht er sich hier«, sagte Roy, immer noch mit jener für Colin neuen, eisigen Stimme. »Manchmal nimmt er sogar sein Abendessen hier ein. Er spinnt genauso wie sie.«

Colin hatte eine Unmenge Bücher über tausenderlei Dinge gelesen, aber recht wenig über Psychologie. Trotzdem war ihm bewußt, während er immer noch bewundernd auf diese Miniaturwelt hinunterblickte, daß diese sture Detailbesessenheit Ausdruck der gleichen fanatischen Verbohrtheit im Hinblick auf Sauberkeit und Ordnung war, wie Mrs. Bordens endloses Streben, das Haus so rein wie den Operationssaal in einem Krankenhaus zu halten.

Er fragte sich, ob Roys Eltern wirklich Spinner waren. Natürlich waren die beiden nicht geistesgestört, nicht so, daß man sie in eine Anstalt hätte einweisen müssen. Ihre Verdrehtheit ging nicht so weit, daß sie in der Ecke herumsaßen und Selbstgespräche führten und Fliegen verspeisten. Aber eben ein klein wenig verrückt. Ein ganz klein wenig. Vielleicht würde das im Laufe der Zeit auch noch schlimmer werden – bis sie schließlich in zehn oder fünfzehn Jahren *tatsächlich* Fliegen aßen. Es lohnte jedenfalls, darüber nachzudenken.

Colin traf für sich die Entscheidung, daß er, wenn er und Roy tatsächlich Freunde fürs Leben werden sollten, höchstens noch zehn Jahre lang Roys Zuhause besuchen würde. Anschließend wollte er zwar weiterhin mit Roy befreundet bleiben, aber Mr. und Mrs. Borden aus dem Weg gehen, damit diese, wenn sie schließlich völlig dem Wahnsinn verfielen, ihn nicht in ihre Gewalt bekommen konnten und ihn dann vielleicht dazu zwangen, Fliegen zu essen; oder, was ja noch viel schlimmer wäre, ihn vielleicht mit der Axt in Stücke hauen würden.

Er wußte recht gut über geistesgestörte Killer Bescheid. Schließlich hatte er genügend Filme über derartige Zeitgenossen gesehen. *Psycho, Zwangsjacke. Was geschah wirklich mit Baby Jane!* Und dann noch ein Dutzend weitere Filme derselben Art. Vielleicht sogar hundert. Und aus diesen Filmen hatte er das eine gelernt: daß Verrückte ihre Morde am liebsten auf recht blutrünstige Art begingen. Sie benutzten Messer und Sensen und Äxte und Beile. Keiner von denen kam je auf die Idee, etwas Sauberes wie Gift oder Gas zu verwenden oder sein Opfer einfach mit einem Kopfkissen zu ersticken.

Roy setzte sich auf einen der Hocker vor der Schaltkonsole. »Da komm her, Colin. Von hier aus kannst du es am besten sehen.«

»Ich finde, wir sollten uns da wirklich nicht zu schaffen machen, wenn dein Dad das nicht will.«

»Jetzt beruhige dich endlich mal, Herrgott!«

Mit einer seltsamen Mischung aus Widerstreben und gespannter Erwartung setzte Colin sich auf den zweiten Hocker.

Roy drehte bedächtig an einem Schaltknopf an der Tafel, die er vor sich hatte. Der Knopf war mit einem Dimmer verbunden, und die Deckenbeleuchtung schwächte sich langsam ab.

»Das ist ja wie im Theater«, sagte Colin.

»Nein«, sagte Roy. »Es ist so, als … als wäre man Gott.«

Colin lachte. »Genau. Weil du es immer, wenn du Lust hast, Tag oder Nacht werden läßt.«

»Und noch eine ganze Menge mehr.«

»Das mußt du mir zeigen.«

»Gleich. Ich werd's nicht völlig dunkel machen. Nicht so, als ob ganz Nacht wäre. Da sieht man zu schlecht. Ich werd's so machen, als ob früher Abend wäre. Zwielicht.«

Als nächstes legte Roy vier Schalter um, und in der ganzen Miniaturwelt flammten Lichter auf. In jedem Dorf warfen Straßenlaternen opalisierende Lichtflecke auf das Straßenpflaster darunter. In den meisten Häusern ließ ein gelbes, warmes Leuchten die Fenster zum Leben erwachen. Einige Häuser hatten sogar Verandabeleuchtung und kleine Lampen an den Gartenwegen, als ob Gäste erwartet würden. Die Kirchen warfen die bunten Muster ihrer Mosaikscheiben auf den Boden. An ein paar Kreuzungen schalteten Verkehrsampeln von Rot auf Grün auf Gelb und wieder auf Grün. In einem kleinen Dorf flimmerte eine Vielzahl winziger Lichter vor einem Kinotheater.

»Fantastisch!« sagte Colin.

Die Haltung Roys und der Ausdruck, mit dem er die ganze Anlage betrachtete, waren eigenartig. Seine Augen waren schmale Schlitze, seine Lippen fest aufeinandergepreßt. Er hatte die Schultern hochgezogen und stand ganz offensichtlich unter innerer Spannung.

»Irgendwann einmal«, sagte Roy, »wird der Alte funktionierende Scheinwerfer in die Autos einbauen. Im Augenblick arbeitet er an einem Pumpensystem, damit Wasser in den Flüssen fließen kann. Sogar einen Wasserfall plant er.«

»Dein Dad scheint ein interessanter Mann zu sein.«

Roy gab keine Antwort. Er starrte bloß die kleine Welt vor sich an.

In der linken Ecke des Podestes warteten vier Züge auf Abstellgleisen auf ihre Abfahrt. Zwei davon waren Güterzüge, und zwei nur für Passagiere bestimmt.

Roy legte einen weiteren Schalter um, und einer der Züge erwachte zum Leben. Er summte leise, und in den Waggons flackerten Lichter auf.

Colin beugte sich erwartungsvoll vor.

Roy hantierte an den Schaltern herum, und der Zug setzte sich ratternd in Bewegung. Als er sich der nächsten Ortschaft näherte, blitzten an einem Bahnsteig rote Warnlichter auf. Der Zug wurde schneller und pfiff schrill, als er durch die Ortschaft fuhr, eine leichte Anhöhe erklomm, in einem Tunnel verschwand, auf der anderen Seite des Berges wieder auftauchte, beschleunigte, über eine Eisenbahnbrücke rollte, noch schneller wurde, als er jetzt eine längere gerade Strecke vor sich hatte, dann klappernd um eine weite Kurve bog, sich dabei etwas zur Seite neigte, und immer schneller, schneller und noch schneller wurde.

»Um Himmels willen, paß auf, daß du nichts kaputtmachst«, sagte Colin nervös.

»Genau das werde ich tun.«

»Dann weiß dein Dad, daß wir hier waren.«

»Nee. Mach dir deshalb keine Gedanken.«

Der Zug schoß durch den Schweizer Bahnhof, ohne seine Fahrt zu verlangsamen, schleuderte am Rande der Katastrophe durch eine Kurve, brauste durch einen Tunnel und erreichte dann die nächste Gerade, dabei immer noch schneller werdend.

»Aber wenn der Zug kaputt ist, wird dein Dad ...«

»Ich werde ihn nicht kaputtmachen. Ganz ruhig.«

Unmittelbar vor dem Zug ging eine Zugbrücke hoch.

Colin knirschte mit den Zähnen.

Der Zug erreichte den Fluß, fegte unter der hochgeklappten Brücke durch und sprang aus den Gleisen. Die Miniaturlokomotive und zwei Waggons kippten in den Fluß, und auch alle anderen Waggons fielen funkenwirbelnd neben die Gleise.

»Du liebe Güte«, keuchte Colin.

Roy rutschte von seinem Hocker und ging zum Schauplatz des Unfalls. Er beugte sich vor und musterte den Schaden genau.

Colin trat neben ihn. »Ist er kaputt?«

Roy gab keine Antwort. Er spähte durch die winzigen Waggonfenster.

»Was suchst du denn?« fragte Colin.

»Leichen.«

»Was?«

»Tote Leute.«

Colin spähte mit zusammengekniffenen Augen in einen der umgestürzten Waggons. Da waren keine Leute drinnen – das heißt keine Figuren. Er sah Roy an. »Ich verstehe das nicht.«

Roy wandte den Blick nicht von dem Zug. »Was verstehst du nicht?«

»Ich sehe keine – Toten.«

Roy bewegte sich langsam von Waggon zu Waggon und starrte wie in Trance in jeden einzelnen. Dann sagte er: »Wenn das ein *richtiger* Zug voller Leute wäre, der entgleist ist, wären die Passagiere alle aus den Sitzen geworfen worden. Die hätten sich dann die Schädel an den Fenstern und den Sitzen eingeschlagen und würden alle in einem Haufen durcheinander auf dem Boden liegen. Da gäbe es gebrochene Arme, gebrochene Beine, eingeschlagene Zähne, zerfetzte Gesichter und ausgelaufene Augen – und überall wären Blutlachen. Du würdest sie eine Meile weit schreien hören. Und ein paar von ihnen wären tot.«

»Ja, und?«

»Nun, ich versuche mir vorzustellen, wie es da drinnen aussehen würde, wenn das echt wäre.«

»Warum?«

»Weil es mich interessiert.«

»Was interessiert dich?«

»Die Idee.«

»Die Idee eines richtigen Zugunglücks?«

»Genau.«

»Ist das nicht irgendwie krankhaft?«

Roy blickte endlich auf. Seine Augen wirkten eisig und ausdruckslos. »Hast du ›krankhaft‹ gesagt?«

»Naja«, entgegnete Colin unsicher, »ich meine … Spaß an den Schmerzen anderer Leute zu haben …«

»Du hältst das für ungewöhnlich?«

Colin zuckte mit den Schultern. Er wollte sich nicht mit Roy streiten.

»In anderen Ländern«, sagte Roy, »gehen die Leute zu Stierkämpfen, und die meisten von ihnen hoffen ganz tief drinnen, daß sie zu sehen kriegen, wie ein Matador aufgespießt wird. Wie der Stier leidet, sehen sie *immer*. Das lieben sie. Und eine Menge Leute gehen zum Autorennen, bloß um die Zusammenstöße zu beobachten.«

»Das ist etwas anderes«, sagte Colin.

Roy grinste. »Oh, tatsächlich? Warum?«

Colin dachte nach und versuchte das in Worte zu kleiden, was er instinktiv für richtig erkannt hatte. »Also … Zunächst einmal weiß der Matador, daß er verletzt werden kann, und das weiß er schon, bevor er in die Arena geht. Aber Leute, die mit dem Zug nach Hause fahren … Mit nichts rechnen … Sich nicht bewußt in Gefahr begeben … Und dann passiert es … Das ist tragisch.«

Roy lachte. »Weißt du, was ›Heuchelei‹ bedeutet?«

»Na klar.«

»Also, Colin, ich sag das ungern, weil du mein guter Freund bist, mein *echt* guter Freund. Ich mag dich wirklich. Aber was diese Sache betrifft, bist du ein Heuchler. Du hältst es für krankhaft, daß ich mich für ein Eisenbahnunglück interessiere, aber deine Freizeit verbringst du damit, dir im Kino oder im Fernsehen Horrorfilme anzusehen oder Bücher über Zombies, Werwölfe und Vampire und andere Monster zu lesen.«

»Was hat das denn damit zu tun?«

»In diesen Geschichten ist von nichts anderem als Mord die Rede!« sagte Roy. »Mord und Folter und Quälereien. Leute werden von Vampiren gebissen, oder von Zombies in Stücke gerissen, oder von Verbrechern mit der Axt erschlagen. Und das macht dir Spaß!«

Colin zuckte zusammen, als Roy das Wort Axt erwähnte.

Jetzt beugte Roy sich ganz dicht zu ihm, so dicht, daß Colin den Pfefferminzgeschmack seines Kaugummis riechen konnte.

»Und deshalb mag ich dich so, Colin. Wir sind uns sehr ähnlich. Deshalb wollte ich, daß du diesen Job als Mannschaftswart bekommst. Damit wir während der Football-Saison zusammensein können. Wir sind beide viel schlauer als andere Leute. Ohne uns richtig anzustrengen, kriegen wir gute Noten. Jeder von uns hat einen IQ-Test gemacht, und jedem von uns hat man gesagt, daß er ein Genie ist, oder wenigstens, daß nicht viel daran fehlt. Wir sehen tiefer in die Dinge hinein, als die meisten anderen Jungs, und sogar tiefer als eine ganze Menge Erwachsene. Wir sind was Besonderes. Ganz besondere Leute.«

Roy legte Colin die Hand auf die Schulter und zwang ihn, ihn anzusehen, und Colin hatte das Gefühl, als würde er ihn nicht nur ansehen, sondern tief in ihn hinein und durch ihn hindurch. Er brachte es nicht fertig, den Blick von ihm zu wenden.

»Wir interessieren uns beide für die Dinge, auf die es ankommt«, sagte Roy. »Den Schmerz und den Tod. Das ist es, was dich und mich fasziniert. Die meisten Leute denken, der Tod ist das Ende des Lebens, aber wir wissen, daß es anders ist, oder nicht? Der Tod ist nicht das Ende. Er ist der Mittelpunkt. Er ist der

Mittelpunkt des Lebens. Alles andere dreht sich um ihn. Der Tod ist die wichtigste Sache im Leben, die interessanteste, die geheimnisvollste, die *aufregendste* Sache überhaupt.«

Colin räusperte sich nervös. »Ich glaube, ich verstehe nicht ganz, wovon du redest.«

»Wenn du keine Angst vor dem Tod hast«, sagte Roy, »dann kannst du vor nichts Angst haben. Wenn du es lernst, die größte Angst zu besiegen, dann besiegst du zur gleichen Zeit all die kleineren Ängste, oder stimmt das etwa nicht?«

»Ah ... Doch, ich denke schon.«

Roy sprach in einer Art lautem Flüsterton, wie auf der Bühne, was dem, was er sagte, eine besondere Intensität verlieh. »Wenn ich keine Angst vor dem Tod habe, dann kann niemand mir weh tun. Niemand. Mein Alter nicht und die Alte auch nicht. Niemand. Niemals wieder, solange ich lebe.«

Colin wußte nicht, was er sagen sollte.

»Hast du Angst vor dem Tod?« fragte Roy.

»Ja.«

»Du mußt lernen, diese Angst abzulegen.«

Colin nickte. Sein Mund war völlig ausgetrocknet. Sein Herz schlug wie wild, und er verspürte leichten Schwindel.

»Weißt du, was du als erstes tun mußt, um die Angst vor dem Sterben loszuwerden?« fragte Roy.

»Nein.«

»Du mußt dich mit dem Tod vertraut machen.«

»Wie denn?«

»Indem du tötest.«

»Das kann ich nicht.«

»Natürlich kannst du das.«

»Ich bin ein friedlicher Typ.«

»Tief im Innersten ist jeder ein Killer.«

»Ich nicht.«

»Scheiße.«

»Danke, gleichfalls.«

»Ich kenne mich«, sagte Roy. »Und dich kenne ich auch.«

»Du kennst mich besser, als *ich* mich kenne?«

»Genau«, grinste Roy.

Sie starrten einander wortlos an.

In der Garage herrschte die Stille einer ägyptischen Grabkammer.

Schließlich sagte Colin: »Du meinst – wir sollten eine Katze umbringen?«

»Für den Anfang«, sagte Roy.

»Für den Anfang? Und was dann?«

Roys Hand krampfte sich um Colins Schulter. »Und dann nehmen wir uns etwas Größeres vor.«

Plötzlich begriff Colin, was um ihn herum vorging, und er entspannte sich. »Jetzt hättest du mich fast wieder hereingelegt.«

»Fast?«

»Ich weiß, was du da versuchst.«

»Wirklich?«

»Du stellst mich schon wieder auf die Probe.«

»Wirklich?«

»Du legst es darauf an«, sagte Colin. »Du willst sehen, ob ich mich blamiere.«

»Falsch.«

»Wenn ich jetzt zugestimmt hätte, eine Katze zu töten, nur um dir etwas zu beweisen, hättest du mich ausgelacht.«

»Probier es doch.«

»Nee. Ich weiß, was für ein Spiel du treibst.«

Roy ließ seine Schulter los. »Das ist kein Spiel.«

»Du brauchst mich nicht auf die Probe zu stellen. Du kannst mir vertrauen.«

»In Grenzen«, sagte Roy.

»Du kannst mir voll und ganz vertrauen«, sagte Colin ernsthaft. »Himmel, du bist der beste Freund, den ich je hatte. Ich würde dich nie enttäuschen. Ich werde meine Sache als Mannschaftswart gut machen. Du wirst es nicht bedauern, daß du mich dem Trainer empfohlen hast. Du kannst mir vertrauen. Du kannst mir in allem vertrauen. Also, was ist das für ein großes Geheimnis?«

»Noch nicht«, sagte Roy.

»Wann dann?«

»Wenn du so weit bist.«

»Und wann wird das der Fall sein?«

»Wenn ich es sage.«

»Ach du liebe Güte.«

5

Colins Mutter kam um halb sechs von der Arbeit nach Hause. Er wartete im kühlen Wohnzimmer auf sie. Die Möbel waren in unterschiedlichen Brauntönen gehalten, und die Wände mit Rupfen bespannt. Hölzerne Stabjalousien bedeckten die Fenster. Die Beleuchtung war indirekt und tat in ihrer Weichheit den Augen gut. Es war ein Zimmer, das Ruhe ausstrahlte. Colin saß auf dem großen Sofa und las in einem Comic-Heft.

Sie begrüßte ihn mit einem Lächeln, zerzauste ihm das Haar und sagte: »Na, hast du einen guten Tag gehabt, Skipper?«

»Er war okay«, sagte Colin, der wohl wußte, daß sie eigentlich gar keine Einzelheiten hören wollte und ihm sanft das Wort abschneiden würde, wenn er mit einer Geschichte begann. »Und du?« fragte er.

»Ich bin völlig erledigt. Bist du ein Schatz und machst mir einen Wodka-Martini, so wie ich ihn mag?«

»Aber sicher.«

»Mit einem Zitronenschnitz.«

»Wie könnte ich das vergessen.«

»Natürlich nicht.«

Bereitwillig stand er auf und ging ins Zimmer nebenan, in dem eine wohlbestückte Bar stand. Er selbst mochte keine hochprozentigen Getränke, fand ihren Geschmack widerlich, mixte ihr aber ihren Drink schnell und mit beinahe professionellem Geschick; schließlich hatte er das schon oft genug für sie getan.

Als er ins Wohnzimmer zurückkam, saß sie mit angewinkelten Beinen, den Kopf nach hinten gelegt und die Augen geschlossen, auf einem großen schokoladebraunen Sessel. Sie hörte ihn nicht kommen, also blieb er in der Tür stehen und studierte sie einen Augenblick lang.

Sie hieß Louise, aber alle nannten sie Weezy, was eher ein Kindername war, aber gut zu ihr paßte, weil sie eigentlich immer noch wie ein College-Mädchen aussah. Heute trug sie Jeans und einen kurzärmeligen blauen Pullover. Ihre schlanken Arme waren gebräunt. Sie hatte langes, dunkles, glänzendes Haar, das ein Gesicht einrahmte, das Colin plötzlich hübsch fand, eigentlich sogar richtig schön, obwohl der eine oder andere vielleicht ihren Mund als etwas zu breit empfunden hätte. Während er sie so betrachtete, kam ihm langsam die Erkenntnis, daß dreiunddreißig eigentlich gar nicht so alt war, wie er das immer gedacht hatte.

Zum ersten Mal im Leben nahm Colin bewußt ihren Körper wahr: ihre vollen Brüste, die schlanke Taille, die gerundeten Hüften und die langen Beine. Roy hatte schon recht; sie hatte wirklich eine klasse Figur.

Warum ist mir das eigentlich nicht früher schon aufgefallen?

Aber er gab sich gleich selbst die Antwort darauf: Weil sie schließlich meine eigene *Mutter* ist, Himmel nochmal!

Er spürte, wie ihm warm wurde und fragte sich, ob er plötzlich anfinge, abartige Neigungen zu entwickeln. Mühsam zwang er sich dazu, den Blick von ihrem Pullover mit den Rundungen darunter abzuwenden.

Sich räuspernd ging er auf sie zu.

Sie schlug die Augen auf, hob den Kopf, nahm den Martini und nippte daran. »Mhm. Hervorragend. Du bist wirklich ein Schatz.«

Er setzte sich auf das Sofa.

Nach einer Weile sagte sie: »Als ich mich mit Paula auf diese Geschichte eingelassen habe, war mir wirklich nicht bewußt, daß man als Eigentümerin viel härter arbeiten muß als die Angestellten.«

»War heute viel Betrieb in der Galerie?« wollte Colin wissen.

»Ich sag es dir – manchmal bin ich mir vorgekommen wie in einem Busbahnhof. Um diese Jahreszeit kommt eine Menge Schaupublikum, Touristen, die eigentlich gar nichts kaufen wollen. Die glauben, bloß weil sie in Santa Leona Urlaub machen, hätten sie Anspruch auf ein paar Stunden in jedem Laden.«

»Viel verkauft?« fragte Colin.

»Du wirst staunen, wir haben tatsächlich ein paar Bilder verkauft. Tatsächlich war heute der beste Tag, den wir je hatten.«

»Ist ja großartig.«

»Es ist natürlich bloß ein einzelner Tag. Wenn man bedenkt, was Paula und ich für die Galerie bezahlt haben, brauchen wir noch eine Menge solcher Tage, bis wir über dem Berg sind.«

Colin wußte nicht, was er noch hätte sagen sollen.

Sie nahm wieder einen Schluck von ihrem Martini. Er konnte die Schluckbewegungen ihres Halses verfolgen. Sie wirkte so elegant und zierlich.

»Skipper, könntest du dir heute abend selbst das Essen machen?«

»Ißt du nicht zu Hause?« fragte er.

»Im Laden ist noch viel Betrieb. Ich kann Paula heute abend einfach nicht alleine lassen und bin nur nach Hause gekommen, um mich ein wenig frisch zu machen. Ob es mir nun paßt oder nicht, ich werde in zwanzig Minuten wieder in die Tretmühle müssen.«

»Die ganze letzte Woche warst du nur einmal zum Abendessen zu Hause«, sagte er.

»Ich weiß, Skipper, und es tut mir auch sehr leid. Aber ich möchte für eine gesicherte Zukunft sorgen, für uns, für mich *und* für dich, das verstehst du doch, oder?«

»Ja, ich glaube schon.«

»Die Welt ist hart, Baby.«

»Ich habe sowieso keinen Hunger«, sagte Colin. Eigentlich kann ich warten, bis du nach Hause kommst, wenn ihr die Galerie dann schließt.«

»Also, Baby, ich komm nicht gleich nach Hause. Mark Thornberg hat mich für nachher zum Dinner eingeladen.«

»Wer ist Mark Thornberg?«

»Ein Künstler«, sagte sie. »Wir haben gestern eine Ausstellung seiner Werke eröffnet. Ein Drittel der Bilder, die wir verkaufen, sind von ihm. Ich will ihn dazu überreden, sich exklusiv von uns vertreten zu lassen.«

»Wohin hat er dich denn zum Essen eingeladen?«

»Ich glaube, er will mit mir ins Little Italy gehen.«

»Mann, das ist ein klasse Lokal!« sagte Colin und beugte sich auf dem Sofa vor. »Darf ich auch hinkommen? Ich störe euch ganz bestimmt nicht. Du brauchst mich nicht einmal zu Hause abzuholen. Ich kann mit dem Fahrrad hinfahren, dann treffen wir uns dort.«

Sie runzelte die Stirn und wich seinem Blick aus. »Tut mir leid, Skipper. Das ist bloß für Erwachsene. Wir werden viel über das Geschäft reden.«

»Das macht mir nichts aus.«

»Kann schon sein, aber uns würde es etwas ausmachen. Hör zu, geh doch in Charlie's Café und kauf dir dort einen von den Cheeseburgern, die du so magst. Und dazu einen von den dicken Milchshakes, die man mit dem Löffel essen muß.«

Er ließ sich auf das Sofa zurücksinken und fühlte sich wie ein Ballon, aus dem plötzlich alle Luft entwichen war.

»Jetzt zieh keine Schnute«, sagte sie. »Das steht dir gar nicht. Bloß kleine Babys ziehen Schnuten.«

»Ich ziehe ja keine«, sagte er. »Ist schon okay.«

»Charlie's Café?« vergewisserte sie sich.

»Ja, ich denke schon. Ist ja gut.«

Sie trank ihren Martini aus und griff nach ihrer Handtasche. »Ich gebe dir etwas Geld.«

»Ich habe Geld.«

»Dann gebe ich dir eben noch ein wenig mehr. Ich bin jetzt eine erfolgreiche Geschäftsfrau und kann es mir leisten.«

Sie gab ihm einen Fünfdollarschein, und er sagte: »Das ist zuviel.«

»Dann hau eben den Rest für Comic-Hefte auf den Kopf.«

Sie beugte sich vor, gab ihm einen Kuß auf die Stirn und verließ das Zimmer, um sich frisch zu machen und sich umzuziehen.

Ein paar Minuten lang saß er stumm da und starrte den Geldschein an. Dann seufzte er, stand auf, holte seine Geldbörse heraus und steckte das Geld ein.

6

Mr. und Mrs. Borden erlaubten Roy, mit Colin essen zu gehen. Die Jungen aßen an der Theke von Charlie's Café, umgeben von dem unvergleichlichen, herrlichen Duft von brutzelndem Fett und Zwiebeln. Colin bezahlte.

Anschließend gingen sie ins Pinball Pit, einen Spielsalon, in dem sich die Mehrzahl der jungen Leute von Santa Leona zu treffen pflegte. Es war Freitag abend, und das Lokal wimmelte von Teenagern, die Münzen in Spielautomaten steckten und sich bei einer Vielfalt von Computerspielen vergnügten.

Die Hälfte der Gäste kannten Roy. Sie riefen ihm zu und er rief zurück. »Ho, Roy!«

»Ho, Pete!«

»Hallo, Roy!«

»Wie geht es, Walt?«

»Roy!«

»Roy!«

»Komm her, Roy!« Sie wollten ihn zum Spielen auffordern oder ihm Witze erzählen oder sich bloß mit ihm unterhalten. Er blieb beim einen oder anderen kurz stehen, ging dann aber mit Colin weiter.

Schließlich betätigten sie sich beide an einem Flipperautomaten, der mit großbusigen, langbeinigen Mädchen in knappen Bikinis bemalt war. Roy wählte das Gerät bewußt aus und gab ihm den Vorzug vor einigen anderen, auf denen Piraten, Ungeheuer oder Astronauten zu sehen waren; Colin gab sich redlich Mühe, nicht rot zu werden.

Eigentlich mochte Colin billige Kaschemmen wie das Pit nicht und ging sonst auch nicht hin. Die paarmal, die er dort gewesen war, hatte er den Lärm unerträglich gefunden. Das ewige Piepen der Computer, das schrille Klingeln der Flipper und dazwischen das Gelächter und die schrillen Schreie der Mädchen – Gespräche waren nur mit höchster Lautstärke möglich – gingen ihm auf die Nerven und erzeugten in ihm eine Art Platzangst. Er kam sich dann wie ein außerirdisches Wesen vor, eine Kreatur einer fremden Welt, gefangen auf einem primitiven Planeten, inmitten eines Mobs feindseliger, kreischender, schnatternder, barbarischer, widerwärtiger Eingeborener.

Aber an diesem Abend war das ganz anders. Er genoß jede Minute und kannte auch den Grund. In Roys Gesellschaft war er nicht länger ein verängstigter Besucher aus dem Weltraum; er war jetzt einer der Eingeborenen.

Mit seinem dichten blonden Haar, den blauen Augen, den Muskelpaketen und seinem ruhigen Selbstbewußtsein zog Roy die Mädchen förmlich an. Drei von ihnen – Kathy, Laurie und Janet – standen um sie herum und schauten beim Spiel zu. Sie sahen alle überdurchschnittlich gut aus: schlanke, gebräunte, lebhafte Teenager in knappen Oberteilen und Shorts, mit glänzendem Haar, kalifornischem Teint, knospenden Brüsten und schlanken Beinen.

Roy hatte es sichtlich Laurie angetan, während Kathy und Janet mehr als nur beiläufiges Interesse an Colin an den Tag legten. Nicht daß er angenommen hätte, daß sie wirklich an ihm interessiert waren. Er war sogar überzeugt davon, daß das nicht der Fall war und machte sich diesbezüglich keine Illusionen. Bevor solche Mädchen Jungs wie ihn anschmachteten, würde die Sonne im Westen aufgehen, Babys Bärte bekommen und ein ehrlicher Mann zum Präsidenten gewählt werden. Sie flirteten bloß mit ihm, weil er Roys Freund war, oder vielleicht auch, weil sie auf Laurie eifersüchtig waren. Was auch immer ihre Gründe sein mochten, sie konzentrierten sich ganz auf Colin, stellten ihm Fragen, lachten, wenn er einen Witz machte und jubelten ihm zu, wenn er ein Spiel gewann. Bis jetzt hatten Mädchen nie ihre Zeit mit ihm vergeudet. Eigentlich waren ihm auch ihre Motive völlig egal; er genoß einfach die Aufmerksamkeit, die ihm zuteil wurde und betete darum, daß sie nie enden würde. Auch daß ihm die Röte ins Gesicht gestiegen war, machte ihm nichts aus; die orange Beleuchtung des Lokals bot Deckung.

Eine dreiviertel Stunde nachdem sie gekommen waren, gingen sie wieder, lauthals von allen verabschiedet: »Wiedersehen, Roy; mach's gut, Roy, bis bald, Roy.« Roy schien sie alle loswerden zu wollen, auch Kathy, Laurie und Janet. Colin folgte ihm widerstrebend.

Die abendliche Luft draußen war mild. Eine leichte Brise trug den schwachen Duft der See herein.

Es war noch nicht völlig dunkel geworden. Santa Leona lag in einem dunstigen gelben Zwielicht, das dem ähnelte, das Roy am Nachmittag in der Miniaturwelt seiner Garage erzeugt hatte.

Ihre Fahrräder waren an einem Ständer auf dem Parkplatz hinter dem Pit angekettet.

Als Roy sich vorbeugte und die Kette aufschloß, sagte er: »Magst du das Pit?«

»Ja.«

»Das habe ich mir gedacht.«

»Bist du oft dort?« wollte Colin wissen.

»Nee. Eigentlich nicht.«

»Ich dachte, du wärst dort Stammgast.«

Roy richtete sich auf und zog sein Fahrrad aus dem Ständer. »Ich gehe eigentlich nur ganz selten hin.«

»Aber alle haben dich dort gekannt.«

»Ich kenne die Leute, die Stammgäste sind. Aber ich bin keiner. Ich mag so Spiele nicht. Wenigstens solche nicht, die so einfach sind, wie die im Pit.«

Inzwischen hatte auch Colin sein Fahrrad losgekettet.

»Wenn du sie nicht magst, warum sind wir dann hingegangen?«

»Weil ich gewußt habe, daß es dir Spaß machen würde«, sagte Roy.

Colin runzelte die Stirn. »Wenn es dich langweilt, macht es mir auch keinen Spaß.«

»Ich habe mich nicht gerade gelangweilt«, sagte Roy. »Und die paar Spiele haben mir nichts ausgemacht. Außerdem ist Laurie ja ein ganz netter Anblick. Gut gebaut die Kleine, was?«

»Ich denke schon.«

»Du *denkst?*«

»Naja, also ... Sie ist schon gut gebaut.«

»Zwischen ihren Beinen würde ich mich gerne ein paar Monate niederlassen.«

»Dabei hast du es doch ziemlich eilig gehabt, von ihr loszukommen.«

»Naja, nach einer Viertelstunde geht es mir auf den Geist, wenn ich mit ihr reden muß«, sagte Roy.

»Wie könntest du sie dann ein paar Monate lang ertragen?«

»Wir bräuchten ja nichts zu reden«, sagte Roy und grinste anzüglich.

»Oh.«

»Kathy, Janet, Laurie ... Diese Mädchen machen sich alle bloß über uns lustig.«

»Wie meinst du das?«

»Die lassen einen nicht ran. Keinen lassen die ran.«

»Oh.«

»Laurie läßt zwar ihre Titten sehen, aber wenn ich sie anfassen wollte, dann würde sie so laut schreien, daß die ganze Bude einfällt.«

Colin war knallrot geworden und spürte, daß ihm der Schweiß ausgebrochen war. »Naja, sie ist ja schließlich auch erst vierzehn, oder?«

»Als ob das nicht alt genug wäre.«

Colin paßte die Richtung nicht, in die ihr Gespräch geraten war. Er versuchte, es auf einen anderen Kurs zu bringen.

»Jedenfalls, was ich sagen wollte ..., in Zukunft brauchen wir wirklich nichts zu machen, was dich langweilt.«

Roy legte ihm die Hand auf die Schulter und drückte sie sachte. »Hör zu, Colin, ich bin doch dein Freund, oder?«

»Na klar bist du das.«

»Ein guter Freund sollte dir auch dann Gesellschaft leisten wollen, wenn du etwas machst, das dir vielleicht Spaß macht, und ihm vielleicht gar nicht so. Ich meine, ich kann schließlich nicht erwarten, immer nur genau das zu tun, was *ich mag* – und kann nicht erwarten, daß du und ich, ich meine, daß wir beide immer dasselbe tun wollen.«

»Wir mögen dieselben Dinge«, sagte Colin. »Wir haben dieselben Interessen.« Er hatte Angst, Roy würde sich plötzlich darüber klar werden, wie verschieden sie doch waren, und ihn stehenlassen, sich nie wieder mit ihm treffen.

»Du magst Horrorfilme«, sagte Roy. »Mich interessiert das Zeug überhaupt nicht.«

»Nun, davon einmal abgesehen ...«

»Es gibt auch noch andere Unterschiede. Ich will einfach darauf hinaus: Wenn du mein Kumpel bist, möchte ich, daß du Dinge mit mir tust, die *ich* tun möchte, und die *du* überhaupt nicht magst. Es muß also in beide Richtungen funktionieren.«

»Nein, das wird es nicht«, sagte Colin, »weil ich zufällig nämlich all das gern tue, was du vorschlägst.«

»Bis jetzt«, sagte Roy. »Aber es wird auch einmal eine Zeit kommen, wo du etwas nicht tun willst, das mir wichtig ist, aber du *wirst* es tun, weil wir Freunde sind.«

»Ich kann mir nicht vorstellen, was das sein könnte«, sagte Colin.

»Wart's ab«, meinte Roy. »Du wirst schon sehen. Über kurz oder lang, Kumpel, wird die Zeit kommen.«

Das scharlachrote Licht der Neonschrift des Pit spiegelte sich in Roys Augen und verlieh ihm ein furchterregendes Aussehen. Colin fand, daß seine Augen wie die eines Vampirs im Kino wirkten: glasig, rot, gewalttätig, zwei Fenster zu einer Seele, verdorben dadurch, daß ihr wiederholt schon abartige Wünsche erfüllt worden waren. (Andererseits dachte Colin genau dasselbe, wenn er Mr. Arkins Augen zu sehen bekam, und Mr. Arkins war bloß der Inhaber des Lebensmittelladens an der Ecke, und die abartigste Neigung, die Mr. Arkin hatte, war der Alkohol; seine roten Augen waren nicht mehr als das offensichtliche Anzeichen eines fast ständigen Katers.)

»Trotzdem«, sagte Colin zu Roy, »mir gefällt es nicht, daß ich dich langweile, wenn ich ...«

»Ich habe mich nicht gelangweilt! Wirst du jetzt aufhören? Es macht mir nichts aus, mit dir ins Pit zu gehen, wenn es dir Spaß macht. Vergiß nur nicht, was ich dir über diese Mädchen gesagt habe. Die werden sich an dich ranmachen und sich hier und da ganz ›zufällig‹ mit ihrem strammen kleinen Hintern an dir reiben oder dir vielleicht ›zufällig‹ mit ihren Möpsen über den Arm streichen. Aber richtigen Spaß wirst du mit denen nie haben. Weißt du, was für eine Vorstellung, die von einer richtigen klasse Nacht haben? Sich mit dir auf den Parkplatz zu schleichen, sich irgendwo im Schatten zu verstecken und rumzuknutschen.«

Das deckte sich voll und ganz mit Colins Vorstellung einer klasse Nacht. Tatsächlich wäre das für ihn sogar der Himmel auf Erden gewesen, aber das sagte er Roy nicht.

Sie schoben ihre Fahrräder über den Parkplatz zur Straße.

Ehe Roy sich in den Sattel schwingen und wegfahren konnte, nahm Colin schließlich seinen ganzen Mut zusammen und fragte: »Warum gerade ich?«

»Hä?«

»Warum willst du ausgerechnet mich zum Freund?«

»Warum sollte ich dich nicht zum Freund haben wollen?«

»Ich meine – einen Niemand wie mich.«

»Wer sagt denn, daß du ein Niemand bist?«

»Ich sage das.«

»Wie kann man so was von sich selbst sagen?«

»Na, wie auch immer, jedenfalls frage ich mich das schon seit einem Monat.«

»Was fragst du dich? Ich kapiere nicht, was du willst.«

»Ich habe mich gefragt, warum du jemanden wie mich zum Freund haben willst.«

»Was soll das denn? Hast du Krätze oder so etwas?«

Colin wünschte, er hätte das Thema nie angeschnitten, aber jetzt, wo es einmal ausgesprochen war, ließ er nicht mehr locker. »Naja, weißt du – jemand der normalerweise nicht sehr beliebt ist, und, du weißt schon, kein Sportler ist, verstehst du, und überhaupt, und ... Na, du weißt schon.«

»Hör endlich auf ›du weißt schon‹ zu sagen«, entgegnete Roy. »Das geht mir auf den Geist. Einer der Gründe, weshalb ich dich zum Freund haben will, ist, daß du *reden* kannst. Die meisten Kids hier labern den ganzen Tag und brauchen dazu höchstens zwanzig

Wörter. Und drei davon sind ›du weißt schon‹. Aber du hast einen anständigen Wortschatz. Das ist erfrischend.«

Colin riß die Augen auf. »Du willst mich zum Freund, weil ich einen guten Wortschatz habe?«

»Ich möchte, daß wir Freunde sind, weil du genauso schlau bist wie ich. Die meisten Kids langweilen mich.«

»Aber du könntest jeden in ganz Santa Leona zum Freund haben, jeden gleichaltrigen und eine ganze Menge, die ein oder zwei Jahre älter sind als du. Die meisten davon treiben sich im Pit herum.«

»Das sind alles Arschlöcher.«

»Jetzt mal ernsthaft. Da sind ein paar der beliebtesten Typen von ganz Santa Leona dabei.«

»Arschlöcher sind das, ich sag es dir.«

»Aber doch nicht alle.«

»Glaub's mir, Colin, *alle*. Die Hälfte von denen weiß nichts Besseres zu tun als zu kiffen oder Pillen zu schlucken oder sich vollaufen zu lassen und sich dann über und über vollzukotzen. Und der Rest hat keinen sehnlicheren Wunsch als den, John Travolta oder Donny Osmond zu sein. Zum Kotzen!«

»Aber sie mögen dich.«

»Alle mögen mich«, sagte Roy. »Dafür sorge ich.«

»Ich würde wirklich gerne wissen, wie ich alle dazu bringen könnte, *mich* zu mögen.«

»Das ist ganz einfach. Du mußt wissen, wie man sie manipuliert.«

»Okay. Und wie macht man das?«

»Du brauchst dich bloß in meiner Nähe zu halten, dann wirst du es lernen.«

Statt auf das Rad zu steigen und wegzufahren, gingen sie nebeneinander die Straße entlang und schoben ihre Räder. Beide wußten, daß es noch einiges zu sagen gab.

Sie kamen an einer Oleanderhecke vorbei. Ihre Blüten schienen im Halbdunkel zu phosphoreszieren, und Colin atmete ihren Duft tief ein.

Oleanderbeeren enthielten eine der tödlichsten Substanzen, die der Mensch kannte. Colin hatte einen alten Film gesehen, in dem ein Dutzend Menschen von einem Verrückten mit einem Gift ermordet worden waren, das er aus der Pflanze gewonnen hatte. An den Titel konnte er sich nicht mehr erinnern. Es war ein ziemlich blöder Film gewesen, noch schlimmer *als Gozilla gegen King Kong,* und das bedeutete, daß es sich wahrscheinlich um eines der schrecklichsten Machwerke in der ganzen Geschichte des Kinos gehandelt hatte.

Nachdem sie fast einen ganzen Häuserblock entlanggetrabt waren, fragte Colin: »Hast du je gekifft?«

»Einmal«, sagte Roy.

»Was?«

»Hasch. Mit einer Wasserpfeife.«

»Und, hat es dir gefallen?«

»Einmal hat mir genügt. Und du?«

»Nein«, sagte Colin. »Ich habe Angst vor Rauschgift.«

»Weißt du warum?«

»Weil man daran sterben kann. Dir macht das Sterben ja keine Angst.«

»Nicht sehr.«

»Mir macht das Sterben sogar sehr große Angst.«

»Nein«, widersprach Roy. »Du bist so wie ich, genau wie ich. Rauschgift macht dir Angst, weil du dann keine Kontrolle mehr über dich hast. Du kannst es nicht ertragen, die Kontrolle über dich zu verlieren.«

»Naja, freilich, das spielt da auch mit.«

Roy senkte die Stimme, so als ob er Angst hätte, jemand könnte sie belauschen, und redete jetzt ganz hastig. Die Worte verschmolzen ineinander, so eilig hatte er es. »Du mußt hellwach sein, aufpassen und dich immer wieder umsehen. Dich immer schützen. Darfst in deiner Wachsamkeit keinen Augenblick lang nachlassen. Es gibt Leute, die sofort zuschlagen, wenn sie feststellen, daß du nicht alles unter Kontrolle hast. Die Welt ist voll solcher Leute. Fast alle, die einem über den Weg laufen, sind so. Wir sind wie Tiere in einem Dschungel und müssen immer auf den Kampf vorbereitet sein, wenn wir überleben wollen.«

Roy schob sein Fahrrad, den Kopf vorgereckt, die Schultern ein wenig hochgezogen und die Halsmuskeln angespannt, als erwarte er, daß jemand ihm gleich einen Schlag auf den Hinterkopf versetzen würde. Selbst in dem schnell dahinschwindenden rotorangefarbenen späten Abendlicht konnte man die feinen Schweißtröpfchen auf seiner Stirn und seiner Oberlippe sehen, wie kleine, dunkel blitzende Diamanten. »Du kannst praktisch niemandem vertrauen, wirklich niemandem. Selbst Leute, die dich eigentlich mögen sollten, kehren sich schneller gegen dich, als du das ahnst. Sogar Freunde. Und die Leute, die sagen, daß sie dich besonders mögen, sind die Allerschlimmsten, die Gefährlichsten, die, denen man von allen am allerwenigsten vertrauen darf.« Sein Atem ging jetzt gehetzt, und er redete immer schneller. »Leute, die sagen, daß sie dich besonders mögen, schlagen sofort zu, wenn sich ihnen die Gelegenheit dazu bietet. Du darfst nie vergessen, daß die bloß auf die Gelegenheit warten, dich zu schnappen. All das Geschwätz von wegen mögen und liebhaben ist ein Dreck. Tarnung. Die wollen dich bloß erwischen, wenn du nicht aufpaßt. Du mußt immer auf der Hut sein. Immer.« Er warf Colin einen Blick zu, und seine Augen flackerten.

»Glaubst du, daß ich mich gegen dich wenden würde, daß ich Lügen über dich verbreiten, dich bei deinen Eltern verpetzen würde, all das?«

»Würdest du das denn?« fragte Roy.

»Selbstverständlich nicht.«

»Nicht einmal dann, wenn du selbst in der Klemme steckst und dich nur noch retten könntest, indem du mich verpetzt?«

»Nicht einmal dann.«

»Und was wäre, wenn ich gegen irgendein Gesetz verstoßen würde – ich meine, eine ernsthafte Sache, und die Bullen wären hinter mir her und kämen zu dir, um dir eine Menge Fragen zu stellen?«

»Ich würde dich nie verpfeifen.«

»Das hoffe ich.«

»Du kannst mir vertrauen.«

»Das hoffe ich. Das hoffe ich wirklich.«

»Du brauchst nicht zu hoffen. Es ist so. Du kannst dich darauf *verlassen.*«

»Ich muß vorsichtig sein.«

»Sollte ich denn bei dir vorsichtig sein?«

Roy gab keine Antwort.

»Sollte ich bei dir vorsichtig sein?« fragte Colin erneut.

»Vielleicht. Mhm. Vielleicht solltest du das. Als ich sagte, daß wir alle bloß Tiere sind, selbstsüchtige Tiere im Dschungel, da habe ich auch mich gemeint.«

Roys Augen blickten jetzt so gehetzt, so schmerzerfüllt, daß Colin den Blick abwenden mußte.

Er wußte nicht, was Roys Ausbruch ausgelöst hatte, wollte aber schnell das Thema wechseln. Wieder einmal hatte er Angst, ihr Gespräch könnte in einen Streit ausarten, und Roy würde dann vielleicht nichts mehr mit ihm zu tun haben wollen. Und sich Roys Freundschaft zu bewahren, für den Rest seines Lebens, war für ihn ungeheuer wichtig. Wenn er diese Beziehung zerstörte, würde er nie wieder eine Chance bekommen, einen so großartigen Freund wie Roy zu haben. In dem Punkt gab es für ihn keinen Zweifel. Wenn er es sich mit Roy verdarb, würde er künftig wieder ein Einzelgänger sein, und jetzt, wo er einmal erlebt hatte, wie es war, akzeptiert zu werden, jemanden um sich herum zu haben, der sich für einen interessierte, war ihm die Vorstellung einfach unerträglich, wieder in den alten Zustand zurückzufallen.

Eine Weile gingen sie schweigend nebeneinander her. Sie überquerten eine von dichtbelaubten Eichen gesäumte Straße, auf der einiger Verkehr herrschte, und setzten dann ihren Weg auf der anderen Seite in einer Gasse fort.

Allmählich schien die ungewöhnliche Spannung nachzulassen, während der Roy wie eine angriffsbereite Schlange gewirkt hatte, und Colin war erleichtert. Roy hob den Kopf, seine Schultern lockerten sich, und er hörte auf, wie ein Pferd am Ende eines langen Rennens zu atmen.

Colin verstand ein wenig von Rennpferden. Sein Vater hatte ihn ein halbes dutzendmal auf die Rennbahn mitgenommen, in der Erwartung, das viele Geld, das dort gewettet wurde, und die schweißdampfende Männlichkeit des Sports würden ihn beeindrucken. Statt dessen war Colin von der graziösen Eleganz der Pferde entzückt gewesen und hatte von ihnen wie von Tänzerinnen gesprochen. Das hatte seinem Vater nicht behagt, und er war künftig wieder alleine zu den Rennen gegangen.

Colin und Roy erreichten das Ende der Gasse, bogen nach links ab und schoben ihre Fahrräder jetzt über einen von Efeu gesäumten Fußweg.

Beiderseits davon erkannte man im schattenspendenden Schutz einer Vielfalt von Palmen mit Oleanderbüschen, Rosensträuchern, Kakteen, Farnen und Poinsettia-Büschen in den Vorgärten weißgetünchte Häuser, von denen eines wie das andere aussah – alles häßliche Gebäude, die nur die üppige, natürliche Schönheit Kaliforniens elegant erscheinen ließ.

Schließlich sagte Roy: »Colin, du erinnerst dich doch an das, was ich gesagt habe – daß man manchmal einem Freund zuliebe etwas tun muß, selbst wenn man es eigentlich nicht mag?«

»Ja, ich erinnere mich.«

»So kann man Freundschaft wirklich auf die Probe stellen. Findest du nicht auch?«

»Ja, ich denke schon.«

»Herrgott, kannst du nicht wenigstens ein einziges Mal eine klare Meinung äußern? Von dir hört man nie ja oder nein, du ›denkst‹ oder ›meinst‹ immer nur.«

Jetzt war Colin verletzt. »Also gut«, sagte er. »Ich glaube, daß das eine echte Freundschaftsprobe ist. Ich bin deiner Meinung.«

»Also, was wäre dann, wenn ich jetzt sagen würde, daß ich irgend etwas bloß zum Spaß umbringen will und möchte, daß du mir dabei hilfst?«

»Was denn, eine Katze?«

»Eine Katze habe ich schon umgebracht.«

»Ja, klar. Stand ja in allen Zeitungen.«

»Doch, *wirklich*. In einem Käfig. So wie ich es gesagt habe.«

»Ich kann es einfach nicht glauben.«

»Warum sollte ich lügen?«

»Okay, okay«, meinte Colin. »Fangen wir nicht noch einmal mit der ganzen Geschichte von vorne an. Tun wir einfach so, als ob ich dir deine Geschichte abgekauft hätte. Du hast also eine Katze in einem Vogelkäfig umgebracht. Und was kommt jetzt – ein Hund?«

»Wenn ich einen Hund umbringen wollte, würdest du mir dabei helfen?«

»Warum solltest du das wollen?«

»Weil es vielleicht ein Knaller ist.«

»Du liebe Güte.«

»Würdest du mithelfen?«

»Wo würdest du denn den Hund herbekommen? Meinst du, der Tierschutzverein gibt sie einfach Leuten, die sie quälen wollen?«

»Ich würde einfach den erstbesten Köter stehlen, der mir über den Weg läuft«, sagte Roy.

»Einen, der jemandem gehört?«

»Na klar.«

»Und wie würdest du ihn umbringen?«

»Ihn erschießen. Ihm einfach eine Kugel in den Kopf jagen.«

»Und die Nachbarn würden das nicht hören?«

»Wir würden ihn zuerst in die Berge schaffen.«

»Und du meinst, er setzt sich einfach hin und grinst uns an, während wir ihn abknallen?«

»Wir würden ihn festbinden und ein Dutzend Schüsse auf ihn abgeben.«

»Und wo willst du die Waffe herkriegen?«

»Wie wäre es mit deiner Mutter?« fragte Roy.

»Glaubst du, daß meine Mutter in ihrer Küche einen illegalen Waffenhandel betreibt, oder so etwas?«

»Hat sie denn keine Waffe?«

»Na klar. Eine Million Revolver. Und einen Panzer und eine Bazooka und eine Atombombe.«

»Beantworte meine Frage.«

»Weshalb sollte sie denn eine Waffe haben?«

»Eine so attraktive Frau, die alleine lebt, besitzt gewöhnlich eine Waffe zu ihrem Schutz.«

»Aber sie lebt doch nicht alleine«, sagte Colin. »Hast du mich vergessen?«

»Wenn irgendein verrückter Sexualverbrecher sich an deine Mom ranmachen wollte, würde er dich einfach in die Ecke schieben.«

»Ich bin nicht so schwach, wie ich aussehe.«

»Trotzdem. Also, hat deine Mutter eine Waffe?«

Colin wollte nicht zugeben, daß tatsächlich eine Waffe im Haus war. Er hatte das Gefühl, daß er sich eine Menge Ärger sparen würde, wenn er Roy jetzt anlog. Aber dann sagte er schließlich doch: »Ja. Sie hat eine Pistole.«

»Bist du da sicher?«

»Klar. Aber ich glaube nicht, daß sie geladen ist. Sie könnte nie jemanden erschießen. Mein Vater ist ganz wild auf Waffen: *Ergo* kann meine Mutter sie nicht ausstehen. Und mir geht es genauso. Ich werde mir nicht ihre Pistole ausborgen, um damit etwas so Verrücktes anzustellen, wie den Hund deiner Nachbarn zu erschießen.«

»Na schön, wir könnten ihn ja auch auf eine andere Art umbringen.«

»Was würden wir denn tun – ihn beißen?«

Im Geäst über ihnen zwitscherte ein Nachtvogel.

Die Brise, die von der See hereinwehte, war jetzt wesentlich kühler als noch vor zehn Minuten.

Colin war es langsam leid, sein Fahrrad zu schieben, aber er hatte das Gefühl, daß Roy noch eine ganze Menge zu sagen hatte und es leise sagen wollte, was nicht ging, wenn sie im Sattel saßen.

»Wir könnten den Hund ja fesseln und ihn dann mit einer Heugabel umbringen«, sagte Roy.

»Du liebe Güte.«

»*Das* wäre ein Knaller!«

»Mir wird ganz übel.«

»Würdest du mir helfen?«

»Du brauchst meine Hilfe nicht.«

»Aber es wäre für mich ein Beweis, daß du nicht bloß ein Freund für schönes Wetter bist.«

Eine Weile sagte keiner der beiden etwas. Dann meinte Colin schließlich: »Ich denke, wenn es für dich wirklich wichtig wäre, eine Sache auf Leben und Tod sozusagen, dann würde ich da sein, wenn du es tust.«

»Was meinst du mit ›da sein‹?«

»Ich meine ... Naja, ich denke, ich könnte zusehen.«

»Und wenn ich möchte, daß du mehr tust als bloß zusehen?«

»Was zum Beispiel?«

»Was wäre, wenn ich möchte, daß du die Heugabel nimmst und den Hund selbst ein paarmal damit stichst?«

»Manchmal bist du mir richtig unheimlich, Roy.«

»Würdest du es fertigbringen?« beharrte Roy.

»Nein.«

»Ich wette, du könntest es.«

»Ich könnte nie etwas töten.«

»Aber zusehen könntest du?«

»Nun, wenn es dir ein für allemal beweisen würde, daß ich dein Freund bin und daß man mir vertrauen kann ...«

Sie erreichten den Lichtkegel einer Straßenlaterne, und Roy blieb stehen. Er grinste. »Du wirst von Tag zu Tag besser.«

»Tatsächlich?«

»Du entwickelst dich gut«, sagte Roy.

»So, tu ich das?«

»Gestern hättest du noch gesagt, du könntest nicht einmal zusehen, wie ein Hund umgebracht wird. Heute sagst du schon, du könntest zusehen, aber nicht mitmachen. Morgen oder übermorgen wirst du mir sagen, daß du dich doch dazu überwinden könntest, die Gabel aufzuheben und aus dem verdammten Köter Hackfleisch zu machen.«

»Nein. Niemals.«

»Und in einer Woche wirst du schließlich zugeben, daß dir das Töten *Spaß macht*.«

»Nein. Da täuscht du dich. Das ist doch albern.«

»Ich täusche mich nicht. Du bist genau wie ich.«

»Und du bist kein Killer.«

»Bin ich schon.«

»Niemals.«

»Du kennst mich nicht.«

»Du bist Roy Borden.«

»Ich meine, du weißt nicht, was in mir ist. Du weißt es nicht, aber du wirst es erfahren.«

»In dir steckt kein Katzen- und Hundekiller.«

»Ich habe schon etwas ganz anderes als Katzen getötet.«

»Was zum Beispiel?«

»Menschen zum Beispiel.«

»Und dann, nehme ich an, bist du auf noch größere Dinge übergegangen – Elefanten vielleicht.«

»Nein, keine Elefanten. Bloß Menschen.«

»Ich kann mir vorstellen, daß es bei Elefanten ein Problem ist, die Leiche beiseite zu schaffen.«

»Bloß Menschen.«

Ein anderer Nachtvogel ließ seinen gespenstischen Ruf aus einem nahen Baumwipfel ertönen, und in der Ferne heulten zwei einsame Hunde einander zu.

»Das ist doch lächerlich«, sagte Colin.

»Nein, es ist die Wahrheit.«

»Du versuchst mir weiszumachen, du hättest Menschen *getötet?*«

»Zweimal.«

»Warum nicht hundertmal?«

»Weil es nur zweimal war.«

»Als nächstes wirst du behaupten, daß du in Wirklichkeit eine achtbeinige, sechsäugige Kreatur vom Mars bist, die sich nur als Mensch verkleidet hat.«

»Ich bin in Santa Leona geboren«, sagte Roy nüchtern. »Wir haben immer hier gewohnt, mein ganzes Leben lang. Ich bin nie auf dem Mars gewesen.«

»Roy, das wird jetzt langweilig.«

»Oh, es wird ganz und gar nicht langweilig. Ehe der Sommer vorbei ist werden wir beide, du und ich, zusammen jemanden umbringen.«

Colin tat so, als würde er darüber nachdenken. »Den Präsidenten der Vereinigten Staaten vielleicht?«

»Nein. Bloß jemanden hier in Santa Leona. Das wird ein echter Knaller.«

»Roy, du solltest jetzt damit aufhören. Ich glaube dir kein Wort, und ich werde das auch nie tun.«

»Das wirst du. Doch, das wirst du ganz bestimmt.«

»Nein. Es ist bloß ein Märchen, ein Spiel, irgendeine Prüfung, der du mich da unterziehst. Und es wäre mir jetzt wirklich recht, wenn du mir sagst, *wofür* ich geprüft werde.«

Roy sagte gar nichts.

»Also, soweit ich das erkennen kann«, sagte Colin, »habe ich die Prüfung bestanden, was auch immer dahintersteckt. Ich habe dir bewiesen, daß ich mir nichts vormachen lasse. Ich falle dir nicht auf diese alberne Geschichte herein. Verstehst du?«

Roy lächelte und nickte dann. Er sah auf die Uhr. »Hey, was willst du jetzt machen? Willst du ins Fairmont gehen und dir einen Film ansehen?«

Der plötzliche Themenwechsel verwirrte Colin ebenso wie die ganz andere Art, die Roy plötzlich an den Tag legte.

»Das Fairmont – was ist das?«

»Das Fairmont-Autokino natürlich. Wenn wir ein Stück auf der Ranch Road fahren und dann über die Hügel, kommen wir auf dem Abhang über dem Fairmont heraus. Von dort aus können wir uns den Film umsonst ansehen.«

»Aber kann man da etwas hören?«

»Nein, aber bei den Filmen, die sie im Fairmont spielen, braucht man nichts zu hören.«

»Was spielen die denn dort – Stummfilme?«

Roy sah Colin verblüfft an. »Du willst sagen, du wohnst jetzt einen ganzen Monat hier und weißt nicht, was das Fairmont ist?«

»Jetzt komme ich mir richtig blöd vor.«

»Du weißt es *wirklich* nicht?«

»Du hast gesagt, daß es ein Autokino ist.«

»Mehr als das«, sagte Roy. »Mann, du wirst vielleicht überrascht sein!«

»Ich mag Überraschungen nicht.«

»Komm schon. Fahren wir.«

Roy schwang sich auf sein Fahrrad und radelte los. Colin folgte ihm, von einer Laterne zur nächsten, durch helle Lichtpfützen, immer wieder in dunkle Flecken hinein, heftig strampelnd, um mit Roy Schritt zu halten.

Als sie die Ranch Road erreichten und südöstliche Richtung einschlugen, weg von der Stadt, gab es keine Straßenlaternen mehr, und sie schalteten ihre Beleuchtung ein. Die letzten Strahlen der Sonne waren hinter den westlichen Rändern der hochfliegenden Wolken verschwunden. Die Nacht hatte sich herniedergesenkt. Beiderseits von ihnen erhoben sich sanft geschwungene, baumlose, kohlschwarze Hügelketten, die sich silhouettenhaft vor dem grauschwarzen Himmel abzeichneten. Hier und da kam ein Auto vorbei, aber die meiste Zeit hatten sie die Straße ganz für sich.

Colin fühlte sich im Dunkeln nicht wohl. Er hatte nie seine kindische Angst davor abgelegt, nachts alleine zu sein, eine Schwäche, die seine Mutter manchmal beunruhigte und seinen Vater immer wieder wütend machte. Selbst beim Schlafengehen ließ er das Licht eingeschaltet. Im Augenblick hielt er sich dicht an Roy und hatte echt Angst zurückzubleiben und in Gefahr zu geraten; irgend etwas Scheußliches, Unmenschliches, etwas, das sich in den undurchdringlichen Schatten am Straßenrand versteckt hielt, könnte nach ihm greifen und ihn mit Klauen so groß wie Sicheln packen, ihn aus dem Sattel reißen und ihn lebend verschlingen; die Knochen würden laut knirschen und das Blut nach allen Seiten spritzen. Oder noch Schlimmeres. Er war ein begeisterter Freund von Horrorfilmen und Romanen, nicht weil sie aufregend oder spannend oder besonders fantasievoll waren, sondern weil sie für ihn eine beunruhigende Realität erforschten, die die meisten Erwachsenen nicht ernst nehmen wollten. Werwölfe, Vampire, Zombies, zerfallende Leichen, die nicht friedlich in ihren Särgen ruhen konnten, und hundert andere höllische Kreaturen existierten *wirklich.* Intellektuell konnte er sie als reine Fantasiegebilde, Bewohner einer imaginären Welt abtun, aber tief im Herzen kannte er die Wahrheit. Sie lauerten dort draußen. Die Untoten. Lauerten. Warteten. Hielten sich verborgen. Waren hungrig. Die Nacht war ein riesiger, muffiger Keller, eine Heimstatt für all das, was da kroch, glitt und schlich. Die Nacht hatte Augen und Ohren. Sie hatte eine schreckliche, krächzende, alte Stimme. Wenn man genau hinhörte, seine Zweifel beiseite schob und sich nicht von der Vernunft beeinflussen ließ, konnte man die schreckliche Stimme der Nacht hören. Sie wisperte von Gräbern und verfaulendem Fleisch, von Dämonen und Geistern und Sumpfungeheuern. Sie sprach von unsäglichen Dingen.

Ich muß dem unbedingt ein Ende machen, sagte er sich. Warum tu ich mir das eigentlich die ganze Zeit an? Du liebe Güte!

Er hob sich vom Sattel, um mehr Kraft in seine Beine legen zu können, und trat hart in die Pedale, fest entschlossen, dicht bei Roy zu bleiben.

Seine Arme hatten sich mit einer Gänsehaut überzogen.

7

Aus der Ranch Road bogen sie in einen Feldweg, der im Mondschein kaum zu erkennen war. Roy fuhr voraus. Als sie die erste Hügelkuppe hinter sich hatten, wurde aus dem Feldweg ein schmaler Fußweg. Nach einer viertel Meile bog der Fußweg nach Norden, und sie setzten den Weg in westlicher Richtung fort. Sie mußten jetzt die Fahrräder durch trockenes Gras und auf sandigem Boden weiterschieben.

Weiterschieben.

Höchstens eine Minute, nachdem sie den Fußweg verlassen hatten, ging Roys Fahrradbeleuchtung aus.

Colin blieb sofort stehen. Sein Herz hüpfte wie ein erschrecktes Kaninchen in einem Käfig. »Roy? Wo bist du? Was ist los? Was ist denn passiert?«

Roy trat aus der Dunkelheit in den fahlen Lichtkegel, der von

Colins batteriebetriebener Fahrradlampe ausging. »Wir müssen noch zwei Hügel überqueren, ehe wir an das Autokino kommen. Hat ja keinen Sinn, uns weiter mit den Rädern abzuschinden. Wir lassen sie hier und holen sie dann auf dem Rückweg wieder ab.«

»Und wenn jemand sie stiehlt?«

»Wer denn?«

»Woher soll ich das wissen? Aber was ist, wenn jemand sie stiehlt?«

»Ein internationaler Ring von Fahrraddieben mit Geheimagenten in jedem Dorf?« Roy schüttelte den Kopf und gab sich keine Mühe, seine Verzweiflung zu verbergen. »Ich habe noch nie jemanden gekannt, der sich wegen solchem Kleinkram soviel Sorgen macht.«

»Aber wenn sie jemand stiehlt, müßten wir den ganzen Weg nach Hause zu Fuß gehen – das sind wenigstens fünf oder sechs Meilen.«

»Verdammt nochmal, Colin, es weiß doch keiner, daß die Fahrräder hier sind! Keiner wird sie sehen, geschweige denn stehlen.«

»Und wenn wir zurückkommen und sie im Dunkeln nicht finden?« fragte Colin.

Roy verzog das Gesicht. Er sah dabei nicht nur angewidert, sondern geradezu dämonisch aus. Das kam von der Fahrradlampe, deren Lichtkegel nur die Konturen seines Kopfs beleuchtete, während der größte Teil seines Gesichts im Dunkeln blieb, so daß es völlig verzerrt und unmenschlich aussah.

»Ich kenne mich hier aus«, sagte Roy ungeduldig. »Ich bin oft hier. Du kannst mir vertrauen. Was ist jetzt, kommst du mit? Wir verpassen den Film.«

Er drehte sich um und ging weiter.

Colin zögerte, bis ihm klar wurde, daß Roy ihn hier verlassen würde, wenn er jetzt das Fahrrad nicht einfach stehenließe. Und mitten im Niemandsland wollte er nicht allein sein. Er legte das Fahrrad hin und schaltete die Lampe aus.

Dunkelheit hüllte ihn ein. Plötzlich wurde ihm bewußt, daß ihn tausend unheimliche Geräusche umgaben: das unablässige Quaken von Kröten. Aber waren das nur Kröten? Vielleicht war es in Wirklichkeit etwas viel Gefährlicheres. Die vielen fremdartigen Stimmen der Nacht schwollen zu einem kreischenden Chor an.

Angst stieg in ihm auf, bitter wie Galle. Seine Halsmuskeln verkrampften sich. Das Schlucken machte ihm Mühe. Wenn Roy jetzt etwas zu ihm gesagt hätte, wäre er nicht in der Lage gewesen, zu antworten. Trotz der kühlen Brise brach ihm der Schweiß aus.

Du bist kein Kind mehr, ermahnte er sich. Führ dich nicht auf wie ein Baby.

In seiner Verzweiflung drängte es ihn, die Fahrradlampe wieder anzuknipsen, aber er wollte Roy nicht merken lassen, daß er sich vor der Dunkelheit fürchtete. Er wollte wie Roy sein, und Roy fürchtete sich vor nichts.

Zum Glück war Colin nicht völlig blind. Die Fahrradlampe war nicht besonders hell gewesen, und so paßten sich seine Augen schnell der Umgebung an. Milchig weißes Mondlicht hüllte die sanften Hügel ein. Als er nach vorne blickte, sah er, daß Roy bereits den nächsten Abhang hinaufeilte.

Colin versuchte sich zu bewegen, aber er konnte nicht. Es war, als wäre jedes seiner Beine tausend Pfund schwer.

Etwas zischte.

Colin legte den Kopf zur Seite. Lauschte.

Wieder das Zischen. Diesmal lauter, näher.

Ein Stück von seinem Fuß entfernt raschelte etwas im Gras, und Colin rannte davon. Vielleicht war es bloß eine harmlose Kröte gewesen, aber seine Angst verschaffte ihm den Antrieb, den er brauchte, um sich in Bewegung zu setzen.

Er holte Roy ein, und ein paar Minuten später hatten sie den Hügel erreicht, an dessen Fuß das Fairmont-Autokino lag. Sie stiegen ein Stück hinunter und setzten sich Seite an Seite in der Dunkelheit hin.

Unter ihnen standen die geparkten Autos, vor denen die Leinwand aufragte; dahinter zog sich die Straße nach Santa Leona entlang.

Auf der Riesenleinwand gingen ein Mann und eine Frau im Licht der untergehenden Sonne über den Strand. Obwohl es keine Lautsprecher gab und deshalb nichts zu hören war, konnte Colin auf der Nahaufnahme erkennen, daß die Schauspieler angeregt miteinander redeten; er wünschte sich, Lippenlesen zu können.

Nach einer Weile meinte er: »Langsam bekomme ich das Gefühl, daß das eine blöde Idee war – so weit zu fahren, um einen Film zu sehen, den wir nicht hören können.«

»Den hier brauchst du nicht zu hören«, sagte Roy.

»Wenn wir nichts hören können, wie können wir dann der Handlung folgen?«

»Die Leute gehen nicht wegen der Handlung ins Fairmont. Die wollen hier bloß Titten und Ärsche sehen.«

Colin sah Roy mit aufgerissenen Augen an. »Was redest du da?«

»Das Fairmont hat eine prima Lage. Weit und breit keine Häuser. Und von der Straße aus kann man die Leinwand auch nicht sehen. Also spielen sie Pornos.«

»Was spielen sie?«

»Pornos. Weißt du nicht, was das ist?«

»Nein.«

»Du mußt noch eine Menge lernen, Kumpel. Zum Glück hast du einen guten Lehrer. Mich nämlich. Pornographie ist das. Schmutzige Leinwand.«

»Haha, heißt das, daß wir hier Leute sehen ..., *die es machen?*«

Roy grinste. Seine Augen und Zähne blitzten im Mondlicht. »Das würden wir sehen, wenn es harter Porno wäre«, entgegnete Roy. »Aber das hier ist Softporno.«

»Oh«, sagte Colin. Er hatte nicht die leiseste Ahnung, was Roy meinte.

»Was wir zu sehen kriegen«, erklärte Roy, »sind nackte Leute, *die so tun*, als ob sie es machen würden.«

»Sie sind ... wirklich nackt?«

»Sicher.«

»Doch nicht völlig nackt?«

»Völlig.«

»Aber doch die Mädchen nicht.«

»Gerade die Mädchen«, sagte Roy. »Und jetzt schau dir den Film an, Blödmann.«

Colin sah auf die Leinwand und hatte Angst vor dem, was er vielleicht gleich zu sehen bekommen würde.

Das Paar am Strand küßte sich. Dann trat der Mann einen Schritt zurück, und die Frau lächelte und strich sich selbst liebkosend über den Körper, als wolle sie ihn damit herausfordern. Schließlich griff sie nach hinten, hakte ihr Bikinioberteil auf und ließ es langsam an den Armen herunterrutschen. Plötzlich sprangen ihre nackten Brüste ins Bild. Groß und fest, nach oben gerichtet, herrlich wippend, und der Mann berührte sie ...

»Ja, nimm sie dir. Nimm sie dir richtig vor«, sagte Roy.

... und der Mann streichelte ihre Brüste, quetschte sie, und die Frau schloß die Augen und schien zu seufzen, und der Mann strich sanft mit dem Daumen über ihre angeschwollenen Brustwarzen.

Colin war im ganzen Leben noch nie so verlegen gewesen.

»Das sind vielleicht Möpse«, sagte Roy begeistert.

Colin wünschte sich hier weg. Irgendwo hin. Zurück zu den Fahrrädern, selbst wenn das bedeutete, allein im Dunkel zu sein.

»Sind das nicht klasse Möpse?«

Colin wäre am liebsten in ein Loch gekrochen, um sich dort zu verstecken.

»Gefallen dir die Möpse?«

Colin brachte kein Wort heraus.

»Möchtest du daran lutschen?«

Wenn Roy nur den Mund halten würde.

Auf der Leinwand beugte der Mann sich vor und saugte an den Brüsten der Frau.

»Hättest du keine Lust, zwischen diesen Titten zu ersticken?«

Obwohl der Film Colin schockierte und verlegen machte, konnte er doch den Blick nicht von der Leinwand wenden.

»Colin? Hey, Colin!«

»Hm?«

»Was hältst du davon?«

»Wovon?«

»Ihren Möpsen.«

Auf der Leinwand rannten der Mann und die Frau jetzt über den Strand zu einem grasigen Flecken, wo sie sich hinlegen konnten. Ihre Brüste wippten dabei auf und ab.

»Colin? Hat es dir die Rede verschlagen?«

»Warum willst du denn darüber reden?«

»Weil das mehr Spaß macht. Wir hören ja hier oben den Ton nicht, und deshalb wissen wir auch nicht, was die miteinander reden.«

Das Paar hatte sich inzwischen ins Gras gelegt, und der Mann küßte wieder ihre Brüste.

»Gefallen dir ihre Titten?«

»Herrgott, Roy.«

»Ob sie dir gefallen?«

»Ich denke schon.«

»Du *denkst?*«
»Naja, freilich. Sie sind nett.«
»Kannst du dir vorstellen, daß die einem nicht gefallen?«
Colin gab keine Antwort.
»Einem Schwulen würden sie vielleicht nicht gefallen«, sagte Roy.
»Mir gefallen sie«, sagte Colin schwach.
»Was gefällt dir?«
»Hast du vergessen, wovon wir reden?«
»Ich will hören, wie du es sagst.«
»Ich habe es doch schon gesagt. Sie gefallen mir.«
»*Was* gefällt dir?« beharrte Roy.
Auf der Leinwand ragten jetzt in Großaufnahme steife Brustwarzen in die Höhe.
»Bei dir tickt doch was nicht richtig, wie?« sagte Colin.
»Bei *mir* tickt alles richtig.«
»Du bist merkwürdig, Roy.«
»*Du* bist doch derjenige, der Angst hat, es auszusprechen.«
»Was auszusprechen?«
»Wie sagst du denn dazu?«
»Du liebe Güte.«
»Wie du dazu sagst? Nicht du liebe Güte.«
»Okay, okay. Wenn du still bist, sage ich es.«
»Na schön, dann sag es.«
»Ich mag ihre Möpse«, sagte Colin. »So. Bist du jetzt glücklich?«
Colin war knallrot geworden. Er war richtig froh, daß es dunkel war.
»Ich will noch ein anderes Wort hören«, sagte Roy.
»Hä?«
»Noch etwas anderes als ›Möpse‹.«
»Hältst du jetzt endlich den Mund?«
Auf der Leinwand – vom Speichel nasse Brüste.
Roy legte ihm die Hand auf den Arm und drückte zu, so daß es ein wenig weh tat. »Ein anderes Wort.«
»Sag's *du* doch. Du scheinst ja alle Namen zu kennen.«
»Und du mußt sie lernen.«
»Was ist denn an all den ordinären Ausdrücken so wichtig?«
»Hat der kleine Colin Angst, seine Mami könnte es hören und ihm den Mund dann mit Seife auswaschen?«

»Jetzt red doch keinen Stuß«, sagte Colin, sichtlich bemüht, sich nicht unterkriegen zu lassen.

»Na also, wenn du vor Mami keine Angst hast, dann sag mir ein anderes Wort. Schau auf die Leinwand und sag mir, was dir dort gefällt.«

Colin räusperte sich nervös. »Also ... Ihre Brüste gefallen mir.«

»Brüste? Herr Jesus, Colin! Wenn ich Brüste höre, muß ich an Hühnchen denken!«

»Nun, an einer Frau nennt man sie auch so«, verteidigte sich Colin.

»Ein Arzt sagt das vielleicht.«

»Jeder tut das.«

Roys Hand an Colins Arm drückte fester zu, seine scharfen Fingernägel bohrten sich in sein Fleisch.

»Verdammt nochmal, laß los!« sagte Colin. »Du tust mir weh.«

Er versuchte freizukommen, schaffte es aber nicht. Roy war sehr stark.

Im frostigen Mondlicht war Roys Gesicht nur teilweise zu sehen, aber das Wenige, das Colin erkennen konnte, gefiel ihm nicht. Die Augen waren geweitet, der Blick stechend, fiebrig. Colin hatte das Gefühl, als strahlten sie Hitze aus. Roy hatte die Lippen zu einem bösartigen Grinsen verzogen, so als würde er gleich wie ein Kampfhund zu knurren beginnen.

Das Ungewöhnliche, das kraftvoll Schaurige, das Colin in diesen Augen las, diese undefinierbare Kraft, die von ihnen ausging, und die Eindringlichkeit, mit der Roy redete, ließ Colin erkennen, daß dieses bizarre Gespräch für Roy von ungeheurer Bedeutung war. Er machte sich nicht bloß über Colin lustig; nein, er forderte ihn heraus. Das hier war eine Auseinandersetzung, in der Roy seine Kräfte mit ihm maß, und das Ergebnis dieser Auseinandersetzung würde in einer für Colin noch nicht ganz durchschaubaren Weise ihr zukünftiges Miteinander bestimmen. Und zugleich spürte er, ohne richtig zu verstehen weshalb es so war, daß er diesen Wettstreit gewinnen mußte, um nicht später diese Episode aus ganzem Herzen zu bedauern.

Roy drückte fester zu.

»Au!« sagte Colin. »Laß doch los.«

»Ich will ein anderes Wort hören.«

»Was soll das denn?«

»Ich will ein anderes Wort hören.«

»Roy, du tust mir weh.«

»Laß mich ein anderes Wort hören, und ich laß dich los.«

»Ich dachte, du wärst mein Freund.«

»Ich bin der beste Freund, den du je haben wirst.«

»Wenn du mein Freund wärst, würdest du mir nicht weh tun«, sagte Colin durch zusammengebissene Zähne.

»Wenn du mein Freund wärst, würdest du das Wort sagen. Zum Henker, was ist denn daran so schwer?«

»Und was ist für dich so schwer, wenn ich es nicht sage?«

»Ich dachte, du hättest gesagt, ich könnte dir vertrauen, du würdest alles tun, was ich will, wie sich das für einen Freund gehört. Und jetzt willst du nicht einmal mit mir über diesen lausigen Film reden.«

»Okay, okay«, sagte Colin und hatte tatsächlich ein schlechtes Gewissen, weil Roy doch nur eine solche Kleinigkeit von ihm forderte.

»Sag mir zuliebe ›Titten‹.«

»Titten«, sagte Colin mit belegter Stimme.

»Sag ›Möpse‹.«

»Möpse.«

»Sag, daß du ihre Titten magst.«

»Ich mag ihre Titten.«

Roy ließ ihn los. »War das so schwer?«

Colin rieb sich vorsichtig den Arm.

»Hey«, sagte Roy, »hättest du keine Lust, ihre Titten als Ohrschützer zu tragen?«

»Du bist widerlich.«

Roy lachte. »Vielen Dank.«

»Ich glaube, du hast mich blutig gekratzt.«

»Heulsuse. Ich habe bloß ein wenig zugedrückt. Wow! Da, schau auf die Leinwand!«

Der Mann hatte dem Mädchen den Bikinislip halb heruntergezogen und streichelte jetzt ihr nacktes Hinterteil, das sich schneeweiß von ihrem gebräunten Rücken und ihren Schenkeln abhob, so weiß, daß es wie die Hälften einer Nuß in einer weichen braunen Schale wirkte.

»Von dem Arsch könnte ich zehn Pfund zum Frühstück verzehren«, sagte Roy.

Der Mann auf der Leinwand war auch nackt. Er legte sich jetzt auf den Rücken, und das Mädchen setzte sich mit gespreizten Beinen auf ihn.

»Das Beste zeigen die uns nicht«, sagte Roy. »Nicht im Fairmont. Die zeigen nicht, wie er es ihr besorgt.«

Die Kamera konzentrierte sich auf ihre wippenden Brüste und ihr hübsches Gesicht, das jetzt in vorgetäuschter Ekstase verzerrt war.

»Macht dir das einen Steifen?« fragte Roy.

»Was?«

»Ob du einen Ständer hast?«

»Du bist ekelhaft.«

»Hast du vor dem Wort auch Angst?«

»Ich habe vor keinem Wort Angst.«

»Dann sag es doch.«

»Himmel!«

»Du sollst es sagen.«

»Ständer.«

»Hast du einen?«

Colin war so verlegen, daß ihm fast übel wurde.

»Hast du einen Ständer, Kumpel?«

»Ja.«

»Weißt du, wie man ihn nennt?«

»Marvin.«

Roy lachte. »Das war komisch. Und schnell. Das gefällt mir.«

Das Lob Roys linderte. Colins Angst ließ ein wenig nach.

»Weißt du wirklich, wie man ihn nennt?« fragte Roy.

»Penis.«

»Das ist genauso schlimm wie ›Brüste‹.«

Colin sagte nichts.

»Sag ›Schwanz‹.«

Colin sagte es.

»Gut«, sagte Roy. »Ausgezeichnet. Ehe dieser Film um ist, wirst du sämtliche Wörter kennen und wirst dich nicht genieren sie zu gebrauchen, genau wie ich. Halt dich an mich, Junge, dann sorge ich dafür, daß etwas aus dir wird. Hey. Da schau hin! Schau, was er jetzt macht! Da, schau, Colin! Das ist der Knaller! Schau!«

Colin hatte das Gefühl, auf einem Skateboard zu stehen und einen langen steilen Hügel hinunterzurasen, ohne Kontrolle über sein Fahrzeug zu haben. Aber er sah hin.

8

Um dreiviertel elf kamen sie nach Santa Leona zurück und hielten an einer Tankstelle am Broadway an. Sie hatte bereits geschlossen; nur der Getränkeautomat war noch beleuchtet.

Roy suchte in seiner Tasche nach Münzen. »Was willst du haben? Ich lade dich ein.«

»Ich habe Geld.«

»Du hast das Abendessen bezahlt.«

»Also … Okay … Traubenlimonade.«

Dann befaßten sich beide eine Weile stumm mit ihren Getränkedosen.

Schließlich sagte Roy: »Ein prima Abend, nicht wahr?«

»Ja.«

»Macht es dir Spaß?«

»Klar.«

»Ich fühle mich prima, und weißt du, warum?«

»Warum?«

»Weil du hier bist«, sagte Roy.

»Na klar«, sagte Colin, dem es zur zweiten Natur geworden war, von sich nur Schlechtes zu denken. »Ich bin eine richtige Stimmungskanone.«

»Nein, ehrlich«, sagte Roy. »Einen besseren Freund als dich könnte man sich gar nicht wünschen.«

Colin wurde wieder rot, aber diesmal ebenso aus Stolz wie aus Verlegenheit.

»Tatsächlich bist du sogar der einzige Freund, den ich habe«, sagte Roy, »und der einzige Freund, den ich brauche.«

»Du hast doch Hunderte von Freunden.«

»Das sind bloß Bekannte. Zwischen Freunden und Bekannten ist ein Riesenunterschied. Bis du hierher gezogen bist, hatte ich eine Ewigkeit keinen Freund mehr.«

Colin wußte nicht, ob Roy die Wahrheit sagte oder sich bloß über ihn lustig machte. Er hatte nicht die Erfahrung, um sich ein Urteil darüber zu bilden, weil noch nie jemand so zu ihm gesprochen hatte wie Roy.

Roy stellte seine halbgeleerte Coladose hin und holte ein Taschenmesser heraus. »Ich glaube, jetzt ist die Zeit dafür da.«

»Wofür?«

Im schwachen Licht des Getränkeautomaten klappte Roy das Messer auf, setzte sich die Spitze an den Handballen und stach so fest zu, daß es blutete: ein einzelner dicker Blutstropfen, der wie eine rote Perle aussah. Er drückte an der winzigen Wunde, bis noch mehr Blut herausquoll und über seine Hand rann.

Colin sah in sprachlos an. »Warum hast du das getan?«

»Streck die Hand aus.«

»Bist du verrückt?«

»Wir machen es genauso wie die Indianer.«

»Was?«

»Wir sind jetzt Blutsbrüder.«

»Wir sind doch schon Freunde.«

»Blutsbrüderschaft ist viel besser.«

»So? Warum?«

»Wenn unser Blut sich vermischt hat, werden wir wie eine Person sein. In Zukunft werden alle Freunde, die ich habe, ganz automatisch auch deine Freunde sein. Und deine Freunde werden meine Freunde sein. Wir werden immer zusammenhalten und nie alleine sein. Wenn einer Feinde hat, dann sind das zugleich auch die Feinde des anderen. Auf diese Weise sind wir doppelt so stark und doppelt so schlau wie alle anderen. Wir werden nie alleine kämpfen. Du und ich, wir beide stehen gegen die ganze verdammte Welt. Und die soll sich besser vorsehen.«

»Und all das bloß wegen eines blutigen Händedrucks?« fragte Colin.

»Wichtig ist das, wofür der Händedruck ein Symbol ist. Er steht für Freundschaft, Liebe und Vertrauen.«

Colin konnte seinen Blick nicht von dem roten Faden wenden, der über Roys Handfläche und sein Handgelenk rann.

»Gib mir deine Hand«, sagte Roy.

Colin fand es aufregend, Roys Blutsbruder zu sein, aber er war auch wehleidig. »Dieses Messer sieht nicht sauber aus.«

»Ist es aber.«

»Von einem Schnitt mit einem schmutzigen Messer kann man sich Blutvergiftung holen.«

»Wenn diese Gefahr wirklich bestünde, hätte ich mich dann zuerst selbst geschnitten?«

Colin zögerte immer noch.

»Um Himmels willen«, sagte Roy, »es ist doch bloß ein Nadelstich. Jetzt gib deine Hand schon her.«

Colin streckte widerstrebend die rechte Hand aus, mit der Handfläche nach oben. Er zitterte.

Roy hielt ihn fest und setzte die Messerspitze an seinem Handballen an.

»Es tut nur ganz kurz weh«, beruhigte ihn Roy.

Colin wagte nicht zu sprechen, weil er Angst hatte, seine Stimme könnte dabei umkippen.

Der Schmerz kam plötzlich, scharf, dauerte aber nicht lange. Colin biß sich auf die Unterlippe und war fest entschlossen, nicht aufzuschreien.

Roy klappte das Messer zu und steckte es weg.

Mit zitternden Fingern preßte Colin die Wunde zusammen, bis richtig Blut herausrann.

Roy gab Colin die blutige Hand. Er drückte sie fest.

Colin drückte mit aller Kraft dagegen. Als sie sich die Hand gaben, verursachten ihre feuchten Hände ein kaum vernehmbares, schmatzendes Geräusch.

Sie standen vor der verlassenen Tankstelle in der kühlen, mit Benzindunst geschwängerten Abendluft und starrten einander in die Augen, atmeten den Atem des anderen, fühlten sich stark, einzigartig und sehr kühn.

»Mein Bruder«, sagte Roy.

»Mein Bruder.«

»Für alle Ewigkeit«, sagte Roy.

»Für alle Ewigkeit.«

Colin konzentrierte sich mit aller Kraft auf den Nadelstich an seinem Handballen und versuchte den Augenblick zu spüren, in dem Roys Blut in seine eigenen Adern eindrang.

9

Nach der improvisierten Zeremonie wischte Roy sich die klebrige Hand an seinen Jeans ab und griff wieder nach seiner Coladose.

»Was willst du jetzt machen?«

»Es ist schon nach elf«, sagte Colin.

»Verwandelst du dich in einer Stunde in einen Kürbis?«

»Ich sollte jetzt besser nach Hause gehen.«

»Es ist aber noch früh.«

»Wenn meine Mutter heimkommt und ich noch nicht da bin, macht sie sich Sorgen.«

»Nach allem, was du mir erzählt hast, scheint sie aber gar nicht die Sorte von Müttern zu sein, die sich zu viele Sorgen über ein Kind machen.«

»Ich möchte keinen Ärger kriegen.«

»Ich dachte, sie wäre mit diesem Thornberg-Typen essen gegangen.«

»Das war um neun«, sagte Colin. »Sie könnte bald nach Hause kommen.«

»Mann, bist du naiv.«

Colin sah ihn argwöhnisch an. »Was soll das jetzt wieder heißen?«

»Es wird noch Stunden dauern, bis sie nach Hause kommt.«

»Woher willst du das wissen?«

»Die sind jetzt so ungefähr mit dem Essen fertig und haben einen Brandy getrunken«, sagte Roy, »und der alte Thomberg geht jetzt mit ihr in seine Wohnung und versucht, sie in sein Bett zu bekommen.«

»Du weißt nicht, wovon du redest«, sagte Colin und fühlte sich unbehaglich dabei. Er erinnerte sich aber auch daran, wie seine Mutter ausgesehen hatte, als sie weggegangen war: frisch, hübsch und anziehend in einem enganliegenden, tief ausgeschnittenen Kleid.

Roy sah ihn anzüglich an und zwinkerte ihm dann zu: »Du glaubst wohl, daß deine Mutter noch Jungfrau ist?«

»Natürlich nicht.«

»Und, ist sie dann plötzlich eine Nonne geworden oder so was?«

»Ach, Mann.«

»Kapier doch endlich, Kumpel, deine Mutter treibt es ebenso wie all die anderen auch.«

»Ich will nicht darüber reden.«

»Also, ehrlich gesagt, *ich* würde sie gerne bumsen.«

»Hör auf!«

»Bist wohl sehr empfindlich?«

»Sind wir jetzt Blutsbrüder oder nicht?« fragte Colin.

Roy nahm den letzten Schluck aus der Coladose. »Was hat das denn damit zu tun?«

»Wenn du mein Blutsbruder bist, mußt du genauso viel Respekt für meine Mutter haben, wie du für die deine hast.«

Roy warf seine leere Dose in den Abfallbehälter. Er räusperte sich und spuckte dann auf den Asphalt. »Verdammt, für meine eigene Mutter habe ich nicht den geringsten Respekt. Dieses Miststück. Ein richtiges Miststück ist die. Und warum sollte ich deine alte Dame wie eine Göttin behandeln, wenn *du* keinen Respekt für sie hast?«

»Wer sagt das denn?«

»*Ich* sage es.«

»Du bildest dir wohl ein, du könntest Gedanken lesen oder so?«

»Hast du mir nicht erzählt, daß deine alte Dame immer viel mehr Zeit mit ihren Freundinnen verbracht hat als mit dir? Ist sie denn je dagewesen, wenn du sie gebraucht hast?«

»Jeder hat Freunde«, wich Colin ihm schwächlich aus.

»Hast du etwa Freunde gehabt, ehe du mich kennenlerntest?«

Colin zuckte die Schultern. »Ich hatte immer meine Hobbys.«

»Und hast du mir nicht erzählt, daß sie, als sie noch mit deinem Alten verheiratet war, wenigstens einmal im Monat weggegangen ist …«

»So oft war das nicht.«

»… einfach auf ein paar Tage verschwunden ist, manchmal auf eine ganze Woche?«

»Das hat sie nur getan, weil er sie geschlagen hat«, sagte Colin.

»Und hat sie dich da immer mitgenommen?«

Colin trank seine Traubenlimonade zu Ende.

»Hat sie dich mitgenommen?« fragte Roy wieder.

»Nein, für gewöhnlich nicht.«

»Sie hat dich also bei *ihm* gelassen.«

»Er ist schließlich mein Vater.«

»Mir kommt er recht gefährlich vor«, sagte Roy.

»Mich hat er nie angerührt. Bloß sie.«

»Aber er hätte dir weh tun können.«

»Hat er aber nicht.«

»Sie konnte ja nicht genau wissen, was er tun würde, wenn sie dich mit ihm allein gelassen hat.«

»Es hat aber nie Probleme gegeben. Darauf kommt es doch an.«

»Und jetzt geht ihre ganze Zeit mit dieser Kunstgalerie drauf«, sagte Roy. »Sie arbeitet jeden Tag und meistens auch abends dort.«

»Sie will ihre und meine Zukunft sichern.«

Roy verzog das Gesicht. »Hat sie dir das gesagt? Will sie sich damit rausreden?«

»Naja, ich denke, es stimmt doch.«

»Wie rührend. Die Zukunft sichern. Die arme Weezy Jacobs, die sich so abrackert. Es bricht mir das Herz, Colin. Wirklich. Scheiße. Dabei geht sie fast jeden Abend mit jemandem wie diesem Thornberg aus …«

»Das ist geschäftlich.«

»… und hat *immer* noch keine Zeit für dich.«

»Na und?«

»Na und? Ich sage bloß, daß du dir keine Sorgen darüber machen solltest, rechtzeitig nach Hause zu kommen«, entgegnete Roy. »Keinen interessiert es, ob du zu Hause bist oder nicht. Keinen. Also komm, laß uns lieber etwas unternehmen, was Spaß macht.«

Colin warf seine leere Dose in den Abfallbehälter. »Und was willst du unternehmen?«

»Mal sehen … Ja, jetzt weiß ich es. Das Kingman-Haus. Das wird dir gefallen. Bist du schon mal dort gewesen?«

»Das Kingman-Haus? Was ist das?« fragte Colin.

»Eines der ältesten Häuser in der Ortschaft.«

»Solche Sehenswürdigkeiten interessieren mich nicht.«

»Das große Haus am Ende des Hawk Drive.«

»Das unheimliche alte Haus auf dem Hügel?«

»Genau. Seit zwanzig Jahren wohnt dort keiner mehr.«

»Was ist an einem leerstehenden Haus denn so interessant?«

Roy beugte sich mit einem bösartigen Kichern zu Colin herüber und verzerrte dabei grotesk das Gesicht, rollte die Augen und flüsterte dann dramatisch: *»Es spukt dort!«*

»Ist das ein Witz?«

»Kein Witz. Alle sagen, daß es dort spukt.«

»Wer sagt das?«

»Alle.« Roy verdrehte wieder die Augen und versuchte, Boris Karloff zu imitieren. »Es gibt Leute, die in dem Kingman-Haus die unheimlichsten Dinge gesehen haben.«

»Was denn zum Beispiel?«

»Nicht jetzt«, sagte Roy und benahm sich wieder normal. »Ich erzähl' dir alles, wenn wir hinkommen.«

Als Roy sein Fahrrad nahm, das er an die Wand der Tankstelle gelehnt hatte, sagte Colin: »Warte mal. Ich glaube, du meinst das wirklich ernst. Du meinst, in diesem Haus spukt es wirklich?«

»Naja, das hängt wahrscheinlich davon ab, ob man an so etwas glaubt.«

»Es gibt Leute, die dort Gespenster gesehen haben?«

»Die Leute sagen, sie hätten alle möglichen unheimlichen Vorgänge in dem Haus beobachtet, seit die Kingman Familie gestorben ist.«

»Gestorben?«

»Man hat sie umgebracht.«

»Die ganze Familie?«

»Alle sieben.«

»Wann war das?«

»Das ist jetzt zwanzig Jahre her.«

»Und wer hat es getan?«

»Der Vater.«

»Mr. Kingman?«

»Er hat eines Nachts plötzlich durchgedreht und sie alle im Schlaf in Stücke gehackt.«

Colin mußte schlucken. »In Stücke gehackt?«

»Mit der Axt.«

Wieder eine Axt, dachte Colin.

Einen Augenblick lang hatte er das Gefühl, als hätte sein Magen sich selbständig gemacht, denn er rutschte und wand sich in ihm, als versuche er, aus ihm herauszukriechen.

»Ich werd' dir alles erzählen, wenn wir dort sind«, sagte Roy. »Komm.«

»Augenblick«, sagte Colin nervös und versuchte, Zeit zu gewinnen. »Meine Brille ist schmutzig.«

Er nahm die Brille ab, zog ein Taschentuch heraus und polierte sorgsam die dicken Gläser. Roy konnte er jetzt noch ganz gut sehen, aber alles, was weiter als eineinhalb Meter von ihm entfernt war, verschwamm vor seinen Augen.

»Beeil dich, Colin.«

»Vielleicht sollten wir bis morgen warten.«

»Brauchst du so lange, um deine blöde Brille sauber zu kriegen?«

»Ich meine, bei Tageslicht könnten wir das Haus besser sehen.«

»Also ich finde, es macht viel mehr Spaß, sich ein Spukhaus bei Nacht anzuschauen.«

»Aber bei Nacht sieht man doch nicht besonders.«

Roy musterte ihn ein paar Augenblicke lang stumm. Dann fragte er: »Hast du etwa Angst?«

»Vor was?«

»Vor Geistern.«

»Natürlich nicht.«

»Hört sich aber so an.«

»Naja ... Ein bißchen blöd kommt es mir schon vor, in der Dunkelheit in einem solchen Haus herumzustöbern, mitten in der Nacht, weißt du.«

»Nein, ich weiß nicht.«

»Ich rede nicht von Geistern. Ich meine, es könnte ja leicht sein, daß einer von uns sich verletzt, wenn wir mitten in der Nacht in einem alten, halbverfallenen Haus rumkriechen.«

»Du hast also *doch* Angst.«

»Blödsinn.«

»Dann beweise mir, daß du keine hast.«

»Warum sollte ich etwas beweisen?«

»Willst du, daß dein Blutsbruder dich für einen Feigling hält?«

Colin schwieg. Er fühlte sich nicht wohl in seiner Haut und trat von einem Fuß auf den anderen.

»Jetzt *komm*!« sagte Roy, schwang sich auf sein Fahrrad und fuhr auf dem Broadway in nördlicher Richtung davon. Er sah sich nicht um.

Colin stand an dem Getränkeautomaten. Allein. Er war nicht gerne allein. Ganz besonders nachts nicht.

Roy war bereits einen ganzen Block von ihm entfernt und entfernte sich immer weiter.

»Verdammt!« sagte Colin. Dann rief er: »Warte auf mich!« und stieg ebenfalls auf sein Fahrrad.

10

Sie schoben die Fahrräder das letzte steile Stück Straße hinauf auf das zerfallene Haus zu, das über ihnen kauerte. Mit jedem Schritt wuchs Colins Unruhe.

Aussehen tut es jedenfalls wie ein Spukhaus, dachte er.

Das Kingman-Anwesen lag durchaus innerhalb der Stadtgrenzen von Santa Leona, und doch war es vom Rest der Ortschaft abgetrennt, als ob jeder Angst davor hätte, in der Nähe zu bauen. Es stand auf einer Hügelkuppe und schien fünf oder sechs Hektar Land zu dominieren. Wenigstens die Hälfte jenes Landes waren früher einmal gepflegt angelegte Gärten gewesen, aber inzwischen wucherte dort Unkraut. Im Norden endete der Hawk Drive in einer weit angelegten Kehre vor dem Kingman-Grundstück; die Laternenmasten reichten nicht bis zum Ende der Straße, so daß die alte Villa und ihr vom Unkraut überwucherter Park jetzt in schwärzeste Schatten gehüllt waren, die nur das Mondlicht ein wenig aufhellte. An den unteren zwei Dritteln des Hügels schmiegten sich beiderseits der Straße moderne, in kalifornischem Ranchstil gehaltene Häuser an die Hügelflanken und warteten mit erstaunlicher Geduld auf eine Schlammlawine oder die nächste Schockwelle vom Santa-Andreas-Graben. Das obere Drittel des Hügels krönte nur die Kingman-Villa, und die schien auf etwas viel Schrecklicheres zu warten, etwas wesentlich Bösartigeres als nur ein Erdbeben.

Das Haus blickte auf das Zentrum der Ortschaft, die darunter lag, und auf die See, die nachts nicht zu sehen war, nur im Negativ, als eine weite Fläche von Lichtlosigkeit. So wie das Gebäude wirkte, glich es einem mächtigen, großangelegten Wrack in einer Art nachgemachtem viktorianischem Stil, mit zu vielen Schornsteinen und vorgebauten Giebeln und mit doppelt so viel Zierrat um die Fenster und Säulen herum, als der echte viktorianische Stil es erfordert hätte. Stürme hatten Schindeln vom Dach gerissen. Ein Teil des Zierrats war zerbrochen und an einigen Stellen heruntergefallen. Wo noch Jalousien überlebt hatten, hingen sie schräg, oft nur mehr an einem einzigen Nagel. Der weiße Verputz war verwittert, die Bretter der Giebel von der Sonne und dem ewigen Wind vom Meer her silbergrau ausgebleicht. Die Treppe an der vorderen Veranda war durchgesackt, das Geländer lückenhaft. Die Hälfte der Fenster hatte man notdürftig vernagelt, aber die anderen waren ohne Schutz und deshalb eingeschlagen; im Mondlicht konnte man zackige Glassplitter wie durchsichtige Zähne sehen, die in leere Schwärze bissen. Doch trotz seines schäbigen Zustandes wirkte die Kingman-Villa nicht wie eine Ruine; sie ließ in den Herzen der Betrachter keine Traurigkeit aufkommen, wie so viele einst vornehme und jetzt baufällige Gebäude; irgendwie schien das Gebäude vital, lebendig ... sogar auf eine beängstigende Art lebendig. Wenn man einem Haus menschliche Regungen zuschreiben konnte, dann war dieses Haus zornig, sehr zornig. *Wütend*.

Sie stellten ihre Fahrräder am Eingangstor, einem großen verrosteten Eisengatter mit einem stilisierten Sonnenaufgang in der Mitte ab.

»Eindrucksvoll, was?« sagte Roy.

»Yeah.«

»Gehen wir.«

»Hinein?«

»Na klar.«

»Wir haben keine Taschenlampe.«

»Also, dann laß uns wenigstens auf die Veranda klettern.«

»Warum?« fragte Colin zaghaft.

»Wir können zu den Fenstern hineinsehen.«

Roy schritt durch das offene Tor und ging zwischen all dem Unkraut auf dem Plattenweg auf das Haus zu.

Colin folgte ihm ein paar Schritte, blieb dann stehen und sagte: »Warte, Roy, warte mal.«

Roy drehte sich um. »Was ist?«

»Bist du schon mal hiergewesen?«

»Na klar.«

»Drinnen?«

»Einmal.«

»Hast du irgendwelche Geister gesehen?«

»Nee. Ich glaube nicht an Geister.«

»Aber du hast gesagt, daß die Leute dort Dinge beobachtet haben.«

»Andere Leute. Nicht ich.«

»Du hast gesagt, daß es hier spukt.«

»Ich habe dir gesagt, daß andere Leute sagen, daß es hier spukt. Ich halte das für Blödsinn. Aber ich habe gleich gewußt, daß es dir hier Spaß machen würde, wo du doch so gerne in Horrorfilme gehst und so.«

Roy setzte sich wieder in Bewegung.

Nach ein paar weiteren Schritten sagte Colin wieder: »Warte.«

Roy sah sich um und grinste: »Angst?«

»Nein.«

»Ha!«

»Ich habe bloß ein paar Fragen.«

»Also los, dann raus damit.«

»Du hast gesagt, hier seien eine Menge Leute umgebracht worden.«

»Sieben«, sagte Roy. »Sechs Morde, ein Selbstmord.«

»Erzähl mir davon.«

Im Verlauf der letzten zwanzig Jahre war aus der sehr realen Tragödie der Kingman-Morde eine immer weiter ausgeschmückte Geschichte, eine grausige Legende geworden, an die man sich besonders oft erinnerte, wenn Halloween näherkam, ein Epos, das aus Mythen und Wahrheit zusammengefügt war, vielleicht mehr aus ersteren als der letzteren, je nachdem, wer berichtete. Aber die grundlegenden Fakten des Falles waren einfach, und als Roy jetzt die Geschichte erzählte, hielt er sich an diese.

Die Kingmans waren wohlhabend gewesen. Robert Kingman war das einzige Kind von Judith und Big Jim Kingman, aber Roberts Mutter war bei der Geburt an starken Blutungen gestorben. Big Jim war schon damals ein reicher Mann gewesen, war über die Jahre noch reicher geworden, und hatte mit Immobiliengeschäften, Farmen, Öl und Wasserrechten Millionen verdient. Er war ein hochgewachsener Mann mit einem mächtigen Brustkasten, ebenso wie sein Sohn, und prahlte gerne, daß es westlich des Mississippi niemanden gebe, der mehr Steaks essen, mehr Whisky trinken oder mehr Geld verdienen könne als er. Kurz vor Roberts zweiundzwanzigstem Geburtstag erbte dieser das ganze Vermögen, als Big Jim, nach dem Genuß von zuviel Whisky, an einem großen, nicht genügend gekautem Stück Filet Mignon erstickt war. Er verlor dieses Wettessen gegen einen Mann, der sich bis dahin mit Installationszubehör seine erste Million noch nicht verdient hatte, sich aber zumindest brüsten konnte, das Gelage lebend überstanden zu haben. Robert teilte die Einstellung seines Vaters bezüglich Essen und Trinken nicht, hatte aber den Geschäftsinstinkt des alten Herren geerbt und verdiente, obwohl er noch sehr jung war, mit seinem Erbe noch mehr Geld.

Als er fünfundzwanzig war, heiratete Robert eine Frau namens Alana Lee, baute das viktorianische Haus auf dem Hawk Hill für sie und fing damit an, eine neue Generation von Kingmans in die

Welt zu setzen. Alana entstammte keiner begüterten Familie, aber es hieß, sie sei das schönste und sympathischste Mädchen im ganzen County gewesen. Die Kinder stellten sich schnell ein, fünf an der Zahl in acht Jahren – drei Jungen und zwei Mädchen. Die Kingmans waren die angesehenste Familie im ganzen Ort, die man zwar beneidete, zugleich aber bewunderte und gern hatte. Sie waren Kirchgänger, freundlich, trotz ihres Reichtums Menschen wie andere auch, mildtätig und am Gemeinwohl interessiert. Es war offenkundig, daß Robert Alana liebte; jeder konnte sehen, daß sie ihn bewunderte. Und die Kinder erwiderten die Zuneigung, die ihre Eltern ihnen in reichem Maße zukommen ließen.

Eines Abends im August, ein paar Tage vor dem zwölften Hochzeitstag der Kingmans, zermahlte Robert insgeheim zwei Dutzend Schlaftabletten, die ein Arzt Alana gegen ihre regelmäßig auftretenden Schlafprobleme verschrieben hatte, und mischte das Pulver in das Essen und die Getränke, die seine Familie gewöhnlich vor dem Schlafengehen zu sich zu nehmen pflegte, und auch in verschiedene Speisen, die das im Haus wohnende Mädchen sowie die Köchin und der Butler verzehrten. Er selbst aß und trank von den so präparierten Speisen nichts. Als seine Frau, die Kinder und die Dienstboten tief schliefen, ging er in die Garage und holte eine Axt, mit der sonst das Holz für die neun offenen Feuerstellen der Villa gehackt wurde. Das Mädchen, die Köchin und den Butler verschonte er, sonst aber niemanden. Er tötete zuerst Alana, dann seine zwei jungen Töchter und anschließend seine drei Söhne. Jedes Mitglied der Familie wurde auf die gleiche abstoßend brutale blutrünstige Art und Weise ins Jenseits befördert: mit zwei scharfen, kräftigen Schlägen der Axt, einem senkrechten und einem waagrechten, in Form eines Kreuzes, entweder am Rücken oder der Brust, je nachdem in welcher Lage der Betreffende schlief. Als das getan war, suchte Robert seine Opfer ein zweites Mal auf und enthauptete sie alle. Die bluttriefenden Köpfe trug er ins Erdgeschoß und reihte sie auf dem langen Kaminsims im Salon auf. Es war ein fürchterliches Tableau: sechs leblose, blutbesudelte Gesichter, die ihn alle anstarrten, als wären sie eine Jury oder Richter im höllischen Gericht. Im Angesicht seiner geliebten Toten schrieb Robert Kingman eine kurze Nachricht an diejenigen, die ihn und sein grausiges Werk am folgenden Morgen auffinden würden: »Mein Vater hat immer gesagt, ich sei in einem Sturzbach von Blut auf die

Welt gekommen, dem Blut meiner sterbenden Mutter. Und jetzt werde ich diese Welt in Kürze in einem ähnlichen Fluß verlassen.« Als er diese kuriose Abschiedsbotschaft verfaßt hatte, lud er einen 38er Revolver, steckte sich den Lauf in den Mund, wandte sich den vom Schock des Todes gezeichneten Gesichtern seiner Familie zu und drückte ab.

Als Roy zu Ende erzählt hatte, überlief Colin eisige Kälte bis ins Knochenmark. Er preßte beide Arme an sich und zitterte heftig.

»Die Köchin erwachte als erste«, sagte Roy. »Sie fand überall im Flur und auf den Treppen Blut, folgte der Spur in den Salon und sah dort die Köpfe auf dem Kaminsims. Sie rannte aus dem Haus und den Hügel hinunter und schrie, so laut sie konnte. Sie lief fast eine Meile, bis jemand sie aufhielt. Es heißt, sie habe darüber beinahe den Verstand verloren.«

Die Nacht war jetzt viel dunkler als zu Beginn von Roys Erzählung. Der Mond schien kleiner und weiter entfernt, als er das vorher gewesen war.

In der Ferne konnte man auf dem Highway einen großen Überlandtruck schalten und beschleunigen hören. Es klang wie der Schrei einer prähistorischen Bestie.

Colins Mund war total ausgetrocknet. Schließlich hatte er genügend Speichel gesammelt, um reden zu können, aber seine Stimme war trotzdem kaum zu vernehmen. »Um Himmels willen, *warum*? Warum hat er sie umgebracht?«

Roy zuckte die Schultern. »Keinen Grund.«

»Es *muß* doch einen Grund gegeben haben.«

»Wenn es einen gegeben hat, dann ist jedenfalls nie jemand dahintergekommen.«

»Vielleicht hat er Fehlinvestitionen gemacht und sein ganzes Geld verloren.«

»Nee. Er hat ein Vermögen vererbt.«

»Vielleicht wollte seine Frau ihn verlassen.«

»Alle ihre Freunde sagten, die beiden hätten eine sehr glückliche Ehe geführt.«

Ein Hund bellte.

Ein Zug pfiff.

Der Wind wisperte in den Bäumen.

Im Buschwerk raschelten irgendwelche unsichtbaren Geschöpfe.

Die Nacht rings um sie herum redete.

»Ein Gehirntumor«, sagte Colin.

»Das haben viele Leute auch gedacht.«

»Ich wette, daß es das war. Ich wette, Kingman hatte einen Gehirntumor oder so etwas ähnliches, und das hat ihn in den Wahnsinn getrieben.«

»Das war damals die verbreitetste Theorie. Aber bei der Autopsie hat es keinerlei Anzeichen auf eine Gehirnkrankheit gegeben.«

Colin runzelte die Stirn. »Du scheinst ja alle Einzelheiten des Falles registriert zu haben.«

»Ich kenne ihn fast genauso gut, als ob das Ganze mir passiert wäre.«

»Aber woher weißt du denn, was die Autopsie ergeben hat?«

»Ich habe davon gelesen.«

»Wo?«

»In der Bibliothek sind sämtliche alten Ausgaben des Santa Leona *News Register* auf Mikrofilm archiviert«, sagte Roy.

»Du hast dich für den Fall interessiert?«

»Yeah. Solche Dinge interessieren mich. Erinnerst du dich? Der Tod. Der Tod fasziniert mich. Sobald ich die Kingman-Geschichte gehört hatte, wollte ich mehr wissen. Eine Menge mehr. Jede letzte kleine Einzelheit wollte ich herausbekommen. Verstehst du? Ich meine, wäre es denn nicht toll gewesen, in der Nacht, in der es passiert ist, in diesem Haus gewesen zu sein, irgendwie zu beobachten, einfach in einer Ecke versteckt, in *dieser* Nacht sich zu verstecken und ihm dabei zuzusehen, wie er es gemacht hat, ihm zuzusehen, wie er sie alle erledigt hat und am Ende sich selbst? Überleg doch! Überall Blut. Du hast in deinem ganzen Leben noch nie soviel gottverdammtes Blut zu sehen gekriegt! Blut an den Wänden, das Bettzeug voll davon, verkrustet, Blutpfützen auf dem Boden, auf der Treppe, und Blutspritzer überall auf den Möbeln … Und diese sechs Köpfe auf dem Kaminsims! Herrgott, was für ein Knaller! Was für ein Riesenknaller!«

»Jetzt bist du mir wieder unheimlich«, sagte Colin.

»Wärst du gerne dabei gewesen?«

»Nein danke. Und du auch nicht.«

»Natürlich wäre ich gerne dabeigewesen!«

»Wenn du all das Blut sehen würdest, müßtest du kotzen.«

»Ich nicht.«

»Du willst mich bloß wieder übertrumpfen.«

»Stimmt auch nicht.«

Roy ging auf das Haus zu.

»Augenblick mal«, sagte Colin.

Diesmal drehte Roy sich nicht um. Er stieg die baufällige Treppe hinauf und ging über die Veranda.

Um nicht allein bleiben zu müssen, folgte ihm Colin. »Erzähl mir von den Geistern.«

»In manchen Nächten gibt es in dem Haus seltsame Lichterscheinungen. Und Leute, die ein Stück weiter unten am Hügel wohnen, sagen, daß sie manchmal die Kingman-Kinder in ihrer Angst schreien und um Hilfe rufen hören.«

»Sie hören die *toten Kinder?*«

»Ja, sie stöhnen und schreien, und man hört den Lärm.«

Colin merkte plötzlich, daß er einem der zerbrochenen Fenster im Erdgeschoß den Rücken zuwandte. Er trat beiseite.

Roy fuhr mit ernster Stimme fort: »Manche Leute sagen, sie hätten Geister gesehen, die im Dunkeln leuchten, verrückte Dinger, Kinder ohne Kopf, die auf diese Veranda herauskommen und hin- und herrennen, als würde sie jemand verfolgen ... als würde sie etwas verfolgen.«

»*Wow!*«

Roy lachte. »Ich denke mir, die haben bloß ein paar Kinder gesehen, die alle reinlegen wollen.«

»Vielleicht auch nicht.«

»Was denn sonst?«

»Vielleicht haben sie genau das gesehen, was sie behaupten.«

»Du glaubst *wirklich* an Geister.«

»Ich habe bloß keine Vorurteile«, sagte Colin.

»So? Also dann solltest du aufpassen, daß du dir nicht irgendwelchen Blödsinn eintrichtern läßt, sonst bist du am Ende reif für die Klapsmühle.«

»Mann, bist du klug.«

»Das sagen alle.«

»Und so bescheiden.«

»Das sagen auch alle.«

»Mann!«

Roy ging an das zerbrochene Fenster und spähte ins Innere des Hauses.

»Was siehst du denn?« fragte Colin.

»Schau selber.«

Colin trat neben ihn und starrte in das Haus.

Ein abgestandener, widerwärtiger Geruch schlug ihm durch die zerbrochene Fensterscheibe entgegen.

»Das ist der Salon«, sagte Roy.

»Ich kann überhaupt nichts sehen.«

»Das ist der Raum, wo er die Köpfe auf dem Kaminsims aufgereiht hat.«

»Wo ist denn der Kaminsims? Da drinnen ist es doch stockdunkel.«

»In ein oder zwei Minuten werden sich deine Augen schon angepaßt haben.«

In dem Salon bewegte sich etwas. Ein leises Rascheln war zu hören, dann klapperte es, und man konnte hören, wie irgend etwas auf das Fenster zurannte.

Colin sprang mit einem Satz zurück, stolperte über die eigenen Füße und fiel hin.

Roy sah ihn an und begann laut zu lachen.

»Roy, da drinnen ist etwas!«

»Ratten.«

»Hä?«

»Einfach Ratten.«

»In dem Haus gibt es Ratten?«

»Na klar. In einer heruntergekommenen alten Bude wie dieser! Kann natürlich auch sein, daß wir eine streunende Katze gehört haben, vielleicht auch beides – eine Katze, die hinter einer Ratte herjagt. Eines garantiere ich dir, ein Gespenst war es nicht. Könntest du dich jetzt um Himmels willen beruhigen?«

Roy trat wieder an das Fenster, beugte sich hinein, den Kopf etwas zur Seite geneigt, und lauschte.

Colin, dessen Stolz viel verletzter war als sein Körper, stand schnell und vorsichtig auf, kehrte aber nicht an das Fenster zurück. Er stellte sich an das baufällige Geländer und blickte nach Westen auf die Ortschaft und dann in südlicher Richtung den Hawk Drive hinunter.

Nach einer Weile sagte er: »Warum hat man diese Bude nicht eingerissen? Warum hat man hier oben keine neuen Häuser gebaut? Das Land muß doch sehr wertvoll sein.«

Ohne sich von dem Fenster abzuwenden, sagte Roy: »Das ganze Vermögen der Kingmans, auch das Land, ist an den Staat gegangen.«

»Warum?«

»Weil es in beiden Teilen der Familie keine lebenden Verwandten gab, keine Erben.«

»Was macht denn der Staat damit?«

»In den letzten zwanzig Jahren haben die absolut nichts damit gemacht, überhaupt nichts, null«, sagte Roy. »Eine Weile ging die Rede, das Land und das Haus sollten öffentlich versteigert werden. Dann hieß es, daß man einen kleinen Park daraus machen wolle. Hier und da hört man das Gerücht von dem Park immer noch, aber es geschieht einfach nichts. Würdest du jetzt bitte mal den Mund halten? Ich glaube, meine Augen fangen langsam an sich anzupassen. Ich muß mich konzentrieren.«

»Warum? Was gibt es denn da drinnen so wichtiges?«

»Ich versuche den Kaminsims zu sehen.«

»Du bist doch schon hiergewesen«, sagte Colin. »Du hast ihn doch schon gesehen.«

»Ich versuche mir auszumalen, daß es *jene* Nacht ist. Die Nacht, in der Kingman durchgedreht hat. Ich versuche mir vorzustellen, wie es gewesen sein muß. Das Geräusch der Axt ... Ich kann es fast hören ... *Whuuusch-wump – whuuusch-wump* ... Und vielleicht ein paar kurze Schreie ... Seine Schritte, wie sie die Treppe herunterkommen ... Schwere Schritte ... Das Blut ... All das Blut ...«

Roys Stimme war immer leiser geworden und verstummte jetzt ganz, als ob er sich selbst in eine Art Trance versetzt hätte.

Colin ging an den äußersten Rand der Veranda. Die Dielen ächzten unter seinen Schritten. Er lehnte sich an das wackelige Geländer und streckte den Hals so, daß er um die Seite des Hauses herumsehen konnte, entdeckte aber nur den zugewachsenen Garten. Er war grau und mit ein paar silbernen Tupfen, wo das Mondlicht darauffiel: kniehohes Gras, formlose Hecken; Orangen- und Zitronenbäume, die das Gewicht ihrer nicht gestutzten Äste zu Boden zog, Üppig gewucherte Rosensträucher, ein paar mit blassen Blüten, weiß oder gelb, die in der Dunkelheit wie kleine Rauchwölkchen aussahen, und hundert andere Pflanzen, die vom Webstuhl der Nacht zu einem einzigen wirren Gewebe zusammengewoben wurden.

Dann hatte er das Gefühl, daß ihn irgend etwas aus den Tiefen des Gartens beobachtete. Etwas, das nicht menschlich war.

Sei nicht kindisch, dachte er. Da hinten ist nichts. Das hier ist kein Horrorfilm. Das ist lebendige Realität.

Er versuchte sich nicht unterkriegen zu lassen, aber die Möglichkeit, daß ihn da etwas beobachtete, wurde zur Sicherheit, wenigstens in seinem Bewußtsein. Er wußte, wenn er noch viel länger da stehen blieb, dann würde ihn ganz bestimmt eine Kreatur mit mächtigen Klauen packen, ihn in das dichte Buschwerk zerren und dort in Stücke reißen. Schnell wandte er sich ab und ging zu Roy zurück.

»Wollen wir wieder gehen?« fragte Colin.

»Ich kann jetzt den ganzen Raum sehen.«

»Im Dunkeln?«

»Ich kann eine ganze Menge sehen.«

»Tatsächlich?«

»Ich kann den Kaminsims sehen.«

»Tatsächlich?«

»Wo er die Köpfe aufgereiht hat.«

Als würde ihn ein Magnet anziehen, der stärker als seine eigene Willenskraft war, trat Colin neben Roy, beugte sich vor und spähte ins Innere des Kingman-Hauses. Dort drinnen war es ungewöhnlich finster, aber er konnte jetzt ein wenig mehr erkennen als vorher: seltsame Gebilde, vielleicht aufgestapelte kaputte Möbel und anderer Unrat; Schatten, die den Anschein erweckten, als würden sie sich bewegen, was natürlich nicht der Fall war, und den weißen Marmorsims über dem riesigen offenen Kamin, dem Opferaltar, auf dem Robert Kingman seine Familie dargebracht hatte.

Plötzlich hatte Colin das Gefühl, daß er hier sofort weg mußte, daß dies ein Ort war, den er nie wieder betreten durfte. Das war ein rein animalischer Instinkt. Als ob er ein Tier wäre, sträubten sich seine Nackenhärchen, er gab unwillkürlich einen zischenden Laut von sich und merkte dann, daß er die Zähne fletschte.

Roy sagte: »Whuuusch-wump!«

Mitternacht.

Sie fuhren den Hawk Drive hinunter zum Broadway, dem sie dann folgten, bis er an der Palisades Lane endete. An der Holztreppe, die zum öffentlichen Strand hinunterführte, hielten sie an. Auf der anderen Seite der schmalen Straße standen elegante alte Häuser im spanischen Stil, die ihre Vorderseiten der See zuwandten. Die Nacht war still. Es gab keinen Verkehr. Das einzige Geräusch, das man hören konnte, war das beständige Tosen der Brandung, fünfzehn Meter unter ihnen. Hier würden sich ihre Wege trennen: Roys Haus befand sich ein paar Blocks im Norden, das Colins im Süden.

»Wann treffen wir uns?« fragte Roy.

»Gar nicht. Ich meine, es geht nicht«, sagte Colin bedrückt. »Mein Dad kommt aus L.A. herüber und will mich mitnehmen, wenn er mit ein paar seiner Freunde fischen geht.«

»Magst du fischen?«

»Ich finde es schrecklich.«

»Kannst du dich nicht irgendwie drücken?«

»Unmöglich. Er hat an zwei Samstagen im Monat Besuchsrecht und macht jedesmal ein großes Tamtam daraus. Ich weiß nicht warum, aber ich denke, es muß ihm irgendwie wichtig sein. Wenn ich versuchen würde, mich da rauszureden, gäbe es großen Stunk.«

»Als du noch bei ihm gewohnt hast, hat er da auch zwei Tage im Monat mit dir verbracht?«

»Nein.«

»Dann sag ihm, daß er seine Angelrute nehmen und sie sich in den Arsch stecken soll. Sag ihm, daß du nicht mitgehst.«

Colin schüttelte den Kopf. »Nein, das ist nicht möglich, Roy. Ich kann das einfach nicht. Er würde denken, daß meine Mom mich aufgehetzt hat, und dann würde es zwischen den beiden Knatsch geben.«

»Warum interessiert das dich?«

»Ich bin da mitten drin.«

»Dann laß uns morgen abend was zusammen unternehmen.«

»Das geht auch nicht. Ich werde vor zehn nicht zu Hause sein.«

»Ich finde wirklich, du solltest ihm sagen, daß er dir den Buckel runterrutschen soll.«

»Am Sonntag könnten wir uns treffen«, sagte Colin. »Komm doch gegen elf rüber. Dann können wir vor dem Mittagessen eine Stunde schwimmen gehen.«

»Okay.«

»Und anschließend kannst du ja sagen, was wir machen sollen.«

»Klingt gut.«

»Also … bis dann.«

»Warte mal.«

»Was ist?«

»Hör mal, wenn ich das hinkriegen kann, hättest du Lust auf ein Weib?«

»Was?«

»Ein Weib.«

»Oh.«

»Also, was ist?«

Colin war sichtlich verlegen. »Wo? Ich meine, wen?«

»Erinnerst du dich an die Mädchen, die wir heute gesehen haben?«

»Im Pit?«

»Ach was. Das sind doch Kinder. Teenies. Das habe ich dir doch gesagt. Ich meine *richtige* Weiber, wie in dem Film.«

»Was ist mit denen?«

»Ich denke, ich weiß, wo ich so was aufreißen kann, ein Weib wie die auf der Leinwand.«

»Hast du was getrunken?«

»Das ist mein Ernst.«

»Und meiner auch.«

»Sie sieht prima aus.«

»Wer?«

»Die Tussi, an die ich denke.«

»Mann.«

»Hat richtig große Möpse.«

»Richtig groß?«

»Genau.«

»So groß wie Raquel Welch?«

»Größer.«

»So groß wie Wassermelonen?«

»Ernsthaft. Und zwei *klasse* Beine hat sie.«

»Na prima«, sagte Colin. »Ich mag keine einbeinigen Mädchen.«

»Willst du jetzt aufhören? Ich habe dir gesagt, daß mir das ernst ist. Eine heiße Nummer ist das.«

»Ganz bestimmt.«

»Wirklich.«

»Wie alt ist sie?«

»Fünfundzwanzig oder sechsundzwanzig.«

»Zuerst«, sagte Colin, »mußt du dir einen falschen Schnurrbart ankleben. Dann kannst du dich auf meine Schultern stellen, und wir ziehen uns einen Anzug an, *einen*, meine ich, für uns beide, damit sie nicht merkt, daß wir bloß zwei Kids sind. Dann wird sie glauben, daß wir ein großer dunkelhaariger, gutaussehender Mann sind.«

Roy sah ihn finster an. »Mir ist das ernst.«

»Das sagst du immer wieder, aber für mich klingt es einfach nicht so.«

»Sie heißt Sarah.«

»Ein schönes fünfundzwanzigjähriges Mädchen wird sich nicht für dich und mich interessieren.«

»Am Anfang vielleicht nicht.«

»Und in einer Million Jahre auch nicht.«

»Wir müssen ihr bloß ein wenig zureden.«

»Zureden?«

»Zusammen sollten wir beide mir ihr fertig werden.«

Colin starrte ihn mit aufgerissenem Mund an.

»Willst du es probieren?« fragte Roy.

»Sprichst du etwa von – *Vergewaltigung?*«

»Na und?«

»Willst du, daß man dich ins Gefängnis steckt?«

»Sie ist wirklich eine heiße Nummer. Sie ist das Risiko wert.«

»Niemand ist es wert, daß man dafür ins Gefängnis kommt.«

»Du hast sie nicht gesehen.«

»Außerdem ist es Unrecht.«

»Jetzt klingst du wie ein Pfarrer.«

»Es ist schrecklich, so etwas zu tun.«

»Nicht, wenn es sich gut anfühlt.«

»Für *sie* wird es sich nicht gut anfühlen.«

»Bis ich fertig bin, wird sie von mir begeistert sein.«

Colin wurde knallrot und sagte: »Du bist unheimlich.«

»Warte, bis du Sarah zu sehen kriegst.«

»Ich will sie nicht sehen.«

»Aber wenn du sie siehst, wirst du sie wollen.«

»Das ist doch alles Blödsinn.«

»Denk darüber nach.«

Auf der Palisades Lane fuhr ein cremefarbener Van vorbei. Die Seitenwand zeigte das Bild einer Wüstenlandschaft, die von grinsenden Totenschädeln eingerahmt war.

Aus dem Van drang laute Rockmusik und das Lachen einer Mädchenstimme.

»Denk darüber nach«, sagte Roy erneut.

»Ich brauche nicht darüber nachzudenken.«

»Riesenmöpse.«

»Mann.«

»Denk darüber nach.«

»Das ist genau wie diese Geschichte von der Katze«, sagte Colin. »Du würdest nie eine Katze umbringen, und du würdest auch nie jemanden vergewaltigen.«

»Wenn ich wüßte, daß ich damit durchkäme, würde ich mir diese Sarah ganz bestimmt ein- oder zweimal vornehmen, das kannst du mir glauben, Kumpel.«

»Tu ich aber nicht.«

»Wenn wir beide es gemeinsam anpacken, *könnten* wir damit durchkommen. Ganz leicht sogar. Wirst du wenigstens ein, zwei Tage darüber nachdenken?«

»Gib es auf, Roy. Ich weiß, du nimmst mich auf den Arm.«

»Das ist mein Ernst.«

Colin seufzte, schüttelte den Kopf und sah auf die Uhr. »Ich habe jetzt keine Zeit mehr, mir all den Blödsinn anzuhören. Es ist schon spät.«

»Denk darüber nach.«

»Unsinn!«

Roy lächelte. Das seltsam metallische Licht fiel so auf ihn, daß seine Zähne sich in Fänge verwandelten, und das kalte Leuchten der Quecksilberdampflampe verlieh seinen Zähnen einen blauweißen Schimmer, betonte die schmalen Zwischenräume und ließ sie ausgefranst und spitz erscheinen. Wenigstens für Colin sah Roy so aus, als würde er eines von diesen häßlichen Plastikgebissen tragen, die man bei Kostümverleihen kaufen kann.

»Ich muß jetzt nach Hause«, sagte Colin. »Sehen wir uns Sonntag um elf?«

»Na klar.«

»Vergiß deine Badehose nicht.«

»Viel Spaß beim Fischen.«

»Mir wird gleich schlecht.«

Colin stieg auf sein Fahrrad, trat in die Pedale und fuhr schnell die Palisades Lane hinunter. Während der Wind über ihn hinweg wehte, zu seiner Rechten die Wellen an den Strand brandeten und in ihm wieder die Angst, in der Nacht alleine zu sein hochkam, hörte er, wie Roy hinter ihm herrief:

»Denk dariiber nach!«

12

Als Colin eine halbe Stunde nach Mitternacht zu Hause eintraf, war seine Mutter noch nicht von ihrer Verabredung mit Mark Thornberg zurückgekehrt. Ihr Wagen stand nicht in der Garage. Das Haus wirkte finster und abweisend.

Er wollte nicht alleine hineingehen, starrte auf die leeren Fenster, die pulsierende Dunkelheit hinter dem Glas und argwöhnte, daß da drinnen etwas auf ihn wartete. Irgendein alptraumhaftes Geschöpf, das ihn bei lebendigen Leibe verschlingen wollte.

Hör auf, hör auf, hör auf! befahl er sich selbst wütend. Da drinnen ist nichts, was auf dich wartet. Nichts. Sei nicht so verdammt albern. Werd endlich erwachsen! Du willst doch wie Roy sein, willst das tun, was Roy tun würde, wenn er hier wäre. Du mußt einfach ins Haus hineingehen. Tu es. Tu es jetzt. Los!

Er holte den Schlüssel aus einem Pflanzkübel, der neben dem Gartenweg stand. Seine Hände zitterten dabei. Er stieß den Schlüssel ins Schloß, zögerte und nahm dann alle Kraft zusammen, um die Tür zu öffnen. Vorsichtig streckte er die Hand hinein und knipste das Licht an, trat aber nicht über die Türschwelle.

Das vordere Zimmer war leer.

Keine Ungeheuer.

Er ging zur Hausecke, trat hinter ein paar schützende Büsche und pinkelte. Die Toilette im Badezimmer wollte er nicht benützen, wenn er ins Haus kam. Vielleicht wartete dort etwas auf ihn, wartete hinter der Tür, hinter dem Duschvorhang, vielleicht sogar in dem Korb, in dem die schmutzige Wäsche gesammelt wurde – etwas Dunkles, Schnelles mit lodernden Augen, einer Unmenge Zähne und Klauen so scharf wie Rasierklingen.

Du mußt aufhören so zu denken! redete er sich ein. Das ist verrückt. Du mußt damit aufhören. Erwachsene haben keine Angst vor der Dunkelheit. Wenn ich nicht bald über diese Angst hinwegkomme, lande ich am Ende noch in einer Irrenanstalt. Mann!

Er verwahrte den Schlüssel wieder in dem Kübel, ging ins Haus und versuchte so großspurig zu stolzieren, wie Roy das getan hätte, aber dazu brauchte er, so als ob er eine überdimensionierte Marionette gewesen wäre, Seile des Muts, die ihn in dieser heldenhaften Pose festhielten. Alles was er in sich finden konnte, war aber nur ein dünner Faden der Tapferkeit. Er schloß die Tür und lehnte sich daran. Dann stand er ein paar Augenblicke reglos da, hielt den Atem an, lauschte.

Ticken. Die alte Uhr auf dem Kaminsims.

Stöhnen. Wind, der gegen die Fenster drückte.

Sonst nichts.

Er sperrte die Tür hinter sich ab, hielt inne.

Lauschte.

Stille.

Plötzlich rannte er quer durch das Wohnzimmer, geschickt den Möbelstücken ausweichend, hastete in die Diele, klatschte mit der Hand gegen den Lichtschalter, sah nichts Außergewöhnliches, polterte die Treppe hinauf, knipste die Dielenbeleuchtung im ersten Stock an, rannte in sein Zimmer, hieb auch dort den Lichtschalter herunter, fühlte sich eine winzige Spur besser als er sah, daß er immer noch alleine war, riß mit einem Ruck die Tür zum Wandschrank auf, fand zwischen seinen Kleidern weder Werwölfe noch Vampire, die dort lauerten, schloß die Tür, sperrte sie ab, schob einen Stuhl unter die Türklinke, zog die Vorhänge an beiden Fenstern zu, damit man ihn von draußen nicht sehen konnte, und sank keuchend auf die Matratze. Er brauchte nicht unter das Bett zu schauen: Es war wie ein Podest gebaut und hatte keinen Zwischenraum darunter, in dem sich etwas hätte verstecken können.

Bis zum Morgen würde er sicher sein – es sei denn, irgend etwas schlug die Tür trotz des Stuhls ein, den er unter den Griff geklemmt hatte.

Laß das!

Er stand wieder auf, zog sich aus, schlüpfte in seinen blauen Pyjama, stellte den Wecker auf halb sieben, um bereit zu sein, wenn sein Dad kam, schlüpfte unter die Zudecke und schob sich das Kopfkissen zurecht. A]s er die Brille abnahm, verschwammen die Konturen des Raumes an den Rändern, aber er hatte das Territorium gesichert und brauchte deshalb nicht zu hundert Prozent wachsam sein. Er streckte sich aus, lag lange Zeit da und lauschte auf die Geräusche des Hauses.

Klick! Quiiiiek ... Ein weiches Ächzen, ein kurzes Klappern, ein kaum vernehmbares Quietschen. Bloß die normalen Laute eines Hauses. Sonst nichts.

Selbst wenn seine Mutter zu Hause war, hatte Colin beim Schlafen immer ein Nachtlicht an. Aber heute nacht würde er, wenn sie nicht nach Hause kam ehe er einschlief, *alle* Lampen brennen lassen. Der Raum war so hell erleuchtet wie ein Operationssaal, den man bereits für einen chirurgischen Eingriff vorbereitet hatte.

Der Anblick seiner Besitztümer tat ihm gut. Fünfhundert Taschenbücher füllten zwei hohe Regale. Die Wände waren mit Plakaten geschmückt: Bela Lugosi in *Dracula;* Christopher Lee in *Der Schrecken Draculas;* das Ungeheuer in *Die Kreatur aus der schwarzen Lagune;* Lon Chaney Jr. als der Wolfmann; das Ungeheuer aus Ridley Scotts *Alien;* und das unheimliche Poster mit der nächtlichen Highway-Szene aus *Begegnungen der Dritten Art*. Seine Monstermodelle, die er selbst aus Bausätzen zusammengebastelt hatte, waren auf einem kleinen Tischchen neben seinem Arbeitstisch angeordnet. Ein Plastikleichenschänder schlurfte für alle Ewigkeit durch einen handgemalten Friedhof. Frankensteins Geschöpf in einer Grimasse schieren Hasses verzerrt. Insgesamt waren es ein Dutzend Modelle. Die vielen Stunden, die er mit ihrem Bau verbracht hatte, waren Stunden gewesen, in denen er seine Angst vor der Nacht hatte unterdrücken können und in denen er ihre unheilverheißende Stimme nicht gehört hatte; so lange er diese Plastiksymbole des Bösen in Händen hielt, hatte er das Gefühl gehabt, sie unter Kontrolle zu haben, ihr Herr und Meister zu sein. Eigenartigerweise hatte er sich damit den realen Ungeheuern überlegen gefühlt, die sie repräsentierten.

Klick!

Quiiick

Nach einer Weile hatte er sich an die Geräusche gewöhnt, die das Haus hervorbrachte, und beinahe aufgehört, sie wahrzunehmen. Statt dessen hörte er die Stimme der Nacht, jene Stimme, die allem Anschein nach sonst niemand hören konnte. Sie war da vom Untergang der Sonne bis zum Sonnenaufgang, eine beständige, böse Präsenz, ein übernatürliches Phänomen, die Stimme der Toten, die aus ihren Gräbern zurückkehren wollten, die Stimme des Teufels. Sie schnatterte, krächzte, zischte, plapperte, murmelte von Blut und Tod. Mit Grabesstimme sprach sie von der düsteren, luftlosen Krypta, sprach von den Toten, die sich immer noch bewegten, sprach vom Fleisch, das von Würmern durchsetzt war. Für den größten Teil der Welt war es eine Stimme unterhalb der Hörbarkeitsgrenze, die nur zum Unterbewußtsein sprach. Aber Colin war sich ihrer sehr bewußt. Ein beständiges Wispern. Manchmal ein Schrei. Manchmal sogar ein lautes Brüllen.

Ein Uhr.

Wo zum Teufel blieb bloß seine Mutter?

Tap-tap-tap!

Etwas am Fenster.

Tap. Tap-tap. Tap-tap-tap-tap. Tap

Bloß ein großer Nachtfalter, der gegen das Glas stieß. Das war es. Das *mußte* es sein. Bloß ein Nachtfalter.

Halb zwei.

Er hatte in letzter Zeit fast jede Nacht allein verbringen müssen. Es machte ihm nichts aus, alleine sein Abendessen einzunehmen. Sie mußte viel arbeiten und hatte jetzt, wo sie geschieden war, jedes Recht, mit Männern auszugehen. Aber mußte sie ihn wirklich jede Nacht beim Zubettgehen alleine lassen?

Tap-tap

Wieder der Nachtfalter.

Tap-tap-tap.

Er versuchte, den Nachtfalter zu verdrängen und an Roy zu denken. Das war ein Kerl! Ein prima Freund. Ein wirklich großartiger Kumpel. Blutsbrüder waren sie jetzt. Er konnte immer noch den kleinen Schnitt in der Handfläche fühlen; Roy stand auf seiner Seite, stand bereit, ihm zu helfen, jetzt und für alle Zeit, in Ewigkeit, oder wenigstens bis einer von ihnen starb. Das bedeutete es, Blutsbrüder zu sein. Roy würde ihn beschützen.

Er dachte an seinen besten Freund, überklebte einfach die Visionen von Ungeheuern mit Bildern von Roy Borden, übertönte die

Stimme der Nacht mit der Erinnerung an Roys Stimme und sank schließlich, kurz vor zwei, in den Schlaf. Einen Schlaf freilich, der von Alpträumen heimgesucht wurde.

13

Der Wecker klingelte um halb sieben.

Er stieg aus dem Bett und zog die Vorhänge auf. Ein oder zwei Minuten lang genoß er den fahlen Sonnenschein des frühen Morgens, der keine Stimme hatte und keine Bedrohung darstellte.

Zwanzig Minuten später war er geduscht und angezogen.

Er ging den Korridor hinunter zum Zimmer seiner Mutter, fand die Tür offen und klopfte leise, aber es kam keine Antwort. Vorsichtig schob er die Tür einen Spalt weit auf und sah sie an. Sie schlief tief, auf dem Bauch liegend, das Gesicht ihm zugewandt, den linken Handrücken gegen den schlaff offenstehenden Mund gedrückt. Ihre Augenlider bewegten sich, als würde sie träumen; ihr Atem ging flach und rhythmisch. Die Zudecke hatte sich in der Nacht verschoben, und sie schien unter dem dünnen Lacken nackt zu sein. Ihr Rücken war unbedeckt, und er konnte andeutungsweise ihr linke Brust sehen, eine erregende Ahnung von Fülle dort, wo sie sich gegen die Matratze drückte. Er starrte auf das weiche Fleisch und hoffte, sie würde sich im Schlaf zur Seite drehen, damit er den ganzen weichen Halbmond sehen könnte.

– Sie ist deine eigene *Mutter!*

Aber wie sie gebaut ist.

– Schließ die Tür.

Vielleicht dreht sie sich zur Seite.

– Das willst du doch nicht sehen.

Den Teufel will ich. Dreh dich zur Seite!

– Schließ die Tür.

Ich will ihre Brüste sehen.

– Das ist ja widerlich.

Ihre Titten.

– Mann!

Ich würde sie gerne anfassen.

– Bist du verrückt?

Schleich dich doch hinein und faß sie an, ohne sie zu wecken.

– Du wirst mit der Zeit richtig pervers. Ein richtiger gottverdammter Perversling. Schämen solltest du dich.

Er spürte wie er rot wurde und schloß leise die Tür. Seine Hände waren vom Schweiß kalt und feucht.

Unten frühstückte er: zwei Plätzchen und ein Glas Orangensaft.

Er gab sich alle Mühe, den Gedanken aus seinem Kopf zu verdrängen, aber er konnte an nichts anderes denken als an Weezys nackten Rücken und die weiche Rundung ihrer Brust.

»Was ist bloß mit mir los?« sagte er laut.

14

Um sieben Uhr fünf traf sein Vater in einem weißen Cadillac ein. Colin erwartete ihn bereits am Gehsteig vor dem Haus.

Sein alter Herr schlug ihm auf die Schulter und sagte: »Na, wie geht es, Junior?«

»Okay«, sagte Colin.

»Bereit, ein paar große Fische rauszuziehen?«

»Denk schon.«

»Heute werden sie anbeißen.«

»Wirklich?«

»Das ist die Parole.«

»Von wem?«

»Von denen, die Bescheid wissen.«

»Den Fischen?«

Sein Vater sah ihn an. »Was?«

»Wer sind denn die, die Bescheid wissen?«

»Charlie und Irv.«

»Und wer ist das?«

»Die Jungs, die die Boote vermieten.«

»Oh.«

Manchmal fiel es Colin schwer daran zu glauben, daß Frank Jacobs wirklich sein Vater war. Sie waren sich überhaupt nicht ähnlich. Frank war ein großer, breitschultriger, grobschlächtiger Mann, einen Meter fünfundachtzig groß, fünfundachtzig Kilo schwer, mit langen Armen und großen, ledernen Händen. Er war ein ausgezeichneter Fischer, ein Jäger mit einer Vielzahl von Jagdtrophäen und ein äußerst geschickter Bogenschütze. Er spielte Poker, ging auf Partys, trank viel, ohne Trinker zu sein – eben ein durch und durch extrovertierter Mann von echtem Schrot und Korn. Einige der Eigenschaften seines Vaters bewunderte Colin, aber es gab auch eine ganze Anzahl, die er bloß tolerierte, und einige Dinge, die in ihm Wut, Angst, ja sogar Haß auslösten. Zum einen lehnte Frank es grundsätzlich ab, irgendwelche Fehler einzugestehen, selbst wenn er den Beweis dafür vor Augen hatte. Und wenn es, was höchst selten der Fall war, wirklich einmal dazu kam, daß er einem Schuldgeständnis nicht mehr aus dem Weg gehen konnte, dann schmollte er wie ein verzogenes Kind, als ob es einfach unfair wäre, daß man ihn für die Folgen seiner eigenen Fehler verantwortlich machte. Er las abgesehen von Sportmagazinen nie ein Buch oder irgendwelche Zeitschriften, hatte aber eine unverrückbare Meinung über alles, angefangen bei der arabisch-israelischen Situation bis zum amerikanischen Ballett, und verteidigte seine uninformierten Ansichten hartnäckig und lautstark, ohne je zu erkennen, wie lächerlich er sich dabei machte. Und das Schlimmste war, daß der geringste Anstoß dazu ausreichte, in ihm einen Wutanfall auszulösen, wohingegen es ihn ungeheure Mühe kostete, dann wieder zu sich zurückzufinden. Wenn er richtig zornig war, benahm er sich wie ein Tobsüchtiger: Er brüllte dann aberwitzige Beschuldigungen in die Gegend, schrie, schlug um sich und zertrümmerte Gegenstände. Mehr als einmal war er in Prügeleien verwickelt gewesen. Und er schlug seine Frau.

Er fuhr auch viel zu schnell und rücksichtslos. Während der dreiviertelstündigen Fahrt nach Ventura saß Colin starr und steif da, die Hände zu Fäusten geballt und voll Angst, auf die Straße hinauszublicken, zugleich aber auch voll Angst, *nicht* hinauszusehen. Als sie schließlich an der Bootsanlegestelle eintrafen, war er ehrlich erstaunt, daß er die Fahrt lebend überstanden hatte.

Das Boot trug den Namen *Erica Lynn*. Es war groß, weiß und gepflegt, hatte aber einen unangenehmen Geruch an sich, der nur Colin aufzufallen schien – eine Mischung aus Benzindämpfen und dem Gestank von toten Fischen.

Die Chartergruppe bestand aus Colin, seinem Vater und neun

Freunden seines Vaters. Es waren alles hochgewachsene, sonnengebräunte, verwitterte Männer, genau wie Frank, mit Namen wie Jack und Rex und Pete und Mike.

Als die *Erica Lynn* ablegte, aus dem Hafen fuhr und mit der Kraft ihrer Motoren aufs freie Meer hinausstrebte, wurde auf dem Deck hinter dem Steuerhäuschen eine Art Frühstück serviert. Es gab einige Flaschen voll Bloody Mary, zwei Arten von Räucherfisch, gehackte grüne Zwiebel, Melone und Brötchen. Colin nahm nichts zu sich, weil er wie üblich von dem Augenblick an, wo das Boot sich vom Dock entfernte, unter leichter Seekrankheit litt. Aus Erfahrung wußte er, daß sich das im Laufe von etwa einer Stunde geben würde, aber bis dahin wollte er kein Risiko eingehen und nichts essen. Er bedauerte jetzt sogar, daß er die zwei Plätzchen und den Orangensaft zu sich genommen hatte, obwohl das schon eine Stunde zurücklag.

Mittags aßen die Männer Wurst und schütteten Bier in sich hinein. Colin knabberte an einem Brötchen, trank ein Pepsi Cola und bemühte sich im übrigen, allen aus dem Weg zu gehen.

Bis dahin hatte sich bereits klar herausgestellt, daß Charlie und Irv Unrecht hatten. Die Fische bissen nicht an.

Sie hatten es am Morgen wenige Meilen vom Ufer entfernt im flachen Wasser probiert, aber die Fischgründe dort schienen so verlassen, als ob sämtliche Meeresbewohner in Ferien wären. Um halb elf waren sie weiter hinausgefahren, in tiefere Gewässer, wo sie sich um größere Beute bemühten. Aber die Fische wollten nichts davon wissen.

Die Kombination aus aufgeputschter Energie, Langeweile, Enttäuschung und zuviel Alkohol erzeugte eine explosive Stimmung. Colin spürte den herannahenden Ärger noch lange bevor die Männer mit ihren gefährlichen, blutigen Spielen anfingen.

Nach dem Mittagessen kreuzten sie im Zickzack – Nordwest, Süd, Nordwest, Süd – wobei sie zehn Meilen vor der Küste anfingen und sich langsam weiter aufs Meer hinaus arbeiteten. Sie verwünschten die Fische, die nicht da waren, und die drückende Hitze, die immer deutlicher zu spüren war. Alle zogen Hemden und Hosen aus, schlüpften in mitgebrachte Badehosen und setzten ihre ohnehin schon gebräunte Haut der Sonne aus, um noch dunkler zu werden. Dabei erzählten sie schmutzige Witze und redeten über Frauen, als würden sie die Eigenschaften von Sportwagen verglechen. Allmählich verbrachten sie mehr Zeit mit Trinken, als damit, auf ihre Angelleinen zu achten, und schütteten wechselweise Whisky und kaltes Bier in sich hinein.

Der kobaltblaue Ozean war ungewöhnlich ruhig, als wären die langen Wellen mit Öl gezähmt worden, sie rollten glatt, beinahe träge unter die *Erica Lynn* dahin.

Die Bootsmaschine erzeugte ein monotones Geräusch – *tschugga-tschugga-tschugga-tschugga-tschugga* –, das man nach einer Weile nicht nur zu hören, sondern auch *spüren* konnte.

Der wolkenlose Sommerhimmel war so blau wie eine Gasflamme.

Whisky und Bier. Whisky und Bier.

Colin lächelte die meiste Zeit, redete, wenn er gefragt wurde, und bemühte sich ansonsten, unsichtbar zu bleiben.

Um fünf Uhr tauchten die Haie auf, und von da an wurde der Tag häßlich.

Vor zehn Minuten hatte Irv wieder angefangen, Köder auszuwerfen. Eimerweise hatte er zerhackten, stinkenden Köder ins Kielwasser geworfen, um damit große Fische anzulocken. Er hatte das schon ein halbes dutzendmal gemacht, jedoch ohne jede Wirkung, aber selbst unter den glasigen Blicken seiner enttäuschten Kunden fuhr er fort, Zuversicht und Vertrauen zu seinen Methoden zu heucheln.

Charlie war der erste, der von seinem Platz auf der Brücke aus entdeckte, daß sich etwas tat. Er brüllte durch den Lautsprecher: »Haie am Heck, Gentlemen. Etwa hundertfünfzig Meter.«

Die Männer drängten sich an der Reling. Colin fand einen freien Platz zwischen seinem Vater und Mike und zwängte sich hinein.

»Hundert Meter«, sagte Charlie.

Colin kniff die Augen zusammen und konzentrierte sich auf die fließende Landschaft unter ihnen, konnte aber die Haie nicht entdecken. Die Sonne spiegelte sich im Wasser. Es schien, als würden Millionen und Abermillionen lebender Wesen über die Wasseroberflächen tanzen, aber das waren meist nur Lichtflecke.

»Siebzig Meter!«

Jetzt schrien ein paar Männer auf, als sie im gleichen Augenblick die Haie entdeckten.

Gleich darauf sah Colin eine Schwanzflosse, dann noch eine. Zwei weitere. Wenigstens ein Dutzend waren es.

Plötzlich drehte sich eine der Rollen wie wild, und die Leine schoß pfeifend hinaus.

»Angebissen!« rief Pete.

Rex sprang mit einem Satz auf den an Deck verschraubten Sessel hinter der durchgebogenen Angelrute, die wie wild hin- und herhüpfte. Während Irv ihn anschnallte, nahm Rex die Tiefseeangei aus der Stahlhalterung, in der sie bisher gesteckt hatte.

»Scheiße, Haie taugen nichts«, sagte Jack angewidert.

»Für einen Hai kriegst du keine Trophäe, und wenn er noch so groß ist«, sagte Pete.

»Weiß ich«, sagte Rex. »Und essen werde ich das verdammte Biest auch nicht. Aber das heißt noch lange nicht, daß ich den Mistkerl entkommen lasse!«

Etwas packte den Köder an der zweiten Leine und zog sie mit. Mike ließ sich auf den Stuhl schnallen und griff nach der Angel.

Am Anfang war es für Colin aufregender als alles, was er bisher zu sehen bekommen hatte. Obwohl dies nicht seine erste Fahrt auf einem Charterboot war, sah er doch gebannt zu, wie die Männer mit den Fischen kämpften. Sie schrien und fluchten, und die anderen feuerten an. Die Muskelpakete auf ihren Armen schwollen an. Am Hals und an den Schläfen traten ihnen die Adern wie Stränge hervor. Sie stöhnten, schlugen um sich und hielten fest, zerrten an ihren Angeln, kurbelten, zerrten und kurbelten. Der Schweiß strömte ihnen herunter, und Irv tupfte ihnen mit einem weißen Lappen das Gesicht ab, damit der Schweiß ihnen nicht in die Augen lief.

»Die Leine straff halten!«

»Paß auf, daß er den Haken nicht abreißt!«

»Gib ihm Leine.«

»Du mußt ihn müde machen.«

»Er ist schon müde.«

»Paß auf, daß die Leinen nicht durcheinander kommen.«

»Das geht jetzt schon seit einer Viertelstunde …«

»Herrgott, Mike, inzwischen hätte ihn selbst ein altes Weib rausgezogen.«

»Meine *Mutter* hätte ihn schon rausgezogen.«

»Deine Mutter sieht auch aus wie Arnold Schwarzenegger.«

»Da ist er!«

»Jetzt hast du ihn, Rex!«

»Mann, ist der groß! Mindestens zwei Meter!«

»Und der andere. Da!«

»Nicht locker lassen!«

»Was zum Teufel machen wir mit zwei Haien?«

»Wir müssen sie losschneiden.«

»Zuerst töten wir sie«, sagte Colins Vater. »Haie läßt man nie lebend von der Leine. Stimmt's, Irv?«

»Stimmt, Frank.«

Colins Vater sagte: »Irv, du solltest die Kanone holen.«

Irv nickte und entfernte sich.

»Was für eine Kanone?« fragte Colin beunruhigt. Er fühlte sich in der Nähe von Feuerwaffen immer unbehaglich.

»Sie haben einen .38er Revolver an Bord, um Haie damit zu töten«, sagte sein Vater.

Irv kam mit der Waffe zurück. »Er ist geladen.«

Frank nahm den Revolver und trat an die Reling.

Colin wollte sich die Ohren zuhalten, wagte es aber nicht. Die Männer würden ihn bloß auslachen, und sein Vater würde böse sein.

»Ich kann noch keines von den Biestern sehen«, sagte Frank.

Die muskulösen Körper der Männer glänzten von Schweiß.

Beide Angeln waren fast im rechten Winkel gebogen und sahen so aus, als müßten sie jeden Augenblick brechen, als würde sie nur der unbesiegbare Wille des Mannes daran hindern, der sie hielt.

Plötzlich sagte Frank: »Du hast den deinen jetzt fast, Rex! Ich kann ihn sehen.«

»Ein häßlicher Hurensohn ist das«, sagte Pete.

Ein anderer meinte: »Er sieht fast wie Pete aus.«

»Er ist jetzt dicht unter der Wasseroberfläche«, sagte Frank, »und hat nicht mehr genug Leine, um zu tauchen. Ich denke, der ist erledigt.«

»Das bin ich auch«, sagte Rex. »Würdest du den Mistkerl also um Himmels willen erledigen?«

»Bring ihn ein wenig näher heran.«

»Was zum Teufel möchtest du denn noch? Soll ich ihn dazu bringen, daß er sich an die Wand stellt und sich eine weiße Binde um die Augen legen läßt?«

Alle lachten.

Colin sah den glatten, grauen, torpedoähnlichen Fisch, der jetzt höchstens noch sechs oder acht Meter vom Heck entfernt war. Er zog dicht unter den Wellen dahin, und seine dunkle Rückenflosse ragte in die Luft. Einen Augenblick lang schien er sich kaum zu bewegen, dann begann er plötzlich in einem letzten verzweifelten Versuch, sich von dem Haken zu befreien, wild das Wasser zu peitschen.

»Herr Jesus!« sagte Rex. »Der reißt mir ja die Arme ab.«

Als der Fisch trotz seiner heftigen Gegenwehr näher herangezogen wurde, warf er sich hin und her, wand sich förmlich am Haken, bereit, sich das Maul in Fetzen zu reißen, nur um loszukommen, womit er aber nur bewirkte, daß sich die Widerhaken noch tiefer in sein Maul bohrten. Sein flacher, bösartiger Kopf hob sich über die Wellen, und einen Augenblick lang starrte Colin in ein schrecklich fremdartig wirkendes, klares Auge, das schiere Wut auszustrahlen schien.

Frank Jacobs feuerte mit dem .38er Revolver.

Colin sah das Loch, das die Kugel ein paar Zentimeter hinter dem Kopf des Haies schlug. Blut spritzte über das Wasser.

Alle jubelten.

Frank feuerte noch einmal. Der zweite Schuß drang ein paar Zentimeter hinter der Rückenflosse ein.

Der Hai hätte jetzt eigentlich tot sein müssen, aber statt dessen schienen die Kugeln seine letzte Kraft zu aktivieren.

»Schau, wie der Mistkerl um sich schlägt!«

»Er mag kein Blei.«

»Schieß nochmal, Frank.«

»Verpaß ihm eins in den Schädel.«

»Schieß ihn in den Kopf.«

»Man muß einen Hai am Kopf treffen.«

»Zwischen die Augen, Frank!«

»Bring ihn um, Frank!«

»Bring ihn um!«

Der Schaum, den der Fisch aufwirbelte, war einmal weiß gewesen. Jetzt hatte er sich gerötet.

Colins Vater drückte zweimal hintereinander ab. Er hielt den schweren Revolver mit beiden Händen, und man konnte sehen, wie die Waffe bei jedem Schuß hochruckte. Ein Schuß verfehlte sein Ziel, der andere traf das Opfer mitten im Kopf.

Der Hai machte einen konvulsivischen Satz, als wollte er sich in das Boot werfen, und alle schrien überrascht auf, aber dann fiel er ins Wasser zurück und war plötzlich völlig reglos.

Sekunden später brachte auch Mike seinen Fang in Schußweite, und Frank feuerte darauf. Diesmal hatte er genau gezielt und erledigte den Hai mit dem ersten Schuß.

Der Schaum war jetzt purpurrot.

Irv rannte mit einem Messer an die Reling und kappte beide Leinen.

Rex und Mike sackten erleichtert in ihre Sessel zurück; sämtliche Muskeln taten ihnen weh.

Colin sah den toten Fischen nach, die mit den Bäuchen nach oben in den Wellen trieben.

Und dann kochte ohne jede Warnung die See plötzlich, als hätte man in der Tiefe eine mächtige Flamme entzündet. Überall tauchten Schwanzflossen auf und strebten auf einen Punkt unmittelbar achtern von der *Erica Lynn* zu: ein Dutzend ... zwei Dutzend ... fünfzig Haie oder mehr. Sie fetzten wild an ihren toten Artgenossen, rissen Fleischbrocken ab, stießen aneinander, kämpften um jeden Bissen, tauchten auf, tauchten unter und schossen in ihrer wilden, mörderischen Freßlust hin und her.

Frank hatte neu geladen und feuerte in das Getümmel, bis die Trommel leer war. Er mußte wenigstens eines der Monster getroffen haben, denn der Aufruhr wurde noch wilder als zuvor.

Colin wünschte, er könnte den Blick von dem Gemetzel abwenden. Aber er brachte es nicht fertig. Irgend etwas zwang ihn, hinzusehen.

»Kannibalen sind das«, sagte einer der Männer.

»Haie fressen alles.«

»Schlimmer als Krokodile sind die.«

»In den Mägen von Haien hat man schon höchst seltsame Dinge gefunden.«

»Yeah. Ich kenne einen, der hat eine Armbanduhr entdeckt.«

»Ich habe gehört, daß jemand einen Ehering aus einem Haimagen gefischt hat.«

»Ein Kistchen voll Zigarren ...«

»Ein Gebiß ...«

»Eine alte Münze, die ein kleines Vermögen wert war.«

»Alles Unverdauliche, was das Opfer bei sich hat, bleibt einfach im Magen des Haies zurück.«

»Warum ziehen wir dann nicht eines von den Biestern an Bord und sehen nach, was es im Bauch herumschleppt?«

»Hey, das könnte interessant sein.«

»Schneiden wir ihn doch hier an Deck auf.«

»Vielleicht finden wir auch eine alte Münze und werden reich.«

»Wahrscheinlich finden wir bloß frischgefressenes Haifleisch.«

»Vielleicht, vielleicht auch nicht.«

»Dann haben wir wenigstens etwas zu tun.«

»Hast recht. Bis jetzt war es ja ein ziemlich beschissener Tag.«

»Irv, du solltest wieder eine von den Angeln herrichten.«

Sie fingen wieder an, Whisky und Bier zu trinken.

Colin sah zu.

Jack ließ sich auf den Sessel schnallen, und zwei Minuten später biß etwas an. Als er den Hai schließlich längsseits gezogen hatte, war die Freßorgie beendet, und das Rudel war abgezogen. Dafür war die Stimmung an Bord der *Erica Lynn* inzwischen auf dem Siedepunkt angelangt. Colins Vater lud den .38 erneut, beugte sich über die Reling und jagte dem großen Fisch zwei Kugeln in den Kopf.

»Genau in den Schädel getroffen.«

»Hat sein beschissenes Gehirn ein wenig durcheinandergebracht.«

»Ein Haifischhirn ist nicht größer als eine Erbse.«

»So wie deines?«

»Ist das Biest tot?«

»Bewegt sich jedenfalls nicht mehr.«

»Zieh es rauf.«

»Sehen wir es uns von innen an.«

»Vielleicht finden wir eine Münze.«

»Oder ein Gebiß.«

Whisky und Bier.

Jack rollte die Leine so weit es ging auf. Der tote Hai stieß gegen die Bootswand.

»Das verdammte Biest ist drei Meter lang.«

»Bloß mit einem Fischhaken zieht dieses Baby keiner an Bord.«

»Wir haben einen Flaschenzug.«

»Wird eine ziemlich schwierige Angelegenheit.«

»Naja, wenn wir seine seltene Münze finden, lohnt sich das vielleicht.«

»Da finden wir eher in *deinem* Magen eine Münze.«

Unter Einsatz von fünf Männern, zwei Tauen, drei Fischhaken und einer Motorwinde schafften sie es schließlich, den Hai aus dem Meer zu ziehen und über die Heckreling zu hieven. Anschließend geriet er eine Sekunde lang außer Kontrolle und plumpste auf das Deck, worauf er unerwartet wieder zum Leben erwachte, oder wenigstens halb zum Leben erwachte, denn die Kugeln hatten ihn verletzt und ihn benommen gemacht, aber nicht getötet, und so zappelte er auf dem Deck wild hin und her, und alle sprangen zurück, bis Pete sich einen Fischhaken schnappte und ihn auf den Schädel des Hais herunterkrachen ließ, daß das Blut hoch aufspritzte und einige der Männer besudelte. Die mächtigen Kiefer schnappten, versuchten Pete zu erwischen, und ein weiterer Mann sprang mit einem Fischhaken vor und stieß die lange Spitze in eines der Augen des Hais, und dann bohrte sich ein dritter Haken in eine der Wunden, die die Kugeln gerissen hatten, und überall war Blut, so daß Colin an die Kingman-Morde denken mußte, und alle Männer in ihren Badehosen waren mit Blut besudelt, und Colins Vater schrie, sie sollten zurücktreten, und obwohl Irv sagte, er solle nicht auf das Deck feuern, jagte Colins Vater dem Hai eine weiter Kugel in den Schädel, und dann hörte die Zappelei schließlich auf, und alle waren *sehr* aufgeregt, redeten und schrien durcheinander und beugten sich dann über den toten Hai und wälzten ihn in der Blutlache herum und zerfetzten mit den Anglermessern seinen Bauch, dessen weißes Fleisch einen Augenblick lang Widerstand leistete, ehe es nachgab, und dann quoll aus dem langen Riß eine schleimige Masse aus Gedärmen und halbverdautem Fisch, und diejenigen, die noch herumstanden, brachen in Jubelrufen aus, während die anderen auf den Knien in dem widerwärtigen Geschmier herumwühlten, auf der Suche nach der mythischen Münze, dem Ehering, dem Zigarrenetui oder den falschen Zähnen. Das Ganze ging unter großem Gelächter und Geschrei vor sich, und die Männer bewarfen sich gegenseitig mit dem schleimigen Gekröse.

Plötzlich konnte Colin sich wieder bewegen. Er rannte nach vorne, rutschte dabei im Blut aus, stolperte, wäre fast gefallen, gewann dann aber sein Gleichgewicht zurück. Als er sich so weit er konnte von den aufgeputschten Männern entfernt hatte, beugte er sich über die Bugreling und übergab sich.

Als er fertig war, sah er hinter sich seinen Vater stehen, das Urbild der Wildheit, über und über mit Blut beschmiert, das Haar mit Blut verkrustet, die Augen wild funkelnd. Seine Stimme klang leise, aber drohend. »Was ist denn los mit dir?«

»Mir war übel«, sagte Colin schwächlich. »Bloß übel. Jetzt ist es wieder vorbei.«

»Was zum Teufel hast du denn?«

»Jetzt bin ich wieder okay.«

»Du versuchst wohl, mich zu blamieren?«

»Was?«

»Vor meinen Freunden kotzt du über die Reling?«

Colin starrte seinen Vater verständnislos an.

»Die machen Witze über dich.«

»Also ...«

»Die machen sich über dich lustig.«

Colin war schwindlig.

»Manchmal frage ich mich, was mit dir los ist«, sagte sein Vater.

»Ich konnte nicht anders. Ich hab mich übergeben. Ich konnte nichts dagegen tun.«

»Manchmal frage ich mich *wirklich*, ob du mein Sohn bist.«

»Natürlich bin ich das.«

Sein Vater beugte sich zu ihm herunter und musterte ihn, so als würde er nach den verräterischen Zügen eines alten Freundes oder des Milchmannes suchen. Sein Atem stank.

Whisky und Bier.

Und Blut.

»Manchmal verhältst du dich überhaupt nicht wie ein Junge. Manchmal siehst du so aus, als würdest du nie ein Mann werden«, sagte sein Vater leise, aber eindringlich.

»Ich bemühe mich doch.«

»Wirklich?«

»Ja, wirklich«, sagte Colin, der am Verzweifeln war.

»Manchmal führst du dich auf wie eine Schwuchtel.«

»Tut mir leid.«

»Wie eine gottverdammte Tunte führst du dich manchmal auf.«

»Ich wollte dich wirklich nicht blamieren.«

»Willst du dich zusammenreißen?«

»Ja.«

»*Kannst* du dich zusammenreißen?«

»Ja.«

»Kannst du?«
»Sicher kann ich das.«
»Und wirst du?«
»Sicher.«
»Dann tu es.«
»Ich brauche ein paar Minuten«
»Nein. Jetzt! Sofort.«
»Okay.«
»Reiß dich zusammen.«
»Okay. Ich bin wieder okay.«
»Du zitterst.«
»Nein, ich zittere nicht.« – »Du wirst jetzt mit mir nach hinten kommen?«
»In Ordnung.«
»Diesen Jungs zeigen, wessen Sohn du bist?«
»Ich bin dein Sohn.«
»Das wirst du beweisen müssen, Junior.«
»Das werde ich.«
»Mir mußt du es beweisen.«
»Kann ich ein Bier haben?«
»Was?«
»Ich glaube, das würde mir helfen.«
»Helfen was?«
»Dann wäre mir vielleicht besser.«
»Ein Bier willst du?«
»Yeah.«
»Na, das hört sich gleich besser an!«
Frank Jacobs grinste und zerzauste seinem Sohn mit der blutigen Hand das Haar.

15

Colin saß auf einer Bank an der Kabinenwand, trank sein kaltes Bier in kleinen Schlucken und überlegte, was als Nächstes geschehen würde.

Nachdem die Männer im Magen des Haies nichts interessantes gefunden hatten, kippten sie den Kadaver über die Reling. Er trieb einen Augenblick lang neben ihnen her und sank dann plötzlich in die Tiefe. Vielleicht war da unten auch etwas, das großen Appetit hatte und ihn in die Tiefe zog.

Die blutbespritzten Männer reihten sich an der Steuerbord-Reling auf, und Irv spritzte sie mit Meerwasser ab. Sie zogen ihre Badehosen aus, die man wegwerfen mußte, seiften sich mit körniger gelber Seife ein und rissen die ganze Zeit Witze über ihre Genitalien. Jeder bekam einen Eimer Süßwasser, mit dem er sich abspülen konnte. Als sie dann nach unten gingen, um sich abzutrocknen und sich umzuziehen, spritzte Irv das Deck ab und schwemmte die letzten Blutspuren in die Speigatten.

Später vergnügten sich die Männer mit Tontaubenschießen. Charlie und Irv hatten auf der *Erica Lynn* immer zwei Schrotflinten und das Wurfgerät dabei, um die Kunden zu beschäftigen, wenn die Fische einmal nicht anbissen. Die Männer tranken Whisky und Bier, ballerten auf die wirbelnden Scheiben und redeten nicht mehr vom Fischen.

Anfangs zuckte Colin jedesmal zusammen, wenn ein Schuß krachte, aber nach einer Weile störten ihn die Explosionen nicht mehr.

Noch später, als die Männer keine Lust mehr hatten, auf Tontauben zu schießen, eröffneten sie das Feuer auf die Seemöwen, die nicht weit von der *Erica Lynn* entfernt nach kleinen Fischen tauchten. Die Vögel ließen sich von den Schüssen nicht beirren; sie fuhren fort, Nahrung zu suchen, stießen ihre eigenartigen, schrillen Rufe aus und merkten allem Anschein nach gar nicht, daß sie, eine nach der anderen, abgeschossen wurden.

Früher wäre Colin bei diesem Gemetzel übel geworden, und es gefiel ihm auch jetzt nicht. Doch empfand er plötzlich gar nichts mehr, während er zusah, wie die Vögel erledigt wurden, und wunderte sich schließlich, daß er zu keiner Reaktion fähig war. Er blieb kühl und auch innerlich völlig ruhig.

Die Schüsse peitschten und zerfetzten die Möwen im Flug. Tausende winzige Blutstropfen sprühten wie geschmolzenes Kupfer auf das Meer herab.

Um halb acht verabschiedeten sie sich von Charlie und Irv und gingen in ein Restaurant am Hafen, um dort Steak und Hummer zum Abendessen zu vertilgen. Colin war ausgehungert. Er putzte gierig alles weg, was auf seinem Teller lag, ohne auch nur einen

Gedanken an den ausgeweideten Hai oder die Möwen zu verschwenden.

Als die Sonne schon lange untergegangen war, brachte sein Vater ihn nach Hause. Frank fuhr wie immer zu schnell und ohne jede Rücksicht auf andere Verkehrsteilnehmer.

Noch zehn Minuten von Santa Leona entfernt, lenkte Frank Jacobs das Gespräch von den Ereignissen des Tages auf persönliche Dinge. »Fühlst du dich bei deiner Mutter wohl?«

Die Frage trieb Colin in die Enge. Er wollte nicht, daß es zu einem Streit kam, zuckte die Schultern und sagte: »Ich denke schon.«

»Das ist keine Antwort.«

»Ich meine, ich denke schon, daß ich mich wohl fühle.«

»Du weißt es also nicht?«

»Doch, ich fühle mich ganz wohl.«

»Sorgt sie gut für dich?«

»Klar.«

»Kriegst du ordentlich zu essen?«

»Doch.«

»Du bist immer noch so mager.«

»Ich krieg richtig gut zu essen.«

»Sie ist keine besondere Köchin.«

»Das ist schon in Ordnung.«

»Kriegst du genug Taschengeld?«

»Ja, freilich.«

»Ich könnte dir jede Woche etwas schicken.«

»Das brauche ich nicht.« – »Wie wäre es, wenn ich dir jede Woche zehn Dollar schicken würde?«

»Das brauchst du nicht. Ich habe genug. Ich würde es bloß verschwenden.«

»Magst du Santa Leona?«

»Ist schon okay.«

»Bloß okay?«

»Naja, richtig nett sogar.«

»Vermißt du deine Freunde aus Westwood?«

»Ich habe dort keine Freunde gehabt.«

»Natürlich hattest du welche. Ich habe sie doch mal gesehen. Dieser rothaarige Junge und ...«

»Das waren bloß Jungs aus der Schule. Bekannte.«

»Für mich brauchst du nicht so tun, als ob alles in Ordnung wäre.«

»Tu ich doch nicht.«

»Ich weiß, du vermißt sie.«

»Nein, wirklich nicht.«

Sie scherten nach links aus, überholten einen Truck, der bereits mit überhöhter Geschwindigkeit fuhr, und reihten sich viel zu schnell wieder auf der rechten Fahrspur ein.

Hinter ihnen hupte der LKW-Fahrer wütend.

»Was zum Teufel hat der denn? Ich habe ihm doch genügend Platz gelassen, oder?«

Colin sagte nichts.

Frank nahm das Tempo ein wenig zurück. Der Wagen verlangsamte seine Fahrt von hundertzehn auf achtzig Kilometer die Stunde.

Der Truck hupte wieder.

Frank drückte heftig auf die Hupe des Cadillac und nahm den Finger wenigstens eine Minute nicht weg, um dem anderen Fahrer zu zeigen, daß er sich nicht einschüchtern ließe.

Colin sah sich besorgt um. Der große Truck war keine zwei Meter von ihrer hinteren Stoßstange entfernt. Seine Scheinwerfer blitzten.

»Arschloch«, sagte Frank. »Wofür hält der sich eigentlich?« Er verlangsamte auf sechzig Kilometer.

Der Truck schwenkte auf die Überholspur.

Frank riß den Cadillac nach links vor den Truck, versperrte ihm den Weg und behielt das Tempo von sechzig Kilometer bei.

»Ha! Jetzt ist er sauer, dieser Hurensohn! Blöder Sack!«

Der Trucker hupte wieder.

Colin schwitzte.

Sein Vater saß nach vorne gebeugt da, die Hände wie Klauen ums Lenkrad gekrampft. Er hatte die Zähne gefletscht, und seine Augen waren geweitet, während sie schnell zwischen der Fahrbahn und dem Rückspiegel hin- und herhuschten. Sein Atem ging keuchend, als müsse er sich körperlich anstrengen.

Der Truck bog auf die rechte Spur.

Frank schnitt ihm sofort wieder den Weg ab.

Schließlich schien der Trucker zu erkennen, daß er es entweder mit einem Betrunkenen oder einem Spinner zu tun hatte und daß größte Vorsicht angezeigt war. Er verlangsamte seine Fahrt auf etwa dreißig und fiel stetig zurück.

»Jetzt haben wir es diesem Arschloch gezeigt. Der hat sich wohl eingebildet, die verdammte Straße gehört ihm!«

Nachdem Frank so die Schlacht gewonnen hatte, jagte er den Cadillac wieder auf hundert hoch, und sie schossen in die Nacht hinein.

Colin schoß die Augen.

Ein paar Kilometer fuhren sie stumm dahin, dann sagte Frank: »Wo du doch all deine Freunde dort unten in Westwood hast, würdest du da nicht gerne zurückkommen und bei mir wohnen?«

»Du meinst, dauernd?«

»Warum nicht?« – »Also ... Naja, ich denke, das wäre okay«, sagte Colin, bloß weil er wußte, daß es unmöglich war.

»Ich will sehen, was ich machen kann, Junior.«

Colin sah erschreckt zu ihm hinüber. »Aber der Richter hat doch Mom das Sorgerecht gegeben. Du hast doch nur Besuchsrechte.«

»Vielleicht können wir das ändern.«

»Wie denn?«

»Wir müßten da einiges tun, und manches davon wäre nicht gerade angenehm.«

»Was denn?«

»Zum einen müßtest du vor Gericht aussagen, daß du dich bei ihr nicht wohl fühlst.«

»Das würde ich tun müssen, ehe die etwas verändern?«

»Ja, da bin ich ziemlich sicher.« – »Da hast du wahrscheinlich recht«, sagte Colin, ohne damit erkennen zu lassen, was er eigentlich wollte. Seine Spannung ließ ein wenig nach, weil er keineswegs vorhatte, dem Gericht so etwas zu sagen.

»Du hättest doch den Mumm dazu, oder?«

»Ja, freilich«, sagte Colin. Und weil es möglicherweise hilfreich war, die gegnerische Strategie zu erkunden, sagte er: »Was würden wir denn sonst noch tun müssen?«

»Nun, wir müßten beweisen, daß sie ihre Mutterpflichten nicht erfüllt.«

»Aber das stimmt doch nicht.«

»Ach, ich weiß nicht. Ich habe so das Gefühl, daß wir ihr einen lockeren Lebenswandel nachweisen könnten, so daß jeder Richter davon beeindruckt wäre.«

»Was?«

»Diese Künstlerclique«, sagte Frank mürrisch. »Diese Leute, mit denen sie sich rumtreibt.«

»Was ist mit denen?«

»Diese Künstler haben ganz andere Wertvorstellungen als die meisten Leute. Die sind sogar noch stolz darauf.«

»Das verstehe ich nicht.«

»Na ... Unsinnige politische Vorstellungen, Atheismus, Rauschgift ... Orgien. Die schlafen alle miteinander herum.«

»Du glaubst, daß Mom ...«

»Ich sage das nur ungern.«

»Dann tu es doch nicht.«

»Aber deinetwegen muß ich die Möglichkeit in Betracht ziehen.«

»Sie ... lebt nicht so«, sagte Colin, obwohl er da gar nicht so sicher war.

»Du mußt den Tatsachen ins Auge sehen, Junior.«

»Das tut sie nicht.«

»Sie ist auch nur ein Mensch. Du würdest dich vielleicht wundern. Eine Heilige ist sie ganz sicher nicht.«

»Ich kann einfach nicht glauben, daß wir über so etwas reden.«

»Es ist wert darüber nachzudenken, wert der Sache ein wenig nachzugehen, wenn es dazu beiträgt, dich zu mir zurückzuholen. Ein heranwachsender Junge braucht seinen Vater. Er braucht einen Mann, damit der ihm zeigt, wie er selbst Mann werden kann.«

»Aber wie würdest du denn je beweisen können, daß sie ... daß sie so etwas tut?«

»Privatdetektive.«

»Du würdest wirklich privat Schnüffler engagieren, um sie auf Schritt und Tritt zu verfolgen?«

»Gerne würde ich das nicht tun. Aber es könnte notwendig werden. Auf diese Weise würde ich am schnellsten und bequemsten erfahren, was mit ihr los ist.«

»Tu es nicht.«

»Ich würde es nur für dich tun.«

»Dann laß es.«

»Ich möchte, daß du glücklich bist.«

»Das bin ich.«

»In Westwood wärst du glücklicher.«

»Bitte, Dad, ich wäre nicht glücklich, wenn du solche Spürhunde auf sie ansetzt.«

Sein Vater verzog ärgerlich das Gesicht. »Spürhunde? Wer sagt etwas von Spürhunden? Hör zu, diese Detektive sind Profis. Das sind keine Gangster. Die würden ihr nichts zuleide tun. Sie würde nicht einmal wissen, daß sie sie beobachten.«

»Bitte tu es nicht.«

»Ich hoffe, daß es nicht nötig ist«, war alles, war sein Vater dazu herausbrachte.

Colin dachte an die Rückkehr nach Westwood und das Zusammenleben mit seinem Vater; und das war, als würde er am hellen Tag Alpträume haben.

16

Am Sonntag vormittag um elf erschien Roy mit seiner in ein Handtuch gewickelten Badehose. »Wo ist deine Mutter?«

»In der Galerie.«

»Am Sonntag?«

»Sie ist sieben Tage die Woche dort.«

»Ich dachte, ich würde sie im Bikini zu sehen kriegen.«

»Leider nicht.«

Das Haus war eines von denen, die Immobilienmakler als ›Spitzenangebot‹ bezeichneten. Unter anderem verfügte es über ein Wohnzimmer, dessen Boden tiefer lag als das restliche Erdgeschoß, einen mächtigen, gemauerten Kamin, drei große Bäder, eine Gourmetküche und einen Fünfzehn-Meter-Swimmingpool. Seit sie eingezogen waren, hatten sie sich im Wohnzimmer höchstens zwei Stunden pro Woche aufgehalten, weil sie nie Besuch hatten; auch keine Hausgäste waren dagewesen, so daß das dritte Badezimmer noch nie gebraucht worden war; und von all den Luxusgeräten in der Küche hatten sie bloß den Kühlschrank und zwei Platten des Kochherdes benutzt. Nur der Swimmingpool war die Miete wert. Colin und Roy schwammen um die Wette, spielten mit Autoschläuchen und Gummimatratzen, tauchten nach Münzen, die sie ins Wasser warfen, planschten herum und ließen sich schließlich auf der mit Platten belegten Umrandung von der Sonne braten.

Es war das erste Mal, daß Colin mit Roy schwimmen war, das erst Mal, daß er ihn ohne Hemd zu sehen bekommen hatte – und das erste Mal, daß er die schrecklichen Narben sah, die Roys Rükken entstellten. Ausgefranste Streifen von Narbengewebe verliefen von der rechten Schulter des Jungen zu seiner linken Hüfte. Colin versuchte sie zu zählen – sechs, sieben, acht, vielleicht sogar zehn. Es war schwer auszumachen, weil die einzelnen Narben an ein paar Stellen ineinander übergingen. Die gesunde Haut zwischen den häßlichen Narben war gebräunt, aber das Narbengewebe nahm die Sonne nicht an; es war blaß und glänzend an manchen Stellen, an anderen fahl und eingeschrumpelt.

»Was ist denn mit dir passiert?« fragte Colin.

»Was?«

»Was ist mit deinem Rücken passiert?« – »Nichts.«

»Und diese Narben?« – »Das ist nichts.«

»Du bist doch nicht *so auf die Welt gekommen.*«

»Bloß ein Unfall.«

»Was für ein Unfall?«

»Das ist schon lange her.«

»War das ein Autounfall?«

»Ich mag nicht davon reden.«

»Warum nicht?«

Jetzt wurde Roy wild. »Ich habe gesagt, ich will nicht über diese Scheißnarben reden, verdammt!«

»Okay. Schon gut. Vergiß es.«

»Ich brauche dir auch keinen Grund dafür zu sagen.«

»Ich wollte nicht neugierig sein.«

»Naja, warst du aber.«

»Tut mir leid.«

»Mhm«, sagte Roy, »mir auch.«

Roy stand auf und ging an das andere Ende des Schwimmbeckens. Dort stand er eine Weile und starrte, Colin den Rücken zuwendend, ins Wasser.

Colin kam sich dumm und unbehaglich vor und ließ sich ins Wasser gleiten, als wolle er sich dort verstecken. Er schwamm mit kräftigen Zügen hin und her und versuchte damit seine aufgeputschten Nerven zu beruhigen.

Als Colin fünf Minuten später wieder aus dem Becken stieg, befand Roy sich immer noch an derselben Stelle, hatte sich jetzt aber hingekauert. Er stocherte im Gras herum.

»Was hast du denn gefunden?« fragte Colin.

Roy konzentrierte sich auf das, was er tat, und schien die Frage nicht zu hören.

Colin kauerte sich neben ihn.

»Ameisen«, sagte Roy.

Am Rand des Plattenbelags war ein Erdhügel, etwa von der Größe einer Teetasse. Winzige rote Ameisen rannten darauf herum.

Mit einem breiten Grinsen zerquetschte Roy die Insekten auf dem Beton. Ein Dutzend, zwei Dutzend. Während er sie so tötete, kamen weiter Ameisen aus dem Hügel und rannten in seinen Schatten, als ob ihnen ganz plötzlich klar geworden wäre, daß sie nicht zu geistloser Arbeit in ihrem Bau bestimmt waren, sondern zum Opfertod unter den Händen eines monströsen Gottes, der eine Million mal größer war als sie.

Hie und da hielt Roy inne und betrachtete die schmierigen, rostfarbenen Überreste an seinen Fingern. »Keine Knochen«, sagte er. »Wenn man die zerquetscht, kriegt man bloß einen kleinen Tropfen Saft, weil sie keine Knochen haben.«

Colin sah zu.

17

Nachdem Roy eine Unmenge Ameisen zerdrückt und ihren Bau zertreten hatte, spielten er und Colin mit einem blaugrünen Ball Wasserball. Roy gewann.

Als es drei Uhr wurde, hatten sie genug von dem Schwimmbecken. Sie zogen sich an, setzten sich in die Küche, aßen dort Schokoladenplätzchen und tranken dazu Limonade.

Colin leerte sein Glas, lutschte eine Weile an einem Eiswürfel herum und sagte dann: »Vertraust du mir?«

»Klar.«

»Habe ich die Prüfung bestanden?«

»Wir sind Blutsbrüder, oder?«

»Dann sag es mir jetzt.«

»Was soll ich dir sagen?«

»Du weißt schon. Das große Geheimnis.«

»Das habe ich dir bereits gesagt«, sagte Roy.

»So, wirklich?«

»Freitag nacht, nachdem wir das Pit verlassen hatten, bevor wir zum Fairmont hinausgefahren sind, um uns diesen Porno reinzuziehen.«

Colin schüttelte den Kopf. »Wenn du da etwas gesagt hast, habe ich es nicht gehört.«

»Du hast es schon gehört, aber du wolltest nicht.«

»Was ist das jetzt wieder für verdrehtes Geschwätz?«

Roy zuckte die Schultern. Er ließ die Eiswürfel in seinem Glas klirren.

»Sag es mir noch einmal«, bat Colin. »Diesmal will ich zuhören.«

»Ich bringe Leute um.«

»Mann. Und das ist *wirklich* dein großes Geheimnis?«

»Mir kam es wie ein verdammt wichtiges Geheimnis vor.«

»Aber es stimmt nicht.«

»Bin ich dein Blutsbruder?«

»Ja.«

»Lügen Blutsbrüder einander an?«

»Eigentlich sollen sie das nicht«, wandte Colin ein. »Okay. Wenn du Leute umgebracht hast, müssen die ja auch Namen gehabt haben. Wie hießen sie denn?«

»Steven Rose und Philip Pacino.«

»Und wer war das?«

»Bloß zwei Kids.«

»Freunde?«

»Das hätten sie sein können, wenn sie gewollt hätten.«

»Und warum hast du sie umgebracht?«

»Sie haben es abgelehnt, mit mir Blutsbrüderschaft zu schließen. Und von dem Augenblick an konnte ich ihnen nicht mehr trauen.«

»Heißt das, daß du mich umgebracht hättest, wenn ich nein gesagt hätte? Ich meine, wenn ich die Sache mit der Blutsbrüderschaft abgelehnt hätte?«

»Vielleicht.«

»Blödsinn.«

»Wenn es dir gut tut, das zu glauben.«

»Wo hast du sie umgebracht?«

»Hier in Santa Leona.«

»Wann?«

»Phil habe ich letzten Sommer kaltgemacht, am ersten August nach seinem Geburtstag, und Steven Rose, das war im Sommer vorher.«

»Wie?«

Roy lächelte verträumt und schloß die Augen, als würde er die Szenen noch einmal vor seinem inneren Auge erleben. »Steven habe ich von der Klippe gestoßen, dort draußen bei Sandman's Cove. Er ist unten auf den Felsen aufgeprallt. Das hättest du sehen sollen, wie es den hochgeworfen hat. Als sie ihn am nächsten Tag reinbrachten, sah er so schlimm aus, daß nicht einmal sein alter Herr ihn eindeutig identifizieren konnte.«

»Und was war mit dem anderen – Phil Pacino?«

»Wir waren bei ihm zu Hause und haben ein Modellflugzeug gebaut«, sagte Roy. »Seine Eltern waren nicht da. Geschwister hatte er keine. Niemand wußte, daß ich zu ihm gegangen war. Es war die perfekte Chance, also habe ich ihm Feuerzeugbenzin auf den Kopf gespritzt und ihn angezündet.«

»Mann!«

»Sobald ich ganz sicher war, daß ich ihn erledigt hatte, bin ich schleunigst abgehauen. Das ganze Haus ist abgebrannt. Ein richtiger Knaller war das. Zwei Tage später hat der Brandinspektor erklärt, Phil hätte mit Streichhölzern gespielt und damit den Brand verursacht.«

»Du bist wirklich gut im Geschichtenerzählen«, sagte Colin.

Roy sah ihn direkt an, sagte aber nichts.

Colin trug ihre Teller und Gläser zur Spüle, wusch sie ab und stellte sie zum Trocknen auf das Regal. Während er damit beschäftigt war, sagte er: »Weißt du, Roy, du mit deiner Fantasie solltest vielleicht, wenn du mal groß bist, Horrorgeschichten schreiben. Damit könntest du einen Haufen Geld verdienen.«

Roy machte keine Anstalten, Colin beim Abwaschen behilflich zu sein. »Soll das heißen, du denkst immer noch, daß das ein Spiel ist, das ich mit dir treibe?«

»Also, du erfindest zwei Namen …«

»Steven Rose und Phil Pacino hat's gegeben. Das kannst du ohne Mühe überprüfen. Du brauchst bloß in die Bibliothek gehen und dir den *News Register* vom letzten Jahr ansehen. Dort kannst du auch lesen, wie sie ums Leben gekommen sind.«

»Das werde ich vielleicht auch tun.«

»Das solltest du.«

»Aber selbst wenn dieser Steven Rose bei Sandman's Cove von der Klippe gestürzt ist, und selbst wenn Phil Pacino in seinem eigenen Haus verbrannt ist – dann würde das immer noch nichts beweisen. Überhaupt nichts. Das hätten beides Unfälle sein können.«

»Warum sollte ich es dann auf meine Kappe nehmen?«

»Damit es realistischer klingt, wenn du behauptest, ein Killer zu sein. Um mich dazu zu bringen, daß ich dir glaube. Um mich am Ende irgendwann reinzulegen.«

»Du kannst ganz schön stur sein«, sagte Roy.

»Du auch.«

»Wie bringe ich dich dazu, daß du mir glaubst?«

»Ich weiß schon, was ich glauben muß«, sagte Colin. Er hatte soeben den letzten Teller abgetrocknet und wischte sich jetzt an einem rot-weiß-kariertem Geschirrtuch die Hände ab.

Roy stand auf, ging ans Fenster und blickte auf den Swimmingpool hinaus, auf dessen Wellen sich die Sonne in Tausende kleiner Lichtpünktchen spiegelte. »Ich glaube, dich kann ich nur überzeugen, wenn ich jemanden umbringe.«

»Genau«, meinte Colin. »Warum tust du das nicht?«

»Du glaubst, daß ich es nicht tun werde?«

»Ich *weiß*, daß du es nicht tun wirst.«

Roy drehte sich zu ihm herum. Das Sonnenlicht fiel grell zum Fenster herein, fiel auf eine Seite seines Gesichtes und ließ die andere im Schatten, so daß eines seiner Augen in einem noch kräftigeren Blau leuchtete als das andere. »Du forderst mich also heraus, jemanden zu töten?«

»Genau.«

»Aber wenn ich es tue«, sagte Roy, »liegt die Hälfte der Verantwortung bei dir.«

»Okay.«

»Einfach so?«

»Einfach so.«

»Und es macht dir überhaupt nichts aus, daß du am Ende in den Knast wandern könntest?« fragte Roy.

»Nein. Weil du es nämlich nicht tun wirst.«

»Gibt es irgend jemanden besonderen, von dem du möchtest, daß ich ihn aus der Welt schaffe, irgend jemand, den du gern tot sehen würdest?«

Colin grinste. Er war sich jetzt völlig sicher, daß das Ganze bloß ein Spiel war. »Niemand im speziellen. Irgend jemand. Wen du magst. Warum pickst du nicht einfach einen Namen aus dem Telefonbuch?«

Roy wandte sich wieder dem Fenster zu.

Colin lehnte sich an den Schrank und wartete.

Nach einer Weile sah Roy auf die Uhr und sagte: »Ich muß jetzt nach Hause. Meine Eltern sind heute zum Abendessen bei meinem Onkel Marlon eingeladen. Er ist ein echtes Arschloch. Aber ich muß mitkommen.«

»Augenblick, Augenblick!« sagte Colin. »Du kannst jetzt nicht einfach das Thema wechseln. Du kannst dich da jetzt nicht rausreden. Wir haben gerade davon geredet, wen du umbringen wirst.«

»Ich wollte mich da nicht drücken.«

»Also?«

»Ich muß eine Weile darüber nachdenken.«

»Mhm«, machte Colin, »so fünfzig Jahre vielleicht.«

»Nein. Morgen sage ich dir, wer es sein soll.«

»Ich werde dich daran erinnern.« Roy nickte ernst. »Und wenn ich dann einmal in Fahrt bin, wirst du mich nicht mehr aufhalten können.«

18

Weezy Jacobs hatte für Sonntag abend eine wichtige Verabredung zum Abendessen. Sie gab Colin Geld, damit er in Charlie's Café essen könne, und hielt ihm dazu einen kurzen Vortrag darüber, wie wichtig es sei, etwas Nahrhafteres als einen fettigen Cheeseburger und Fritten zu bestellen.

Auf dem Weg zum Abendessen machte Colin bei Rhinehart's Station halt, einem großen Drugstore, der eine Straße von dem Café entfernt war. Bei Rhinehart's gab es eine große Taschenbuchabteilung. Colin stöberte in den Regalen nach interessanten Science-fiction-Romanen und solchen, die sich mit dem Übernatürlichen befaßten.

Nach einer Weile merkte er, daß ein etwa gleichaltriges hübsches Mädchen sich ein Stück von ihm entfernt ebenfalls für Taschenbücher interessierte. Über den Drahtkörben, die er sich gerade vorgenommen hatte, gab es noch zwei Regale, auf denen die Bücher seitlich aufgestapelt waren, so daß das Mädchen den Kopf etwas zur Seite legen mußte, um die Titel auf dem Rücken lesen zu können. Sie trug Shorts, und er ertappte sich dabei, wie er ihre schönen, schlanken Beine eine Weile anstarrte. Sie hatte einen hübschen Hals und goldblondes Haar.

Sie merkte, daß er sie anstarrte, blickte auf, lächelte und sagte: »Hi.«

Er lächelte ebenfalls. »Hi.«

»Du bist doch ein Freund von Roy Borden, oder?«

»Woher weißt du das?«

Sie legte den Kopf wieder zur Seite, so als ob auch er ein Buch auf dem Regal wäre und sie den Titel läse. »Ihr beiden seid fast wie siamesische Zwillinge«, sagte sie. »Man sieht den einen ja kaum ohne den anderen.«

»Jetzt siehst du mich alleine«, sagte er.

»Du bist neu hier?«

»Ja. Seit erstem Juni.«

»Wie heißt du?«

»Colin Jacobs. Und du?«

»Heather.«

»Ein hübscher Name.«

»Danke.«

»Heather und wie noch?«

»Versprich, daß du nicht lachst.«

»Hä?«

»Versprich mir, daß du nicht über meinen Namen lachst.«

»Warum sollte ich über deinen Namen lachen?«

»Ich heiße Heather Lipshitz.«

»Wirklich?«

»Ja. Es wäre schon schlimm genug, wenn ich Zelda Lipshitz hieße. Oder Sadie Lipshitz. Aber Heather Lipshitz ist noch schlimmer, weil das nicht zusammenpaßt, und der Vorname den Nachnamen bloß noch betont. Du hast nicht gelacht.«

»Natürlich nicht.«

»Die meisten Kids tun es aber.«

»Die meisten Kids sind blöd.«

»Liest du gerne?« fragte Heather.

»Ja.«

»Was denn?«

»Science-fiction. Und du?«

»Ich lese eigentlich alles. Science-fiction habe ich auch einige gelesen. *Ein Mann in einer fremden Welt.*«

»Das ist ein prima Buch.«

»Hast du *Krieg der Sterne* gesehen?« fragte sie.

»Viermal. Und *Begegnung der Dritten Art* sechsmal.«

»Hast du *Alien* angeschaut?«

»Ja. Gefallen dir solche Filme?«

»Na klar. Wenn es im Fernsehen einen alten Christopher Lee gibt, kriegt mich keiner von der Glotze weg«, sagte sie.

Jetzt staunte er. »Du magst tatsächlich Horrorfilme?«

»Je gruseliger um so besser.« Sie sah auf ihre Armbanduhr. »So, jetzt muß ich aber nach Hause zum Abendessen. War nett, mit dir zu reden, Colin.«

Als sie sich zum Gehen wandte, sagte er: »Äh ... Warte mal.«

Sie sah in wieder an, und er trat verlegen von einem Fuß auf den anderen. »Äh ... Im Baronet kommt diese Woche ein neuer Horrorfilm.«

»Ich habe die Vorschau gesehen.«

»Hat sie dir gefallen?«

»Könnte schon sein«, sagte sie.

»... Also ... ich meine ... Meinst du –«

Sie lächelte. »Gerne.«

»Du würdest also?«

»Sicher.«

»Also ... Soll ich dich anrufen, oder was?«

»Ruf mich an.«

»Wie ist deine Nummer?«

»Die steht im Telefonbuch. Ob du es glaubst oder nicht, wir sind die einzige Familie Lipshitz hier.«

Er grinste. »Ich rufe dich morgen an.«

»Okay.«

»Wenn dir das recht ist.«

»Freilich.«

»Wiedersehen.«

»Auf Wiedersehen, Colin.«

Er sah ihr nach, wie sie den Laden verließ. Sein Herz schlug wie wild.

Mann o Mann.

Etwas ganz Seltsames vollzog sich da an ihm. Ganz bestimmt war es so. Er hatte es vorher nie fertiggebracht, so mit einem Mädchen zu reden – noch dazu mit einem solchen Mädchen. Normalerweise kriegte er gleich zu Anfang kein Wort heraus, und die ganze Unterhaltung war im Eimer. Aber nicht diesmal. Richtig gut war er gewesen. Herr im Himmel, er hatte sich sogar mit ihr verabredet! Seine erste Verabredung. Mit ihm passierte wirklich was.

Aber was?

Und warum?

Einige Stunden später, als er im Bett lag und einen Sender in L.A. hörte und nicht einschlafen konnte, dachte Colin über all die wunderbaren neuen Dinge nach, die sich in seinem Leben vollzogen. Ein prima Freund wie Roy, ein wichtiger Job als Mannschaftswart und ein nettes, hübsches Mädchen wie Heather – was konnte er sich da sonst noch wünschen?

Er war noch nie im Leben so zufrieden gewesen.

Das Wichtigste an seinem neuen Leben war natürlich Roy. Ohne Roy wäre Coach Molinoff nie auf ihn aufmerksam geworden, und dann hätte er auch den Job als Mannschaftswart nicht gekriegt. Und ohne Roys befreienden Einfluß hätte er höchstwahrscheinlich auch nie den Mumm aufgebracht, Heather um ein Date zu bitten. Mehr als das – wahrscheinlich hätte sie ihn überhaupt nicht gegrüßt, wenn er nicht Roys Freund gewesen wäre. War das nicht das erste, was sie zu ihm gesagt hatte? *Du bist doch ein Freund von Roy Borden, oder*? Wenn er kein Freund von Roy gewesen wäre, hätte sie wahrscheinlich keinen zweiten Blick für ihn übrig gehabt.

Aber sie *hatte* ein zweites Mal hingesehen.

Und sie hatte auch zugestimmt, sich mit ihm zu treffen.

Das Leben war herrlich.

Er dachte über Roys seltsame Geschichten nach. Die Katze in dem Vogelkäfig. Der Junge, den er mit Feuerzeugbenzin verbrannt hatte. Er wußte, daß das alles bloß Lügenmärchen waren. Roy stellte ihn auf die Probe, für irgend etwas. Dann verdrängte er die Katze und den verbrannten Jungen aus seinem Bewußtsein, weil er es nicht zulassen wollte, daß diese albernen Geschichten ihm die gute Laune nahmen.

Endlich schloß er die Augen und malte sich aus, wie er in einem grandiosen Ballsaal mit Heather tanzte. Er trug einen Smoking und sie ein rotes Abendkleid. Ein Kristallüster hing von der Decke. Sie tanzten so gut miteinander, daß sie zu schweben schienen.

19

Am Montag mittag saß Colin an seinem Arbeitstisch und war damit beschäftigt, ein Plastikmodell von Lon Chaney als *Phantom der Oper* zusammenzukleben. Als das Telefon klingelte, mußte er ins Zimmer seiner Mutter laufen, weil er selbst in seinem Zimmer keinen Anschluß hatte.

Es war Roy. »Colin, du mußt sofort kommen.«

»Wohin denn?«

»Zu meinem Haus.«

Colin sah auf den Digitalrechner auf dem Nachttisch: Dreizehn Uhr fünf. »Wir wollten uns doch um zwei treffen«, sagte er.

»Ich weiß schon. Aber du mußt jetzt gleich kommen.«

»Warum?«

»Meine Eltern sind nicht zu Hause, und hier ist etwas, das du unbedingt sehen mußt. Ich kann am Telefon nicht darüber reden. Du mußt jetzt kommen, sofort, so schnell du kannst. Beeil dich!«

Roy legte auf.

Das Spiel geht weiter, dachte Colin.

Zehn Minuten später klingelte Colin an der Haustür der Bordens.

Roy kam an die Tür. Er war ganz rot im Gesicht und sichtlich aufgeregt.

»Was ist denn los?« wollte Colin wissen.

Roy zog ihn ins Haus und knallte die Tür zu. Sie standen in der Diele. Dahinter lag das makellose Wohnzimmer; die smaragdgrünen Vorhänge filterten das Sonnenlicht und erfüllten den Raum mit einem kalten Lichtschein, der Colin den Eindruck vermittelte, sie befänden sich tief unter der Meeresoberfläche.

»Ich möchte, daß du dir Sarah gründlich ansiehst«, sagte Roy.

»Wen?«

»Ich habe dir Freitag nacht von ihr erzählt, als wir an der Treppe zum Strand standen, kurz bevor wir uns getrennt haben. Das ist die, die so gut aussieht, daß sie in einem Pornofilm mitspielen könnte, die, von der ich glaube, daß wir sie bumsen könnten.«

Colin riß die Augen weit auf und blinzelte ein paarmal. »Du hast sie *hier*?«

»Das nicht gerade. Komm rauf. Dann wirst du sehen.«

Colin war noch nie zuvor in Roys Zimmer gewesen und sah sich erstaunt um. Es wirkte überhaupt nicht wie das Zimmer eines Jungen; genaugenommen sah es überhaupt nicht wie ein Raum aus, in dem irgend jemand lebte, ob Kind oder Erwachsener. Der Teppichflor stand hoch, als ob er erst vor wenigen Minuten mit dem Staubsauger bearbeitet worden wäre. Die dunklen Möbel waren auf Hochglanz poliert. Colin konnte an ihnen keinen einzigen Kratzer und keine Schramme erkennen, dafür glänzten sie aber so, daß er sich darin spiegeln konnte. Kein Staub. Kein Schmutz. Keine Fingerabdrücke um den Lichtschalter. Das Bett war gemacht, schnurgerade, und die Ecken so festgestopft wie in den Pritschen einer Kaserne. Außer den Möbeln gab es noch ein großes rotes Wörterbuch und die einheitlichen Bände einer Enzyklopädie. Aber sonst nichts. Überhaupt nichts. Da lag kein Krimskram herum, keine Modellflugzeuge, keine Comic-Hefte, keinerlei Sportgeräte, einfach nichts, was darauf hindeutete, daß Roy irgendwelche Hobbys oder sogar irgendwelche normalen menschlichen Interessen hatte. Das Zimmer war ganz offenkundig ein Spiegel von Mrs. Bordens Persönlichkeit und nicht etwa der ihres Sohnes.

Am seltsamsten wirkte auf Colin, daß es an den Wänden keinerlei Dekoration gab. Keine Gemälde. Keine Photos. Keine Poster. In der Diele im Erdgeschoß, im Wohnzimmer und an den Wänden im Treppenhaus gab es ein paar Ölgemälde, ein Aquarell und einige billige Drucke, aber hier waren die Wände kahl und weiß. Colin hatte das Gefühl, sich in einer Mönchszelle zu befinden.

Roy führte ihn an ein Fenster.

Keine fünfzehn Meter entfernt, im Hinterhof des Nachbarhauses, nahm eine Frau ein Sonnenbad. Sie trug einen weißen Bikini und lag auf einer Liege, über die ein rotes Badehandtuch gebreitet war. Kleine Wattebäusche schützen ihre Augen vor der Sonne.

»Ein richtiges Prachtweib«, sagte Roy.

Ihre Arme lagen locker neben ihr, die Handflächen nach oben gewandt, als wollte sie ein Opfer darbringen. Sie war gebräunt und schlank und gut gebaut.

»Das ist Sarah?« fragte Colin.

»Sarah Callahan. Sie wohnt nebenan.« Roy griff nach einem Feldstecher, der unter dem Fenster auf dem Boden gelegen hatte. »Da. Schau sie dir genauer an.«

»Und wenn sie mich sieht?«

»Das wird sie nicht.«

Er führte das Glas an die Augen, stellte es scharf und hatte die Frau im Blickfeld. Wenn sie ihm tatsächlich so nahe gewesen wäre, wie sie plötzlich zu sein schien, hätte sie seinen Atem auf der Haut gespürt.

Sarah war schön. Selbst jetzt, wo sie entspannt dalag, wirkten ihre Gesichtzüge sinnlich. Ihre Lippen waren voll, reif; einmal fuhr sie sich mit der Zunge darüber, während er sie beobachtete.

Ein seltsames Gefühl von Macht überkam Colin. In Gedanken berührte und liebkoste er Sarah Callahan, aber sie war sich dessen in Wirklichkeit nicht bewußt. Der Feldstecher ersetzte seine Lippen, seine Zunge und seine Finger, und sie fühlten und kosteten sie, erforschten sie und schändeten unerlaubt die Formen ihres Körpers. Er erlebte eine leicht Form von Synästhesie: wie durch Zauberei verfügten seine Augen außer dem Gesichtssinn über noch andere Sinne. Mit den Augen roch er ihr frisches, dichtes blondes Haar. Mit den Augen ertastete er ihre Haut und die Muskulatur darunter, die weiche Rundung ihrer Brüste und die feuchte Wärme, wo ihre Schenkel sich vereinigten. Mit den Augen küßte er ihren anmutig gerundeten Bauch und kostete die salzigen Schweißtropfen, die sie wie ein mit Edelsteinen besetzter Gürtel umgaben. Einen Moment lang hatte Colin das Gefühl, mit ihr machen zu können, was er wollte. Er war der unsichtbare Mann, der über sie verfügte.

Einen Moment lang hatte Colin das Gefühl, mit ihr machen zu können, was er wollte; er war der unsichtbare Mann, der über sie verfügt.

»Hättest du Lust, ihr an die Wäsche zu gehen?« fragte Roy. Endlich ließ Colin das Glas sinken.

»Willst du sie?« fragte Roy.

»Wer würde das nicht?«

»Wir können sie haben.«

»Du lebst in einer Traumwelt.

»Ihr Mann ist den ganzen Tag in der Arbeit.«

»Und?«

»Sie ist da drüben praktisch alleine.«

»Was soll das heißen – ›praktisch‹?«

»Sie hat einen fünfjährigen Jungen.«

»Dann ist sie ganz und gar nicht alleine.«

»Der Junge wird uns keinen Ärger machen.«

Colin wußte, daß Roy wieder sein Spiel mit ihm trieb. Aber diesmal beschloß er, darauf einzugehen. »Was hast du vor?«

»Wir gehen einfach hinüber und klopfen an die Tür. Sie kennt mich. Sie wird aufmachen.«

»Und dann?«

»Zusammen werden wir mit ihr fertig, du und ich. Wir schieben sie hinein und schlagen sie nieder. Und dann setze ich ihr ein Messer an die Kehle.«

»Sie wird schreien.«

»Nicht mit einem Messer an der Kehle.«

»Sie wird glauben, daß du bluffst.«

»Wenn sie das tut«, sagte Roy, »dann steche ich ein wenig zu, um zu zeigen, daß wir es ernst meinen.«

»Und der Junge?«

»Ich werde Sarah unter Kontrolle haben, also kannst du das kleine Ekel einfangen und fesseln.«

»Womit soll ich ihn fesseln?«

»Wir nehmen uns eine Wäscheleine mit.«

»Und sobald ich ihn aus dem Weg habe, was dann?«

Roy grinste. »Dann ziehen wir sie aus, binden sie auf das Bett und nehmen sie uns vor.«

»Und du denkst, daß sie niemandem sagen wird, was wir gemacht haben?«

»Wenn wir mit ihr fertig sind, müssen wir sie natürlich umbringen.«

»Und den Jungen auch?« fragte Colin.

»Das ist ein ganz mieser kleiner Stinker. Den wollte ich schon lange fertigmachen.«

»Der Plan taugt nichts. Vergiß ihn.«

»Gestern hast du gesagt, ich hätte nicht den Mut, jemanden umzubringen«, sagte Roy. »Und jetzt hast du Angst vor der Idee.«

»So ein Blödsinn.«

»Was soll das heißen?«

Colin seufzte. »Du schützt dich damit, daß du mir mit einem Plan kommst, der niemals funktionieren kann. Du hast gedacht, ich würde ihn madig machen und dann könntest du sagen: ›Also ich wollte beweisen, daß ich jemanden umbringen kann, aber Colin hat kalte Füße gekriegt.‹«

»Was paßt dir denn an meinem Plan nicht?« wollte Roy wissen.

»Zuallererst wohnst du Tür an Tür mit ihr.«

»Na und?«

»Die Bullen würden sofort dich in Verdacht haben.«

»Mich? Ich bin doch bloß ein vierzehnjähriger Junge.«

»Alt genug, um verdächtig zu sein.«

»Glaubst du wirklich?«

»Sicher.«

»Also ... Du könntest mir ja ein Alibi verschaffen. Du könntest schwören, daß ich bei dir zu Hause war, als sie ermordet wurde.«

»Dann würden wir beide in Verdacht geraten.«

Roy starrte eine Weile auf Sarah Callahan hinunter. Schließlich wandte er sich vom Fenster ab und begann hin und her zu gehen. »Wir müßten irgendwelche Spuren hinterlassen, die sie in die Irre führen, von uns weg.«

»Hast du eigentlich eine Ahnung, was für Laborgeräte die haben? Die spüren dich mit einem einzigen Haar auf, einem Faden, so ziemlich mit allem.«

»Aber wenn wir sie so um die Ecke bringen könnten, daß die auch in einer Million Jahren nicht auf die Idee kommen, daß es Kids waren, die die Tat begangen haben ...«

»Wie denn?«

Roy hatte nicht aufgehört, hin und her zu gehen. »Wir müßten das Ganze so arrangieren, daß es so aussieht, als ob ein Wahnsinniger sie umgebracht hätte, ein Sextäter. Wir würden ihr hundert Messerstiche versetzen. Ihr die Ohren abschneiden. Und ihren Bankert richten wir auch mit dem Messer hübsch zu, und dann schreiben wir mit dem Blut lauter verrücktes Zeug an die Wände.«

»Es ist wirklich schlimm mit dir.«

Roy blieb stehen und funkelte ihn an.

»Was ist denn los? Hast wohl die Hosen voll, wenn es um Blut geht?«

Colin verspürte eine leichte Übelkeit im Magen, gab sich aber Mühe, sich nichts anmerken zu lassen. »Selbst wenn du die Bullen auf die Weise in die Irre führen könntest, hat dein Plan noch eine ganze Menge Schwachpunkte.«

»Was denn zum Beispiel?«

»Jemand wird uns sehen, wie wir in das Callahan-Haus gehen.«

»Wer denn?«

»Na, jemand, der den Müll hinausträgt zum Beispiel. Oder jemand, der gerade Fenster putzt. Oder einfach jemand, der mit dem Wagen vorbeifährt.«

»Dann werden wir eben ihre Hintertür nehmen.«

Colin sah zum Fenster hinaus. »Für mich sieht das so aus, als würde diese Mauer um das ganze Grundstück herumgehen. Wir müßten vorne den Zugangsweg benutzen und dann um das Haus herumgehen, um an die Haustüre zu kommen.«

»Nee. Wir könnten spielend leicht über die Mauer klettern.«

»Wenn uns dabei jemand zu sehen bekäme, würde er sich später ganz sicher daran erinnern. Außerdem, wie steht es denn mit Fingerabdrücken, wenn wir in das Haus gehen?«

»Wir müßten natürlich Handschuhe tragen.«

»Du meinst, wir gehen auf die Tür zu, haben bei der Hitze Handschuhe an und tragen ein Wäscheseil und ein Messer bei uns – und sie läßt uns sofort rein, ohne auch nur eine Sekunde nachzudenken?«

Roy fing an ungeduldig zu werden. »Wenn sie uns aufmacht, werden wir so schnell sein, daß sie gar keine Zeit dazu hat, um zu merken, daß irgend etwas nicht stimmt.«

»Und wenn doch? Was, wenn sie schneller ist als wir?«

»Das wird sie nicht.«

»Die Möglichkeit müssen wir zumindest in Betracht ziehen«, beharrte Colin.

»Okay. Ich habe sie in Betracht gezogen und beschlossen, daß wir uns darüber keine Sorgen zu machen brauchen.«

»Noch etwas. Was ist, wenn sie die Innentür aufmacht, aber nicht die Sturmtür?«

»Dann werden wir die Sturmtür öffnen«, sagte Roy. »Wo liegt da das Problem?«

»Und wenn sie abgesperrt ist?«
»Du liebe Güte!«
»Also, wir müssen mit dem Schlimmsten rechnen.«
»Okay, okay. Der Plan taugt also nichts.«
»Das habe ich doch gesagt.«
»Aber ich gebe nicht auf.«
»Ich will auch nicht, daß du aufgibst«, sagte Colin. »Mir macht das Spiel Spaß.«
»Über kurz oder lang finde ich schon jemanden, den wir umbringen können. Das kannst du mir glauben.«
Eine Weile wechselten sie sich dabei ab, Sarah Callahan durch den Feldstecher zu beobachten.
Vorher hatte es Colin danach gedrängt, Roy von Heather zu erzählen. Jetzt hatte er das Gefühl, daß das nicht der richtige Zeitpunkt war, er hätte aber nicht sagen können, warum er so empfand. Für den Augenblick würde Heather sein Geheimnis bleiben.
Als Sarah Callahan ihr Sonnenbad beendet hatte, gingen Colin und Roy in die Garage hinunter und verbrachten den Nachmittag mit der Spielzeugeisenbahn. Roy fädelte komplizierte Zusammenstöße ein und lachte jedesmal wie ein Irrer, wenn die Waggons von den Gleisen purzelten.
Am Abend rief Colin bei Heather an und verabredete sich mit ihr für Mittwoch ins Kino. Sie plauderten fast eine Viertelstunde. Als Colin schließlich auflegte, spürte er sein Glück wie ein sichtbares Licht, etwas, das ihn wie eine goldene Aura umgab; er leuchtete von innen heraus.

20

Den Dienstag verbrachten Colin und Roy größtenteils damit, sich am Strand zu bräunen und den Mädchen nachzusehen. Roy schien das Interesse an seinem makaberen Spiel verloren zu haben; er sagte kein Wort mehr davon, daß er jemanden umbringen wollte.
Um halb drei stand Roy auf und wischte sich den Sand von den nackten Beinen und seinen abgeschnittenen Jeans. Er hatte beschlossen, daß es Zeit war, in die Ortschaft zurückzukehren. »Ich will bei der Galerie deiner Mutter vorbeisehen.«

Colin blinzelte. »Wozu?«
»Um mir die Gemälde anzuschauen natürlich.«
»Warum?«
»Weil ich mich für Gemälde interessiere, Schwachkopf.«
»Seit wann?«
»Schon immer.«
»Davon hast du aber bisher nie etwas gesagt.«
»Du hast mich ja auch nicht gefragt«, sagte Roy.
Sie radelten zurück und stellten ihre Fahrräder vor der Galerie ab.
Im Laden waren ein paar Schaulustige. Sie gingen langsam von Gemälde zu Gemälde.
Weezys Partnerin Paula saß an dem großen antiken Schreibtisch ganz hinten in der Ecke. Sie war schlank und sommersprossig, hatte glänzendes, kastanienbraunes Haar und trug eine große Brille.
Weezy hatte sich unter die Besucher gemischt und beantwortete deren Fragen über die Bilder. Als sie Colin und Roy sah, ging sie sofort auf die beiden zu und lächelte ein wenig angestrengt. Colin war klar, daß sie zwei verschwitzte, hemdlose Kids in abgeschnittenen Jeans nicht unbedingt für geschäftsfördernd hielt.
Ehe Weezy sie fragen konnte, was sie wollten, deutete Roy auf ein großes Gemälde von Mark Thornberg und sagte: »Mrs. Jacobs, das ist ein großartiger Künstler. Wirklich. Seine Arbeit hat viel mehr Tiefe als das zweidimensionale Zeug, das die meisten Maler heutzutage produzieren. Und der Detailreichtum. *Wow.* Ich meine, das sieht beinahe so aus, als würde er versuchen, den Stil der alten flämischen Meister moderneren Gesichtspunkten anzupassen.«
Roys Worte verblüfften Weezy sichtlich.
Colin war ebenfalls überrascht. Mehr als überrascht. Richtig geplättet war er. Tiefe? Zweidimensional? Flämische Meister? Er starrte Roy verdutzt an.
»Interessierst du dich für Kunst?« fragte Weezy.
»O ja«, sagte Roy. »Ich habe vor, Kunst als Hauptfach zu nehmen, wenn ich aufs College komme. Aber bis dahin sind es noch ein paar Jahre.«
»Malst du?«
»Ein wenig. Hauptsächlich mit Wasserfarben. Ich bin wirklich nicht sehr gut.«

»Ich wette, du bist jetzt bloß bescheiden«, sagte Weezy. »Schließlich scheinst du einiges von Kunst zu verstehen – und einen guten Blick hast du auch. Du hast sofort erkannt, was Mark Thornberg sich zum Ziel gesetzt hat.«

»Wirklich?«

»Ja. Das ist erstaunlich. Besonders für jemanden, der so jung ist wie du. Mark bemüht sich tatsächlich, die feinen Details und die dreidimensionale Technik der flämischen Meister mit moderner Sensibilität und modernen Themen in Einklang zu bringen.«

Roy betrachtete andere Thornberg-Gemälde, die neben dem ersten an der Wand hingen, und sagte: »Ich glaube, ich entdecke da eine Spur von … Jacob DeWitt.«

»Genau!« sagte Weezy erstaunt. »Mark ist ein großer Bewunderer von DeWitt. Du verstehst *tatsächlich* etwas von Kunst. Wirklich erstaunlich.«

Roy und Weezy gingen von einem Thornberg-Gemälde zum nächsten, verbrachten vor jedem ein paar Minuten und diskutierten darüber. Colin stapfte hinter ihnen her, ausgeschlossen, verlegen wegen seiner Unwissenheit – und verblüfft von Roys unerwarteter Kennerschaft und seiner brillanten Beobachtungsgabe.

Als Weezy das erste Mal Roy zu Gesicht bekommen hatte, war sie von ihm positiv beeindruckt gewesen und hatte Colin gegenüber angedeutet, ein netter Junge wie Roy Borden würde einen viel besseren Einfluß auf ihn ausüben als die Bücherwurme und trüben Randfiguren, mit denen er sich bisher abgegeben hatte.

Jetzt faszinierte sie Roys Interesse an Kunst sichtlich. Colin konnte ihr die Freude an den Augen ablesen. Roy verstand sich darauf, Menschen für sich einzunehmen und Charme zu entwickeln, ohne jemals unrecht oder unaufrichtig zu wirken. Er konnte sich praktisch bei jedem Erwachsenen in ein gutes Licht setzen – selbst bei solchen, die er insgeheim verachtete.

In einer blitzartigen Aufwallung von Eifersucht dachte Colin: *Sie hält mehr von ihm als von mir. Und wie sie ihn ansieht! Hat sie mich je so angesehen? Verdammt, nein. Dieses Miststück!*

Er war selbst überrascht und von dieser plötzlichen Aufwallung von Wut peinlich berührt. Während Weezy und Roy das letzte Thornberg-Gemälde bewunderten, war Colin darum bemüht, sich wieder in den Griff zu bekommen.

Als er und Roy ein paar Minuten später vor der Galerie wieder auf ihre Fahrräder stiegen, sagte Colin: »Warum hast du mir nie erzählt, daß du dich für Kunst interessierst?«

Roy grinste. »Weil ich mich nicht für Kunst interessiere. Das ist doch alles bloß Kacke. Und verdammt langweilig obendrein.«

»Aber all das, was du da drinnen gesagt hast ...«

»Ich wußte, daß deine Alte mit diesem Thornberg ausgeht und seine Gemälde in der Galerie verkauft. Also bin ich in die Bibliothek gegangen und habe nachgesehen. Die haben dort ein paar Kunstzeitschriften abonniert. Vor etwa einem Jahr stand im *California Artist* ein Artikel über Thornberg. Den habe ich gelesen und mich ein wenig informiert.«

»Warum?« fragte Colin verblüfft.

»Um Eindruck auf deine Mutter zu machen.«

»Warum?«

»Weil ich will, daß sie mich mag.«

»So viel Mühe hast du dir gemacht, bloß damit meine Mutter dich mag? Ist das so wichtig für dich?«

»Sicher«, sagte Roy. »Wir wollen doch nicht, daß sie auf die Idee kommt, ich würde schlechten Einfluß auf dich ausüben. Da könnte sie dir ja verbieten, dich mit mir zu treffen.«

»Warum sollte sie glauben, daß du einen schlechten Eindruck auf mich hast?«

»Erwachsene kommen manchmal auf komische Ideen«, sagte Roy.

»Also, sie würde mir nie sagen, daß ich mich nicht mit dir abgeben soll. Sie hält dich für einen *guten* Typ.«

»Tatsächlich?«

»Tatsächlich.«

»Na schön, dann war mein kleiner Auftritt jetzt eben so etwas wie eine Bekräftigung.« Roy trat kräftig in die Pedale.

Colin zögerte kurz und folgte ihm dann. Er war überzeugt, daß hinter Roys ›kleinem Auftritt‹ wesentlich mehr steckte, als der Freund ihm anvertrauen wollte. Aber was? Was hatte Roy wirklich damit beabsichtigt?

21

Am Dienstag abend konnte Weezy nicht nach Hause kommen, weil sie eine geschäftliche Verabredung hatte. Sie gab Colin wieder Geld, um in Charlies Café zu essen, und Colin nahm Roy mit.

Nach Cheeseburger und Milchshakes sagte Colin: »Willst du dir einen Film ansehen?

»Wo?«

»Im Fernsehen läuft ein guter.«

»Wie heißt er denn?«

»Der Schatten von Dracula.«

»Wie kann man sich nur solchen Schrott anschauen!«

»Das ist kein Schrott. Er ist sehr gut beurteilt worden.«

»Vampire gibt es doch nicht«, sagte Roy.

»Mag sein. Vielleicht aber doch.«

»Nein, das steht fest. Vampire ... das ist Blödsinn.«

»Aber sie machen sich gut in Gruselfilmen.«

»Langweilig«, sagte Roy.

»Warum probierst du es nicht einmal?«

Roy seufzte und schüttelte den Kopf. »Wie kann man sich vor etwas gruseln, das es gar nicht gibt.«

»Das braucht bloß ein wenig Fantasie und Vorstellungskraft.«

»Warum sollte ich mir gruselige Dinge *vorstellen*, wo es doch so viel *Echtes* gibt, vor dem man Angst haben kann?« Colin zuckte die Schultern. »Na schön. Dann willst du eben den Film nicht sehen.«

»Außerdem habe ich für später schon etwas geplant.«

»Was denn?« wollte Colin wissen.

Roy warf ihm einen verschmitzten Blick zu. »Wirst schon sehen.«

»Jetzt tu nicht so geheimnisvoll. Sag es mir.«

»Alles zu seiner Zeit.«

»Wann?«

»Oh ... Um acht«, erklärte Roy.

»Und was machen wir bis dahin?«

Sie fuhren die Central Avenue hinunter zu dem Hafen für kleine Boote, ketteten ihre Fahrräder auf einem Parkplatz an und stöberten dort in den zahlreichen Läden und Kneipen herum. Es wimmelte von Touristen, und sie hielten nach hübschen Mädchen in Shorts oder Bikinis Ausschau.

Über der Bucht segelten die Möwen und stießen immer wieder auf ihre Beute herab. Mit durchdringenden, melancholischen Rufen jagten sie hin und her, auf und ab, schienen Himmel, Erde und Wasser zusammennähen zu wollen.

Colin fand den Hafen wunderschön. Die sich langsam dem Horizont im Westen zuneigende Sonne strahlte zwischen verstreuten weißen Wolken hervor und ließ auf dem Wasser schimmernde, bronzefarbene Flecken entstehen. Sieben kleine Boote segelten in Formation quer über die Hafenbucht auf das offene Meer hinaus. Es herrschte jene ganz besondere kalifornische Stimmung: ein Licht, das völlig klar ist und doch so wirkt, als habe es Substanz, als würde man die Welt durch ein paar hintereinander angeordnete, auf Hochglanz polierte Schichten Kristall beobachten.

In diesem Augenblick schien der Hafen der sicherste und einladendste Ort der ganzen Welt zu sein, aber Colin war dazu verdammt, durchaus erkennen zu können, wie er sich in etwa einer Stunde verwandeln würde. Er konnte ihn sich bei Nacht vorstellen. Das muntere Touristenvölkchen war dann verschwunden, die Läden geschlossen, und abgesehen von ein paar Straßenlampen brannte kein Licht mehr. Um diese späte Stunde würde nur noch die Stimme der Nacht zu hören sein: die Wellen, die gegen die dunklen Poller plätscherten, das Ächzen vertäuter Boote, der unheilverheißende Flügelschlag der Möwen, wenn die sich zum Schlafen niederließen, und jenes allgegenwärtige, dämonische Flüstern, daß die meisten Leute nicht hören konnten. Er wußte, daß das Böse hereinkroch, wenn das Licht erstarb. In den einsamen Schatten würden unheimliche, schreckliche Wesen aus dem Wasser heraufsteigen und sich arglose Passanten schnappen; etwas Schleimiges, Schuppiges, etwas mit einem schrecklichen, unersättlichen Hunger; etwas mit rasiermesserscharfen Zähnen und mächtigen Kinnladen, die einen Mann in Stücke reißen konnten.

Colin brachte es nicht fertig, jene Vision aus so vielen Gruselfilmen abzuschütteln, und merkte plötzlich, daß er die Fähigkeit verloren hatte, all das Schöne, das ihn umgab, richtig zu schätzen. Es war, als stünde er einem hübschen Mädchen gegenüber und könne in ihr, ohne es zu wollen, schon die verfaulende Leiche sehen, zu der sie irgendwann einmal werden würde.

Manchmal fragte er sich, ob er vielleicht verrückt war.

Manchmal haßte er sich.
»Es ist acht.« sagte Roy.
»Wo gehen wir hin?«
»Fahr einfach hinter mir her …
Sie fuhren bis an das östliche Ende der Central Avenue und dann weiter in östlicher Richtung auf der Santa Leona Road. In den Hügeln außerhalb der Ortschaft bogen sie in einen schmalen Feldweg, folgten ihm am Rand einer grasbewachsenen Fläche in eine Senke hinunter und dann wieder auf der anderen Seite hinauf. Beiderseits des Feldweges leuchteten wilde Blumen wie blaue und rote Flammen im hohen, trockenen Gras.
Die Sonne war beinahe untergegangen, und so nahe am Meer dauerte das Zwielicht vielleicht eine Viertelstunde an. Die Nacht würde schnell über das Land hereinbrechen. Was auch immer ihr Ziel sein mochte, sie würden in der Dunkelheit zurückfahren müssen. Und davon war Colin nicht erbaut.
Als sie die kleine Senke hinter sich gebracht hatten, umrundeten sie eine Kurve, die im Schatten von Eukalyptusbäumen lag. Die Wiese endete fünfzig Meter hinter der Kurve mitten in einem Autofriedhof.
»Einsiedler Hobsons Platz«, sagte Roy.
»Wer ist das?«
»Der hat hier einmal gelebt.«
Eine Bretterbude, eher ein Schuppen als ein Haus, schien die verrostenden Autowracks zu bewachen, die weit verstreut die grasbestandene Hügelkuppe bedeckten.
»Warum nennt man ihn ›Einsiedler‹?« wollte Colin wissen.
»Weil er einer war. Er hat ganz alleine hier draußen gelebt und mochte die Menschen nicht.«
Eine zehn Zentimeter lange, blaugrüne Eidechse huschte über eine der durchgesackten Treppenstufen, erstarrte dann und musterte die beiden Besucher aus milchigen Augen.
»Was sollen all die Autos hier?« fragte Colin.
»Damit hat er sich ursprünglich seinen Lebensunterhalt verdient. Er kaufte Unfallfahrzeuge auf und verkaufte Ersatzteile.«
»Und davon kann man leben?«
»Naja, große Ansprüche hat er nicht gestellt.«
Die Eidechse lief die Stufe hinunter auf ein Stück harte, trockene Erde. Sie war immer noch wachsam.

»Später hat Einsiedler Hobson dann etwas Geld geerbt«, erklärte Roy.

»War er reich?«

»Nein. Es reichte gerade aus, daß er hier leben konnte, ohne sein Ersatzteilgeschäft weiter betreiben zu müssen. Von da an hat er nur noch einmal im Monat andere Menschen zu sehen bekommen, wenn er zum Einkaufen in die Ortschaft kam.«

Die Eidechse huschte wieder zu der Stufe zurück und erstarrte erneut, diesmal mit von ihnen abgewandtem Kopf.

Roy bewegte sich blitzschnell. Die Augen der Eidechse konnten nach hinten ebenso wie nach vorne und zur Seite sehen. Trotzdem erwischte er sie am Schwanz, hielt sie fest und zertrat ihr den Kopf.

Colin wandte sich angewidert ab. »Warum zum Teufel mußte das jetzt wieder sein?«

»Hast du es knirschen gehört?«

»Was sollte das?«

»Ein richtiger Knaller war das.«

»Mann.«

Roy wischte sich den Schuh im Gras ab.

Colin räusperte sich und sagte: »Wo ist Einsiedler Hobson jetzt?«

»Tot.«

Colin sah Roy argwöhnisch an. »Ich denke, du willst mir jetzt wieder weismachen, daß du ihn auch umgebracht hast.«

»Nee. Er ist ganz natürlich gestorben. Vor vier Monaten.«

»Warum sind wir dann hier?«

»Wegen des Zugunglücks.«

»Was?«

»Komm, ich zeige dir, was ich gemacht habe.«

Roy ging auf die verrostenden Autowracks zu.

Nach ein paar Augenblicken schloß Colin sich ihm an. »Es wird bald dunkel sein.«

»Das ist gut. Dann haben wir Deckung, wenn wir abhauen.«

»Abhauen?«

»Vom Schauplatz des Verbrechens.«

»Was für ein Verbrechen?«

»Habe ich dir doch gesagt. Das Zugunglück.«

»Wovon redest du?«

Roy gab keine Antwort. Sie gingen durch kniehohes Gras. Rings um die alten Rostlauben, wo kein Rasenmäher hinkam und Einsiedler Hobson auch nie gemäht hatte, war das Gras viel höher und dichter als anderswo.

Die Hügelkuppe endete in einem runden Vorsprung, der an einen Schiffsbug erinnerte.

Roy stand ganz vorne und blickte nach unten. »Dort wird es passieren.«

Fünfundzwanzig Meter unter ihnen wanden sich Eisenbahngleise um den Bug des Hügels.

»Wir werden ihn in der Kurve zum Entgleisen bringen«, sagte Roy. Er deutete auf zwei parallele Streifen aus schwerem Wellblech, die von den Gleisen den Hang hinaufführten. »Hobson war eine richtige Sammlernatur. Ich habe fünfzig von diesen zwei Meter langen Platten in dem Schrott hinter seinem Schuppen gefunden. Verdammtes Glück war das. Ohne das Wellblech hätte ich das hier nicht so herrichten können.«

»Wozu ist das?« fragte Colin.

»Für den Laster.«

»Für welchen Laster?«

»Dort drüben.«

Ein vier oder fünf Jahre alter, zerbeulter Ford Pickup stand vielleicht zehn Meter vom Abhang entfernt. Die Wellblechstreifen führten zu dem Laster hin und unter ihn. Der Ford hatte keine Reifen; die verrosteten Felgen ruhten direkt auf dem Blech.

Colin kauerte neben dem Laster nieder. »Wie hast du das Wellblech da drunter bekommen?«

»Ich habe ein Rad nach dem anderen mit einem Wagenheber hochgestemmt, den ich in einem dieser Wracks gefunden hatte.«

»Und warum hast du dir so viel Mühe gemacht?«

»Weil wir den Laster nicht über den nackten Boden schieben könnten«, sagte Roy. »Die Räder würden sich in die Erde graben, und dann würde er festsitzen.«

Colins Blick wanderte von dem Pickup zur Hügelkuppe. »Warte mal, ob ich das richtig mitgekriegt habe. Du willst den Pickup also über diese Wellblechplatten schieben, aus denen du Bahnen gemacht hast, und ihn über den Abhang rollen lassen, bis er mit dem Zug zusammenstößt?«

»Ja.«

Colin seufzte.
»Was ist denn?« fragte Roy.
»Wieder so ein saublödes Spiel.«
»Kein Spiel.«
»Wahrscheinlich soll ich jetzt das gleiche tun, was ich mit diesem Sarah-Callahan-Plan gemacht habe. Du möchtest, daß ich dir die Löcher in deinem Plan vorführe, damit du einen Vorwand hast, um dich zu drücken.«
»Was für Löcher?« forderte Roy ihn heraus.
»Vor allem ist ein Eisenbahnzug viel zu groß und zu schwer, als daß ihn ein kleiner Pickup wie der hier zum Entgleisen bringen könnte.«
»Nicht wenn wir es richtig anstellen«, sagte Roy. »Das Timing muß stimmen, der Laster muß genau in dem Augenblick den Abhang hinunterrollen, wenn der Zug in der Kurve ist, dann bremst der Zugführer nämlich. Und wenn er den Zug in einer scharfen Kurve wie dieser hier stoppen will, fängt er wie verrückt zu schwanken an. Stößt er dann mit dem Pickup zusammen, wirft es ihn von den Gleisen.«
»Das glaube ich nicht.«
»Da täuscht du dich«, sagte Roy. »Ich sage dir, die Chance ist recht gut, daß es genauso passieren wird, wie ich es sage.«
»Nein.«
»Den Versuch ist es wert. Selbst wenn wir den Zug nicht zum Entgleisen bringen, wird es denen eine Heidenangst einjagen. Jedenfalls wird es ein Riesenknaller.«
»Da ist noch etwas, was du nicht bedacht hast. Dieser Truck steht sicher seit ein paar Jahren hier. Die Räder sind verrostet. Da können wir schieben so sehr wir wollen, die drehen sich nicht mehr.«
»Da irrst du dich auch wieder«, sagte Roy vergnügt. »Daran habe ich nämlich schon gedacht. Die letzten Jahre hat es nicht sehr geregnet. Die waren gar nicht richtig verrostet. Trotzdem mußte ich ein paar Tage an der alten Kiste arbeiten, aber jetzt drehen sich die Räder, das kann ich dir garantieren.«
Zum ersten Mal bemerkte Colin jetzt dunkle, ölige Flecken an dem Rad, neben dem er stand. Er griff dahinter und stellte fest, daß es in jüngster Zeit kräftig geschmiert worden war. Als er die Hand wieder wegzog, hatte er dicke schwarze Schmiere daran.
Roy grinste. »Siehst du sonst noch Schwachstellen?«

Colin wischte sich die Hand im Gras ab und stand auf.

Roy stand ebenfalls auf. »Also?«

Die Sonne war gerade untergegangen. Der Himmel im Westen war von goldenem Schein überzogen.

»Wann willst du es machen?« fragte Colin.

Roy sah auf seine Armbanduhr. »In etwa sechs oder sieben Minuten.«

»Kommt da ein Zug?«

»Um diese Zeit kommt hier sechsmal die Woche ein Personenzug durch. Ich habe da schon Erkundungen eingeholt. Der Zug fährt in San Diego ab, hält in L.A., fährt nach San Francisco und dann weiter nach Seattle, wo er umkehrt. Ich bin abends oft hier auf dem Hügel gesessen und habe ihn mir angesehen. Der hat einen ganz schönen Zahn drauf. Es ist ein Expreßzug.«

»Du sagst, das Timing muß genau stimmen.«

»Das wird es auch. Verlaß dich drauf.«

»Aber so sorgfältig du es auch geplant hast, du kannst dich doch nicht darauf verlassen, daß der Zug auf die Sekunde pünktlich kommt.«

»Der hier ist immer pünktlich«, sagte Roy zuversichtlich. »Außerdem ist das gar nicht so wichtig. Wir brauchen den Truck bloß näher an den Rand zu schieben und dann zu warten, bis der Zug beinahe hier ist. Wenn wir die Lokomotive kommen sehen, geben wir ihm einen kleinen Schubs, kippen ihn über den Rand, und schon ist er in Fahrt.«

Colin biß sich auf die Unterlippe und runzelte die Stirn. »Ich weiß, du hast das so angelegt, daß es nicht geht.«

»Falsch. Ich will es tun.«

»Es ist ein Spiel. Der Plan hat ein großes Loch, und du erwartest von mir, daß ich dieses Loch finde.«

»Der hat keine Löcher.«

»Ich muß irgend etwas übersehen haben.«

»Du hast gar nichts übersehen.«

Unter den beiden Vorderrädern des alten Pickup lagen große Holzscheite, die als Hemmblock dienten. Roy zog die beiden Scheite jetzt weg und warf sie auf die Seite.

»Und worin liegt der Witz?« fragte Colin.

»Wir müssen ihn in Bewegung setzen.«

»Es muß doch irgendwo einen Witz geben.«

»Wir haben nicht mehr viel Zeit.«

Die beiden Türen des Pickup fehlten; entweder waren sie bei dem Unfall abgerissen worden, oder Einsiedler Hobson hatte sie abmontiert. Roy trat auf der Fahrerseite neben den Wagen, griff durch den leeren Fensterrahmen und packte mit der rechten Hand das Lenkrad. Mit der linken Hand drückte er gegen den Türrahmen, bereit zu schieben.

»Roy, warum gibst du es nicht auf? Ich *weiß*, daß die Sache irgendeinen Haken haben muß.«

»Geh auf die andere Seite und hilf mir.«

Colin zerbrach sich immer noch den Kopf darüber, was er übersehen hatte, war immer noch überzeugt, daß Roy ihn irgendwie hereinlegen wollte, ging aber auf die andere Seite und bezog dort, wo einmal die Beifahrertür gewesen war, Position.

Roy sah durch die Fahrerkabine zu ihm herüber. »Stemm dich mit beiden Händen gegen den Türrahmen und schiebe.«

Colin kam der Aufforderung nach, und Roy legte sich auf der anderen Seite ins Zeug.

Der Pickup regte sich nicht von der Stelle.

Worin liegt der Witz?

»Er steht schon eine Weile hier«, sagte Roy. »Er muß sich gesenkt haben.«

»Ah«, sagte Colin. »Und wir sind natürlich nicht kräftig genug, um ihn aus der Senke herauszuschieben.«

»Na klar schaffen wir das«, sagte Roy. »Mußt dich eben ein wenig anstrengen.«

Colin strengte sich an.

»Schieb doch!« sagte Roy.

Der kommt nicht aus der Vertiefung heraus, dachte Colin. Er weiß das. Er hat es so geplant.

»Du sollst schieben!«

Das Terrain war nicht flach, sondern senkte sich auf den Hügelrand zu.

»Fester!«

Die harte, von der Sonne ausgedörrte Erde half ihnen, und die Wellblechschienen funktionierten.

»Fester!«

Die reichlich aufgetragene Wagenschmiere tat ein übriges.

»Fester!«

Aber am meisten halfen ihnen das sanft geneigte Land und die Schwerkraft.

Der Truck setzte sich in Bewegung.

22

Als er spürte, daß der Pickup sich bewegte, sprang Colin erstaunt zurück, und der Pickup kam mit einem quietschenden Geräusch zum Stillstand.

»Was machst du denn?« fuhr Roy ihn an. »Jetzt war die Karre gerade in Fahrt, Herrgott! Warum läßt du los?«

Colin sah ihn durch die offene Fahrerkabine an. »Okay. Also gut, raus damit, wo steckt der Witz?«

Roy war wütend. Seine Stimme klang hart und eisig, und er betonte jedes einzelne Wort. »Krieg – das – endlich – in – deinen – Schädel. Das – ist – kein – Witz!«

Sie starrten einander im schnell verblassenden, rauchigen Dämmerungslicht an.

»Bist du mein Blutsbruder?« fragte Roy.

»Sicher.«

»Haben wir uns nicht geschworen – du und ich gegen die ganze Welt?«

»Ja.«

»Und müssen Blutsbrüder nicht alles füreinander tun?«

»Fast alles.«

»Alles! Es muß alles sein! Ohne wenn und ohne aber. Falls man Blutsbrüderschaft geschlossen hat. Bist du mein Blutsbruder?«

»Das habe ich doch gesagt, oder?«

»Dann schieb jetzt, verdammt nochmal!«

»Roy, jetzt reicht es wirklich.«

»Es reicht erst, wenn die Karre in Fahrt kommt.«

»Wenn wir so rumalbern, könnte das gefährlich sein.«

»Dir hat wohl einer ins Gehirn geschissen?«

»Wir könnten aus Versehen den Zug zum Entgleisen bringen.«

»Das soll kein Versehen sein. Schieb jetzt!«

»Du hast gewonnen. Ich gebe auf. Ich schiebe den Laster keinen Zoll weiter. Du hast das Spiel gewonnen, Roy.«

»Was zum Teufel soll das jetzt wieder?«

»Ich will einfach hier weg.«

Roys Augen flackerten, seine Stimme klang jetzt angespannt, beinahe hysterisch. Er funkelte Colin durch die Fahrerkabine an. »Läßt du mich im Stich?«

»Natürlich nicht.«

»Verrätst du mich?«

»Hör zu, ich ...«

»War das alles nur Lug und Trug, was du zu mir gesagt hast?«

In der Ferne hallte das Pfeifen einer Lokomotive durch das Zwielicht. »Das ist er!« sagte Roy aufgeregt. »Der Lokführer pfeift jedesmal, wenn er die Ranch Road überquert. Wir haben nur noch drei Minuten. Hilf mir!«

Selbst in dem schwachen, orangepurpurnen Licht konnte Colin deutlich die Wut in Roys Gesicht und den Wahnsinn in seinen blauen Augen sehen. Entsetzt trat er einen weiteren Schritt von dem Laster zurück.

»Mistkerl!« rief Roy.

Colin erinnerte sich an Roys Verhalten in der Garage, als sie mit Mr. Bordens Modelleisenbahn gespielt hatten, das geradezu satanische Entzücken, das ihm anzusehen gewesen war, als er den Modellzug zum Entgleisen brachte. Wie er durch die Fenster der entgleisten Spielzeugwaggons gespäht hatte. Wie er sich ausgemalt hatte, dort richtige Leichen zu sehen, richtiges Blut, richtige Tragödien – und wie ihm diese krankhaften Vorstellungen irgendwie Vergnügen bereitet hatten.

Das war kein Spiel. Es war nie ein Spiel gewesen.

Roy schob immer wieder an, ließ dann nach, schob erneut, ließ nach, das Ganze immer im Rhythmus; und versetzte damit den Pickup in eine Wippbewegung, bis es ihm plötzlich gelang, die Trägheit zu überwinden. Der Pickup setzte sich wieder in Bewegung.

»Nein!« schrie Colin.

Wieder kam die Schwerkraft zu Hilfe. Die Räder des Lasters drehten sich langsam und widerstrebend, sie quietschten und ächzten. Die Metallränder der Felgen mahlten auf dem schweren Wellblech. Aber sie *drehten* sich.

Colin rannte um den Laster herum, packte Roy und riß ihn zurück.

»Du blöder Arsch!«

»Roy, das darfst du nicht!«

»Laß mich zufrieden!«

Roy riß sich los, stieß Colin zurück und wandte sich wieder dem Laster zu.

Der war erneut zum Stillstand gekommen. Noch war der Abhang nicht steil genug, um den Ford aus eigener Kraft weiterrollen zu lassen.

Roy schaukelte ihn wieder hin und her.

»Du kannst nicht all diese Leute umbringen.«

»Paß nur auf, wie ich das kann.«

Diesmal ging es wesentlich schneller. Vielleicht hatte Roy auch in seinem Wahnsinn noch größere Kräfte mobilisiert. In ein paar Sekunden begann der Laster zu rollen.

Colin sprang vor und riß Roy mit Gewalt wieder von dem Ford weg.

Wutenbrannt und wild fluchend, drehte Roy sich um und versetzte ihm zwei Hiebe in den Magen.

Colin sackte zusammen. Er ließ Roy los, mußte würgen, beugte sich nach vorne, taumelte und fiel hin. Es tat scheußlich weh. Er hatte das Gefühl, als wären Roys Fäuste durch ihn hindurch gegangen und hätten zwei große Löcher hinterlassen. Keuchend holte er Luft.

Die Brille war ihm heruntergefallen. Er konnte den Schrottplatz nur mehr in undeutlichen Umrissen sehen. Hustend, würgend, immer noch nach Luft ringend spürte er das Gras um sich herum und versuchte sich zu orientieren.

Roy stieß grunzende Laute aus und murmelte halblaut vor sich hin, während er versuchte, den Laster wieder in Bewegung zu setzen.

Plötzlich nahm Colin ein anderes Geräusch war: Ein stetiges *tschugga-tschugga-tschugga-tschugga-tschugga.*

Der Zug.

In der Ferne. Aber nicht mehr weit entfernt.

Und er kam näher.

Endlich fand Colin seine Brille und setzte sie auf. Die Tränen waren ihm in die Augen getreten, halb verschwommen sah er, daß der Laster immer noch reichliche sechs Meter vom Rand entfernt war und daß Roy ihn gerade erst wieder in Bewegung versetzt hatte.

Colin versuchte aufzustehen. Er schaffte es auf die Knie, als ihm eine neue Schmerzwelle durch den Leib fuhr und ihn bewegungsunfähig machte.

Der Laster war jetzt höchstens fünf Meter vom Rand entfernt und schob sich langsam, aber unablässig weiter.

Dem Geräusch nach zu schließen, hatte der Zug inzwischen unten die Kurve erreicht.

Der Laster war noch vier Meter vom Abhang entfernt.

Dreieinhalb. – Drei.

Dann rollte er von der Wellblechbahn herunter, die Räder fraßen sich in die trockene Erde, und er bewegte sich nicht mehr weiter. Wenn sie an beiden Seiten geschoben, wenn sie die Kraft gleichmäßig angesetzt hätten, wäre der Laster auch nicht von den zwei Metallbahnen abgekommen. Aber weil die ganze Kraft nur auf der linken Seite eingesetzt wurde, schob der Ford sich unausweichlich nach rechts, und Roy drehte nicht schnell genug am Lenkrad, um seinen Kurs zu korrigieren.

Colin klammerte sich am Türgriff des verrosteten Dodge fest, neben dem er im Gras kauerte, und zog sich in die Höhe. Seine Beine zitterten.

Das Donnern der Räder füllte die Luft: ein Brausen wie von einem ganzen Orchester aus Trommeln und Pauken.

Roy rannte an den Rand und blickte auf den Zug hinunter, den Colin nicht sehen konnte.

In weniger als einer Minute wurde das Geräusch leiser. Der letzte Waggon hatte jetzt die Kurve passiert; der Zug jagte dem fernen San Francisco entgegen.

Jetzt krochen wieder die kleinen Geräusche der dunkler werdenden Dämmerung über die Hügelkuppe. Eine Weile war Colin zu benommen, um überhaupt etwas zu vernehmen. Dann begann er allmählich wieder die Grillen, die Kröten, das Rascheln der Blätter in der nächtlichen Brise und den Schlag seines eigenen Herzens zu hören.

Roy schrie. Er blickte auf die jetzt wieder leeren Gleise hinunter, hob die Fäuste zum Himmel und schrie seine Agonie hinaus wie ein wildes Tier. Dann drehte er sich um und ging auf Colin zu.

Der Abstand zwischen ihnen betrug zur zehn Meter.

»Roy, ich mußte es tun.«

»Ich hasse dich.«

»Nein, das tust du nicht.«
»Du bist wie all die anderen.«
»Roy, man hätte dich ins Gefängnis gesteckt.«
»Ich bringe dich um.«
»Aber Roy ...«
»Du beschissener Verräter!«
Colin rannte.

23

Während Colin um sein Leben rannte, war ihm deutlich bewußt, daß er noch nie ein Rennen gewonnen hatte. Seine Beine waren dünn, Roys Beine muskulös. Seine Kraftreserven waren jämmerlich gering; Roy verfügte über beeindruckende Energie und Kondition. Colin wagte nicht, sich umzusehen.

Der Autofriedhof war ein kompliziertes Labyrinth. Er rannte geduckt durch die sich windenden, kreuz und quer verlaufenden Gassen zwischen den Wracks und nutzte die Deckung, die sie ihm boten, in vollem Maße. Jetzt bog er zwischen den ausgeweideten Skeletten zweier Buicks nach rechts, rannte an mächtigen Reifenstapeln vorbei, ließ zerbeulte, verrostete Plymouths hinter sich, zur Unkenntlichkeit zerdrückte Fords, Dodges, Toyotas, Oldsmobile und Volkswagen. Er sprang über ein ausgebautes Getriebe, versuchte einen Hürdenlauf über verstreute Reifen und hatte dabei stets den Schuppen von Einsiedler Hobson als Ziel vor Augen, der unmöglich weit entfernt lag, wenigstens zweihundert Meter. Dann schlug er plötzlich einen Haken nach Süden durch eine schmale Gasse, die mit Auspufftöpfen und Scheinwerfergehäusen übersät war, die in dem hohen Gras wie Landminen wirkten. Nach zehn Metern bog er nach Westen, rechnete damit, jeden Augenblick von hinten angesprungen zu werden, war aber dennoch fest entschlossen, zwischen sich und Roy die Sicherheit von noch mehr Autowracks zu legen.

Nach einem Zeitraum, der ihm wie eine Stunde vorkam, in Wirklichkeit aber wahrscheinlich nicht mehr als zwei Minuten ausmachte, wurde Colin bewußt, daß er nicht ewig weiterlaufen konnte, daß er außerdem Gefahr lief, die Richtung zu verlieren und beim nächsten Haken, den er schlug, oder an einer Stelle, wo zwei Gassen sich kreuzten, in Roy hineinzurennen. Tatsächlich war sich Colin gar nicht mehr sicher, ob er sich nach wie vor von dem Punkt entfernte, an dem die Jagd begonnen hatte, oder ob er inzwischen wieder darauf zustrebte. Er riskierte einen Blick nach hinten und sah, daß er wie durch ein Wunder alleine war. Neben einem bis zur Unkenntlichkeit zerbeulten Cadillac blieb er stehen und kauerte sich in seinem Schutz nieder.

Die letzten paar Minuten düsteren, kupferfarbenen Sonnenlichts genügten kaum, um die freien Räume zwischen den Wracks zu beleuchten. Überall lagen purpurschwarze, samtige Schatten, die mit unglaublicher Geschwindigkeit wuchsen wie alptraumhafte Pilzgewächse, die es sich zum Ziel gesetzt hatten, den ganzen Planeten einzunehmen. Colin empfand panische Angst davor, in der Dunkelheit mit Roy allein zu sein. Aber in gleichem Maße fürchtete er die drohenden Geschöpfe, die möglicherweise nachts auf dem Schrottplatz lauerten: fremdartige Bestien; Ungeheuer; Blutsauger; vielleicht sogar die Geister der Menschen, die in den Autowracks gestorben waren.

Schluß damit! dachte er verärgert, das ist dumm. Das ist kindisch.

Er mußte sich auf die Gefahr konzentrieren, von der er *wußte,* daß sie dort draußen lauerte. Roy. Er mußte sich vor Roy retten. *Dann* konnte er sich immer noch über andere Gefahren den Kopf zerbrechen.

Denk nach, verdammt nochmal!

Erst jetzt merkte er, wie laut sein Atem ging. In der frischen Naturluft würde sein Keuchen ziemlich weit zu hören sein, und Roy würde sich daran orientieren können. In Anbetracht der gefährlichen Lage, in der er sich befand, konnte Colin sich nicht völlig lautlos verhalten, aber mit einiger Mühe schaffte er es wenigstens, leise zu atmen.

Er lauschte.

Nichts.

Mit der Zeit begann Colin Einzelheiten der kleinen Welt wahrzunehmen, in der er kauerte. Der Cadillac fühlte sich an seinem Rücken hart und warm an. Das Gras war trocken und steif und roch wie Heu. Man konnte die aufsteigende Wärme spüren: die Erde, die ihre im Laufe des Tages aufgestaute Hitze an die kühlere Nacht abgab.

Als das letzte Licht aus dem Himmel herausgesickert war, sah es so aus, als würden die Schatten auf dem Land zittern und schwanken wie Tang auf dem Meeresgrund. Auch Geräusche waren zu hören: der schrille Ruf eines Vogels, das verstohlene Huschen einer Feldmaus; die allgegenwärtigen Laute der Kröten und das Seufzen des Windes in den Eukalyptusbäumen, die das Grundstück an drei Seiten säumten.

Aber kein Laut von Roy.

War er immer noch da?

Oder war er wütend nach Hause gegangen?

Zu nervös, um sich noch länger ruhig zu verhalten, richtete Colin sich ein wenig auf, um durch die schmutzigen Fensterscheiben des Cadillac auf das mit Wracks und Schrotteilen übersäte Feld dahinter zu blicken. Es gab nicht viel zu sehen. Die Autos verschwammen mit der sich ausbreitenden Nacht.

Plötzlich zuckte er zusammen, als er hinter sich eine Bewegung eher fühlte als hörte. Er wirbelte herum, sein Herz schlug wie wild. Roy ragte über ihm auf, sein Gesicht eine dämonisch grinsende Fratze. Er hielt ein Montiereisen in der Hand, als wäre es ein Baseballschläger.

Einen Moment lang regte keiner von beiden sich. Sie waren völlig gelähmt von einem Netz aus Erinnerungen, einem Geflecht seltsamer Reminiszenzen, das einem Gespinst aus Spinnenseide glich. Sie waren Freunde gewesen, aber jetzt waren sie Feinde. Der Wandel war zu abrupt gekommen, die Beweggründe dafür zu bizarr, als daß sie darüber hätten nachdenken können, was dies zu bedeuten hatte. Wenigstens empfand Colin das so. Während sie einander anstarrten, regte sich in ihm die Hoffnung, Roy würde erkennen, wie verrückt das alles war, und wieder zu Sinnen kommen.

»Ich bin dein Blutsbruder«, sagte Colin.

Roy schwang das Montiereisen. Colin ließ sich fallen, um den Schlag auszuweichen, und das Werkzeug krachte auf die verrostete Karosserie des Cadillac.

Mit einer einzigen schnellen, graziös wirkenden Bewegung zog Roy das Eisen aus der zerschmetterten Fensterscheibe, schrie dabei wie von wilden Geistern besessen, hob es in die Höhe, als wollte er Holz spalten, und ließ es mit ganzer Kraft wieder niedersausen. Colin wälzte sich zur Seite, rollte durch das knisternde Gras, während das Eisen herunterfuhr. Er hörte es an der Stelle, wo er gerade noch gewesen war, gegen den Boden prallen und wußte, daß es ihm den Schädel zerschmettert hätte, wenn er nicht schneller gewesen wäre.

»Gemeiner Mistkerl!« schrie Roy.

Colin rollte fünf oder sechs Meter weiter und kam mühsam wieder auf die Beine. In dem Augenblick sprang Roy ihn an und schlug erneut mit dem Montiereisen zu. *Wusch* machte es, als es durch die Luft schnitt und ihn nur um eine Handbreit verfehlte. Keuchend stolperte Colin nach hinten, um aus Roys Reichweite zu gelangen, und stieß gegen einen anderen Wagen.

»Jetzt habe ich dich«, sagte Roy. »Jetzt habe ich dich in der Falle, du kleiner Mistkerl.«

Roy schlug so schnell mit dem Montiereisen zu, daß Colin es fast nicht kommen sah. Er duckte sich im letztmöglichen Augenblick weg, und die Eisenstange pfiff über seinen Kopf hinweg und prallte dröhnend gegen das Autowrack hinter ihm. Es klang, als würde eine Kugel aus einem Gewehr gegen eine riesige, unmelodische Glocke schlagen – ein Geräusch, das über den ganzen Schrottplatz hallte. So hart traf das Eisen auf das Autowrack, daß es Roy aus der Hand sprang, durch die Luft segelte und ein paar Meter von ihm entfernt ins Gras fiel.

Roy stieß einen Schmerzensschrei aus. Die Wucht des Aufpralls hatte sich durch das Montiereisen auf sein Handgelenk übertragen; er packte die schmerzende Hand mit der anderen und stieß laute Verwünschungen aus.

Colin nutzte Roys kurze Kampfunfähigkeit und rannte weg, so schnell er konnte.

24

Im Inneren des Chevrolet stank es. Eine Vielzahl deutlich unterschiedlicher, unangenehmer Gerüche mischten sich, und Colin konnte sich bei einigen vorstellen, wo sie herkamen, aber nicht bei allen. Alte Wagenschmiere, die zu schimmeln begonnen hatte, feuchte Polster und verfaulende Bodenmatten. Aber am stärksten war ein Geruch, den er nicht identifizieren konnte: eine seltsame Mischung, als würde jemand Schinken braten, einen Augenblick lang süß, dann wieder ranzig. Er überlegte, ob vielleicht ein Tierkadaver in dem Wagen lag, ein verwesendes Eichhörnchen, eine Maus oder Ratte, irgendwo ganz in seiner Nähe, von der undurchdringlichen Dunkelheit seinem Blick entzogen, mit Maden, die sich in fauligem Fleisch wanden. Einmal wurde die Vorstellung einer verwesenden Leiche vor seinem inneren Auge so deutlich, daß er vor Ekel würgen mußte, obwohl er wußte, daß das Geräusch, das er dabei erzeugte, und wenn es auch noch so leise war, Roys Aufmerksamkeit auf ihn lenken könnte.

Colin lag ausgestreckt auf dem staubigen Rücksitz des Chevrolet, das Gesicht nach vorne gewandt, die Knie etwas angezogen, die Arme an die Brust gedrückt, in einer Art Fötalposition, verängstigt, schwitzend und doch zugleich fröstelnd, in den tiefen Schatten Sicherheit suchend, aber wohl wissend, daß es auf dem ganzen Schrottplatz keine echte Sicherheit für ihn geben konnte. Das Rückfenster und die beiden Seitenfenster des Wagens waren intakt, aber vorne war überhaupt kein Glas mehr. Hier und da zog eine leichte Brise herein, reichte aber nicht aus, um ihm frische Luft zu verschaffen; sie fächelte nur die einzelnen Gerüche an und verstärkte sie eher noch. Er lauschte angespannt nach jedem Geräusch von Roy, das eine solche Brise vielleicht zu ihm tragen könnte, aber auf dem ganzen Schrottplatz herrschte beinahe Grabesstille.

Es war endlich Nacht geworden. Am westlichen Horizont war jede Spur der Sonne verloschen. Tief im Osten hing eine schmale Mondsichel, aber ihr Licht drang nicht in das Innere des Chevrolets.

In der Dunkelheit daliegend, blieb Colin nichts anderes zu tun als nachzudenken, und er konnte an nichts anderes als an Roy denken. Die Wahrheit ließ sich nicht länger verdrängen: Dies war kein Spiel; Roy war wirklich ein Killer. Er hätte den Laster den Hügel hinuntergestoßen. Daran gab es für ihn jetzt keinen Zweifel mehr. Er hätte den Zug zum Entgleisen gebracht. Er hätte Sarah Callahan vergewaltigt und umgebracht, wenn Colin an seinem Plan keine Schwachstellen entdeckt hätte, und, dachte Colin, er hätte mir mit diesem Montiereisen den Schädel eingeschlagen, wenn ich ihm nicht entkommen wäre. Auch daran gab es für ihn nicht den geringsten Zweifel. Ihre Blutsbrüderschaft hatte jede Bedeutung verloren, vielleicht sogar nie eine gehabt. Vielleicht stimmte es sogar, daß Roy die zwei Jungen umgebracht hatte: den einen bei Sandman's Cove von den Klippen gestoßen, den anderen mit Feuerzeugbenzin übergossen und angezündet.

Aber warum!

Die Wahrheit war greifbar, aber er konnte sie nicht deuten. Die Wahrheit wollte für ihn einfach keinen Sinn ergeben, und das war beängstigend. Die Tatsachen waren deutlich zu sehen, aber diese Tatsachen waren das Endprodukt eines langen Herstellungsprozesses, und die Maschinen, von denen sie gefertigt worden waren, blieben unsichtbar.

Tausend Fragen zogen durch Colins Kopf. Warum will Roy Menschen töten? Bereitet es ihm Vergnügen? Doch was für eine Art von Vergnügen denn, um Himmels willen? Ist er wahnsinnig? Aber warum sieht er dann nicht wie ein Wahnsinniger aus? Warum wirkt er so normal? Diese und hundert andere Fragen stellte er sich, konnte aber keine Antworten finden.

Colin erwartete von der Welt, daß sie einfach und geradlinig war, sich in zwei Lager teilen ließe: die Kräfte des Guten und die Kräfte des Bösen. Auf die Weise hatte jeder Vorgang, jedes Problem und jede Lösung eindeutig eine schwarze und eine weiße Seite, und man wußte immer genau, woran man war. Er glaubte daran, daß die reale Welt dem Land in *Der Herr der Ringe* glich, wo die Gesegneten und die Verdammten zwei unterschiedlichen Armeen zugehörten. Aber so sehr er sich auch abmühte, ganz gleich aus welchem Gesichtswinkel er es auch zu ergründen versuchte, Roys Verhalten im Laufe des letzten Monats ließ sich weder mit dem Etikett des Heiligen noch mit dem des Bösen versehen. Roy besaß viele Eigenschaften, um die Colin ihn beneidete, Eigenschaften die er bewunderte und die er sich selbst aneignen wollte; aber zugleich war Roy auch ein kaltblütiger Mörder. Roy war nicht schwarz und nicht weiß. Er war nicht einmal grau. Nein, Roy, das waren hundert, nein *tausend* Schattierungen von Grau, die alle ineinander übergingen, durcheinanderwirbelten wie unzählige Rauchfäden. So, wie Colin das Leben sah, war er einfach nicht imstande, die plötzliche Entdeckung eines Geschöpfes wie Roy damit in Einklang zu bringen. Die endlosen Verästelungen von Roys schillernden Verhaltensweisen konnten einem Angst machen. Das bedeutete aber, daß Colin all das, was er sich in seiner behaglichen Weltsicht zurechtgelegt hatte und woraus er sich eine Philosophie aufgebaut hatte, neu würde überlegen müssen. Er würde all die

Menschen in seinem Leben aus den Fächern wieder herausholen müssen, in die er sie hineingestopft hatte, mußte jeden einzelnen von ihnen neu beurteilen, sorgfältiger als bisher, und dann mußte er sie … Ja, wo mußte er sie hintun? Wenn es kein System aus Schwarz und Weiß gab, dann gab es auch keine kleinen Fächer mehr. Wenn es nicht stets und eindeutig eine klare Unterscheidung zwischen Recht und Unrecht gab, dann konnte man die Menschen nicht ohne weiteres und ohne Gefahr etikettieren, in Schubladen stecken und vergessen; und es würde unerträglich schwer sein, das Leben zu bewältigen.

Natürlich war es möglich, daß Roy besessen war.

Sobald dieser Gedanke durch Colins Bewußtsein zog, wußte er, daß das die Antwort war. Eifrig griff er zu. Wenn Roy von einem bösen Geist besessen war, könnte man ihn nicht für die Ungeheuerlichkeiten verantwortlich machen, die er sich hatte zuschulden kommen lassen. Roy selbst war gut, aber der Dämon, der ihn besessen hielt, war böse. Ja! Das war es! Das erklärte die offenkundigen Widersprüche. Besessen. Wie das Mädchen in *Der Exorzist*. Oder der kleine Junge in *Das Omen*. Möglicherweise war Roy sogar von einem Außerirdischen besessen, einem Ding von einem anderen Planeten, einem Wesen, das von einem fernen Stern zur Erde gereist war? Sicher. Das mußte es sein. Das war eine bessere, wissenschaftlichere, weniger dem Aberglaube verhaftete Erklärung als die erste. Kein Dämon, nein, ein bösartiges außerirdisches Geschöpf. Vielleicht so etwas wie die Bösen in dem alten Don Siegel Film *Die Invasion der Körperlosen*. Oder, noch wahrscheinlicher, das Ding, das Roy unter seinen Einfluß bekommen hatte, war ein Parasit aus einer anderen Galaxie, wie in dem großartigen Roman von Heinlein *Weltraummollusken erobern die Erde*. War das der Fall, mußte Colin ohne einen Augenblick zu zögern handeln. Vielleicht bestand noch eine wenn auch noch so geringe Chance, die Welt zu retten. Zuallererst mußte er einen unwiderlegbaren Beweis für die galaktische Invasion finden. Dann mußte er diesen Beweis dazu benutzen, um andere Leute davon zu überzeugen, daß akute und konkrete Gefahr bestand. Und schließlich mußte er …

»Colin!«

Er zuckte zusammen, richtete sich auf und zitterte am ganzen Leib, von Angst erfüllt. Einen Augenblick lang war er so verwirrt, daß er kaum atmen konnte.

»Hey, Colin!«

Der Klang von Roys Stimme, die seinen Namen rief, riß ihn in die Realität zurück.

»Colin, kannst du mich hören?«

Roy war nicht in der Nähe. Er war wenigstens fünfzig Meter entfernt.

Colin beugte sich vor und spähte durch den leeren Rahmen der Windschutzscheibe, konnte aber nichts sehen. »Colin, ich habe einen Fehler gemacht!«

Colin wartete.

»Hörst du mich?« rief Roy.

Colin reagierte nicht.

»Ich habe großen Blödsinn gemacht.«

Colin schüttelte den Kopf. Er wußte ganz genau, was jetzt kommen würde und wunderte sich, daß Roy es auf eine so primitive Tour versuchte.

»Ich habe das Spiel zu weit getrieben!« schrie Roy.

Das funktioniert nicht, dachte Colin. Du wirst mich nicht überzeugen. Nicht jetzt. Damit ist Schluß.

»Ich habe dir wahrscheinlich mehr Angst eingejagt, als ich vorhatte«, rief Roy. »Es tut mir leid. Ehrlich.«

»Mann o Mann«, sagte Colin leise zu sich.

»Ich hatte in Wirklichkeit nicht vor, den Zug entgleisen zu lassen.«

Colin duckte sich auf dem Rücksitz, die Knie angezogen, tief in die finsteren Schatten, die nach Fäulnis und Verwesung stanken.

Ein paar Minuten lang setzte Roy seinen Sirenengesang fort, aber schließlich mußte ihm klar geworden sein, daß Colin sich nicht in seinen Bann ziehen ließ. Roy brachte es nicht fertig, seine Enttäuschung zu verbergen. Bei jeder seiner offenkundig falschzüngigen Erklärungen klang seine Stimme angestrengter. Schließlich explodierte er: »Du widerlicher kleiner Arsch! Ich werde dich finden. Ich kriege dich schon. Und dann schlage ich dir deinen beschissenen Schädel ein, du kleines Ekel! Du Verräter!«

Wieder herrschte Stille.

Nur der Wind sang sein Lied.

Und die Grillen, die Kröten.

Aber kein Laut von Roy.

Die Stille war beängstigend. Colin wäre es lieber gewesen, wenn

Roy weiter Verwünschungen ausstoßend auf der Suche nach ihm durch den Schrottplatz gepoltert wäre, dann hätte er wenigstens gewußt, wo der Feind war.

Während er auf akustische Hinweise Roys lauschte, verstärkte sich der manchmal süßliche, manchmal ranzige, schinkenähnliche Geruch, und er legte sich eine makabere Erklärung dafür zurecht. Der Chevy hatte einen schrecklichen Zusammenstoß hinter sich; die Vorderseite war zerbeult und verbogen; die Windschutzscheibe war weg; die beiden vorderen Türen waren eingedrückt – die eine nach innen, die andere nach außen; das Lenkrad war in der Mitte auseinandergebrochen, ein Halbkreis, der in zwei Spitzen endete. Vielleicht (das war die Theorie, die Colin aufstellte) hatte der Fahrer bei dem Zusammenprall eine Hand verloren. Vielleicht war die abgerissene Hand auf den Boden gefallen. Vielleicht war sie irgendwie unter den Sitz gerutscht, in eine Vertiefung, wo man sie nicht entdeckt hatte, wo man sie nicht einmal sehen konnte. Vielleicht hatten die Sanitäter der Ambulanz nach dem abgerissenen Körperteil gesucht, ihn aber nicht finden können. Dann hatte man das Wrack auf den Schrottplatz von Einsiedler Hobson geschleppt, und die Hand hatte dort begonnen zu verfaulen. Und dann ... dann ... O Gott, dann war es so, wie in der Story von O'Henry, in der ein blutdurchtränkter Lappen hinter einen Heizkörper gefallen war und infolge einer ungewöhnlichen Kombination aus chemischen Reaktionen und der Temperatur ein Eigenleben entwickelt hatte. Colin schauderte. Das war es, was mit der Hand passiert war. Er spürte es. Er wußte es. Die Hand hatte zu verwesen begonnen, aber dann hatte sich unter dem Einfluß der heißen Sommertemperatur und der chemischen Zusammensetzung des Schmutzes unter dem Sitz in dem toten Fleisch eine unglaubliche, bösartige Veränderung vollzogen. Der Verwesungsprozeß war zum Stillstand gekommen, jedoch nicht rückgängig gemacht worden, und die Hand hatte auf unheimliche Art und Weise zu leben begonnen, ein bösartiges Halbleben. Und jetzt, in dieser Minute, war er im Dunklen in diesem Wagen mit dem vermaledeiten Ding alleine. Es wußte, daß er hier war. Es konnte nicht sehen oder hören oder riechen, aber es *wußte*. Braun, grün und schwarz gefleckt, schleimig mit schwärenden Pusteln übersät, war die Hand jetzt ohne Zweifel dabei, sich unter dem Vordersitz herauszubewegen, quer über die Bodenfläche. Wenn er nach unten griff, würde er sie finden, und dann konnte sie ihn packen. Ihre kalten Finger würden wie stählerne Zangen zugreifen und dann würden sie …

Nein, nein, nein! Ich muß damit Schluß machen, sagte sich Colin. Was zum Teufel ist eigentlich mit mir.los?

Roy war dort draußen, machte Jagd auf ihn. Er mußte lauschen, ob er Roy zu hören bekam, und bereit sein. Er mußte sich konzentrieren. Roy war die eigentliche Gefahr, nicht irgendeine imaginäre, vom Körper getrennte Hand.

Als wolle er den Rat bestätigen, den Colin sich selbst gegeben hatte, begann Roy wieder Lärm zu machen. Eine Wagentür, nicht weit entfernt, wurde zugeknallt. Kurz darauf war das Geräusch einer weiteren verrosteten Tür zu hören, die gewaltsam geöffnet wurde; sie gab ein ächzendes Geräusch von sich, als das Siegel, mit dem die Zeit sie verschlossen hatte, gebrochen war. Wenige Sekunden später knallte auch diese Tür wieder zu.

Roy suchte die Wagenwracks ab.

Colin richtete sich auf und legte den Kopf etwas zur Seite.

Wieder öffnete sich eine korrodierte Tür mit lärmendem Protest.

Colin konnte durch die fehlende Windschutzscheibe nichts erkennen.

Er kam sich wie in einem Käfig eingesperrt vor.

In der Falle.

Die dritte Tür knallte zu.

Von Panik erfaßt rutschte Colin nach links, lehnte sich so weit er konnte über den Vordersitz und schob den Kopf auf der Fahrerseite zum Fenster hinaus. Die frische Luft fühlte sich kühl in seinem Gesicht an und roch selbst so weit landeinwärts nach dem Meer. Seine Augen hatten sich an die Nacht angepaßt, und die Mondsichel gab genügend Licht, daß er zwanzig oder dreißig Meter weit auf dem Schrottplatz sehen konnte.

Roy war ein Schatten unter Schatten, kaum auszumachen, vier Wracks vor dem Chevrolet, in dem Colin sich versteckt hielt.

Gerade öffnete er die Tür eines weiteren Wracks, beugte sich hinein und warf gleich darauf die Tür wieder zu. Sofort ging er zum nächsten Wagen, wieder ein Stück näher bei dem Chevy.

Colin kroch auf den Rücksitz zurück und hinüber zu der Tür auf der rechten Seite. Er war auf der linken Seite hereingekommen, aber dort war jetzt Roy.

Wieder schloß sich krachend eine Tür.

Roy war jetzt nur noch zwei Autowracks entfernt.

Colin tastete nach dem Türgriff und erkannte dann, daß er nicht wußte, ob die rechte Tür funktionierte. Er hatte die auf der linken Seite benutzt. Was, wenn die rechte verklemmt war und zwar eine Menge Lärm machte, sich aber nicht öffnen ließ? Roy würde sofort hergerannt kommen und ihn dann in der Falle haben.

Colin zögerte, leckte sich über die Lippen.

Plötzlich überkam ihn der Drang, Wasser zu lassen.

Er preßte die Beine zusammen.

Aber der Drang ließ nicht nach und wurde sogar noch schlimmer: ein warmer Schmerz in seinen Lenden.

Bitte lieber Gott, dachte er, nicht jetzt. Nicht hier. Verdammt, das darf mir nicht passieren!

Rummps!

Roy war noch einen Wagen entfernt.

Jetzt war keine Zeit sich darüber den Kopf zu zerbrechen, ob die rechte Tür funktionierte oder nicht. Er hatte keine Wahl, er mußte es probieren und das Risiko eingehen. Heftig zog er an dem Griff – der sich bewegte. Er atmete tief durch, erstickte fast in der fauligen Luft und stieß die Tür mit einer heftigen Armbewegung ganz auf. Als er das laute, scharrende Geräusch hörte zuckte er zusammen dankte aber zugleich dem Himmel, daß die Tür überhaupt funktionierte.

In wilder Hast kletterte er aus dem Chevy und gab dabei jede Bemühung auf, leise zu sein, weil ihn die Tür ja ohnehin verraten hatte. Er machte zwei Schritte, stolperte über einen Auspuff, ging in die Knie, schoß sofort wieder hoch, als ob er Sprungfedern in den Beinen hätte, und rannte in die Dunkelheit.

»Hey!« rief Roy auf der anderen Seite des Wagens. Die plötzliche Bewegung hatte ihn überrascht. »Hey, warte mal!«

25

Colin, der so schnell er konnte rannte, sah den Reifen den Bruchteil einer Sekunde, ehe er stolperte. Er sprang mit einem Satz darüber hinweg, wich einem Stapel von Kotflügeln aus und rannte durch das hohe Gras weiter. Nach links einbiegend kam er an einem zerbeulten Dodge-Lieferwagen vorbei, der aufgebockt dastand. Schnell nach hinten blickend, ließ er sich zu Boden fallen und zwängte sich unter den Lieferwagen.

Gerade als Colin verschwunden war, kam Roy um die Vorderseite des Lieferwagens herumgerannt und blieb stehen. Er blickte nach beiden Seiten, sah, daß auch diese Gasse in dem Labyrinth verlassen war und spuckte aus.

»Verdammt.«

Es war stockdunkel, aber Colin konnte von seinem Versteck aus Roys weiße Turnschuhe sehen. Colin lag auf dem Bauch, den Kopf nach links gedreht, die rechte Wange an den Boden gepreßt, und Roy stand nicht einmal einen Meter weit von ihm entfernt. Er hätte ihn am Knöchel packen und zu Boden reißen können. Aber was dann?

Nach einem kurzen Moment unschlüssigen Zögerns öffnete Roy die Tür auf der Fahrerseite des Lieferwagens. Als er sah, daß niemand drin war, knallte er die Tür zu und ging zum Heck des Dodge.

Colin atmete flach durch den Mund und wünschte, er könnte das Pochen seines Herzens dämpfen. Wenn er auch nur das leiseste Geräusch machte, das Roy hören konnte, würde das sein Tod sein.

Jetzt öffnete Roy hinten eine der Doppeltüren des Lieferwagens, blickte in den Laderaum, konnte aber offenbar nicht genug sehen, denn er öffnete auch noch die zweite Tür und kletterte hinein.

Colin lauschte, wie er in der Blechkammer über ihm herumstocherte. Er überlegte, ob er unter dem Lieferwagen herauskriechen und sich eine neue Deckung suchen sollte, dachte dann aber, daß er nicht genug Zeit haben würde, um unentdeckt zu bleiben.

Während Colin noch überlegte, kam Roy wieder aus dem Laderaum und schloß die Türen. Die Chance, wenn es überhaupt eine gewesen war, war dahin.

Colin drehte sich ein wenig zur Seite und blickte über seine Schulter. Er sah die weißen Turnschuhe und schickte ein Stoßgebet zum Himmel, daß Roy jetzt nicht auf die Idee kam, unter den Dodge zu schauen.

Unglaublicherweise wurden seine Gebete erhört. Roy trat an die Motorhaube des Lieferwagens, hielt inne, schien sich umzusehen und sagte dann: »Wo zum Teufel …?« Eine Weile stand er da und trommelte mit den Fingern auf das Blech des Lieferwagens. Dann ging er weiter, bis Colin seine Schuhe nicht mehr sehen und auch seine Schritte nicht mehr hören konnte.

Lange Zeit blieb Colin reglos liegen. Er wagte jetzt wieder normal zu atmen, hielt es aber immer noch für klug, sich so wenig wie möglich zu bewegen.

Wenigstens in einer Hinsicht hatte seine Lage sich gebessert. Unter dem Lieferwagen zirkulierte die Luft und war deshalb nicht so abgestanden wie im Inneren des Chevrolet. Er roch den verlockenden Duft von Goldrute und das staubige Aroma des ausgedörrten Grases.

Seine Nase juckte. Unerträglich.

Zu seinem Schrecken wurde ihm klar, daß er gleich niesen mußte. Er preßte die Hand über sein Gesicht, kniff sich in die Nase, stellte aber fest, daß es das Unvermeidliche nicht verhindern konnte. So gut er konnte dämpfte er den Laut und wartete dann angsterfüllt darauf, entdeckt zu werden.

Aber Roy kam nicht. Offenbar war er nicht nahe genug gewesen, um etwas zu hören.

Colin blieb noch ein paar Minuten unter dem Lieferwagen, nur um ganz sicher zu sein, und zwängte sich dann wieder ins Freie. Roy war nicht zu sehen, aber er konnte natürlich an tausend Stellen lauern und nur darauf warten, zuzuschlagen.

Vorsichtig stahl Colin sich durch den Autofriedhof nach Osten. Geduckt rannte er über freie Stellen, verhielt immer wieder hinter den Wracks, bis er einigermaßen sicher war, daß er die nächste freie Stelle erreichen konnte, und rannte dann weiter. Als er fünfzig oder sechzig Meter von dem Lieferwagen entfernt war, wo er Roy zuletzt gesehen hatte, bog er nach Norden auf den Schuppen von Einsiedler Hobson zu.

Wenn er es schaffte, zu den Fahrrädern zu gelangen, während Roy noch irgendwo anders nach ihm suchte, würde er entkommen können. Er würde Roys Fahrrad beschädigen – ein Rad verbiegen oder irgend etwas –, auf dem seinen wegfahren und darauf vertrauen, daß der andere ihn nicht gleich verfolgen konnte.

Endlich erreichte er den Rand des Schrottplatzes, kauerte sich neben einem bis zur Unendlichkeit demolierten Kombi nieder und kundschaftete die schwarzen Schattenpartien aus, die Hobsons

Schuppen umgaben. Er sah die Fahrräder unten an der Verandatreppe nebeneinander im Gras liegen, ging aber nicht gleich hin. Roy würde möglicherweise damit rechnen, daß er dorthin zurückkehrte; vielleicht lauerte er bereits in den Schatten und wartete nur darauf, ihn zu packen. Colin sah sich prüfend jeden verdächtig erscheinenden Punkt an, hielt Ausschau nach einer Bewegung oder dem Glitzern eines verirrten Mondstrahls auf etwas, das nicht dorthin gehörte.

Nach einer Weile konnte er mit einiger Gewißheit sagen, daß nichts Verdächtiges zu sehen war. Aber ein paar Stellen gab es, in denen die Nacht sich staute wie Schlamm in einem Fluß; in diesen Pfützen war die Dunkelheit zu dicht, als daß das Auge sie hätte durchdringen können.

Schließlich entschied Colin für sich, daß die Möglichkeit der Flucht schwerer wog als das Risiko, zu den Fahrrädern zu gehen und sich als Zielscheibe darzubieten. Er stand auf, wischte sich den Schweiß von der Stirn und schlich auf das etwa zwanzig Meter breite freie Gelände zwischen dem Schuppen und dem eigentlichen Schrottplatz zu. In der Dunkelheit regte sich nichts. Zuerst bewegte er sich ganz langsam, dann wurde er schneller, und die letzten zehn Meter legte er rennend zurück.

Roy hatte die Fahrräder aneinander gekettet. Er hatte seine Sicherheitskette dazu benutzt, das Hinterrad seines Fahrrades mit dem von Colins Rad zu verbinden und ein Vorhängeschloß eingehängt.

Colin zerrte an der Kette und dem Schloß, aber das war natürlich vergebens: Es handelte sich um eine schwere Gliederkette aus Stahl und ein Schloß mit einem kräftigen Bügel. Ohne die Kombination zu kennen sah er keine Möglichkeit, die Fahrräder voneinander zu lösen.

Bedrückt rannte er zu dem Kombi zurück und überlegte, was jetzt zu tun war. Es gab für ihn genaugenommen nur zwei Alternativen. Er konnte versuchen, zu Fuß nach Hause zu kommen – oder konnte in dem endlosen Labyrinth des Schrottplatzes sein Katz-und Maus-Spiel mit Roy fortsetzen.

Schließlich zog er es vor, zu bleiben, wo er war. Dafür sprach in erster Linie, daß er bis jetzt überlebt hatte. Hielt er nur lange genug durch, würde seine Mutter ihn als vermißt melden. Zwar konnte es sein, daß sie erst um ein oder zwei Uhr morgens nach Hause kam, aber inzwischen war es sicher schon lange nach Mitternacht. Er drückte den Knopf auf seiner Digitaluhr, der das Licht einschaltete, und stellte erstaunt fest, wie früh es noch war: dreiviertel Zehn. Er hätte schwören können, daß er dieses gefährliche Versteckspiel schon wenigstens seit drei oder vier Stunden trieb. Nun, vielleicht würde Weezy auch früher nach Hause kommen. Und wenn er bis Mitternacht nicht da war, würde sie Roys Eltern anrufen und erfahren, daß Roy ebenfalls nicht zu Hause war. Spätestens um eins würde sie die Bullen rufen. Die Polizei würde sofort die Suche nach ihnen beginnen und … Schön, aber wo würden sie mit der Suche anfangen? Ganz bestimmt nicht hier draußen auf dem Schrottplatz. In der Ortschaft. Am Strand. Und dann in den umliegenden Hügeln. Sie würden frühestens am späten Nachmittag, vielleicht auch erst übermorgen oder gar erst am Donnerstag oder Freitag auf die Idee kommen, Einsiedler Hobsons Schrottplatz abzusuchen.

So groß die Versuchung auch war, die zahlreichen Zufluchtsorte nicht zu verlassen, die dieser Hügel bot, wußte er doch, daß er sich unmöglich achtundvierzig, sechsunddreißig oder auch nur vierundzwanzig Stunden vor Roy würde verstecken können. Er konnte sogar von verdammtem Glück reden, wenn er es bis zur Morgendämmerung schaffte.

Also mußte er zu Fuß nach Hause gehen. Selbstverständlich konnte er nicht den Weg nehmen, auf dem sie gekommen waren, denn wenn Roy Argwohn schöpfte, daß er den Schrottplatz verlassen hatte und sich auf die Suche machte, war die Gefahr einfach zu groß, daß sie sich auf einem verlassenen Stück der Straße trafen. Ein Fahrrad erzeugte auf Asphalt kaum ein Geräusch, und Colin fürchtete, er würde Roy nicht kommen hören, jedenfalls nicht rechtzeitig genug, um sich vor ihm zu verstecken. Er würde also über Land gehen müssen, den Hügel hinunter zu den Bahngleisen, dann an den Gleisen entlang bis zu dem ausgetrockneten Bachbett in der Nähe der Ranch Road und von dort nach Santa Leona. Das war ein viel anstrengender Weg als der andere, besonders in der Dunkelheit, aber es reduzierte die Entfernung auch von zwölf Kilometern auf zehn oder neun.

Gleichzeitig wurde sich Colin schmerzhaft bewußt, daß seine Pläne von einem Motiv beherrscht waren: Feigheit. Verstecken. Wegrennen. Verstecken. Wegrennen. Eine andere Alternative fiel ihm nicht ein, und dieses Gefühl seiner Unzulänglichkeit bedrückte ihn.

– Dann bleib eben hier. Dreh den Spieß um.

Aussichtslos.

– Lauf nicht weg. Greif an.

Das klingt zwar toll, ist aber unmöglich.

– Ist es nicht. Werd selbst zum Angreifer. Überrasche ihn.

Er ist schneller und stärker als ich.

– Dann mußt du eben besonders schlau sein. Ihm eine Falle stellen.

Er ist viel zu raffiniert, um in eine Falle zu gehen, die ich stellen könnte.

– Wie kannst du das wissen, wenn du es nicht versuchst?

Ich weiß es einfach.

– Woher?

Weil ich ich bin. Und er Roy.

Colin machte dem inneren Dialog ein Ende, weil es Zeitvergeudung war. Er kannte sich viel zu gut. Ehe er den Versuch machte, zur Katze zu werden, würde er sich selbst davon überzeugen müssen, daß es auch nicht den geringsten Vorteil bot, Maus zu bleiben.

Dies war einer jener bedrückenden, viel zu häufig auftretenden Augenblicke, in denen er sich selbst verabscheute.

Alle paar Meter stehenbleibend, um den Weg vor sich auszukundschaften, ehe er weiterging, kroch Colin von einem Wagen zum nächsten. Er bewegte sich stetig auf den Hügel zu, wo Roy versucht hatte, den Ford Pickup in die Tiefe zu stoßen, denn von dort würde er am leichtesten zu den Bahngleisen kommen. Doch war die Nacht viel zu still. Jedes Rascheln seiner Schuhe im trocknen Gras klang wie Donner und schien Roy anzulocken. Schließlich schaffte er es aber, das andere Ende des Schrottplatzes zu erreichen, ohne entdeckt zu werden.

Vor ihm, zwischen dem letzten Autowrack und der Hügelkuppe, lag eine etwa zehn oder zwölf Meter breite freie Fläche. Im Augenblick sah es freilich eher wie ein Kilometer aus. Der Mond schien hell darauf, und die Grasfläche war in viel zuviel milchigweißes Licht gehüllt, um es möglich erscheinen zu lassen, diesen Streifen ungefährdet zu überqueren. Wenn Roy diese Stelle beobachtete, würde er ihn entdecken, ehe er auch nur ein Viertel der Distanz zurückgelegt hatte. Zum Glück waren in den letzten Stunden ein paar Wolken vom Meer hereingezogen, und jedesmal wenn eine von ihnen den Mond verhüllte, bot die Dunkelheit ausgezeichnete Deckung. Einen jener kurzen Augenblicke wartete er ab, und als Schatten sich über die breite Grasfläche herabsenkten, rannte er, den Atem anhaltend und so lautlos er konnte, bis zum Rand und dann nach unten.

Der Abhang war steil, aber nicht so steil, daß er nicht damit hätte zurechtkommen können. Er kam schnell voran, weil es gar nicht anders ging; die Schwerkraft zerrte unwiderstehlich an ihm. Bald konnte er seine Schritte nicht mehr völlig kontrollieren und stellte auf halben Weg nach unten plötzlich fest, daß er auf einer Art Erdrutsch tanzte. Der trockene, sandige Boden rutschte ihm weg. Einen Augenblick lang ritt er darauf wie ein Surfer auf einer Welle, verlor dann aber das Gleichgewicht und rollte die letzten sechs oder acht Meter. In einer Staubwolke kam er flach auf dem Rücken liegend vor den Gleisen, mit einem Arm über den Schienen, zum Stillstand.

Dumm. Dumm und ungeschickt. Dummer, unbeholfener Idiot.

Mann. Ein paar Sekunden lang lag er reglos da, ein wenig außer Atem und überrascht, daß ihm nichts wehtat. Sein Stolz war natürlich verletzt, sonst aber nichts.

Der Staub begann sich zu legen.

Als er sich anschickte aufzustehen, rief Roy: »Blutsbruder?« Colin schüttelte ungläubig den Kopf und blickte zuerst nach links, dann nach rechts und schließlich nach oben.

»Blutsbruder, bist du das?«

Der Mond schob sich hinter den Wolken hervor.

Im fahlen Licht entdeckte Colin oben an dem fünfundzwanzig Meter hohen Abhang Roy. Seine Silhouette zeichnete sich deutlich vor dem Himmel ab. Er blickte nach unten.

Er kann mich nicht sehen, sagte sich Colin. Zumindest kann er mich nicht so deutlich sehen, wie ich ihn. Er ist dort oben und hat den Himmel hinter sich; ich bin hier im Schatten

»Du bist es«, stellte Roy fest und glitt den Abhang herunter.

Colin stand auf, stolperte über die Eisenbahnschienen und flüchtete weiter in das dahinterliegende Brachland.

Während Colin weiterrannte, kam er sich schrecklich verwundbar vor. So weit das im Mondlicht zu erkennen war, gab es nirgends Deckung, keinen Ort, wo er sich verstecken konnte. Der verrückte Gedanke schoß ihm durch den Kopf, daß sich jede Sekunde der Schuh eines Riesen auf ihn herabsenken und ihn zerquetschen würde, als ob er ein Käfer wäre, der über den Boden einer riesig großen Küche rannte.

In der stürmischen Jahreszeit sammelte sich auf den Hügeln das Regenwasser und strömte dann von den Abhängen herunter in natürliche Drainagegräben, die das flache Land westlich der Gleise durchzogen. Diese Gräben wurden wenigstens einmal jeden Winter überschwemmt, und die Ebene verwandelte sich dann in einen See, Teil des Wasserregulierungssystems, das vom County installiert worden war. Da das Land jeden Winter im Durchschnitt nur zwei Monate unter Wasser stand, gab dort es selbst im Sommer kaum Vegetation, bloß einzelne grasbewachsene Stellen und büschelweise Wildblumen, die fast überall in Kalifornien gediehen sowie stacheliges, niedriges Gestrüpp, aber keine Bäume, kein dichtes Unterholz und keine Büsche, in denen Colin sich hätte verstecken können.

Er verließ das flache Gelände so schnell er konnte, indem er in ein flaches, ausgetrocknetes Bachbett sprang. Es war fünf oder sechs Meter breit, reichliche zwei Meter tief und hatte fast senkrecht aufsteigende Wände. Während der Winterstürme war es ein wild dahinbrausender Bach, aber jetzt enthielt es keinen Tropfen Wasser. Er rannte weiter, spürte stechende Schmerzen in den Waden und Seiten und hatte das Gefühl, seine Lungen stünden in Flammen. Als er an eine Biegung in dem Bachbett kam, wagte er zum ersten Mal, seit er die Bahngleise verlassen hatte, sich umzusehen. Soweit er erkennen konnte, war Roy bis jetzt noch nicht in den Graben gesprungen, um ihn zu verfolgen. Es überraschte ihn, daß er einen so großen Vorsprung hatte, und er fragte sich, ob Roy möglicherweise nicht gesehen hatte, wohin er geflüchtet war.

Hinter der Biegung fand er, auf der Suche nach einer Zuflucht, eine Abzweigung, die an der Mündung vielleicht drei Meter breit war, deren Wände sich aber schnell verengten. Der Boden des Trockenbetts stieg stetig an, und bald war das Bachbett gerade nur noch eineinhalb Meter tief. Als er vielleicht hundert Meter zurückgelegt hatte, verengte sich das Bett bis auf zwei Meter. Wenn er aufrecht stand, würde man seinen Kopf über dem Boden erkennen können. Hier gabelte sich das Bachbett auch in zwei kurze Seitengänge, die nach oben führten. Er schob sich in eine dieser Sackgassen hinein, preßte die Schultern an die sandigen Seiten und setzte sich hin, verzweifelt bemüht, unsichtbar zu sein.

– Klapperschlangen.

O Mann.

– Denk daran.

Nein.

– Dies ist Klapperschlangengebiet.

Halt den Mund.

– Nun, ist aber so.

Die kommen nachts nicht raus.

– Nachts kommt immer das Schlimmste und Gefährlichste raus.

Aber nicht Klapperschlangen.

– Woher weißt du das?

Das habe ich in einem Buch gelesen.

– In welchem Buch?

Kann mich nicht an den Titel erinnern.

– Das Buch hat es gar nicht gegeben.

Halt doch endlich den Mund.

– Überall Klapperschlangen.

Mann!

Er kauerte sich in sein Versteck, lauschte nach Klapperschlangen und wartete auf Roy. Eine kleine Ewigkeit verstrich, in der ihn keine der beiden Heimsuchungen ereilte. Alle paar Minuten sah er auf die Uhr, und als er schließlich eine halbe Stunde so im Graben gekauert hatte, entschied er, daß jetzt die Zeit war, weiterzugehen. Wenn Roy ihn die ganze Zeit in dem Netz von Drainagekanälen gesucht hätte, dann wäre er nahe genug herangekommen, um von Colin bemerkt zu werden, zumindest hätte er in der Ferne irgendein Geräusch verursacht. Aber das war nicht der Fall gewesen. Offensichtlich hatte er die Verfolgung aufgegeben, vielleicht weil er Colin in der Dunkelheit aus den Augen verloren hatte, weil er nicht gesehen hatte, in welche Richtung er gelaufen war und keine Ahnung hatte, wo er nach ihm suchen sollte. Wenn das zutraf, war es ein ungeheures Glück. Trotzdem hatte Colin das Gefühl, zu sehr auf sein Glück zu bauen, wenn er hier in diesem Nest von Vipern blieb und erwartete, für alle Zeit gegen Klapperschlangen gefeit zu sein.

Er kroch aus dem Graben heraus, richtete sich auf und sah sich prüfend in der narbigen, vom Mond beschienenen Landschaft um. Innerhalb seines beschränkten Gesichtskreises war keine Spur von Roy zu erkennen.

Mit größter Vorsicht und immer wieder stehenbleibend, um in die Nacht hineinzulauschen, bewegte Colin sich in südöstlicher Richtung. Wiederholt entdeckte er am Rand seines Gesichtskreises irgend etwas, das sich bewegte; aber das war jedesmal nur ein Bündel vom Wind getriebenes trockenes Gras. Schließlich überquerte er das flache Land erneut und kam wieder an die Bahngleise. Er befand sich jetzt wenigstens eine Viertel Meile südlich des Schrottplatzes und vergrößerte die Distanz zwischen sich und Einsiedler Hobsons Autofriedhof schnell.

Als er eine Stunde später die Stelle erreichte, wo die Santa Leona Road die Gleise kreuzte, war er todmüde. Sein Mund war ausgetrocknet. Sein Rücken schmerzte. Jeder Muskelstrang in seinen Beinen war verknotet und stach.

Er überlegte, ob er den Rest der Strecke bis zur Ortschaft auf der Straße zurücklegen solle. Die Versuchung war groß: Die Straße verlief einigermaßen gerade, und er brauchte nicht mit irgendwelchen Hindernissen zu rechnen, die sich in der Dunkelheit verbargen. Weil er über Land gegangen war, hatte er die zurückzulegende Strecke ohnehin bereits wesentlich abgekürzt. Von diesem Punkt an würde er seinen Weg nur wieder verlängern, wenn er Straßen vermied.

Er ging ein paar Schritte auf dem Asphalt, aber dann wurde ihm bewußt, daß es einfach zu riskant war, es sich so leicht zu machen. Bestimmt würde er angegriffen, ehe er den Rand der Ortschaft erreichte, wo die Anwesenheit von Menschen und die Straßenbeleuchtung einen Mord wesentlich schwerer machten als in der einsamen Landschaft.

– Fahr doch per Anhalter.

Um diese Zeit gibt es keinen Verkehr.

– Wird schon jemand kommen.

Ja. Roy vielleicht.

Er verließ die Santa Leona Road und bog nach Südwesten wieder auf das Brachland zu, wo sich außer den vom Wind verwehten Grasbüscheln nur er bewegte.

Nach einem Kilometer erreichte er das ausgetrocknete Bachbett, das parallel zur Ranch Road verlief; man hatte es künstlich verbreitert und die Wände teilweise mit Beton gesichert. Er stieg auf einer der in regelmäßigen Abständen angebrachten Leitern hinunter, und als er schließlich unten angekommen war, befand er sich beinahe drei Meter unter dem Straßenniveau.

Vier Kilometer weiter, mitten in der Ortschaft, stieg er an einer anderen Leiter wieder nach oben und kletterte über ein zu Sicherheitszwecken angebrachtes Gitter. Er befand sich jetzt auf dem Gehweg, der am Broadway entlang verlief.

Obwohl es kurz vor ein Uhr nachts war, hielten sich hier noch Menschen genug auf. Autos fuhren vorüber, Leute saßen in einer die Nacht über geöffneten Raststätte; ein Mann stand an einer Tankstelle. Ein älterer Herr ging Arm in Arm mit einer spitzgesichtigen, weißhaarigen Frau vorbei, und ein junges Paar schlenderte ungeachtet der späten Stunde von Schaufenster zu Schaufenster.

Colin verspürte den inneren Drang, auf einen dieser Menschen zuzulaufen und sein Geheimnis herauszusprudeln, sie würden ihn für einen Verrückten halten. Sie kannten ihn nicht und sie kannten Roy nicht. Für einen Fremden mußte all das völlig unsinnig klingen. Und selbst wenn sie begriffen, was er ihnen sagte und wenn sie ihm glaubten, würden sie ihm nicht helfen können.

Sein erster Verbündeter würde seine Mutter sein. Wenn sie hörte, was er zu sagen hatte, konnte sie die Polizei anrufen, und auf ihre Worte würden sie viel schneller und ernsthafter reagieren als auf die eines vierzehnjährigen Jungen. Er mußte also nach Hause und Weezy alles erzählen.

Er eilte den Broadway entlang auf die Adams Avenue zu, blieb aber nach nur wenigen Schritten wieder stehen, weil ihm plötzlich klar wurde, daß er auf dem letzten Teil seines Wegs genauso vorsichtig sein mußte, wie er das bisher gewesen war. Möglicherweise hatte Roy vor, ihn wenige Schritte vor seiner Haustür zu überfallen. Jetzt, wo er daran dachte, war er sogar überzeugt, daß genau das geschehen könnte. Roy würde höchstwahrscheinlich vor dem Haus der Jacobs auf der Lauer liegen; auf der gegenüberliegenden Seite gab es eine kleine Parkfläche mit einer Anzahl Schlupfwinkel, von denen aus er die ganze Straße im Auge behalten konnte. Er würde, sobald er Colin näherkommen sah, hervorstürzen und schnell zuschlagen. Einen Augenblick lang stellte Colin sich vor, wie er niedergeschlagen und erstochen wurde und in einer Blutlache nur wenige Meter vor dem schützenden Hort unter Schmerzen starb, auf der Schwelle zur sicheren Zuflucht.

Er stand zitternd mitten auf dem Gehweg und rührte sich ein paar Augenblicke lang nicht von der Stelle.

– Weiter, Junge.

Wohin?

– Ruf Weezy an. Sag, sie soll dich abholen.

Sie wird sagen, ich soll zu Fuß gehen. Sind ja nur ein paar Blocks.

– Dann sag ihr eben, weshalb das nicht geht.

Nicht am Telefon.

– Sag ihr, Roy lauert darauf, dich umzubringen.

Das krieg ich am Telefon nicht überzeugend hin.

– Sicher schaffst du das.

Nein. Ich muß sie vor mir haben, wenn ich ihr das sage. Sonst klingt es nicht richtig, und sei meint, daß es ein Witz ist. Dann wird sie wütend.

– Du mußt es am Telefon versuchen, damit sie dich abholt. Dann kommst du sicher nach Hause.

Das kann ich am Telefon nicht.

– Hast du denn eine andere Wahl?

Schließlich ging er zu der Tankstelle zurück, wo es eine Telefonzelle gab. Er wählte die Nummer und hörte, wie es ein dutzendmal klingelte.

Sie war noch nicht zu Hause.

Colin knallte den Hörer auf die Gabel und verließ die Telefonzelle, ohne sich seine Münze zurückzuholen.

Dann stand er davor, die Hände zu Fäusten geballt und in die Seiten gestemmt, die Schultern nach vorne hängend. Er hätte jetzt am liebsten auf irgend etwas eingeschlagen.

– Das Miststück.

Sie ist deine Mutter.

– Wo zum Teufel steckt sie?

Eine geschäftliche Sache.

– Mit wem ist sie zusammen?

Bloß eine geschäftliche Sache.

– Das kann ich mir denken.

Der Tankstellenangestellte schloß für die Nacht ab. Die Neonröhren über den Zapfsäulen erloschen.

Colin ging in westlicher Richtung über den Broadway durch das Einkaufsviertel, bloß um Zeit totzuschlagen. Er sah sich die Schaufenster an, sah aber nichts.

Um zehn Minuten nach eins ging er zu der Telefonzelle zurück, rief sein Nummer an, ließ es fünfzehnmal klingeln und legte dann auf.

– Geschäftlich, daß ich nicht lache.

Sie arbeitet schwer.

Was denn?

Er stand ein paar Minuten lang da, die Hand am Telefonhörer, als würde er einen Anruf erwarten.

– Sie treibt es irgendwo mit einem Mann.

Eine geschäftliche Sache. Ein Geschäftsessen.

– So spät?

Ein spätes, langes Geschäftsessen.

Er wählte dieselbe Nummer noch einmal.

Keine Antwort.

Verzweifelt setzte er sich in der Telefonzelle auf den Boden und schlang sich in der Dunkelheit beide Arme um den Leib.

– Die liegt mit irgendeinem Mann im Bett, wenn ich sie brauche.

Das weißt du gar nicht genau.

– Doch, das weiß ich.

Das kannst du nicht wissen.

– Mach dir doch nichts vor. Die bumst genauso rum wie alles andere auch.

Jetzt klingst du wie Roy.

– Manchmal redet Roy auch ganz vernünftiges Zeug.

Verrückt ist er.

– Vielleicht nicht immer.

Um halb zwei richtete er sich auf, schob einen Dime in den Schlitz und rief wieder zu Hause an. Es klingelte zweiundzwanzigmal, bis er schließlich auflegte.

Inzwischen könnte es ja ungefährlich sein, nach Hause zu gehen. War es nicht zu spät für Roy, ihm immer noch aufzulauern? Er mochte ein Killer sein, aber zugleich war er auch ein vierzehnjähriger Junge, der schließlich nicht die ganze Nacht ausbleiben konnte. Seine Eltern würden sich Sorgen machen, wo er war. Vielleicht sogar die Polizei rufen. Roy würde schrecklichen Ärger zu Hause kriegen, wenn er die ganze Nacht wegblieb, oder nicht?

Vielleicht. Aber vielleicht auch nicht.

Colin war sich nicht sicher, ob die Bordens sich wirklich etwas daraus machten, was Roy tat oder was aus ihm wurde. Soweit Colin das wußte, hatten sie ihrem Sohn nie irgendwelche Vorschriften gemacht, abgesehen von der, daß er sich nicht an der Spielzeugeisenbahn seines Vaters zu schaffen machen dürfe. Roy tat praktisch, was ihm Spaß machte und wann es ihm Spaß machte.

Irgend etwas stimmte nicht mit den Bordens. Die Beziehungen waren merkwürdig, undefinierbar. Das war nicht die traditionelle Eltern-Kind-Beziehung. Colin hatte Mr. und Mrs. Borden nur zweimal zu Gesicht bekommen, aber beide Male hatte er es irgendwie seltsam gefunden, wie sie sich zueinander verhielten und wie sie Roy behandelten. Mutter, Vater und Sohn kamen ihm wie Fremde vor. Wenn sie miteinander redeten, klang das seltsam steif, als ob sie etwas aus einem Text rezitierten, den sie nicht besonders gut auswendig gelernt hatten. Sie waren so *förmlich.* Es schien fast, als ... als würden sie Angst voreinander haben. Colin hatte eine eigenartige Kälte mitten in dieser Familie gespürt, hatte sich aber nie viele Gedanken darüber gemacht. Jetzt allerdings, wo er darüber nachdachte, wurde ihm bewußt, daß die Bordens wie Leute waren, die in einer Pension lebten; sie lächelten und nickten einander zu, wenn sie sich im Flur begegneten, sagten Hallo, wenn sie in die Küche kamen, aber davon abgesehen führten sie ein völlig separates, distanziertes Leben. Er wußte nicht, warum das so war. Irgend etwas mußte geschehen sein, das sie einander entfremdet hatte. Irgendwie fühlte er ganz genau, daß es Mr. und Mrs. Borden ziemlich gleichgültig sein würde, wenn Roy bis zur Morgendämmerung ausblieb oder sogar ganz verschwand.

Deshalb war es für ihn höchst gefährlich, nach Hause zu gehen. Roy würde auf ihn warten.

Colin wählte erneut und war überrascht, als seine Mutter sich beim zweiten Klingeln meldete.

»Mom, du mußt kommen und mich abholen.«

»Skipper?«

»Ich warte auf dich«

»Ich dachte, du bist oben und schläfst.«

»Nein, ich bin hier«

»Ich bin gerade nach Hause gekommen. Ich dachte, du wärst im Bett. Was hast du so spät noch draußen verloren?«

»Ich kann nichts dafür. Ich ...«

»O mein Gott, bist du verletzt?«

»Nein, nein, ich habe bloß ...«

»Du bist verletzt!«

»Nein, bloß ein paar Kratzer und Schrammen. Ich brauche.«

»Was ist passiert? Was ist mit dir los?«

»Wenn du endlich still wärst und mir zuhören würdest, wüßtest du es schon lange«, sagte Colin ungeduldig.

Jetzt war sie platt. »Fahr mich nicht so an. Was bildest du dir eigentlich ein?«

»Ich brauche Hilfe!«

»Was?«

»Du mußt mir helfen.«

»Hast du Ärger?«

»Ganz großen Ärger.«

»Was zum Teufel hast du denn angestellt?«

»Es geht nicht um das, was *ich* gemacht habe, es ist ...«

»Wo bist du?«

»Ich bin hier drüben ...«

»Hat man dich verhaftet?«

»Was?«

»Meinst du *das* mit ganz großem Ärger?«

»Nein, nein, ich ...«

»Bist du auf dem Polizeirevier?«

»Nein. Ich ...«

»Wo bist du?«

»Ganz in der Nähe der Raststätte am Broadway.«

»Was hast du denn in der Raststätte angestellt?«

»Das ist es nicht, ich ...«

»Laß mich mit jemand anderem reden.«

»Mit wem? Was meinst du denn?«

»Hol eine Kellnerin oder den Geschäftsführer her.«

»Ich bin nicht *in* der Raststätte.«

»Wo zum Teufel bist du dann?«

»In einer Telefonzelle.«

»Colin, was ist mit dir los?«

»Ich warte hier, daß du mich abholst.«

»Bis nach Hause sind es doch nur ein paar Blocks.«
»Ich kann nicht gehen. Er lauert irgendwo unterwegs auf mich.«
»Wer?«
»Er will mich umbringen.«
Eine Pause.
»Colin, du kommst jetzt sofort nach Hause.«
»Das kann ich nicht.«
»Sofort. Das ist mir bitterernst.«
»Ich kann nicht.«
»Ich fange jetzt an ärgerlich zu werden, junger Mann.«
»Roy hat vor ein paar Stunden versucht, mich umzubringen. Er ist immer noch unterwegs und lauert auf mich.«
»Das ist gar nicht komisch.«
»Ich mache auch keine Witze!«
Wieder eine Pause.
»Colin, hast du etwas genommen?«
»Hä?«
»Hast du eine Pille genommen oder so was?«
»Drogen?«
»Hast du?«
»Wo sollte ich denn Drogen herkriegen?«
»Ich weiß, daß ihr Kids euch welche beschaffen könnt. Das ist nicht schwieriger, als Aspirin zu kaufen.«
»Mann!«
»Heutzutage ist das ein großes Problem. Ist es das? Bist du *high* und kommst nicht mehr runter?« – »Ich? Glaubst du wirklich, daß ich das tun würde?«
»Wenn du Pillen genommen hast ...«
»Wenn du das wirklich glaubst ...«
»... oder wenn du getrunken hast ...«
»... dann kennst du mich überhaupt nicht.«
»... Alkohol und Pillen zusammen ...«
»Wenn du hören willst, was los ist«, sagte Colin gereizt, »wirst du jetzt in den Wagen steigen und mich abholen müssen.«
»Sprich nicht in diesem Ton zu mir.«
»Wenn du nicht kommst«, sagte er, »dann werde ich bis in alle Ewigkeit hierbleiben.«
Er knallt den Hörer auf die Gabel und verließ die Telefonzelle.
»Scheiße!«

Wütend trat er nach einer leeren Coladose, die auf dem Weg lag. Sie klapperte über die Straße.

Er ging zu der Raststätte, stelle sich an den Randstein und blickte nach Osten, wo Weezy um die Ecke kommen mußte, falls sie sich die Mühe machte, ihn abzuholen.

Er zitterte am ganzen Körper vor Wut und Angst.

Und noch etwas spürte er – etwas Finsteres, Zerstörerisches, was viel schlimmer war als Wut und ihn viel mehr schwächte als bloße Angst, etwas Häßlicheres, ähnlich einer schrecklichen Einsamkeit, aber viel schlimmer als Einsamkeit.

Es war ein Verdacht – nein, eine Überzeugung –, daß man ihn aufgegeben hatte, vergessen, und daß niemand auf der ganzen Welt genügend für ihn empfand, oder je genügend für ihn empfinden würde, um wirklich herauszufinden, wie er war und was er für Träume hatte. Er war ein Ausgestoßener, eine Kreatur, die völlig anders war als alle anderen Leute, ein Objekt der Lächerlichkeit, ein Außenseiter, den insgeheim alle verabscheuten und verspotteten, die je seine Bekanntschaft gemacht hatten, selbst die wenigen Leute, die vorgaben, ihn zu lieben.

Er hatte das Gefühl, sich gleich übergeben zu müssen.

Fünf Minuten später hielt ihr blauer Cadillac neben ihm an. Sie beugte sich über den Beifahrersitz und öffnete die Tür auf der rechten Seite. Als er sie sah, verlor er die Fassung, die er sich seit dem Alptraum auf Einsiedler Hobsons Schrottplatz bewahrt hatte. Tränen rannen ihm über das Gesicht. Nachdem er eingestiegen war und die Tür geschlossen hatte, schluchzte er wie ein kleines Kind.

27

Sie glaubte ihm nicht, weigerte sich, die Polizei zu rufen und war auch nicht bereit, die Bordens um diese späte Stunde mit einem Anruf zu belästigen.

Am darauffolgenden Morgen telefonierte sie um halb zehn mit Roy. Anschließend sprach sie mit seiner Mutter. Sie bestand darauf, daß er aus dem Zimmer ging, so daß Colin nicht hören konnte, was sie sagte.

Nach dem Gespräch mit den Bordens versuchte sie Colin dazu zu bewegen, seine Geschichte zu widerrufen. Als er sich weigerte, wurde sie wütend.

Um elf fuhr sie mit Colin nach einer längeren Auseinandersetzung zu dem Schrottplatz. Während der ganzen Fahrt sprachen sie beide kein Wort.

Sie parkte am Ende des Feldweges in der Nähe des Schuppens, und beide stiegen aus.

Colin fühlte sich schrecklich. Die Erlebnisse der letzten Nacht waren noch zu lebendig in ihm.

Sein Fahrrad lag in der Nähe des Schuppens auf dem Boden. Roys Fahrrad war natürlich verschwunden.

»Siehst du«, sagte er. »Ich war hier.«

Sie gab keine Antwort, sondern schob das Fahrrad nur zum Kofferraum des Wagens.

Colin folgte ihr. »Es war genauso, wie ich es gesagt habe.«

Sie schloß den Kofferraum auf. »Hilf mir.«

Gemeinsam hoben sie das Fahrrad in den Kofferraum, aber wie sie es auch hin- und herschoben, der Deckel ließ sich nicht mehr schließen. Schließlich fand sie im Werkzeugkasten eine Rolle Draht und band damit den Kofferraumdeckel fest.

»Beweist dir denn das Fahrrad nichts?« bedrängte Colin sie.

Sie drehte sich zu ihm herum. »Es beweist, daß du hier warst.«

»So wie ich gesagt habe.«

»Aber nicht mit Roy.«

»Er hat versucht, mich umzubringen!«

»Mir hat er gesagt, daß er gestern abend ab halb zehn zu Hause war.«

»Also, das ist doch klar, daß er dir das sagen würde! Aber ...«

»Aber seine Mutter hat das gesagt.«

»Das ist nicht wahr.«

»Dann behauptest du also, daß Mrs. Borden lügt?«

»Also, wahrscheinlich weiß sie nicht, daß sie lügt.«

»Was soll das jetzt wieder heißen?«

»Roy hat ihr wahrscheinlich weisgemacht, daß er zu Hause war, in seinem Zimmer, und das hat sie geglaubt.«

»Sie weiß, daß er zu Hause war, nicht bloß, weil er ihr das gesagt hat, sondern weil er letzte Nacht auch wirklich zu Hause war.«

»Hat sie denn mit ihm geredet?«

»Was?«

»Gestern nacht? Hat sie mit ihm geredet? Oder hat sie bloß angenommen, daß er in seinem Zimmer war?«

»Ich habe sie nicht ins Verhör genommen ...«

»Hat sie ihn letzte Nacht tatsächlich gesehen?«

»Colin ...«

»Wenn sie ihn nicht tatsächlich gesehen hat«, sagte Colin wütend, »dann kann sie auch nicht mit Sicherheit wissen, daß er oben in seinem Zimmer war.«

»Das ist doch lächerlich.«

»Nein. Das ist es nicht. Die reden in diesem Haus nicht sehr viel miteinander. Sie kümmern sich nicht umeinander. Keiner läßt sich auf ein Gespräch ein.«

»Sie muß ihn gesehen haben, als sie zum Gutenachtsagen auf sein Zimmer kam.«

»Aber das ist es ja gerade, was ich dir klarmachen will. Sie würde das nie tun. Sie würde sich nie die Mühe machen, ihm gute Nacht zu sagen. Das weiß ich. Jede Wette würde ich darauf eingehen. Die verhalten sich nicht so wie andere Leute. Sie haben alle drei etwas Merkwürdiges an sich. In diesem Haus stimmt etwas nicht.«

»Was soll denn da nicht stimmen?« fragte sie verärgert.

»Kommen sie vielleicht von einem anderen Planeten? Invasion aus dem Weltraum und so?«

»Natürlich nicht.«

»So wie in diesen verrückten, blöden Büchern, die du die ganze Zeit liest?«

»Nein.«

»Sollten wir Captain Kirk vom Raumschiff Enterprise rufen, um uns zu retten?«

»Ich ... Ich wollte dir doch bloß erklären, daß sie anscheinend für Roy nicht sehr viel übrig haben.«

»Wie man nur etwas so Schreckliches sagen kann.«

»Es ist aber so, da bin ich ganz sicher.«

Sie schüttelte erstaunt den Kopf. »Ist dir je in den Sinn gekommen, daß du vielleicht noch zu jung bist, um eine so komplizierte Empfindung wie Liebe und Zuneigung zu verstehen, ganz zu schweigen von den verschiedenen Formen, die dieses Gefühl annehmen kann? Mein Gott, du bist ein unerfahrener vierzehnjähriger Junge! Wie kannst du dir einbilden, du könntest die Bordens in diesem Punkt beurteilen!«

»Wenn du sehen könntest, wie sie sich verhalten! Wenn du hören könntest, wie sie miteinander reden. Und sie unternehmen nie etwas gemeinsam. Selbst wir unternehmen mehr gemeinsam als die Bordens.«

»Selbst wir? Was willst du damit sagen?«

»Nun, wir unternehmen doch nicht viel zusammen, oder? Ich meine, als Familie.«

In ihren Augen konnte man etwas lesen, was er nicht wissen wollte. Er sah weg.

»Falls du es vergessen haben solltest«, sagte sie, »ich bin von deinem Vater geschieden. Und für den Fall, daß dir das nicht mehr gegenwärtig sein sollte, es war im übrigen auch eine ziemlich unangenehme Scheidung. Was zum Teufel erwartest du also? Findest du, wir drei sollten hier und da gemeinsam ein Picknick machen?«

Colin trat von einem Fuß auf den anderen. »Ich meine eigentlich dich und mich. Uns beide. Wir sehen einander nicht sehr oft, und die Bordens sehen Roy noch weniger.«

»Wann habe ich denn um Himmels willen Zeit?«

Er zuckte die Schultern.

»Ich muß hart arbeiten«, sagte sie.

»Ich weiß.«

»Meinst du, es macht mir Spaß, so hart zu arbeiten?«

»Es sieht so aus.«

»Nun, es macht mir aber keinen.«

»Warum ...«

»Ich versuche, uns eine sichere Zukunft aufzubauen. Kannst du das verstehen? Ich will ganz sicher sein, daß wir uns nie um Geld Sorgen machen müssen. Ich will Sicherheit haben. Aber du weißt das nicht zu schätzen.«

»Doch. Ich weiß, daß du hart arbeitest.«

»Wenn du anerkennen würdest, was ich für uns tue, hättest du mir nicht diese Scheißgeschichte aufgetischt, daß Roy dich umbringen will und daß ...«

»Das ist kein Scheiß.«

»Das Wort will ich nicht hören.«

»Was für ein Wort?«

»Du weißt genau, was ich meine.«

»Scheiß?«

Sie gab ihm eine Ohrfeige.

Er griff sich erschüttert an die Wange.

»Grins nicht so blöd«, sagte sie.

»Habe ich doch nicht.«

Sie wandte sich ab, ließ ihn stehen und ging ein paar Schritte. Dann betrachtete sie den Schrottplatz.

Beinahe hätte er geweint. Aber er wollte nicht, daß sie ihn weinen sah, also biß er sich auf die Lippen und hielt seine Tränen zurück. Nach einer Weile verdrängte Wut und Zorn das Gefühl der Demütigung, und dann brauchte er sich nicht mehr auf die Lippen zu beißen.

Als sie ihre Fassung zurückgewonnen hatte, kam sie zu ihm zurück. »Es tut mir leid.«

»Schon gut.«

»Meine Nerven sind mit mir durchgegangen.«

»Es hat nicht weh getan.«

»Du hast mich wütend gemacht.«

»Das wollte ich nicht.«

»Du hast mich wütend gemacht, weil ich weiß, was da im Gange ist.« Er wartete.

»Du bist gestern nacht mit dem Fahrrad hierhergekommen«, sagte sie. »Aber nicht mit Roy. Ich weiß, mit wem du hier warst.«

Er blieb immer noch stumm.

»Oh«, sagte sie, »ich kenne ihre Namen nicht, aber ich weiß, was das für Kids sind.«

Er blinzelte. »Von wem redest du denn?«

»Du weißt ganz genau, von wem ich rede. Ich rede von diesen anderen Freunden, die du hast, diesen Wichtigtuern, diesen Kids, die heutzutage überall an den Straßenecken herumstehen, diesen Punks auf Skateboards, die einen vom Randstein stoßen, wenn man an ihnen vorbeigeht.«

»Du meinst, solche Kids hätten etwas mit mir zu tun? Ich gehöre selbst zu denen, die sie vom Randstein stoßen.«

»Jetzt weichst du mir aus.«

»Ich sage nur, was wahr ist. Roy war der einzige Freund, den ich je hatte.«

»Unsinn.«

»Ich freunde mich nicht so leicht mit anderen Jungs an.«

»Lüg mich doch nicht an.«

Er blieb stumm.

»Seit wir nach Santa Leona gezogen sind«, sagte sie, »hast du dich mit den falschen Kindern angefreundet.«

»Nein.«

»Und letzte Nacht bist du mit ein paar von ihnen hier gewesen, weil das hier der ideale Platz ist – um sich zu verdrücken und Hasch zu rauchen und ... alles Mögliche zu tun.«

»Nein.«

»Letzte Nacht warst du mit ihnen hier, hast ein paar Pillen geschluckt – der Himmel weiß, was für Zeug das war –, und dann warst du high.«

»Nein.«

»Gib es doch zu.«

»Das stimmt nicht.«

»Colin, ich weiß, daß du im Grunde ein anständiger Junge bist. Du hast noch nie irgendwelchen Ärger gemacht. Aber jetzt hast du dich verrannt. Du hast dich mit einer Clique eingelassen, die dich auf Abwege gebracht hat.«

»Nein.«

»Wenn du es zugibst, wenn du ehrlich bist, dann bin ich dir auch nicht mehr böse. Ich würde dann sogar Respekt vor dir haben, weil du einen Fehler erkannt hast. Ich helfe dir, Colin, aber du mußt mir eine Chance geben.«

»*Dir* eine Chance geben?«

»Du hast ein paar Pillen geschluckt ...«

»Nein.«

»... und dann warst du ein paar Stunden völlig weggetreten, auf irgendeinem bösen Trip.«

»Nein.«

»Als du dann wieder zu dir kamst, ist dir klar geworden, daß du in diesem Zustand ohne dein Fahrrad zur Stadt zurückgelaufen warst.«

»Mann!«

»Du wußtest nicht, wie du wieder hierherkommen und dein Fahrrad suchen solltest. Deine Kleider waren zerrissen und schmutzig, und es war ein Uhr früh. Und da bist du in Panik geraten. Du wußtest nicht, wie du das alles erklären solltest, also hast du dir dieses alberne Schauermärchen über Roy Borden ausgedacht.«

»Willst du mir jetzt zuhören?« Er hatte alle Mühe, sie nicht anzuschreien.

»Ich höre dir zu.«

»Roy Borden *ist ein Killer.* Er ...«

»Du enttäuscht mich wirklich.«

»Schau mich doch um Himmels willen an! Wer bin ich denn!«

»Ich verbitte mir diesen Ton.«

»Kannst du mich nicht sehen?«

»Du sollst mich nicht anschreien.«

»Kannst du nicht erkennen, wer ich bin?«

»Du bist ein Junge, der tief in der Tinte sitzt und sich immer tiefer hineinreitet.«

Colin war wütend auf sie, weil sie ihn zwang, sich ihr auf eine Art und Weise zu offenbaren, wie er das nie zuvor getan hatte. »Sehe ich denn aus wie einer von diesen Kids? Sehe ich aus, als würden die freiwillig auch bloß Hallo zu mir sagen? Die würden sich ja nicht einmal dazu herablassen, mich anzuspucken. Für die bin ich bloß ein magerer, schüchterner, kurzsichtiger Arsch.« Tränen glitzerten in seinen Augen. Er war wütend auf sich, daß er sie nicht unterdrücken konnte. »Roy war der beste Freund, den ich je hatte. Er war der *einzige* Freund. Warum sollte ich so eine verrückte Geschichte erfinden, bloß damit er Ärger kriegt?«

»Weil du durcheinander warst und nicht mehr weitergewußt hast.« Sie starrte ihn an, als ob ihr Blick imstande wäre, ihn aus seiner Verstocktheit zu reißen und ihn dazu zu bringen, ihr die Wahrheit zu sagen, so wie sie sich diese Wahrheit vorstellte. »Und Roy hat mir gesagt, daß du böse auf ihn warst, weil er mit dir und den anderen nicht hierherkommen wollte.«

Colin sah sie mit weit aufgerissenen Augen an. »Heißt das, daß diese ganze Theorie von Roy stammt? Dieser ganze Blödsinn, daß ich irgendwelche Pillen nehme – das stammt von *Roy?*«

»Den Verdacht hatte ich gestern nacht schon. Und als ich ihn Roy gegenüber erwähnte, hat er gesagt, daß es stimmt. Er hat mir gesagt, du seist sehr wütend auf ihn gewesen, weil er nicht mit zu der Party kommen wollte ...«

»Er hat versucht, mich umzubringen!«

»Und weil er sich geweigert hat, Geld für die Pillen beizusteuern.«

»Es gab doch gar keine Pillen.«

»Roy stellt es anders dar, und das erklärt eine ganze Menge.«

»Hat er dir den Namen von irgendeinem dieser Kids gesagt, mit denen ich mich angeblich rumtreiben soll?«

»Die gehen mich nichts an. Du bist es, um den ich mir Sorgen mache.«

»Mann!«

»Ich mache mir *wirklich* Sorgen um dich.«

»Bloß aus dem falschen Grund.«

»Dieses Pillenzeug ist gefährlich. Das ist der erste Schritt zum Rauschgift.«

»Ich habe doch gar keine Pillen genommen!«

»Wenn du willst, daß man dich wie einen Erwachsenen behandelt, mußt du auch anfangen, dich wie einer zu benehmen«, sagte sie in einem belehrenden Ton, der ihn noch wütender machte.

»Erwachsene geben ihre Fehler zu. Erwachsene tragen die Folgen von dem, was sie getan haben.«

»Für die meisten Erwachsenen, die ich kenne, trifft das aber nicht zu.«

»Wenn du weiterhin so stur bist ...«

»Wie kannst du ihm glauben statt mir?«

»Er ist ein sehr netter Junge. Er ...«

»Du hast doch bloß zwei- oder dreimal mit ihm geredet!«

»Oft genug um zu wissen, daß er für sein Alter sehr reif ist und sehr vernünftige Ansichten hat.«

»Das stimmt doch nicht! Er ist überhaupt nicht so. Er lügt!«

»Seine Geschichte klingt jedenfalls eher nach der Wahrheit als deine«, sagte Weezy. »Und er scheint mir wirklich ein sehr vernünftiger Junge zu sein.«

»Und mich hältst du nicht für vernünftig?«

»Colin, wie oft hast du mich nachts aus dem Bett geholt, weil du fest überzeugt warst, irgend etwas würde auf dem Dachboden herumkriechen?«

»Gar nicht so oft«, murmelte er.

»Doch. Sehr oft. Und wenn wir nachgesehen haben, war da je etwas?«

Er seufzte.

»War da etwas?« beharrte sie.

»Nein.«

»Und wie oft warst du nachts absolut sicher, daß etwas vor dem Haus lauert und versucht, durch dein Fenster zu steigen?«

Er gab keine Antwort.

Sie nutzte ihren Vorteil. »Und verplempern vernünftige Jungen ihre ganze Zeit damit, Plastikmodelle von Kinoungeheuern zu basteln?«

»Ist das der Grund, weshalb du mir nicht glaubst? Weil ich mir viele Horrorfilme ansehe? Weil ich Science-fiction lese?«

»Laß das. Du solltest jetzt nicht versuchen, mich als Begriffsstutzige hinzustellen«, sagte sie.

»Ach was, Scheiße!«

»Und diese ordinäre Redeweise hast du dir auch bei der Clique angewöhnt, mit der du dich rumtreibst, und das erlaube ich nicht.«

Er wandte sich von ihr ab und ging auf den Schrottplatz.

»Wo gehst du hin?«

»Ich kann dir Beweise zeigen«, sagte er ohne stehenzubleiben.

»Wir fahren jetzt«, sagte sie.

»Fahr doch.«

»Ich hätte schon vor einer Stunde in der Galerie sein sollen.«

»Ich kann dir Beweise zeigen, wenn du dir die Mühe machst, sie dir anzusehen.«

Er ging quer durch den Schrottplatz zu der Stelle, wo der Hügel sich zu den Bahngleisen hin senkte. Obwohl er sich nicht sicher war, ob sie ihm folgte, versuchte er so zu tun, als ob er daran keine Zweifel hätte. Wenn er sich jetzt umsah, würde das wie ein Zeichen von Schwäche aussehen, dachte er, und er hatte das Gefühl, schon zu lange ein Schwächling gewesen zu sein.

Letzte Nacht war ihm Einsiedler Hobsons Autowracksammlung als ein bedrohliches Labyrinth erschienen. Jetzt, bei hellem Tageslicht, war es nur ein trauriger, einsamer Ort. Kniff man die Augen ein wenig zu, konnte man die tote, verrostete und zerbeulte Oberfläche, die traurige Gegenwart vergessen, und konnte dann in allem die strahlende Vergangenheit erkennen. Früher einmal waren all die Autos, die hier vor sich hinrosteten, schön und glänzend gewesen. Menschen hatten Arbeit und Geld und Träume in diese Fahrzeuge investiert – doch nur Rost war übriggeblieben.

Als er den westlichen Rand des Schrottplatzes erreichte, wollte er zuerst seinen Augen nicht trauen. Der Beweis, den er Weezy hatte vorführen wollen, war verschwunden.

Zwar stand der zerbeulte Ford Pickup immer noch drei Meter vor dem Abhang, wo Roy ihn hatte stehenlassen müssen. Aber die

Wellblechbahnen waren nicht mehr da. Der kleine Laster war zwar mit den Vorderrädern in der Erde steckengeblieben, aber die Hinterräder hatten noch auf dem Blech gestanden. Daran erinnerte sich Colin ganz deutlich. Aber jetzt ruhten alle vier Räder auf dem nackten Boden.

Colin begriff sofort, was geschehen war und wußte, daß er damit hätte rechnen müssen. Als er sich letzte Nacht in dem ausgetrockneten Flußbett westlich der Bahnlinie vor Roy versteckt hatte, war Roy nicht sofort in die Stadt geradelt, um ihm vor seinem Haus aufzulauern, sondern hatte schließlich die Verfolgungsjagd aufgegeben und war hierher zurückgekehrt, um alle Spuren seines nächtlichen Tuns zu beseitigen. Er hatte jedes einzelne Blech der improvisierten Rutschbahn, die er für den Laster gebaut hatte, weggeschafft. Dann hatte er sogar die Hinterräder des Ford mit einem Wagenheber hochgekurbelt, um die letzten zwei ihn belastenden Bleche zu entfernen, die unter den verrosteten Felgen festgeklemmt waren.

Das Gras hinter dem Laster, das sicherlich plattgewalzt worden war, stand jetzt fast ebenso aufgerichtet und unversehrt da wie das Gras an den Seiten; es schwankte leicht im Luftzug. Roy hatte sich die Zeit genommen, den Boden mit irgendeinem Gerät zu rechen und damit die zwei Vertiefungen zu beseitigen, die der Laster hinterlassen hatte. Bei näherem Hinsehen konnte Colin erkennen, daß die elastischen Grashalme nur leicht beschädigt waren. Wenige Halme waren abgebrochen. Aber so schwache Spuren würden Weezy nicht davon überzeugen, daß seine Darstellung stimmte.

Obwohl der Ford ein paar Meter näher am Abhang stand als die anderen Wracks, sah er so aus, als stünde er bereits seit Jahren unverändert dort.

Colin kniete neben dem Pickup nieder und griff hinter eines der rostigen Räder. Er brachte einen Klumpen Wagenschmiere zum Vorschein.

»Was machst du da?« fragte Weezy.

Er drehte sich zu ihr herum und streckte ihr seine schmierige Hand entgegen. »Sonst kann ich dir nichts zeigen. Alles andere hat er weggeschafft. All die anderen Beweisstücke.«

»Was ist das?«

»Wagenschmiere.«

»Und?«

Es war aussichtslos.

TEIL ZWEI

1

Colin durfte eine Woche das Haus nicht verlassen. Der Hausarrest war Teil seiner Bestrafung. Seine Mutter vergewisserte sich, daß er sich an ihre Weisung hielt und rief jeden Tag sechs- oder achtmal zu Hause an, um ihn zu kontrollieren. Manchmal verstrichen zwischen zwei Anrufen zwei oder drei Stunden, manchmal rief sie ihn im Verlauf einer halben Stunde dreimal an. Er wagte nicht, sich aus dem Haus zu schleichen.

Tatsächlich hatte er auch gar keine Lust, irgendwo hinzugehen. Er war es gewöhnt, alleine zu sein und fühlte sich in seiner eigenen Gesellschaft durchaus wohl. Solange er sich erinnern konnte, war sein Zimmer immer der wichtigste Teil seiner Welt gewesen, und zumindest für eine Weile würde es sich auch wunderbar als sein gesamtes Universum eignen. Er hatte seine Bücher, Horror-Comics, Monstermodelle und ein Radio; er konnte sich eine ganze Woche lang selbst unterhalten, ja sogar einen Monat und noch länger. Und dann hatte er ohnehin Angst, daß Roy Borden sofort zuschlagen würde, sobald er den Fuß vor die Tür setzte.

Weezy hatte auch keinen Zweifel daran gelassen, daß er nach Verbüßung seiner einwöchigen Arreststrafe noch eine lange Bewährungsfrist vor sich haben würde. Den Rest des Sommers mußte er vor Einbruch der Dunkelheit zu Hause sein. Als sie ihn von dieser Entscheidung unterrichtete, hatte er ihr nicht gesagt, was er davon hielt, empfand es aber in Wirklichkeit gar nicht als Strafe. Er hatte nicht die Absicht, nachts irgendwo hinzugehen. Solange Roy draußen herumstreunte, würde Colin jedem Sonnenuntergang mit Angst und Bedrückung entgegensehen, gerade als ob er eine der Figuren in Bram Stokers *Dracula* wäre.

Zusätzlich zu dem Hausarrest und der Festsetzung einer Sperrstunde strich ihm Weezy für einen Monat das Taschengeld. Auch das machte ihm nichts aus. Er verfügte über seine eigene Bank in Gestalt einer blechernen fliegenden Untertasse, die er im Laufe der letzten zwei Jahre mit gesparten Münzen und Dollarscheinen angefüllt hatte.

Nur daß ihn all diese Beschränkungen seiner Bewegungsfreiheit davon abhalten würden, sich um Heather Lipshitz zu bemühen, bedrückte ihn. Er hatte noch nie eine Freundin gehabt, noch nie hatte sich bisher ein Mädchen für ihn interessiert. Nicht im mindesten. Und jetzt, wo er endlich bei einem Mädchen Chancen hatte, wollte er diese Chancen nicht zunichte machen.

Er rief Heather an und erklärte ihr, daß er Hausarrest habe und deshalb die Verabredung mit ihr nicht einhalten könne. Natürlich sagte er ihr nicht die ganze Wahrheit, verschwieg ihr, welche Gründe sein Hausarrest hatte und erwähnte auch nicht, daß Roy versucht hatte, ihn umzubringen. Um eine so verrückte Story zu glauben, kannte sie ihn noch nicht gut genug. Und von allen Menschen in Colins Leben war Heather im Augenblick diejenige, deren Meinung ihm am meisten bedeutete; er wollte nicht, daß sie ihn für verrückt hielt. Als er ihr seine Lage erklärte, war sie sehr verständnisvoll; sie verabredeten sich dann auf den folgenden Mittwoch, wo er wieder Ausgang haben würde. Nicht einmal daß sie die Nachmittagsvorstellung besuchen und er bei Einbruch der Dunkelheit zu Hause sein mußte, machte ihr etwas aus. Sie plauderten zwanzig Minuten über Filme und Bücher, wobei er feststellte, daß es viel leichter war, sich mit ihr zu unterhalten, als jemals zuvor mit irgendeinem anderen Mädchen.

Als er auflegte, fühlte er sich wesentlich wohler als vor dem Telefongespräch. Er hatte jetzt beinahe eine halbe Stunde lang jeden Gedanken an Roy Borden in den Hintergrund drängen können, und das tat gut.

Während der Woche, die er an das Haus gefesselt war, rief er Heather jeden Tag an, wobei es ihnen nie an Gesprächsstoff mangelte. Er erfuhr eine ganze Menge über sie, und je mehr er erfuhr, um so sympathischer wurde sie ihm. Er hoffte, daß er einen ähnlich guten Eindruck auf sie machte und freute sich darauf, sie bald wiederzusehen.

Eigentlich rechnete er damit, daß Roy irgendeines Nachmittages an der Tür auftauchen oder wenigstens anrufen und ihm drohen würde, aber die Tage verstrichen ohne besondere Vorkommnisse. Er zog auch in Betracht, selbst die Initiative zu ergreifen, einfach um zu sehen, was dann passierte. Jeden Tag griff er ein oder zwei Mal nach dem Telefon, schaffte es aber nie, mehr als die ersten drei oder vier Ziffern der Telefonnummer der Bordens zu wählen. Dann fing er jedesmal zu zittern an und legte wieder auf.

Er las ein halbes Dutzend neuer Taschenbücher: Science-fiction, Geschichten von Rittern und Zauberern, okkulte Sachen, Geschichten von monströsen Bösewichten, alles Dinge, die ihm Spaß machten. Aber irgend etwas an der Handlung der Bücher, vielleicht auch am Stil der Autoren schien ihn zu stören, denn der vertraute Nervenkitzel wollte sich einfach nicht einstellen.

Ein paar Bücher, die ihn vor einigen Jahren beeindruckt und in Gruselstimmung versetzt hatten, las er ein zweites Mal. Er fand heraus, daß ihn die packende Handlung von Heinleins *Weltraummollusken erobern die Erde* immer noch fesselte, aber von dem Schrecken, den das Buch ihm beim ersten Lesen eingeflößt hatte, empfand er kaum noch etwas. John Campbells *Das Ding aus einer anderen Welt* und Theodore Sturgeons gruseligste Geschichten erzeugten in ihm zwar immer noch plastische Visionen des Bösen, aber sie veranlaßten ihn nicht mehr dazu, sich bei jedem Umblättern umzusehen.

Allerdings hatte er Schwierigkeiten einzuschlafen. Wenn er länger als eine Minute die Augen schloß, hörte er seltsame Laute: Die verstohlenen, aber hartnäckigen Geräusche, die jemand etwa dabei erzeugte, wenn er versuchte, sich durch die abgesperrte Tür oder ein Fenster Zugang zum Schlafzimmer zu verschaffen. Auch auf dem Dachboden hörte Colin etwas Schweres, das sich hin- und herschleppte, so als würde es eine schwache Stelle in der Decke seines Zimmers suchen. Er dachte an das, was seine Mutter ihm so wütend vorgeworfen hatte und sagte sich, daß in Wirklichkeit auf dem Dachboden gar nichts war, sagte sich, daß ihm nur seine überreizte Fantasie einen Streich spielte, hörte die Geräusche aber dennoch weiter. Nach zwei schlimmen Nächten gab er der Furcht nach, blieb einfach wach und las bis zum Morgen, um dann schließlich im frühen Dämmerlicht endlich einzuschlafen.

2

Mittwoch vormittag, acht Tage nach den Ereignissen auf Einsiedler Hobsons Schrottplatz, war Colins Hausarrest zu Ende. Trotzdem widerstrebte es ihm, das Haus zu verlassen. Er studierte die Umgebung durch sämtliche Fenster im Erdgeschoß, und obwohl er nichts Außergewöhnliches entdecken konnte, schien ihm der Garten vor dem eigenen Haus doch wesentlich gefährlicher als jedes Schlachtfeld eines jeden bisher geführten Krieges, und das, obwohl hier weder Bomben explodierten noch Kugeln pfiffen.

– Roy würde bei hellichtem Tag nichts unternehmen.

Er ist verrückt. Wie kannst du wissen, was er tun wird?

– Geh. Mach weiter. Geh hinaus und tu, was du tun mußt.

Wenn er wartet ...

– Du kannst dich nicht den Rest deines Lebens hier verstecken.

Er fuhr zur Bücherei. Während er durch die sonnigen Straßen radelte, sah er sich wiederholt um, war aber ziemlich sicher, daß Roy ihm nicht folgte.

Obwohl Colin in der vergangenen Nacht nur drei Stunden geschlafen hatte, wartete er bereits vor der Tür der Bücherei, als Mrs. Larkin, die Bibliothekarin, schließlich aufschloß. Seit sie nach Santa Leona gezogen waren, hatte er die Bücherei regelmäßig zweimal die Woche aufgesucht, und Mrs. Larkin kannte inzwischen seinen Geschmack. Als sie ihn auf der Treppe stehen sah, sagte sie: »Wir haben letzten Freitag den neuen Roman von Arthur C. Clarke bekommen.«

»Das ist fein.«

»Ich habe ihn gar nicht aufs Regal gestellt, weil ich dachte, daß du spätestens am Samstag vorbeikommen würdest.«

Er folgte ihr in das große, kühle Gebäude und in den Hauptraum, wo das Geräusch ihrer Schritte von den riesigen Bücherstapeln gedämpft wurde, wo es nach Leim und vergilbendem Papier roch.

»Als du Montag nachmittag immer noch nicht da warst«, sagte Mrs. Larkin, »fand ich, daß ich das Buch nicht länger zurücklegen sollte. Und ob du es glaubst oder nicht, jetzt hat es jemand gestern nachmittag kurz vor fünf ausgeliehen.«

»Das macht nichts«, sagte Colin. »Vielen Dank, daß sie an mich gedacht haben.«

Mrs. Larkin war eine liebenswürdige, rothaarige Frau mit zuwenig Stirn, zuviel Kinn, zuwenig Busen und zuviel Hinterteil. Ihre Brillengläser waren genauso dick wie die von Colin. Sie war von Büchern und von Leuten, die Bücher mochten, begeistert, und Colin mochte sie sehr.

»Ich bin hauptsächlich hier, um mich vor eines der Mikrofilmlesegeräte zu setzen«, sagte er.

»Oh, tut mir leid, aber wir haben keine Science-fiction auf Mikrofilm.«

»Heute interessiere ich mich auch nicht für Science-fiction. Ich würde mir gerne einige alte Ausgaben des Santa Leona *News Register* ansehen.«

»Wozu denn das?« Sie verzog das Gesicht, als ob sie in eine Zitrone gebissen hätte. »Möglicherweise ist es Nestbeschmutzung, wenn ich das sage, aber der *News Register* ist so ziemlich die langweiligste Lektüre, die man sich vorstellen kann. Eine Menge Berichte über Kuchenverkäufe für wohltätige Zwecke und Kirchenveranstaltungen, und über die Protokolle der Gemeinderatssitzungen, wo alberne Politiker stundenlang darüber streiten, ob die Schlaglöcher auf dem Broadway repariert werden sollen oder nicht.«

»Naja … Ich fange an, mich auf die Schule im September vorzubereiten«, sagte Colin und überlegte, ob das für ihre Ohren ebenso lächerlich klang, wie er es empfand. »Ich hatte immer meine Probleme mit Aufsätzen, und deshalb will ich mich ein wenig vorbereiten.«

»Ich kann mir nicht vorstellen, daß es in der Schule irgend etwas gibt, was dir Schwierigkeiten macht«, sagte Mrs. Larkin.

»Naja, jedenfalls … Ich habe da so eine Idee … ein Aufsatz über den Sommer in Santa Leona, nicht den Sommer, den ich verbracht habe, sondern den Sommer im allgemeinen, und den Sommer in historischer Sicht. Ich möchte ein wenig recherchieren.«

Sie lächelte. »Du bist ein ehrgeiziger junger Mann, was?«

Er zuckte die Schultern. »Na, das wohl nicht gerade.«

Sie schüttelte den Kopf. »In all den Jahren, die ich jetzt hier arbeite, bist du der erste Junge, der während der Sommerferien auftaucht, um sich auf die Schule im nächsten Herbst vorzubereiten. Für mich ist das ehrgeizig. Ganz sicher sogar. Und erfrischend ist es auch. Wenn du so weitermachst, wirst du es ganz bestimmt zu etwas bringen.«

Colin war verlegen, weil er das Lob nicht verdiente, und weil er sie angelogen hatte. Er spürte, wie er rot wurde, und dann war ihm plötzlich bewußt, daß es das erste Mal in dieser Woche war, daß er rot wurde. Vielleicht war es sogar noch länger, und das war für ihn eine Art Rekord.

Er ging in die Nische mit dem Mikrofilmlesegerät, und Mrs.

Larkin brachte ihm Filmspulen mit jeder Seite des *News Register* für Juni, Juli und August letzten Jahres und für dieselben drei Monate des Jahres zuvor. Sie zeigte ihm, wie man das Gerät bediente und sah ihm über die Schulter zu, bis sie sicher war, daß er keine Fragen mehr hatte, dann überließ sie ihn seiner Arbeit.

Rose.

Soundso Rose.

Jim Rose?

Arthur Rose?

Michael Rose?

An den Familiennamen konnte er sich erinnern, weil er ihn mit der Blume in Verbindung brachte, aber wie der Vorname des Jungen gewesen war, wollte ihm nicht mehr einfallen.

Phil Pacino.

Daran erinnerte er sich deutlich, weil er gleich an Al Pacino, den Filmschauspieler, gedacht hatte.

Also beschloß er, mit Phil anzufangen und legte sich die Filmspulen zurecht.

Beide Todesfälle würden wohl auf dem Titelblatt gemeldet worden sein, und deshalb ließ er den Film ziemlich schnell an sich vorbeilaufen und suchte nach Schlagzeilen.

An das Datum, das Roy ihm genannt hatte, konnte er sich nicht mehr erinnern. Er fing im Juni an und arbeitete sich bis zum ersten August vor, wo er den Bericht schließlich fand.

JUNGE AUS SANTA LEONA KOMMT BEI BRAND UM

Während er den letzten Absatz des Artikels las, spürte er, daß sich die Atmosphäre irgendwie verändert hatte und wußte, daß Roy hinter ihm stand. Er fuhr herum und schoß beim Umdrehen in die Höhe – aber Roy war nicht da. Niemand war da. Niemand saß an den Arbeitstischen. Niemand schmökerte an den Regalen. Mrs. Larkin saß nicht an ihrem Schreibtisch. Er hatte sich das Ganze eingebildet.

Er setzte sich wieder hin und las den Artikel ein zweites Mal. Es war genauso, wie Roy gesagt hatte. Das Haus der Pacinos war völlig abgebrannt. Im Brandschutt hatten die Feuerwehrleute die verkohlte Leiche des vierzehnjährigen Philip Pacino gefunden. Colin spürte, wie ihm Schweißtropfen auf die Stirn traten. Er wischte sich mit der linken Hand über das Gesicht und trocknete sie dann an seinen Jeans ab.

Die Zeitungen der darauffolgenden Woche las er besonders gründlich und hielt Ausschau nach Artikeln, die sich mit dem Unglück befaßten. Es waren drei.

BERICHT DES BRANDMEISTERS
Mit Streichhölzern gespielt

Nach der abschließenden amtlichen Erklärung verursachte Philip Pacino das Feuer. Er hatte an einem Arbeitstisch, auf dem er Modellflugzeuge bastelte, mit Streichhölzern gespielt. Offenbar befanden sich einige hochgradig brennbare Gegenstände auf dem Tisch, darunter Tuben und Töpfe mit Klebstoff, eine Dose Feuerzeugbenzin und eine offene Flasche mit Verdünner.

Dann war da auf Seite zwei ein Bericht über die Beerdigung des Jungen. Es war die Rede von Anerkennung, die seine Lehrer ihm zollten, tränenreiche Erinnerungen seiner Freunde und ein paar Auszüge aus der Leichenrede. Der ganze Artikel umfaßte drei Spalten, und darüber war ein Photo der trauernden Eltern abgedruckt.

Colin las den Artikel zweimal mit großem Interesse, weil einer der in dem Artikel zitierten Freunde Philip Pacinos den Namen Roy Borden trug.

Zwei Tage später folgte ein redaktioneller Beitrag, der nach den Maßstäben des *News Register* recht hart ausgefallen war.

WIE VERMEIDET MAN TRAGÖDIEN?
Wer trägt die Verantwortung?

In keinem der vier Artikel war der leiseste Hinweis zu entdecken, daß die Polizei oder die Feuerwehr Mord und Brandstiftung argwöhnten. Sie hatten den Vorfall von Anfang an für einen Unglücksfall gehalten, für die Folge von Unvorsichtigkeit oder jugendlichem Leichtsinn.

Aber ich kenne die Wahrheit, dachte Colin.

Er war müde, nachdem er jetzt beinahe zwei Stunden vor dem Lesegerät verbracht hatte, schaltete es ab, stand auf und streckte sich.

Inzwischen war er nicht mehr ganz alleine in der Bücherei. Eine Frau in einem roten Kleid blätterte in den Zeitschriften, die auf einem Regal auslagen. An einem der Tische mitten im Raum saß ein wohlbeleibter Priester mit schütterem Haar über einen dicken Folianten gebeugt und machte sich eifrig Notizen.

Colin ging zu einem der zwei großen, in Nischen angeordneten Fenster am östlichen Ende des Saales und setzte sich schräg auf den breiten Fenstersims. Er blickte starr durch das staubige Glas nach draußen und überlegte, während er auf einen katholischen Friedhof hinausblickte, an dessen anderem Ende die Kirche Unserer Lieben Frau der Schmerzen über die sterblichen Überreste verewigter Gemeindemitglieder wachte.

»Hi.«

Colin blickte überrascht auf. Es war Heather.

»Oh, Hi«, sagte er und schickte sich an, aufzustehen.

»Bleib ruhig sitzen«, sagte sie mit leiser Bibliothek-Stimme.

»Ich kann nicht lange bleiben, weil ich ein paar Dinge für meine Mutter erledigen muß. Eigentlich bin ich bloß vorbeigekommen, um mir ein Buch abzuholen, und da habe ich dich sitzen sehen.«

Sie trug ein braunes T-Shirt und weiße Shorts.

»Siehst prima aus«, sagte Colin mit ebenso leiser Stimme wie sie. Sie lächelte. »Danke.«

»Ich meine das ernst.«

»Danke.«

»Wirklich klasse.«

»Jetzt machst du mich verlegen.«

»Warum? Weil ich gesagt habe, daß du klasse aussiehst?«

»Also ja, irgendwie schon.«

»Du meinst, du würdest dich wohler fühlen, wenn ich gesagt hätte, daß du scheußlich aussiehst?«

Sie lachte verlegen. »Nein. Natürlich nicht. Es ist nur … Mir hat noch nie jemand gesagt, daß ich klasse aussehe.«

»Jetzt machst du Witze.«

»Nein.«

»Keiner hat das noch zu dir gesagt? Was sind das denn für Typen – sind die alle blind oder so?«

Sie wurde rot. »Also, ich weiß ja, daß ich gar nicht so klasse bin.«

»Bist du doch.«

»Ich habe einen zu großen Mund«, sagte sie.

»Nein, hast du nicht.«

»Doch, schon. Mein Mund ist zu breit.«

»Mir gefällt er.«

»Und meine Zähne sind auch nicht so toll.«

»Sie sind sehr weiß.«

»Zwei davon sind irgendwie schief.«

»Das merkt doch keiner«, sagte Colin.

»Ich mag meine Hände nicht«, sagte sie.

»Hä? Warum?«

»Ich habe so kurze Finger. Meine Mutter hat lange, elegante Finger. Aber ich habe richtige Wurstfinger.«

»Das ist doch albern. Du hast hübsche Finger.«

»Und meine Knie sind so knubbelig.«

»Prima sind deine Knie«, sagte er.

»Jetzt hör sich das einer an«, meinte sie nervös. »Endlich sagt ein Junge, daß ich nett aussehe, und ich versuche, ihn vom Gegenteil zu überzeugen.«

Colin verblüffte es, daß selbst ein so hübsches Mädchen wie Heather Zweifel an sich haben konnte. Er hatte immer geglaubt, die Kids, die er bewunderte – diese goldenen, blauäugigen, schlankgebauten kalifornischen Boys und Girls – seien eine ganz besondere Rasse, seien Menschen, die hoch über den anderen Menschen standen, überlegene Geschöpfe, die mit vollkommenem Selbstvertrauen durchs Leben schwebten, mit einem unerschütterlichen Gefühl ihres Werts und voller Zielbewußtsein. Sprünge in dieser Legende zu entdecken freute ihn, und tat ihm doch auch irgendwie leid. Plötzlich erkannte er, daß diese ganz besonderen, strahlenden Kids in Wirklichkeit auch nichts anderes waren als er, nicht so überlegen, wie er es geglaubt hatte, und diese Entdeckung verlieh im Auftrieb.

»Wartest du auf Roy?« fragte Heather.

Er rutschte verlegen auf seinem Fenstersims herum. »Äh … Nein. Ich … mache nur ein paar Recherchen.«

»Ich dachte, du würdest auf Roy warten, weil du zum Fenster hinaussiehst.

»Nein, ich ruh' mich nur ein wenig aus – eine kleine Pause.«
»Ich finde es nett, daß er jeden Tag herkommt«, sagte sie.

»Wer?«

»Roy.«

»Wo kommt er hin?«

»Dorthin«, sagte sie und deutete nach draußen.

Colin sah hinaus und sah dann wieder das Mädchen an.

»Du meinst, er geht jeden Tag in die Kirche?«

»Nein. Auf den Friedhof. Weißt du das nicht?«

»Sag es mir.«

»Naja ... Ich wohne in dem Haus gegenüber. Dem weißen mit der blauen Verzierung. Siehst du es?«

»Ja.«

»Meistens sehe ich ihn, wenn er kommt.«

»Was tut er denn dort?«

»Er besucht seine Schwester.«

»Er hat eine Schwester?«

»Er hatte eine. Sie ist tot.«

»Davon hat er kein Wort gesagt.«

Heather nickte. »Ja, ich glaube, er redet nicht gern darüber.«

»Kein Wort.«

»Einmal habe ich ihm gesagt, daß das nett sei, du weißt schon, daß er sich so um ihr Grab kümmert. Da ist er richtig wütend geworden.«

»Tatsächlich?«

»Ja, so wütend, daß es fast unangenehm war.«

»Warum?«

»Ich weiß nicht«, sagte Heather. »Zuerst dachte ich, ihr Tod würde ihm immer noch Schmerz bereiten. Ich dachte, es hätte ihm vielleicht so weh getan, daß er nicht darüber reden wollte. Aber dann später kam es mir vor, daß er deshalb wütend war, weil ich ihn bei etwas Unrechtem erwischt hatte. Aber er hat ja gar nichts Unrechtes getan. Irgendwie ist das sehr merkwürdig.«

Colin dachte einen Augenblick über das soeben Gehörte nach. Er blickte auf den im hellen Sonnenlicht daliegenden Friedhof hinaus. »Wie ist sie denn ums Leben gekommen?«

»Das weiß ich nicht. Es war vor meiner Zeit. Ich meine, wir sind erst vor drei Jahren nach Santa Leona gezogen. Sie war schon lange vorher gestorben.«

Eine Schwester.

Eine tote Schwester.

Irgendwie war das der Schlüssel.

»So«, sagte Heather, die nicht bemerkt hatte, wie wichtig das, was sie gesagt hatte, für ihn war, »ich muß jetzt gehen. Meine Mutter hat mir eine ganze Liste mitgegeben, was ich einkaufen soll. Sie erwartet mich in einer Stunde oder so zurück und mag es nicht, wenn man zu spät kommt. Sie sagt, Unpünktlichkeit wäre das Zeichen von Schlamperei und Selbstsüchtigkeit. Wir treffen uns dann um sechs.«

»Tut mir leid, daß wir in die Nachmittagsvorstellung gehen müssen«, sagte Colin.

»Das macht nichts«, entgegnete sie. »Der Film ist doch der gleiche, ganz egal, wann man ihn sieht.«

»Und, wie schon gesagt, ich muß um neun zu Hause sein, ehe es ganz dunkel ist. Das ist wirklich fad.«

»Nein«, sagte sie. »Das ist auch in Ordnung. Irgendwann hört das ja wieder auf. Du hast doch nur für einen Monat Ausgangsverbot. Uns wird es ganz bestimmt trotzdem gefallen. Bis später dann.«

»Bis später«, sagte er.

Er sah ihr nach, wie sie durch die stille Bücherei ging. Als sie den Raum verlassen hatte, blickte er wieder auf den Friedhof hinunter.

Eine tote Schwester.

3

Colin fand den Grabstein ohne Schwierigkeiten; er war größer und aufwendiger als jeder andere Grabstein auf dem ganzen Friedhof und glänzte geradezu. Mr. und Mrs. Borden hatten ihn sich etwas kosten lassen. Es handelte sich um eine äußerst komplizierte Angelegenheit, einen aus Granit- und Marmorteilen nahezu fugenlos zusammengefügten Grabstein. Das Ganze war kunstvoll geformt und auf Hochglanz poliert. In die spiegelglatte, von rosa Adern durchzogene Marmorfläche hatte man breite, facettierte Buchstaben eingemeißelt.

BELINDA JANE BORDEN

Nach den Daten auf dem Grabstein war sie vor mehr als sechs Jahren gestorben, am letzten Tag des April. Das Grabmal war sicherlich doppelt so groß wie das tote Kind, an das es erinnern sollte. Denn Belinda Jane war erst fünf Jahre alt gewesen, als man sie zur ewigen Ruhe gebettet hatte.

Colin kehrte in die Bücherei zurück und bat Mrs. Larkin um die Mikrofilmspule mit den sechs Jahre zurückliegenden Ausgaben des *News Register*.

Er fand das, was er suchte, auf einer Titelseite.

Roy hatte seine kleine Schwester getötet.

Kein Mord. Bloß ein Unfall. Ein schrecklicher Unfall.

Und niemand hätte ihn verhindern können.

Ein achtjähriger Junge findet die Autoschlüssel seines Vaters in der Küche und kommt plötzlich auf die Idee, einmal um den Block zu fahren. Das wird allen beweisen, daß er größer und besser ist, als die Erwachsenen glauben. Das wird den Beweis liefern, daß er sogar groß genug ist, um mit Dads Spielzeugeisenbahn zu spielen, oder wenigstens groß genug, um neben Daddy zu sitzen und ihm dabei zuzusehen, wenn der mit der Eisenbahn spielt. Das darf er nämlich nicht, wünscht es sich aber sehnlichst. Der Wagen parkt in der Einfahrt. Der Junge legt ein Kissen auf den Sitz, um über das Steuerrad hinwegsehen zu können, aber dann stellt er fest, daß er weder an die Bremse noch an das Gaspedal rankommt. Er sucht nach einem geeigneten Werkzeug und findet neben der Garage ein Stück Holz, einen Balken, einen Meter lang und fünf mal fünf Zentimeter stark, weißes Fichtenholz, genau das, was er braucht. Er meint, mit diesem Balken kann er die Pedale betätigen, an die seine Füße nicht heranreichen. Eine Hand, um den Balken zu halten, und eine für das Steuer. Im Wagen läßt er den Motor an und hantiert an der Schaltung herum. Seine Mutter hört es. Kommt aus dem Haus. Kann gerade noch ihr kleines Mädchen sehen, wie es hinter das Auto läuft. Sie ruft dem Jungen und dem Mädchen zu, und beide winken zurück. Dann legt der Junge den Rückwärtsgang ein, als die Mutter auf ihn zueilt, und drückt im gleichen Augenblick mit dem Balken auf das Gaspedal. Das Auto setzt sich nach rückwärts in Bewegung. Schnell. Schießt förmlich nach hinten. Trifft das Kind. Die Kleine fällt zu Boden. Stößt dabei einen kurzen Schrei aus. Ein Rad rollt über ihr kleines Köpfchen. Ihr Kopf platzt, wie ein mit Blut gefüllter Ballon. Und als die Männer der Ambulanz eintreffen, finden sie die Mutter auf dem Rasen sitzend, die Beine von sich gestreckt, das Gesicht glasig und ausdruckslos. Sie sagt immer dasselbe, immer wieder. »Einfach geplatzt. Mit einem Knall. Einfach so. Ihr kleiner Kopf. Mit einem Knall.«

Knaller.

Knaller.

Colin schaltete den Apparat aus. Er wünschte, er könnte sein Gehirn ausschalten.

4

Er kam ein paar Minuten vor fünf nach Hause.

Weezy traf eine Minute nach ihm ein.

»Hallo, Skipper.«

»Hi.«

»Einen schönen Tag gehabt?«

»War schon okay.«

»Was hast du gemacht?«

»Nicht viel.«

»Ich würde gerne mehr wissen.«

Er setzte sich auf das Sofa. »Ich war in der Bücherei«, sagte er.

»Wann war das?«

»Heute früh um neun.«

»Als ich aufstand, warst du schon weg.«

»Ich bin gleich in die Bücherei gegangen.«

»Und nachher?«

»Nirgendwohin.«

»Wann bist du nach Hause gekommen.«

»Gerade jetzt.«

Sie runzelte die Stirn.

»Du warst den ganzen Tag in der Bücherei?«

»Ja.«

»Jetzt mach mir nichts vor.«

»Doch.«

Sie ging im Wohnzimmer auf und ab.

Er streckte sich auf dem Sofa aus.

»Ich werde gleich böse, Colin.«
»Es stimmt aber, ich mag die Bücherei.«
»Du kriegst wieder Hausarrest.«
»Weil ich in der Bücherei war?«
»Jetzt werd bloß nicht frech.«
Er schloß die Augen.
»Wo warst du sonst noch?«
Er seufzte.
»Du willst also so eine richtige, saftige Story hören, denke ich«, sagte er.
»Ich will genau wissen, wo du heute überall warst.«
»Also«, sagte er, »zuerst bin ich an den Strand gegangen.«
»Hast du dich da dieser Clique ferngehalten, wie ich es gesagt habe?«
»Ich mußte mich am Strand mit jemandem treffen.«
»Mit wem?«
»Einem Dealer, den ich kenne.«
»Was?«
»Er verkauft aus seinem Van, den er am Strand abgestellt hat.«
»Was sagst du da?«
»Ich habe ein Mayonnaiseglas voll Pillen gekauft.«
»O du mein Gott.«
»Und dann habe ich die Pillen hierhergebracht.«
»Hierher? Wo? Wo sind sie?«
»Ich habe sie zehnstückweise in Cellophan verpackt.«
»Wo hast du sie versteckt?«
»Ich habe die Päckchen auf der Straße verkauft.«
»Herr Jesus! O mein Gott. Worauf hast du dich da eingelassen? Junge, was ist mit dir *los?*«
»Ich habe für den Stoff fünftausend Eier hingelegt und ihn um fünfzehntausend verkauft.«
»Waaas?«
»Das macht zehntausend netto. So, und wenn ich einen Monat lang jeden Tag so viel Profit machen kann, dann habe ich genug Geld zusammen, um mir einen Segelklipper zu kaufen und tonnenweise Opium aus dem Orient ins Land zu schmuggeln.«
Er schlug die Augen wieder auf.
Sie war puterrot im Gesicht.
»Was *zum Teufel* ist in dich gefahren?« herrschte sie ihn an.

»Ruf Mrs. Larkin an«, sagte er. »Sie ist wahrscheinlich noch dort.«

»Wer ist Mrs. Larkin?«

»Die Bibliothekarin. Sie wird dir sagen, wo ich den ganzen Tag war.«

Weezy starrte ihn einen Augenblick lang an und ging dann in die Küche, um zu telefonieren. Er konnte es nicht glauben. Sie rief tatsächlich in der Bücherei an. Das war beschämend für ihn.

Als sie ins Wohnzimmer zurückkam, sagte sie: »Du warst tatsächlich den ganzen Tag in der Bücherei.«

»Eben.«

»Warum hast du das getan?«

»Weil ich gerne in die Bücherei gehe.«

»Ich meine, warum hast du dieses Schauermärchen erfunden, von wegen Pillen, die du am Strand kaufst und das alles?«

»Weil ich dachte, daß du das hören wolltest.«

»Du hältst das wahrscheinlich für furchtbar komisch.«

»Irgendwie komisch schon.«

»Nun, das ist es aber nicht.«

Sie ließ sich in einen Lehnsessel sinken.

»Alle unsere Gespräche in der letzten Woche – ist davon denn gar nichts bei dir hängengeblieben?«

»Jedes Wort«, sagte er.

»Ich habe dir gesagt, daß du dir Vertrauen verdienen mußt, wenn du willst, daß man dir vertraut. Wenn du willst, daß man dich wie einen Erwachsenen behandelt, mußt du dich wie ein Erwachsener verhalten. Dabei habe ich gedacht, daß du mir zuhörst und machte mir Hoffnungen, daß wir vorankommen, und jetzt ziehst du so eine dumme Schau ab. Begreifst du, was du damit bei mir anrichtest?«

»Ich glaube schon.«

»Dieses kindische Verhalten, diese Geschichte von wegen Pillen am Strand kaufen … Das macht mich dir gegenüber nur noch mißtrauischer.«

Eine Weile sagte keiner von beiden etwas.

Schließlich brach Colin das Schweigen. »Wirst du heute abend zu Hause essen?«

»Es geht nicht, Skipper, ich habe …«

»… eine geschäftliche Verabredung.«

»Ganz richtig. Aber ich werde dir vorher etwas kochen.«

»Spar dir die Mühe.«

»Ich will nicht, daß du solches Zeug ohne Nährwert ißt.«

»Ich werde mir ein Käsesandwich machen«, sagte er. »Das ist genauso gut wie etwas Gekochtes.«

»Trink dazu ein Glas Milch.«

»Okay.«

»Was hast du für den Abend vor?«

»Oh, ich denke, ich werde ins Kino gehen.« Bewußt unterließ er es, Heather zu erwähnen.

»Wohin denn?«

»Ins Baronet.«

»Was wird dort gespielt?«

»Ein Horrorfilm.«

»Ich würde mir wünschen, daß du endlich einmal über diesen Mist hinauswächst.«

Er sagte nichts.

»Vergiß nicht, wann du zu Hause sein mußt«, sagte sie.

»Ich gehe in die Nachmittagsvorstellung«, sagte Colin.

»Die ist um acht zu Ende, also bin ich zu Hause, bevor es dunkel wird.«

»Ich werde es kontrollieren.«

»Ich weiß.«

Seufzend stand sie auf. »Ich gehe jetzt besser duschen und mich umziehen.« Sie ging in den Korridor, blieb dann stehen, drehte sich um und sah ihn noch einmal an. »Wenn du dich vor einer Woche etwas vernünftiger benommen hättest, würde ich dich vielleicht nicht kontrollieren müssen.«

»Tut mir leid«, sagte er. Und als er alleine war, fügte er hinzu: »Glaub es, wer will.«

5

Colins erstes Rendezvous mit Heather war herrlich. Obwohl der Horrorfilm nicht so gut war, wie er das gehofft hatte, war die letzte Stunde äußerst gruselig; Heather hatte mehr Angst als er und lehnte sich zu ihm hinüber, hielt im Dunkeln seine Hand und suchte Zuspruch und Sicherheit. Colin fühlte sich ungewöhnlich stark und tapfer. Wie er so in dem kühlen Kinotheater in dem samtenen Schatten saß, im fahlen, flackernden Licht, das die Leinwand in den Zuschauerraum zurückwarf, die Hand des Mädchens in der seinen haltend, glaubte er zu wissen, wie es im Himmel sein mußte.

Nach dem Film brachte Colin sie nach Hause, während die Sonne langsam im Pazifik versank. Vom Meer wehte eine würzige Brise herüber. Über ihnen schwankten die Palmen im Wind und flüsterten sich gegenseitig zu.

Zwei Häuserblocks vom Kino entfernt stolperte Heather über einen vorstehenden Pflasterstein. Sie stürzte nicht, verlor nicht einmal das Gleichgewicht, sagte aber: »Verdammt!« Sie wurde rot. »Ich bin so ungeschickt.«

»Die sollten nicht zulassen, daß die Gehwege so verkommen«, meinte Colin. »Da könnte sich jemand verletzen.«

»Selbst wenn er ganz glatt und gerade wäre, würde ich wahrscheinlich stolpern.«

»Warum sagst du das?«

»Weil ich ein solcher Tolpatsch bin.«

»Nein, bist du nicht«, sagte er.

»Bin ich aber doch.« Sie gingen weiter und sie seufzte: »Ich würde alles darum geben, wenn ich mich nur halb so graziös wie meine Mutter bewegen könnte.«

»Du bist doch graziös.«

»Ein Tolpatsch bin ich. Du solltest meine Mutter sehen. Sie geht nicht – sie *schwebt.* Wenn du sie in einem langen Kleid sehen würdest, einem das lang genug ist, um ihre Füße zu bedecken, würdest du meinen, daß sie überhaupt nicht geht. Man könnte denken, daß sie auf einem Teppich aus Luft schwebt.«

Eine Weile gingen sie stumm nebeneinander her. Dann seufzte Heather wieder: »Ich bin für sie eine große Enttäuschung.«

»Für wen?«

»Meine Mutter.«

»Warum?«

»Ich reiche einfach nicht an sie heran. Wußtest du, daß meine Mutter einmal Miss California war?«

»Du meinst, bei einem Schönheitswettbewerb?«

»Genau. Den hat sie gewonnen. Und eine Menge andere Wettbewerbe auch.«

»Wann war das?«

»Miss California ist sie vor siebzehn Jahren geworden, als sie neunzehn war.«

»*Wow!*« sagte Colin. »Das ist prima.«

»Als ich ein kleines Mädchen war, hat sie mich immer wieder zu Schönheitswettbewerben für Kinder geschickt.«

»Tatsächlich? Und hast du Preise bekommen?«

»Gar keine«, sagte Heather.

»Das kann ich kaum glauben.«

»Es stimmt aber.«

»Was war denn das für eine Jury? Waren die blind? Jetzt komm schon, Heather, du mußt doch etwas gewonnen haben.«

»Nein, wirklich nicht. Ich bin nie etwas Besseres als Zweite geworden. Meistens war ich sogar bloß Dritte.«

»Meistens? Du meinst, du bist meistens auf den zweiten oder dritten Platz gekommen?«

»Ich bin viermal Zweite geworden, zehnmal dritte und fünfmal überhaupt nichts.«

»Aber das ist doch fantastisch!« sagte Colin. »Du hast es bei vierzehn von neunzehn Versuchen auf die ersten drei Plätze geschafft!«

»Bei einem Schönheitswettbewerb zählt nur die Nummer eins«, wandte Heather ein. »Man muß den Titel bekommen. Bei Kinderwettbewerben wird fast jede irgendwann einmal Zweite oder Dritte.«

»Deine Mutter muß sehr stolz auf dich gewesen sein«, beharrte Colin.

»Das hat sie jedesmal behauptet, jedesmal, wenn ich Zweite oder Dritte wurde. Aber ich hatte den Eindruck, daß sie in Wirklichkeit sehr enttäuscht war. Als ich mit zehn immer noch keinen ersten Platz gewonnen hatte, ließ sie es schließlich bleiben, mich zu den Wettbewerben anzumelden. Wahrscheinlich hielt sie mich für einen hoffnungslosen Fall.«

»Aber du hast doch prima Ergebnisse erzielt!«

»Du vergißt, daß sie die Nummer eins war«, sagte Heather. »Sie war Miss California. Nicht Dritte oder Zweite. Erste.«

Er kam aus dem Staunen über dieses reizende Mädchen, das anscheinend gar nicht wußte, wie hübsch und nett es war, nicht heraus. Sie hatte einen sinnlichen Mund; sie hielt ihn bloß für zu groß. Ihre Zähne waren ebenmäßiger gewachsen und weißer als die der meisten Kinder; sie fand sie ein wenig schief. Ihr Haar war voll und glänzte; sie hielt es für stumpf und strähnig. Sie besaß die Grazie einer Katze, bezeichnete sich aber als Tolpatsch. Sie war ein Mädchen, das eigentlich vor Selbstbewußtsein hätte strotzen sollen, statt dessen plagten sie unzählige Selbstzweifel. Unter der glänzenden Oberfläche war sie genauso unsicher wie Colin und machte sich genausoviel Sorgen wie er. Plötzlich kamen in ihm Beschützergefühle für sie auf.

»Wenn ich Preisrichter gewesen wäre«, sagte er, »hättest du diese Wettbewerbe alle gewonnen.«

Sie wurde rot und lächelte ihn an. »Du bist lieb.«

Kurz darauf erreichten sie ihr Haus und blieben vorne auf der Straße am Zugangsweg stehen.

»Weißt du, was ich an dir mag?« fragte sie.

»Ich habe mir schon die ganze Zeit den Kopf darüber zerbrochen, was es wohl sein könnte«, sagte er.

»Nun, zum einen redest du nicht über die Sachen, von denen all die anderen Jungen immer reden. Die scheinen zu glauben, daß man sich bloß für Football und Baseball und Autos interessieren darf. Und das langweilt mich zu Tode. Und außerdem redest du nicht nur – *du hörst auch zu.* Fast keiner sonst hört zu.«

»Also«, sagte er, »an dir gefällt mir unter anderem, daß es dir nichts ausmacht, daß ich nicht so wie andere Jungs bin.«

Sie starrten einander verlegen einen Augenblick lang an, und dann sagte sie: »Ruf mich morgen an, okay?«

»Mach ich bestimmt.«

»Du solltest jetzt besser nach Hause gehen. Damit deine Mutter nicht böse wird.«

Sie gab ihm einen schüchternen kleinen Kuß auf den Mundwinkel, wandte sich ab und rannte zum Haus.

Ein paar Straßen weit schwebte Colin wie ein Schlafwandler, strebte in einem Zustand angenehmer Benommenheit seinem Haus zu. Aber plötzlich wurde ihm bewußt, daß der Himmel anfing sich zu verdunkeln, daß die Schatten immer länger wurden, und ein leichtes Frösteln mahnte ihn, daß die nächtliche Kühle einsetzte. Er hatte keine Angst davor, zu spät nach Hause zu kommen, hatte keine Angst vor seiner Mutter. Aber er fürchtete sich davor, Roy nach Einbruch der Dunkelheit zu begegnen. Und deshalb rannte er den Rest des Weges, bis er zu Hause angelangt war.

6

Am Donnerstag morgen kehrte Colin in die Bücherei zurück und setzte seine Suche in den Mikrofilmarchiven der Lokalzeitung fort. Er sah von jeder Ausgabe immer nur zwei Teile an: das Titelblatt und die Liste der Einlieferungen und Entlassungen im Krankenhaus. Trotzdem brauchte er über sechs Stunden bis er schließlich das fand, was er suchte.

Auf den Tag genau ein Jahr nach dem Tod seiner kleinen Schwester war Roy Borden in das Allgemeine Krankenhaus von Santa Leona eingeliefert worden. Die einzeilige Notiz in der Ausgabe vom 1. Mai des *News Register* enthielt keinen Hinweis auf seine Krankheit, aber Colin war sicher, daß es etwas mit dem merkwürdigen Unfall zu tun hatte, über den Roy nicht reden wollte, die Verletzung, die so schreckliche Narben auf seinem Rücken hinterlassen hatte.

Unmittelbar unter Roys Namen fand er den von Helen Borden, seiner Mutter. Colin starrte lange darauf. Wegen der Narben hatte er damit gerechnet, über kurz oder lang Roys Namen zu finden, aber das Auftauchen der Mutter überraschte ihn. Waren sie und ihr Sohn gleichzeitig verunglückt?

Colin drehte den Film zurück und sah sich die Ausgaben vom 30. April und vom 1. Mai der Zeitung gründlich an. Er suchte nach einem Bericht über einen Autounfall, eine Explosion oder ein Feuer, irgendeinen Unfall, in den die Bordens verwickelt waren. Aber er fand nichts.

Er ließ den Film weiterlaufen, sah sich den Rest der Spule und noch ein paar andere an, fand aber nur noch zwei zusätzliche Informationen, von denen die erste einigermaßen verblüffend war. Zwei Tage nach der Aufnahme im Allgemeinen Krankenhaus von Santa Leona war Mrs. Borden in ein größeres Hospital, St. Joseph's, in der Bezirkshauptstadt verlegt worden. Colin fragte sich, weshalb man sie verlegt hatte und konnte sich dafür nur einen Grund vorstellen. Ihre Verletzungen mußten so schwer gewesen sein, daß sie eine besondere Behandlung benötigte, etwas so Ausgefallenes, daß das kleinere Krankenhaus von Santa Leona dafür nicht eingerichtet war.

Mehr brachte er über Mrs. Borden nicht in Erfahrung, wohl aber, daß Roy genau drei Wochen im örtlichen Krankenhaus gelegen hatte. Die Verletzungen an seinem Rücken mußten also, worauf auch immer sie zurückzuführen waren, recht ernsthaft gewesen sein.

Um dreiviertel fünf machte Colin Schluß und ging zu Mrs. Larkins Tisch.

»Dieser neue Roman von Arthur C. Clarke ist gerade zurückgebracht worden«, sagte sie, ehe Colin zu Wort kam. »Ich habe ihn schon auf dich eingetragen.«

Eigentlich brauchte er den Roman im Augenblick gar nicht, wollte aber auch nicht undankbar erscheinen. Er nahm ihn, warf einen Blick auf das Umschlagbild und überflog den Klappentext. »Vielen Dank, Mrs. Larkin.«

»Sag mir, was du davon hältst.«

»Ich wollte Sie fragen, ob Sie mir ein paar Bücher über Psychologie empfehlen können?«

»Welche Art von Psychologie?«

Er blinzelte. »Gibt es denn mehr als eine Art?«

»Naja«, sagte sie, »unter der Rubrik haben wir Bücher über Tierpsychologie, Erziehungspsychologie, Populärpsychologie, Industriepsychologie, politische Psychologie, Altenpsychologie, Jugendpsychologie, Freudsche Psychologie, Jungsche Psychologie, allgemeine Psychologie, Psychologie des Abnormalen ...«

»Psychologie des Abnormalen«, sagte Colin. »Genau. Damit will ich mich vertraut machen. Aber außerdem möchte ich ein paar allgemeine Bücher, aus denen ich etwas darüber lerne, wie das Bewußtsein funktioniert. Ich meine, ich will wissen, warum Menschen so handeln wie sie es tun. Ich möchte etwas über die Grundlagen der Psychologie, etwas Einfaches für Anfänger.«

»Ich glaube, ich weiß da schon, was ich dir gebe«, sagte sie.

»Da bin ich Ihnen sehr dankbar.«

Während er ihr zu einem Regal am Ende des Lesesaals folgte, meinte sie: »Ist das wieder so eine Idee für die Schule?«

»Ja.«

»Ist Psychologie des Abnormalen nicht ein recht schwieriges Thema für die zehnte Klasse?«

»Das kann man wohl sagen«, meinte er.

7

Colin nahm sein Abendessen alleine in seinem Zimmer ein.

Er rief Heather an, und sie verabredeten sich, am Samstag zusammen zum Strand zu gehen. Er wollte ihr von Roys Geistesgestörtheit erzählen, hatte aber Angst, daß sie ihm nicht glauben würde. Außerdem hatte er noch nicht genügend Vertrauen zu ihrer Beziehung, um ihr zu sagen, daß er und Roy jetzt Feinde waren. Ursprünglich hatte es den Anschein gehabt, daß sie sich deshalb zu ihm hingezogen fühlte, weil er mit Roy befreundet war. Ob sie wohl das Interesse an ihm verlieren würde, wenn sie herausfand, daß das nicht mehr stimmte? Er war sich nicht sicher und wollte in keinem Fall das Risiko eingehen, sie zu verlieren.

Später las er die Psychologiebücher, die Mrs. Larkin ihm empfohlen hatte. Um zwei Uhr früh war er mit beiden Bänden fertig. Dann saß er eine Weile im Bett, starrte ins Leere und dachte nach. Als er sich schließlich hinlegte, war er mental so erschöpft, daß er ohne Alpträume schlafen konnte – und ohne auch nur ein einziges Mal an die Ungeheuer auf dem Dachboden zu denken.

Freitag früh, noch bevor Weezy aufgewacht war, ging er wieder in die Bücherei, gab die Psychologiebücher zurück und ließ sich drei weitere geben.

»Ist der Science-fiction-Roman gut?« wollte Mrs. Larkin wissen.

»Mit dem habe ich noch gar nicht angefangen«, sagte Colin. »Vielleicht heute abend.«

Von der Bücherei fuhr er zum Hafen hinunter. Er wollte nicht nach Hause gehen, solange Weezy noch da war; einem weiteren Verhör wäre er jetzt nicht gewachsen gewesen. In einer Cafébude am Strand frühstückte er. Später schlenderte er bis zum Südende des Bretterstegs, lehnte sich an das Geländer und sah den Dutzenden von Krabben zu, die sich unter ihm auf den Steinen sonnten.

Um elf Uhr ging er nach Hause, und schloß mit dem Reserveschlüssel auf, der in dem Blumenkübel neben der Eingangstür verwahrt war. Weezy war schon lange weg, der Kaffee in der Kanne war kalt.

Er holte sich eine Pepsi aus dem Kühlschrank und ging mit den drei Psychologiebüchern nach oben. Dann setzte er sich auf das Bett, nahm einen Schluck aus der Flasche und hatte erst einen Absatz in dem ersten Buch gelesen, als er spürte daß er nicht alleine war.

Er hörte ein gedämpftes, scharrendes Geräusch.

Da war etwas im Wandschrank.

– Lächerlich.

Ich habe es gehört.

– Das hast du dir eingebildet.

Er hatte zwei Bücher über Psychologie gelesen und wußte, daß das, was mit ihm gerade geschah, wahrscheinlich Übertragung war. Übertragung – so nannten es die Psychologen. Er konnte den Menschen und Dingen, vor denen er *wirklich* Angst hatte, nicht ins Auge sehen, konnte sich diese Ängste nicht eingestehen und übertrug daher die Furcht auf andere Dinge, einfache Dinge – selbst Fantasiegebilde – wie Werwölfe und Vampire und imaginäre Ungeheuer, die sich im Wandschrank versteckten. Das hatte er sein ganzes Leben lang getan.

Ja, das mag wohl so sein, dachte er. Aber ich bin *sicher*, daß ich im Wandschrank etwas gehört habe.

Er richtete sich auf, hielt den Atem an und lauschte.

Nichts. Völlige Stille.

Die Schranktür war fest verschlossen. Er konnte sich nicht erinnern, daß er sie zugemacht hatte.

Da! Da war es wieder. Ein weiches, scharrendes Geräusch.

Er rutschte lautlos vom Bett und machte eine paar Schritte auf die Flurtür zu, weg von dem Wandschrank.

Der Türknopf der Schranktür begann sich zu drehen. Die Tür schob sich einen Spalt breit auf.

Colin blieb stehen. Alles drängte ihn weiterzugehen, aber er war wie erstarrt, als ob jemand ihn mit einem Zauberspruch gebannt hätte. Er kam sich vor, als wäre er in eine Fliege verwandelt worden, die Hexerei in der Bewegung hatte erstarren lassen und die jetzt nicht mehr von Luft umgeben war, sondern von hartem Bernstein. Aus jenem magischen Gefängnis heraus sah er zu, wie ein Alptraum zum Leben erwachte, starrte die Tür des Wandschranks wie gebannt an.

Plötzlich öffnete sich die Tür ganz. Was sich da zwischen seinen Kleidern versteckt hielt, war kein Ungeheuer, kein Werwolf, kein Vampir, keine scheußliche Tiergottheit aus einem der Bücher von H. P. Lovecraft. Bloß Roy.

Roy wirkte erstaunt. Er hatte auf das Bett zurennen wollen, in der Meinung, sein Opfer wäre dort. Jetzt, wo er sah, daß Colin ihm zuvorgekommen war und nur ein paar Schritte von der offenen Tür, die in den Flur hinausführte, entfernt war, blieb Roy stehen. Die beiden Jungen starrten einander einen Augenblick lang an.

Dann grinste Roy und hob beide Hände, so daß Colin sehen konnte, was er in ihnen hielt.

»Nein«, flüsterte Colin.

In Roys rechter Hand: ein Feuerzeug.

»Nein.«

In der linken Hand: ein Behälter mit Feuerzeugbenzin.

»Nein, nein, nein! Verschwinde!«

Roy machte einen Schritt auf ihn zu. Dann noch einen.

»Nein«, sagte Colin. Aber er konnte sich nicht bewegen.

Roy hielt den Behälter so, daß die Düse auf ihn gerichtet war, und drückte darauf. Ein Strahl einer durchsichtigen Flüssigkeit spritzte heraus.

Colin duckte sich nach links weg, und das Feuerzeugbenzin verfehlte ihn. Er rannte los.

»Mistkerl!« schrie Roy.

Colin schoß durch die offene Tür nach draußen und knallte sie hinter sich zu.

Gerade als sie ins Schloß fiel, krachte Roy auf der anderen Seite dagegen.

Colin rannte zur Treppe.

Roy riß die Tür auf und schoß aus dem Zimmer. »Hey!«

Colin eilte die Treppe hinunter, nahm mit jedem Schritt drei Stufen, hatte aber erst die Hälfte der Strecke zurückgelegt, als er Roys polternde Schritte hinter sich hörte. Er rannte weiter, nahm die letzten vier Stufen mit einem Satz und rannte zur Haustür.

»Jetzt habe ich dich!« schrie Roy triumphierend hinter ihm. »Ich habe dich, verdammt!«

Ehe Colin die zwei Riegel an der Tür zurückziehen konnte, spürte er etwas Feuchtes, das ihm über den Nacken rann. Er hielt überrascht die Luft an und drehte sich um. *Feuerzeugbenzin!*

Roy spritzte wieder und traf ihn diesmal vorne an seinem dünnen Baumwollhemd.

Colin hielt beide Hände schützend über die Augen. Gerade noch rechtzeitig.

Die Flüssigkeit spritzte ihm auf die Stirn, rann ihm über die Finger, die Nase und das Kinn.

Roy lachte.

Colin hielt den Atem an, um die beißenden Dämpfe nicht in die Nase zu bekommen.

»Das ist ein Knaller!«

Jetzt war der Behälter endlich leer. Roy warf ihn weg, er fiel klappernd auf den Parkettboden.

Hustend und keuchend nahm Colin die Hände vom Gesicht und versuchte, sich zu orientieren. Die Dämpfe stiegen ihm in die Augen, und er schloß sie wieder. Tränen quollen unter seinen Lidern hervor. Obwohl er immer schon Angst vor Dunkelheit gehabt hatte, war es nie so schrecklich gewesen wie jetzt.

»Du mieser Scheißkerl!«, sagte Roy. »Jetzt wirst du dafür bezahlen, daß du dich gegen mich gestellt hast. Jetzt bezahlst du. Brennen wirst du.«

Nach Atem ringend, kaum fähig, Luft in seine Lungen zu bekommen, kurzzeitig geblendet, vor Angst halb hysterisch, warf Colin sich in die Richtung, aus der Roys Stimme kam. Er prallte gegen ihn, packte ihn und hielt ihn fest.

Roy taumelte nach rückwärts und versuchte sich zu befreien, indem er beide Hände gegen Colins Kinn preßte und so seinen Kopf hochzudrücken versuchte. Dann packte er ihn am Hals und würgte ihn, aber sie standen so dicht beieinander, daß die Hebelwirkung nicht ausreichte.

»Tu es doch«, preßte Colin durch die beißenden Dämpfe hervor, die ihm in Nase, Mund und Lungen gedrungen waren.

»Tu es doch … dann … verbrennen wir zusammen.«

Roy versuchte erneut ihn abzuschütteln, stolperte aber und kam zu Fall.

Colin ging mit ihm zu Boden. Er ließ Roy nicht los; sein Leben hing davon ab.

Laut fluchend hieb Roy auf ihn ein, trommelte auf seinen Rücken, schlug ihm ins Gesicht, zerrte an seinem Haar. Er zog sogar an Colins Ohren, bis der glaubte, sie müßten jeden Augenblick abreißen.

Colin schrie vor Schmerzen und versuchte, sich zu wehren. Aber in dem Augenblick, in dem er Roy losließ, um nach ihm zu schlagen, wälzte der sich weg. Colin versuchte ihn wieder zu pakken, schaffte es aber nicht.

Roy rappelte sich hoch, wich nach hinten aus und lehnte sich an die Wand.

Durch den Schleier brennender Tränen, die die Dämpfe ihm in die Augen getrieben hatten, konnte Colin erkennen, daß Roy immer noch das Feuerzeug in der rechten Hand hielt.

Jetzt riß er mit dem Daumen am Reibrad. Es kam kein Funke, aber beim nächsten oder übernächsten Mal würde sicherlich einer kommen.

Colin stürzte sich in seiner Verzweiflung erneut auf den anderen Jungen, prallte gegen ihn und stieß ihm dabei das Feuerzeug aus der Hand. Es flog durch den offenen Türbogen ins Wohnzimmer, wo es an ein Möbelstück prallte.

»Du Arsch!« Roy stieß ihn weg und rannte hinter dem Feuerzeug her.

Nach Luft schnappend und von dem Benzingestank benommen, taumelte Colin zur Haustür. Den Riegel aufzuziehen bereitete ihm keine Schwierigkeiten, aber dann fummelte er eine kleine Ewigkeit – wenigstens kam es ihm so vor – an der Sperrkette herum. In Wirklichkeit waren es wohl nur ein paar Sekunden. Vielleicht sogar nur Bruchteile einer Sekunde. Er hatte jegliches Zeitgefühl verloren. Drehte sich im Kreise. Schwebte. War von den Dämpfen high. Er bekam gerade genug Luft, um nicht ohnmächtig zu werden, aber keinen Hauch mehr. Deshalb bereitete ihm die Sperrkette solche Schwierigkeiten. Er fühlte sich schwindlig. Die Sperrkette schien sich unter seinen Fingern in Luft aufzulösen, zu verdunsten, so wie das Feuerzeugbenzin an seinen Kleidern, seinen Händen und seinem Gesicht verdunstete. In seinen Ohren dröhnte es. Die Sperrkette. Konzentriere dich auf die Sperrkette. Sekunde um Sekunde verlor er mehr und mehr die Kontrolle, fing an, tolpatschig zu werden. Die verdammte Sperrkette. Immer tolpatschiger. Schwindlig und alles brennt. Brennen wirst du. Wie eine Fackel. *Die gottverdammte Scheißsperrkette!* Endlich riß er, alle Kräfte konzentrierend, die Kette aus dem Schlitz und öffnete die Tür weit. In der Erwartung, jeden Augenblick die Flammen auf seinem Rücken zu spüren, rannte er aus dem Haus, den Weg zur Grundstücksgrenze entlang, quer über die Straße und blieb schließlich am Rand des kleinen Parks stehen. Ein wunderbarer, süß duftender Wind umwehte ihn und begann langsam, die Dämpfe zu verjagen. Er atmete ein paarmal tief durch und versuchte, einen klaren Kopf zu bekommen.

Auf der anderen Straßenseite stürzte Roy Borden jetzt aus dem

Haus. Er entdeckte sein Opfer sofort, rannte zur Straße, überquerte sie aber nicht, sondern blieb, die Hände in die Hüften gestemmt, auf der anderen Seite stehen und starrte Colin an.

Colin starrte zurück. Ihm schwindelte immer noch, und immer noch hatte er Atemschwierigkeiten. Aber er war bereit, sobald Roy den Fuß auf die Straße setzte, um Hilfe zu schreien und davonzurennen, als ob der Teufel hinter ihm her wäre.

Roy begriff, daß er das Spiel verloren hatte und lief weg. Auf den ersten fünfzig Metern sah er sich ein halbes dutzendmal um. Vor dem nächsten Grundstück nur zweimal. Als er am dritten Grundstück angelangt war, blickte er überhaupt nicht mehr zurück, sondern bog um die Ecke und verschwand.

Colin ging ins Haus zurück. Er war auf sich selbst wütend. Bei dem Pflanzkübel blieb er stehen, holte den Schlüssel unter dem Efeu heraus und wunderte sich darüber, daß er so unüberlegt, so dumm gewesen war. Er hatte Roy im Laufe des letzten Monats oft genug mit nach Hause genommen. Roy hatte gewußt, wo der Reserveschlüssel verwahrt war, und Colin war so unvorsichtig gewesen, ihn dort zu belassen. Künftig würde er ihn bei sich tragen und würde in Zukunft auch mehr Sorgfalt auf seine Sicherheit verwenden, als er das bisher getan hatte.

Er befand sich im Kriegszustand.

Nicht mehr und nicht weniger.

Schnell ging er ins Haus und sperrte die Tür hinter sich ab.

In der Gästetoilette zog er sein mit Benzin durchtränktes Hemd aus und warf es auf den Boden. Er schrubbte sich die Hände, bis es weh tat, und seifte sich dann gründlich mit parfümierter Seife ein, die er anschließend mit heißem Wasser abspülte. Dann wusch er sich mehrfach das Gesicht. Obwohl er immer noch das Gefühl hatte, nach Benzin zu riechen, hatte sich der Gestank doch weitgehend verflüchtigt. Seine Augen tränten jetzt nicht mehr, und er konnte auch wieder normal atmen.

In der Küche nahm er den Hörer ab, zögerte aber. Er konnte seine Mutter nicht anrufen. Der einzige Beweis dafür, daß Roy ihn attackiert hatte, war das benzingetränkte Hemd, und das war in Wirklichkeit gar kein Beweis. Außerdem würden sich die Benzindämpfe, bis sie nach Hause kam, weitgehend verflüchtigt haben und keine Spuren hinterlassen. Der leere Behälter lag im Flur auf dem Boden und war vermutlich über und über mit Roys Fingerabdrücken bedeckt. Aber die Vorrichtungen, um Fingerabdrücke abzunehmen, besaß natürlich nur die Polizei, und die würde seine Geschichte unter keinen Umständen ernst nehmen. Weezy würde glauben, daß er Pillen geschluckt hatte, daß das Ganze nur das Produkt einer Halluzination war, und er konnte wieder Ärger bekommen.

Wenn er seinem Vater die Situation schilderte und ihn um Hilfe bat, würde der Weezy anrufen und von ihr wissen wollen, was da vorging. Dann würde sie ihm eine Menge Unsinn über Pillen und Hasch und nächtliche Rauschgiftorgien erzählen. Natürlich alles absoluter Unsinn, doch genau das, was Frank zu hören erwartete. Dad würde ihr vorwerfen, daß sie ihre Elternpflicht vernachlässigte. Er würde sich äußerst selbstgerecht geben, und dann ihr Versagen als Mutter als Vorwand benutzen, um ein Rudel hungriger Anwälte auf den Plan zu rufen. Nein, ein Anruf bei Frank Jacobs mußte unausweichlich zu einer weiteren Auseinandersetzung über das Sorgerecht führen, und das war das Allerletzte, was Colin sich wünschte.

Die einzigen anderen Leute, an die er sich wenden konnte, waren seine Großeltern. Sie lebten alle vier noch. Die Eltern seiner Mutter wohnten in Sarasota, Florida, in einem großen weißen Haus mit einer Unmenge von Fenstern und glänzenden Terrazzoböden. Die Eltern seines Vaters besaßen eine kleine Farm in Vermont. Colin hatte seine Großeltern seit drei Jahren nicht mehr zu sehen bekommen und hatte nie eine besondere Beziehung zu ihnen entwickelt. Wenn er sie alarmierte, würden sie ebenfalls Weezy anrufen und bestimmt nicht ein Geheimnis für ihn hüten. Und sie würden ganz sicher nicht quer durch das ganze Land reisen, um ihm in diesem Krieg beizustehen. Niemals, nicht einmal in einer Million Jahren; das war ein frommer Wunsch.

Heather? Vielleicht war die Zeit gekommen, sie ins Vertrauen zu ziehen, sie um Unterstützung und Rat zu bitten. Er konnte schließlich nicht für alle Zeit vor ihr verborgen halten, daß er sich von Roy getrennt hatte. Aber was konnte sie tun? Sie war ein schmächtiges, ziemlich scheues Mädchen, sehr hübsch und nett und klug, aber in einem Kampf wie diesem würde sie ihm nicht viel helfen können.

Er seufzte.

»Mann o Mann.«

Dann legte er den Hörer wieder auf die Gabel.

Es gab niemanden auf der ganzen Welt, von dem er sich Hilfe erhoffen konnte. Niemanden.

Er war so alleine, als stünde er auf dem Nordpol. Absolut, völlig und unabänderlich alleine. Aber daran war er gewöhnt.

Wann war es schließlich je anders gewesen.

Müde ging er nach oben.

Wenn ihm in der Vergangenheit die Welt unwirklich und feindlich erschienen war, wenn er mit nichts und niemand zurechtgekommen war, hatte er sich einfach zurückgezogen. Er hatte sich mit seinen Monstermodellen, seinen Comicheften und seinen Science-fiction- und Horrorromanen verkrochen. Sein Zimmer war ein Zufluchtsort gewesen, das Auge des Orkans, wo der Sturm ihm nichts anhaben, wo er ihn sogar eine Weile vergessen konnte. Sein Zimmer hatte für ihn immer das bedeutet, was ein Krankenhaus für einen Kranken und ein Kloster für einen Mönch bedeutete: Es hatte ihm Heilung verschafft und ihm das Gefühl vermittelt, daß er auf irgendeine geheimnisvolle, mystische Weise Teil von etwas viel Wichtigerem und Besserem als dem Alltagsleben war. Sein Zimmer war mit einem Zauber angefüllt gewesen. Es war seine Zuflucht und seine Bühne, wo er sich entweder vor der Welt und auch sich selbst verbergen konnte – wo es ihm möglich war, seine Fantasievorstellungen auszuleben, vor einem Publikum, das nur aus einem einzigen Menschen bestand. Sein Zimmer war der Ort für seine Tränen und sein Spielplatz gewesen, seine Kirche und sein Laboratorium, der Schrein seiner Träume.

Jetzt war es bloß noch ein Zimmer, so wie jedes andere auch. Eine Decke. Vier Wände. Ein Boden. Ein Fenster. Eine Tür. Nicht mehr als das. Bloß ein weiterer Ort, an dem man sich aufhalten konnte.

Als Roy hier eingedrungen war, ungeladen und unerwünscht, hatte er den Zauber gebrochen, der dieses Zimmer zu etwas Einmaligem machte. Er hatte bestimmt in seinen Schubladen herumgeschnüffelt, zwischen seinen Büchern und Modellbaukästen herumgestöbert und hatte damit, ohne sich dessen bewußt zu sein, auch Colins Seele beschmutzt. Mit seiner groben Berührung hatte er allem, was in dem Zimmer war, den Zauber genommen, so wie ein Blitzableiter Energie aus dem Himmel zieht und sie so in die Erde leitet, daß sie sich völlig verflüchtigt. Nichts hier in diesem

Raum war noch einmalig oder würde je weiter einmalig sein. Colin fühlte sich verletzt, vergewaltigt; er fühlte sich benutzt und wertlos. Roy Borden hatte viel mehr gestohlen als bloß seinen Stolz und das Gefühl des Alleinseins; er hatte auch das Wenige, was von Colins ohnehin erschüttertem Sicherheitsgefühl zurückgeblieben war, mitgenommen. Und darüber hinaus, und viel schlimmer noch, war er ein Dieb von Illusionen; er hatte all jene falschen und doch so wunderbar wohltuenden Vorstellungen geraubt, die Colin bislang so gut getan hatten.

Colin war deprimiert, zugleich aber spürte er eine merkwürdige neue Kraft in sich, die von innen heraus zu leuchten begann. Obwohl er vor wenigen Minuten fast umgebracht worden wäre, hatte er in diesem Augenblick weniger Angst als je zuvor. Zum ersten Mal in seinem Leben fühlte er sich nicht schwach oder unterlegen. In körperlicher Hinsicht war er zwar immer noch derselbe – hager, kurzsichtig, nicht besonders kräftig –, aber innerlich fühlte er sich völlig erneuert, frisch und zu allem fähig.

Er weinte auch nicht, und darauf war er stolz.

Im Augenblick war in ihm für Tränen kein Platz; das Bedürfnis nach Rache füllte ihn völlig aus.

TEIL DREI

1

Den Rest des Freitags verbrachte Colin in seinem Zimmer. Er las in den drei Psychologiebüchern, die er sich aus der Bücherei mitgebracht hatte; manche Seiten las er fünf- oder sechsmal. Dann legte er sie wieder beiseite und starrte die Wand an. Manchmal eine ganze Stunde lang, bloß mit Denken beschäftigt. Und er schmiedete Pläne.

Als er früh am nächsten Morgen aus dem Haus ging, spannte sich ein strahlender, wolkenloser Himmel über ihm. Er hatte vor, sich um zwölf mit Heather zu treffen, den Nachmittag am Strand zu verbringen und am Abend wieder nach Hause zurückzukehren. Trotzdem nahm er sich eine Taschenlampe mit.

Mit dem Fahrrad fuhr er zum Strand und von dort in den Hafen, obwohl er weder an dem einen noch an dem anderen Ort etwas zu tun hatte. Er begab sich auf Umwegen zu seinem eigentlichen Ziel, um sicherzustellen, daß er nicht verfolgt wurde. Daß Roy sich nicht an seine Ferse geheftet hatte, konnte er sehen, aber es war natürlich möglich, daß der Junge ihn aus der Ferne mit dem starken Feldstecher beobachtete, den sie bei Sarah Callahan benutzt hatten. Vom Hafen fuhr Colin mit dem Fahrrad zur Touristeninformation am nördlichen Ende der Ortschaft. Als er sich so vergewissert hatte, daß niemand ihn beschattete, radelte er schließlich auf geradem Weg zum Hawk Drive und dem Kingman-Haus.

Selbst am hellichten Tag ragte die verlassene Villa bedrohlich über der Hügelkuppe auf. Colin näherte sich mit einem Gefühl der Beklommenheit, das in Furcht umschlug, als er das Gartentor öffnete und auf dem Plattenweg auf das Haus zuging. Wenn er der für das Anwesen zuständige Beamte oder der Bürgermeister von Santa Leona gewesen wäre, hätte er das Gebäude sofort abreißen lassen. Noch immer hatte er das Gefühl, daß von dem Haus etwas Böses ausstrahlte, daß von ihm eine Bedrohung ausging, die man ebenso deutlich spüren und sehen konnte wie den strahlenden Sonnenschein, der ihn im Augenblick blendete und sein Gesicht wärmte. Drei große, schwarze Vögel kreisten über dem Dach und ließen sich schließlich auf einem Kamin nieder. Das Haus wirkte wie ein bewußtes Wesen, wachsam und von bösartigem Leben erfüllt. Die verwitterten grauen Mauern wirkten krank und schorfig, von Krebsgeschwüren bedeckt. Verrostende Nägel glichen alten Wunden: Stigmata. Das Sonnenlicht schien nicht imstande zu sein, die geheimnisvollen Räume hinter den eingeschlagenen Fensterscheiben zu durchdringen, und von draußen zumindest kam ihm das Innere der Villa jetzt ebenso dunkel vor, wie es um Mitternacht sein würde. Colin legte sein Fahrrad ins Gras, stieg die durchgesackte Verandatreppe hinauf und blickte an der Stelle, wo er und Roy vor nicht zu langer Zeit eines Nachts gestanden hatten, durch ein eingeschlagenes Fenster. Bei näherem Hinsehen stellte Colin fest, daß doch etwas Licht ins Haus gelangte. Man konnte den Salon in allen Einzelheiten erkennen. Offenbar hatte er eine Zeitlang irgendwelchen Kids als eine Art Klubzentrum gedient – der nackte, zerkratzte Fußboden war nämlich mit Schokoladenpapier, leeren Coladosen und Zigarettenstummeln übersät. Über dem Kamin hatte jemand ein großes Playboyfoto, das inzwischen an ein paar Stellen eingerissen war, an die Wand genagelt, über demselben Kaminsims, auf dem Mr. Kingman die blutbespritzten Köpfe seiner hingeschlachteten Familie aufgereiht hatte. Doch waren die Kids, die in dem Haus ihr Lager aufgeschlagen hatten, offenbar schon lange nicht mehr hier gewesen – alles war mit einer dicken, gleichmäßigen Staubschicht bedeckt.

Die Eingangstür war nicht versperrt, aber als Colin gegen die Tür drückte, die sich im Laufe der Jahre verzogen hatte, ächzten die Scharniere. Der Wind fegte neben ihm ins Haus und wirbelte in der Diele eine kleine Staubwolke auf. Ein Geruch von Schimmel und Fäulnis lag in der Luft.

Als Colin von einem Zimmer zum nächsten ging sah er, daß überall in dem großen Haus Vandalen am Werk gewesen waren. Überall, wo ein Stück nackter Verputz oder ungemusterte Tapete dazu einlud, waren Namen, Obszönitäten, schmutzige Limmericks und primitive Zeichnungen männlicher und weiblicher Genitalien hingeschmiert. In die Wände hatte man Löcher geschlagen – einige so groß wie eine Hand, andere fast so groß wie eine Tür. Überall lag abgesplitterter Verputz herum.

Wenn Colin sich völlig ruhig verhielt, herrschte in dem alten Haus eine geradezu ätherische Stille. Aber wenn er sich bewegte, reagierte der Bau mit einem arthritischen Ächzen auf jeden seiner Schritte.

Ein paarmal dachte er, er könne hören, wie sich etwas von hinten an ihn heranschlich, aber jedesmal, wenn er sich umsah, war er alleine. Schließlich tappte er durch das verlassene Gemäuer, ohne an Geister und Ungeheuer zu denken. Seine neuerworbene Tapferkeit überraschte ihn und tat ihm gut – zugleich fühlte er sich aber auch ein wenig unbehaglich damit. Noch vor wenigen Wochen hätte er, selbst wenn ihm eine Million Dollar dafür geboten worden wäre, strikt abgelehnt, allein die Schwelle der Kingman-Villa zu überschreiten.

Er hielt sich mehr als zwei Stunden lang in dem Gebäude auf. Jeden einzelnen Raum sah er sich an, jeden Wandschrank. In den Räumen, in denen die Fenster mit Brettern vernagelt waren, benutzte er die Taschenlampe, die er mitgenommen hatte. Den größten Teil seiner Zeit verbrachte er im ersten Stock, wo er jeden Winkel erforschte – und dabei ein oder zwei kleine Überraschungen für Roy Borden plante.

2

Bei genauerer Betrachtung gab es vielleicht doch etwas, wobei Heather ihm behilflich sein konnte. Tatsächlich war sie möglicherweise sogar der wichtigste Bestandteil des Racheplanes, den er sich ausgedacht hatte. Ohne ihre Mitwirkung müßte er sich etwas anderes überlegen, um an Roy heranzukommen. Dabei hatte Colin natürlich nicht vor, sie an seiner Seite kämpfen zu lassen und ihre Kraft oder ihre Beweglichkeit einzusetzen. Nein, sie sollte als Köder dienen.

Wenn sie sich bereit erklärte, ihm zu helfen, würde das für sie nicht völlig ungefährlich sein. Er war aber sicher, daß er sie beschützen konnte. Schließlich war er nicht mehr der schwächliche und hilflose Colin Jacobs, der zu Beginn des Sommers nach Santa Leona gezogen war; seine neugewonnene Aggressivität würde für Roy eine Überraschung bedeuten. Eine höchst unangenehme Überraschung sogar. Und den Vorteil, der in diesem Überraschungseffekt lag, wollte er sich zunutze machen.

Heather wartete am Strand im Schatten des Piers. Sie trug einen einteiligen blauen Badeanzug. Zweiteilige Badeanzüge oder gar Bikinis und dergleichen mochte sie nicht, weil sie glaubte, darin nicht gut auszusehen. Colin fand, daß sie ebenso attraktiv wie jedes Mädchen ihres Alters am Strand ausgesehen hätte, sogar besser als die meisten, und das sagte er ihr auch. Es war unübersehbar, daß ihr das Kompliment Freude machte, aber ebenso offenkundig war, daß sie ihm nicht glaubte.

Sie suchten sich einen Platz im heißen Sand, um dort ihre Handtücher auszubreiten. Eine Weile lagen sie in wohltuendem Schweigen nebeneinander auf dem Rücken und ließen sich von der Sonne wärmen.

Schließlich wälzte Colin sich zur Seite, stützte sich auf den Ellbogen und sagte: »Bedeutet es dir eigentlich viel, daß ich Roy Bordens Freund bin?«

Sie runzelte ein wenig die Stirn, schlug aber die Augen nicht auf. »Was meinst du damit?«

»Ist es für dich sehr wichtig?« beharrte er und spürte, wie sein Herzschlag sich beschleunigte.

»Warum sollte das für mich wichtig sein?« fragte sie. »Ich verstehe dich nicht.«

Colin atmete tief und gab sich innerlich einen Schubs.

»Würdest du mich immer noch mögen, wenn ich nicht Roys Freund wäre?«

Jetzt drehte sie sich endlich zu ihm um und schlug die Augen auf. »Meinst du das ernst?«

»Ja.«

Sie stützte sich seitlich ebenfalls auf einen Ellbogen, um ihn besser ansehen zu können. Der Wind zerzauste ihr das Haar. »Du meinst, ich würde mich vielleicht nur deshalb für dich interessieren, weil du der beste Freund des Stars unserer Schule bist?«

Colin wurde rot. »Naja …«

»Schrecklich, daß man so etwas denken kann«, sagte sie.

Aber es klang nicht so, als ob sie verärgert wäre.

Er zuckte die Schultern, ein wenig verlegen, aber immer noch gespannt auf ihre Antwort wartend.

»Und beleidigend ist es obendrein«, fuhr sie fort.

»Tut mir leid«, sagte er schnell. »So habe ich es nicht gemeint. Es ist nur … Ich mußte die Frage stellen. Für mich ist es wichtig, ob du …«

»Ich mag dich, weil du so bist, wie du bist«, sagte Heather. »Und jetzt bin ich hier bei dir, weil es Spaß macht, mit dir zusammenzusein. Roy Borden hat damit überhaupt nichts zu tun. Genauer gesagt bin ich hier, *obwohl* du sein Freund bist.«

»Hä?«

»Ich gehöre zu den wenigen auf der Schule, denen es egal ist, was Roy tut oder sagt oder denkt. Die meisten schmeißen sich an ihn ran, aber mir ist ziemlich egal, ob er meine Existenz zu Kenntnis nimmt oder nicht.«

Colin riß erstaunt die Augen auf. »Du magst Roy nicht?«

Sie zögerte kurz und meinte dann: »Er ist dein Freund. Ich will nichts gegen ihn sagen.«

»Aber genau das ist es doch«, entgegnete Colin erregt. »Er ist nicht mehr mein Freund. Er haßt mich.«

»Was? Was ist denn passiert?«

»Das werde ich dir gleich sagen. Keine Bange. Ich wäre fast daran erstickt, weil ich es einfach jemandem sagen mußte.« Colin setzte sich auf. »Aber zuerst muß ich wissen, was du von ihm hältst. Ich dachte, du würdest ihn mögen. So ziemlich das erste, was du zu mir gesagt hast, war, du hättest mich mit Roy gesehen. Also dachte ich ...«

»Ich war nur etwas neugierig, was dich und ihn betrifft«, erklärte sie. »Du hast auf mich nicht wie einer von den Typen gewirkt, die sich normalerweise mit ihm rumtreiben. Und je besser ich dich kennengelernt habe, desto merkwürdiger kommt es mir vor.«

»Sag mir, warum du ihn nicht magst.«

Jetzt setzte sie sich ebenfalls auf. Der Wind, der vom Meer hereinwehte, war warm und trug einen würzigen, salzigen Duft mit sich.

»Also«, sagte sie, »es ist nicht so, daß ich ihn unsympathisch finde. Nicht sehr. Ich meine, nicht direkt oder so. Dazu kenne ich ihn wirklich nicht gut genug. Aber um zu wissen, daß ich nie ein Fan von ihm werden könnte, dafür reicht es. Er hat etwas Schmieriges an sich.«

»Schmierig?«

»Es ist schwer, das richtige Wort dafür zu finden«, sagte Heather. »Aber ich habe immer das Gefühl, daß Roy nie ... aufrichtig ist. Nie. Bei nichts was er tut oder sagt. Die meiste Zeit wirkt er so, als würde er einem etwas vorspielen. Anscheinend fällt das sonst keinem auf. Aber ich habe das Gefühl, daß er die ganze Zeit die Leute manipuliert, sie irgendwie benutzt und sich dann innerlich über sie halbtot lacht.«

»Genau!« sagte Colin. »Ganz genau so ist es. Das tut er. Und er versteht sich darauf. Nicht nur bei anderen Kids. Er kann auch Erwachsene manipulieren.«

»Meine Mutter ist ihm einmal begegnet«, sagte Heather. »Und da dachte ich, sie würde überhaupt nicht mehr aufhören, über ihn zu reden. Sie fand ihn charmant, höflich, nett ...«

»Meine Mutter auch«, sagte Colin. »Ich wette, er wäre ihr als Sohn viel lieber als ich.«

»Also, was ist passiert?« fragte Heather. »Warum seid ihr beide, du und Roy, keine Freunde mehr?«

Er erzählte ihr alles, fing an mit dem Tag, an dem er Roy kennengelernt hatte. Er erzählte ihr von der Katze in dem Vogelkäfig. Der Sache mit der Spielzeugeisenbahn. Von Roys Behauptung, er habe zwei Jungen umgebracht, einfach weil es ihm Spaß gemacht habe. Die Sache mit Sarah Callahan, seiner Nachbarin, die er vergewaltigen und umbringen wollte. Den Alptraum auf Einsiedler Hobsons Autofriedhof. Den Angriff mit dem Feuerzeugbenzin. Und dann berichtete er ihr alles, was er in der Bücherei in Erfahrung gebracht hatte, die ganze Geschichte von Belinda Jane Bordens schrecklichem Unfalltod – und schließlich, daß Roy und Mrs. Borden einmal ins Krankenhaus eingeliefert worden waren.

Heather hörte in schockiertem Schweigen zu. Anfänglich konnte man ihr an den Augen ablesen, daß sie Zweifel hatte, aber allmählich legte sich ihre Skepsis, und ein Ausdruck wachsenden, wenn auch widerstrebenden Glaubens trat an ihre Stelle. Sie war entsetzt, und als Colin schließlich fertig war, sagte sie: »Du mußt das der Polizei sagen.«

Er blickte auf die See mit ihrem ewigen Wellengang hinaus und betrachtete dann einige Augenblicke lang die am Himmel dahinsegelnden Möwen. »Nein«, entgegnete er schließlich. »Die würden es mir nicht glauben.«

»Sicher werden sie das. *Mich* hast du überzeugt.«

»Das ist etwas völlig anderes. Du bist in meinem Alter. Die sind erwachsen. Außerdem, wenn sie meine Mutter anrufen und sie fragen, ob sie etwas davon weiß, wird sie ihnen sagen, daß ich lüge, daß ich Rauschgift nehme. Weiß der Himmel, was sie dann mit mir machen.«

»Wir werden es meinen Eltern erzählen«, sagte Heather.

»Die sind eigentlich gar nicht so übel. Besser als die deinen jedenfalls, denke ich. Die hören einem tatsächlich hier und da zu. Wir können sie überzeugen. Das weiß ich.«

Er schüttelte den Kopf. »Nein. Roy hat deine Mutter schon eingewickelt. Erinnerst du dich? Er wird sie wieder einwickeln, wenn er muß. Sie wird ihm glauben, nicht uns. Und wenn deine Eltern meine Mutter anrufen, um mit ihr darüber zu sprechen, dann wird sie ihnen klarmachen, daß ich ein bekiffter Spinner bin. Und dann werden sie uns trennen. Man wird dir verbieten, sich mit mir abzugeben. Und wenn Roy erfährt, daß du mir glaubst, wird er versuchen, uns beide umzubringen.«

Sie blieb eine Weile stumm. Dann schauderte sie und sagte: »Du hast recht.«

»Genau«, erwiderte er bedrückt.

»Was sollen wir unternehmen?«

Er sah sie an. »Hast du ›wir‹ gesagt?«

»Aber klar, selbstverständlich habe ich ›wir‹ gesagt. Was meinst du denn – daß ich dich in einer solchen Situation im Stich lassen? Du schaffst das alleine nicht. Keiner könnte das.«

»Ich hatte gehofft, daß du das sagen würdest«, meinte er erleichtert.

Sie streckte die Hand aus und griff nach der seinen.

»Ich habe einen Plan«, sagte er.

»Einen Plan wofür?«

»Um Roy in die Falle zu locken. Du spielst darin auch eine Rolle.«

»Was muß ich tun?«

»Du bist der Köder«, sagte Colin. Dann schilderte er ihr seinen Plan.

Als er geendet hatte, sagte sie: »Das ist raffiniert.«

»Es wird funktionieren.«

»Da bin ich mir nicht so sicher.«

»Warum nicht?«

»Weil ich keinen sehr guten Köder abgebe«, sagte sie. »Du mußt ein Mädchen benutzen, das Roy ... begehrenswert ... sexy ... finden würde. Ein Mädchen, auf das er wirklich scharf ist.«

Ihr Gesicht rötete sich. »Ich … reiche da nicht aus.«

»Da irrst du«, sagte Colin. »Du reichst sehr wohl aus. Mehr als das sogar.«

Sie wandte den Blick ab und sah auf ihre Knie.

»Hübsche Knie«, sagte Colin.

»Knochig.«

»Nein.«

»Knochig und rot.«

»Nein.«

Weil er spürte, daß sie das von ihm erwartete, legte er eine Hand auf ihr Knie und ließ sie ein Stück an ihrem Schenkel hinauf gleiten. Sie schloß die Augen und zitterte ein wenig.

Sein Körper reagierte darauf.

»Es könnte gefährlich sein«, sagte sie.

Er brachte es nicht fertig, sie anzulügen. Er brachte es nicht fertig, das Risiko herunterzuspielen, bloß um ihre Unterstützung zu gewinnen. »Ja«, sagte er. »Es könnte sehr, sehr gefährlich sein.«

Sie nahm eine Handvoll Sand und ließ ihn langsam durch ihre Finger laufen.

Sanft streichelte er ihr Knie, ihren Schenkel und konnte es einfach nicht glauben, daß er sie so berührte. Er starrte seine dreiste Hand erregt und zugleich erstaunt an, als ob sie plötzlich einen eigenen Willen entwickeln würde.

»Andererseits«, sagte sie, »hätten wir den Vorteil, daß wir einen Plan haben.«

»Und daß die Überraschung auf unserer Seite ist.«

»Und die Waffe«, sagte sie.

»Ja. Die Waffe.«

»Bist du sicher, daß du an sie rankommst?«

»Ganz sicher.«

»Okay«, sagte sie. »Dann mache ich es. Wir schnappen ihn uns. Wir beide.«

Colin verspürte ein unangenehmes Brodeln im Magen. Es war eine merkwürdige Mischung aus verschiedenen Regungen: Verlangen und Furcht zu gleichen Teilen.

»Colin?«

»Was?«

»Meinst du wirklich, daß ich … ausreiche?«

»Ja.«

»Bin ich – hübsch?«
»Ja.«
Sie sah ihm tief in die Augen, dann lächelte sie, wandte sich ab und blickte auf das Meer hinaus.
Er dachte, er könne Tränen in ihren Augen blitzen sehen.
»Du gehst jetzt besser«, sagte sie.
»Warum?«
»Es wird besser klappen, wenn Roy nicht weiß, daß wir beide einander kennen. Wenn er uns hier zusammen sieht, könnte es sein, daß er später nicht auf den Trick hereinfällt.«
Sie hatte recht. Außerdem gab es für ihn einiges zu tun, Vorbereitungen treffen. Er stand auf und faltete das Badetuch zusammen.
»Ruf mich heute abend an«, sagte sie.
»Mache ich.«
»Und sei vorsichtig.«
»Du auch.«
»Und – Colin«
»Ja?«
»Ich glaube, du reichst auch aus. Und wie.«
Er grinste und versuchte sich eine witzige Erwiderung darauf einfallen zu lassen. Aber es wollte nichts kommen, und so drehte er sich um und rannte weg zum Fahrradständer auf dem Parkplatz.

3

Die Ausführung des Planes erforderte eine sehr teure Investition, und Colin mußte deshalb eine beträchtliche Summe aufbringen.
Er lief vom Strand nach Hause, ging in sein Zimmer, öffnete die große Spardose, die wie eine fliegende Untertasse aussah, und schüttelte sie; ein paar klein zusammengefaltete Geldscheine und eine Unmenge Münzen fielen auf die Bettdecke heraus. Die Zählung ergab exakt einundsiebzig Dollar – etwa ein Drittel der benötigten Summe.
Er saß ein paar Minuten auf dem Bett, starrte das Geld an und überlegte, was für Alternativen sich ihm boten.

Schließlich ging er an den Schrank und zog ein paar große Schachteln heraus, die mit Comicheften gefüllt waren, jedes einzelne in druckfrischem Zustand und in einer Zellophanhülle verwahrt. Er sortierte sie durch und legte ein paar von den wertvollen Ausgaben beiseite.

Um halb zwei trug er sechzig Comichefte zum *Nostalgia House* am Broadway. Der Laden hatte sich auf Erstausgaben von Krimis, Science-fiction, Comicheften und Tonbandaufzeichnungen alter Hörspiele spezialisiert und wurde in erster Linie von Sammlern besucht.

Mr. Plevich, der Eigentümer, war ein großer, weißhaariger Mann mit einem buschigen Schnurrbart. Während er Colins Schätze betrachtete, lehnte er mit seinem mächtigen Bauch an der Theke.

»E-ein p-p-paar wirklich n-n-nette Sachen«, sagte Mr. Plevich.

»Was können Sie mir dafür bezahlen?«

»W-w-weniger a-als s-s-sie w-w-wert s-sind«, sagte Mr. Plevich. »Ich m-m-muß ja schließlich a-auch w-was verdienen.«

»Das verstehe ich«, sagte Colin.

»Ei-eigentlich w-würde ich d-dir sogar d-davon a-abraten, s-sie jetzt zu v-verkaufen. D-das sind ja alles E-erstausgaben in e-einwandfreiem Z-zustand.«

»Ich weiß.«

»D-die sind jetzt schon v-viel w-wertvoller als das, was du am Kiosk f-für s-sie b-b-bezahlt hast. W-wenn du sie noch z-zwei Jahre behältst, w-wird der W-wert sich w-wahrscheinlich ver-dreif-fachen.«

»Ja, schon. Aber ich brauche das Geld jetzt. Ich brauche es sofort.«

Mr. Plevich zwinkerte ihm zu. »Hast w-wohl eine F-f-freundin?«

»Genau. Und die hat bald Geburtstag«, log Colin.

»Das w-wird dir noch l-leidtun. Eine F-freundin läßt dich über k-kurz oder lang sitzen, aber an einem g-guten C-c-comicheft hast du immer w-wieder S-spaß.«

»Wieviel?«

»Ich hatte hundert D-d-dollar gedacht.«

»Zweihundert.«

»Viel z-zu-viel. Ein s-so t-teures G-geschenk b-b-braucht sie nicht. W-wie wäre es mit h-hundertzwanzig?«

»Nein.«

Mr. Plevich sah sich den Stapel Comichefte noch einmal gründlich an, nahm sich ein paar Exemplare dann ein drittes Mal vor, und dann einigten sie sich schließlich auf hundertvierzig Dollar in bar.

Die California Federal Bank stand an der Ecke, drei Häuser vom *Nostalgia House.* Colin gab einer der Angestellten die Münzen, die er in seiner fliegenden Untertasse gesammelt hatte, und ließ sich von ihr dafür Papiergeld geben.

Mit zweihundert Dollar ging er zu Radio Shack am Broadway und kaufte sich dort den besten Recorder im Kompaktformat, den er sich leisten konnte. Er besaß bereits ein Kassettengerät, aber das war ziemlich groß, und außerdem war das Mikrophon nicht empfindlich genug. Das Gerät, das er erstand, zum Preis von 189,95 Dollar, Sonderangebot, dreißig Dollar unter Listenpreis, konnte Stimmen auf eine Distanz von zehn Metern aufnehmen und klar aufzeichnen; wenigstens behauptete der Verkäufer das. Außerdem war es nur etwas über zwanzig Zentimeter lang, zwölf Zentimeter breit und nicht einmal acht Zentimeter hoch, es ließ sich also leicht verstecken.

Ein paar Minuten nachdem er heimgekommen war und den Kassettenrecorder in seinem Zimmer versteckt hatte, machte seine Mutter eine kurze Stippvisite zu Hause, gerade lang genug, um sich zu einer Dinnerverabredung umzuziehen. Sie gab ihm Geld, damit er in Charlie's Café essen konnte. Als sie wieder gegangen war, machte er sich ein Käsesandwich und spülte es mit Kakao hinunter.

Anschließend ging er wieder in sein Zimmer und experimentierte eine Weile mit dem neuen Tonbandgerät. Es war wirklich erstklassig und gab seine Stimme klar und erstaunlich natürlich wieder. Die Aufnahmereichweite betrug tatsächlich zehn Meter, wie der Verkäufer versprochen hatte, aber auf diese Distanz reichte die Wiedergabequalität nicht für Colins Zwecke aus. Er machte einige Tests und entschied dann, daß es eine im normalen Gesprächston geführte Unterhaltung höchstens auf acht Meter Distanz aufzeichnen konnte. Aber das reichte.

Anschließend ging er ins Schlafzimmer seiner Mutter und sah zuerst in den Nachttischschubladen und dann in ihrer Kommode nach. Eine Waffe lag in einer Schublade ihrer Wäschekommode. Es handelte sich um eine Pistole mit einem Sicherungshebel; wenn man die Waffe entsicherte, erschienen auf dem blauschwarzen Metall zwei rote Warnpunkte. Als er Roy von der Pistole erzählt hatte, hatte er gesagt, daß sie wahrscheinlich nicht einmal geladen wäre. Aber das stimmte nicht. Er sicherte sie wieder und legte die Waffe auf die seidenen Slips seiner Mutter zurück.

Dann rief er Heather an und sie sprachen seinen Plan noch einmal durch und klopften ihn auf Schwachstellen ab, die sie vorher vielleicht übersehen hatten. Aber ihr Vorhaben schien immer noch durchführbar.

»Morgen werde ich mit Mrs. Borden sprechen«, sagte Colin.

»Glaubst du, daß das wirklich notwendig ist?«

»Ja«, sagte er. »Wenn ich auch nur ein bißchen aus ihr herauskriege und das auf Band aufnehme, untermauert das unsere Geschichte.«

»Aber wenn Roy erfährt, daß du mit ihr gesprochen hast, könnte er Verdacht schöpfen. Vielleicht ahnt er dann, daß etwas im Busch ist, und dann verlieren wir den Vorteil der Überraschung.«

»In dieser Familie reden sie nicht viel miteinander«, sagte Colin. »Vielleicht berichtet sie Roy nicht einmal, daß sie mit mir gesprochen hat.«

»Aber vielleicht doch.«

»Das Risiko müssen wir eingehen. Wenn sie uns etwas sagt, das uns Roys Verhalten und seine Beweggründe erklärt, fällt es uns leichter, die Polizei zu überzeugen.«

»Na schön … Okay«, meinte Heather. »Aber ruf mich an, wenn du mit ihr gesprochen hast. Ich möchte genau wissen, was sie gesagt hat.«

»Mach ich. Und dann werden wir Roy morgen abend die Falle stellen.«

Ein paar Augenblicke sagte sie nichts. »So bald?« meinte sie dann.

»Es gibt keinen Grund, länger zu warten.«

»Es würde aber doch nicht schaden, wenn wir noch ein oder zwei Tage darüber nachdenken. Über den Plan, meine ich. Vielleicht hat er doch irgendwo eine Schwachstelle. Vielleicht haben wir etwas übersehen.«

»Nein«, sagte er. »Wir haben genug darüber geredet und nachgedacht. Er wird klappen.«

»Na schön … Okay.«
»Du kannst immer noch aussteigen«, sagte er.
»Nein.«
»Ich würde es dir nicht übelnehmen.«
»Nein«, sagte sie. »Ich werde dir helfen. Du brauchst mich. Wir machen es morgen nacht.«

Einige Stunden später wachte Colin schwitzend und am ganzen Leib zitternd auf. Ein Alptraum hatte ihn gequält. Er konnte sich nicht genau erinnern, worum es in dem Traum gegangen war, nur daß Heather darin vorgekommen war; ihre Schreie waren es, die ihn aus dem Schlaf gerissen hatten.

4

Um halb zwölf am Sonntag morgen fuhr Colin in den Hafen und setzte sich auf eine Bank, von der aus er jeden sehen konnte, der einen kleinen Geschenkladen namens Schatzkästchen, in dem hauptsächlich Touristen kauften, betrat. Im Schatzkästchen gab es Postkarten, Lampen aus Muscheln, Gürtel aus Muscheln, Briefbeschwerer aus Muscheln, Muscheln aus Schokolade, T-Shirts mit angeblich komischen Aufdrucken, Bücher über Santa Leona, Kerzen in der Form des berühmten Glockenturms der Missionskirche von Santa Leona, Teller, die mit Szenen aus Santa Leona bemalt waren, und eine Vielfalt von sonstigem nutzlosen Kram. Roy Bordens Mutter arbeitete an fünf Nachmittagen die Woche, darunter auch am Sonntag, in dem Geschäft.

Colin hatte eine zusammengelegte Nylonwindjacke dabei, unter der er das neue Tonbandgerät versteckt hielt. Trotz der kräftigen Brise, die vom Meer hereinwehte, war der Tag für eine Jacke viel zu warm, aber Colin hoffte, daß Mrs. Borden das nicht bemerken würde. Schließlich hatte sie ihm gegenüber keinen Grund zum Argwohn.

Eine Menge Leute waren auf dem Brettersteg unterwegs, unterhielten sich, lachten, betrachteten die Schaufenster und aßen mit Schokolade überzogene Bananen. Eine ganze Anzahl von ihnen waren gutaussehende, langbeinige junge Mädchen in Shorts und

Bikinis. Colin zwang sich, sie nicht anzustarren. Er wollte sich nicht ablenken lassen, wollte Helen Borden nicht verpassen und sie dann erst in dem meist überlaufenen Geschenkeladen ansprechen.

Um zehn vor zwölf entdeckte er sie. Sie war hager und erinnerte in ihrer Haltung ein wenig an einen Vogel. Wie immer ging sie schnell, in aufrechter Haltung und mit hocherhobendem Kopf.

Er griff unter die zusammengefaltete Windjacke und schaltete das Tonbandgerät ein; dann stand er auf und eilte über den Bretttersteg auf sie zu. Er erreichte sie, bevor sie das Schatzkästchen betrat.

»Mrs. Borden?«

Ruckartig blieb sie stehen, als sie ihren Namen hörte, und drehte sich zu ihm herum. Sie war sichtlich verblüfft und erkannte ihn nicht.

»Wir sind uns zweimal kurz begegnet«, sagte er. »Ich bin Colin Jacobs. Roys Freund.«

»Oh. O ja.«

»Kann ich kurz mit Ihnen reden?«

»Ich muß zur Arbeit.«

»Es ist wichtig.«

Sie sah auf die Uhr.

»Sehr, sehr wichtig«, sagte er.

Sie zögerte und warf einen Blick auf den Laden.

»Es ist wegen Ihrer Tochter«, sagte er.

Ihr Kopf fuhr herum.

»Es ist wegen Belinda Jane.«

Helen Bordens Gesicht war von der Sonne gebräunt. Als der Name ihrer toten Tochter fiel, blieb die Bräune, aber das Blut darunter verflüchtigte sich aus ihrem Gesicht. Sie sah plötzlich alt und krank aus.

»Ich weiß, wie sie gestorben ist«, sagte Colin.

Mrs. Borden sagte nichts.

»Roy hat mir davon erzählt«, log er.

Die Frau wirkte wie erstarrt. Ihre Augen waren ausdruckslos.

»Wir haben stundenlang über Belinda gesprochen«, sagte Colin.

Als sie endlich etwas sagte, bewegten sich dabei ihre Lippen kaum. »Das geht dich überhaupt nichts an.«

»Roy hat darüber geredet, und jetzt geht es mich etwas an«, sagte Colin. »Ich wollte nichts darüber hören. Aber er hat mir Geheimnisse erzählt.«

Sie funkelte ihn an.

»Schlimme Geheimnisse«, sagte er. »Darüber, wie Belinda gestorben ist.«

»Das ist kein Geheimnis. Ich weiß, wie sie gestorben ist. Ich habe es *gesehen*. Das Ganze war ... ein Unfall. Ein schrecklicher Unfall.«

»War es das? Sind Sie da ganz sicher?«

»Was soll die Frage?«

»Er hat mir das Geheimnis erzählt. Ich mußte schwören, daß ich nie etwas darüber sagen würde. Aber das kann ich nicht. Dazu ist es zu schrecklich.«

»Was hat er dir gesagt?«

»Warum er sie umgebracht hat.«

»Es war ein Unfall.«

»Er hatte es monatelang geplant«, log Colin.

Plötzlich nahm sie seinen Arm und führte ihn quer über die Promenade zu einer etwas abseits stehenden Bank am Geländer. Der Arm, den sie festhielt, war der, unter den er sich die Windjacke geklemmt hatte, und er hatte Angst, sie könnte das Tonbandgerät entdecken. Aber das tat sie nicht. Sie setzten sich nebeneinander mit dem Rücken zum Meer.

»Er hat dir gesagt, daß er sie ermordet hat?«

»Mhm.«

Sie schüttelte den Kopf. »Nein. Es muß ein Unfall gewesen sein. Das muß es einfach. Er war damals erst acht Jahre alt.«

»Ich glaube, manche Kinder kommen schon böse auf die Welt«, sagte Colin. »Ich meine, Sie wissen schon, nicht viele. Bloß einige wenige. Aber hier und da, wissen Sie, da liest man in den Zeitungen davon, liest, wie irgendein kleines Kind einen kaltblütigen Mord begangen hat. Ich denke, wissen Sie, vielleicht eins von Hunderttausend, das schon irgendwie verdreht auf die Welt kommt, verstehen Sie? Schon böse *geboren*. Und wenn so ein Kind etwas tut, was auch immer es ist, dann kann man das nicht seiner Erziehung zuschreiben oder einfach seinen Eltern und dem, was sie ihm beigebracht haben, wissen Sie, weil es ja schon so auf die Welt gekommen ist.«

Sie ließ ihn die ganze Zeit nicht aus den Augen, während er so daherredete, aber er war nicht sicher, ob sie auch nur ein Wort aufnahm, das er sagte. Als er schließlich aufhörte, blieb sie eine Weile stumm und flüsterte dann: »Was will er von mir?«

Colin blinzelte. »Wer?«

»Roy. Warum hat er dich dazu angestiftet, mich hier anzusprechen?«

»Das hat er nicht«, protestierte Colin. »Bitte, sagen Sie ihm nicht, daß ich mit Ihnen geredet habe. Bitte, Mrs. Borden. Wenn er wüßte, daß ich hier bin und Ihnen das sage, würde er mich töten.«

»Belindas Tod war ein Unfall«, sagte sie. Aber es klang nicht so, als ob sie davon überzeugt wäre.

»Sie haben nicht immer geglaubt, daß es ein Unfall war«, entgegnete er.

»Woher willst du das wissen?«

»Weil Sie Roy geschlagen haben.«

»Das habe ich nicht.«

»Das hat er mir gesagt.«

»Dann hat er gelogen.«

»Davon hat er die Narben.« Sie war äußerst nervös und zittrig. »Es war ein Jahr nach Belindas Tod.«

»Was hat er dir gesagt?« fragte sie.

»Daß Sie ihn geschlagen haben, weil Sie wußten, daß er sie absichtlich überfahren hat.«

»Das hat er dir gesagt?«

»Ja.«

Sie drehte sich ein wenig auf der Bank herum, um auf das Meer hinausblicken zu können. »Ich war gerade mit Boden wischen und polieren in der Küche fertig. Der Boden war blitzblank. Völlig fleckenlos. So sauber, daß man davon hätte essen können. Und dann kam er mit schmutzigen Schuhen herein. Er hat das absichtlich gemacht. Er hat kein Wort gesagt, aber als ich ihn in seinen schmutzigen Schuhen über den frischgeputzten Boden gehen sah, wußte ich, daß er das absichtlich gemacht hatte, um mich zu ärgern. Er hatte Belinda getötet, und jetzt machte er sich über mich lustig, und irgendwie kam mir das eine genauso schlimm vor wie das andere. Ich hätte ihn am liebsten umgebracht.«

Colin hätte beinahe aufgeseufzt, so erleichtert war er. Er war nicht sicher gewesen, ob Mrs. Borden ihrem Sohn die Striemen zugefügt hatte und war da eher einer Eingebung gefolgt. Jetzt, da sie sich als richtig erwiesen hatte, war er ziemlich sicher, daß auch der Rest seiner Theorie stimmte.

»Ich wußte, daß er sie absichtlich getötet hatte. Aber keiner wollte mir glauben«, sagte sie.

»Ich weiß.«

»Ich habe es immer gewußt. Die ganze Zeit. Er hat seine kleine Schwester umgebracht.« Sie führte jetzt eher ein Selbstgespräch, blickte auf das Meer hinaus und zugleich in die Vergangenheit. »Als ich ihn schlug, wollte ich ihn bloß dazu bringen, daß er es eingestand. Das hat die kleine Belinda doch zumindest verdient, nicht wahr? Sie war tot, und sie hatte ein Recht darauf, daß ihr Mörder bestraft wurde. Aber keiner hat mir geglaubt.«

Sie verstummte und blieb so lange stumm, daß Colin schließlich versuchte, sie wieder zum Reden zu bringen. »Roy hat sich darüber lustig gemacht? Er fand es wohl ungeheuer spaßig, daß niemand Sie ernstgenommen hat.«

»Alle haben gesagt, ich hätte einen Nervenzusammenbruch gehabt. Man hat mich ins Bezirkskrankenhaus geschickt und dort behandelt. Therapie haben sie das genannt. Als ob ich die Verrückte gewesen wäre. Ein teurer Psychiater. Er hat mich behandelt, als ob ich ein Kind wäre. Ein dummer Mensch. Ich war lange dort – bis mir klar wurde, daß ich bloß so zu tun brauchte, als ob ich mich in bezug auf Roy getäuscht hätte.«

»Sie haben sich aber nicht getäuscht.«

Sie sah ihn an. »Er hat dir gesagt, weshalb er Belinda getötet hat?«

»Mhm.«

»Was für einen Grund hat er dir denn genannt?«

Colin rutschte unruhig auf der Bank herum, weil er keine Antwort auf ihre Frage wußte und nicht wollte, daß sie merkte, daß er sie mit Lügen zum Reden gebracht hatte. Er hatte sie dazu bringen wollen, daß sie gewisse Dinge sagte, die er auf Band brauchte. Einiges davon hatte sie gesagt, aber noch nicht alles. Er hoffte, sich ihr Vertrauen so lange zu bewahren, bis er alles hatte, was nötig war.

Zum Glück führte sein Zögern dazu, daß Mrs. Borden sich ihre Frage selbst beantwortete. »Es war Eifersucht, nicht wahr? Er war auf mein kleines Mädchen eifersüchtig, weil er wußte, daß er jetzt nie richtig zu uns gehören würde.«

»Ja. Das hat er mir gesagt«, sagte Colin, obwohl er nicht ganz begriff, was sie meinte.

»Es war ein Fehler«, seufzte sie. »Wir hätten ihn nie adoptieren sollen.«

»Adoptieren?«

»Das hat er dir nicht gesagt?«

»Also … Nein.«

Er hatte es verpatzt. Jetzt würde sie sich fragen, warum Roy alles andere preisgegeben hatte, all die schrecklichen Dinge, aber nicht das. Und dann würde ihr klar werden, daß Roy ihm überhaupt nichts über Belinda Jane gesagt hatte, daß er log, daß er ein schlimmes Spiel mit ihr trieb.

Aber sie verblüffte ihn. Sie war so in ihre Erinnerungen verstrickt und so darauf konzentriert, daß ihr Sohn den vorbedachten Mord an seiner Schwester zugegeben hatte, daß ihr die seltsamen Lücken in Colins Wissen überhaupt nicht auffielen.

»Wir haben uns so sehnlichst ein Kind gewünscht, mehr als alles andere auf der Welt«, sagte sie und sah wieder auf das Meer hinaus. »Ein eigenes Kind. Aber die Ärzte sagten, daß wir nie eines bekommen würden. Es lag an mir. Alex, mein Mann, hat es sehr schwer genommen. Es war schrecklich für ihn. Er hatte sich so darauf eingestellt, ein Kind zu haben. Ein halbes Dutzend Ärzte haben wir aufgesucht, und alle haben sie dasselbe gesagt. Keine Möglichkeit, überhaupt keine. Meinetwegen. Also habe ich ihn dazu überredet, ein Kind zu adoptieren. Wiederum meine Schuld. Ganz und gar meine Schuld. Es war falsch, das zu tun. Wir wissen nicht einmal, wer Roys leibliche Eltern waren – oder *was* sie waren. Das störte Alex. Von was für Leuten stammt Roy ab? Was hat an ihnen nicht gestimmt? Welche Krankheiten, welche Eigenschaften haben sie an ihn vererbt? Es war ein schrecklicher Fehler, ihn bei uns aufzunehmen. Ich wußte schon nach ein paar Monaten, daß er nicht zu uns paßte. Er war ein braves Baby, aber Alex konnte einfach nichts mit ihm anfangen. Ich hätte mir so gewünscht, daß Alex zufrieden gewesen wäre. Aber was *er* sich wünschte, war ein Kind von seinem eigenen Fleisch und Blut. Das war für Alex ganz wichtig. Du kannst dir nicht vorstellen, *wie* wichtig. Ein adoptiertes Kind ist etwas völlig anderes als ein Kind vom eigenen Fleisch und Blut, sagt Alex. Er sagt, man kann sich ihm nie so nahe fühlen, wie wenn es vom eigenen Fleisch und Blut ist. Er sagt, ein fremdes

Kind aufzuziehen wäre so, als würde man ein gefährliches wildes Tier von frühester Jugend an als Haustier bei sich haben und es dressieren; trotzdem weiß man nie, wann es einen plötzlich anfällt, weil es im innersten Kern eben überhaupt nicht so ist wie das, was man aus ihm zu machen versucht hat. Und damit hatte ich wieder einen Fehler begangen: Ich hatte das Kind eines anderen in unser Heim gebracht. Einen Fremden. Und er hat sich gegen uns gewandt. Ich mache immer alles falsch. Ich habe Alex im Stich gelassen. Und er hat sich doch so sehnlichst ein eigenes Kind gewünscht.«

Als Colin auf der Bank gesessen und auf sie gewartet hatte, war er nicht sicher gewesen, ob es ihm gelingen würde, sie zum Reden zu bringen. Aber er hatte den richtigen Knopf gedrückt. Sie hörte überhaupt nicht mehr auf. Sie redete wie ein Roboter, wie eine Maschine. Und außerdem hatte er den Eindruck, als wäre sie eine schon ziemlich abgenützte Maschine, denn man konnte unter ihrer kühlen, geschäftsmäßig wirkenden Fassade deutlich merken, daß es da innere Unstimmigkeiten gab, die viel Reibungshitze erzeugten. Während er sich anhörte, was sie zu sagen hatte, lauschte er auf das Geräusch sich festfressender Zahnräder, zerbrechender Federn und platzender Vakuumröhren.

»Wir hatten Roy zweieinhalb Jahre bei uns«, sagte sie, »als ich merkte, daß ich ein Baby bekommen würde. Die Ärzte hatten sich getäuscht. Ich wäre bei der Geburt beinahe gestorben, und nachher stand eindeutig fest, daß Belinda mein erstes und letztes Kind sein würde, aber ich hatte sie bekommen. Sie hatten unrecht gehabt. Trotz ihrer komplizierten Tests und Beratungen und ihrer astronomischen Honorare hatte jeder einzelne von ihnen unrecht gehabt. Sie war ein Wunderkind. Gott hatte uns von Anfang an das Unmögliche zugedacht, das Wunderkind, diesen ganz besonderen Segen, und ich war zu ungeduldig gewesen, um darauf zu warten. Mein Glaube war zu schwach gewesen. Viel zu schwach. Dafür mache ich mir heute noch Vorwürfe. Ich hatte Alex zu der Adoption überredet. Und dann kam Belinda, das Kind, das der Himmel uns *zugedacht* hatte. Mein Glaube war zu schwach. Also ist sie nach bloß fünf Jahren wieder von uns genommen worden. Roy hat sie uns weggenommen. Das Kind, das wir nie hätten haben sollen, hat uns jenes Kind genommen, das Gott uns geschickt hat. Verstehst du?«

Die Faszination, die Colin ursprünglich empfunden hatte, schlug in peinliche Betroffenheit über. Er wollte gar nicht all diese häßlichen Einzelheiten wissen, brauchte sie gar nicht. Verlegen sah er sich um, ob sie jemand hören konnte, aber weit und breit war niemand zu sehen.

Ihr Blick löste sich vom Meer, und ihre Augen bohrten sich in die seinen. »Warum bist du hierher gekommen, junger Mann? Warum hast du mir Roys Geheimnis erzählt?«

Er zuckte die Schultern. »Ich dachte, daß Sie das wissen sollten.«

»Hast du erwartet, daß ich ihn dafür bestrafe?«

»Werden Sie das nicht tun?«

»Ich wünschte, ich könnte es«, sagte sie, und ihre Augen funkelten plötzlich böse. »Aber ich kann nicht. Wenn ich wieder anfange, der Polizei zu sagen, daß er mein kleines Mädchen umgebracht hat, wird es wie beim ersten Mal sein. Die schicken mich dann wieder ins Bezirkskrankenhaus.«

»Oh.« Zu dem Schluß war er bereits gelangt, ehe er mit ihr gesprochen hatte.

»Niemand glaubt mir, wenn es um Roy geht«, sagte sie.

»Und wer sollte mir glauben? Ich höre von deiner Mutter, daß es da irgendwelche Probleme mit Rauschgift gibt.«

»Nein. Das stimmt nicht.«

»Also glaubt man uns beiden nicht?«

»So ist es«, nickte er.

»Wir brauchen also Beweise.«

»Ja.«

»Unwiderlegbare Beweise.«

»Richtig.«

»Etwas Greifbares«, sagte sie. »Vielleicht ... wenn du ihn dazu bringen könntest, daß er es dir noch einmal erzählt ... daß er sie absichtlich getötet hat, meine ich ... Wenn du dann vielleicht irgendwo ein Tonbandgerät versteckt halten könntest ...«

Colin zuckte zusammen, als sie das Tonbandgerät erwähnte. »Das wäre eine Idee.«

»Es muß doch eine Möglichkeit geben«, sagte sie.

»Ja.«

»Wir sollten beide darüber nachdenken.«

»Okay.«

»Uns überlegen, wie man ihm eine Falle stellen kann.«
»Genau.«
»Wir sollten uns wieder treffen.«
»Das werden wir.«
»Hier«, sagte sie. »Morgen.«.
»Aber …«
»Ich stand immer ganz alleine gegen ihn«, sagte sie und beugte sich zu Colin herunter. Er konnte ihren Atem fühlen. Und auch riechen: Pfefferminze. »Aber jetzt bist du da«, sagte sie. »Jetzt wissen zwei Menschen über ihn Bescheid. Gemeinsam sollten wir es irgendwie schaffen. Ich will, daß alle wissen, daß er mein kleines Mädchen *absichtlich* getötet hat. Und wenn dann alle die Wahrheit kennen, kann man doch nicht von mir erwarten, daß ich ihn in meinem Haus behalte? Wir werden ihn dorthin zurückschicken, wo er hergekommen ist. Die Nachbarn werden nicht reden. Wie könnten sie, sobald sie wissen, was er getan hat. Ich werde ihn los sein. Das wünsche ich mir mehr als alles andere.« Ihre Stimme wurde zu einem verschwörerischen Flüstern. »Du wirst mein Verbündeter sein, nicht wahr?«
Plötzlich zuckte ihm der verrückte Gedanke durch den Kopf, daß sie jetzt auch Blutsbrüderschaft mit ihm schließen würde.
»Nicht wahr?« wiederholte sie.
»Okay.« Aber er hatte nicht vor, sich noch einmal mit ihr zu treffen; sie jagte einem fast genauso viel Angst ein wie Roy.
Sie legte ihm die Hand auf die Wange, und er wollte schon zurückzucken, bis er merkte, daß sie damit bloß ihre Zuneigung ausdrücken wollte. Ihre Finger waren eiskalt.
Wenn sie nur die Hand wegnehmen würde, dachte er.
»Ich habe die Wahrheit immer gekannt«, sagte sie. »Aber es ist wirklich eine große Erleichterung, jemanden zu haben, der sie auch kennt. Komm morgen wieder hierher. Um dieselbe Zeit.«
Bloß um sie loszuwerden murmelte er: »Sicher.«
Ruckartig stand sie auf und ging weg, auf das Schatzkästchen zu.
Als Colin ihr nachblickte, dachte er, daß sie viel schrecklicher war als all die Monster, vor denen er sich als Kind und später auch als Heranwachsender gefürchtet hatte. Christopher Lee, Peter Cushing, Boris Karloff, Bela Lugosi – keiner von ihnen hatte jemals eine Gestalt verkörpert, die einem einen so eisigen Schauder über den Rücken jagte wie Helen Borden. Sie war schlimmer als ein

Guhl oder ein Vampir, und sie war doppelt gefährlich, weil sie so gut getarnt war. Sie wirkte normal, so langweilig, eine in jeder Hinsicht unauffällige Person, aber in ihrem Innersten war sie ein schreckenerregendes Geschöpf. Er konnte immer noch spüren, wo ihre eisigen Finger sich an sein Gesicht gepreßt hatten.

Vorsichtig holte er das Tonbandgerät unter der Windjacke hervor und schaltete es aus.

Er konnte es selbst kaum glauben, aber er schämte sich wegen einiger Dinge, die er über Roy gesagt hatte, und auch darüber, daß er den Haß, den sie für ihren Sohn empfand, so für sich ausgenutzt hatte. Freilich war Roy krank, und es stimmte auch, daß er ein Mörder war, aber er war nicht immer so gewesen. Er war nicht »böse zur Welt gekommen«, wie Colin gesagt hatte. Im Grunde war er ein Mensch wie jeder andere auch. Bestimmt hatte er seine Schwester nicht kaltblütig ermordet. Nach allem, was Colin wußte, war Belinda Janes Tod wirklich ein Unfall gewesen. Roys Besessenheit hatte sich erst infolge jener Tragödie entwickelt.

Bedrückt stand Colin auf, ging zum Parkplatz und kettete sein Fahrrad von dem Ständer los.

Es drängte ihn jetzt nicht länger, an Roy Rache zu nehmen. Er wollte bloß all der Gewalttätigkeit ein Ende setzen. Er wollte sich Beweise verschaffen, damit die zuständigen Behörden ihm glaubten und etwas unternahmen.

Obwohl es keinen Sinn hatte, ihnen das zu sagen, obwohl sie es nie begreifen würden, waren Mrs. und Mr. Borden auch Mörder. Sie hatten Roy zu einem Untoten gemacht, wie sie selbst welche waren.

5

Colin rief Heather an.

»Hast du mit Roys Mutter gesprochen?« fragte sie.

»Allerdings. Dabei ist viel mehr herausgekommen, als ich erwartet hatte.«

»Erzähle.«

»Das ist am Telefon zu kompliziert. Du mußt dir das Band anhören.«

»Warum kommst du nicht her und bringst es mit? Meine Eltern sind den ganzen Tag nicht zuhause.«

»Ich bin in einer Viertelstunde bei dir.«

»Komm nicht an die Haustür«, sagte sie. »Roy könnte gerade im Friedhof gegenüber sein; das weiß man nie. Nimm die Seitengasse und komm durch den Hinterhof.«

Er vergewisserte sich, daß ihm niemand folgte, und wenig später erwartete sie ihn auf der Terrasse hinter dem Haus. Sie gingen in die freundliche Küche mit den gelb- und weißgetünchten Wänden, setzten sich an den Tisch und hörten sich die Aufzeichnung des Gespräches zwischen ihm und Mrs. Borden an.

Als Colin schließlich das Gerät abschaltete, seufzte Heather: »Das ist ja schrecklich.«

»Ja, nicht wahr.«

»Der arme Roy.«

»Ich weiß, was du meinst«, sagte Colin bedrückt.

»Irgendwie tut es mir leid, daß ich so viel Gemeines über ihn gesagt habe. Er kann gar nichts dafür, daß er so ist, oder?«

»Auf mich hat es genauso gewirkt. Aber wir dürfen nicht zulassen, daß er uns leid tut. Noch nicht. Das wäre zu riskant. Wir müssen daran denken, daß er gefährlich ist. Und dürfen nicht vergessen, daß er mich mit dem größten Vergnügen umbringen – und dich vergewaltigen und umbringen würde, wenn er eine Chance sähe, damit durchzukommen.«

Die Küchenuhr tickte hohl.

»Wenn wir der Polizei dieses Band vorspielen, würde es sie vielleicht überzeugen«, sagte Heather.

»Wovon? Daß Roy als Kind mißhandelt wurde? Daß man ihn so mißhandelt hat, daß er einen Knacks dabei abbekommen hat? Das schon. Davon würde es sie wahrscheinlich schon überzeugen. Aber beweisen würde es überhaupt nichts. Es würde nicht beweisen, daß Roy diese zwei Jungs umgebracht oder daß er neulich nachts versucht hat, einen Zug zum Entgleisen zu bringen, oder daß er versucht hat, mich umzubringen. Wir brauchen mehr als das. Wir müssen unseren Plan zu Ende führen.«

»Heute nacht«, sagte sie.

»Genau.«

6

Weezy kam um halb sechs nach Hause, und sie aßen zusammen früh zu abend. Sie hatte ein paar Sachen aus dem Delikatessengeschäft mitgebracht: Schinken, Truthahnbrust, Käse, Makkaronisalat, Kartoffelsalat, Dillgürkchen und für jeden ein Stück Käsekuchen. Es war also reichlich zu essen da, aber weder Weezy noch Colin griffen richtig zu; sie war sehr auf ihre Figur bedacht, und Colin machte sich einfach zu viele Gedanken über die bevorstehende Nacht, um großen Appetit zu haben.

»Fährst du wieder in die Galerie?« fragte er.

»In etwa einer Stunde.«

»Bist du um neun zu Hause?«

»Ich fürchte, nein. Wir schließen um neun, dann wird saubergemacht, und um zehn öffnen wir wieder.«

»Wozu denn?«

»Wir haben eine Vernissage vor geladenen Gästen. Ein neuer Künstler wird vorgestellt.«

»Um zehn Uhr nachts?«

»Weißt du, es soll eine elegante Veranstaltung sein, nach dem Dinner. Wir reichen Cognac und Champagner. Wie klingt das?«

»Fein, denke ich.«

Sie tat sich einen Klecks Senf auf den Teller, nahm eine Scheibe Schinken, stippte sie in den Senf und biß davon ab. »Unsere besten Kunden aus der ganzen Ortschaft kommen.«

»Wie lange wird das dauern?«

»Etwa bis Mitternacht.«

»Kommst du anschließend nach Hause?«

»Ich denke schon.«

Er nahm einen Bissen von dem Käsekuchen.

»Vergiß deine Sperrstunde nicht«, sagte sie.

»Nein.«

»Du bist zu Hause, bevor es dunkel wird.«

»Du kannst dich auf mich verlassen.«

»Das hoffe ich. In deinem Interesse hoffe ich das.«

»Kannst ja anrufen und mich kontrollieren, wenn du Lust hast.«

»Das werde ich wahrscheinlich auch.«

»Ich werde hier sein«, log er.

Nachdem sie geduscht und sich umgezogen hatte und wieder

weggefahren war, ging er in ihr Zimmer und holte die Pistole aus der Schublade. Er legte sie mit dem Tonbandgerät, zwei Taschenlampen und einer Plastikflasche mit Ketchup in einen kleinen Karton. Dann nahm er ein Geschirrtuch aus dem Schrank und schnitt es der Länge nach in zwei Hälften, die er dann zu den anderen Sachen legte. Schließlich holte er aus der Garage noch ein langes Stück Seil, das dort seit ihrem Einzug an der Wand gehangen hatte.

Bis er das Kingman-Haus aufsuchen konnte, blieb noch etwas Zeit, also ging er in sein Zimmer und versuchte an einem seiner Monstermodelle zu arbeiten. Aber das ging nicht. Seine Hände zitterten zu sehr.

Eine Stunde vor Einbruch der Dunkelheit nahm er die Schachtel mit der Pistole, dem Tonbandgerät und den anderen Sachen und schnallte sie auf den Gepäckträger seines Fahrrads. Dann fuhr er auf einem Umweg zum Kingman-Haus. Er war sicher, daß ihm niemand gefolgt war.

Heather wartete hinter der Gartentür der alten Villa. Als Colin ankam, trat sie aus dem Schatten heraus. Sie trug blaue Shorts, eine langärmelige weiße Bluse und war sehr schön.

Er legte das Fahrrad an einer Stelle, wo man es von der Straße aus nicht sehen konnte, in das hohe, trockene Gras und trug den Karton ins Haus.

Die alte Villa war immer seltsam, aber im Zwielicht wirkte sie noch seltsamer. Durch ein paar der zerbrochenen, jalousielosen Fenster strömte das kupferfarbene Sonnenlicht herein und ließ das Innere des Hauses irgendwie blutig erscheinen. Staubpartikel kreiselten träge in den verblassenden Sonnenstrahlen. In einer Ecke glitzerte ein riesiges Spinnennetz wie Kristall. Die Schatten krochen heran, als wären sie lebende Wesen.

»Ich sehe schrecklich aus«, sagte Heather, als er ins Haus getreten war.

»Prima siehst du aus. Klasse.«

»Das Shampoo hat nichts getaugt«, murmelte sie. »Ich habe ganz strähniges Haar.«

»Du hast hübsches Haar. Sehr hübsch. Hübscher könntest du es dir nicht wünschen.«

»Er wird sich nicht für mich interessieren«, sagte sie, als wäre sie dessen ganz sicher. »Sobald er sieht, daß du mich hier hast, wird er einfach kehrtmachen und weggehen.«

»Sei nicht albern. Du bist prima, genau richtig.«

»Glaubst du das wirklich?«

»Ja, das glaube ich wirklich.« Er gab ihr einen zärtlichen, langen Kuß. Ihre Lippen waren weich und zitterten. »Komm«, sagte er sanft. »Wir müssen jetzt die Falle vorbereiten.« Er zog sie da in eine äußerst gefährliche Situation hinein, benutzte sie, manipulierte sie, ganz ähnlich wie Roy ihn manipuliert hatte, und dafür haßte er sich selbst. Aber er blies die Aktion auch nicht ab, obwohl noch Zeit dafür gewesen wäre.

Sie folgte ihm, und als er sich anschickte, die Treppe ins Obergeschoß hinaufzusteigen, fragte sie: »Warum nicht hier unten?«

Er blieb stehen, drehte sich um und blickte auf sie herab. »Im Erdgeschoß sind fast alle Jalousien heruntergefallen oder abgerissen worden. Wenn wir unseren Plan dort unten inszenieren würden, könnte man von draußen Licht sehen. Wer weiß, vielleicht würden wir damit Neugierige anlocken. Andere Kids. Die könnten uns stören, ehe wir von Roy das haben, was wir wollen. In einigen Räumen im ersten Stock sind noch Jalousien an den Fenstern.«

»Wenn etwas schiefgeht«, sagte sie, »könnten wir im Erdgeschoß leichter entkommen.«

»Es wird aber nichts schiefgehen«, sagte er. »Außerdem haben wir die Pistole. Vergiß das nicht.« Er tippte auf die Schachtel, die er unter dem rechten Arm trug.

Dann ging er weiter und hörte erleichtert, daß sie ihm folgte.

Der Korridor im Obergeschoß war düster, und das Zimmer, das er ausgewählt hatte, war dunkel, wenn man von einigen dünnen Streifen des letzten Tageslichtes absah, die zwischen den Ritzen der Jalousien hereinfielen. Er knipste eine der Taschenlampen an.

Dies hier war ein großes Schafzimmer links vom Treppenabsatz. Die alte, vergilbte Tapete hing in Fetzen von den Wänden und der Decke, wie die Girlande von irgendeinem Fest, das hundert Jahre zurücklag. Der Raum war staubig und roch ein wenig schimmelig, aber es lag nicht so viel Unrat herum wie in den anderen Zimmern; nur ein paar Brocken Verputz und etwas Tapete.

Er gab Heather die Taschenlampe und stellte die Schachtel ab. Dann holte er die zweite Lampe heraus, knipste sie an und lehnte sie so an die Wand, daß der Lichtstrahl zur Decke schien und nach unten reflektiert wurde.

»Unheimlich ist das hier«, sagte Heather.

»Hier gibt es nichts, wovor du Angst haben müßtest«, sagte Colin, holte das Tonbandgerät aus der Schachtel und stellte es an der der Tür gegenüberliegenden Wand auf den Boden. Dann sammelte er ein paar von den heruntergefallenen Verputzbrocken und deckte das kleine Gerät damit ab, so daß nur der Kopf des Mikrophons heraussah, den er dann mit einem Stück Tapete tarnte.

»Wirkt das natürlich?« fragte er.

»Ich glaube schon.«

»Sieh es dir genau an.«

Sie kam seiner Aufforderung nach. »Ja, das ist okay so. sieht nicht so aus, als ob jemand das hingelegt hätte.«

»Du siehst also das Tonbandgerät überhaupt nicht?«

»Nein.«

Er hob die zweite Taschenlampe auf, ließ ihren Lichtkegel auf den Haufen von Abfällen fallen und sah genau hin, ob irgendwo Metall oder Plastik zu sehen war oder irgendein Reflex, der seien Plan verraten würde.

»Okay«, sagte er schließlich, mit dem Ergebnis seiner Arbeit zufrieden. »Ich glaube, das sollte funktionieren. Wahrscheinlich wird er gar nicht richtig hinschauen.«

»Und was nun?« fragte sie.

»Wir müssen dafür sorgen, daß du ziemlich mitgenommen aussiehst«, sagte Colin. »Roy glaubt mir kein Wort, wenn du nicht so wirkst, als ob du dich gewehrt hättest.« Er holte die Plastikflasche mit Ketchup aus der Schachtel.

»Wozu ist das denn?«

»Blut.«

»Ist das dein Ernst?«

»Ich gebe ja zu, daß es ziemlich kitschig ist«, sagte Colin.

»Aber es sollte wirken.«

Er drückte ein wenig Ketchup auf seine linke Handfläche, schmierte es ihr geschickt mit dem Zeigefinger über die linke Schläfe und strich ihr auch ein wenig in ihr blondes Haar.

»Puh«, machte sie und zuckte zusammen.

Colin trat ein paar Schritte zurück und betrachtete sie. »Gut«, sagte er. »Im Augenblick ist es noch ein wenig zu frisch, aber sobald es eingetrocknet ist, sollte es die richtige Wirkung haben.«

»Wenn wir wirklich miteinander gekämpft haben, so wie du es

ihm gegenüber darstellen wirst, dann wäre ich zerzaust und schmutzig«, sagte sie.

Sie zog die Bluse halb aus ihren Shorts. Dann bückte sie sich, fuhr mit den Händen durch die dicke Staubschicht am Boden und strich damit über Hose und Bluse, so daß lange Schmierer entstanden.

Als sie sich wieder aufrichtete, musterte Colin sie kritisch, suchte nach irgend etwas, das unecht aussah und bemühte sich, sie so zu sehen, wie Roy sie sehen würde. »Genau. Ja. So ist es besser. Aber vielleicht sollte man noch etwas machen.«

»Was denn?«

»Wenn vielleicht dein Ärmel zerrissen wäre.«

Sie runzelte die Stirn. »Das ist eine meiner Lieblingsblusen.«

»Ich bezahle sie dir.«

Sie schüttelte den Kopf. »Nein. Ich habe gesagt, daß ich dir helfen würde. Ich mach alles mit. Nur zu. Zerreiß sie.«

Er zerrte beiderseits der Naht an der linken Schulter an dem Stoff, mußte aber zwei- oder dreimal reißen, ehe die Naht schließlich mit einem häßlichen Geräusch nachgab und der Ärmel halb abgerissen an ihrem Arm herunterrutschte.

»So«, sagte er. »Jetzt wirkst du wirklich sehr überzeugend.«

»Aber jetzt sehe ich so scheußlich aus, daß ich mich frage, ob er überhaupt noch an mir interessiert sein wird.«

»Eigenartig ...« Colin betrachtete sie nachdenklich. »Es ist seltsam, aber du wirkst jetzt noch attraktiver als vorher.«

»Wirklich? Ich meine, ich bin über und über schmutzig. Und ich habe schon in sauberem Zustand nicht gerade fabelhaft ausgesehen.«

»Du siehst klasse aus«, versicherte er ihr. »Genau richtig.«

»Aber wenn das klappen soll, dann muß er wirklich ... also ... dann muß er mich vergewaltigen wollen. Ich meine, er wird nie die Chance dazu kriegen. Aber den *Wunsch* muß er verspüren.«

Colin wurde aufs neue in eindringlicher Weise die Gefahr bewußt, der er sie aussetzte, und bei dem Gedanken war ihm überhaupt nicht wohl in seiner Haut.

»Ich könnte da noch etwas machen, das vielleicht hilft«, sagte sie.

Ehe er merkte, was sie vorhatte, packte sie ihre Bluse an der Vorderseite und riß heftig daran. Ein paar Knöpfe sprangen ab; einer davon traf Colin am Kinn. Sie riß die Bluse ganz auf, und einen Augenblick lang sah er eine schöne, kleine, zitternde Brust mit einer dunklen Brustwarze, aber dann fielen die beiden Hälften der Bluse vorn wieder zusammen, und er konnte nur noch die leichte Wölbung sehen, die den Ansatz ihrer Brüste markierte.

Er blickte auf, sah ihr in die Augen.

Sie wurde heftig rot.

Ein paar Augenblicke lang waren beide stumm.

Er leckte sich über die Lippen. Seine Kehle war plötzlich wie ausgedörrt.

Schließlich sagte sie zitternd: »Ich weiß nicht. Vielleicht bringt es nichts, die Bluse ein wenig offen zu haben. Ich meine, ich habe ja nicht viel zu zeigen.«

»Perfekt«, sagte er mit stockender Stimme. »Das ist das Tüpfelchen auf dem i.« Er wandte sich ab, ging zu der Schachtel und holte das Seil heraus.

»Ich wollte, du müßtest mich jetzt nicht fesseln.«

»Es geht nicht anders«, meinte er. »Aber du wirst nicht richtig gefesselt sein. Ich wickle dir das Seil nur ein paarmal um die Handgelenke und mache auch keine Knoten, damit du dich ganz schnell befreien kannst. Und wo ich Knoten mache, sind es solche, die ganz leicht aufgehen. Ich zeige es dir. Wenn es sein muß, kannst du dich in wenigen Sekunden befreien. Aber das wird nicht notwendig sein. Er wird überhaupt nicht in deine Nähe kommen. Er wird dich nicht berühren können. Es wird nichts schiefgehen. Ich habe die Pistole.«

Sie setzte sich mit dem Rücken zur Wand auf den Boden.

»Bringen wir es hinter uns.«

Als er sie schließlich gefesselt hatte, war es draußen Nacht geworden, und durch die alten, zersprungenen Jalousien drang überhaupt kein Licht mehr herein.

»Es ist Zeit für den Anruf«, sagte Colin.

»Ich werde mich hier ganz alleine überhaupt nicht wohl fühlen.«

»Es dauert nur ein paar Minuten.«

»Kannst du beide Taschenlampen dalassen?« fragte sie.

Ihre Angst bewegte ihn; er konnte sie gut nachempfinden. Trotzdem sagte er: »Das geht nicht. Ich brauche eine, sonst breche ich mir in dem alten Gemäuer in der Dunkelheit den Hals.«

»Ich wollte, du hättest drei mitgebracht.«

»Eine wird dir reichen«, sagte er, wußte aber, wie kläglich der schwache Lichtschein in diesem unheimlichen Haus in Wirklichkeit sein würde.

»Beeil dich«, sagte sie.

»Ja, ganz bestimmt.«

Er stand auf und ging zur Tür. Ehe er in den Korridor hinaustrat blieb er stehen und drehte sich nach ihr um. Sie wirkte so verletzbar, daß er es kaum ertragen konnte. Er sollte jetzt umkehren, ihr die Fesseln abnehmen und sie nach Hause schicken. Aber er mußte Roy in die Falle locken mußte die Wahrheit auf Tonband festhalten, und das war nur auf diese Weise möglich.

Schnell verließ er den Raum, lief die Treppe hinunter ins Erdgeschoß und trat durch die Haustüre ins Freie.

Der Plan würde funktionieren. Er *mußte* funktionieren.

Wenn etwas schiefging, dann konnte es durchaus sein, daß am Ende die blutigen Köpfe von ihm und Heather auf dem Kaminsims dieses Hauses stehen würden.

7

Colin betrat eine Telefonzelle in einer Tankstelle, vier Straßen von der Kingman-Villa entfernt. Er wählte die Nummer der Bordens.

Roy meldete sich. »Hallo?«

»Bist du das, Blutsbruder?«

Roy gab keine Antwort.

»Was ich getan habe, war nicht richtig«, sagte Colin.

Roy blieb stumm.

»Ich rufe an, um dir zu sagen, daß es nicht richtig war.«

»Daß was nicht richtig war?«

»Alles. Daß ich unseren Blutsbrüderschaftseid gebrochen habe.«

»Was willst du?« fragte Roy.

»Ich möchte, daß wir wieder Freunde sind.«

»Du bist ein Arschloch.«

»Ehrlich. Ich möchte wirklich, daß wir wieder Freunde sind, Roy.«

»Das kommt nicht in Frage.«

»Du bist schlauer als all die anderen«, sagte Colin. »Du bist schlauer und härter. Du hast recht; das sind alles blöde Ärsche. Die Erwachsenen auch. Man kann sie so leicht manipulieren. Ich sehe das jetzt ein. Ich bin keiner von denen. Und das war ich auch nie. Ich bin wie du. Ich möchte auf deiner Seite sein.«

Wieder blieb Roy stumm.

»Ich werde dir beweisen, daß ich auf deiner Seite bin«, sagte Colin. »Ich werde tun, was du tun wolltest. Ich werde dir helfen, jemanden umzubringen.«

»Jemanden umzubringen? Colin, hast du schon wieder Pillen geschluckt? Das ist doch Blödsinn, was du da redest.«

»Du glaubst, daß jemand bei mir ist und zuhört«, sagte Colin. »Also, das ist nicht der Fall. Aber wenn du am Telefon nicht reden willst, dann sollten wir uns treffen.«

»Wann?«

»Jetzt.«

»Wo?«

»Das Kingman-Haus«, sagte Colin.

»Warum gerade dort?«

»Weil es sich am besten dafür eignet.«

»Ich kann mir etwas Besseres denken.«

»Nichts für das, was wir tun werden. Dort stört uns niemand, und das brauchen wir.«

»Wofür? Wovon redest du?«

»Wir werden sie zuerst bumsen und dann umbringen«, sagte Colin.

»Bist du verrückt? Was redest du da?«

»Es hört niemand zu, Roy.«

»Du bist verrückt.«

»Sie wird dir gefallen«, sagte Colin.

»Du mußt voll bekifft sein.«

»Sie ist richtig scharf.«

»Wer?«

»Das Mädchen, das ich uns besorgt habe.«

»Du hast ein Mädchen beschafft?«

»Sie weiß nicht, was mit ihr geschehen wird.«

»Wer ist sie denn?«

»Sie ist mein Friedensangebot an dich«, sagte Colin.

»Was für ein Mädchen? Wie heißt sie?«

»Komm her, dann siehst du sie.«

Roy gab keine Antwort.

»Hast du Angst vor mir?« fragte Colin.

»Zum Teufel, nein.«

»Dann gib mir eine Chance. Treffen wir uns in der Kingman-Villa.«

»Wahrscheinlich lauerst du dort mit deinen Fixerfreunden«, sagte Roy. »Ihr habt wohl vor, mich zu verprügeln? Ihr habt vor, gemeinsam über mich herzufallen, was?«

Colin lachte bitter. »Du bist gut, Roy. Du bist wirklich gut.

Deshalb möchte ich auch auf deiner Seite bleiben. Keiner ist schlauer als du.«

»Du mußt aufhören, diese Pillen zu schlucken«, sagte Roy. »Colin, dieser Stoff bringt einen um. Du wirst dich ruinieren.«

»Dann komm doch her und überzeuge mich davon.«

»Ich muß etwas für meinen Vater erledigen. Vor einer Stunde kann ich hier nicht weg.«

»Okay«, sagte Colin. »Es ist jetzt gleich viertel nach neun. Wir treffen uns also um halb elf in der Kingman-Villa.«

Colin hängte ein, riß die Tür der Telefonzelle auf und rannte, als ob der Teufel hinter ihm her wäre. Er hetzte den steilen Hügel hinauf so schnell er konnte, rannte durch das Tor des Kingman-Anwesens und den Plattenweg zum Haus hinauf. Drinnen stieg er die ächzenden Treppenstufen hinauf und hörte wie Heather, ehe er den ersten Stock erreicht hatte, zögernd seinen Namen rief.

Sie saß immer noch in dem ersten Schlafzimmer links von der Treppe, so wie er sie verlassen hatte, gefesselt und betörend schön.

»Ich hatte Angst, es wäre jemand anderer«, sagte sie.

»Bei dir alles okay?«

»Eine Taschenlampe war zu wenig«, sagte sie. »Hier drinnen ist es zu dunkel.«

»Tut mir leid.«

»Und dann glaube ich, daß es hier Ratten gibt. Ich habe in den Wänden kratzende Geräusche gehört.«

»Wir brauchen nicht viel länger hierzubleiben«, sagte er.

Er beugte sich über die Schachtel und holte die zwei Fetzen des Geschirrtuches heraus, die er von zu Hause mitgebracht hatte. »Jetzt geht alles schnell.«

»Hast du mit Roy geredet?«

»Ja.«

»Kommt er?«

»Er hat gesagt, er muß noch etwas für seinen Vater erledigen und kann nicht weg. Vor halb elf würde er es nicht schaffen.«

»Dann war es gar nicht nötig, mich vor dem Anruf zu fesseln«, sagte sie.

»Doch, das war es«, sagte er. »Laß die Schnur so, wie sie ist. Er ist bereits unterwegs.«

»Ich dachte, du hättest gesagt halb elf.«

»Da hat er gelogen.«

»Woher weißt du das?«

»Ich *weiß* es eben. Er versucht, vor mir hierher zu kommen und *mir* eine Falle zu stellen. Er glaubt, ich bin noch so naiv wie früher.«

»Colin ... Ich habe Angst.«

»Alles wird gutgehen.«

»Wirklich?«

»Ich habe die Pistole.«

»Und was ist, wenn du wirklich schießen mußt?«

»Das werde ich nicht.«

»Er könnte dich dazu zwingen.«

»Dann schieße ich auch. Wenn er mich dazu zwingt, schieße ich.«

»Aber dann ...«

»Es wäre Notwehr«, sagte Colin.

»Würdest du es denn *fertigbringen*, auf ihn zu schießen?«

»In Notwehr? Selbstverständlich. Klar.«

»Du bist kein Killer.«

»Ich würde ihn nur verwunden«, sagte er. »Aber jetzt müssen wir uns beeilen. Ich muß dir den Knebel in den Mund stecken. Er muß festsitzen, wenn er überzeugend wirken soll, aber du mußt es mir sagen, wenn es zu fest ist.« Er knüllte den einen Geschirrtuchfetzen zusammen, steckte ihn ihr in den Mund und band ihn mit dem anderen Fetzen fest. »Okay?« fragte er dann.

Sie gab einen unverständlichen Laut von sich.

»Du mußt nicken oder den Kopf schütteln – ja oder nein. Sitzt der Knebel zu fest?«

Sie schüttelte den Kopf: Nein.

Er sah ihr an, daß ihre Zweifel von Sekunde zu Sekunde wuchsen und daß sie jetzt wünschte, sie hätte sich nie darauf eingelassen. Echte Angst leuchtete in ihren Augen, aber das war gut; das erweckte den Eindruck, als ob sie wirklich das hilflose Opfer wäre, als das er sie hinstellen wollte. Roy, der die Instinkte eines raffinierten, bösartigen Raubtiers besaß, würde ihre Angst auf den ersten Blick erkennen und sich davon überzeugen lassen.

Colin ging zu dem Tonbandgerät, hob ein Stück von der Tarnung ab, schaltete das Gerät ein, legte den abgebröckelten Verputz wieder sorgfältig dorthin, wo er ihn weggenommen hatte, und sah wieder zu Heather hinüber. »Ich gehe jetzt hinaus und warte oben an der Treppe auf ihn. Mach dir keine Sorgen.«

Er verließ den Raum und nahm die Pistole, eine Taschenlampe und die Schachtel mit, in der jetzt nur noch die Ketchupflasche lag. Beides trug er in ein anderes Zimmer und ging dann an die Treppe und knipste seine Taschenlampe aus.

Stockfinstere Nacht erfüllte das Haus.

Die Pistole steckte er sich hinten am Rücken, wo Roy sie nicht sehen konnte, in den Gürtel. Er wollte unbewaffnet und wehrlos wirken, um Roy ins Obergeschoß zu locken.

Colins Atem ging laut, er keuchte förmlich, nicht weil er körperlich erschöpft war, sondern weil er Angst hatte. Er konzentrierte sich darauf, seinen Atem unter Kontrolle zu bekommen, aber es war nicht leicht.

Irgend etwas im Erdgeschoß krachte.

Er hielt den Atem an, lauschte.

Wieder ein Geräusch.

Roy war gekommen.

Colin sah auf die Uhr. Seit er die Telefonzelle verlassen hatte, war genau eine Viertelstunde vergangen.

Also war es, wie er es vorausgesagt hatte. Roy hatte bloß sicherstellen wollen, daß er als erster im Haus war. Falls Colin vorhatte, ihm eine Falle zu stellen, würde er in der Dunkelheit lauern und ihm dabei zusehen.

Damit hatte Colin gerechnet, und das tat ihm gut. Im dunklen Flur stehend lächelte er.

Etwas bewegte sich an der Wand zu seiner Rechten, und er zuckte zusammen. Eine Maus. Bloß eine Maus. Es war nicht Roy. Den konnte er immer noch im Erdgeschoß hören. Bloß eine Maus. Vielleicht eine Ratte. Schlimmstenfalls zwei oder drei Ratten.

Nichts, worüber er sich zu sorgen brauchte. Trotzdem wußte er, daß er sich vor zuviel Zuversicht hüten mußte, sonst konnte leicht sein, daß er, ehe die Nacht vorbei war, diesen Ratten als Nahrung dienen würde.

Schritte.

Eine Taschenlampe, deren Lichtkegel von einer Hand abgeschirmt wurde.

Das Licht bewegte sich auf die unterste Treppenstufe zu.

Roy kam herauf.

Plötzlich hatte Colin das Gefühl, daß sein Plan kindisch, dumm und naiv war. Er würde nie funktionieren. Nie im Leben. Er und Heather würden sterben.

Er schluckte, knipste seine Lampe an und leuchtete damit die Treppe hinunter. »Hallo, Roy.«

8

Roy blieb stehen und richtete seine Taschenlampe auf Colin.

Ein paar Sekunden lang starrten die beiden einander an. Colin konnte den Haß in Roys Augen erkennen und fragte sich, ob man ihm seine Angst ebenso deutlich ansehen konnte.

»Du bist schon da«, sagte Roy.

»Das Mädchen ist hier oben.«

»Da ist kein Mädchen.«

»Komm und schau sie dir an«, wiederholte Colin.

»Das ist doch bloß ein Trick.«

»Nein, das ist kein Trick. Ich habe dir am Telefon gesagt, daß ich auf deiner Seite sein will. Ich habe es auf der *anderen* Seite versucht. Es hat nicht geklappt. Die glauben mir nicht. Denen bin ich egal. Allen. Ich hasse sie. Alle hasse ich sie. Meine Mutter auch. Du hast völlig recht gehabt. Ein beschissenes Miststück ist sie. Mit allem hast du recht gehabt. Die werden mir nie helfen. Nie im Leben. Sie taugen nicht für mich. Und ich will nicht die ganze Zeit vor dir davonlaufen müssen. Ich habe keine Lust, mich den Rest meines Lebens dauernd nach dir umzusehen. Du bist nicht zu schlagen. Über kurz oder lang erwischt du mich. Du bist ein Siegertyp. Am Ende bist du immer der Sieger. Das habe ich jetzt erkannt. Und ich bin es leid, ein Verlierer zu sein. Deshalb möchte ich auf deiner Seite stehen. Ich will auch siegen. Ich möchte es denen allen zeigen. Allen. Ich tu alles, was du willst, Roy. Alles.«

»Also hast du uns ein Mädchen besorgt?«

»Ja.«

»Und wie hast du sie da raufbekommen?«

»Ich habe sie gestern gesehen«, sagte Colin und bemühte sich, erregt zu wirken, als hätte er sich nicht jedes Wort sorgfältig zurechtgelegt, das er jetzt sagen wollte. »Ich war mit dem Fahrrad unterwegs, bin bloß so rumgefahren, habe nachgedacht und mir überlegt, wie ich das mit dir wieder einrenken kann. Da bin ich hier vorbeigekommen und habe sie draußen auf dem Gehsteig sitzen sehen. Sie hatte einen Zeichenblock dabei. Sie interessierte sich für Kunst, und hat das Haus skizziert. Ich habe angehalten und mit ihr geredet und rausgekriegt, daß sie schon seit ein paar Tagen Skizzen von dem Haus macht. Sie hat gesagt, sie würde heute abend wieder vorbeikommen, um das Haus im Nachmittagsschatten zu zeichnen. Da wußte ich sofort, daß sie das war, was ich suchte. Ich wußte, wenn ich sie dir verschaffe, sind wir wieder Freunde. Das Mädchen ist scharf, Roy, das sage ich dir. Wirklich. Ich habe ihr eine Falle gestellt. Und jetzt sitzt sie hier oben in einem der Schlafzimmer, gefesselt und geknebelt.«

»Einfach so?« fragte Roy.

»Hä?«

»Du hast ihr eine Falle gestellt und sie dann einfach gefesselt und geknebelt, du ganz allein? So einfach war das?«

»Zum Teufel, nein!« sagte Colin. »Es war ganz und gar nicht einfach. Ich mußte sie niederschlagen. Sie hat sogar eine blutige Schramme abbekommen. Aber ich habe sie. Du wirst sehen.«

Roy blickte zu ihm hinauf und dachte nach, versuchte sich darüber klar zu werden, ob er dableiben oder weggehen sollte. Seine eisigen Augen glänzten im fahlen, kalten Licht.

»Kommst du jetzt?« fragte Colin. »Oder hast du Angst davor, sie dir wirklich vorzunehmen?«

Roy stieg langsam die Treppe hoch.

Colin ging rückwärts auf die offene Tür des Zimmers zu, in dem Heather wartete.

Roy hatte jetzt die letzte Stufe hinter sich gebracht und trat in den Flur.

Die beiden Jungen waren höchstens fünf Meter voneinander entfernt.

»Hier drinnen«, sagte Colin.

Aber Roy blieb an der anderen Wand stehen und ging langsam nicht auf die Tür des Zimmers, in dem Colin ihn haben wollte, sondern auf die gegenüberliegende zu.

»Was machst du?« fragte Colin.

»Ich will bloß sehen, wer sonst noch hier ist«, sagte Roy.

»Niemand. Ich habe es dir doch gesagt.«

»Ich will es selbst sehen.«

Ohne Colin aus den Augen zu lassen, richtete Roy den Lichtkegel seiner Taschenlampe in das Zimmer. Colin fiel die Schachtel ein, die er dort abgestellt hatte, und sein Herz fing an wie wild zu schlagen. Er wußte, daß sein ganzer Plan platzen würde, wenn Roy die Ketchupflasche sah. Aber inmitten all des anderen Unrats, mit dem die Böden der alten Villa übersät waren, mußte ihm die Schachtel wohl nicht aufgefallen sein, denn Roy trat nicht in das Zimmer, um nachzusehen. Er ging im Flur weiter, um sich zu vergewissern, ob auch die restlichen Räume leer waren.

Colin wartete, bis Roy alle anderen Räume inspiziert hatte.

»Niemand«, sagte Roy.

»Ich bin ehrlich zu dir.«

Roy ging auf ihn zu.

Colin trat rückwärts ins Schlafzimmer und ging schnell zu Heather. Er stellte sich neben sie.

Sie sah so aus, als würde sie trotz des Knebels, der ihr im Mund steckte, gleich zu schreien anfangen. Colin wollte lächeln und sie beruhigen, wagte es aber nicht; Roy könnte es sehen, und dann würde er sofort wissen, daß die beiden ihm etwas vormachten.

Roy trat vorsichtig ein. Der Lichtkegel seiner Taschenlampe stocherte in den Schatten herum. Als er das Mädchen sah, blieb er überrascht stehen. Er war nur fünf Meter von ihr entfernt und versperrte den einzigen Zugang zu dem Zimmer; dies war der Augenblick der Wahrheit. »Ist das ...?«

»Genau«, sagte Colin mit belegter Stimme. »Kennst du sie? Hab' ich zuviel versprochen?«

Roy musterte sie mit wachsendem Interesse. Colin sah, wie seine Augen an ihren schlanken Fesseln hängenblieben und dann über ihre Waden zu den Knien und den wohlgeformten Schenkeln emporwanderten. Einen Augenblick lang schien Roy außerstande, den Blick von ihren wohlgeformten, schlanken Beinen zu lösen. Dann sah er endlich die zerrissene Bluse und die durch den zerfetzten Stoff halb sichtbare Rundung ihrer Brüste. Er sah die Fesseln, den Knebel, der ihr im Mund steckte, sah ihre geweiteten, angsterfüllten Augen. Er sah, daß sie sich echt ängstigte, und ihre Furcht gefiel ihm. Lächelnd drehte er sich zu Colin um. »Du hast es tatsächlich gemacht.«

Colin wußte, daß sein Trick gelungen war. Für Roy war es unvorstellbar, daß Colin und Heather ganz alleine, ohne die Unterstützung von Erwachsenen, ihm eine Falle gestellt haben könnten. Sobald Roy gesehen hatte, daß niemand außer ihnen in der alten Villa war, daß sich nicht irgendwelche Hilfstruppen in einem anderen Zimmer versteckten, war er überzeugt gewesen. Der Colin, den er kannte, war ein viel zu großer Feigling, um so etwas zu versuchen. Aber der Colin, den er kannte, existierte nicht mehr. Der neue Colin war ihm ein Fremder.

»Du hast es tatsächlich getan, tatsächlich«, sagte Roy.

»Habe ich es dir nicht gesagt?«

»Ist das Blut, was sie da am Kopf hat?«

»Ich mußte ziemlich kräftig zuschlagen. Sie war eine Weile bewußtlos«, sagte Colin.

»Du lieber Himmel.«

»Glaubst du mir jetzt?«

»Du willst sie wirklich bumsen?« fragte Roy.

»Na klar.«

»Und sie dann umbringen?«

»Klar.«

Heather gab unter dem Knebel schwache, unverständliche, protestierende Laute von sich.

»Wie werden wir sie denn erledigen?« fragte Roy.

»Hast du dein Taschenmesser dabei?«

»Klar.«

»Also«, sagte Colin, »ich habe meines auch hier.«

»Du meinst – sie erstechen?«

»So wie du die Katze abgemurkst hast.«

»Mit dem Taschenmesser dauert das aber ziemlich lange.«

»Je länger, desto besser, stimmt's?«

Roy grinste. »Stimmt.«

»Wir sind also wieder Freunde?«

»Ich schätze schon.«

»Blutsbrüder?«

»Also … Na schön. Sicher. Du hast das wieder gutgemacht, was du getan hast.«

»Und du versuchst nicht länger, mich umzubringen?«

»Einem Blutsbruder würde ich nie etwas zuleide tun.«

»Aber bei mir hast du es versucht.«

»Weil du dich nicht mehr wie ein Blutsbruder verhalten hast.«

»Du wirst mich nicht von einer Klippe stoßen wie Steven Rose?«

»Der war nicht mein Blutsbruder«, sagte Roy.

»Und du wirst mich auch nicht mit Feuerzeugbenzin bespritzen und mich anzünden wie Phil Pacino?«

»Der war auch nicht mein Blutsbruder«, sagte Roy ungeduldig.

»Du hast versucht, mich anzuzünden.«

»Nur weil ich geglaubt habe, du hättest deinen Eid gebrochen. Du wolltest nicht länger mein Blutsbruder sein, also brauchte ich keine Rücksicht zu nehmen. Aber jetzt bist du ja bereit, den Eid zu halten, also bist du auch vor mir sicher. Ich werde dir nichts tun. Niemals. Nein, genau das Gegenteil sogar! Verstehst du nicht? Du bist mein Blutsbruder. Ich würde für dich sterben, wenn ich müßte.«

»Okay«, sagte Colin.

»Aber stell dich nie wieder gegen mich, wie du das schon einmal getan hast«, sagte Roy. »Ich denke, einem Blutsbruder muß man wohl ein zweites Mal eine Chance geben. Aber nicht ein drittes Mal.«

»Keine Sorge«, sagte Colin. »Von nun an gehören wir beide zusammen. Bloß wir zwei.«

Roy blickte wieder auf Heather herab und leckte sich die Lippen. Er griff sich in den Schritt und begann sich durch den Stoff seiner Jeans zu reiben. »Wir werden mächtigen Spaß haben«, sagte Roy, »und mit diesem kleinen Miststück fängt es erst an. Du wirst schon sehen, Colin. Jetzt hast du es kapiert. Du hast kapiert, daß wir gegen all die anderen stehen. Das wird ein mächtiger Knaller.«

Wohl wissend, daß das Tonbandgerät lief und zugleich mit dem Gefühl, sein Herz müsse zerspringen, als Roy einen Schritt auf Heather zu tat, sagte Colin: »Wenn du willst, können wir ja noch einmal nachts auf den Schrottplatz gehen und den alten Laster über den Hügel hinunterstoßen, damit der Zug entgleist.«

»Nee«, sagte Roy. »Das geht jetzt nicht mehr. Jetzt hast du ja deiner Alten davon erzählt. Wir lassen uns was anderes einfallen.« Er machte wieder einen Schritt auf Heather zu. »Komm jetzt. Ziehen wir ihr den Knebel heraus. Ich habe da was anderes, was ich ihr zwischen ihre hübschen Lippen stopfen möchte.«

Colin griff hinter sich und zog die Pistole aus dem Gürtel. »Rühr sie nicht an.«

Roy sah ihn nicht einmal an, sondern schob sich weiter auf Heather zu.

Colin schrie: »Ich jage dir eine Kugel in den Kopf, du dreckiger Mistkerl!« Roy war wie gelähmt. Zuerst begriff er nicht, aber dann sah er, wie Heather die Fesseln von ihren Handgelenken abstreifte und erkannte, daß man ihn doch hereingelegt hatte. Das Blut wich aus seinem Gesicht, und er wurde weiß vor Wut.

»Ich habe das alles aufgezeichnet«, sagte Colin. »Ich habe es auf Band. Jetzt wird mir endlich jemand glauben.«

Roy kam auf ihn zu.

»Keine Bewegung!« sagte Colin und hob die Pistole.

Roy blieb stehen.

Heather zog den Knebel aus dem Mund.

»Bist du okay?« fragte Colin sie.

»Ich werde mich wohler fühlen, wenn wir wieder draußen sind«, sagte sie.

»Du beschissener kleiner Mistkerl!«, sagte Roy zu Colin.

»Du hast doch nicht den Mumm, auf einen zu schießen.«

Colin fuchtelte mit der Pistole. »Du brauchst nur noch einen Schritt zu machen, dann wirst du ja sehen, daß du dich täuscht«, sagte er.

Heather, die gerade damit beschäftigt war, die Fesseln von ihren Beinen zu entfernen, war in ihrer Bewegung erstarrt.

Einen Augenblick lang gab keiner von den dreien einen Laut von sich.

Dann machte Roy einen Schritt nach vorn.

Colin richtete die Waffe auf Roys Füße und gab einen Warnschuß ab.

Bloß, daß der Schuß nicht fiel.

Er versuchte es noch einmal.

Nichts.

»Du hast mir gesagt, daß die Kanone deiner Mutter nicht geladen ist«, sagte Roy. »Erinnerst du dich?« Sein Gesicht mit dem bösartigen Grinsen wirkte maskenhaft.

Hektisch und verzweifelt drückte Colin erneut den Abzug. Und noch einmal. *Und noch einmal!*

Immer noch nichts.

Er wußte, daß die Pistole geladen war. Er hatte sich vergewissert. Verdammt nochmal, er hatte die Patronen gesehen.

Dann erinnerte er sich an den Sicherungshebel. Er hatte zu entsichern vergessen!

Roy sprang ihn an, und Heather stieß einen Schrei aus.

Ehe Colin den kleinen Sicherungshebel an der Waffe umlegen konnte, war Roy über ihm, und sie wälzten sich in der dicken Staubschicht. Colins Schädel krachte gegen den Boden, und Roy schlug ihm mit dem Handrücken ins Gesicht, schlug einmal, zweimal, dreimal mit Fäusten zu, die wie Marmorblöcke waren, traf Colin an den Rippen und in der Magengrube, bis er keine Luft mehr bekam.

Colin versuchte mit der Waffe zuzuschlagen, aber Roy packte ihn am Handgelenk, entwand ihm die Waffe und schlug jetzt seinerseits damit zu, holte aus, traf Colin seitlich am Kopf, traf ihn ein zweitesmal, und dann wallte eine tiefe Schwärze auf, eine willkommene, warme, samtige, ungemein verlockende Schwärze.

Colin wußte, daß ein oder zwei weitere Schläge ihn jetzt bewußtlos machen oder gar töten konnten. Und dann würde er überhaupt nichts mehr tun können, um Heather zu helfen. Für ihn gab es jetzt nur noch eines – er tat so, als würde er erschlaffen, und stellte sich tot. Roy saß jetzt keuchend auf ihm. Dann hieb er für alle Fälle Colin die Waffe noch einmal über den Schädel.

Der Schmerz breitete sich wie eine Explosion von Colins linkem Ohr aus, durch die Wange bis zum Nasenrücken, als ob man ihm Dutzende spitzer Nadeln ins Gesicht getrieben hätte. Er verlor die Besinnung.

Er war nicht lange bewußtlos. Nur ein paar Sekunden. Eine Vision von Heather, obszön, plattgedrückt unter Roy, zuckte wie ein Blitz durch die Schwärze, in der Colin dahintrieb, und jenes schreckliche Bild riß ihn wieder aus der Dunkelheit heraus.

Heather schrie, aber dann riß ihr Schrei ab, als eine Hand ihr klatschend ins Gesicht schlug.

Colins Brille war weg. Alles verschwamm vor seinen Augen. Er setzte sich auf, erwartete, das Roy ihn ansprang und tastete den Boden rings um sich ab. Er fand die Brille. Das Gestell war zwar verbogen, aber die beiden Gläser waren noch intakt. Er setzte die Brille auf und bog hastig das Gestell ein wenig zurecht.

Heather lag auf der anderen Seite des Raumes auf dem Boden, und Roy saß rittlings auf ihr, das Gesicht von Colin abgewandt. Ihre Bluse war aufgerissen, so daß man ihre Brüste sehen konnte. Roy versuchte ihr die Shorts herunterzuziehen. Sie wehrte sich, er schlug sie erneut ins Gesicht, und sie fing zu weinen an.

Benommen und voller Schmerzen, aber mit der Kraft eines wilden Zorns, warf Colin sich mit einem Satz auf Roy, packte ihn am Haar und zerrte ihn von dem Mädchen herunter. Sie taumelten nach rückwärts, kippten zur Seite und rollten voneinander weg.

Roy rappelte sich auf und packte Heather, als die zur Tür hinausrennen wollte. Er riß sie zurück und stieß sie auf die Wand zu. Sie stolperte und fiel auf das versteckte Tonbandgerät.

Colin lag auf etwas Hartem, Scharfkantigem und brauchte in seiner Benommenheit einen Augenblick, um zu erkennen, daß es seine Pistole war. Er packte sie, kniete sich hin und fummelte an dem Sicherungshebel herum, als Roy erneut auf ihn losging. Sterne funkelten vor Colins Augen.

Roy lachte bösartig. »Du glaubst wohl, ich habe Schiß vor einer ungeladenen Kanone? Herrgott, was bist du für ein Wicht! Ich werde dir jetzt den Schädel zertreten, du blödes kleines Arschloch. Und dann ficke ich deine Freundin, bis sie tot ist.«

»Du bist ein widerlicher, dreckiger Mistkerl, du Schwein!« schrie Colin so wütend, wie er das bei sich nie für möglich gehalten hätte. Er richtete sich taumelnd auf. »Bleib stehen! Bleib stehen, wo du bist! Die Waffe war gesichert. Jetzt habe ich sie entsichert. Hast du gehört? Die Pistole ist geladen. Und ich werde schießen. Ich schwöre dir bei Gott, ich blase dir ein Loch in den Bauch!«

Roy lachte wieder. »Colin Jacobs, der große harte Killer.«

Grinsend und selbstsicher rückte er näher.

Colin fluchte und drückte ab. Der Schuß hallte dröhnend durch den leeren Raum.

Roy taumelte nach rückwärts, aber nicht, weil der Schuß ihn getroffen hatte, er war nur überrascht. Die Kugel hatte ihn verfehlt.

Colin drückte ein zweitesmal ab.

Auch der zweite Schuß verfehlte sein Ziel, aber jetzt stieß Roy einen Schrei aus und hob abwehrend die Hände. »Nein! Warte doch! Nicht!« Colin ging auf ihn zu, und Roy stieß mit dem Rükken an die Wand. Dann drückte Colin erneut ab. Er konnte sich nicht davon abhalten. Es war, als stünde er in Flammen, in Weißglut, er kochte vor Zorn, hatte das Gefühl, er müsse schmelzen, zerfließen wie Lava, und sein Herz schlug so wild, daß jeder einzelne Schlag der Explosion eines Vulkans glich. Er war kein Mensch mehr, war zum Tier geworden, wild, barbarisch, kämpfte mit einem Rivalen einen brutalen Kampf um sein Revier, zum Angriff gezwungen, bis Blut floß, angetrieben von einer schreckerregenden, aber unwiderstehlichen, primitiven Lust zu siegen, zu herrschen, zu vernichten.

Der dritte Schuß streift Roy am rechten Arm, und die vierte Kugel traf ihn mitten ins rechte Bein. Er brach zusammen, als ihm das Blut rot über den Ärmel rann und seine Jeans durchtränkte. Und zum erstenmal seit Colin ihn kannte, sah Roy – zumindest im Gesicht – wie ein Kind aus, wie das Kind, das er in Wirklichkeit war. Ein hilfloser Blick verzerrte sein Gesicht, ein Ausdruck unverhohlenen Schreckens.

Colin stand über ihm und richtete den Lauf auf Roys Nasenwurzel. Beinahe hätte er erneut abgedrückt. Aber ehe er jenen letzten Schritt in die totale Wildheit tun konnte, wurde ihm bewußt, daß da in Roys Augen neben der Furcht noch etwas anderes war. Er sah die Verzweiflung. Und einen mitleiderregenden, verlorenen Blick tiefer Einsamkeit. Und was das Schlimmste war, er erkannte, daß etwas in Roy ihn anflehte, noch einmal abzudrücken, darum bettelte, daß er ihn tötete.

Langsam ließ Colin die Waffe sinken. »Ich werde jetzt Hilfe für dich holen, Roy. Sie werden dein Bein zusammenflicken. Und um all das andere werden sie sich auch kümmern. Psychiater. Gute Ärzte, Roy. Die werden dafür sorgen, daß du wieder in Ordnung gebracht wirst. Die Sache mit Belinda war nicht deine Schuld. Das war ein Unfall. Sie werden dir dabei helfen, daß du das verstehst.«

Roy fing an zu weinen. Er umfaßte sein zerschossenes Bein mit beiden Händen und weinte unkontrolliert, stöhnte, jammerte, wand sich – entweder weil der Schock jetzt nachgelassen hatte und die Wunde anfing weh zu tun – oder weil Colin ihn nicht aus seinem Elend erlöst hatte.

Auch Colin konnte jetzt die Tränen nicht mehr zurückhalten. »O Gott, Roy, was haben sie dir angetan. Was haben sie mir angetan. Was tun wir alle einander jeden Tag an, die ganze Zeit. Es ist schrecklich. Warum? Um Himmels willen, warum?« Er warf die Waffe quer durchs Zimmer; sie krachte gegen die Wand und fiel scheppernd zu Boden. »Schau, Roy, ich werde dich besuchen«, sagte er unter Tränen, die nicht aufhören wollten. »Im Krankenhaus. Oder wohin sie dich auch sonst bringen. Ich werde dich immer besuchen. Ich werde es nie vergessen, Roy. Niemals. Das verspreche ich dir. Ich werde niemals vergessen, daß wir Blutsbrüder sind.«

Roy schien ihn gar nicht zu hören. Er war verloren in seinem eigenen Schmerz und seiner eigenen Qual.

Heather trat zu Colin und strich zögernd mit der Hand über sein zerschlagenes Gesicht.

Er sah, daß sie hinkte. »Bist du verletzt?«

»Es ist nichts Ernsthaftes«, sagte sie. »Ich habe mir beim Fallen den Knöchel verstaucht. Und du?«

»Ich werde es überleben.«

»Dein Gesicht sieht schrecklich aus. Wo er dich mit der Pistole getroffen hat, ist es angeschwollen und fängt jetzt an blau zu werden.«

»Es tut weh«, gab er zu. »Aber zunächst brauchen wir eine Ambulanz für Roy. Wir wollen ja nicht, daß er verblutet.«

Er griff in die Tasche und holte ein paar Münzen heraus.

»Da, nimm das. Unten am Hügel an der Tankstelle ist eine Telefonzelle. Ruf das Krankenhaus und die Polizei an.«

»Es ist besser, wenn du gehst«, sagte sie. »Mit meinem verstauchten Knöchel dauert das sonst eine Ewigkeit.«

»Es macht dir nichts aus, hier mit ihm allein zu sein?« fragte Colin.

»Er ist jetzt harmlos«, sagte sie.

»Also ... Na gut.«

»Sieh aber zu, daß du schnell wieder zurückkommst.«

»Das werde ich. Und, Heather ... es tut mir leid.«

»Was tut dir leid?«

»Ich habe gesagt, er würde dich nie anfassen. Ich habe dich im Stich gelassen.«

»Er hat mir nichts getan«, sagte sie. »Du hast mich beschützt. Du hast das sehr gut gemacht.«

Tränen schimmerten in ihren Augen. Sie hielten einander einen Augenblick lang in den Armen.

»Du bist so hübsch«, sagte er.

»Wirklich?«

»Du darfst dir nie einreden, daß du das nicht bist. Glaub nie wieder, daß du irgendwie häßlich bist. Niemals. Sag allen, die so was behaupten, daß sie zum Teufel gehen sollen. Du bist hübsch. Merk dir das. Versprich mir, daß du es dir merken wirst.«

»Okay.«

»Versprich es mir.«

»Ich verspreche es.«

Er ging, um die Ambulanz zu rufen.

Draußen war finstere Nacht.

Als er den Hügel hinunterlief, zu dem Telefon an der Tankstelle, wurde ihm bewußt, daß er die Stimme der Nacht nicht länger hören konnte. Kröten waren zu hören und Grillen und in der Ferne das Poltern eines Zuges. Aber jenes leise, bösartige Murmeln, von dem er immer geglaubt hatte, daß es ihn umgab, jenes Geräusch einer übernatürlichen Macht, die Böses bewirkte, war verstummt. Ein paar Schritte weiter erkannte er, daß die Stimme der Nacht jetzt in ihm war, dort wo sie in Wirklichkeit immer gehaust hatte. Sie war in jedem Menschen, wisperte bösartig, Tag und Nacht. Und die wichtigste Aufgabe im Leben war es wohl, sie zu ignorieren, sie auszuschließen, sich zu weigern, ihr zuzuhören.

Er telefonierte nach einem Krankenwagen, und dann rief er die Polizei an.

Dean Koontz, ein Meister des Schreckens

Innerhalb von 20 Jahren schrieb Koontz 51 Bücher. Schaffenskrisen kennt er nicht. »Es ist beinahe, als ob ich mit Ideen bombardiert würde. Ich kann mich 15 Minuten lang hinsetzen und ein Dutzend Einfälle haben. Viele Schriftsteller stehen mit diesem Die-Muse-hat-mich-verlassen-Gefühl vom Schreibtisch auf. Mich verläßt die Muse nie. Ich muß sie rausschmeißen.«
Der 1945 in Pennsylvania geborene Horror-Spezialist begann schon als Kind, Geschichten zu schreiben. Lesen und Schreiben bedeuteten für ihn die Flucht aus der Realität: Seine Familie lebte in Armut, der Vater, ein Alkoholiker ohne festen Job, schlug seinen Sohn.
Noch während seiner Studentenzeit begann Koontz, seine Werke – damals Science-fiction-Romane – zu verkaufen. Er verdiente sehr wenig damit und war deshalb gezwungen, große Mengen zu produzieren. 1966 schloß er sein Studium ab. Bis 1969 arbeitete Koontz als Englischlehrer. Danach schlug er sich als freier Schriftsteller durch – zunächst mit finanzieller Unterstützung seiner Frau, die er 1966 geheiratet hatte. Seine Romane erschienen zum Teil unter verschiedenen Pseudonymen.
Der Erfolg kam 1972 mit dem Thriller »Chase«, den endgültigen Durchbruch schaffte Koontz 1980 mit »Whispers« (»Flüstern in der Nacht«).
Inzwischen wird der Autor längst in einem Atemzug mit Stephen King und anderen Horror-Größen genannt. Seine Bücher sind in 18 Sprachen erhältlich. Weltweit wurden über 70 Millionen Exemplare verkauft. Kritiker loben neben der atemberaubenden Spannung immer wieder auch die ausgezeichnete literarische Qualität seiner Werke.
Dean Koontz lebt heute zusammen mit seiner Frau in Orange, Kalifornien. Sein Haus enthält eine zirka 25000 Bände umfassende Bibliothek, die ihm das Recherchieren erleichtert. Der produktive »Meister des Schreckens« ist ein Workaholic: Er arbeitet täglich 10 bis 15 Stunden.

Verzeichnis lieferbarer Titel

(Stand Oktober '97)

Die Augen der Dunkelheit (01/7707)
Brandzeichen (01/8063)
Chase (01/9926)
Das Haus der Angst (01/6913)
Highway ins Dunkel (01/10039)
In der Kälte der Nacht (01/8251)
Die Kälte des Feuers (01/9080)
Die Maske (01/6951)
Mitternacht (01/8444)
Nacht der Zaubertiere
Nachtstimmen (01/9354)
Nackte Angst
Ort des Grauens (01/8627)
Schattenfeuer (01/7810)
Schlüssel der Dunkelheit (01/9554)
Schutzengel (01/8340)
Schwarzer Mond (01/7903)
Die Spuren (01/9353)
Todesdämmerung (01/8041)
Tür ins Dunkel (01/7992)
Unheil über der Stadt (01/6667)
Das Versteck (01/9422)
Das Versteckspiel (01/9632)
Vision (01/8736)
Wenn die Dunkelheit kommt (01/6833)
Wintermond
Die zweite Haut (01/9680)
Zwielicht (01/8853)

2 bzw. 3 Romane in einem Band:

Brandzeichen/In der Kälte der Nacht (23/112)
Flüstern in der Nacht/Nach dem letzten Rennen (23/123)
Der Maya-Fries/Schlüssel zum Jenseits/Auf Tauchstation (23/119)
Die Maske/Die Augen der Dunkelheit/Die Hellseherin (23/76)
Schattenfeuer/Tür ins Dunkel (23/85)
Unheil über der Stadt/Todesdämmerung (23/101)
Wenn die Dunkelheit kommt/Das Haus der Angst/Die Hellseherin (23/76)

Die Bandnummern der Heyne-Taschenbücher sind jeweils in Klammern angegeben.